ATLAS

L'Histoire de Pa Salt

Titre original : *Atlas, the Story of Pa Salt*

Traduit de l'anglais par Marie-Axelle de La Rochefoucauld

10, place des Cinq-Martyrs-du-Lycée-Buffon
75015 Paris – France
www.editionscharleston.fr

ISBN : 978-2-36812-809-1
Maquette : Patrick Leleux PAO
Illustrations : © Hemesh Alles

Lucinda Riley et Harry Whittaker

ATLAS

L'Histoire de Pa Salt

ROMAN

Traduit de l'anglais par Marie-Axelle de La Rochefoucauld

CHARLESTON

De la même autrice aux éditions Charleston

La Jeune Fille sur la falaise, 2015
La Belle Italienne, 2016
L'Ange de Marchmont Hall, 2017
La Lettre d'amour interdite, 2018
Le Secret d'Helena, 2019
La Chambre aux papillons, 2020
La Maison de l'orchidée, 2021
Le Domaine de l'héritière, 2022
Les Mystères de Fleat House, 2022

De la même série :
Les Sept Sœurs – Maia, 2015
La Sœur de la tempête – Ally, 2016
La Sœur de l'ombre – Star, 2017
La Sœur à la perle – Céléno, 2018
La Sœur de la Lune – Tiggy, 2019
La Sœur du Soleil – Électra, 2020
La Sœur disparue, 2021

Lucinda dédie ce roman à ses lectrices et lecteurs à travers le monde.

Je le dédie à ma mère, Lucinda, qui m'a inspiré en tous points.
H. W.

Avant-propos

Chères lectrices, chers lecteurs,

Permettez-moi de me présenter. Je m'appelle Harry et je suis le fils aîné de Lucinda Riley. Peut-être avez-vous été étonnés de voir deux noms sur la couverture de ce roman tant attendu.

Juste avant la parution de *La Sœur disparue* en 2021, Lucinda a annoncé qu'il y aurait un huitième tome surprise pour clore la saga des *Sept Sœurs*, qui raconterait l'histoire de l'énigmatique Pa Salt. Dans la *Note de l'autrice*, à la fin du septième volume, elle écrit : « Cela fait huit ans que je l'ai en tête et j'ai hâte de le coucher enfin sur le papier. »

Malheureusement, Maman s'est éteinte en juin 2021 à l'issue d'un cancer de l'œsophage qui lui avait été diagnostiqué en 2017. Peut-être imaginez-vous qu'elle n'a jamais eu la possibilité d'écrire quoi que ce soit. Mais les voies du destin sont impénétrables. En 2016, Maman a été invitée à Hollywood par une société de production qui envisageait d'acquérir les droits d'adaptation cinématographique des *Sept Sœurs*. Aussi l'équipe voulait-elle à tout prix savoir comment finirait la saga – quatre livres en avance.

Ce processus a forcé Maman à rassembler ses diverses réflexions en un document. Elle a écrit trente pages de script pour des producteurs potentiels, un dialogue qui s'insère à l'apogée de la série. Je suis certain que vous me croirez sur parole si je vous dis que, comme on pouvait s'y attendre, ces pages étaient remarquables ; emplies de drame, de suspense… et couronnées d'une immense surprise.

Par ailleurs, les fans de la saga savent que Pa Salt fait une brève apparition dans chacun des volumes. Maman tenait un calendrier des déplacements du personnage au fil des décennies, formant un guide complet à l'intention des observateurs. Ainsi, Lucinda a « couché sur le papier » plus que ce qu'elle a jamais reconnu.

En 2018, Maman et moi avons créé la série pour enfants *Guardian Angels* (*Les Anges gardiens*) et avons coécrit quatre livres. Pendant cette période, elle m'a demandé de terminer la série des *Sept Sœurs* si le pire venait à se produire. Je ne révélerai jamais nos conversations, mais je souhaite insister sur le fait que je représentais une sécurité en cas de tragédie. Et la tragédie a eu lieu. Je ne crois pas que Maman ait jamais vraiment envisagé qu'elle mourrait, et moi non plus. Plusieurs fois, elle a étrangement défié les lois de la science et de la nature, et s'est rétablie alors qu'elle était bien mal en point. Après tout, Maman a toujours été un peu magicienne.

Après sa mort, il allait de soi que je tiendrais parole. Beaucoup m'ont interrogé au sujet de la pression d'une telle mission. En fin de compte, *Atlas* promet de révéler des secrets qui tiennent les lecteurs en haleine depuis une décennie. Cependant, j'ai toujours considéré ce processus comme un hommage. J'ai accompli cette tâche pour ma meilleure amie et mon héroïne. En voyant les choses sous cet angle, je n'ai ressenti aucune pression ; c'est l'amour qui a guidé mon travail. Je suppose que certains voudront absolument savoir quels éléments de l'intrigue viennent de Maman et lesquels j'ai ajoutés, mais je ne crois pas que cela importe. En d'autres termes, l'histoire est ce qu'elle est. Et je sais que vous serez satisfaits en refermant ce livre. Maman y a veillé.

La plus grande réussite de Lucinda tient sans doute au fait que personne n'a correctement identifié la force motrice secrète qui sous-tend la saga – les théories se comptent pourtant par milliers. *Atlas* récompensera celles et ceux qui aiment les romans depuis le début, mais il y a également une nouvelle histoire (bien qu'elle ait toujours été là, cachée discrètement au milieu des quatre mille cinq cents premières pages…). Peut-être n'ai-je fait qu'ôter l'écran de fumée…

Travailler sur *Atlas, l'histoire de Pa Salt* a été le défi et le privilège de toute une vie. Il s'agit du cadeau d'adieu de Lucinda Riley, et je suis si impatient de vous le livrer.

Harry Whittaker, 2022

« Il y a plus de choses dans le ciel et sur la terre, Horatio,
que n'en rêve votre philosophie. »
William Shakespeare

PERSONNAGES

ATLANTIS

Pa Salt – *père adoptif des sœurs (décédé)*
Marina (Ma) – *gouvernante des sœurs*
Claudia – *domestique à Atlantis*
Georg Hoffman – *avocat de Pa Salt*
Christian – *skipper*

LES SŒURS D'APLIÈSE

Maia
Ally (Alcyone)
Star (Astérope)
CeCe (Célaéno)
Tiggy (Taygète)
Électra
Merry (Mérope)

Prologue

Tobolsk, Sibérie, 1925

Alors qu'une bourrasque de neige s'élevait devant eux sous l'effet du vent glacial, les deux jeunes garçons resserrèrent leur manteau de fourrure usé autour de leur visage.

— Allez ! s'exclama le plus âgé. Ça suffit. Rentrons à la maison.

Bien qu'il ait à peine onze ans, il parlait déjà d'une voix rauque et bourrue. Le plus jeune, sept ans seulement, souleva le tas de bois qu'ils avaient ramassé et courut derrière le premier qui s'éloignait déjà à grands pas.

À mi-chemin, les enfants entendirent un faible piaulement en provenance des arbres. L'aîné s'immobilisa.

— Entends-tu ce bruit ?

— Oui, répondit le cadet. Pouvons-nous rentrer à la maison, s'il te plaît ? Je suis fatigué.

Le poids du fagot lui faisait mal aux bras et il était transi de froid.

— Cesse de pleurnicher, répondit le plus grand d'un ton sec. Je vais mener l'enquête.

Il se dirigea vers un bouleau et s'agenouilla. À contrecœur, son compagnon le suivit.

Devant eux, gisant sur la terre dure, un bébé moineau pas plus gros qu'un rouble se tortillait désespérément.

— Il est tombé du nid, soupira l'aîné. Ou plutôt, je me demande si… écoute.

Les deux garçons attendirent en silence dans la neige et finirent par entendre un cri aigu au-dessus de leur tête.

— Ah ah ! C'est un coucou.

— Comme dans les horloges ?

— Oui. Mais ce ne sont pas des créatures sympathiques. Le coucou pond ses œufs dans le nid d'autres oiseaux. Puis, quand l'oisillon sort de sa coquille, il pousse les autres par-dessus bord. Voilà ce qui s'est passé ici, expliqua-t-il en reniflant.

— Oh non, s'attrista le plus jeune en se penchant pour caresser doucement la tête de l'oiseau de son petit doigt. Ça va aller, l'ami, nous sommes là, maintenant. Peut-être pouvons-nous le remettre chez lui en escaladant l'arbre, ajouta-t-il à l'intention de son compagnon en tentant de repérer le nid. Ce doit être drôlement haut.

Soudain, un craquement terrible s'éleva du sol de la forêt. Il baissa les yeux et découvrit que son aîné avait écrasé l'oisillon sous sa botte.

— Qu'as-tu fait ? s'écria le petit garçon avec horreur.

— La mère ne l'aurait pas accepté. Mieux vaut le tuer tout de suite.

— Mais… tu n'en sais rien. Nous aurions pu essayer, répondit-il en sentant des larmes lui piquer les yeux.

L'aîné leva une main pour écarter les protestations.

— Cela ne sert à rien d'essayer quand quelque chose est voué à l'échec. C'est une perte de temps pure et simple. Allez, rentrons.

Il se remit en route vers le pied de la colline. Le petit garçon se pencha pour regarder l'oisillon sans vie.

— Je suis désolé pour mon frère, dit-il en sanglotant. Il souffre. Il ne voulait pas faire une chose pareille.

Journal d'Atlas

1928-1929

1

Boulogne-Billancourt, France

Le journal est un cadeau de la part de M. et Mme Paul Landowski. Ils disent que comme je ne parle pas, mais qu'ils savent que je sais écrire, ce serait une bonne idée que j'essaie de noter mes pensées. Au départ, ils croyaient que j'étais tout simplement idiot, que j'avais perdu l'esprit, ce qui est le cas à bien des égards. Ou plus précisément, je l'ai peut-être juste épuisé, m'étant entièrement reposé dessus pendant si longtemps. Mon esprit est très fatigué, et moi aussi.

S'ils savent que je suis encore doté d'un minimum de raison, c'est parce qu'ils m'ont demandé d'écrire. Pour commencer, ils ont essayé de me faire écrire mon nom, mon âge et l'endroit d'où je venais, mais je sais depuis longtemps que coucher ce genre d'informations sur le papier peut vous attirer des ennuis, or je ne veux plus jamais avoir d'ennuis. Alors, je me suis assis à la table de la cuisine et j'ai écrit un poème que m'avait enseigné Papa. Bien sûr, il s'agissait d'un poème qui ne révélait en rien l'endroit d'où je venais avant d'atterrir sous une haie de leur jardin. Il ne figurait pas non plus parmi mes préférés, mais j'avais le sentiment que les mots correspondaient à mon humeur et suffisaient pour montrer à ce couple bienveillant

– que le destin avait placé sur ma route quand la mort frappait à ma porte – que j'étais capable de communiquer. J'ai donc écrit :

La lune s'est couchée,
Les Pléiades aussi.
Il est minuit,
L'heure est passée,
Je suis seule étendue ici.

Je l'ai écrit en français, en anglais et en allemand, aucune de ces langues n'étant celle que j'utilisais couramment depuis que j'étais en âge de parler (car je sais parler, évidemment, mais à l'instar des mots sur le papier, toute parole prononcée – surtout dans la précipitation – peut être utilisée contre vous). J'admets avoir ressenti une certaine satisfaction en voyant l'expression surprise de Mme Landowski pendant qu'elle lisait ce que j'avais écrit, même si cela ne l'aidait pas à découvrir qui j'étais, ni d'où je venais. Elsa, la bonne, a violemment posé un bol de nourriture devant moi, et son regard semblait suggérer qu'il faudrait m'y renvoyer dans les plus brefs délais.

Il n'est pas difficile de garder le silence. Cela fait plus d'un an que j'ai quitté la maison que j'avais toujours connue. Depuis, je n'ai utilisé ma voix qu'en cas d'absolue nécessité.

De la mansarde où j'écris ce journal, je peux regarder par la minuscule fenêtre. Plus tôt, j'ai observé les enfants Landowski remonter l'allée. Ils revenaient de l'école et étaient très élégants dans leur uniforme – Françoise avec des gants blancs et un chapeau de paille qu'ils appellent canotier et ses frères en chemise blanche et blazer. J'ai beau souvent entendre M. Landowski se plaindre de son manque d'argent, la grande demeure, son agréable jardin et les belles robes que portent les dames de la maison m'amènent plutôt à croire qu'il doit être très riche.

J'ai également mâchouillé mon crayon, une habitude que Papa avait tenté de me faire perdre en en enduisant le bout de toutes sortes de saveurs répugnantes. Un jour, il m'avait dit que ce qu'il y avait mis avait plutôt bon goût mais que c'était du poison, et que je mourrais si je l'approchais de ma bouche. Quand bien même, j'étais si profondément plongé dans la traduction qu'il m'avait donnée à déchiffrer que le crayon s'était retrouvé entre mes lèvres. Il avait hurlé en me voyant, m'avait emmené dehors par la peau du cou et m'avait rempli la bouche de neige, que j'avais ensuite dû cracher. Je n'étais pas mort, mais je me suis souvent demandé depuis s'il s'était agi d'une ruse cruelle pour provoquer un électrochoc et me faire arrêter, ou si la neige et le crachat qui avait suivi m'avaient sauvé.

Même si je fais de mon mieux pour me souvenir de lui, cela fait tant d'années que je ne l'ai pas vu qu'il s'estompe de mon esprit…

Peut-être cela est-il préférable. Oui, préférable à tous les égards que j'oublie ce qui s'est produit auparavant. Ainsi, si l'on devait me torturer, je n'aurais rien à révéler. Et si M. ou Mme Landowski pense que j'écrirai quoi que ce soit dans le journal qu'ils ont eu la gentillesse de m'offrir, en faisant confiance au petit cadenas et à la clé que je peux garder dans ma bourse en cuir, ils se fourvoient.

— Un journal est un endroit où tu peux noter tout ce que tu penses, tout ce que tu ressens, m'a expliqué Mme Landowski avec douceur. C'est aussi un endroit intime, auquel toi seul a accès. Je te promets que nous ne le lirons jamais.

J'ai hoché la tête avec conviction et lui ai souri pour qu'elle lise la reconnaissance dans mes yeux, avant de regagner ma mansarde en courant. Je ne la crois pas. Je sais d'expérience que les cadenas, tout comme les promesses, peuvent facilement voler en éclats.

Je promets sur la vie de ta mère chérie que je reviendrai te chercher… Prie pour moi, attends-moi…

Je secoue la tête, essayant d'éloigner les derniers mots que Papa m'a adressés. Pourtant, bizarrement, alors que d'autres souvenirs que j'aimerais me rappeler s'échappent de mon esprit comme les aigrettes d'un pissenlit au moment où je tente de les saisir, cette phrase est immuable, quoi que je fasse.

Toutefois, le journal est relié avec du cuir et les feuilles sont d'un papier d'une grande finesse. Il a dû coûter aux Landowski au moins un franc (c'est ainsi qu'ils appellent leur argent ici), et c'était, je crois, un geste visant à m'aider, ce serait donc dommage de ne pas m'en servir. En outre, bien que j'aie appris à ne pas parler, je me suis souvent demandé lors de mon long voyage si je ne risquais pas d'oublier comment écrire. N'ayant ni papier ni crayon avec moi, une des méthodes que j'avais trouvées pour endurer ces nuits d'hiver glaciales était de réciter des poèmes dans ma tête, avant d'en écrire les lettres dans mon imagination.

J'aimais beaucoup ce concept d'imagination, dont me parlait mon père et, quand je ne récitais pas de poème, je disparaissais souvent dans cet endroit caverneux qui, selon Papa, ne connaissait pas de frontières. Un endroit aussi vaste que vous le souhaitiez. Les hommes à l'esprit étroit avaient, par définition, une imagination limitée, avait-il ajouté.

Même si les bons Landowski étaient de fait mes sauveurs et qu'ils s'occupaient de mon moi extérieur, j'avais encore besoin de disparaître à l'intérieur de moi-même, de fermer les yeux et de penser à des choses que je ne pourrais jamais écrire, car je ne pourrais jamais plus faire confiance à quiconque.

Par conséquent, pensais-je, ce que découvriraient les Landowski si l'un d'eux venait à lire ceci – et une partie de moi était convaincue qu'ils essaieraient, ne serait-ce que par curiosité – serait un journal qui commence le jour où j'avais déjà fait mes dernières prières.

En fait, peut-être ne les avais-je jamais prononcées ; la fièvre, la faim et l'épuisement me faisaient tellement délirer que j'avais peut-être rêvé – mais en tout cas, c'était le jour où j'avais posé les yeux sur le plus beau visage féminin que j'aie jamais vu.

Tandis que je rédigeais un paragraphe succinct et factuel sur la façon dont cette femme ravissante m'avait recueilli, m'avait murmuré des mots tendres et m'avait permis de dormir à l'intérieur pour la première fois depuis je ne sais combien de temps, je songeais à son expression affligée la dernière fois que je l'avais vue. Depuis, j'avais appris qu'elle s'appelait Izabela – Bel pour faire court. Elle et l'assistant de Landowski, M. Brouilly (qui m'avait demandé de l'appeler Laurent, mais de toute façon, dans mon état de mutisme, je ne l'appelais pas du tout), s'étaient épris l'un de l'autre. Et ce soir-là, lorsqu'elle semblait si triste, elle était venue dire au revoir. Non seulement à moi, mais à lui aussi.

Malgré mon jeune âge, il se trouve que j'avais beaucoup lu au sujet de l'amour. Après le départ de Papa, j'avais écumé sa bibliothèque et avais appris des choses extraordinaires à propos des comportements des adultes. Au départ, j'avais supposé que l'acte physique décrit devait être une sorte de ressort comique, mais je l'avais ensuite retrouvé chez des auteurs qui n'étaient assurément pas des humoristes, j'en avais donc conclu que cela devait être la réalité. Voilà bien quelque chose qui n'avait pas sa place dans mon journal !

Un léger gloussement s'est échappé de mes lèvres et j'ai couvert ma bouche à la hâte. C'était si étrange, car le rire était la manifestation d'un certain degré de bonheur. La réaction physique du corps.

— Mon Dieu ! ai-je murmuré.

C'était bizarre d'entendre ma propre voix, qui me semblait plus grave que la dernière fois que j'avais prononcé un mot. Personne ne m'entendrait au grenier ; les deux bonnes étaient en bas en train d'astiquer, de cirer les meubles et de s'occuper de la quantité astronomique de linge étendu sur les cordes à l'arrière de la maison. Toutefois, même si elles ne pouvaient m'entendre, je ne devais pas prendre l'habitude de glousser car, si j'étais capable de rire, cela signifiait que j'avais une voix et que j'étais tout à fait en mesure de parler. J'ai alors essayé de penser à des choses qui me rendaient triste, ce qui était très étrange sachant que ce qui m'avait permis d'arriver en France – contre toute attente – était justement de disparaître dans mon imagination et d'invoquer des pensées joyeuses. J'ai songé aux bonnes, que j'entendais toujours bavarder à travers la mince cloison qui nous séparait la nuit. Elles se plaignaient de leur bas salaire, de leurs horaires trop longs, des bosses dans leur matelas, du froid qu'il faisait l'hiver dans leur mansarde. J'avais envie de tambouriner sur la cloison et de crier qu'elles devraient s'estimer heureuses qu'il y ait un mur entre elles et moi, que tous les membres du foyer ne dorment pas dans une même pièce, et d'avoir un salaire, même s'il n'était pas extraordinaire. Et pour ce qui était du froid en hiver... eh bien, j'avais étudié le climat français et même si Paris, qui était tout près d'ici, comme je l'avais découvert, se trouvait au nord, l'idée que deux ou trois degrés au-dessous de zéro puisse poser problème me donnait envie d'éclater de rire une nouvelle fois.

J'ai terminé le premier paragraphe de mon tout nouveau journal « officiel » et l'ai relu, m'imaginant à la place de M. Landowski, avec sa drôle de petite barbe et sa grosse moustache touffue.

J'habite à Boulogne-Billancourt. J'ai été recueilli par la gentille famille Landowski. Ils s'appellent M. et Mme Paul et Amélie Landowski, et leurs enfants sont Nadine (20 ans), Jean-Max (17 ans), Marcel (13 ans) et Françoise (11 ans). Ils sont tous très bons pour moi. Ils me disent que j'ai été très malade et que je vais mettre un moment à reprendre des forces. Les bonnes s'appellent Elsa et Antoinette, et la cuisinière, Berthe. Elle me propose toujours plus de ses merveilleuses pâtisseries, pour m'engraisser, comme elle dit. La première fois, elle m'en a donné une assiette entière : j'ai tout dévoré et j'ai été pris de violents vomissements cinq minutes plus tard. Lorsque le docteur est venu me voir, il a dit à Berthe que mon estomac s'était rétracté à cause de la malnutrition et qu'elle devait me servir de plus petites portions, sans quoi je pourrais être de nouveau très malade et mourir. Je crois que cela a contrarié Berthe, mais j'espère que maintenant je mange de nouveau presque normalement. J'apprécie également sa cuisine. Il y a un membre du personnel dont je n'ai pas encore fait la connaissance, mais dont la famille parle beaucoup. Il s'agit de Mme Évelyne Gelsen, la gouvernante. Elle est actuellement en vacances, elle rend visite à son fils qui habite à Lyon.

Je m'inquiète de coûter cher à cette gentille famille, entre toute la nourriture que je mange désormais et le docteur qui vient me voir. Je sais combien les médecins peuvent coûter cher. Je n'ai ni argent ni métier et je ne vois pas comment je pourrais les rembourser, ce à quoi ils s'attendent évidemment et ce qui serait juste. Je ne sais pas très bien combien de temps ils me permettront de rester ici, mais j'essaie de profiter de chaque journée dans leur belle maison. Je remercie le Seigneur pour leur bonté et prie pour eux tous les soirs.

Mes dents ont croqué l'extrémité de mon crayon tandis que j'opinais du chef avec satisfaction. J'avais essayé d'écrire simplement, comme un garçon de dix ans normal. Ce ne serait pas une bonne idée de laisser transparaître le type d'éducation que j'avais reçu. Après le départ de Papa, j'avais fait de mon mieux pour poursuivre mes leçons, comme il m'y avait vivement encouragé, mais mes apprentissages avaient fortement pâti de son absence.

J'ai sorti une belle feuille de papier blanc du tiroir du vieux bureau – avoir un tiroir et un espace d'écriture rien que pour moi était un luxe inouï – et me suis mis à écrire une lettre.

Atelier Landowski
Rue Moisson-Desroches
Boulogne-Billancourt

7 août 1928

Chers monsieur et madame Landowski,

J'aimerais vous remercier tous les deux pour votre cadeau. C'est le plus beau journal que j'aie jamais eu et j'y écrirai tous les jours, comme vous me l'avez demandé.

Merci aussi de m'accueillir chez vous.

Je m'apprêtais à ajouter une formule de politesse et mon nom, mais je me suis ravisé. J'ai plié la feuille en deux, puis en quatre, et j'ai écrit leur nom sur le dessus. Au matin, je la placerais sur le plateau d'argent du courrier.

Même si je n'avais pas atteint le but que je m'étais fixé pour mon voyage, j'étais assez près. Par rapport à la distance que j'avais déjà parcourue, c'était l'équivalent d'une promenade le long de la rue Moisson-Desroches. Mais je ne voulais pas encore partir. Comme le docteur l'avait dit à Berthe, je devais reprendre des forces, non seulement physiquement, mais aussi mentalement. Le médecin ne pouvait pas le voir, mais j'aurais pu lui dire que le pire n'avait pas été les épreuves que mon corps avait endurées, mais la peur qui me tenaillait encore. Les deux bonnes, sans doute parce qu'elles s'étaient lassées de se plaindre de tous les autres occupants de la maison, m'avaient dit que je criais la nuit, ce qui les réveillait. Au cours de mon long voyage, je m'y étais tellement habitué et j'étais si épuisé que j'arrivais à me rendormir aussitôt, mais ici, le fait d'être reposé et de dormir dans un lit douillet m'avait attendri. Souvent, je n'arrivais plus à trouver le sommeil après mes cauchemars. Je n'étais même pas certain que « cauchemars » soit le terme exact. Bien souvent, c'était plutôt mon esprit cruel qui me faisait revivre des événements de mon passé.

Journal à la main, je me suis glissé sous le drap et la couverture dont je n'avais pas besoin puisqu'il faisait une chaleur étouffante. J'ai inséré le journal dans mon bas de pyjama pour le placer contre l'intérieur de ma cuisse. Puis j'ai retiré la bourse en cuir qui pendait autour de mon cou pour la mettre au même endroit contre mon autre jambe. S'il y a une chose que mon long voyage m'avait enseignée, c'est qu'il s'agissait des cachettes les plus sûres pour des biens si précieux.

Je me suis allongé sur le matelas – un des motifs de plainte d'Elsa et Antoinette, alors que moi, j'avais l'impression de dormir sur un nuage d'ailes d'anges –, j'ai fermé les yeux, j'ai récité une courte prière pour Papa et Maman, où qu'elle soit dans le ciel, et j'ai essayé de m'endormir.

Une pensée me travaillait ce faisant. Même si je détestais l'admettre, une autre raison m'avait poussé à écrire ce billet de remerciement aux Landowski : bien que je sache qu'il me fallait poursuivre ma route, je n'étais pas prêt à renoncer au sentiment le plus merveilleux du monde – la sécurité.

2

— Alors, jeune homme, qu'en penses-tu ? me demanda Landowski alors que je regardais Notre-Seigneur dans les yeux, des yeux presque aussi grands que moi.

Il venait d'apporter la touche finale à la tête de ce qu'ils appelaient au Brésil le *Cristo Redentor*, et que moi j'appelais Jésus-Christ. M. Laurent Brouilly m'avait indiqué que la statue serait installée en haut d'une montagne dans une ville du nom de Rio de Janeiro. Elle mesurerait plus de trente mètres de haut une fois que tous les morceaux seraient assemblés. J'avais vu les versions miniatures de la sculpture entière et savais que le Christ brésilien (et français) se tiendrait les bras grands ouverts, embrassant la ville en contrebas. De loin, on pourrait penser qu'il s'agissait d'une simple croix, ce qui était malin. Comment ils feraient pour hisser la statue en haut de la montagne et pour l'assembler avait été le motif de bien des discussions et de préoccupations ces dernières semaines. M. Landowski semblait devoir s'inquiéter de nombreuses têtes, car il travaillait également sur la sculpture d'un Chinois du nom de Sun Yat-sen et se tracassait pour les yeux. C'était un perfectionniste.

Durant les longues et chaudes journées d'été, je m'étais senti attiré vers l'atelier de M. Landowski. Je m'y faufilais discrètement et me cachais derrière les nombreux rochers qui jonchaient le sol dans l'attente d'être façonnés. D'ordinaire, l'atelier accueillait plusieurs apprentis et assistants qui, comme Laurent, étaient là pour apprendre au contact du grand maître. La plupart d'entre eux m'ignoraient, mais Mlle Margarida m'adressait toujours un sourire en arrivant le matin. C'était une grande amie de Bel, alors je savais que je pouvais lui faire confiance.

Un jour, M. Landowski m'avait aperçu et, comme n'importe quel père, il m'avait reproché de ne pas avoir demandé la permission avant d'entrer. J'avais secoué la tête et placé mes bras devant moi, reculant vers la porte, puis cet homme bienveillant s'était radouci et m'avait fait signe d'approcher.

— Brouilly ici présent me dit que tu aimes nous regarder travailler. C'est vrai ?

J'avais hoché la tête.

— Dans ce cas, nul besoin de te cacher. Tant que tu promets de ne jamais toucher à rien, tu es le bienvenu ici, mon garçon. Je regrette que mes propres enfants ne manifestent pas autant d'intérêt que toi pour ma profession.

Depuis ce jour, j'avais l'autorisation de m'asseoir autour du tréteau avec un morceau de stéatite superflu, et on m'avait donné mes propres outils.

— Observe et apprends, mon garçon, observe et apprends.

Et c'est ce que j'avais fait. Même si les résultats étaient peu concluants au moment d'empoigner le marteau pour taper le burin sur mon morceau de pierre. Malgré toutes mes tentatives de ciselage pour créer une forme simple, je me retrouvais toujours avec un tas de gravats devant moi.

— Alors, jeune homme, qu'en penses-tu ? répéta M. Landowski.

Je hochai la tête avec enthousiasme, me sentant coupable comme toujours face à cet homme qui m'avait accueilli et essayait encore d'obtenir une réponse vocale de ma part. Il méritait d'en recevoir une, ne serait-ce que pour récompenser sa persévérance, mais je savais que dès que j'ouvrirais la bouche pour parler, je serais en danger.

Mme Landowski, qui savait désormais que je comprenais ce qu'on me disait et que je savais écrire, m'avait donné une pile de feuilles de brouillon.

— Comme ça, si je te pose une question, tu pourras répondre, d'accord ?

J'avais acquiescé en silence. Dès lors, la communication était devenue très simple.

En réponse à la question de M. Landowski, je sortis mon crayon de la poche de ma culotte courte, écrivis un mot qui occupait presque toute la page et la lui tendis.

Il éclata de rire.

— « Magnifique », hein ? Eh bien, merci, jeune homme. Espérons que le *Cristo* recevra le même accueil lorsqu'il se dressera fièrement en haut du mont du Corcovado. Si bien sûr nous arrivons à l'emmener jusque là-bas...

— Ayez confiance, monsieur, répliqua Laurent derrière moi. Bel me dit que les préparatifs pour l'utilisation du funiculaire sont en bonne voie.

M. Landowski haussa l'un de ses sourcils gris et broussailleux.

— Ah oui ? Vous avez l'air plus au courant que moi. Heitor da Silva Costa ne cesse de me dire que nous devons discuter de la façon dont nous transporterons ma sculpture et dont nous l'érigerons par la suite, mais cette conversation semble ne jamais avoir lieu. Est-il l'heure de déjeuner ? Il me faut du vin pour me calmer. Je commence à avoir l'impression que ce projet du *Cristo* pourrait marquer la fin de ma carrière. J'ai été idiot de dire oui à une telle folie.

— Je vais chercher le repas, répondit Laurent.

Il se dirigea vers la minuscule cuisine dont je me souviendrais toujours dans les moindres détails puisqu'elle avait été mon premier havre de paix depuis que j'étais parti de chez moi bien des mois auparavant. Je souris en regardant Laurent ouvrir une bouteille de vin. Comme je le faisais souvent lorsque je me réveillais tôt, je m'étais faufilé dans l'atelier à l'aube, juste pour profiter de la beauté qu'il renfermait. Assis là, je me disais que Papa aurait bien ri de voir que je me retrouvais dans ce que lui-même aurait qualifié de temple de l'art, quand j'aurais pu atterrir dans tant d'endroits différents, notamment à l'usine Renault à seulement quelques kilomètres de là. Je savais que cela lui ferait plaisir.

Ce matin-là, alors que je contemplais le doux visage du *Cristo,* assis au milieu des blocs de roche, j'avais entendu du bruit dans la pièce derrière le rideau où nous prenions nos repas. Sur la pointe des pieds, j'étais allé jeter un coup d'œil derrière et avais découvert des pieds qui dépassaient de sous la table. Le bruit n'était autre que les légers ronflements de Laurent. Depuis que Bel était retournée au Brésil, j'avais remarqué qu'il semblait souvent mal en point le matin à cause de l'alcool. Il avait les yeux rouges et troubles, la peau grise et cireuse, comme s'il risquait à tout moment de vomir le contenu de son estomac. (Et j'avais une longue expérience qui me permettait de savoir quand un homme ou une femme avait largement franchi les limites ordinaires.)

En le regardant se servir un grand verre à présent, je m'inquiétais pour son foie qui, d'après Papa, était l'organe le plus affecté par l'alcool. Néanmoins, je ne me faisais pas seulement du souci pour le foie de Laurent, mais aussi pour son cœur. Même si je comprenais qu'il était impossible que l'organe se brise littéralement en raison de l'amour, quelque chose à l'intérieur de cet homme s'était bel et bien *brisé.* Peut-être qu'un jour je comprendrais le souhait de noyer sa douleur dans l'alcool.

— Santé ! s'exclamèrent les deux hommes en faisant tinter leurs verres l'un contre l'autre.

Tandis qu'ils s'attablaient, je m'affairai dans la cuisine, allant chercher le pain, le fromage et les belles tomates rouges que la voisine cultivait dans son jardin.

Je le savais car j'avais vu Évelyne, la gouvernante, apparaître dans la cuisine chargée d'un cageot rempli de légumes. Comme elle n'était ni jeune ni sportive, j'avais traversé la pièce en courant pour me saisir du cageot et le poser sur le côté.

— Mon Dieu, qu'il fait chaud aujourd'hui, avait-elle déclaré, essoufflée, en s'asseyant lourdement sur l'une des chaises en bois.

Je lui avais tendu un verre d'eau avant même qu'elle en ait fait la demande et, sortant papier et crayon de ma poche, je lui avais posé une question.

— Pourquoi est-ce que je n'envoie pas les bonnes ? avait-elle demandé avant de me dévisager. Parce que, mon petit, aucune des deux ne reconnaîtrait un bon fruit d'un fruit pourri. Ce sont toutes les deux des filles de la ville, sans aucune notion de ce qu'est un fruit ou un légume frais.

La prochaine fois, je vous accompagnerai pour porter le cageot.

— C'est très aimable à toi, jeune homme, et si ce temps se prolonge, je ne dirai peut-être pas non.

Le beau temps avait perduré et j'étais allé l'aider. Sur le chemin, elle parlait beaucoup de son fils qui faisait des études d'ingénieur et dont elle était si fière.

— Il fera quelque chose de sa vie, tu vois, avait-elle ajouté tandis que nous choisissions les légumes disposés sur l'étalage, moi portant le cageot pour récupérer ceux qui trouvaient grâce à ses yeux.

Évelyne était celle que je préférais chez les Landowski, même si j'avais craint son retour, après avoir entendu toutes les horreurs que disaient les bonnes au sujet du « dragon ». On m'avait présenté à elle comme « le garçon sans nom qui ne sait pas parler ». (C'est Marcel, le fils de treize ans des Landowski, qui avait donné cette description. Je savais qu'il se méfiait de moi, ce que je comprenais parfaitement – il était normal que mon arrivée soudaine dans la famille fasse grincer les dents de certains.) Néanmoins, Évelyne avait simplement serré la main que je lui tendais en m'adressant un sourire chaleureux.

— Plus on est de fous, plus on rit, voilà ce que je dis. À quoi bon avoir une grande et belle maison comme celle-ci si toutes les chambres ne sont pas occupées ?

Puis elle m'avait fait un clin d'œil et, plus tard ce jour-là, voyant que je regardais avec envie le reste de la tarte Tatin du déjeuner, elle m'en avait coupé une part.

Il était vraiment étrange de penser qu'une femme d'âge mûr et moi pouvions nouer une sorte de lien secret et tacite (de mon côté, du moins), mais c'était le cas. J'avais remarqué une lueur familière dans ses yeux qui m'indiquait qu'elle avait énormément souffert. Peut-être l'avait-elle vue en moi aussi.

J'avais décidé que la seule façon de m'assurer qu'aucun occupant de la maison n'ait de raison de se plaindre de moi était de me faire tout petit (pour les enfants Landowski et, dans une moindre mesure, pour M. et Mme Landowski) ou très disponible pour ceux qui en avaient besoin, c'est-à-dire les domestiques. Évelyne, Berthe, Elsa et Antoinette avaient désormais un assistant à disposition chaque fois qu'elles le souhaitaient. Dans mon ancienne maison, c'est souvent moi qui rangeais le petit espace qui nous abritait. Dès mon plus jeune âge, j'avais toujours mis un point d'honneur à ce que tout soit à sa place. Papa avait noté que j'aimais l'ordre, non le chaos, et avait plaisanté en disant qu'un jour je ferais une excellente épouse. Là-bas, il était impossible que tout soit toujours bien ordonné sachant que l'ensemble des activités se déroulaient dans une seule et unique pièce, mais ici, chez les Landowski, l'ordre me ravissait. Ma tâche préférée était d'aider Elsa et Antoinette à plier draps et vêtements une fois qu'ils avaient séché au soleil. Les deux bonnes riaient de voir combien je tenais à ce que chaque coin rencontre parfaitement celui d'en face, et je ne pouvais m'empêcher de plonger le nez dans chaque vêtement que je décrochais pour respirer son odeur propre et fraîche qui, pour moi, était le meilleur des parfums.

Après avoir coupé les tomates avec la même précision que pour plier le linge, je rejoignis M. Landowski et Laurent à table. Je les regardai rompre la baguette toute fraîche et se tailler un morceau de fromage, et ce n'est que lorsque M. Landowski indiqua que je pouvais en faire autant que je m'associai au festin. Papa m'avait toujours vanté le goût des produits français, et il avait raison. Cependant, désireux de ne pas risquer un nouvel épisode nauséeux – ce qui arrivait quand j'engouffrais n'importe quoi à toute vitesse comme s'il s'agissait du dernier repas de ma vie –, j'entrepris de manger comme le gentilhomme dont j'avais reçu l'éducation plutôt que comme un sauvage, terme que j'avais un jour entendu Berthe employer à mon sujet.

La conversation tournait autour du *Cristo* et des globes oculaires de Sun Yat-sen, mais cela ne me dérangeait pas. Je comprenais que M. Landowski était particulièrement doué – il avait remporté la médaille d'or du concours artistique durant l'été et était visiblement célèbre pour son talent à travers le monde. Ce que j'admirais le plus chez lui, c'est que la renommée ne l'avait pas changé. Ou du moins, c'est ce qu'il me semblait, car il travaillait d'arrache-pied, ratant souvent le dîner, ce que lui reprochait sa femme car les enfants avaient besoin de le voir, et elle aussi. Son attention au détail et le fait qu'il vise la perfection, quand il aurait aisément pu demander à Laurent de finir son travail pour lui, m'inspiraient. Quelle que soit ma destinée, je me promettais de m'y consacrer pleinement, toujours.

— Et toi, mon garçon ? Mon garçon ?

Je m'extirpai une nouvelle fois de mes pensées. Un endroit où je me réfugiais si souvent que j'avais du mal à m'habituer au fait qu'on puisse s'intéresser à moi.

— Tu n'écoutais pas, si ?

M'excusant des yeux, je secouai la tête.

— Je t'ai demandé si tu pensais que les yeux de Sun Yat-sen étaient fidèles à l'original. Je t'ai montré sa photo, tu te rappelles ?

Je saisis mon crayon et réfléchis attentivement à ma réponse avant de l'écrire. On m'avait toujours appris à dire la vérité, mais je devais aussi faire preuve de diplomatie.

Presque, monsieur.

Landowski but une gorgée de vin, puis rejeta la tête en arrière et éclata de rire.

— En plein dans le mille, mon garçon. Dans ce cas, cet après-midi, je ferai une autre tentative.

Lorsque les deux hommes furent rassasiés, je débarrassai la table avant de préparer leur café, comme M. Landowski l'aimait. Ce faisant, je fourrai les restes de pain et de fromage dans les poches de ma culotte courte. Il s'agissait d'une habitude dont je ne m'étais pas encore défait – j'avais toujours peur qu'on me coupe les vivres. Après leur avoir servi le café, je hochai la tête et regagnai ma mansarde. Je rangeai le pain et le fromage dans le tiroir du bureau. La plupart du temps, j'allais secrètement jeter les restes que je cachais là le lendemain matin, dans la poubelle à l'extérieur de la maison. Mais mieux valait être prudent.

Après m'être lavé les mains et peigné, je descendis pour débuter ma série de tâches de l'après-midi. Ce jour-là, j'avais pour mission de faire briller l'argenterie, un travail pour lequel Évelyne elle-même avait déclaré que j'étais doué, du fait de ma patience et de ma précision. Je rayonnais de la fierté de celui qui a été privé de compliments pendant trop longtemps. Toutefois, l'éclat n'avait pas duré, car elle s'était arrêtée à la porte et s'était tournée vers Elsa et Antoinette qui replaçaient couteaux et fourchettes sur leur lit de velours.

— Peut-être pourriez-vous toutes les deux observer ce jeune homme et en prendre de la graine, avait-elle déclaré avant de partir.

Elsa et Antoinette m'avaient lancé un regard furieux. Mais puisqu'elles étaient toutes deux paresseuses et impatientes, elles avaient été heureuses de me laisser m'occuper de l'argenterie. J'adorais m'asseoir dans la salle à manger paisible, à la table d'acajou toujours rutilante, les mains affairées et l'esprit libre de vaquer à mes réflexions.

Le principal objet de mes pensées, et ce presque tous les jours depuis que mon corps et ma raison s'étaient rétablis, était la manière dont je pourrais gagner de l'argent. Malgré la bienveillance des Landowski, je savais que j'étais à leur merci. Ils pourraient très bien m'annoncer que, pour une raison ou pour une autre, je devais partir le soir même. Je me retrouverais alors une nouvelle fois dans la rue, seul et vulnérable. Instinctivement, je portai la main à la bourse en cuir que je portais sous ma chemise. La toucher et sentir sa forme familière suffit à me rassurer, même si je n'avais pas le droit de vendre ce qu'elle contenait. Le fait qu'elle ait survécu au voyage était un miracle en soi, cependant sa présence était autant une bénédiction qu'une malédiction. Elle seule renfermait la raison pour laquelle je me trouvais en France, sous le toit d'inconnus.

Après avoir fini d'astiquer la théière en argent, je décidai qu'il n'y avait qu'une personne dans la maison à qui je faisais assez confiance pour lui demander conseil. Évelyne habitait dans ce que la famille appelait « le cottage », une extension de la demeure principale composée de deux pièces. Comme elle me l'avait confié, au moins elle avait ses propres commodités et, surtout, sa propre porte d'entrée. Je n'y étais encore jamais allé, mais le soir venu, après le dîner, je prendrais mon courage à deux mains et irais frapper à cette porte.

* * *

Par la fenêtre de la salle à manger, je regardai Évelyne regagner le cottage – elle partait toujours une fois que le plat principal avait été servi, laissant ses deux bonnes se charger du dessert, puis du rangement et de la vaisselle. Je dînai en écoutant la conversation familiale. Nadine, la sœur aînée, n'était pas encore mariée et passait beaucoup de temps hors de la maison munie d'un chevalet, de pinceaux et d'une palette. Je n'avais jamais vu aucune de ses toiles, mais je savais qu'elle créait également des décors de théâtre. Je n'avais jamais assisté à aucune pièce et, évidemment, je ne pouvais pas lui parler pour lui poser des questions au sujet de son travail. Comme elle était rarement à la maison et semblait absorbée dans son monde, elle ne me prêtait guère attention, se contentant de me sourire quand je la croisais tôt le matin. Puis il y avait Marcel qui, un jour, s'était mis en travers de mon chemin : bombant le torse et plaçant ses mains sur ses hanches, il avait déclaré qu'il ne m'appréciait pas. Ce qui était idiot, bien sûr, puisqu'il ne me connaissait pas, mais je l'avais entendu me traiter de « lèche-bottes » lors d'une discussion avec sa petite sœur Françoise, parce que j'aidais dans la cuisine avant le dîner. Je le comprenais car, après tout, ses parents avaient recueilli un jeune galopin trouvé dans le jardin qui refusait de parler : n'importe qui se serait méfié.

Cependant, je lui pardonnais tout depuis que, pour la première fois, j'avais entendu une musique enchanteresse s'élever d'une pièce au rez-de-chaussée et se répandre dans la cuisine. J'avais arrêté ce que je faisais pour écouter, fasciné. Papa m'avait joué ce qu'il pouvait sur son violon, mais je n'avais jamais entendu le son que pouvait produire un piano sous des mains expertes. Et c'était splendide. Depuis, j'étais quelque peu obsédé par les doigts de Marcel – comment arrivaient-ils à parcourir le clavier de façon si rapide et pourtant si ordonnée ? Je devais me forcer à détourner les yeux. Un jour, je trouverais le courage de lui demander la permission de le regarder jouer. Malgré son comportement à mon égard, c'était pour moi un magicien.

Son grand frère Jean-Max ne semblait pas se préoccuper de moi. Il était presque adulte et je ne savais pas grand-chose de ce qu'il faisait quand il quittait la maison, mais une fois il essaya de m'apprendre à jouer aux boules : le passe-temps national. Il s'agissait de lancer des boules dans le gravier et je compris assez vite.

Puis il y avait Françoise, la plus jeune fille des Landowski, à peine plus âgée que moi. Bien que très timide, elle s'était montrée accueillante à mon arrivée. Cela m'avait fait plaisir quand, sans un mot, elle m'avait donné un bonbon dans le jardin, une sorte de sucre sur un bâton. Assis côte à côte, nous avions léché nos friandises respectives en regardant les abeilles collecter leur nectar. Elle se joignait à Marcel dans sa pratique du piano et aimait peindre comme Nadine. Je la voyais souvent installée devant un chevalet, face à la maison. Je ne savais absolument pas si elle était douée ou non, car je n'avais jamais vu aucune de ses peintures, mais je supposais qu'elle était à l'origine d'un charmant paysage pastoral représentant un champ et une rivière accroché dans le couloir du rez-de-chaussée. Nous ne deviendrions jamais de grands amis, évidemment – cela doit être bien ennuyeux de passer du temps avec quelqu'un sans pouvoir converser –, mais elle me souriait souvent et je percevais de la compassion dans ses yeux. De temps en temps – en général le dimanche, quand M. Landowski ne travaillait pas –, la famille jouait aux boules ou décidait d'aller pique-niquer. J'étais toujours invité, mais je déclinais, par respect pour leur intimité familiale, et parce que j'avais appris à mes dépens quels pouvaient être les effets de la rancœur.

Après le dîner, j'aidai Elsa et Antoinette avec la vaisselle et, quand elles montèrent se coucher, je sortis discrètement par la porte de la cuisine et me précipitai vers l'arrière de la maison.

J'arrivai devant la porte d'Évelyne, le cœur battant. Était-ce une erreur ? Ne devrais-je pas faire demi-tour et oublier cette idée ?

— Non, murmurai-je.

Tôt ou tard, il fallait que je fasse confiance à quelqu'un. L'instinct qui m'avait permis de survivre jusqu'ici me disait que c'était la bonne chose à faire.

La main tremblante, je frappai timidement. Pas de réponse – rien d'étonnant, puisqu'il aurait été impossible de m'entendre à moins d'être collé à la porte. Alors je frappai plus fort. Quelques secondes plus tard, Évelyne souleva le rideau pour regarder par la fenêtre, puis ouvrit la porte.

— Ça alors, qui avons-nous là ? dit-elle en me souriant. Entre, entre. Ce n'est pas souvent qu'on frappe à ma porte, c'est le moins qu'on puisse dire, gloussa-t-elle.

J'entrai dans la pièce la plus douillette que j'aie jamais vue. Bien qu'on m'ait dit que c'était un ancien garage pour la voiture de M. Landowski et qu'il s'agissait d'un simple carré en ciment, la beauté se trouvait partout où je posais les yeux. Deux fauteuils tapissés étaient tournés vers le centre de la pièce et recouverts de couvertures brodées aux vives couleurs. Portraits de famille et natures mortes ornaient les murs et un bouquet de fleurs trônait fièrement sur la table d'acajou impeccable près de la fenêtre. Il y avait une petite porte qui devait conduire à la chambre et aux commodités, ainsi qu'une pile de livres sur une étagère au-dessus d'un buffet rempli de verres et de tasses en porcelaine.

— Assieds-toi, m'invita Évelyne en indiquant l'un des fauteuils et en ôtant un ouvrage à aiguille du sien. Veux-tu de la limonade ? Je la fais moi-même.

Je hochai vivement la tête. Je n'avais jamais bu de limonade avant mon arrivée en France et j'adorais ça. Je la regardai prendre deux verres dans le buffet. Puis elle saisit une carafe pleine de glaçons et versa le liquide jaune et trouble.

Elle s'assit dans son fauteuil, juste assez large pour sa corpulence, et leva son verre.

— Santé !

Je levai le mien mais ne dis rien, comme d'habitude.

— Alors, que puis-je pour toi ?

J'avais déjà écrit ce que je souhaitais et sortis le papier de ma poche pour le lui tendre.

Elle lut les mots, puis me dévisagea.

— Comment peux-tu gagner de l'argent ? C'est ça que tu es venu me demander ?

J'opinai du chef.

— Eh bien, jeune homme, je ne suis pas certaine de le savoir. Il faudrait que j'y réfléchisse. Mais pourquoi ressens-tu le besoin de gagner de l'argent ?

Je lui fis signe de tourner la feuille.

— « Au cas où les bons Landowski décident qu'ils n'ont plus la place de m'héberger », lut-elle à voix haute. Eh bien, étant donné le succès de monsieur et toutes les commandes qu'il reçoit, il est très peu probable qu'ils déménagent dans une maison plus petite. Ils auront donc toujours de la place pour toi ici. Mais je crois que je comprends ce que tu veux dire. Tu es inquiet car ils pourraient décider un jour de te demander de partir, c'est ça ?

Je hochai vigoureusement la tête.

— Et tu serais alors un jeune orphelin affamé de plus dans les rues de Paris. Ce qui m'amène à une question très importante : es-tu orphelin ? Oui ou non suffira.

Je secouai la tête aussi vigoureusement que je l'avais hochée.

— Où sont tes parents ?

Elle me rendit la feuille de papier et je notai ma réponse.

Je ne sais pas.

—Je vois. Je pensais que tu les avais peut-être perdus lors de la Grande Guerre, mais celle-ci s'est terminée en 1918, alors tu es peut-être trop jeune pour que ce soit le cas.

Je haussai les épaules, essayant de ne pas modifier mon expression. L'ennui avec la gentillesse était qu'elle vous amenait à baisser la garde, ce que je devais éviter à tout prix. Elle me scrutait en silence.

— Je sais que tu es capable de parler, jeune homme. Cette Brésilienne qui était là nous a dit que tu l'avais remerciée dans un français parfait le soir où elle t'avait trouvé. La question est donc : pourquoi refuses-tu de parler ? La seule réponse qui me vient à l'esprit – à moins que tu aies perdu ta langue entre-temps, ce qui m'étonnerait fort – est que tu as trop peur pour faire confiance à quiconque. Ai-je raison ?

J'étais désormais déchiré… J'avais envie de dire oui, qu'elle avait tout à fait raison, avant de me jeter dans ses bras rassurants et de tout lui raconter, mais je savais qu'il était encore trop tôt.

J'avais de la fièvre. Je ne me rappelle pas avoir parlé à Bel.

Évelyne lut les mots, puis me sourit.

— Je comprends, jeune homme. Je sais que tu mens, mais que le traumatisme que tu as vécu, quel qu'il soit, t'empêche de te livrer. Peut-être qu'un jour, quand nous nous connaîtrons depuis un peu plus longtemps, je te raconterai certains éléments de ma vie. J'étais infirmière sur le front pendant la Grande Guerre. Les souffrances que j'ai vues là-bas… je ne les oublierai jamais. Et oui, je serai honnête avec toi, pendant un temps j'ai perdu la foi et la confiance que j'avais en la nature humaine. Et en Dieu aussi. Crois-tu en Dieu ?

Je hochai la tête un peu moins vigoureusement. En partie parce que je ne savais pas si elle avait retrouvé la foi, et en partie parce que moi-même, je n'étais pas certain de la mienne.

— J'imagine que tu te trouves peut-être dans la situation dans laquelle je me trouvais alors. J'ai mis bien longtemps à refaire confiance. Sais-tu ce qui m'a ramené foi et confiance ? L'amour. L'amour pour mon fils chéri. Et cela a tout arrangé. Bien sûr, l'amour vient de Dieu, ou de l'esprit qui relie à lui tous les êtres humains dans une toile invisible, quel que soit le nom que tu lui donnes. Bien que nous ayons parfois l'impression qu'Il nous a abandonnés, Il est toujours à nos côtés. En tout cas, je crains de ne pas pouvoir répondre à ta question. Il y a beaucoup de jeunes garçons comme toi dans les rues de

Paris, qui parviennent à survivre par des moyens auxquels je n'ai vraiment pas envie de penser. Mais… Mon Dieu, j'aimerais que tu me fasses au moins assez confiance pour me révéler ton nom. Je te promets que M. et Mme Landowski sont des personnes gentilles et bienveillantes qui ne t'expulseraient jamais comme ça de chez elles.

Dans ce cas, que vont-ils faire de moi ?

— Eh bien, si tu parlais, ils te permettraient de rester chez eux aussi longtemps que tu le souhaites et t'enverraient à l'école comme leurs autres enfants. Mais dans l'état actuel des choses… c'est impossible, n'est-ce pas ? Je doute qu'une école accepte un élève muet, quel que soit son niveau. D'après ce que je sais de toi, j'imagine que tu as reçu une éducation et que tu souhaiterais la poursuivre, n'est-ce pas ?

J'entrepris de hausser les épaules à la française, un geste que tous les occupants du foyer exécutaient couramment.

— S'il y a bien une chose que je n'aime pas, ce sont les menteurs, jeune homme, me réprimanda soudain Évelyne. Je sais que tu as tes raisons pour garder le silence, mais tu peux au moins être honnête. Souhaites-tu oui ou non poursuivre ton éducation ?

À contrecœur, je hochai la tête.

Évelyne se tapa sur la cuisse.

— Je le savais ! Tu dois décider si tu es prêt à parler, ce qui aiderait grandement à sécuriser ton avenir chez les Landowski. Tu serais alors un enfant comme les autres qui pourrait aller à l'école comme les autres, et je sais que tu continuerais d'être le bienvenu dans leur famille. Bon, déclara Évelyne en bâillant, je me lève tôt demain, mais j'ai passé une bonne soirée en ta compagnie. N'hésite pas à frapper à ma porte, quand tu veux.

Je me levai aussitôt, la remerciai de la tête et me dirigeai vers la porte. Évelyne me suivit. Alors que je m'apprêtais à tourner la poignée, je sentis des mains se poser doucement sur mes épaules. Évelyne me retourna et me prit par la taille pour m'attirer contre elle.

— Un peu d'amour, c'est tout ce dont tu as besoin, chéri. Bonne nuit.

3

26 octobre 1928

Aujourd'hui, un feu a été allumé dans la salle à manger avant le dîner. J'étais ravi d'en voir un, même si je ne comprends pas pourquoi tout le monde se plaint du froid. Tous les membres de la famille sont en bonne santé et très occupés. M. Landowski se tracasse au sujet du transport de son précieux Cristo *jusqu'à Rio de Janeiro. Il doit aussi encore terminer la sculpture de Sun Yat-sen. J'essaie de me rendre aussi utile que possible dans la maison et j'espère représenter plus une aide qu'un fardeau. Je suis très content de mes vêtements d'hiver, qui viennent de Marcel. Le tissu de la chemise, de la culotte courte et du pull est si doux sur ma peau. Mme Landowski a eu la gentillesse de décider que, même si je ne peux pas fréquenter l'école actuellement à cause de mon mutisme, je devrais recevoir une éducation. Elle m'a préparé des questions de mathématiques, ainsi qu'un test d'orthographe. Je travaille dur pour donner les bonnes réponses. Je suis heureux et reconnaissant d'être entouré de gens bienveillants dans cette agréable maison.*

Je posai mon stylo et refermai mon journal à l'aide du cadenas, espérant que des yeux indiscrets n'y trouveraient rien à redire.

Puis j'attrapai le petit paquet de feuilles que je coupais de la taille des feuilles du journal. C'est là que j'inscrivais ce que je pensais réellement. Au départ, j'écrivais simplement le journal pour faire plaisir à ceux qui me l'avaient offert, au cas où ils me demanderaient si je l'utilisais. Néanmoins, je souffrais de plus en plus de ne pas pouvoir exprimer ce que je pensais et ce que je ressentais, et noter ces pensées et ces sentiments était devenu un exutoire indispensable. Un jour, quand je n'habiterais plus chez les Landowski, je pourrais insérer ces pages dans la partie correspondante, ce qui offrirait un aperçu bien plus honnête de ma vie.

Je crois que c'est Évelyne qui avait écarté de mon esprit l'idée de partir car, depuis qu'elle m'avait invité à venir la voir chaque fois que je le voudrais, je ne m'en étais pas privé. Elle semblait vraiment nourrir une sorte de sentiment maternel à mon égard, un sentiment réel, authentique. Bien souvent ces dernières semaines, assis dans son salon douillet, je l'avais écoutée me raconter sa vie qui, comme je l'imaginais, avait été marquée par bien des douleurs. Son mari et son fils aîné n'étaient jamais revenus de la Grande Guerre. J'avais appris énormément de choses à propos du conflit depuis mon arrivée chez les Landowski. Comme j'étais né en 1918, c'était une guerre que je n'avais pas vécue. Je frissonnais en écoutant Évelyne me parler de ces innombrables hommes qui avaient péri sur le champ de bataille, hurlant de douleur parce que les mitrailleuses leur avaient arraché des membres, quand on les avait forcés à sortir des tranchées pour se précipiter vers l'ennemi.

— Ce qui me bouleverse le plus, c'est que mes bien-aimés Antoine et Jacques sont morts seuls, sans personne pour les réconforter.

Les yeux d'Évelyne s'étaient emplis de larmes et j'avais tendu la main vers elle. J'aurais tant voulu lui dire : « Je suis vraiment navré. Cela doit être si dur pour vous. J'ai moi aussi perdu tous ceux que j'aimais… », ou quelque chose de ce genre.

Elle expliquait que c'était pour cela qu'elle était si fière du seul fils qu'il lui restait, et qu'elle faisait tout pour le protéger. Si elle le perdait, elle deviendrait folle. Je voulais lui dire que j'avais moi-même perdu la raison mais, à ma grande surprise, celle-ci me revenait peu à peu.

Il était de plus en plus difficile de garder le silence, surtout en sachant que, si j'ouvrais la bouche, on m'enverrait à l'école. Et plus que tout, je souhaitais poursuivre mon éducation. Mais encore une fois, on me poserait des questions auxquelles je ne pouvais tout simplement pas répondre. Ou bien je devrais mentir, or ces braves gens qui m'avaient recueilli chez eux, nourri et habillé méritaient mieux que cela.

* * *

— Entre, je t'en prie ! lança Évelyne tandis que je poussais sa porte.

Je savais qu'elle avait une jambe en mauvais état, qui devait la faire souffrir plus que ce qu'elle avouait. Je n'étais pas le seul à m'inquiéter de ma place chez les Landowski.

— Prépare le chocolat chaud, tu veux bien, jeune homme ? Tout est prêt pour toi, ajouta-t-elle.

Je m'exécutai, inspirant le merveilleux parfum du chocolat, que j'étais convaincu d'avoir goûté par le passé, mais dont je raffolais ici. Le chocolat chaud avec Évelyne était vite devenu mon moment préféré de la journée.

Je pris les deux tasses et en plaçai une sur la table à côté d'Évelyne et l'autre sur la cheminée où un petit feu crépitait joyeusement dans l'âtre. Je m'assis en m'éventant le visage, me sentant presque mal à cause de la chaleur.

— Tu viens d'un pays très froid, n'est-ce pas ?

Évelyne me regardait avec des yeux perçants, et je savais qu'elle cherchait à glaner des informations chaque fois que je baissais la garde.

Je saisis mon chocolat et le bus à petites gorgées pour prouver que j'étais en mesure de tolérer une boisson chaude dans mon corps chaud, même si j'aurais tout donné pour ôter mon pull en laine.

— Ah, un jour tu me répondras, fit-elle en riant, mais pour l'heure, tu demeures une énigme.

Je la fixai, les sourcils froncés. Je n'avais encore jamais entendu le mot « énigme », cela m'intriguait.

— Tu es une énigme, ce qui signifie que personne ne sait qui tu es vraiment. Ce qui te rend intéressant, du moins pour un temps. Ensuite, peut-être que les gens te trouveront ennuyeux.

Aïe ! Voilà qui n'était pas agréable à entendre.

— Enfin bon… pardonne-moi pour ma frustration. C'est juste que je me fais du souci pour toi. Il se pourrait que M. et Mme Landowski finissent par perdre patience. J'ai surpris une de leurs conversations l'autre jour, quand je faisais la poussière dans le petit salon. Ils envisagent de t'envoyer voir un psychiatre. Sais-tu ce que c'est ?

Je secouai la tête.

— Il s'agit d'un médecin de l'esprit. Quelqu'un qui te pose des questions et décide de ton état mental et des raisons qui l'expliquent. Par exemple, si tu présentes un trouble mental, on te placera dans une sorte d'hôpital.

J'ouvris de grands yeux horrifiés. Je savais exactement ce qu'elle voulait dire. Quand j'étais petit, un de nos voisins, que l'on entendait souvent crier et que l'on avait vu un jour déambuler nu dans la rue principale de notre ville, avait été emmené dans ce qu'on appelait un « sanatorium ». Ce sont des endroits terribles, apparemment. Remplis d'hommes et de femmes qui hurlent, ou qui restent assis à regarder dans le vide, comme s'ils étaient déjà morts.

— Excuse-moi, je n'aurais pas dû te dire ça. Nous savons tous que tu n'es pas fou, que tu cherches au contraire à cacher ton intelligence. La raison pour laquelle ils envisagent de t'envoyer chez le psychiatre est de découvrir pourquoi tu n'arrives pas à communiquer avec nous tous, alors que tu en es capable.

Comme toujours, je secouai aussitôt la tête. Ma réponse à cette question avait toujours été que j'avais de la fièvre et que je ne me rappelais pas avoir parlé à Bel. Ce qui n'était pas vraiment un mensonge.

— Ils essaient de t'aider, mon garçon, ils n'ont aucune intention de te faire du mal. Je t'en prie, ne prends pas cet air terrifié. Tiens, dit-elle en saisissant un paquet marron à côté de son fauteuil. C'est pour toi, pour l'hiver.

Je pris le paquet de ses mains et eus l'impression que c'était mon anniversaire. Cela faisait longtemps que je n'avais pas eu de paquet à ouvrir. J'avais envie de savourer cet instant, mais Évelyne m'encouragea à déchirer le papier. Je découvris une écharpe rayée aux couleurs vives et un bonnet en laine.

— Essaie-les, jeune homme. Voyons si la taille est bonne.

Bien que j'aie déjà extrêmement chaud, j'obéis. L'écharpe m'allait parfaitement – comment aurait-il pu en être autrement ? En revanche le bonnet était un peu trop grand et, la première fois que je le mis, il me glissa sur les yeux.

Évelyne me demanda de le lui donner et je la regardai relever l'avant du bonnet.

— Voilà. Maintenant ça devrait aller. Qu'en penses-tu ?

Que je vais mourir de chaud si je ne les enlève pas immédiatement…

Je hochai la tête avec enthousiasme, avant de me lever pour la serrer dans mes bras. Quand je m'écartai, je sentis que j'étais au bord des larmes.

— Oh, mon grand, tu sais combien j'aime tricoter. J'en ai fait des centaines pour nos garçons au front.

Je regagnai mon fauteuil, le mot « merci » me chatouillant les lèvres, mais je m'efforçai de les serrer. Je retirai bonnet et écharpe, les pliai et les remis respectueusement dans leur papier marron.

— À présent, il est temps pour nous deux d'aller nous coucher, annonça-t-elle en levant les yeux vers l'horloge posée sur la cheminée. Mais d'abord, je dois te confier qu'aujourd'hui, j'ai reçu une merveilleuse nouvelle, déclara-t-elle en indiquant une enveloppe derrière l'horloge. C'est une lettre de mon fils Louis. Il va me rendre visite dimanche. Que dis-tu de cela ?

Je hochai de nouveau la tête avec enthousiasme mais, au fond de moi, je me rendais compte que j'étais un peu jaloux de ce Louis extraordinaire, parfait aux yeux de sa mère.

— J'aimerais que tu fasses sa connaissance. Il m'emmènera déjeuner à l'auberge et nous serons de retour vers trois heures et demie. Si tu venais nous dire bonjour à quatre heures ?

J'acquiesçai et tentai de ne pas laisser transparaître ma contrariété.

Après lui avoir adressé un petit signe de la main et un grand sourire en tapotant mon paquet, je quittai la pièce. Cette nuit-là, je me blottis dans mon lit, perturbé par l'arrivée de ce concurrent pour l'affection d'Évelyne et par ce qu'elle avait dit à propos d'une éventuelle visite chez le psychiatre.

Mon sommeil fut très agité.

* * *

Dimanche après-midi, je me lavai le visage dans la bassine d'eau que l'une des bonnes m'apportait tous les jours. Ici, au dernier étage, nous n'avions pas de « commodités » (un autre motif de plainte pour Elsa et Antoinette qui devaient descendre pendant la nuit en cas de nécessité). Je me coiffai et décidai de ne pas porter de pull en laine car il était probable que, son fils étant là, Évelyne allume une flambée des plus crépitantes. Je descendis l'escalier, sortis par la cuisine et entamai ma promenade habituelle jusqu'à sa porte d'entrée. C'est alors qu'un son me fit m'arrêter net. J'écoutai et fermai les yeux, sentant un sourire se dessiner sur mes lèvres, incapables de garder une expression neutre. Je reconnaissais la musique, un morceau que jouait mon père qui, bien que non professionnel, s'était exercé des années durant.

Reprenant mes esprits quand cessa la musique, je plaçai un pied devant l'autre, arrivai sur le pas de la porte et frappai. Un homme grand et mince qui, je le savais, était âgé de dix-neuf ans, m'ouvrit aussitôt.

— Bonjour ! m'accueillit-il en souriant. Tu dois être le jeune garçon qui a rejoint la maison depuis ma dernière visite.

Il m'invita à l'intérieur et je cherchai immédiatement l'instrument du regard. Le violon se trouvait dans le fauteuil où je m'asseyais d'ordinaire.

— Bonjour, dit Évelyne. Je te présente Louis, mon fils.

Je hochai la tête, mais je n'arrivais pas à détacher le regard de ce simple morceau de bois qui, comme par magie, avait été transformé en un instrument capable de produire les sons les plus magnifiques au monde. Du moins, selon moi.

— Tu as entendu mon fils jouer ?

Évelyne avait remarqué la façon dont je fixais l'instrument.

Je hochai la tête, brûlant d'envie de le saisir et de l'installer sous mon menton, de lever l'archet et de produire des notes.

— Voudrais-tu le prendre ?

Je levai les yeux vers Louis, qui me rappelait sa mère en homme, avec le même gentil sourire. Je hochai la tête à nouveau avec véhémence. Il me le tendit et je le saisis avec autant de respect que s'il s'agissait de la Toison d'or. Puis, presque automatiquement, je plaçai l'instrument sous mon menton.

— Donc tu joues, déclara Louis.

Ce n'était pas une question, mais une constatation.

J'acquiesçai d'un signe de tête.

— Alors nous allons t'écouter, poursuivit-il en me tendant l'archet.

Ayant entendu jouer Louis, je savais que le violon était parfaitement accordé, mais je parcourus tout de même les cordes avec l'archet, afin de me familiariser avec l'instrument. Il était plus lourd que celui que nous utilisions Papa et moi, et je me demandais si je parviendrais à jouer correctement. Cela faisait si longtemps que je n'avais pas eu de violon entre les mains. Fermant les yeux, je fis ce que Papa m'avait toujours enseigné et me mis à caresser les cordes. Je n'étais même pas sûr de ce que je jouerais avant de me lancer, mais les notes merveilleuses du premier mouvement de la *Partita pour violon seul n° 2* de Bach, l'« Allemande », commencèrent à se déverser de mon être. Je fus pris au dépourvu quand le son s'éteignit et que le silence se fit. Puis des applaudissements s'élevèrent.

— Eh bien, voilà une chose à laquelle je ne m'attendais pas le moins du monde, entendis-je Évelyne souffler en s'éventant le visage.

— Monsieur…, commença Louis, tu es tout à fait remarquable. Ce que tu viens de *réaliser* était tout à fait remarquable pour un garçon de ton âge. Dis-moi, où as-tu appris à jouer ?

Maintenant que je l'avais entre les mains, je n'allais pas poser le violon pour attraper mes feuilles de papier, alors je me contentai de hausser les épaules, espérant qu'il me demanderait de jouer autre chose.

— Je t'ai dit, Louis, qu'il ne parlait pas.

— Les sons qu'il produit avec un violon compensent ce qui lui manque dans le registre vocal, répondit Louis en souriant à sa mère avant de se tourner vers moi. Tu es vraiment exceptionnel pour quelqu'un d'aussi jeune. Tu peux me le donner, pour venir prendre le thé avec nous.

Tandis que Louis approchait, une partie de moi souhaitait simplement s'agripper au violon et partir en courant.

— Ne t'inquiète pas, jeune homme, intervint Évelyne. Maintenant que je sais que tu joues si bien, je t'encouragerai à le faire aussi souvent que possible. Vois-tu, ce violon appartenait à mon mari. Lui aussi jouait très bien. Cet instrument habite donc ici avec moi, sous mon lit. Tu peux l'y ranger pour moi, dit-elle avec douceur en indiquant l'étui posé à terre.

Pendant que Louis préparait le thé, je replaçai tendrement le violon dans son nid. Le nom du fabricant était inscrit à l'intérieur de la partie supérieure de l'étui. Je ne le connaissais pas, mais peu m'importait. Le son n'était peut-être pas de la même qualité que celui du violon de mon père, mais cela m'irait très bien. N'importe quel violon m'irait très bien. Évelyne ne me demanda pas de ranger l'étui, alors je le gardai près de moi pendant que nous prenions le thé en écoutant Louis raconter ses études à sa mère.

— Peut-être qu'un jour, je concevrai la Renault nouvelle génération.

— Si c'était le cas, au-delà de ma fierté pour toi, tu sais combien cela me plairait ; tu vivrais près d'ici, plutôt que d'habiter si loin à Lyon.

— Je n'en ai plus pour très longtemps – plus que dix-huit mois avant mon diplôme, après quoi j'écrirai à toutes les sociétés automobiles pour proposer mes compétences.

— Tout petit déjà, Louis était obsédé par les voitures, m'expliqua Évelyne. À l'époque, il n'y en avait pas tant que cela sur les routes, mais Louis dessinait ce qu'il imaginait être des véhicules modernes et, tu sais quoi, ses dessins ressemblent beaucoup à ce que les entreprises produisent désormais. Bien sûr, de telles autos sont réservées aux riches...

— Ah, mais bientôt ce ne sera plus le cas, Maman. Un jour, chaque famille en possédera une, moi y compris.

— Cela ne fait pas de mal de rêver, hein ? répondit gentiment Évelyne. Bon, jeune homme, vas-tu réussir à terminer ce gâteau, ou Louis doit-il le mettre dans la boîte pour demain ?

Je décidai que j'avais encore de la place et pris la dernière part du plat.

— Dis-moi, quelles sont tes passions dans la vie ? m'interrogea Louis.

Je sortis une feuille et notai trois choses :

La nourriture !

Le violon

Les livres

Louis m'adressa un grand sourire après avoir lu ma réponse.

— J'ai pu constater les deux premières aujourd'hui. Parlais-tu auparavant ?

Je décidai d'être honnête et hochai la tête.

— Puis-je savoir ce qui t'est arrivé pour te rendre muet ?

Je haussai les épaules et secouai la tête.

— Ce n'est pas à nous de le lui demander, je crois ? interrompit Évelyne. Il nous le dira quand il sera prêt.

J'opinai du chef, puis penchai la tête d'un air chagriné. Je ne pouvais utiliser ma voix, mais mes capacités de mime se perfectionnaient.

— Si tu remettais du bois dans le feu, Louis ? Les jours commencent vraiment à raccourcir. Je n'aime pas l'hiver, et toi, jeune homme ? fit-elle en frissonnant.

Je secouai vivement la tête.

— Mais au moins, Noël illumine nos maisons et nos cœurs, et c'est une joie de l'hiver. Aimes-tu Noël ?

Je la fixai, puis fermai les yeux pour revivre un jour où le feu crépitait gaiement et où nous avions échangé de tout petits présents à l'issue de la messe. Nous avions eu de la viande au dîner ainsi que quelques douceurs spécialement préparées pour l'occasion. J'avais apprécié la fête, même si elle me revenait en mémoire comme une illustration dans un livre, comme si je ne l'avais pas vraiment vécue.

— J'espère avoir les moyens de payer le voyage pour venir te voir, Maman. Je vais économiser autant que je peux.

— Je sais, chéri. Bien sûr, dit Évelyne en se tournant vers moi, c'est pour moi la période la plus chargée ici. M. Landowski aime recevoir ses amis, donc peut-être serait-il plus sage d'attendre après Noël, quand le prix des billets de train aura baissé.

— Peut-être, nous verrons. À présent, malheureusement, je vais devoir filer.

Évelyne acquiesça et je lus la tristesse dans ses yeux.

— Je vais te préparer un en-cas pour le voyage.

— Maman, ne bouge pas, s'il te plaît. Notre déjeuner était copieux et je me suis empiffré de gâteau. Je te promets que je ne risque pas d'avoir faim dans le train. Maman aime nourrir ceux qui l'entourent, comme tu as dû le remarquer, ajouta-t-il à mon intention.

Je me levai, ne voulant pas perturber cette triste séparation entre mère et fils. J'étreignis Évelyne, puis serrai la main de Louis.

— J'ai été ravi de faire ta connaissance et je te remercie de tenir compagnie à Maman. Elle a besoin d'un poussin à couver, pas vrai ?

— Tu me connais trop bien, gloussa Évelyne. Au revoir, jeune homme, à demain.

— Et peut-être que, à ma prochaine visite, tu auras un nom par lequel nous pourrons t'appeler, lança Louis alors que je m'approchais de la porte.

Je regagnai la maison principale en songeant à ces derniers mots. C'était quelque chose que j'avais souvent envisagé depuis que j'avais cessé de parler. Je ne donnerais jamais plus mon vrai nom à quiconque, jamais. Ce qui signifiait que j'étais libre de choisir n'importe lequel. Non pas qu'il pourrait être plus beau que mon véritable nom, mais il me paraissait nécessaire de réfléchir à un pseudonyme. L'ennui, c'est qu'une fois qu'on avait un nom, même s'il s'agissait du pire nom du monde, il nous appartenait. Et c'était souvent la première chose que les gens savaient de nous. Il n'était donc pas si facile de s'en détacher. J'avais murmuré de nombreux noms au cours des dernières semaines, car cela m'embêtait que les gens ne sachent même pas comment s'adresser à moi. Cela les aiderait que j'aie au moins un prénom, et ce n'était pas compliqué à écrire. Néanmoins, malgré mes efforts d'inventivité, aucun ne me satisfaisait.

Après m'être coupé un bon morceau de baguette et l'avoir tartiné de confiture (chacun se débrouillait le dimanche soir), je montai dans ma mansarde et m'assis sur le lit, regardant la nuit tomber par ma petite fenêtre. Puis j'entrepris d'ajouter quelques lignes à mon journal.

Je viens de jouer du violon pour la première fois depuis bien longtemps. C'était absolument merveilleux de sentir de nouveau l'archet dans ma main et de pouvoir faire vibrer les cordes de l'instrument...

Je levai mon crayon, conscient d'avoir trouvé le nom parfait.

4

— Bon, la statue est enfin terminée ! s'exclama M. Landowski, soulagé, en tapant du poing sur son établi. Mais maintenant, ce fou de Brésilien me demande de façonner un modèle réduit de la tête et des mains de son Christ. La tête fera près de quatre mètres de haut et tiendra tout juste dans l'atelier. Les doigts toucheront presque le plafond. Nous expérimenterons ainsi, au sens propre, l'imposition des mains du Christ sur nous tous ici, plaisanta-t-il. Da Silva Costa m'a expliqué qu'il découperait ensuite ma création, comme une côte de bœuf, pour la transporter en bateau à Rio de Janeiro. Je n'ai jamais travaillé de cette façon auparavant. (Il poussa un soupir.) Mais je devrais peut-être m'en remettre à sa folie…

— Vous n'avez probablement pas le choix, souligna Laurent.

— Oui, c'est mon gagne-pain, Brouilly. Même si je ne peux accepter aucune autre commande tant que la tête et les mains de Notre-Seigneur occuperont toute la place ici. Allez… Apportez-moi les moulages des mains des deux jeunes filles que vous avez réalisés il y a quelques mois. J'ai besoin d'un support.

Laurent alla chercher les moulages dans l'entrepôt, et je décidai qu'il était temps de m'éclipser. Je sentais la tension dans la pièce. Je sortis de l'atelier et m'assis sur le banc de pierre, les yeux levés vers un ciel magnifique et dégagé. Je frissonnai soudain, appréciant pour la première fois mon pull en laine. Cette nuit, il allait geler, mais je ne pensais pas qu'il neigerait. Et j'avais une longue expérience en la matière. Je tournai la tête pour regarder au bon endroit, sachant que c'était au mois de novembre que celles qui m'avaient guidé jusqu'à ma nouvelle demeure apparaissaient dans l'hémisphère nord. Je les avais déjà repérées à quelques reprises, scintillant faiblement et souvent masquées par des nuages, mais ce soir…

Je sursautai, comme chaque fois que j'entendais des pas s'approcher, et essayai de reconnaître la personne qui arrivait. La silhouette familière de Laurent apparut et il s'assit à côté de moi tandis que je continuais de contempler les cieux.

— Tu aimes les étoiles ?

Je lui souris et hochai la tête.

— Voici la ceinture d'Orion, indiqua Laurent en montrant une constellation du doigt. Et là, les Sept Sœurs, serrées les unes contre les autres, avec leurs parents, Atlas et Pléioné, plus haut, qui veillent sur elles.

Je suivais son doigt des yeux tandis qu'il reliait les étoiles entre elles, n'osant pas le regarder, de peur qu'il remarque mon étonnement.

— Mon père s'intéressait à l'astronomie. Il possédait un télescope qu'il gardait dans le grenier, au dernier étage de notre château, expliqua Laurent. De temps en temps, il le montait sur le toit si la nuit était claire, et il m'initiait à l'observation du ciel. Une fois, j'ai vu une étoile filante, c'était la chose la plus magique que j'aie jamais vue. Est-ce que tu connais tes parents ?

Il baissa les yeux et m'observa attentivement. Je fis semblant de ne pas avoir entendu, trop absorbé par le spectacle nocturne.

— Bon, je dois y aller. Bonsoir.

Laurent me donna une petite tape sur la tête et s'éloigna. Là encore, comme lorsque j'avais découvert le violon, j'avais été à deux doigts de parler. De toutes les étoiles qu'il aurait pu nommer parmi toutes les constellations… J'étais conscient qu'il s'agissait d'un amas célèbre, mais bizarrement j'avais toujours eu le sentiment qu'elles étaient mon secret à moi, et je n'étais pas sûr d'apprécier que quelqu'un d'autre leur accorde une attention particulière.

Cherche les Sept Sœurs des Pléiades, mon fils. Elles seront toujours là, quelque part, pour veiller sur toi et te protéger quand je ne le pourrai pas...

Je connaissais toutes leurs histoires sur le bout des doigts. Quand j'étais petit, mon père me racontait l'émerveillement qu'elles suscitaient depuis l'Antiquité. Je savais qu'elles n'étaient pas uniquement des créatures de la mythologie grecque, mais qu'elles nourrissaient également bien des légendes à travers le monde et, dans ma tête, elles étaient réelles : sept femmes qui veillaient sur moi. Quand d'autres enfants imaginaient des anges qui les envelopperaient de leurs ailes duveteuses, Maia, Alcyone, Astérope, Célaéno, Taygète, Électra et Mérope étaient comme des mères pour moi. J'avais beaucoup de chance d'en avoir sept, car si l'une manquait d'éclat un soir donné, je pouvais me tourner vers les autres. Chacune avait ses propres forces, ses qualités. Je me disais parfois que, si on les fusionnait, on obtiendrait peut-être la femme parfaite, comme la Sainte Mère. Et même si, au vu des circonstances, j'avais dû grandir plus vite que les enfants de mon âge, l'idée que les sœurs étaient bien réelles et viendraient me secourir si j'avais besoin d'elles restait ancrée en moi – je m'y accrochais. Je levai de nouveau les yeux vers elles, avant de quitter le banc et de regagner ma chambre en courant pour regarder par la fenêtre. Et oui... OUI ! Elles étaient visibles de là aussi.

Cela faisait une éternité que je n'avais pas aussi bien dormi que cette nuit-là, me sentant protégé par la lueur de mes étoiles gardiennes.

* * *

Mes capacités de violoniste avaient fait le tour de la maisonnée.

— La famille veut t'entendre, m'annonça Évelyne. Tu joueras dimanche.

Je fis la moue, plus par peur qu'autre chose. C'était une chose de jouer pour Évelyne, la gouvernante, c'en était une autre de jouer pour les Landowski, notamment devant Marcel, lui-même si talentueux au piano.

— Ne t'inquiète pas, tu peux t'entraîner avec ça, me dit Évelyne en me tendant le violon. Viens pendant la journée, quand tout le monde est occupé. Non pas que tu aies besoin de répéter, chéri, mais peut-être cela t'aidera-t-il à te détendre. Connais-tu beaucoup de morceaux par cœur ?

Je hochai la tête.

— Alors je te suggère d'en choisir deux ou trois.

Je ne comprenais pas vraiment pourquoi, mais je suivis son conseil et, au cours des jours suivants, j'allais chez elle quand elle travaillait à côté, je vérifiais que toutes les fenêtres étaient fermées pour échapper aux oreilles indiscrètes, et je jouais mes morceaux préférés. Évelyne avait raison : j'étais un peu rouillé et mes doigts avaient perdu de leur agilité, peut-être à cause de ce qu'ils avaient enduré pendant mon voyage jusqu'ici. À l'issue d'une longue réflexion, je sélectionnai trois morceaux. Le premier, parce qu'il était très impressionnant mais n'était en fait pas compliqué à jouer ; le suivant, parce qu'il était difficile d'un point de vue technique, juste au cas où un membre de la famille connaîtrait assez bien le violon pour juger de mon habileté ; et le dernier, parce que c'était mon préféré et que j'adorais le jouer.

La « prestation » était prévue avant le déjeuner dominical. Même les domestiques avaient été invitées. L'intention des Landowski était sans doute simplement de faire preuve de gentillesse en marquant le coup, mais cela me donnait l'impression de passer un examen, ce qui me mettait mal à l'aise. Quelles que soient leurs motivations, et je suis certain qu'elles étaient bienveillantes, j'étais obligé de me produire devant eux. C'était terrifiant car, jusqu'alors, je n'avais joué que pour ma famille, Évelyne et Louis, et seule l'opinion de Papa avait eu de l'importance. Or il s'agissait d'un sculpteur célèbre et de sa talentueuse famille, dont certains membres avaient de solides connaissances musicales.

Je ne dormis pas bien la nuit précédente, me tournant et me retournant dans mon lit, n'ayant qu'une envie : me précipiter dans le salon d'Évelyne pour répéter encore et encore jusqu'à ce que le violon devienne une extension de mes mains, ce vers quoi Papa m'avait dit de tendre.

Je passai toute la matinée du dimanche à jouer, à m'en faire saigner les doigts, puis Évelyne vint me chercher pour me dire de monter me changer. Dans la cuisine, je fus soumis à ce qu'elle appelait « un brin de toilette » : elle me mouilla les cheveux pour les coiffer en arrière et me passa son gant sur le visage.

— Voilà, j'ai fini. Tu es prêt. (Elle me sourit, puis m'attira contre elle.) N'oublie pas à quel point je suis fière de toi.

Alors elle me laissa partir et j'aperçus des larmes dans ses yeux.

On me souhaita la bienvenue au salon où la famille était réunie autour d'un grand feu. Tous avaient un verre de vin à la main, et on m'indiqua de me placer devant eux.

— Allez, mon garçon, aucune raison d'être tendu, hein ? Joue quand tu veux, m'encouragea M. Landowski.

J'installai le violon sous mon menton et ajustai la position jusqu'à ce que ce soit confortable. Ensuite je fermai les yeux et demandai à tous ceux qui, selon Papa, me protégeaient – lui y compris – de s'assembler autour de moi. Puis je levai mon archet et commençai à jouer.

Lorsque j'eus achevé le dernier morceau, le silence s'installa. Un silence qui me sembla terrible. Toute ma confiance avait disparu dans mes chaussettes. Après tout, que savait Papa de la musique ? Ou la gouvernante et son fils ingénieur ? Je sentais mes joues rougir d'embarras, j'avais envie de m'enfuir et de pleurer. Mon angoisse dut me boucher quelques instants les oreilles car, quand je finis par me ressaisir, j'entendis des applaudissements. Même Marcel paraissait enthousiaste et impressionné.

— Bravo, jeune homme ! Bravo ! s'exclama M. Landowski. Je regrette juste que tu ne puisses pas nous dire où tu as appris à jouer comme ça. Ou peut-être nous le diras-tu ? ajouta-t-il, l'air presque désespéré.

— Sérieusement, tu es très, très doué, surtout pour ton âge, déclara Marcel, parvenant à me complimenter tout en me traitant avec condescendance.

— Félicitations, dit Mme Landowski en me tapotant l'épaule et en m'adressant un des petits sourires chaleureux dont elle avait le secret. À présent, ajouta-t-elle en entendant une cloche tinter dans l'entrée, nous devons nous mettre à table.

Mon incroyable prouesse alimenta la discussion pendant les hors-d'œuvre puis, pendant le plat principal, la famille s'amusa à me poser des questions auxquelles je devais répondre en hochant ou en secouant la tête. Bien que je sois un peu mal à l'aise qu'ils traitent ma vie passée comme un simple jeu, je savais qu'il n'y avait aucune malice chez aucun d'eux. Si je n'avais pas envie de répondre à l'une de leurs questions, ils ne m'en tiendraient pas rigueur.

— Nous devons te trouver des cours, annonça Landowski. J'ai un ami au conservatoire. Rachmaninoff doit connaître un bon professeur.

— Papa, le conservatoire n'accepte pas d'étudiants aussi jeunes, intervint Marcel.

— Ah, mais il ne s'agit pas ici d'un étudiant quelconque, notre jeune ami est doté d'un talent exceptionnel. Le talent n'a pas d'âge. Je vais voir ce que je peux faire, dit M. Landowski avec un clin d'œil.

Marcel fit la moue.

Juste avant que tout le monde ne se lève de table à la fin du dessert, je pris une décision. J'avais terriblement envie de remercier M. Landowski en particulier, pour tout ce qu'il avait fait pour moi. Aussi pris-je une feuille pour y noter quelques mots. Alors que le reste de la famille s'éloignait, je fis signe à mon bienfaiteur de s'arrêter. Puis, les mains légèrement tremblantes, je lui tendis le morceau de papier. Je l'observai pendant qu'il lisait les quatre mots.

— Voyez-vous cela, dit-il en riant. Après ta prestation, cela ne m'étonne pas. Ai-je raison de supposer qu'il s'agit d'un surnom qui te vient de ton talent ?

Je hochai la tête.

— Très bien, alors j'en informerai le reste de la famille. Merci de me l'avoir confié. Je comprends combien cela est difficile pour toi.

Je sortis dans le couloir, puis remontai dans ma chambre en courant. Je me plaçai face au miroir. Puis j'ouvris la bouche pour prononcer les quatre mots.

— Je m'appelle Ar.

* * *

Apparemment, on m'avait trouvé un professeur de violon et j'étais censé aller jouer pour lui à Paris après Noël. Je ne savais pas ce que je trouvais le plus excitant : jouer devant un vrai violoniste ou qu'Évelyne m'emmène à Paris.

— Paris…, murmurai-je sous mes draps.

Évelyne avait ordonné aux bonnes de me fournir une couverture en laine plus épaisse, aussi me glisser dans mon lit bien chaud et douillet était-il devenu l'un des moments préférés de ma journée. J'expérimentais également cette drôle de sensation dans mon ventre, que j'avais déjà ressentie bien plus jeune, quand la peur n'avait pas encore saisi mon cœur. C'était comme une petite bulle qui montait de mon estomac à ma poitrine, dessinant un sourire sur mes lèvres. Je crois que c'est cette sensation qu'on appelait « excitation ». J'osais à peine la ressentir car cela menait ensuite au sentiment de bonheur, et je ne voulais pas être trop heureux, car alors quelque chose de terrible risquait de se produire. Les Landowski pourraient décider qu'ils ne voulaient plus de moi sous leur toit, et il serait alors encore plus difficile de retomber dans le malheur, de me retrouver de nouveau seul, sans le sou et affamé. Le violon m'avait sauvé, me permettant d'« intriguer » encore davantage la famille, comme l'avait dit M. Landowski à Laurent dans l'atelier (j'avais dû chercher ce mot dans le dictionnaire, car il ne faisait pas partie de mon vocabulaire).

Ainsi, si je souhaitais rester, je devais continuer de les intriguer autant que possible, tout en me rendant utile, ce qui se révélait éreintant. Les projets pour Noël allaient bon train aussi, et tout le monde parlait de cadeaux à mi-voix. Cela m'avait beaucoup préoccupé car, évidemment, je n'avais pas d'argent pour acheter le moindre présent à quiconque et j'étais terrifié à l'idée que, gentils comme ils étaient, ils puissent m'en offrir. J'avais consulté Évelyne à ce sujet lors d'une de mes visites nocturnes.

Elle avait lu « Comment obtenir de l'argent pour faire des cadeaux ? » et m'avait regardé, l'air pensive.

— Je pourrais te prêter quelques centimes pour acheter un petit cadeau pour chacun, mais je sais que tu refuserais. Et puis les Landowski risqueraient de se demander d'où sort cet argent… si tu vois ce que je veux dire, avait-elle répondu en levant les yeux au ciel.

En effet, s'ils me soupçonnaient de vol, il serait ensuite difficile pour moi de gagner leur affection.

Elle me dit de préparer le chocolat chaud pendant qu'elle réfléchissait. Quand je posai sa tasse près d'elle, je vis qu'elle avait une idée.

— Tu passes beaucoup de temps à tailler des pierres dans l'atelier, n'est-ce pas ?

J'approuvai de la tête, avant d'écrire :

Mais je ne suis pas doué du tout.

— Qui pourrait être doué comparé à un génie comme M. Landowski ? Toutefois, tu t'es entraîné à façonner des formes, alors je me disais que tu pourrais peut-être essayer avec un matériau plus maniable comme le bois, et voir si tu ne pourrais pas sculpter un petit quelque chose pour chaque membre de la famille, en guise de cadeau de Noël. Cela ferait plaisir à M. Landowski de constater que les mois que tu as passés à l'observer t'ont appris quelque chose.

Je hochai la tête avec enthousiasme. Évelyne avait beau répéter qu'elle manquait d'éducation, elle avait parfois les meilleures idées du monde.

J'allai donc chercher du bois dans la grange et, chaque matin, avant que les autres ne se lèvent, je m'entraînais sur la table à tréteaux. Évelyne avait également vu juste au sujet du bois. C'était comme apprendre à jouer du flûtiau après s'être essayé à la flûte traversière. Sans oublier que j'avais vu certains tailler le bois dans mon ancien pays.

Mon ancien pays... voilà comment je commençais à y penser désormais.

Ainsi, au cours des trois semaines précédant Noël, je parvins à sculpter pour chaque membre de la famille ce que j'espérais être un objet qu'il ou elle apprécierait. Le cadeau destiné à M. Landowski fut celui qui me prit le plus de temps, car je souhaitais lui offrir une réplique en bois de son *Cristo* bien-aimé. D'ailleurs, j'y consacrai autant de temps qu'à toutes les autres sculptures réunies.

Ces dernières semaines avaient été éprouvantes pour lui car l'architecte du *Cristo* lui avait annoncé que la seule façon de transporter ce que j'appelais « le pardessus du Christ » (le béton qui le soutiendrait, lui et ses entrailles) était de le couper en morceaux. D'après ce que j'avais entendu, au cours de la traversée entre la France et Rio, il y aurait ainsi moins de risques de fissure. M. Landowski s'était beaucoup tracassé car il se sentait obligé d'accompagner son précieux Christ pour veiller sur lui, mais il ne pouvait pas se permettre un si long voyage, sachant que Sun Yat-sen et ses globes oculaires ne lui donnaient pas encore satisfaction.

Bien sûr, j'avais pensé à la solution idéale pour tout le monde : Laurent devrait s'occuper du *Cristo*. Non seulement M. Landowski pourrait rester et avancer dans son travail, mais aussi Laurent pourrait espérer revoir sa chère et tendre à Rio... ce qui lui redonnerait la joie de vivre et éviterait qu'il passe ses nuits dans les rues de Montparnasse (un endroit que je rêvais de découvrir, même si M. Landowski ne cessait de dire que ce quartier grouillait d'artistes ratés, de mendiants et de voleurs). Je m'apprêtais à le suggérer quand, par chance, Laurent fut pris d'un éclair de lucidité et le proposa lui-même. Au départ, M. Landowski hésita, car il ne faisait nul doute que, récemment, Laurent n'avait pas fait preuve d'une fiabilité exemplaire. Mais après que ce dernier eut juré encore et encore qu'il dormirait dans la cale avec les morceaux du *Cristo* si nécessaire, et qu'il ne boirait pas une goutte d'alcool tant que la sculpture serait sous sa garde, tous convinrent que c'était la meilleure solution. Il était beau de lire la joie et la hâte dans les yeux de Laurent, et j'espérais vraiment avoir un jour la chance de connaître l'amour, cette chose qui l'illuminait de l'intérieur quand il imaginait ses retrouvailles avec Bel, mon ange merveilleux.

Plaisir et douleur, songeai-je en emballant soigneusement ma propre sculpture du *Cristo* dans le papier brun qu'Évelyne m'avait remis pour mes cadeaux.

— Tu n'es pas parfait, mais au moins tu es en un seul morceau, murmurai-je en repliant le papier sur son visage pas tout à fait symétrique.

Quand j'eus enveloppé tous les objets, je les rangeai dans ma commode. Puis, voyant que la nuit tombait, je descendis l'escalier et m'avançai dans le salon sur la pointe des pieds pour contempler le sapin qui avait été livré plus tôt, car nous étions à la veille de Noël. J'avais regardé tous les membres de la famille accrocher des pommes de pin à ses branches à l'aide de rubans, et nous avions tous placé une paire de chaussures sous l'arbre pour que le Père Noël les remplisse de cadeaux. M. Landowski m'avait expliqué qu'il s'agissait d'une tradition française très ancienne qui plaisait aussi aux adultes. Puis ils avaient attaché des bougies à l'extrémité des branches et les avaient allumées au crépuscule. C'était la plus jolie chose que j'aie jamais vue, en particulier à présent, dans l'obscurité.

— Encore à admirer le sapin, mon garçon ?

La voix de la personne à qui je pensais me fit sursauter et je me retournai pour me retrouver face à M. Landowski, qui ne s'était pas encore habitué à mon pseudonyme.

— Je songe toujours à la musique de Tchaïkovski lorsque je contemple le sapin la veille de Noël. Connais-tu la partition de *Casse-Noisette* ?

D'un geste de la main, j'indiquai que oui, mais pas très bien. Papa n'aimait pas beaucoup Tchaïkovski qui, selon lui, composait des mélodies pour plaire à son public au détriment de la complexité technique.

— Je parie que tu ignorais que lorsque Tchaïkovski était à Paris, il possédait un célesta, un instrument à mi-chemin entre un piano et un carillon, dont le son rappelle celui d'une cloche. Cela lui a inspiré la « Danse de la Fée Dragée », et il est reparti en Russie fort d'une énergie nouvelle pour sa composition.

Je l'ignorais en effet et je hochai la tête avec enthousiasme, souhaitant poursuivre cette conversation.

— Sais-tu jouer l'« Ouverture » ?

Je haussai les épaules pour indiquer *peut-être* – car évidemment j'en étais capable, mais il me faudrait m'entraîner.

— Peut-être ceci t'aidera-t-il à te la remémorer. Je m'apprêtais à monter pour te le donner. Je me disais que cela pourrait t'embarrasser si je te l'offrais devant la famille.

Dans la lumière tamisée des bougies du sapin, il sortit un étui de violon de derrière son dos et me le tendit.

— Mes parents me l'ont offert quand j'étais enfant, mais malheureusement je n'ai jamais été très doué. Je l'ai néanmoins conservé. La valeur sentimentale… tu vois.

Je voyais très bien à quoi il faisait référence et, l'espace d'un instant, je fus partagé entre la tristesse d'avoir dû tout laisser derrière moi lors de ma fuite et l'immense joie face au cadeau de M. Landowski.

— Tiens, il aura davantage sa place entre tes mains talentueuses qu'au-dessus de mon armoire à prendre la poussière.

J'ouvris automatiquement la bouche, si bouleversé par sa générosité et par les possibilités qui s'offraient à moi avec mon propre violon que je faillis parler. Je regardai l'instrument dans mes paumes et l'embrassai, avant d'étreindre mon protecteur avec une certaine maladresse. Au bout de quelques secondes, il m'écarta en me prenant par les épaules.

— Peut-être qu'un jour, mon garçon, tu me feras enfin suffisamment confiance pour prononcer les mots de gratitude qui te pendent aux lèvres. Pour l'heure, joyeux Noël.

Je hochai vivement la tête en retour et le regardai quitter la pièce.

À l'étage, sachant que les bonnes étaient encore dans la cuisine, en train de boire de l'alcool qui sentait le pétrole et de chanter des airs qui ne me semblaient guère se rapprocher de chants de Noël, je posai l'étui sur mon lit et l'ouvris, le cœur battant. J'y découvris un violon qui avait été fabriqué pour un enfant, comme moi et le propriétaire d'origine. Il serait bien plus facile à manier que la version pour adulte qu'Évelyne m'avait gentiment prêtée. En le sortant, je remarquai les signes du temps qui avait passé : le noyer poli était quelque peu égratigné et les cordes étaient recouvertes de poussière.

Je m'assis et, respectueusement, je le soulevai jusqu'à mes lèvres et soufflai, regardant les particules de poussière s'échapper de leur prison et danser autour de ma chambre, songeant que le lendemain, j'ouvrirais la fenêtre pour les libérer. Je pris ensuite mon mouchoir dans ma poche et essuyai les cordes. Après quoi je plaçai le violon sous mon menton où il s'emboîta parfaitement. Puis je saisis l'archet, fermai les yeux et me mis à jouer.

Mon cœur s'emplit de joie, prêt à rejoindre la danse des grains de poussière, en entendant le son doux et mélodieux d'un violon de bonne facture. Oui, il fallait l'accorder, après des années d'abandon, mais ce serait simple. Inspiré par l'anecdote de M. Landowski à propos de *Casse-Noisette*, je jouai les premières mesures de l'« Ouverture ». Puis j'éclatai de rire et dansai dans ma chambre en jouant une chanson folklorique enjouée qui m'avait souvent aidé à m'évader par le passé quand je vivais des moments difficiles. Haletant d'émotion, je me sentis soudain défaillir et dus m'allonger pour ne pas tomber. Puis je saisis la gourde près de moi pour boire un peu d'eau.

L'année précédente, à cette époque-là, je croyais ne jamais connaître un autre Noël, pourtant j'étais bien là, heureux, comme Clara quand elle se rend compte que tout ce qu'elle a vu n'était qu'un rêve. Ou peut-être s'agissait-il d'un nouveau départ.

Je donnai un dernier coup d'archet sur… *mon* violon, puis le replaçai dans son étui que je rangeai sous mes draps, au bout de mon lit, afin de pouvoir le toucher avec mes orteils.

M'installant confortablement sur mes oreillers, je souris et déclarai :

— Je m'appelle Ar et tout ira bien.

5

À l'issue d'une semaine très joyeuse chez les Landowski, en particulier la soirée du Nouvel An à laquelle M. Landowski avait invité de nombreux amis artistes, je comptais les jours jusqu'à mon audition avec celui qui pourrait devenir mon professeur de violon. Personne n'avait jugé utile de mentionner son nom, et cela ne m'importait pas non plus car, s'il travaillait au conservatoire qu'avait fondé Rachmaninoff, il était forcément brillant.

Je m'entraînais autant que possible, si souvent que les bonnes m'avaient grondé : mes « crissements » sur ce « machin » les obligeaient à enfouir la tête sous leur oreiller, et puis il était minuit passé !

Je m'étais confondu en excuses, constatant en consultant l'horloge qu'elles avaient raison. J'avais perdu toute notion du temps.

Le grand jour arriva et Évelyne entra dans ma chambre tout agitée pour me remettre un blazer gris de Marcel à enfiler par-dessus ma chemise et mon pull en laine.

— Bon, allons-y. L'autobus a ses propres horaires, il se moque de ceux qui sont affichés aux arrêts.

Sur la route jusqu'au centre-ville, elle ne cessait de bavarder, mais je ne l'écoutais pas vraiment, même quand, frustrée, elle se mit à faire les cent pas, se plaignant du manque de fiabilité des autobus auprès des autres passagers qui attendaient, disant combien il était ridicule que Boulogne-Billancourt produise voitures et avions et soit incapable de faire passer les autobus à l'heure. J'étais ailleurs, obnubilé par les notes dans mon esprit. J'essayais de me rappeler ce que m'avait enseigné Papa toutes ces années auparavant, comme quoi il fallait « vivre la musique » et ressentir son âme. Même alors que nous roulions vers Paris, une ville dont Papa m'avait tant parlé, je fermai les yeux, sachant que j'aurais d'autres occasions d'apprécier sa beauté. Pour l'heure, tout ce qui importait était le violon sur mes genoux et les sons qui en émaneraient.

— Allez, jeune homme, dépêche-toi.

Évelyne était contrariée car j'insistais pour porter mon violon contre ma poitrine des deux mains, ce qui faisait que je ne pouvais pas prendre la sienne. Je remarquai de nombreux passants sur les larges trottoirs, quelques arbres et… oui ! Un monument immédiatement reconnaissable ! La tour Eiffel. Je la voyais toujours quand Évelyne s'arrêta.

— Nous y voilà. Allez, entrons.

Je levai les yeux vers le grand immeuble de grès et comptai deux étages dotés de hautes fenêtres, ainsi qu'un troisième étage sous les toits, aux ouvertures plus réduites. Une plaque en laiton indiquait en lettres majuscules qu'il s'agissait en effet du célèbre conservatoire Serge-Rachmaninoff.

Bien qu'elle ait dit « Entrons », je dus attendre qu'elle ait appliqué une nouvelle couche de rouge à lèvres et arrangé les mèches qui dépassaient de son plus beau chapeau. À l'intérieur, nous découvrîmes une salle d'attente majestueuse aux murs couverts de portraits de vieux compositeurs. Au milieu du parquet lustré se trouvait une femme assise à un bureau de réception. Évelyne se dirigea aussitôt vers elle. La lumière se déversait par les fenêtres côté rue et celles qui, à l'arrière, donnaient sur ce qui ressemblait à un grand parc.

Quelle ne fut pas ma joie lorsque la réceptionniste à l'air austère finit par hocher la tête et nous indiqua de nous rendre en salle quatre, au deuxième étage. Elle pointa du doigt une espèce de cage où on aurait pu mettre un ours. Je me dirigeai vers l'escalier adjacent, mais Évelyne m'attira vers la cage et appuya sur un bouton à côté.

— Si tu crois que je vais m'amuser à monter deux étages à pied alors qu'il y a un ascenseur, c'est mal me connaître.

Je voulais lui demander ce qu'était un « ascenseur », mais je vis alors une deuxième boîte s'imbriquer dans la première et je compris. Toutefois, même si cela semblait excitant, je ne voulais prendre aucun risque. Je montrai les marches et les gravis deux par deux. Il n'y avait aucun signe d'Évelyne quand j'arrivai près d'une autre cage, identique à celle du rez-de-chaussée, et je craignis le pire, mais j'entendis soudain un ronronnement et la boîte surgit. La porte s'ouvrit et Évelyne réapparut, sortant de la cage comme si de rien n'était.

— Tu n'avais donc jamais vu un ascenseur ? me demanda-t-elle.

Je secouai la tête, n'en revenant toujours pas.

— Peut-être m'accompagneras-tu pour descendre. Cela te permettra de penser à quelque chose d'amusant, quelle que soit l'issue de ton audition. Bon, cherchons cette salle quatre.

Évelyne se dirigea vers un couloir où s'échappait, derrière les portes closes, le son de divers instruments. Nous nous arrêtâmes devant la salle numéro quatre et Évelyne frappa vivement. Pas de réponse. Au bout de quelques secondes, elle frappa à nouveau.

— Il n'y a personne, observa-t-elle en haussant les épaules.

Elle tourna alors la poignée aussi lentement et silencieusement que possible, et poussa la porte jusqu'à pouvoir y passer la tête – ou, devrais-je dire, le chapeau.

— Non, il n'y a personne ici. Il ne nous reste plus qu'à attendre.

Nous attendîmes donc, et je sais que les gens exagèrent quand ils disent qu'un instant a été le plus heureux, le plus affreux ou le plus long de toute leur vie, mais cette attente-là me sembla d'une lenteur infinie. Le plus agaçant, c'est que je voyais l'ascenseur et, chaque fois qu'il ronronnait, j'imaginais que le passager libéré serait la personne qui déciderait de mon destin. Cependant, chaque fois, la personne en question partait dans la direction opposée ou passait devant nous sans nous adresser la parole.

— Oh, vraiment, s'exclama Évelyne qui, je le voyais, souffrait de devoir rester debout, qui que soit ce professeur, il est bien impoli.

Enfin, au moment où elle marmonnait qu'il avait dû y avoir un malentendu et que nous allions repartir, une porte s'ouvrit dans le couloir. Un jeune homme mince à la peau très blanche et aux cheveux noirs apparut. Il s'avança vers nous, l'air un peu saoul.

— Veuillez m'excuser, j'avais un cours avec un autre élève avant vous, après quoi j'ai décidé de me reposer quelques instants. J'ai peur de m'être assoupi.

Il tendit la main à Évelyne qui, à contrecœur, la serra.

— Madame, petit monsieur, pardonnez-moi, je vous prie. Je travaille ici de longues heures durant et j'ai parfois du mal à trouver le sommeil la nuit. Bon, madame, maintenant que vous m'avez livré votre précieuse cargaison, si vous redescendiez dans le hall où se trouve un fauteuil confortable ? Dites à Violetta qu'Ivan lui demande de vous préparer du thé ou du café, selon ce qui vous ferait plaisir.

Semblant soulagée mais tout de même réticente à l'idée de me laisser avec ce qu'elle considérait clairement comme un homme étrange, elle hocha la tête.

— Une fois que tu auras fini, redescends immédiatement, d'accord, Ar ?

Je hochai la tête.

— Vous savez qu'il est muet ? demanda-t-elle à M. Ivan.

— Oui, mais la musique parlera pour lui, pas vrai ? me dit-il.

Sans autre commentaire, il ouvrit la porte et me fit entrer.

Même alors que j'écrivais mon journal ce soir-là – puis mon journal secret, dont ceci fait partie –, je n'avais que de vagues souvenirs du temps passé avec M. Ivan. Je sais qu'il me demanda d'abord de jouer ce qu'il appelait mes « morceaux de fête », puis il sortit une partition pour tester mes capacités de déchiffrage, après quoi il prit son violon et joua une série de gammes et d'arpèges que je devais suivre. Tout cela me sembla se produire en un rien de temps. Ensuite, il m'emmena vers une petite table en bois et m'indiqua de m'asseoir sur une chaise.

Alors qu'il en prenait une lui aussi, il poussa un juron et regarda son doigt. Puis il dit autre chose et je me rendis compte qu'il parlait russe.

— Me voilà avec une écharde. Les plus petites choses peuvent causer la plus grande souffrance, n'est-ce pas ?

Je hochai la tête, ne voulant pas le contrarier. Je souhaitais plaire à cet homme plus qu'à quiconque depuis le départ de Papa.

— Comment allons-nous communiquer si tu ne parles pas ?

Bien préparé, je sortis mon carnet de ma poche, ainsi que mon crayon.

— Tu t'appelles Ar ?

Oui.

— Quel âge as-tu ?

Dix ans.

— Où sont tes parents ?

Ma mère est morte et je ne sais pas où est mon père.

— D'où viens-tu ?

Je ne sais pas.

— Je ne te crois pas, petit monsieur, et j'ai déjà mes doutes, mais tu me connais à peine, et nous autres émigrés n'aimons pas dévoiler des informations personnelles trop facilement, je me trompe ?

En effet, écrivis-je, touché qu'il comprenne et ne me trouve pas bizarre comme tous les autres.

— Qui t'a appris à jouer du violon ?

Papa.

— À quand remonte ta dernière leçon ?

Je réfléchis, mais je n'étais pas très sûr.

Trois ou quatre ans.

— C'est la première fois que je rencontre quelqu'un de si talentueux à un si jeune âge. C'est tout à fait remarquable, vraiment. Ta musicalité te vient naturellement, ce qui cache les défauts de ta technique. J'ai été impressionné que tu ne te laisses pas submerger par le trac, alors même que j'imagine que cette possibilité d'étudier au conservatoire représente tout pour toi ?

Oui.

— Hmmm…

Il se frotta le menton, réfléchissant.

— Comme tu peux l'imaginer, de nombreux parents m'amènent leurs petits génies, des enfants qui ont eu les meilleurs violons et les meilleurs professeurs de banlieue et que l'on a forcés à s'entraîner pendant des heures. Bien que, d'un point de vue technique, ils soient bien plus brillants que toi, j'ai souvent le sentiment qu'ils ne jouent pas avec leur âme. En d'autres termes, ce sont des singes savants, une simple extension de l'ego de leurs parents. Avec toi, c'est complètement différent, notamment parce que tu es orphelin et que ton protecteur n'a absolument pas besoin d'un enfant qui n'est pas le sien pour impressionner ses amis, sachant que *lui-même* est impressionnant. Alors… même s'il y a des défauts dans ta façon de jouer… sans vouloir manquer de respect à ton père, j'imagine qu'il n'était pas professionnel ?

Je secouai la tête en ayant le sentiment de manquer *moi-même* de respect à Papa.

— Ne prends pas cet air si triste, petit monsieur. Je vois qu'il t'a enseigné la musique avec amour. Et en contrepartie, il a découvert un talent bien plus grand que le sien, qu'il a souhaité cultiver. Où es-tu scolarisé ?

Nulle part. Je ne parle pas, donc je ne peux pas aller à l'école.

— Même si cela ne me regarde pas, c'est fâcheux. Je sais que tu es capable de parler, pas seulement parce qu'on me l'a dit, mais parce que je vois bien que tu t'empêches de me répondre depuis que nous discutons. Je crois que tu es entouré de gens bons et bienveillants et, quelles que soient les horreurs que tu as vécues, qui t'ont meurtri au point que tu n'oses pas communiquer, j'espère pour toi que le moment viendra où tu ouvriras la bouche. Mais ce n'est pas grave, je ne dis cela que parce que moi aussi, j'ai beaucoup souffert, depuis que j'ai quitté la Russie. Tant de souffrances, tant de guerres en seulement quinze ans d'humanité… Toi et moi en sommes tous les deux le résultat. Un conseil, mon jeune ami : ne laisse pas ces ignobles individus gagner, d'accord ? Ils t'ont pris tant de choses – ton passé, ta famille. Ne les laisse pas prendre aussi ton avenir.

Je fus gêné de sentir les larmes me monter aux yeux. Je hochai doucement la tête et sortis mon mouchoir.

— Ah, je t'ai fait pleurer, toutes mes excuses. Je m'exprime parfois trop librement. La bonne nouvelle, c'est que, si tu ne vas pas à l'école, il sera bien plus facile de te caser dans mon emploi du temps. Alors, voyons voir…

Il sortit un agenda tout mince de la poche de sa veste et tourna quelques pages – pas beaucoup puisque nous n'étions qu'au mois de janvier.

— Bon, nous commencerons par deux leçons par semaine. Je peux te prendre à onze heures le mardi et à quatorze heures le vendredi. Nous verrons comment cela se passe, mais j'ai un bon pressentiment. À présent, je vais te ramener à ta nurse. Elle a l'air gentille, observa-t-il en quittant la pièce pour se diriger vers l'ascenseur.

J'acquiesçai.

Puis je repris mes esprits et griffonnai quelques mots à la hâte.

Combien par leçon ?

— J'en discuterai avec M. Landowski, mais nous autres émigrés devons nous serrer les coudes, pas vrai ?

Il me donna une tape dans le dos, si forte que je faillis tomber dans la boîte à l'intérieur de la cage. Il referma la porte, appuya sur un bouton, et nous descendîmes. Je me demandais si c'était ce que ressentaient les oiseaux quand ils volaient, mais j'en doutais. Cela n'en était pas moins amusant et j'avais hâte de le faire deux fois par semaine à l'avenir. Si M. Landowski et M. Ivan parvenaient à se mettre d'accord sur un tarif.

— Madame, votre garçon a fait des étincelles ! Je le prendrai, sans nul doute, à onze heures le mardi et à quatorze heures le vendredi. Dites à M. Landowski que je lui téléphonerai pour régler les détails. Rentrez bien, ajouta-t-il.

Puis, avec un sourire et un clin d'œil, M. Ivan regagna l'ascenseur.

Juin 2008

6

Merry, en transit depuis Dublin vers Nice

Je refermai le vieux carnet relié de cuir et regardai à travers le hublot du jet. Mon intention de dormir s'était envolée après que j'avais lu la lettre qui m'invitait à me plonger dans le journal qui reposait sur mes genoux. L'écriture de l'homme qui affirmait être mon père – Atlas – était empreinte d'un si profond regret.

Comment exprimer l'amour que j'ai pour toi depuis que j'ai appris ton arrivée imminente ? Je ne peux non plus te décrire dans cette lettre les efforts que j'ai déployés pour te retrouver, ainsi que ta mère, vous que j'avais perdues de façon si cruelle avant ta naissance…

Le poids des émotions accumulées ces dernières semaines s'abattit sur moi et je sentis les larmes me monter aux yeux. En cet instant, j'aurais tellement voulu me blottir dans les bras de Jock, mon mari, qui semblait m'avoir été arraché au moment où j'avais le plus besoin de lui.

Si seulement tu étais là, songeai-je.

Je me tamponnai les yeux à l'aide d'une des serviettes en soie qui avaient été glissées dans la poche latérale du luxueux siège en cuir.

Ce qui est certain, c'est que tu adorerais ce traitement cinq étoiles.

La lettre d'Atlas promettait que je trouverais les réponses au sujet de mes véritables origines dans son journal, mais c'était un pavé. La première partie ne m'avait pas encore éclairée le moins du monde sur son histoire ni sur son rapport avec moi. Qui qu'ait été mon « père », il avait de toute évidence mené une vie extraordinaire. Bien que le début du journal ait été écrit par un enfant de dix ans, la voix était emplie de maturité et de sagesse, comme si le jeune garçon était habité par une vieille âme.

Je secouai la tête, constatant que le schéma des dernières semaines se répétait. Chaque fois que j'étais censée me rapprocher de la vérité de mon passé, de nouveaux mystères surgissaient en travers de mon chemin. Pourquoi le petit garçon faisait-il semblant d'être muet ? Pourquoi avait-il peur de révéler sa véritable identité ? Et comment diable s'était-il retrouvé, orphelin, sous une haie près de Paris ? Le journal d'Atlas semblait avoir commencé trop tard pour que je comprenne toute l'histoire.

Cela dit, si l'on devait atterrir sur le perron de quelqu'un, il y avait pire que de se retrouver chez le célèbre sculpteur à l'origine du *Christ Rédempteur* de Rio de Janeiro, l'une des sept nouvelles merveilles du monde.

Je soupirai, trouvant étrange qu'Atlas m'ait confié l'histoire de sa vie à moi, la fille – apparemment – biologique qu'il n'avait jamais rencontrée, avant de permettre à ses filles adoptives chéries de la lire. C'étaient elles, bien sûr, qui avaient connu et tant aimé leur « Pa Salt ». Elles méritaient de découvrir ses secrets en premier, non ?

J'essayai de calmer les battements de mon cœur tandis que je songeais à ma situation. Voilà que je m'apprêtais à rejoindre un groupe de parfaites inconnues, sur un immense yacht, pour déposer une couronne en hommage à un homme auquel je ne me sentais pas du tout liée, du moins pour l'instant. J'avais brièvement fait la connaissance de deux ou trois d'entre elles, certes, mais cela ne suffisait pas à apaiser mon anxiété. Je ne savais même pas si ces femmes étaient au courant de mon lien génétique présumé avec leur père adoptif. Ça, plus le fait qu'Atlas ait décrété que je devais être la première à lire son journal, risquait de faire naître un certain ressentiment chez les sœurs.

Je tentai de me rassurer en me disant que c'était la famille qui avait tout fait pour me trouver, plutôt que l'inverse.

— Elles veulent que tu sois présente, Merry, murmurai-je.

Bien sûr, rien ne me réconfortait davantage que de savoir que je volais vers mes enfants, Jack et Mary-Kate, déjà à bord du *Titan*. Je savais combien ma décision de les rejoindre pour ce pèlerinage les ravirait. Même si les six sœurs se révélaient complètement folles, au moins mes enfants seraient là. Apparemment, la croisière devait durer six jours en tout – trois jours pour aller de Nice à Délos, où la couronne serait déposée, et trois jours pour revenir. Sans compter que, si la situation devenait trop insupportable, je pourrais toujours « quitter le navire » sur l'île voisine de Mykonos, qui disposait d'un aéroport international.

On frappa sur la cloison qui avait été déployée de part et d'autre de la cabine pour séparer l'avant et l'arrière.

— Oh, entrez ! m'exclamai-je, extirpée de mes pensées.

La cloison s'ouvrit et la haute silhouette bronzée de Georg Hoffman apparut. Toujours impeccable dans son costume sombre, il semblait ne même pas avoir desserré sa cravate pendant les trois heures de vol.

— Bonsoir, Merry. Ou devrais-je dire bonjour…

Ses yeux se posèrent sur l'oreiller et la couverture que m'avait apportés le steward, tous deux intacts sur un siège voisin.

— Ah. Je vois que vous ne vous êtes pas beaucoup reposée. Avez-vous… ouvert le paquet ?

— Oui, Georg. J'ai lu la lettre et j'ai bien sûr été obligée de commencer le journal. C'est extrêmement long… comme vous le savez sans doute.

Un demi-sourire apparut sur le visage moustachu de Georg.

— Je le garde avec moi depuis longtemps, mais je vous jure que je ne l'ai jamais ouvert. Il ne m'appartenait pas de le lire.

— Vous êtes en train de me dire que vous n'avez pas la moindre idée de la vie d'Atlas ?

— Ah, non. Je n'ai pas dit cela. Simplement que je n'ai pas lu son journal. Je connais… je *connaissais* très bien Atlas – votre père, poursuivit-il après un instant d'hésitation. Il était l'homme le plus courageux et le plus bienveillant que j'aie eu le privilège de rencontrer.

— Quand allons-nous atterrir ?

— Le pilote vient de m'informer que nous commencerons notre descente vers Nice dans quelques instants. Une voiture nous y attend pour nous emmener directement au port où est amarré le *Titan.*

Je regardai par le hublot.

— Il fait encore nuit, Georg. Quelle heure est-il ?

Il consulta sa montre et haussa les sourcils.

— Presque trois heures et demie ici en France. Toutes mes excuses, j'imagine le tourbillon que cela doit être pour vous.

— C'est le moins qu'on puisse dire. Je ne sais toujours pas si c'est la bonne chose à faire. Les sœurs savent-elles que… eh bien… selon tout ce que j'ai appris… je suis la fille biologique d'Atlas ?

Georg baissa les yeux.

— Non. Je… elles pensent que, si vous n'êtes jamais arrivée, c'est parce qu'Atlas avait l'intention de vous adopter mais n'a pas réussi. Je dois avouer que, aussi étrange que cela puisse paraître, elles ne connaissent même pas sa véritable identité. Comme vous le savez, ses filles l'ont toujours simplement appelé « Pa Salt ».

— Dieu tout-puissant, Georg, fis-je en appuyant le front contre mon pouce et mon index. Cela dit, je me rappelle que, quand je l'ai rencontrée, Tiggy avait décrypté l'anagramme. Cela en fait au moins une ! dis-je avec une pointe de sarcasme en relevant la tête.

Georg opina du chef.

— Il vous faut comprendre que je ne suis qu'un employé. Bien que j'aie connu votre père presque toute ma vie et l'aie considéré comme un ami très cher, il est de mon devoir de suivre ses instructions, même après sa mort.

— Et pourtant, vous semblez tout savoir de moi, Georg. Vous saviez où me trouver. Vous savez que je suis, apparemment, la descendante d'Atlas. Et vous dites que tout cela a seulement été révélé ces dernières semaines ?

— Je… oui, répondit Georg, visiblement mal à l'aise.

— Mais alors, puisque Atlas est mort depuis un an maintenant, qui diable vous a donné toutes vos informations ? Qui vous a parlé de la bague que l'on a trouvée dans mon couffin quand j'étais bébé ? Et Argideen House ? Comment avez-vous découvert que j'étais née là-bas ?

Georg sortit son mouchoir pour s'éponger le front.

— Merry, ce sont d'excellentes questions auxquelles vous obtiendrez toutes les réponses nécessaires. Mais ce n'est pas à moi de vous les donner.

Cela ne me satisfaisait pas.

— Mais enfin, sans vouloir être désagréable envers les sœurs, ne se sont-elles jamais demandé pourquoi cet homme étrange avait décidé d'adopter six filles et de leur donner le nom d'étoiles ? Et n'ont-elles jamais pensé que leur nom, d'Aplièse, était une anagramme de « Pléiades » ?

— Si, bien souvent. Comme vous le constaterez en faisant leur connaissance, chacune des filles est aussi intelligente que l'homme qui les a élevées. Elles ont simplement accepté le fait qu'il leur avait donné le prénom de ses étoiles préférées et que leur nom de famille reflétait encore davantage son amour pour les cieux. Elles n'ont pas fait le rapprochement - qu'elles s'appelaient ainsi parce qu'elles étaient les filles d'Atlas.

Je fermai les yeux, la perspective d'entrer dans mon propre conte de fées à bord du *Titan* devenant de moins en moins attrayante.

— Jusqu'où êtes-vous arrivée dans votre lecture ?

— Pas très loin. Atlas n'est encore qu'un petit garçon. Il a été accueilli par le sculpteur et sa famille.

Georg hocha la tête.

— Je vois. Il y a beaucoup à apprendre. Je vous promets, Merry, que plus vous lirez et plus la situation s'éclaircira. Vous comprendrez qui il était, qui vous êtes… et pourquoi il a adopté les six autres.

— En fait, c'est bien ce qui me tracasse, Georg. Je ne sais pas s'il est juste que je sois la première à lire tout cela. Comme vous l'avez dit vous-même, les six autres filles ont été élevées par Atlas. Elles l'aimaient. Je ne le connaissais même pas. Je pense que les autres devraient pouvoir le lire avant moi.

— Je… comprends, Merry. Cela doit être très difficile pour vous. Toutefois, sachez qu'Atlas souhaitait que vous preniez connaissance de son histoire dès que nous vous aurions retrouvée. Car c'est votre histoire à vous aussi. Toute sa vie, il s'est senti coupable que vous croyiez qu'il vous avait abandonnée, ce qui est l'exact opposé de la vérité. Il se trouve juste que… les événements se sont percutés. Je n'aurais pas pu prévoir que nous parviendrions à vous localiser au moment précis où les autres sœurs comptaient déposer une couronne pour marquer l'anniversaire de sa disparition. On pourrait dire que les planètes se sont alignées, ajouta-t-il en souriant.

— C'est une façon de voir les choses. De mon point de vue, elles se cognent plutôt les unes aux autres. La lettre indique que ma mère a disparu et qu'Atlas ne savait même pas si elle avait vécu ou non. J'imagine donc qu'il ignorait que j'avais été abandonnée devant la porte du père O'Brien ?

— En effet. Encore une fois, je ne peux que vous encourager à lire le journal. Afin de comprendre pourquoi elles ont été adoptées, les autres sœurs doivent d'abord comprendre qui vous êtes.

— Connaissez-vous la parabole du fils prodigue ?

— Cela me dit quelque chose, oui, mais je dois avouer que…

— Dans l'Évangile de Luc, Jésus raconte l'histoire d'un fils qui demande à son père son héritage, pour ensuite le dilapider en menant une vie de luxe et de plaisir dans la plus grande désinvolture. Arrivé à court d'argent, il retourne auprès de son père et lui demande pardon et, au lieu de lui en vouloir, son père est fou de joie et organise un festin en son honneur. Mais savez-vous ce qui est intéressant dans cette histoire, Georg ? Le frère du fils prodigue ne se réjouit absolument pas de son retour. Car, loyal, ce frère est resté auprès de son père toutes ces années, sans jamais recevoir de récompense. Je ne veux pas être la fille prodigue, si vous voyez ce que j'entends par là.

Georg fronça les sourcils, troublé par la fermeté de mon ton.

— Merry, veuillez comprendre que les filles débordent d'enthousiasme à l'idée de vous accueillir dans leur famille, si c'est ce que vous décidez. Elles savent combien leur père souhaitait retrouver la sœur disparue, et je vous assure que les filles d'Atlas ne vous manifesteront rien d'autre qu'une profonde affection. Il me semble que vous avez déjà rencontré Tiggy, ainsi que Star. Avez-vous ressenti autre chose que de la joie et de l'affection de leur part ?

J'ouvris un tiroir en cuir crème sur ma gauche pour en sortir une bouteille d'eau.

— Pas de la part de Tiggy, non. C'est en grande partie grâce à elle que je suis dans cet avion. Star, en revanche, a prétendu être une certaine lady Sabrina pour me soutirer des informations. Ce que je veux dire, Georg, c'est que je sais l'amertume que peut causer une dispute familiale. Qu'adviendra-t-il si certaines sœurs sont heureuses d'apprendre que « Pa Salt » a une fille biologique, et d'autres non ?

Je repensai à la révélation récente selon laquelle ma grand-mère Nuala était aussi celle de l'homme qui m'avait poussée à fuir l'Irlande, Bobby Noiro.

— D'après mes conversations avec Mary-Kate, j'ai cru comprendre qu'il y avait notamment un mannequin à la renommée internationale, Électra, qui n'avait pas toujours été connue pour sa… gentillesse, repris-je entre deux gorgées d'eau.

— Je vous assure que chacune des sœurs a parcouru son voyage personnel au cours de l'année passée. Cela a été pour moi un grand privilège de les regarder mûrir et devenir des femmes remarquables. Elles ont toutes pris conscience d'une chose que la plupart des êtres humains ne comprennent que bien trop tard… à savoir que la vie est trop courte.

Georg était visiblement très ému. Je soupirai et me frottai les yeux.

— Vous avez dit qu'Atlas était un modèle de sagesse. Si j'en ai reçu un peu dans mes gènes, peut-être devrais-je en faire preuve à présent, en son absence. Comme vous l'avez indiqué, Georg, Atlas souhaitait que je lise son histoire dès l'instant où je serais retrouvée. Ce que je ferai. Mais j'aimerais faire six copies du journal pour les autres filles. Afin que nous puissions le lire en même temps.

Georg me regarda et je voyais bien qu'il réfléchissait. Pour une raison que j'ignorais, il était déterminé à suivre les indications d'Atlas à la lettre. Que me cachait-il ?

— D'accord… oui, c'est peut-être une bonne idée. C'est à vous d'en décider, Merry.

— Même si j'imagine qu'il ne sera pas aisé de trouver un magasin où le faire à quatre heures du matin dans le sud de la France.

— Oh, ne vous en faites pas pour cela. Le *Titan* est équipé de toutes les technologies modernes. Il compte un bureau spécifique doté d'ordinateurs et de plusieurs imprimantes de grande capacité. Heureusement d'ailleurs, sachant que le journal contient… des informations personnelles. Je ne pourrais pas prendre le risque qu'il tombe entre de mauvaises mains.

— Tout un bureau à bord du navire ? Mon Dieu. Moi qui pensais que l'intérêt d'un yacht de luxe était justement de se détendre et de se déconnecter du stress de la vie quotidienne ! Enfin bon, si vous possédez un tel yacht, j'imagine que votre vie quotidienne est hors du commun de toute façon. Dites-moi, que faisait Atlas pour avoir autant d'argent ?

L'avocat haussa les épaules et montra le carnet usé que j'avais sur les genoux.

— Les réponses se trouvent dedans.

On frappa de nouveau et le steward passa la tête dans l'embrasure de la cloison.

— Pardonnez-moi de vous interrompre, mais le capitaine vous demande de vous préparer pour l'atterrissage. Voulez-vous bien attacher votre ceinture ? Nous arriverons à Nice dans quelques minutes.

— Oui, bien sûr, merci, lui répondit Georg, avant de se tourner vers moi. Pouvez-vous me rendre temporairement le journal ? Je m'occuperai d'en faire six copies une fois que nous serons à bord du *Titan.*

Je lui tendis le carnet, mais conservai la lettre. Il m'adressa un large sourire.

— Vous n'avez rien à craindre, Merry. Je vous le promets.

— Merci, Georg. À tout à l'heure.

Il repartit à sa place et je regardai de nouveau à travers le hublot. Tandis que le jet descendait, je vis les lueurs de l'aurore danser sur l'eau azur de la Méditerranée. J'espérais qu'elle était un peu plus chaude que l'Atlantique qui léchait la plage d'Inchydoney à l'ouest de Cork. Je m'installai confortablement dans mon siège et fermai les yeux, me demandant comment ce petit garçon qui s'était retrouvé orphelin sous une haie près de Paris me donnerait un jour la vie.

7

À bord du Titan

Ally leva les yeux vers le plafond en acajou vernis qui ornait toutes les cabines du *Titan*. Le terme de « cabine » l'amusait, elle qui était habituée à dormir dans une très grande promiscuité avec des hommes baraqués et transpirants sur des voiliers de huit mètres de long. Les chambres du *Titan* s'apparentaient davantage à la suite présidentielle du Grand Hôtel d'Oslo. Par ailleurs, le navire était dans un état impeccable. Bien que la famille ne l'ait pas utilisé depuis près d'un an, l'équipage de Pa était toujours là, fidèle au poste, et continuait de l'entretenir à la perfection. Ally imaginait que tous ces employés étaient payés par le fonds fiduciaire que Pa avait créé avant sa mort. Comme tant de choses dans le monde de Pa Salt, les choses… se produisaient, et Ally ne les remettait presque jamais en question.

Un rayon de soleil s'infiltra à travers les rideaux et caressa le visage de la jeune femme. Combien de temps lui restait-il avant que Bear ne se mette à pleurer dans le berceau au pied de son lit, annonçant le début de sa journée ?

Elle avait à peine fermé l'œil de la nuit. Bien qu'en juin la Méditerranée soit très calme et fasse très peu tanguer le bateau, elle était si sensible au mouvement de l'eau qu'elle sentait la moindre vague qui frappait la coque. Cela s'ajoutait à la cacophonie de pensées qui affluaient dans sa tête, ce qui ne favorisait pas le repos. Ils étaient réunis là, avec ses sœurs et leurs partenaires respectifs, pour rendre officiellement hommage à leur père. Mais la situation était encore plus difficile pour elle.

Après tout, c'était elle qui avait repéré le *Titan* au large de Délos, peu après la mort de Pa. Elle se revoyait distinctement allongée sur le pont du *Neptune*, le Sunseeker de Theo, quand celui-ci lui avait annoncé tout excité qu'un de ses amis avait repéré un gigantesque yacht Benetti. Son estomac s'était noué d'angoisse à l'idée de devoir présenter Theo à Pa. Toutefois, elle était folle amoureuse, aussi avait-elle contacté le *Titan* par radio, s'attendant à entendre la voix tranquille du capitaine Hans, mais n'avait reçu aucune réponse. Au contraire, le skipper du yacht, quel qu'il ait été, semblait avoir décidé de les éviter, et le bateau s'était éloigné à toute vitesse.

— J'ai l'impression que ton père te fuit, avait dit Theo.

Lorsque Georg et Ma avaient informé les sœurs que Pa avait demandé un enterrement privé en mer (afin de ne pas bouleverser ses filles), Ally avait simplement pensé qu'elle était arrivée au moment dudit enterrement. Elle avait même ressenti de la culpabilité à l'idée d'avoir perturbé les dernières volontés de son père. Cependant, au vu des événements récents, elle commençait à remettre en question ce qui lui avait été raconté.

Le *Titan* n'était pas le seul navire amarré près de Délos ce jour-là. L'ami de Theo avait également mentionné la présence d'un deuxième « palace flottant » : l'*Olympus*, le yacht du célèbre Kreeg Eszu, propriétaire de Lightning Communications. Étrangement, le même jour, le corps du magnat des affaires avait été retrouvé sur la rive, après ce qui ressemblait à un suicide. Cela avait fait les gros titres à travers le monde. Ally eut soudain la nausée. Pourquoi ne s'était-elle pas penchée de plus près sur cette affaire ?

Il ne s'agissait pas de la seule coïncidence qui semblait lier Pa Salt à Kreeg Eszu. Les coordonnées de Merry – qui avaient été gravées sur la sphère armillaire et que les sœurs avaient découvertes récemment – indiquaient Argideen House, dans l'ouest de Cork, en Irlande. Or Ally venait d'apprendre de la bouche de Jack que la propriété appartenait à un certain « Eszu », ce qui était troublant. Si le bâtiment était apparemment abandonné depuis longtemps, c'était le dernier propriétaire en date.

Ce n'était un secret pour personne que le fils de Kreeg, Zed, avait un faible pour les sœurs d'Aplièse qui frôlait l'obsession. La façon dont il avait attiré Maia dans ses bras en misant sur son physique avantageux et sur son ton mielleux, pour ensuite l'abandonner au moment où elle avait le plus besoin de lui, elle qui n'était encore qu'une adolescente, restait en travers de la gorge d'Ally. Elle avait souvent pensé que Zed avait volontairement cherché à blesser sa sœur. Pour Ally, il était évident que la façon dont « l'Enflure », comme elle l'appelait, avait ensuite dragué Électra avait été méticuleusement planifiée. Zed avait sans aucun doute calculé que, s'il y avait une sœur pour l'accepter comme amant après la façon dont il avait traité Maia, ce serait Électra. Pour un prédateur de son espèce, quoi de mieux que la vulnérabilité induite par une vie d'alcool et de drogue ? Il était logique qu'il tente sa chance avec Tiggy, aussi. La tendance de cette dernière à voir le bien en chacun, ajoutée à ses inclinations spirituelles, lui avaient parfois causé du tort et, par le passé, certaines personnes avaient profité d'elle. Ally était immensément soulagée que sa petite sœur ait résisté aux avances de Zed et ait trouvé à la place le merveilleux Charlie Kinnaird.

Ally était sûre que Pa n'avait jamais mentionné le nom d'Eszu. C'était l'une des premières choses qu'elle avait demandées à Maia à son retour à Atlantis, un an plus tôt.

— Je suis certaine qu'il n'y a aucun lien, avait insisté sa grande sœur. Ils ne se connaissaient même pas, si ? Délos est simplement une île magnifique où se rendent de nombreux bateaux.

Ally commençait à craindre que cette réponse succincte de Maia ait été due au déni face à l'horreur de sa situation personnelle. Ally s'en voulait de ne pas s'être interrogée sur la présence de l'*Olympus*. Après tout, que savaient-elles de la vie de Pa au-delà de sa maison et de son yacht ? En grandissant, elles avaient rencontré si peu de ses amis et de ses collègues. Il n'était pas impossible que Pa Salt ait connu Kreeg Eszu.

Ally ferma les yeux, espérant réussir à dormir une heure ou deux. Comme souvent dans les moments d'angoisse, elle imagina la voix grave et rassurante de son père. Son esprit la ramena à Atlantis quand, petite fille, elle regardait Pa traverser les eaux du lac Léman à bord de son Laser, le week-end. La façon dont l'élégante embarcation fendait le lac les jours calmes, créant à peine une ondulation sur l'eau transparente, semblait à elle seule résumer Pa Salt. Il avait toujours été un pilier et tous ses proches lui vouaient une profonde admiration.

Un week-end d'automne, Pa avait remarqué qu'Ally observait son bateau avec envie depuis la rive et avait mené le Laser à côté de la jetée en bois qui dépassait du jardin.

— Salut, ma petite princesse. Il fait un froid de canard ici. Je crois que Maia lit au salon. Tu ne veux pas la rejoindre au chaud ?

— Non, Pa. J'adore te regarder sur le bateau.

Il avait adressé à Ally un des sourires chaleureux qui le caractérisaient et qui, à tous les coups, égayaient son humeur quels qu'aient été les problèmes de la journée.

— Dans ce cas, peut-être accepterais-tu de m'assister à bord ?

— Ma dit que c'est trop dangereux.

— Alors heureusement qu'elle est en train d'aider Claudia en cuisine pour le dîner, lui avait-il glissé avec un clin d'œil.

De ses bras musclés, il l'avait soulevée de la jetée, lui donnant l'impression d'être légère comme une plume, et l'avait installée sur ses genoux.

— Bon, tu as dû remarquer que quand le bateau tourne, il penche d'un côté. Quand je veux aller dans l'autre direction, je dois me déplacer de l'autre côté du bateau tout en me baissant sous la voile.

— Oui, Pa ! avait répondu Ally avec enthousiasme.

— Parfait.

Il avait retiré son gilet de sauvetage orange pour l'enfiler à Ally. Naturellement, c'était beaucoup trop grand, et Pa avait gloussé en serrant les sangles autant que possible.

— Et toi, Pa ?

— Oh, ne t'inquiète pas pour moi. Il y a peu de vent et nous allons naviguer très lentement. Vois-tu ce petit creux dans la coque ? Je crois que c'est la taille parfaite pour toi, avait-il indiqué en souriant.

Ally avait hoché la tête et s'était placée dans le renfoncement au centre du bateau.

— Tout ce que tu dois faire, c'est regarder devant toi et tendre les bras pour garder l'équilibre. Nous allons faire un grand cercle qui nous ramènera ici, à la jetée, ce qui signifie que je ne vais me pencher que vers la gauche. De ce côté-là. Tu vois ?

— Oui ! s'était-elle exclamée, vibrant d'excitation.

— Allez, on y va.

Pa avait manœuvré et le Laser avait commencé à dériver. Il avait saisi la grosse poignée noire qui était, comme l'avait observé Ally, la méthode principale pour barrer l'embarcation.

— On ne bouge pas, s'était plainte Ally, déçue.

— Le marin ne contrôle pas tout. Nous devons attendre une brise.

Comme s'il avait entendu Pa, le vent s'était levé, ébouriffant l'épaisse chevelure auburn de la petite fille dont le cœur s'était emballé.

— C'est parti ! avait crié Pa.

Ally était euphorique de se retrouver si près de l'eau, dans un bateau qui se déplaçait sur le lac tranquille sous le seul effet de l'air autour d'eux. Elle avait contemplé le magnifique château de conte de fées qu'était Atlantis s'éloigner petit à petit. Les montagnes coiffées de neige s'élevaient derrière la demeure rose pâle et Ally s'était sentie bien chanceuse d'habiter dans un endroit aussi magique.

— Je vais maintenant prendre un virage un peu plus serré. Cela veut dire que le bateau va pencher un peu plus vers moi. N'oublie pas de tendre les bras pour t'aider. Parfait, Ally, parfait ! avait lancé Pa, rayonnant, voyant sa fille s'adapter sans difficulté au changement d'angle et de hauteur.

Le soleil se reflétait sur l'eau transparente et Ally avait fermé les yeux. Ce jour-là, pour la première fois, elle avait ressenti une liberté qu'elle revivait désormais chaque fois qu'elle voguait sur l'eau. D'une main experte, Pa avait ramené le Laser jusqu'à la jetée et avait aidé Ally à descendre. Le sourire sur les lèvres de sa fille valait tous les mots du monde.

— Alors, ma petite princesse, tu ressens cela aussi… Il n'y a rien de tel que de naviguer sur le lac. C'est le meilleur endroit pour réfléchir.

— C'est pour ça que tu viens si souvent ici ?

Il avait ri de bon cœur.

— Peut-être n'est-ce pas une coïncidence, en effet. Je ne crois pas aux coïncidences.

Son regard avait alors quitté Ally pour se projeter loin sur le lac. Parfois, les yeux de Pa s'assombrissaient et Ally avait l'impression que son esprit l'emmenait ailleurs.

— Quand on croit à une coïncidence, c'est en général qu'il faut découvrir un lien entre deux éléments. Excuse-moi, ma petite…, avait-il poursuivi en se tournant de nouveau vers elle. Cela me rend simplement très heureux de savoir que tu partages avec moi ce goût pour la voile.

— Tu crois que je pourrais prendre des leçons ?

— Hmm. Je pense que cela peut s'organiser. Tant que cela n'empiète pas sur tes cours de flûte, avait-il répondu avec un clin d'œil.

— Évidemment, Pa ! Tu crois qu'un jour, je serai aussi douée que toi ?

— Oh non, Ally. Je crois que tu seras meilleure. À présent, rentre vite te réchauffer. Et ne raconte pas à Ma notre petite escapade !

La fillette s'était libérée du gilet de sauvetage avant de regagner Atlantis en courant.

Les gazouillis de Bear tirèrent Ally de son rêve. Elle se frotta les yeux, heureuse d'avoir enfin réussi à dormir un peu, sortit du lit et se pencha sur le berceau. À la vue de sa mère, le bébé leva les bras et poussa un cri de joie.

— Bonjour à toi aussi, dit Ally en prenant son fils. Monsieur a faim aujourd'hui ? Je crains que le menu du petit déjeuner ne soit pas très varié.

Elle déboutonna son haut de pyjama d'une main experte et Bear se mit à téter avec bonheur tandis qu'elle regardait par le hublot de sa cabine.

Elle était assaillie par la culpabilité. Elle était ravie de revoir Jack, c'était indéniable. L'apercevoir la veille marchant sur le pont avait suffi à lui confirmer que non seulement elle avait des sentiments pour lui, mais que ceux-ci étaient profonds. Or elle s'apprêtait à se rendre à l'endroit précis où, un an plus tôt, elle avait été si heureuse avec Theo. Si seulement il avait été là avec elle, ce voyage aurait été infiniment plus facile. Elle n'avait pas l'habitude de s'apitoyer sur son sort, mais elle avait parfaitement conscience d'être la seule à n'avoir personne à qui se confier ou auprès de qui chercher le réconfort. Bien qu'elle soit enchantée de voir ses sœurs et leurs partenaires à bord du *Titan*, cela remuait le couteau dans la plaie encore béante de la mort précoce et cruelle de Theo.

Même Électra s'est trouvé un avocat des droits de l'homme, songea-t-elle, souriant avec affection et sans amertume.

Elle se pencha vers Bear, qui avait hérité du regard doux de Theo et de ses cheveux bruns indisciplinés.

Quel foutoir. Elle avait sans doute gâché toute chance d'une relation future avec Jack en omettant de lui parler de son fils. Son air interrogateur quand elle lui avait présenté Bear la veille avait suffi à lui faire comprendre qu'elle avait commis une erreur.

— Il doit me prendre pour une folle, Bear. Déjà, je débarque en Provence incognito pour lui soutirer des informations au sujet de sa famille et, quand il vient de me le pardonner, je lui envoie texto sur texto sans jamais lui parler de toi. Et si *lui* pense que je suis cinglée, Dieu seul sait ce qu'en dira sa mère !

Ally consulta sa montre. Il était presque cinq heures. Merry embarquerait sous peu, si bien sûr Georg était parvenu à la convaincre de monter dans l'avion. La dernière chose que Jack lui avait dite était que la « sœur disparue » n'avait aucune intention de participer à la croisière. Même si, à voir l'expression de son visage quand il était parti la chercher, Georg avait très bien pu l'emmener de force. Le voir dans un tel élan de panique la veille avait particulièrement troublé Ally, Georg n'étant absolument pas du genre à perdre son sang-froid.

Elle gémit de frustration. Parfois elle aurait aimé faire avec Georg ce qu'elle faisait avec les membres de son équipage quelques jours avant une régate – l'emmener boire pour le rendre saoul. Au cours de sa carrière, elle s'était rendu compte qu'il n'y avait pas mieux pour construire une relation de confiance que d'ingérer de copieuses quantités d'alcool et de s'échanger histoires et secrets.

Avec Georg, tu rêves.

Voyant que Bear était rassasié et satisfait, elle le remit dans son berceau. Puis elle se rendit dans sa salle de bains et commença à se préparer mentalement à faire la connaissance de sa sœur disparue, l'enfant mystérieuse que Pa disait n'avoir jamais trouvée. Les six sœurs avaient parcouru le monde à sa recherche et Ally espérait que Pa, où qu'il soit, était immensément fier de l'exploit de ses filles. Bien sûr, il fallait encore élucider la « disparition » de Merry au départ. Quelque chose était-il allé de travers lors de sa procédure d'adoption ? Pourquoi Pa tenait-il tant à ce qu'elle les rejoigne ?

Tandis qu'elle se prélassait sous l'eau chaude et s'émerveillait de la pression – quelque chose qui la stupéfiait toujours, sachant qu'ils étaient en mer –, elle réfléchit au moment où Merry était entrée dans la vie de Pa. Elle avait maintenant cinquante-neuf ans. Pa était mort à quatre-vingt-neuf ans l'année précédente, ce qui signifiait qu'il devait avoir la trentaine quand il avait voulu l'adopter. Et puis il avait recueilli Maia quand il approchait de la soixantaine. Que s'était-il passé pour que Pa mette vingt-cinq ans avant d'adopter un autre enfant ?

Toutefois, l'âge de Merry réconfortait un peu Ally quant au fait qu'elle s'éprenait de plus en plus de son fils, Jack. Elle se permit un léger gloussement face à la bizarrerie de la situation.

Et moi qui pensais que notre famille ne pouvait pas être plus étrange…

8

Merry

La voiture qui nous avait récupérés à l'aéroport pour nous emmener au port de Nice était aussi somptueuse que le jet lui-même. Je devais admettre que, même si la perspective de la croisière m'inquiétait, tout ce luxe n'était pas pour me déplaire. J'avais baissé toutes les vitres et humais avec délice le frais parfum de pin qui embaumait l'atmosphère. Le soleil venait à peine de se lever, mais je sentais déjà que cette journée serait étouffante.

Comme il était très tôt, la limousine put avancer jusqu'au quai. Chaque centimètre carré d'eau était occupé par un bateau, chacun plus grandiose que son voisin, dans une opulence ostentatoire. Les énormes navires étaient presque collés les uns aux autres, et je me demandais comment les capitaines respectifs avaient réussi leurs manœuvres pour les amarrer. Je frissonnai en pensant aux coûts de réparation d'une coque éraflée. Tous les bateaux semblaient avoir leur propre personnel qui lustrait, balayait, préparait le petit déjeuner… Personnellement, cela me rendait claustrophobe. Peut-être parce que j'avais l'habitude des grands espaces viticoles de la vallée de Gibbston, ou plus récemment, des champs verdoyants de l'ouest de Cork.

— Vous savez, Georg, si j'avais autant d'argent, j'achèterais une immense propriété au milieu de nulle part ; il ne me viendrait pas à l'esprit de venir ici. Quelle idée d'être entassés comme des sardines ! Impossible d'être tranquille.

— Je suis plutôt d'accord avec vous. J'ai l'impression que la plupart des gens ici passent tout leur été amarrés dans ce port, ne partant que rarement en mer. Pour la plupart, ces yachts sont des symboles de réussite sociale – rien de plus.

— N'est-ce pas aussi le cas du *Titan* ?

— Non. Pour Atlas, le *Titan* était un havre de sécurité.

— De sécurité ? répétai-je, surprise.

— Exactement. Si jamais il avait besoin de... fuir... l'angoisse et la pression de la vie, il savait qu'il pouvait embarquer sur son yacht, avec ses filles, et partir n'importe où dans le monde.

Je notai que le terme « fuir » avait eu du mal à franchir les lèvres de Georg. La limousine s'arrêta au bout du quai.

— Alors, lequel est-ce ? Je dois dire que n'importe lequel fera l'affaire. Je ne suis pas difficile.

Le chauffeur ouvrit ma portière, avant de sortir mon bagage du coffre. Avant que j'aie eu le temps de souffler, un autre homme en polo bleu marine avait pris la valise des mains du chauffeur. Il dépassa ce que je croyais être le *Titan* et poursuivit son chemin sur une jetée en bois qui faisait saillie dans l'eau.

— En fait, le *Titan* a jeté l'ancre dans la baie, expliqua Georg. Un court trajet en navette et nous y serons.

Il désigna alors un navire qui reléguait tous les autres au rang de jouets pour le bain.

— Mon Dieu !

Je ne pouvais nier qu'il était absolument sublime. Je comptai non moins de quatre niveaux, et l'énorme tour radio dotée d'une multitude de paraboles le démarquait clairement de tous les autres yachts environnants.

— Jack et Mary-Kate m'avaient prévenue de son énormité... mais je... ouah. Peut-être puis-je retirer ma comparaison avec la boîte de sardines.

Georg sourit.

— Monsieur, était-ce le seul bagage ? s'enquit le jeune marin.

— Oui, merci, répondit Georg.

— Très bien. Le capitaine est venu lui-même avec la navette. Si vous voulez bien me suivre, madame.

À bord de la petite embarcation, un bel homme bronzé aux cheveux poivre et sel et aux lunettes en écailles de tortue nous attendait.

— Je dois dire que vous êtes drôlement élégant pour une heure aussi matinale, déclarai-je.

— Je vous avoue qu'en temps normal, j'aurais envoyé Victor, mais vous êtes une passagère particulièrement importante. C'est pour moi un plaisir de vous accompagner personnellement à bord. Je m'appelle Hans Gaia et je suis le capitaine du *Titan*.

Il me tendit la main et serra la mienne avant de m'aider à monter dans la navette.

— Merci beaucoup, Hans. Pardonnez mon allure, cela fait quarante-huit heures que je n'ai pas dormi.

— Je vous assure, madame McDougal, que vous êtes parfaite. C'est un immense honneur de vous accueillir à bord. J'ai longtemps connu votre père et il était très bon pour moi. Je sais combien il serait heureux de vous voir enfin dans sa maison des mers.

— Je... merci encore de vous être levé si tôt.

— Bonjour, monsieur Hoffman. Bon retour parmi nous.

— Merci, Hans.

— Bon, si nous sommes tous là, regagnons le yacht. Victor, détache les cordes.

Le matelot de pont desserra la boucle de la bitte d'amarrage et nous rejoignit sur la navette.

— Quelqu'un d'autre est-il réveillé sur le yacht ? demandai-je au capitaine.

— Pas à ma connaissance. Victor, as-tu vu quelqu'un debout ?

— Non, capitaine.

Je ressentis une vague de soulagement. En toute honnêteté, l'accueil de Hans avait déjà été chargé en émotions, et il n'était que le capitaine du bateau. Une chose était certaine : qui qu'ait été Atlas, il avait clairement suscité une extrême loyauté chez ses employés. Je n'étais pas sûre de pouvoir faire face à une « réunion de famille » dès mon arrivée à bord. Je ne souhaitais qu'une chose, un lit où me reposer quelques heures.

— Une fois sur le *Titan*, je donnerai des instructions pour préparer les six copies du journal, m'assura Georg tandis que nous parcourions la courte distance.

— C'est gentil à vous. Mais cela ne presse pas. En réalité, je n'ai qu'une envie, c'est de dormir un peu.

Quand Victor eut déchargé ma valise et que le capitaine Hans m'eut aidée à monter à bord, on me conduisit vers le pont arrière, puis dans le salon principal où Georg me montra un plan de la répartition des chambres épinglé sur un énorme tableau en liège.

— Voyons voir... pont numéro deux, suite numéro un. Parfait. On vous a mise juste à côté de vos enfants. Ils occupent les deux cabines juste à droite de la vôtre.

— Quelle multitude de noms... Toutes les sœurs ont-elles amené leur partenaire ?

— Beaucoup de monde, en effet. Comme vous l'imaginez, la charge émotionnelle de ce voyage est forte et les sœurs ont décidé qu'il serait préférable qu'elles soient toutes accompagnées de leurs proches.

— Ont-elles toutes... quelqu'un ?

Je haussai un sourcil, la maman poule en moi pensant aussitôt à Jack. Je savais très bien que la raison principale pour laquelle il participait à cette croisière était une certaine jeune femme aux cheveux auburn.

— Toutes à l'exception d'Ally, la deuxième. Mais elle est accompagnée de son jeune fils, Bear.

Éreintée comme j'étais, je ne parvins pas à masquer mon étonnement.

— Tout va bien, Merry ?

— Oui, oui. Y a-t-il beaucoup d'enfants à bord ?

— Deux autres. Valentina, la fille du compagnon de Maia, Floriano, et Rory, le fils de Mouse – le compagnon de Star. Je vous précise que le petit Rory est sourd, néanmoins il lit incroyablement bien sur les lèvres.

— Dites donc, que de monde. Je crois que je vous demanderai à tous de vous montrer indulgents envers moi pour les noms.

— Je ne doute pas une seule seconde que tout le monde le sera. Voulez-vous que je vous conduise à votre chambre ?

— Oui, merci, je… (Le salon se mit soudain à tournoyer. Je pris alors conscience qu'outre le manque de sommeil, je n'avais rien mangé depuis la veille, à Belfast.) Puis-je sortir un peu, Georg ? J'ai le tournis.

— Bien sûr, prenez mon bras.

Georg m'emmena sur le pont et m'installa sur d'énormes coussins côté poupe.

— Je vais vous chercher une bouteille d'eau. Toutes mes excuses mais, comme il est encore tôt, il n'y a pas beaucoup d'employés dans les parages. Je peux vous laisser une minute ?

— Oui, ne vous inquiétez pas.

Georg partit à vive allure. J'entrepris de contrôler ma respiration et de ralentir les battements de mon cœur qui étaient tels que j'avais peur que ma poitrine explose. Je me sentais complètement submergée, comme je l'avais craint. L'idée de me retrouver coincée au milieu de la mer avec ces six inconnues, leurs partenaires et enfants, sans parler des révélations qu'on m'avait chargée de leur transmettre… c'était trop pour moi. Alors que je fermais les yeux, j'entendis un autre bruit par-dessus mes profondes inspirations – le rythme de pas. J'ouvris les yeux, m'attendant à voir Georg, mais à la place je découvris un homme que je ne connaissais pas debout devant moi. Il était grand et visiblement musclé sous sa tenue de jogging seyante. À voir ses cheveux crépus légèrement poudrés de blanc, je lui aurais donné entre trente-sept et quarante ans.

— Salut, lança-t-il avec un accent américain.

— Salut, répondis-je doucement.

— Est-ce que ça va ? Vous m'avez l'air un peu… patraque.

— Ça va, oui. Georg est allé me chercher de l'eau.

— Georg… l'avocat, c'est ça ?

— Oui. Vous ne le connaissez pas ?

— Pardonnez-moi, je ne me suis même pas présenté. Je m'appelle Miles, j'accompagne Électra.

— Le mannequin, n'est-ce pas ?

— Voilà. Vous devez être Mary.

— Oui. Mais les gens m'appellent plutôt Merry.

— Tenez, buvez ça. (Miles me tendit une bouteille contenant un liquide d'un bleu trop vif pour être naturel.) C'est du Gatorade. Je me suis dit qu'il n'y en aurait sans doute pas à bord, alors j'ai veillé à en apporter une grande quantité des États-Unis.

Je pris une gorgée de la boisson fraîche et sucrée. Ce n'était pas aussi mauvais que cela en avait l'air.

— Merci.

— Il n'y a pas de quoi. J'ai tendance à me lever très tôt pour faire un peu d'exercice. J'avais l'intention d'essayer un des tapis de course de la salle de sport, mais cet endroit est tellement immense que cela me semblait dommage de rater le lever du soleil. Quelques tours des ponts et je serai prêt pour commencer ma journée.

— À la vôtre, dis-je en prenant une autre grande gorgée de Gatorade. Désolée, je suppose que je vide vos précieuses provisions.

— Pas du tout. J'imagine que ces vingt-quatre dernières heures n'ont pas été de tout repos.

— C'est le moins qu'on puisse dire, Miles, en effet.

— En tout cas, Électra meurt d'impatience de faire votre connaissance. Comme tout le monde sur ce bateau, très franchement. Hé, vous avez plus la cote que le super mannequin international !

Il m'adressa un large sourire.

— Pour être honnête, c'est justement ce qui m'inquiète.

— Je comprends. Je sais que nos situations sont loin d'être comparables, mais tout ceci est nouveau pour moi aussi. Je ne connais Électra que depuis quelques semaines. J'étais un peu surpris quand elle m'a demandé de l'accompagner. À vrai dire, j'ai été angoissé pendant des jours.

— Que faites-vous dans la vie ? Êtes-vous acteur ? Photographe ou quelque chose du genre ?

— Non, madame, rien d'aussi palpitant, je le crains. Je suis avocat.

Je m'en voulus d'avoir fait ces suppositions pour la simple raison qu'il sortait avec un mannequin célèbre. En réalité, je me sentais tout d'un coup plus sereine. Était-ce grâce au Gatorade ou juste car cet homme poli et pragmatique manifestait de la compassion à mon égard ?

— Dites-moi, comment vous êtes-vous rencontrés avec Électra ?

Miles plongea son regard dans la mer.

— Oh, nous avions, euh… des intérêts communs. Nos chemins se sont croisés dans une ferme en Arizona. Au fait, c'était un réel plaisir de faire la connaissance de vos enfants, hier soir. Jack et Mary-Kate ont été super pour animer le dîner. J'étais bien content qu'ils soient là, ils ont veillé à ce qu'il n'y ait jamais de blanc dans la conversation. Cela aurait pu être un peu gênant, vous savez ? De nombreux inconnus, un moment si émouvant pour les sœurs…

— Je les reconnais bien là. S'il y a une chose que savent faire les Océaniens, c'est parler.

— Mais oui ! La petite amie de CeCe – Chrissie, je crois – est australienne. Elle est exactement comme eux.

— Alors, vous venez des États-Unis, Chrissie d'Australie… D'autres origines exotiques que je devrais connaître ?

— Eh bien, ça dépend de ce que vous considérez comme « exotique »… Le compagnon de Maia, Floriano, et sa fille Valentina sont brésiliens. Mais toutes les sœurs ont une histoire fascinante à raconter. Leur père – *votre* père – leur a laissé des indices pour leur permettre de la découvrir après sa mort. Il avait fait graver les coordonnées de chacun de leurs lieux de naissance sur une espèce de sculpture dans leur jardin familial – elles appellent ça une sphère armillaire. Il se trouve qu'il a adopté des enfants aux quatre coins du monde…

— Mon Dieu. Il a mené une sacrée vie, c'est certain.

— Vous aussi, apparemment. Jack et Mary-Kate nous ont raconté votre périple de ces dernières semaines. Merry, je suis navré d'apprendre tout ce que vous avez enduré. Je ne sais pas comment vous avez fait pour tenir le coup. Les sœurs qui vous ont poursuivie dans le monde entier… cela a dû vous terroriser. Vous devez être extrêmement forte pour être ici sur ce yacht. C'est aussi ce que pensent vos enfants. Hier soir, ils ne cessaient de chanter vos louanges.

Je ne savais pas très bien quoi, mais quelque chose dans la sincérité tranquille de Miles me fit monter les larmes aux yeux.

— Merci. C'est très gentil à vous de le dire.

— Et Merry... Je ne les connais pas depuis longtemps, mais ce sont des gens bien. J'ai quelques notions en matière de personnalité. Je travaille dans le domaine des droits de l'homme, voyez-vous, j'ai donc appris à juger ce genre de choses sans trop me tromper, dans le cadre de mon travail. Je vous promets que vous êtes en sécurité ici et que tout le monde a hâte de vous connaître.

— J'espère juste... être à la hauteur.

Je me sentis de nouveau submergée par la peur.

— Si vous voulez mon point de vue, elles vous connaissent depuis toujours. Ou du moins, elles savent que vous existez. Apparemment, votre père parlait souvent de vous. Il disait toujours qu'il vous avait perdue et ne vous avait jamais retrouvée. Alors elles sont toutes ravies d'avoir réussi à vous faire venir ici pour exaucer le souhait de toute sa vie.

— Miles, vous qui êtes avocat, vous comprenez les sensibilités au sein des familles, surtout après le décès d'un être cher.

— Je les comprends très bien, oui.

— Vous avez certainement constaté que je suis bien plus âgée que les autres filles.

— Je... ne l'aurais jamais remarqué, mais c'est ce que j'ai cru comprendre en écoutant les autres.

— Vous n'êtes pas avocat pour rien, Miles. Voilà une réponse pleine de tact. Enfin bon, j'imagine qu'étant donné votre profession, vous savez garder un secret ?

Miles éclata de rire et hocha la tête.

— Oh que oui. J'en ai un certain nombre que j'emporterai dans ma tombe.

— Ce ne sera pas nécessaire, heureusement, mais j'aimerais vous demander votre opinion.

Il me regarda droit dans les yeux.

— Vous pouvez compter sur ma discrétion.

Je sortis alors la lettre d'Atlas de mon sac à main.

— Voulez-vous bien lire ceci ?

— Bien sûr. Êtes-vous certaine que c'est ce que vous souhaitez ?

— J'ai besoin d'une opinion extérieure, qui ne soit pas celle de Georg. C'est une lettre que m'adresse mon père. Elle semble confirmer que je suis sa… lisez vous-même.

Il s'exécuta et je ne le quittai pas des yeux. Bientôt, ce fut lui qui eut les larmes aux yeux.

— Pardonnez-moi, déclara-t-il en me rendant la missive. C'est poignant.

— Oui.

— Si vous me permettez, de quoi vous inquiétez-vous ? Du fait que vous soyez sa fille biologique ?

— Oui ! Et aussi qu'il m'ait confié l'histoire de sa vie avant les autres.

Miles prit un instant pour formuler sa réponse.

— Je peux le comprendre. Eh bien, je ne peux pas m'exprimer en leur nom à toutes, mais mettez-vous à leur place : vous êtes la réponse à une question fondamentale. Toute leur vie, elles se sont demandé pourquoi leur mystérieux père s'était donné pour mission d'adopter des enfants à travers le monde. S'il a perdu femme et enfant quand il était bien plus jeune, peut-être cela l'explique-t-il ?

Je m'adossai contre les coussins et réfléchis à cette suggestion.

— Je n'avais pas envisagé les choses de cette façon.

— Quoi qu'il en soit, Jack et Mary-Kate ont déjà bien préparé le terrain. Tout le monde les adore et ils font déjà presque partie des meubles.

— Je n'ai pas de mal à l'imaginer. Merci, Miles.

— Ne vous inquiétez pas. Et si la situation devient un peu trop difficile ces prochains jours et que vous avez besoin d'un point de vue extérieur pour prendre du recul, je serai là.

J'entendis de nouveau un bruit de pas et vis Georg émerger du salon, brandissant une bouteille d'eau.

— Toutes mes excuses, Merry. J'ai dû m'aventurer dans la cuisine. Il se trouve qu'obtenir un diplôme de droit à l'université de Bâle est moins complexe que de fouiller dans les placards du chef du personnel.

— Ne vous en faites pas, Georg. Miles m'a sauvée avec sa concoction bleue.

Je levai la bouteille de Gatorade.

— J'ajouterai un petit supplément à votre note à la fin de votre séjour, madame, plaisanta Miles. Bon, je vous laisse vous installer. J'ai encore quelques tours à faire avant qu'Électra ne se réveille et me demande d'aller lui chercher du café. Et n'oubliez pas mon offre. Je serai toujours là. Pont trois, suite quatre, si je ne me trompe pas !

Il se mit à rire et je lui adressai un geste de la main avant qu'il ne tourne les talons pour poursuivre son circuit autour du *Titan.*

— Je suis désolé, Merry, je ne m'étais pas rendu compte que quelqu'un était déjà levé.

— Aucun problème. C'était sympathique de lui parler. J'ai trouvé sa présence très rassurante.

— Oui. Il a surmonté bien des épreuves dans sa vie. Je crois que c'est le compagnon parfait pour Électra. Vous sentez-vous un peu mieux ?

— Oui, merci. Certainement assez bien pour rejoindre ma chambre en tout cas.

— Prenez mon bras. Je vais vous conduire en bas. Victor s'est occupé de votre valise.

Je m'agrippai à Georg et nous nous aventurâmes dans les entrailles de l'immense navire. Je ne sais pas si c'était à cause de mon état second, ou parce que chaque couloir était bordé du même bois sombre – lustré au point qu'on s'y reflétait comme dans un miroir –, mais j'avais l'impression de traverser une œuvre de M. C. Escher. Sur le chemin vers ma chambre, nous croisâmes de nombreux employés qui commençaient leur journée de travail. Certains portaient un polo, d'autres une chemise blanche à manches courtes ornée d'épaulettes. Georg marmonna une explication au sujet de « l'équipage de pont » et de « l'équipage intérieur », mais je n'y prêtai guère attention. Tous les uniformes avaient néanmoins un point commun : sur chaque chemise ou polo, il avait été brodé le nom *Titan* et, juste au-dessous, ressortait l'image d'une sphère armillaire cousue au fil d'or. Plusieurs escaliers et plusieurs halls plus tard, Georg m'indiqua une porte du deuxième pont.

— Voilà votre suite, murmura-t-il. Mary-Kate et Jack sont juste ici, à votre droite.

Il ouvrit la porte de la chambre.

— Formidable. Bon, ma présence est-elle requise quelque part avant que je m'effondre sur le lit et que je quitte le monde des vivants pour quelques heures ?

— Nulle part, Merry. Reposez-vous aussi longtemps que nécessaire. Bien sûr, nous quitterons Nice sous peu, et je dois vous prévenir que les moteurs peuvent parfois… manquer de discrétion, dit-il d'un air penaud.

— Ne vous en faites pas, je crois que je suis assez fatiguée pour dormir quelles que soient les circonstances. J'imagine que vous avez vous-même besoin d'une pause, mais si vous aviez la gentillesse de demander à quelqu'un d'informer mes enfants de mon arrivée, ce serait merveilleux.

— Aucun problème, je m'en chargerai, ainsi que des copies du journal. Bonne nuit, Merry.

— Bonjour, plutôt.

Je soupirai avec lassitude et refermai doucement la porte derrière moi. Je ne m'étonnai guère de constater que la cabine s'apparentait à une chambre dans un hôtel cinq étoiles. D'ailleurs, elle était même peut-être plus agréable que la suite où j'avais récemment logé au Claridge's à Londres. Ma valise avait été placée à côté du lit, mais je n'avais pas l'énergie de l'ouvrir pour chercher une tenue plus confortable. Au lieu de cela, je retirai mes chaussures et me laissai tomber sur le matelas. M'enveloppant dans les couvertures, je fermai les yeux et m'endormis.

9

Maia bâilla et s'étira en contemplant la table du petit déjeuner déserte. Elle consulta sa montre : dix heures cinquante. Ils étaient censés se retrouver sur le pont à onze heures mais, visiblement, elle prendrait son petit déjeuner seule. À peu près une heure plus tôt, les moteurs s'étaient mis à vrombir et le voyage vers Délos, et vers Pa, avait débuté. Cependant, à son avis, ce vacarme n'avait pas suffi à réveiller ceux qui avaient un peu trop abusé du vin la veille. Maia n'en avait pas bu une goutte, évidemment.

Au départ, elle s'était inquiétée de ne pas pouvoir compter sur le réconfort d'un verre de rosé provençal de temps en temps pour l'aider à tenir le coup le long de cette croisière qui s'annonçait éprouvante mais, après la soirée de la veille, elle se disait que cela ne lui manquerait finalement pas tant que cela. Elle avait trouvé que tout le monde s'était merveilleusement entendu au dîner. En son for intérieur, elle redoutait ce voyage depuis des mois, comme probablement la plupart des autres passagers. Ses sœurs et elle avaient énormément progressé depuis juin de l'année précédente, apprenant chacune à tracer sa route sans la lumière de Pa Salt pour les guider. L'aînée des sœurs d'Aplièse craignait que ce voyage ne soit qu'un rappel de l'immense perte à laquelle elles avaient été confrontées.

Même l'arrivée sur le quai s'était révélée difficile, sachant que le *Titan* avait toujours été synonyme de retrouvailles familiales estivales ; un lieu sûr pour se détendre et discuter pendant des heures. Mais Maia devait admettre que la soirée de la veille avait presque été, oserait-elle dire… amusante ?

En toute honnêteté, c'était la présence des « partenaires » qui avait égayé l'ensemble. Une troupe particulièrement éclectique avait été réunie pour la traversée, ce qui aurait sans doute plu à Pa. Il y avait le docteur Charlie Kinnaird, un homme travailleur et les pieds sur terre qui arrivait merveilleusement bien à recentrer sa sœur Tiggy, souvent plongée dans le monde spirituel. Électra avait Miles, un homme calme et avisé, qui ne la voyait pas comme une superstar internationale, mais comme la femme vulnérable et passionnée qu'elle était. Chrissie était parfaitement bien assortie à CeCe (même si Maia était heureuse de ne pas vivre sous leur toit où les éclats de voix et de rire devaient être incessants). Même Mouse, si réservé, s'était démarqué par son éloquence et son humilité. Son adorable fils, Rory, et lui avaient donné à Star la confiance dont elle avait besoin pour s'épanouir.

Ensuite, bien sûr, il y avait Ally. Maia ne pouvait qu'imaginer la douleur supplémentaire qu'elle avait dû endurer cette même année avec la perte de son Theo bien-aimé. Elle admirait tant la force et la résilience de sa sœur qui, malgré ces circonstances terribles, avait relevé le défi de la maternité… Quelque chose dont elle-même n'avait pas eu le courage autrefois.

— Bonjour, Maia, lança Tiggy en venant s'asseoir à côté d'elle.

— Bonjour, Tigs.

Celle-ci passa la main dans son épaisse chevelure châtain, qui semblait presque étinceler sous le soleil.

— Quelle journée magnifique, observa-t-elle.

Maia songea à quel point sa sœur semblait aller bien. Tiggy avait toujours transpiré la grâce et la sérénité, mais la mort de Pa l'avait affectée plus que quiconque. À présent, grâce à l'inébranlable Charlie à ses côtés et au travail de ses rêves qui consistait à reconstituer la population de chats sauvages des Highlands, un sourire indélébile paraissait s'être installé sur ses lèvres.

— J'ai l'impression que ce sera un petit déjeuner plus calme que prévu, soupira Maia.

— Oh, je n'en suis pas si sûre. Il y a une certaine agitation sous le pont. Charlie est allé dans le bureau. Il consulte des résultats d'examens sanguins ou je ne sais quoi. Je suis bien contente de ne pas être médecin, il n'a jamais une minute de tranquillité ! Et toi, où sont tes deux amours ?

— Floriano est allé chercher Valentina. Finalement, l'équipage a dû préparer une cabine en plus pour Rory et elle hier soir. Les enfants ont beaucoup insisté. Rory a commencé à montrer à Valentina comment signer et, en retour, elle lui apprend le portugais... Ils sont comme frère et sœur.

Maia et Tiggy rirent de bon cœur. La plus jeune haussa un sourcil, avant de vérifier que le pont était encore désert.

— Dis-moi, à propos de frères et sœurs...

Elle regarda le ventre de Maia avant de sourire de toutes ses dents.

Maia lui sourit en retour et Tiggy poussa un cri d'excitation.

— Je le savais ! Le leur as-tu annoncé ?

— Chhhh... Je l'ai dit à Floriano, oui. Mais pas à Valentina. Comment se fait-il que tu sois toujours au courant de tout ?

Tiggy haussa les épaules avec un petit air satisfait.

— Non, allez. Je t'ai toujours laissée tranquille de ce point de vue, depuis que nous sommes toutes petites. Je n'oublierai jamais le jour où tu m'as dit que Madeleine la chatte allait avoir six chatons. Et plus tard, ce soir-là, comme tu l'avais prédit, exactement six bébés ont fait leur apparition. Et Ally nous a raconté la naissance de Bear. Elle jure que ni lui ni elle ne seraient là aujourd'hui sans toi et Angelina. Dis-moi, que vois-tu que les autres n'arrivent pas à voir ?

Tiggy plongea son regard dans la mer à l'arrière du *Titan*, où l'énorme moteur du yacht créait une traînée d'eau blanche et agitée.

— Il s'agit d'un don ancestral. Je suis une *bruja*.

— Quoi, tu es une sorcière ?

Tiggy éclata de rire.

— Ah oui, c'est vrai que tu es traductrice. Non, Maia. Je ne suis pas une sorcière. Être une *bruja* signifie faire partie d'une lignée spirituelle.

Maia semblait penaude.

— Désolée, Tiggy, je ne voulais pas être désagréable, c'est sorti tout seul, réflexe de traductrice, en effet.

— Tu as de quoi être désolée ! Bon, écoute pendant que je t'explique ou je te donnerai un coup de balai sur la tête. Lorsqu'on regarde la mer là-bas, on voit le bleu, la houle et les vagues. Mais ce n'est qu'une partie de la réalité. On ne voit pas sous l'eau, où le *Titan* crée un courant. Pour les êtres sous-marins – les poissons, les plantes –, ce courant est une force qu'ils ne contrôlent pas, qu'ils ne comprennent pas. (Elle ferma les yeux, comme pour visualiser ce qu'elle décrivait.) C'est la même chose ici. Autour de nous gravitent des forces et des énergies que la plupart des individus ne saisissent pas ou dont ils ne se soucient pas. Mais moi, j'en vois une partie. (Elle rouvrit les yeux et regarda Maia.) Ce n'est pas de la magie ou quoi que ce soit du genre. Tout est là, à portée d'yeux. C'est juste que je sais comment regarder.

— Tu es extraordinaire. Alors, la question est... vois-tu si tu auras une nièce ou un neveu ?

— Je te suggère une belle couleur neutre pour la chambre, répondit Tiggy avec un clin d'œil.

Une femme blonde émergea du bar supérieur, un grand sourire aux lèvres. Maia lança un regard à Tiggy, qui haussa les épaules. Aucune des deux sœurs ne l'avait encore jamais vue. Le personnel de bord du *Titan* changeait souvent à chaque saison.

— Bonjour, mademoiselle d'Aplièse et... mademoiselle d'Aplièse. Désirez-vous du café ? Ou peut-être un jus de fruits ? s'enquit-elle timidement.

Elle faisait pitié à Maia. La clientèle qu'elle avait l'habitude de servir sur les yachts était probablement exigeante et peu aimable. Elle s'empressa de la rassurer.

— Maia et Tiggy, je vous en prie, et oui, merci. Je prendrais volontiers un café au lait.

— Moi aussi, merci, ajouta Tiggy. Avec du lait d'avoine, s'il vous plaît !

— Parfait, je m'en occupe. Et le chef demande si vous voulez toujours que le petit déjeuner soit servi pour tout le monde à onze heures ?

— Absolument, n'hésitez pas à commencer à apporter tout ce qu'il faut. Je suis certaine que l'odeur du bacon et du café fera accourir les autres. Et dans le cas contraire, nous irons nous-mêmes les chercher, promit Maia.

— Formidable, répondit la jeune employée avant de repartir à l'intérieur.

Maia inspira profondément.

— Tu sais, cela me semble étrange de profiter ainsi d'un tel luxe... Pour être tout à fait honnête, cela me gêne un peu.

— Je partage ton sentiment. Pour ma part, je suis bien plus à l'aise sous une bâche au milieu d'une clairière.

— Voilà qui serait peut-être un peu rude pour moi. Je ne sais pas si je survivrais longtemps loin de la chaleur brésilienne. Dans tous les cas, je suppose que nous devons penser à offrir quelque chose au monde en retour chaque fois que nous le pouvons. D'ailleurs, je me rends une fois par semaine dans une *favela* de Rio pour enseigner l'anglais et l'espagnol aux enfants.

— Ouah, Maia, c'est fantastique ! C'est là que ta vie a commencé, après tout, répondit Tiggy avec douceur.

— En effet. Je ressens le besoin de les aider pour améliorer leurs perspectives. Il est peu probable qu'un milliardaire énigmatique vienne les sauver, comme cela a été le cas pour nous.

— C'est sûr. Pa nous a tirées de circonstances bien misérables. Que serait-il advenu de nous s'il ne nous avait pas recueillies aux quatre coins du monde ? (Tiggy secoua la tête, puis regarda de nouveau sa sœur.) Il me manque tellement, Maia. J'ai l'impression d'avoir perdu mon point de repère.

Quel que soit le problème auquel j'étais confrontée, il savait exactement quoi me dire pour me remonter le moral. J'imagine que c'est pareil pour toi ?

— Oui. Pour nous toutes, je crois.

— L'ironie, c'est que nous avons à présent plus besoin de lui que jamais, et il n'est pas là pour nous aider.

— Pas physiquement, non. Mais d'une certaine façon, je pense qu'il est avec nous.

— Maia, t'apprêtes-tu à offrir des paroles de sagesse spirituelle à la *bruja* elle-même ?

— Je n'irais pas jusque-là, mais regarde ce que nous avons accompli – nous avons trouvé la sœur disparue. Cela aurait été impossible s'il ne nous avait pas guidées.

— Il serait si heureux qu'elle soit là, répondit Tiggy en souriant.

— Oh que oui.

Tiggy se prit la tête entre les mains.

— C'est juste que… Tu te souviens de ce que je disais tout à l'heure, comme quoi j'arrivais à sentir les différentes énergies qui influencent notre vie ?

— Oui…

— Ne me prends pas pour une folle, s'il te plaît.

— Je te promets que non, Tiggy. Je n'ai jamais pensé que tu l'étais.

— D'accord. Eh bien, en général, quand quelqu'un va mourir, je le sens. Depuis toujours. De la même façon que je sens les vies nouvelles, comme celle que tu portes en toi. Puis, après la mort de personnes que j'ai connues, j'ai toujours pu… leur dire au revoir. Je veux dire, à leur esprit, à leur force vitale, peu importe le nom qu'on lui donne, avant leur départ. Cela m'a toujours apporté un grand réconfort. Et, je crois, à eux aussi.

— Je comprends.

— Mais, Maia, je ne l'ai jamais ressenti avec Pa. Je n'ai pas senti qu'il allait bientôt nous quitter, et je n'ai jamais senti sa présence depuis sa mort. Voilà pourquoi cette année a été si difficile pour moi. Je n'ai pas réussi à lui dire au revoir.

— Mon Dieu. Je suis navrée, Tiggy, cela doit être terrible.

Tiggy se mit à examiner ses mains, comme souvent quand elle réfléchissait à des questions qui dépassaient le monde tangible.

— Peut-être est-ce parce qu'il savait combien cela te perturberait ? reprit Maia d'une voix douce.

— C'est possible. Au départ, j'ai pensé qu'il m'avait envoyé Charlie et que c'était peut-être *ça* son adieu.

— Voilà qui ressemblerait à Pa.

— Oui. Mais depuis quelques semaines, je suis de nouveau troublée.

— Est-ce que tout va bien avec Charlie ?

— Oh, absolument. Je veux dire que j'ai soudain commencé à ressentir une forte angoisse en pensant à Pa. Ce qui est étrange, puisqu'il est mort il y a un an.

— J'imagine. Mais, Tiggy, je pense que c'est naturel, sachant ce que nous sommes venues faire ici. Je suis sûre que nous avons toutes ressenti quelque chose de similaire.

Tiggy réfléchit un instant.

— Oui. Tu as sans doute raison. Excuse-moi, Maia, je n'avais pas l'intention de plomber l'ambiance avec mes histoires de *bruja*. Surtout après hier soir – qu'est-ce qu'on s'est bien amusés finalement !

— Oh oui ! Jack et Mary-Kate sont vraiment charmants.

— Absolument. À propos, sait-on si Georg est revenu avec Merry ?

— Quelque chose me dit que oui. Il y a deux sièges en plus autour de la table. Hier soir nous étions seize et ce matin nous sommes dix-huit.

— Mon Dieu. J'ai du mal à croire qu'on va enfin faire la connaissance de la sœur disparue. Après toutes ces années où elle n'était qu'une histoire… Et ce matin elle boira du jus d'orange en notre compagnie !

— La pauvre. Cela n'a pas dû être facile pour elle. Je n'arrive pas à croire que Georg ait réussi à l'amener à bord. Nous devons veiller à la chouchouter ces prochains jours.

— Je suis d'accord. Elle a vraiment une belle âme, Maia. Même si je ne l'ai croisée que brièvement à Dublin, je sais qu'elle va parfaitement s'intégrer.

Il y eut un bref silence tandis que les deux sœurs songeaient à ce que signifiait l'arrivée de la nouvelle passagère. Maia finit par reprendre la parole :

— C'était drôle de voir Georg descendre du bateau en courant hier, non ? Je ne l'avais jamais vu aussi agité. Il tenait vraiment à ce que Merry participe à la traversée. Nous toutes aussi, bien sûr, mais je crois que lui aurait été incapable d'essuyer un refus.

Tiggy regarda de nouveau au loin.

— Je crois en effet que la laisser partir n'était pas une option pour lui. Tu sais quoi, ajouta-t-elle avec un large sourire, j'ai l'étrange impression que…

Tiggy fut interrompue par des voix en provenance du salon.

— Mon père dit que le *Ore Brasil* est encore plus grand que ce bateau, se vanta Valentina.

— Ouah… Est-ce que tu connais le *Titanic* ? répliqua Rory.

Les enfants émergèrent sur le pont, suivis de Floriano.

— Allons, allons, je ne crois pas qu'il soit indispensable de parler de ce navire maintenant, jeune homme, tempéra Floriano en haussant les sourcils avant de sourire à Maia.

— *Bom dia*, Maia !

— *Bom dia*, Valentina. *Apenas inglês, por favor.* On ne parle qu'anglais sur ce bateau.

— D'accord…

— Merci, Valentina, dit Tiggy. Certaines d'entre nous ne sont pas aussi intelligentes que toi. Ni aussi jolies !

— Oh, je t'en prie, Tiggy, cette demoiselle a déjà assez la grosse tête comme ça…, lança Floriano en soulevant Valentina dans ses bras pour la chatouiller.

— Où en sont les autres, Floriano ? interrogea Maia.

Rory intervint alors :

— On a frappé à toutes les portes, pas vrai, Valentina ? Puis on a fait la course autour du bateau et on a vu Ma avec Ally et Bear à l'avant. Tout le monde arrive. Est-ce qu'il y a des saucisses pour le petit déjeuner ?

— Oh, je suis sûre que le chef en préparera, Rory. Excellent choix. C'est ce que tu préfères manger au petit déjeuner ? demanda Tiggy.

— Ah ça oui ! N'est-ce pas, mon vieux ? lança Mouse depuis le salon, avant de sortir en tenant Star par la main.

— Bonjour, Star ! Bonjour, Papa !

— Salut, Rory. Bonjour à tous, répondit Star en faisant un petit geste de la main à l'intention de la table. J'ai croisé Mary-Kate en montant. Elle m'a dit que Jack et elle allaient voir leur mère et que nous pouvions commencer sans eux.

— Entendu. Es-tu nerveuse, Star ? demanda Maia.

— Oui. À vrai dire, mon estomac fait des sauts périlleux depuis ce matin. La dernière fois que je lui ai parlé, j'étais dans la peau d'un personnage pour mettre en œuvre le plan stupide d'Orlando. J'ai terriblement honte de toute cette affaire.

— Ne t'inquiète pas. Quand j'ai vu Merry à Dublin, elle m'a donné l'impression que tout était pardonné, la rassura Tiggy.

— J'en suis certaine, ajouta Maia en prenant la main de Star. Il s'agit d'un moment important, poursuivit-elle en regardant autour de la table. Dans quelques instants, les sept sœurs seront réunies.

10

Merry

Même si je n'avais dormi que six heures, mon sommeil avait été profond et réparateur. Dans la vallée de Gibbston, où notre maison se dressait au milieu de vignes s'étendant à perte de vue, le silence nocturne était total. Le seul inconvénient était que, par conséquent, je dormais souvent très mal quand je n'étais pas chez moi. Dans les hôtels, les pas les plus légers dans le couloir suffisaient à me réveiller. Cependant, à bord du *Titan*, je m'étais facilement endormie. D'ailleurs, je ne pris conscience que nous étions partis que lorsque je descendis du lit et m'approchai du hublot. Pas même les moteurs ne m'avaient dérangée. Je débloquai la petite vitre ronde et la poussai autant que possible – au moins dix centimètres. J'inspirai l'air chaud et salé de la Méditerranée qui me revigora encore davantage. Après la mort de Jock, je m'étais promis une aventure et j'étais servie. Alors non, ce n'était pas le tour du monde que j'avais imaginé, mais je me retrouvais sur un yacht somptueux en quête de mes origines véritables. Certes, cette journée serait… imprévisible, mais ma conversation avec Miles, combinée à quelques bonnes heures de repos, me permettait de l'appréhender dans un état d'esprit bien plus positif.

Je saisis mon téléphone portable sur la table de chevet et découvris deux textos, un de Jack et un de Mary-Kate. Tous deux me demandaient de les prévenir à mon réveil. Je leur répondis de venir me voir une demi-heure plus tard, le temps que je prenne une douche.

Après m'être lavée, je sortis une robe en lin de ma valise. Fixant mon reflet dans le miroir, je songeai au dessin au fusain que m'avait montré Georg. Inutile de le nier, cela aurait pu être un portrait de moi. Je me demandais quelle était l'histoire de ma mère biologique et ce qui l'avait poussée à me déposer sur le perron du père O'Brien alors que je n'étais qu'un nouveau-né. Je n'arrivais tout simplement pas à imaginer quelles circonstances auraient pu m'amener à abandonner ainsi Jack ou MK. Rien que d'y penser, j'en avais des frissons.

J'entendis des petits coups familiers à la porte – les mêmes que ceux qui se faisaient entendre un quart de siècle plus tôt quand mon fils avait fait un cauchemar et voulait nous rejoindre Jock et moi dans le lit parental.

— Entre, Jack, lançai-je.

La porte s'ouvrit et ses cheveux blonds bouclés, ses yeux bleus perçants et son visage souriant apparurent.

— Salut, Maman ! Bienvenue à bord du *Titan* !

— Maman ! Enfin ! Quelle joie de te voir ! ajouta Mary-Kate qui le suivait, vêtue d'un bikini et d'un caftan.

Je les étreignis tous les deux un long moment. Nous avions beau flotter au milieu d'une vaste mer dans un autre hémisphère, en cet instant, j'étais de retour à la maison.

— Moi aussi, je suis heureuse de te voir, Mary-Kate. Tu n'as pas idée. Allez, asseyez-vous.

Je leur désignai les deux fauteuils de part et d'autre de la table basse et m'installai au bout du lit.

— Dis-nous, Maman… qu'est-ce qui t'a fait changer d'avis ? Ally nous a raconté que Georg avait quitté le bateau en courant hier soir pour aller te kidnapper. Sachant qu'il est peu probable qu'il t'ait ligotée et jetée dans un sac en toile de jute, que t'a-t-il dit pour te convaincre de le suivre ?

— En réalité, c'est plutôt mon vieil ami Ambrose qui m'a convaincue. Vous savez combien je lui fais confiance. Il me connaît depuis plus longtemps que n'importe qui encore de ce monde. Il m'a dit que je devrais venir. Et je l'ai écouté.

— En tout cas, tu es une célébrité à bord. Encore plus que la *véritable* célébrité. Mais peut-être n'as-tu jamais entendu parler d'Électra ? C'est aujourd'hui l'une des plus grandes stars du monde. Elle a prononcé ce discours au concert en faveur de l'Afrique juste après Obama et…

— Oui, oui, il me semble avoir lu quelque chose à ce sujet quand j'étais encore en Nouvelle-Zélande. (Je me tournai vers mon fils.) Et comment va la jeune Ally, Jack ?

— Elle va… bien. (Je soutins son regard.) Elle a, euh, un bébé.

— C'est ce qu'il m'a semblé comprendre en discutant avec Georg tout à l'heure. Et qu'en penses-tu ? C'est un peu étrange qu'elle ne t'ait rien dit.

— Le bébé n'est pas un problème. C'est un charmant petit gars, il s'appelle Bear.

Mary-Kate donna un coup de coude à son frère.

— Elle est célibataire en tout cas, Maman. Tu devrais les voir ensemble, ils sont trop mignons !

— Arrête, MK. Elle a perdu le père de Bear il y a tout juste un an. À mon avis, elle ne m'a pas parlé de son bébé parce qu'elle ne voulait pas me vexer, c'est tout. Je survivrai. Enfin bon, assez parlé de moi, c'est toi qui es au cœur de toutes les préoccupations, Maman ! Es-tu prête à rencontrer toute la famille ?

J'inspirai profondément.

— En fait, j'ai récemment appris deux ou trois choses dont j'aimerais vous parler avant ces grandes présentations.

Sentant mon appréhension, Mary-Kate se leva et vint s'asseoir à côté de moi sur le lit, posant sa main sur la mienne.

— Bien sûr, Maman.

J'attrapai mon sac à main et leur montrai la lettre d'Atlas, ainsi que le dessin au fusain.

* * *

— Ça alors ! Quel choc ça a dû être pour toi. Surtout après ce que tu as traversé ces dernières semaines… Comment te sens-tu ? demanda Jack en m'enveloppant les épaules avec douceur.

— Sur le coup, j'étais bouleversée. Mais maintenant que je me suis reposée, ça va mieux. J'ai également fait la connaissance d'un certain Miles…

— Le copain d'Électra ?

— Oui. Il s'est montré très rassurant. Georg est en train de photocopier le journal pour le donner à toutes les sœurs, afin que nous puissions le lire en même temps.

— Tu es vraiment la fille biologique de ce Pa Salt, alors ? demanda Mary-Kate.

— Il semblerait. Atlas est mon père. Et votre grand-père.

Le silence se fit dans la pièce.

— C'est fou ! Même si vous deux lui êtes vraiment, officiellement apparentés, observa MK, faisant référence au fait qu'elle-même avait été adoptée.

— Mon Dieu, pas étonnant que Georg ait tout fait pour t'amener à bord, Maman. Tu es… le propre sang de Pa Salt, bredouilla Jack.

— Est-ce que tout ça a été… vérifié ? s'enquit Mary-Kate.

— Tu veux dire avec des tests ADN ? Voilà qui serait compliqué à organiser, sachant où nous sommes et la raison pour laquelle nous sommes ici.

— De toute façon, je ne suis pas sûre que ce soit nécessaire. Cette femme sur le dessin est ton portrait craché. J'imagine que tu ne sais pas ce qui lui est arrivé ? interrogea Jack.

— Non. J'espère que le journal apportera des réponses.

— Ouais. J'espère aussi qu'il nous en dira un peu plus au sujet d'Argideen House à Cork.

Mary-Kate désigna le plafond.

— Et les autres, là-haut ? Comment crois-tu qu'ils vont le prendre ?

— Je ne sais pas. N'oublions pas que je n'ai pas demandé à être là. Ces femmes ont littéralement remué ciel et terre pour me trouver. Je n'ai pas non plus l'intention de réclamer quoi que ce soit de tout *ça*, ajoutai-je en regardant la somptueuse cabine, avec son lustre et sa tête de lit sur mesure en noyer.

Jack semblait abattu.

— Pour être honnête, Maman, je pense que révéler à Ally que je suis en réalité son neveu l'emporte sur le fait qu'elle ait omis de me parler de son bébé.

— Oh, ne dis pas de bêtises, Jack. Ally a été adoptée. Elle est la fille biologique d'un musicien norvégien. Vous n'avez pas une seule goutte de sang en commun, lui rappela Mary-Kate avec fermeté. Quoi qu'il en soit, c'est loin d'être le point le plus important ici. Est-ce que ça va, Maman ? Peut-on faire quelque chose pour t'aider ?

— Oh, vous savez, voler un canot de sauvetage si les six autres décident de me jeter par-dessus bord.

— Si tu veux mon avis, c'est extrêmement peu probable, me rassura Mary-Kate en me caressant le dos. Elles sont toutes charmantes. Quel est ton plan, d'ailleurs ? Vas-tu simplement monter leur annoncer la nouvelle ?

— Je crois que je n'ai pas le choix, soupirai-je. Il ne me semble pas juste de garder des informations pour moi. Comme je l'ai dit et répété, cet Atlas est un inconnu pour moi. Mais il est tout pour elles.

— Maman, tu es extraordinaire. Malgré tout ce que tu as traversé – et ce n'est pas fini –, tu fais passer les autres avant toi.

— Merci, Mary-Kate. Vous savez, votre père m'avait fait promettre de me lancer dans une aventure hors du commun s'il lui arrivait quelque chose. Et nous voilà ici. C'est ce qu'il aurait fait, lui aussi. C'était la personne la plus altruiste que la Terre ait portée. Dieu sait combien nous comprenons ce qu'elles ressentent. Alors si je peux – si *nous pouvons* – aider ces six jeunes femmes dans le moment le plus difficile de leur vie, c'est ce que nous allons faire, ajoutai-je en pressant la main de mes deux enfants. Où sont-ils, tous ?

— Au petit déjeuner. Nous avons dit que nous les rejoindrions.

J'inspirai profondément, me frappai les genoux et me levai.

— Très bien. Allons dire bonjour.

Jack et Mary-Kate me conduisirent à travers les méandres du *Titan*. Entourée de mes deux enfants, je me sentais rassurée. Quoi qu'il puisse se passer, ils étaient là pour me protéger.

L'escalier central du yacht nous fit traverser de grands salons, des salles à manger et l'espace aménagé en bureau que Georg avait mentionné quand nous étions dans le jet. Désormais reposée, j'étais en mesure d'apprécier véritablement cette forteresse flottante.

Après avoir monté pas moins de trois étages, nous atteignîmes le niveau supérieur du *Titan* qui comprenait un petit salon, entouré de vitres légèrement teintées dont certaines avaient été ouvertes, laissant entrer le soleil éclatant du sud de la France.

— Tu es prête, Maman ? Tout le monde t'attend dehors, m'informa Jack en m'adressant l'un de ses grands sourires réconfortants.

Mon cœur s'accéléra quand j'entendis la cacophonie de voix. *Voilà ce que devaient ressentir les prisonniers jetés aux lions*, songeai-je. Parmi la foule, je reconnus les intonations mesurées de Georg, ce qui me donna la confiance dont j'avais besoin pour franchir le seuil. Mary-Kate me pressa la main.

La table était pleine à craquer et je fus accueillie par un océan de visages.

Jack prit la parole en premier :

— Bonjour à tous ! Je voulais vous présenter ma mère, Mary. Vous avez peut-être entendu parler d'elle…

Un étrange silence s'installa. Je suis certaine qu'il ne dura que quelques secondes, mais pour moi cette pause semblait s'éterniser. J'avais l'impression que la foule devait prendre conscience de ma présence, l'assimiler. Deux des femmes se regardèrent et échangèrent un sourire. Les autres se contentaient de me fixer, les yeux ronds et la bouche entrouverte, comme bouleversées. Quoi qu'il en soit, personne ne paraissait savoir quoi dire, alors je brisai la glace :

— Bonjour. Tout le monde m'appelle Merry, comme dans « Merry Christmas ». Donc n'hésitez pas à en faire autant.

J'étais si nerveuse que mon accent irlandais rural avait immédiatement refait surface.

Une femme à l'épaisse chevelure auburn, qui tenait un bébé sur ses genoux, fut la première à se lever. Facile de deviner de quelle sœur il s'agissait. Sa peau claire et ses grands yeux avaient quelque chose de captivant, et ses sourcils délicats et ses pommettes hautes renforçaient sa beauté. Je compris aussitôt la fascination de Jack.

— Merry. Bonjour… je… nous toutes… nous sommes si heureuses de t'avoir à bord.

— Merci. C'est gentil à vous de vous être donné tant de mal pour me faire venir.

À cet instant, une autre femme, celle-ci avec des yeux d'un marron profond et de longs cheveux noirs, se mit à applaudir. Presque aussitôt, tous les convives suivirent le mouvement. Bientôt, tous étaient debout, et je ne pus m'empêcher de rire face à tant d'enthousiasme. Georg m'adressa un signe de tête. Était-ce une larme qui brillait dans son œil ? Sûrement pas… En tout cas, un sourire illuminait chacun des visages, et cet accueil si chaleureux m'insufflait du courage.

Une grande femme s'avança vers moi. Elle devait avoir autour de soixante-cinq ans. Élégante, elle avait des traits aquilins, très marqués.

— Bonjour, Merry. Je m'appelle Marina. Les filles me surnomment « Ma ». Je me suis occupée d'elles quand elles étaient petites. C'est un tel privilège de t'avoir parmi nous. Ta présence nous comble de joie, chérie.

— Est-ce un accent français que j'entends ?

— Ah, tu as une bonne oreille ! Je suis française en effet, mais j'habite en Suisse, comme tu le sais peut-être.

— Bien sûr. J'ai beaucoup entendu parler de votre merveilleuse demeure sur la rive du lac Léman.

— Oui, chérie ! Tu dois absolument nous rendre visite !

Je ne pus m'empêcher de glousser face à l'excitation de cette femme.

— Arrête, Ma ! Tu vas lui faire peur, bon sang. Si tu continues comme ça, elle va plonger et repartir à la nage.

Ces mots étaient sortis de la bouche d'une femme sculpturale à la magnifique peau ébène, aux cheveux courts et très frisés.

Sa beauté était telle que j'en aurais presque perdu l'usage de la parole.

— Salut. Moi, c'est Électra. C'est un honneur de faire ta connaissance, poursuivit-elle.

Elle plongea ses yeux dorés dans les miens et je sus sans l'ombre d'une hésitation qu'il s'agissait du mannequin mondialement célèbre.

— Ah, bien sûr. Je t'ai vue à la télévision ! Ne faisais-tu pas la publicité d'un parfum récemment ?

Électra éclata de rire et secoua la tête.

— Probablement. Je suis désolée que ma tête ait essayé de te vendre quelque chose à la télé avant même qu'on se rencontre.

— En tout cas, je te confirme que tu es aussi charmante en vrai qu'à l'écran !

— Tu es trop gentille. Et voici ma sœur, CeCe.

Électra indiqua une femme trapue, dont les yeux en amande étaient tachetés d'éclats de noisette et dont les cheveux étaient coupés à la garçonne.

— Salut, Merry. Je trouve que tu as un nom super !

— Oh, merci. Toi aussi ! CeCe, c'est bien ça ?

— Oui, le diminutif de Célaéno. C'est un peu moins difficile à prononcer. Merci, Papa, ajouta-t-elle en faisant la grimace.

Derrière CeCe se dressait la blonde élancée qui me rappelait Mary-Kate. Nous nous étions déjà rencontrées au Claridge's, bien sûr, dans une étrange mise en scène. Je croisai son regard.

— Bonjour, Merry, dit-elle d'une voix embarrassée. Je...

— Ça alors ! m'exclamai-je. Lady Sabrina Vaughan en chair et en os. Quelle coïncidence de vous voir ici. Comment va le vicomte ?

La pauvre fille devint rouge écrevisse.

— Je suis absolument navrée de cette histoire, Merry. C'était l'idée absurde de mon imbécile d'ami Orlando. Il est un peu excentrique. À tous les niveaux.

— Oh, elle est bien trop aimable. Orlando est un idiot fini. J'ai le malheur d'être son frère, intervint un Anglais particulièrement élégant.

— Je n'aurais jamais dû me prêter à cette mascarade, reprit la femme blonde en me tendant la main. Si vous voulez bien que nous prenions un nouveau départ, je m'appelle Star, le diminutif de…

— Astérope, terminai-je en lui serrant la main. Vous portez toutes le nom des Sœurs des Pléiades. C'est magnifique.

— Oui, absolument ! Ça alors, en général cela nécessite quelques explications, répondit Star avec étonnement.

— Il se trouve que j'ai fait mon mémoire de fin d'études sur la poursuite de Mérope par Orion. Et ne t'inquiète pas, tout est pardonné. Ravie de connaître la *vraie* Star.

Un autre visage familier patientait derrière Star.

— Bonjour, Merry, dit la douce Tiggy. Quel plaisir de te voir.

Elle s'approcha et nous nous étreignîmes. Lorsque nous nous étions croisées à Dublin, c'est sa gentillesse qui m'avait convaincue que cette famille n'avait pas l'intention de faire du mal à la mienne.

— Bonjour, Tiggy. Ravie de te revoir.

Elle me regarda intensément dans les yeux.

— Ouah. Je n'arrive pas à croire que tu sois là. Notre père serait si heureux. Merci d'être venue.

Avec n'importe quelle autre sœur, ce moment aurait été tout à fait gênant, mais l'aura rassurante de Tiggy l'emporta et, comme la fois précédente, je me sentis étrangement connectée à elle. La façon dont elle me regardait… c'était comme si nous partagions un secret qu'ignoraient les autres.

— Je crois qu'il ne reste plus que nous, déclara la jeune maman. Je m'appelle Ally, et voici l'aînée, Maia. Nous nous sommes parlé au téléphone à plusieurs reprises.

— Bonjour, Ally. Jack m'a beaucoup parlé de toi. (Le rouge lui monta aussitôt aux joues, comme je m'y attendais.) C'est un plaisir de faire ta connaissance aussi, Maia.

— Nous sommes toutes enchantées, Merry, répondit cette dernière, la voix tremblante d'émotion. Désolée, c'est un grand moment pour nous.

— J'imagine. Vous traversez une période si difficile… Mais c'est formidable que vous soyez réunies ici, dis-je. J'ai grandi entourée de nombreux frères et sœurs. Mais je ne les ai pas vus pendant de nombreuses années.

— Je suppose que tu crèves la dalle. Viens manger un morceau ! s'exclama une femme dont la peau était très brune, à l'instar de celle de CeCe. Moi c'est Chrissie, au fait. Enchantée !

— Moi aussi, je suis ravie de faire ta connaissance. C'est bien d'avoir une autre passagère des antipodes !

— Pas vrai ? Même si avec ton accent, il est évident qu'on n'a jamais réussi à t'inculquer la prononciation des locaux...

Je m'assis entre Jack et Mary-Kate. La table était recouverte de pâtisseries, de saucisses, bacon, œufs et toutes sortes de plats délicieux fraîchement préparés. Au cours du repas, je fis la connaissance d'un médecin, qui avait hérité d'une immense propriété en Écosse, d'un écrivain brésilien, du gentilhomme anglais à l'expression châtiée qui restaurait une maison, et j'appris que Chrissie était une ancienne nageuse d'élite qui avait perdu une jambe dans un accident.

— Merry, je te présente Miles, déclara Électra en indiquant son voisin de droite.

— Il se trouve que nous avons déjà eu le plaisir de faire connaissance à mon arrivée à bord ce matin.

— Oh. Miles ne m'en a rien dit, lâcha-t-elle en lançant un regard féroce à son compagnon.

— Tu ne me l'as pas demandé, répondit celui-ci en lui adressant un clin d'œil, ce qui eut sur elle un effet désarmant. As-tu réussi à te reposer un peu, Merry ?

— J'ai merveilleusement bien dormi, merci.

Quand j'eus enfin réussi à finir mon assiette, j'avais le tournis.

— Mon Dieu, si vous me permettez cette image, j'ai l'impression d'être dans un roman d'Agatha Christie, avec tous les personnages assemblés ici.

— *Meurtre à bord du* Titan, ajouta Mouse, l'Anglais, en riant.

Star lança un regard désapprobateur à son compagnon.

— Tu ne risques rien de tel ici, Merry.

— Je suis stupéfaite que Georg ait réussi à te convaincre de nous rejoindre, intervint CeCe.

Je regardai l'homme en question, assis en bout de table. Il me fixait, attendant ma réponse.

— Eh bien… il m'a raconté tous les efforts que vous aviez déployés pour me retrouver et m'a dit que vous traversiez un moment très douloureux. Il s'est montré très persuasif.

— Oui, il sait sans aucun doute user de persuasion quand il le veut. C'est un avocat, après tout. N'est-ce pas, Georg ? le taquina Électra.

— Comme vous le savez, je suis là pour réaliser les souhaits de votre père, même s'il n'est pas avec nous, répondit calmement Georg.

CeCe se tourna de nouveau vers moi.

— Il a dû te dire quelque chose pour te faire changer d'avis, non ? Parce que nous avions compris que tu ne voulais pas venir…

— CeCe, l'interrompit Ally.

— Non, je veux dire, tu ne voulais pas venir, c'est compréhensible. Moi, en tout cas, j'en aurais eu aucune envie si j'avais été poursuivie aux quatre coins du monde par de parfaites inconnues qui décrétaient que j'étais leur *sœur disparue* ! Qu'est-ce qui a changé ? insista-t-elle.

Je ne savais pas très bien si c'était l'intention de CeCe, mais sa déclaration avait jeté un froid. Je regardai de nouveau Georg.

— Pardonne CeCe, s'il te plaît, elle n'a jamais été très douée pour tourner sa langue dans sa bouche avant de parler.

Star lança un regard réprobateur à sa sœur et CeCe marqua alors une pause.

— Désolée. Est-ce que je suis impolie ? Sans doute. Excuse-moi, Merry. C'est juste que…

— Non, non, ne t'inquiète pas, je t'en prie. Tu peux me demander tout ce que tu veux, la rassurai-je.

— Je crois que Georg nous cache quelque chose, s'aventura CeCe.

Dans un effet presque comique, tous les visages se tournèrent vers l'homme assis en bout de table.

— Rory ! Viens, mon grand. Tu ne m'avais pas promis de m'emmener voir la timonerie ? lança Mouse avec tact. Veux-tu nous accompagner, Valentina ? Je suis sûr que si nous sommes gentils avec lui, le capitaine Hans nous laissera piloter un peu.

Les deux enfants n'avaient aucune conscience de la gêne croissante et, ravis, ils partirent avec Mouse qui, à mon avis, était lui aussi bien content de s'éloigner de la table.

— Continuez CeCe, je vous en prie. Qu'entendez-vous par « cacher quelque chose » ? finit par répondre Georg.

— À votre avis ? Vous faites graver des coordonnées sur la sphère armillaire de Pa sans nous en informer. Elles sont là depuis hyper longtemps, apparemment. Ensuite, vous disparaissez pendant des semaines, juste au moment où vous nous avez envoyées aux quatre coins du monde à la recherche de la sœur manquante. Maia et Ally nous ont parlé de vos appels mystérieux, aussi. Puis, hier, vous quittez le *Titan* en courant pour aller chercher la pauvre Merry à Dublin, afin de la traîner sur un bateau où, comme elle l'a très clairement fait comprendre, elle n'avait aucune envie de mettre les pieds !

Un silence sidéré s'ensuivit.

Mary-Kate me posa une main rassurante sur la cuisse tandis que nous attendions la réaction de Georg.

— Eh bien ! Merci pour votre honnêteté, CeCe. Est-ce ce que vous ressentez toutes ? Que je fais de la rétorsion d'informations ?

— Oh allez, Georg. C'est loin d'être la première fois que vous gardez des informations pour vous, insista Électra. La mort de Pa, pour commencer. Vous avez veillé à ne rien nous dire avant que son enterrement privé ait eu lieu. Puis il y a la sphère armillaire, les coordonnées, les lettres de Pa. Vous en avez toujours su plus que nous, alors même que nous sommes censées être ses filles. Nous l'avons accepté, c'est tout.

Marina prit alors la parole :

— Chérie, s'il te plaît. N'en veux pas à Georg. Je n'ai jamais connu personne qui soit aussi professionnel et aussi loyal envers quelqu'un. Crois-moi, il vous aime chacune autant que moi je vous aime.

— Merci, Marina. Mais je comprends leur frustration, soupira Georg.

— Georg, ne vous sentez pas obligé de vous justifier, je vous en prie, déclara calmement Ally. C'est un moment très émouvant pour nous tous et nous devons vraiment faire de notre mieux pour honorer Pa en nous comportant comme il l'aurait souhaité. En particulier car notre sœur disparue est parmi nous.

Elle fit un geste vers moi et j'essayai de lui adresser mon sourire le plus compatissant. En réalité, mon estomac s'était noué.

— Désolée, Ally. Je ne voulais pas paraître aussi frustrée. C'est juste que, parfois, j'ai l'impression qu'on a trois trains de retard par rapport à tous les autres. Et c'était *notre* père, tu vois ?

— Je comprends, Cee. Peut-être pourrions-nous en discuter plus tard ? répondit Ally.

— Oui, bien sûr. Pardon, tout le monde. C'est merveilleux que tu sois là, Merry. D'une certaine façon, nous avons grandi avec toi. Tu étais une histoire. Un conte de fées. Et te voilà.

— Oui. Et pendant tout ce temps, je ne savais même pas que j'avais disparu ! m'exclamai-je, cherchant désespérément à faire retomber la tension.

— Je suppose que je voulais juste savoir *comment* tu avais disparu au départ, poursuivit CeCe qui, clairement, ne voulait pas lâcher le morceau. C'est à ça que je me référais quand j'ai dit que Georg nous cachait quelque chose. Je pense qu'il sait parfaitement comment tu as disparu. Et peut-être qu'il te l'a révélé hier. Et que c'est pour ça que tu as finalement décidé de venir. Je suis juste énervée qu'il ne veuille pas nous le dire à nous aussi.

La jeune femme semblait vraiment abattue.

— CeCe ! S'il te plaît, arrête, dit Star à sa sœur. Je suis navrée, Merry.

— Eh bien, je peux tout à fait comprendre ta contrariété, CeCe, déclarai-je calmement. Mais je te promets que Georg ne m'a pas dit comment j'avais « disparu ». Je peux également t'assurer que je ne le sais pas moi-même.

Je regardai Georg pour qu'il me vienne en aide. Il poussa un profond soupir.

— Les filles, commença-t-il, votre père était mon client. Sachez que je ne vous ai jamais caché et ne vous cacherai jamais d'informations *de mon plein gré*. Cependant, il est vrai que j'ai suivi les instructions strictes de votre père avant sa mort. Par exemple, il était très important pour lui que vous ayez le choix de découvrir la vérité au sujet de vos familles biologiques respectives. Par conséquent, même si vous avez raison de penser que j'étais au courant de vos origines, ce n'était pas à moi de divulguer ces informations. Comme l'a dit Ma, je suis très attaché à chacune d'entre vous.

Je jetai un coup d'œil au pauvre Charlie Kinnaird. On aurait dit qu'il souhaitait être englouti par la mer. J'avais pitié de lui. Il n'était pas entouré de Britanniques qui, eux, auraient préféré se jeter par-dessus bord plutôt que de parler de leurs sentiments profonds. Son embarras ne semblait pas partagé par Miles et Floriano qui, au contraire, suivaient attentivement les échanges, comme s'ils assistaient à une pièce de théâtre.

Georg poursuivit :

— Vous devez me croire quand je vous dis que si votre père avait des secrets pour vous, c'était pour vous protéger.

— Nous protéger ? Mais de quoi ? demanda Star.

— Calme-toi, Star, lui dit Maia d'une voix apaisante. Georg essaie simplement de nous dire que Pa voulait s'assurer qu'aucune de nous ne se retrouve seule après son départ.

— Oui, confirma Georg. Mais aussi quand il était encore sur cette Terre. Ce n'est pas un hasard si vous ignorez presque tout de sa vie en dehors d'Atlantis.

Je remarquai que les yeux de Ma lançaient des éclairs en direction de l'avocat.

— Que dites-vous ? s'enquit Maia.

Georg secoua la tête, acceptant qu'il était trop tard pour reculer.

— Je dis que personne n'était plus proche de Pa Salt que vous, ses six filles. Vous voyiez sa bonté, sa bienveillance, sa passion pour l'humanité… et son amour de la vie. Vous-mêmes en êtes des produits.

— Continuez, le pressa CeCe.

— Quoi qu'il en soit, votre enfance était inhabituelle. Vous avez remarqué qu'il était étrange qu'il ait cherché à adopter six filles à travers le monde entier. De même, peut-être vous demandez-vous pourquoi il ne s'est jamais marié, alors que c'était un parti idéal – gentil, beau et à la tête d'un patrimoine financier solide. On ne vous a jamais expliqué les raisons de tout cela. Pour votre sécurité.

— Georg, nous ne comprenons pas. Pour l'amour du ciel, arrêtez avec ces charades, déclara Ally d'un ton ferme.

— Dans la vie, il y a une raison à tout. J'essaie simplement de vous expliquer que tout découlait d'une logique.

La tension autour de la table avait laissé place à la gêne. Je ne savais pas très bien où Georg voulait en venir, mais je pressentais avoir bientôt un rôle à jouer.

— Votre père a créé un havre pour sa famille, un refuge où il pouvait garantir votre protection et votre bien-être. Voilà pourquoi il a construit Atlantis – un coin idyllique de l'univers où vous étiez préservées des réalités cruelles de la vie. Là-bas, il a pu prendre soin de vous et vous apporter tout l'amour que pourrait souhaiter un enfant. Voilà aussi pourquoi il nous a embauchés Marina, Claudia et moi. Le monde de Pa Salt a été créé pour vous, ses filles.

— Georg, s'il vous plaît, crachez le morceau, fit Maia.

— Pardonnez-moi. Vous aimeriez des réponses. Peut-être pourrions-nous commencer par le nom de votre père. Pa Salt. Voilà comment vous l'avez toujours appelé, et c'est ainsi que presque tous les visiteurs d'Atlantis faisaient référence à lui. Même chose pour vos professeurs, vos amis… il était Pa Salt pour tout son entourage.

— Oui. Il était juste… Pa, marmonna Tiggy.

— En effet, reprit Georg. C'est ce qu'il souhaitait.

— Nous lui avons toutes posé la question un million de fois. Je m'en souviens très bien, intervint CeCe en fronçant les sourcils. Il riait et répondait simplement : « Tu sais bien comment je m'appelle ! Pa Salt. »

— Chaque fois que nous devions écrire son nom sur un formulaire officiel, il nous disait juste d'inscrire « M. d'Aplièse », rappela Star.

— Oui, exactement. C'est la raison pour laquelle je ne veux pas vous blesser en vous révélant sa véritable identité.

— Mon Dieu, gémit Électra. On ne connaissait même pas son nom. C'était la personne la plus importante de notre vie et on ne connaissait même pas son foutu nom.

— Encore une fois, vous n'y êtes pour rien. C'était sa volonté. Tout était soigneusement calculé, tenta de la rassurer Georg. Le fait que vous n'ayez jamais exigé la vérité prouve en quelque sorte que le monde qu'il avait construit vous convenait et qu'il avait réussi dans sa tâche.

— Georg, vous nous faites peur. Comment s'appelait Pa ?

Georg m'adressa alors un signe de tête compatissant. Visiblement, le moment était venu pour moi de prendre la parole. J'inspirai profondément et me préparai à la suite des événements.

— Atlas, marmonnai-je. Je crois qu'il s'appelait Atlas.

Tous les visages étaient désormais tournés vers moi. Je regardai les sœurs dans les yeux. Pendues à mes lèvres, elles attendaient visiblement d'autres informations.

— Floriano, Charlie, Miles, Chrissie… cela vous embêterait-il de nous accorder un peu de temps ensemble ? demanda Maia au bout de quelques instants.

— Mon Dieu, bien sûr. Absolument. Nous allons vous laisser. Tiggy, appelle-moi si tu as besoin de quoi que ce soit.

Charlie bondit de sa chaise et regagna le salon plus vite qu'un lévrier.

— Ça va, Maman ? me demanda Jack.

— Oui, merci, chéri. Ta sœur et toi pouvez y aller. Ça va aller.

— Tu en es sûre ? Nous serons sur le pont côté poupe, si tu as besoin de nous.

Jack et Mary-Kate se levèrent et partirent eux aussi. Il ne restait plus que Ma, Georg et les sœurs.

— Pardon, Merry. Tu disais ? me relança Maia.

— Votre père. Il s'appelait Atlas.

Les filles me fixaient d'un air à la fois perplexe et dubitatif. À l'exception de Tiggy qui arborait un immense sourire. Je croisai son regard et elle m'adressa un signe de tête pour m'encourager.

— Pas difficile de voir qu'il s'agit d'une anagramme, observa Ally en gribouillant sur une serviette. Pa Salt contient les lettres d'Atlas. Plus un P.

— Pourquoi ce P ? Pa ne l'a certainement pas mis là par hasard, déclara Star.

— Je pense pouvoir répondre à cette question…, fit Ma. Le P est simplement l'initiale de Pléiades.

— Marina a raison, confirma Georg.

— Eh bien, je suppose que cela lève le voile sur le grand mystère de nos prénoms, constata Maia. Les filles d'Atlas.

— Je me souviens d'une histoire comme quoi il s'appelait Pa Salt parce que Maia disait qu'il sentait toujours la mer. Est-ce qu'il l'avait inventée ? s'enquit Électra.

— Franchement je n'en sais rien, répondit Maia. J'avais juste accepté que c'était la vérité.

— Comme nous toutes, ajouta Ally. Mais, Merry, continue, s'il te plaît. Comment connais-tu le nom de notre père ?

— Il m'a écrit une lettre.

— Une lettre ?

— Oui. Hier soir, après m'avoir convaincue de prendre l'avion pour vous rejoindre, Georg ma remis un paquet. Celui-ci contenait une lettre et un journal intime.

Je parlais avec lenteur et application, ne souhaitant omettre aucun détail, ni me tromper.

— La lettre était de Pa ? interrogea Star.

— Oui. Je crois que chacune de vous a reçu une lettre de sa part ? (Toutes hochèrent la tête.) Eh bien, moi aussi. Comme vous l'imaginez, cela est très angoissant pour moi, surtout après ton intervention si… passionnée, CeCe.

Je remarquai que certaines lançaient un regard sévère à leur sœur qui avait baissé la tête.

Je sortis la lettre de mon sac à main, ainsi que la copie du dessin de ma mère. En les posant sur la table, je vis combien mes mains tremblaient.

— S'il te plaît, Merry, inutile d'être angoissée. Nous voulons juste découvrir la vérité, me dit Ally d'une voix rassurante.

— Tout d'abord, j'aimerais vous montrer un dessin.

Je le levai pour que tout le monde puisse l'examiner.

— Oh, mon Dieu. Merry… je savais que j'avais déjà vu ton visage quelque part, murmura Star. Reconnaissez-vous toutes ce dessin ?

— Oh putain ! cria Électra. Désolée d'être grossière, mais ce truc a toujours été dans le bureau de Pa !

— Et c'est toi ! Le dessin au fusain, c'était toi depuis le début ! s'exclama CeCe.

— En réalité, non, ce n'est pas moi. Toutefois, je suis d'accord avec vous, la ressemblance est frappante. Georg m'a confirmé hier soir qu'il s'agissait d'un portrait de ma mère. Quand je l'ai vu, j'ai été bouleversée.

— Le dessin qui ornait le bureau de Pa pendant toutes ces années représente ta mère…, souffla Maia, se tournant lentement vers ses sœurs.

Je sentais qu'elles commençaient à entrevoir la vérité.

— J'ai remarqué qu'il avait disparu l'année dernière. Voilà qui explique ce mystère, conclut Ally, avant de regarder Georg. J'imagine que vous l'avez retiré et fait cette copie afin de faciliter la recherche de Merry ?

Georg acquiesça.

— Je présume que vous avez toujours l'original quelque part ? demanda CeCe.

Georg hésita un instant.

— Je sais où se trouve l'original, oui.

Je repris la parole :

— En vérité, les filles, je suis ici pour moi-même, autant que pour partager ce voyage avec vous. J'ai envie de découvrir mes véritables origines, et votre père en est le point de départ. Mais Georg m'a clairement fait comprendre que, pour ce qui touche à la vie de votre Pa Salt, vous êtes aussi peu au courant que moi.

— C'est le moins qu'on puisse dire, marmonna Électra.

— C'était *votre* père. Il vous a élevées et vous l'aimiez. Voilà pourquoi j'espère que nous pourrons apprendre à le connaître davantage ensemble. (Je saisis la lettre et la sortis de l'enveloppe.) Voulez-vous que je vous la lise ?

Elles hochèrent la tête avec résolution.

— « Ma fille chérie… »

* * *

Je reposai la lettre et tournai de nouveau mon regard vers la table. Tiggy s'avança vers moi et m'enveloppa tendrement dans ses bras.

— Je pensais ressentir sa présence, dit-elle. Mais c'était la tienne.

— Ce n'est pas ta procédure d'adoption qui n'a pas abouti. Tu étais sa fille, à lui…, murmura Maia.

— Tu es la chair de la chair de Pa, Merry. C'est stupéfiant, ajouta Ally.

— Tout ce temps, il avait une *vraie* fille, commenta CeCe.

— Non. Ce n'est pas le terme adéquat, CeCe, intervint Georg, laissant transparaître l'avocat en lui. Vous étiez toutes ses *vraies* filles, et il vous aimait comme si vous aviez le même sang. J'espère sincèrement qu'aucune de vous n'a de doute à ce sujet.

— Non, bien sûr que non, le rassura Star.

Il y eut un silence pendant que les sœurs essayaient de saisir les conséquences de cette révélation.

— Alors, la lignée de Pa Salt continue. C'est dingue, observa Électra.

— Je trouve cela merveilleux, déclara Tiggy d'une voix apaisante. Et tes yeux, Merry. Je le vois à présent… ce sont ceux de Pa.

— Mon Dieu, tu as raison, chérie, convint Ma qui avait ouvert grand la bouche de stupéfaction.

— Je suppose que tu es devenue la sœur disparue parce qu'il est arrivé quelque chose à ta mère, présuma Star. Il a dû vous perdre toutes les deux simultanément. Quelle tristesse.

Elle porta une main à sa bouche.

— Mais il n'a jamais renoncé, précisa Georg. Il a consacré sa vie entière à cette quête. En réalité, c'est pour cela qu'il était si souvent absent.

— Je croyais que Pa voyageait souvent pour son travail ? s'étonna CeCe.

— Votre père a pris sa retraite il y a de nombreuses années. Il a gagné tout son argent très jeune. Au fil des années, ses actions ont pris de la valeur et il a amassé une fortune.

— Quel était son travail exactement ? Chaque fois que nous lui posions la question, il nous parlait vaguement d'investissements et de finances jusqu'à ce que nous trouvions ça barbant et changions de sujet.

Georg me regarda et je saisis son signal.

— Comme vous l'avez entendu, Atlas m'a confié son journal et me demande d'en partager le contenu avec vous une fois que je l'aurai terminé. Cependant, malgré ses instructions, il ne me semble pas juste de découvrir l'histoire de Pa Salt avant ses filles. C'est pourquoi j'ai demandé à Georg d'en faire six copies. Si vous le souhaitez, nous pouvons lire son histoire en même temps.

Après un moment de silence, Ally prit la parole :

— Merci, Merry. C'est incroyablement généreux de ta part.

— J'aurais tant aimé qu'il nous raconte tout ça lui-même, ajouta Électra avec tristesse.

— Comme je l'ai dit, rien n'était laissé au hasard. Atlas était l'homme le plus intelligent que j'aie connu. Il a gardé le secret des origines de Merry pour assurer votre protection, affirma Georg.

— Vous ne cessez de nous parler de « protection » et de « sécurité », mais je ne vois absolument pas à quoi vous faites allusion. Jamais je ne me suis sentie menacée, pas une seule fois, s'impatienta Maia.

— Alors son plan a fonctionné.

— Quel plan ? Sérieusement, j'exige des réponses, maintenant !

Je n'aurais pas pensé que Maia serait la première à hausser le ton.

— Georg, intervins-je en vitesse, avez-vous pu vous occuper des copies du journal ?

— Oui, Merry, elles sont à l'abri en bas.

— Auriez-vous la gentillesse de les apporter ? Je pense que nous nous sentirons toutes beaucoup mieux quand nous aurons quelque chose de tangible entre les mains, ajoutai-je d'un ton résolu.

L'avocat hocha la tête et, quand il passa devant Ma, je vis qu'elle pressait sa main dans la sienne. Visiblement, tous deux attendaient ce moment.

— Ce voyage était censé honorer la mémoire de Pa. Au lieu de cela, j'ai l'impression qu'on ne le connaissait même pas, marmonna Électra, la mine sombre.

— Ce *monde* qu'il a créé pour nous, lança CeCe. Pourquoi on n'a pas posé plus de questions ? C'est pas comme si on était des idiotes, si ?

Sa voix se brisa et elle inspira profondément tandis que les sanglots s'emparaient d'elle. Star se leva et lui plaça un bras autour des épaules.

— Désolée, je suis juste fatiguée. On a dû grandir si vite ces derniers mois. Apprendre à vivre sans Pa, voyager à travers le monde, trouver notre famille biologique… ça a été un vrai tourbillon. Je pensais que ce voyage nous permettrait de lui dire au revoir et d'entamer un nouveau chapitre. Mais devinez quoi ? Il y a encore plein de trucs à découvrir ! Je n'en peux plus, c'est tout.

L'intervention de CeCe vint s'ajouter à la détresse des filles. Elles semblaient partager l'opinion de leur sœur. Je gigotai sur ma chaise, mal à l'aise.

— Mes filles, commença Ma. Mes filles, si belles, si gentilles et si talentueuses. Je suis désolée que votre vie ait été si tourmentée récemment. Vous avez toutes connu un tel chagrin ces derniers mois. Mais n'oubliez pas que vous avez aussi vécu de nombreux moments forts et heureux.

Je notai la façon dont les sœurs la regardaient. Soudain, les adultes face à moi étaient redevenues des enfants, perturbées, qui cherchaient le réconfort parental.

— Savez-vous ce que je crois ? poursuivit-elle. Je crois que notre vie est semblable à un battement cardiaque affiché sur un écran de contrôle. Elle connaît des hauts et des bas. Et qu'est-ce que cela vous indique ? Que vous êtes *vivantes*, mes chéries. (Un ou deux sourires apparurent sur les lèvres des sœurs.) Si vous aviez chacune une existence monotone et ennuyeuse, la ligne de contrôle ne monterait pas et ne descendrait pas. Elle serait plate ! Et qu'est-ce que cela vous indiquerait ? Que vous ne vivez plus ! (Certains des sourires se transformèrent en éclats de rire.) Alors, vous voyez, mieux vaut avoir ces… rebondissements dans votre vie, que de regarder les jours défiler comme des autobus, l'un après l'autre, sans fin…

— Pa disait que, pour profiter des meilleurs moments de la vie, on devait connaître les pires, se souvint Tiggy.

— Exactement, ma chérie. Vous apprendrez bientôt que votre père a connu les pires événements que peut réserver la vie. Mais il a aussi connu les meilleurs, grâce à vous, ses enfants.

— Alors, comme ça, Georg et toi connaissez tous deux le passé de Pa ? Pourquoi nous garder à l'écart ?

— Non ! Ça suffit, maintenant. Il ne s'agit ni de moi ni de M. Hoffman. Il s'agit de votre cher Pa et de la route qu'il souhaitait que vous suiviez.

— Désolée, Ma, répondit Maia d'une petite voix.

— Je veux vous dire à quel point je suis fière de chacune d'entre vous. Vous avez géré les événements des douze derniers mois avec un courage, une détermination et une sagesse dont votre père aurait été très heureux. Je sais que vous continuerez d'être les femmes tolérantes, généreuses et intelligentes que votre père, et moi-même, si vous me reconnaissez un peu de mérite, avons élevées.

Ses paroles calmèrent les sœurs. Visiblement, Ma choisissait soigneusement les moments où affirmer son autorité.

Ally rompit le silence :

— Merry, je sais que je parle en notre nom à toutes en disant que nous sommes immensément heureuses et fières que tu sois parmi nous. Tu dois nous pardonner si parfois nous nous laissons submerger par nos émotions.

— Ne vous inquiétez pas. S'il y a bien quelqu'un qui comprend ce que c'est que de voir son monde chamboulé, c'est moi.

Georg revint les bras chargés d'une pile de pages sur laquelle trônait le journal usé relié de cuir.

— Six copies et l'original, annonça-t-il.

Il distribua les copies aux sœurs et me tendit le journal.

— Mon Dieu, c'est énorme, observa Star. Cela doit faire plusieurs centaines de pages.

Elle souleva son exemplaire pour l'examiner.

— Tu n'as pas tort. Je dois vous dire que j'ai déjà commencé, leur confiai-je. Mais je n'en suis qu'au tout début. Il est encore petit garçon. Jusqu'ici, c'est une sacrée histoire.

— Voilà qui ne m'étonne pas de Pa, fit Tiggy en souriant.

— C'est assez instructif, aussi. Maintenant que j'y pense, je dois ajouter Rio à ma liste des endroits à visiter.

— Comment ça ? s'étonna Maia en se penchant vers moi.

— Oh, excusez-moi, je pensais tout haut. Le journal commence par la rencontre entre votre père et l'artiste qui a sculpté le *Christ Rédempteur*. Rien que ça. (Maia ouvrit des yeux ronds.) Désolée, est-ce un événement important ?

— On peut dire ça, oui, répondit Ally. Son assistant était l'arrière-grand-père de Maia.

Ce fut mon tour d'être stupéfaite.

— Tu plaisantes ? Laurent... comment déjà ?

— Brouilly, bredouilla Maia.

— Ça alors... C'est incroyable. Toutes mes excuses, Maia, je n'avais pas l'intention de révéler quoi que ce soit.

— Non, ne t'en fais pas. C'est... fou.

Elle secoua lentement la tête. Autour de la table, je remarquai que les sœurs se regardaient les unes les autres, des étincelles d'excitation dans les yeux.

— Est-ce à ça que va ressembler le journal ? interrogea Électra. On va découvrir précisément pourquoi Pa a choisi de nous adopter, nous ? Georg ?

— Vous devez lire pour le savoir, répondit l'avocat, stoïque.

Tiggy tapa dans ses mains.

— Bon, comment allons-nous procéder ? Voulez-vous que nous le lisions ensemble ?

Maia fut la première à répondre :

— Oh, non. Je crois que je préférerais être seule pour assimiler les informations au fur et à mesure. Qu'en pensez-vous ?

— Je crois que c'est une bonne idée, acquiesça Ally. J'ai l'impression que, cette fois, nous ne passerons pas beaucoup de temps dans le jacuzzi !

La plupart semblaient d'accord.

— Moi, je lis pas aussi vite que vous, intervint CeCe d'un air penaud. Surtout si je suis sous pression et que je dois me dépêcher. À cause de ma dyslexie, les lettres se bousculent et se transforment en grand fouillis, expliqua-t-elle à mon intention.

Elle regarda ses pieds.

— Oh, désolée, CeCe, bien sûr. Veux-tu que nous le lisions ensemble ? Cela ne me dérangerait pas de le lire à voix haute, déclara Star.

CeCe lui sourit avec gratitude.

— Merci, Star. Ce serait super. Tu es sûre que ça t'embête pas ?

— Ne dis pas de bêtises, bien sûr que non.

Ally se leva.

— C'est décidé alors. Nous avons trois jours. Voilà qui devrait nous laisser assez de temps.

— Ça tombe à pic finalement, non ? commenta Électra. Quand on arrivera pour lui dire au revoir, on saura qui Pa était vraiment.

11

Maia se dirigea vers le deuxième pont. Depuis que Merry avait mentionné que Brouilly figurait dans le journal, son esprit bouillonnait. Quel était le lien avec Pa ? Elle repensait à son propre cheminement pour découvrir ses origines un an plus tôt. Les pièces de son puzzle biologique avaient été assemblées et elle savait désormais de qui elle tenait ses cheveux noirs brillants et sa peau parfaite couleur de miel. Mais voilà qu'elle se rendait compte peu à peu que le tableau était incomplet. Pourquoi Pa avait-il choisi de la secourir, elle ? Et comment lui-même connaissait-il si bien sa famille de sang ?

Maia trouva Floriano confortablement installé dans un fauteuil en cuir au coin de la bibliothèque, un livre à la main. La jeune femme en eut des papillons dans le ventre. Cette image lui rappelait Pa qui passait tant de son temps sur le *Titan* à cet endroit précis. La pièce était l'un des emplacements préférés de Maia à bord – une magnifique bibliothèque flottante dont les murs étaient couverts d'étagères sur mesure, chacune chargée des ouvrages favoris de Pa. La jeune femme se souvenait des longs étés de rêve au cours desquels elle choisissait roman après roman, pour passer ses journées à lire sur le pont supérieur, sous les rayons dorés du soleil. Elle ferma les yeux et inspira la douce odeur caractéristique des livres.

La pièce n'avait pas changé depuis qu'elle avait dix ans. Son esprit la propulsa dans le passé…

— Pa ? demanda timidement Maia, ne souhaitant pas déranger son père, plongé dans *Les Misérables* de Victor Hugo.

Il leva les yeux vers sa fille.

— Maia, ma chérie. Est-ce que la croisière te plaît ?

— Oui, Pa, merci. Mais j'ai terminé mon livre. Est-ce que je peux en prendre un sur une de tes étagères ?

Ses yeux s'illuminèrent.

— Et comment, ma petite princesse ! Rien ne me ferait plus plaisir. (Il se leva et prit Maia par la main, l'emmenant vers l'étagère la plus imposante.) Voilà où je range les ouvrages de fiction.

— Les histoires inventées ?

— Ah, mon enfant, il n'y a pas d'histoires inventées. Toutes ont eu lieu un jour ou l'autre.

— C'est vrai ?

— Oh, j'en suis sûr.

Il regarda son exemplaire usé des *Misérables*. À le voir en aussi piteux état, Maia supposait qu'il avait été lu de nombreuses fois.

— Au bout d'un moment, reprit-il, quelqu'un les couche sur le papier. Bon, qu'est-ce que tu recherches ?

Maia réfléchit un instant.

— Une histoire d'amour, je crois. Mais pas quelque chose de rasoir.

— Hmm, excellent choix. Mais tu mets mes capacités de bibliothécaire à l'épreuve. Voyons voir…

Il parcourut les étagères des yeux, passant le doigt sur les rangées de livres qu'il avait accumulés au fil des ans. Il finit par s'arrêter.

— Ah ! Bien sûr. *Le Fantôme de l'Opéra*, de Gaston Leroux.

Il le sortit de l'étagère et sourit en examinant la couverture.

— Fantôme ? Ça doit faire peur, Pa.

— Je te promets que c'est une histoire d'amour. Tu vas adorer, j'en suis certain. Dans le cas contraire, je t'autorise à me jeter dans la piscine.

Maia éclata de rire et Atlas lui tendit le livre.

— Ah, non ! Pardonne-moi, ma chérie, mais cet exemplaire est en anglais. Laisse-moi regarder si j'ai la version française.

— Ne t'inquiète pas, j'aimerais bien essayer en anglais.

— Tu es bien courageuse. Es-tu sûre que tu ne veux pas que je le cherche en français ? Tu es en vacances après tout, tu es censée te détendre, pas étudier.

— Lire en anglais ne m'embête pas. Au contraire, ça me plaît !

— Comme tu voudras, ma petite princesse.

Floriano tira la jeune femme de ses souvenirs.

— Maia ? Tout va bien ? s'enquit-il depuis son fauteuil.

— Oui, désolée. J'étais perdue dans mes pensées. Où est Valentina ?

— Ma les a emmenés nager, Rory et elle. Viens t'asseoir à côté de moi. Raconte-moi ce qui s'est passé là-haut. Quel est ce gros tas de feuilles que tu as là ? dit-il en lui prenant le paquet des mains pour le poser sur la vieille table basse en chêne.

Elle lui rapporta les événements de la matinée.

— *Meu Deus*, Maia. En voilà des révélations à encaisser. Comment te sens-tu ?

— Pas trop mal. Merry est absolument merveilleuse, et je me demande bien comment elle arrive à faire face à un tel chaos. Rien que ça prouve qu'elle est la fille de Pa.

— Et le journal… tu as dit qu'il mentionnait Laurent Brouilly ? Est-il possible que ton Pa Salt l'ait connu ?

— Ça m'en a tout l'air, oui.

— Dans ce cas, ne perds pas de temps à me parler, file lire tout cela ! s'exclama-t-il en indiquant l'un des canapés en velours bleu au centre de la pièce.

— Cela te semblera peut-être bizarre, mais je suis un peu nerveuse. Si je découvrais quelque chose de dérangeant ? Je ne sais pas… si jamais Pa était une sorte de baron de la drogue international ?

Floriano lui posa la main sur les genoux.

— Je comprends. Même si je doute que beaucoup de barons de la drogue soient des admirateurs de l'œuvre de Proust et de Shakespeare, fit-il en balayant la pièce du regard.

Maia poussa un soupir.

— Non, mais tu vois ce que je veux dire.

— Bien sûr. Toutefois, n'oublie pas que ce n'est pas la première fois que tu t'aventures dans l'obscurité et, au bout du chemin, tu as trouvé de la lumière. Décidément, on ne s'ennuie jamais avec la famille d'Aplièse !

— Je ne te le fais pas dire. Aurais-tu préféré trouver quelqu'un vivant dans une *fazenda* tranquille avec quatre poules, un chien et une grand-mère souffrante ?

Floriano se mit à rire.

— Maia chérie, je ne changerais la situation pour rien au monde. Rappelle-toi que c'est moi qui t'ai encouragée à retourner à la *casa* des Aires-Cabral. Et c'est moi qui te dis aujourd'hui que, quoi que tu découvres dans ce journal, cela t'apaisera de connaître les liens de ton père avec le Brésil. Que penseraient mes lecteurs si je leur présentais une histoire à moitié finie ? (Floriano déplaça sa main sur le ventre de Maia et se pencha pour lui murmurer à l'oreille.) N'oublie pas que, pour avoir de l'espoir en l'avenir, il faut d'abord se tourner vers le passé.

Maia se sentit aussitôt rassurée, la sérénité de son compagnon lui apportant l'appui dont elle avait besoin pour se replonger dans le passé.

— D'ailleurs, quand annoncerons-nous la nouvelle aux autres ? interrogea Floriano. Je sais que tu en as discuté avec Ally, mais j'imagine que tes sœurs vont commencer à se demander pourquoi tu as troqué le vin pour l'eau...

— Mon Dieu. Je pensais l'annoncer pendant la traversée, mais avec tous ces nouveaux événements... Cela t'embêterait-il que nous attendions encore un peu ?

— Bien sûr que non, ma chérie. Comme tu voudras, dit-il en se penchant pour l'embrasser. Je suis heureux que notre petit garçon sache exactement qui était son grand-père.

— Petit *garçon* ? Qu'est-ce qui te fait dire ça ?

Il éclata de rire et haussa les épaules.

— Excuse-moi, c'est sorti tout seul. Ce ne serait pas mal d'avoir un petit *garoto* avec qui soutenir l'équipe de football de Botafogo !

— Je suis d'accord. Cela me soulagerait bien de lui passer le relais !

— J'imagine ! Bon, je suppose que tu préférerais être seule à la bibliothèque pour commencer le journal ?

— Merci, Floriano.

— Il n'y a pas de quoi. Sache que je suis tout près si tu as besoin de moi.

Il sortit et referma la double porte derrière lui. Maia balaya des yeux la pièce vide avant de se diriger vers le canapé, la copie du journal de Pa Salt à la main. Le silence, complet à part le vrombissement sourd des moteurs du *Titan*, était exactement ce qu'il lui fallait pour se concentrer sur sa lecture.

Journal d'Atlas

1929

12

Boulogne-Billancourt, France

M. Landowski mit un point d'honneur à quitter l'atelier pour venir à notre rencontre à notre retour du conservatoire.

— Alors ? s'enquit-il, l'air véritablement intéressé.

— M. Ivan a déclaré qu'Ar avait fait des étincelles et aimerait le voir deux fois par semaine, répondit Évelyne.

L'expression de M. Landowski me prit au dépourvu. Ses yeux s'illuminèrent et un immense sourire se dessina sur ses lèvres.

— Ah ! Excellent ! Félicitations, mon garçon. Tout à fait mérité.

Il me serra vigoureusement la main. Je souris moi aussi. Cela faisait si longtemps que personne ne s'était préoccupé de mon bonheur que je ne savais pas très bien comment réagir.

— Quelle bonne nouvelle, poursuivit Landowski. Si tu me le permets, je porterai un toast en ton honneur ce soir au dîner et l'annoncerai à la famille.

Je sortis mon carnet de ma poche pour écrire quelque chose.

Paiement ?

— Mon garçon, c'est le privilège d'un artiste d'en aider un autre. J'ai la chance immense d'être généreusement rémunéré pour mes commandes. Je n'hésiterai pas à t'aider.

Merci monsieur, griffonnai-je, luttant contre les larmes qui se formaient dans mes yeux.

— Connais-tu le prix Blumenthal ? (Je secouai la tête.) Il s'agit d'une grosse somme versée par la philanthrope américaine Florence Blumenthal – et son mari George – à un jeune peintre, sculpteur, écrivain ou musicien. Je fais partie du jury en France. Cela m'a toujours semblé un peu… étrange de donner l'argent de quelqu'un d'autre alors, cette fois-ci, je suis heureux de pouvoir aider personnellement un artiste. En outre, je suis certain qu'un jour tu seras en mesure d'aider les autres. Surtout, quand le moment viendra, accepte ce privilège.

Je hochai la tête avec conviction.

Ce soir-là, tous les Landowski me félicitèrent chaleureusement – à l'exception de Marcel qui, toute la soirée durant, fit la grimace comme s'il avait avalé une groseille trop acide.

Allongé dans mon lit, je songeai à la chance que j'avais eue d'atterrir dans ce jardin précis. J'étais si éreinté, affamé et étourdi que j'avais fini par m'écrouler, avant de ramper jusqu'à la haie la plus proche pour m'abriter. Cela aurait pu être le jardin de n'importe qui, et mon destin aurait pu être déterminé par la gendarmerie locale. On aurait pu m'envoyer dans un orphelinat, dans un hospice ou dans un hôpital psychiatrique, étant donné mon refus de parler. Ou bien, plus vraisemblablement, j'aurais pu mourir cette nuit-là sous les étoiles françaises. Mais mon ange, Bel, m'avait sauvé. Cela avait-il été une simple coïncidence ? Je songeai à mes protectrices étoilées, les Sept Sœurs. Peut-être me l'avaient-elles envoyée, tout comme je croyais qu'elles m'avaient permis de survivre au cours de mon impossible voyage…

Je ne doutais pas que la famille Landowski trouve en moi un certain romantisme : le garçon muet découvert sous une haie, doué pour le violon. Il était probable que chacun imagine toutes sortes d'histoires à propos de mon identité. Mais bien sûr, malgré leurs hypothèses, la vérité était plus cruelle que tout ce qu'ils pouvaient imaginer.

Je devais continuer de me rappeler que l'atelier Landowski n'était pas la fin de mon voyage. J'étais parti dans le monde avec un objectif en tête, et je devais encore l'atteindre.

Je fermai les yeux et repensai à ce que m'avait dit mon père la dernière fois que je l'avais vu : « Mon fils… Je crains que le moment ne soit venu pour moi de partir. Je n'ai plus le choix. Notre situation n'est pas tenable. Je dois essayer de trouver de l'aide. »

Mon cœur s'était serré et l'angoisse s'était emparée de moi.

— S'il te plaît, Papa. Tu ne peux pas t'en aller. Qu'allons-nous devenir sans toi ?

— Tu es fort, mon fils. Peut-être pas physiquement, mais mentalement. C'est ça qui te protégera en mon absence.

Je m'étais jeté dans ses bras, la chaleur de son être m'enveloppant tout entier.

— Quand reviendras-tu ? avais-je réussi à prononcer, au milieu de sanglots de plus en plus incontrôlables.

— Je ne sais pas. Dans plusieurs mois.

— Nous n'allons pas survivre sans toi.

— C'est là que tu te trompes. Si je ne pars pas, il n'y aura d'avenir possible pour aucun d'entre nous. Je promets sur la vie de ta mère chérie que je reviendrai te chercher… Prie pour moi, attends-moi.

J'avais docilement hoché la tête.

— N'oublie pas les mots de Lao Tseu : « Si tu ne changes pas de direction, tu pourrais bien aboutir là où tu te diriges. »

Je roulai sur le ventre, espérant qu'un changement de position débarrasserait mon esprit de ce douloureux souvenir. J'eus l'impression qu'on me transperçait la poitrine et pris conscience que je n'avais pas encore ôté la bourse de mon cou. Était-il possible que, pour la première fois depuis des mois, j'aie oublié sa présence ?

Alors que je passais le cordon au-dessus de ma tête, je m'autorisai à jeter un coup d'œil à l'intérieur. La pièce était sombre, mais des rayons de lune éclatants traversaient ma fenêtre. La lumière toucha les arêtes aiguisées de l'objet, et je m'émerveillai des éclats d'un jaune blanchâtre qui dansaient sur les murs. Cela m'attristait de penser qu'une chose aussi belle pouvait causer autant de douleur et de souffrance. La jalousie peut amener les hommes à accomplir des actes terribles.

Je réfléchis à la suite de mon parcours. J'avais traversé des déserts arctiques et des chaînes de montagnes dans l'espoir de revoir mon père. Se pouvait-il qu'il soit encore en vie ? Même si j'avouais que les chances étaient minces, comment pouvais-je interrompre ma quête si près du but, ne serait-ce que momentanément ?

La vérité, c'est que, chez les Landowski, j'avais trouvé un abri, un refuge et, à présent, avec la promesse de cours auprès de M. Ivan, bien plus encore. Je repoussai mes draps et allai près de la fenêtre. La lumière laiteuse de la lune illuminait la cour en contrebas et je levai les yeux vers la sphère céleste.

— Es-tu quelque part, Papa ?

J'ouvris doucement la fenêtre et me laissai envelopper par l'air frais de la nuit. Je venais d'un pays froid et aimais toujours cette sensation sur ma peau. Dehors, tout était calme et je m'enivrai de la nuit. Des yeux, je cherchai mes protectrices. Je les repérai rapidement, les Sept Sœurs des Pléiades. Leur présence était immuable, ce qui expliquait peut-être pourquoi les voir m'apportait un tel réconfort. Quels que soient les changements dans ma vie, quelles que soient les pertes qui m'attendaient peut-être encore, les étoiles seraient toujours là, veillant sur la création pour l'éternité. Je notai que, ce soir-là, c'était Maia qui brillait avec le plus d'intensité, comme toujours en hiver.

— Maia, murmurai-je, que dois-je faire ?

Naïvement, quand je parlais aux étoiles, j'espérais toujours qu'un jour elles me répondraient. Après avoir refermé la fenêtre, je repartis vers mon lit et mon pied buta contre un objet qui faillit me faire trébucher. Je vis qu'il s'agissait de l'étui de mon violon que j'avais oublié de pousser complètement sous le lit. L'idée de jouer pour M. Ivan au conservatoire produisit alors en moi un tel sentiment d'excitation et d'allégresse que je me sentis tout étourdi et me recouchai.

Après avoir placé la bourse en cuir entre mes jambes, je me blottis sous mes couvertures. Au fil de ma courte existence, j'avais déjà enduré davantage de traumatismes qu'aucun homme ne devrait avoir à subir de toute une vie. Pour la première fois depuis des années, j'étais en sécurité, entouré de gens qui semblaient se préoccuper de mon bien-être. Serait-il si répréhensible de rester quelque temps chez les Landowski ? Si Papa était encore en vie, m'en voudrait-il de retarder ma quête pour le trouver ? À mon avis, il serait plutôt fier de ce que son fils avait accompli. J'avais traversé des frontières dangereuses pour échapper aux horreurs de mon ancienne vie, je m'étais lié d'amitié avec un célèbre sculpteur et, encore plus improbable, j'avais été reçu au prestigieux conservatoire Rachmaninoff. La voix de mon père s'immisça dans ma tête : « Si tu ne changes pas de direction, tu pourrais bien aboutir là où tu te diriges. »

Oui… oui. Si je devais poursuivre mon voyage maintenant, ne disposant que de très vagues informations pour me guider, le destin que je craignais le plus pourrait bien se réaliser. Je devrais me remettre à voler de la nourriture, à boire de l'eau de pluie et à trouver des abris le long du chemin. Ce n'était sans doute pas la vie que mon père souhaiterait pour son fils.

C'était décidé. Je demeurerais chez les Landowski tant qu'ils me le permettraient. Puis je reprendrais ma mission : la recherche de mon père.

* * *

— C'est quand ton anniversaire, mon garçon ? interrogea M. Landowski quand Évelyne lui remit une pile de formulaires du conservatoire. On me demande ici tout un tas d'informations que j'ignore. Ta date de naissance, une explication de ton expérience de violoniste… et, donnée essentielle pour certains, ton nom. (Il se mit à rire et secoua la tête.) Mon jeune Ar. Il va te falloir un nom de famille, tu sais. En as-tu déjà un ?

J'hésitai.

— Un que tu accepterais de partager avec moi, pour finaliser ton inscription au conservatoire ?

Je réfléchis un instant et sortis mon papier. Je notai certains de mes mots préférés : « étoiles », « aurore », « sérendipité », « Pléiades »... Ah oui... voilà qui avait assez de consonnes et de voyelles pour créer quelque chose d'intéressant. Je continuai de griffonner, réagençant les lettres pendant que M. Landowski consultait les formulaires. Je lui tendis le morceau de papier.

Je m'appelle Ar d'Aplièse.

Il haussa un sourcil.

— Bravo, jeune homme. Tu as réussi à inventer un nom qui te sera bien utile au conservatoire. Pour ce qui est de ton expérience... tu es le mieux placé pour en parler.

Il me tendit les documents et, sous « Expérience antérieure de l'élève », j'écrivis :

Aucune formation technique ni expérience professionnelle.

— Tu es décidément bien jeune, mon garçon ! L'une des choses les plus importantes que doit apprendre un artiste est de savoir se vendre ! (Il remarqua la surprise sur mon visage.) Ne confonds pas cela avec de l'arrogance. On peut rester modeste tout en faisant valoir ses aptitudes. Peut-être pourrais-tu raconter tes débuts, quand tu as commencé à jouer.

Il me rendit les formulaires. Je réfléchis un instant, puis me lançai :

Je joue du violon depuis que mes mains sont assez grandes pour tenir le manche. Je regardais jouer mon père et m'émerveillais de la façon dont son archet dansait sur les cordes. Il a eu la gentillesse de partager sa passion avec moi. Au départ, j'ai commencé à jouer à l'oreille, copiant mon père note pour note. Cela reste ma méthode préférée, car certains trouvent cela magique. Cependant, mon père a consacré beaucoup de temps à m'apprendre à déchiffrer les partitions et j'ai peu à peu compris les « harmoniques naturelles » comme s'il s'agissait d'une langue. Mon père me disait souvent que jouer permettait d'améliorer la mémoire et la capacité de concentration, ainsi que le fonctionnement cérébral et la santé en général. Je ne suis pas sûr d'en avoir bénéficié, mais je sais que, quand je joue, le temps s'arrête et je pars pour des contrées lointaines ; je danse sur les ailes de l'univers.

Je rendis les documents à Landowski.

— Peut-être devrais-tu être poète, aussi. Dis-moi, qui était ton père ? Où est-il à présent ?

Je secouai la tête.

— Eh bien, jeune homme, où qu'il soit, dans ce monde ou dans le prochain, je suis certain qu'il serait fier de toi. Comme je le suis moi, si tu me le permets.

Je croisai son regard.

—Jeune Ar, je suis sculpteur. Mon travail consiste à immortaliser l'essence d'autres individus dans la pierre, pour toujours. Les clients doivent sentir l'émotion dans l'œuvre, ils doivent *ressentir* quelque chose. À cet égard, je sais reconnaître ce qui se trouve sous la surface des individus. Et toi, mon jeune ami, tu as beaucoup souffert.

Je baissai les yeux, soupirai et hochai la tête.

— C'est la raison pour laquelle, bien sûr, je suis heureux de t'accueillir ici au sein de ma famille. J'espère que cela contribue à restaurer ta foi en l'humanité. (Il tourna les yeux vers la fenêtre de l'atelier.) Il est parfois difficile de s'en souvenir, surtout quand on a connu la tristesse que je ressens chez toi... mais sur cette Terre, il y a bien plus de bonnes personnes que de mauvaises.

Vous êtes une bonne personne.

— Ah ! J'essaie. Mais je dois dire que la fureur pourrait m'inspirer des pulsions meurtrières envers Brouilly s'il ne livre pas mon *Cristo* à Rio dans un parfait état.

Un petit gloussement s'échappa de mes lèvres.

— Était-ce un rire, mon cher ? Mon Dieu, je suis vraiment privilégié aujourd'hui.

Landowski se remit à remplir les formulaires que demandait le conservatoire. Je me sentis soudain poussé à lui offrir quelque chose pour lui prouver ma profonde reconnaissance. Son altruisme n'était pas quelque chose dont j'avais l'habitude, et le voir consacrer ainsi des instants précieux de sa journée à mon inscription m'obligeait à agir. Malgré ma nervosité, je me fis violence et ouvris la bouche.

— Merci, monsieur, dis-je faiblement.

Landowski ouvrit de grands yeux qui furent bientôt illuminés par un immense sourire.

— C'est pour moi un plaisir.

Je posai un doigt sur mes lèvres et l'implorai des yeux.

— Ne t'inquiète pas, mon garçon. Ta gratitude vocale restera entre toi et moi. À présent, je vais demander à Évelyne de renvoyer ces documents au conservatoire. M. Ivan a suggéré que tu commences dès la semaine prochaine, ce qui signifie que nous devrions peut-être rafraîchir ta garde-robe.

14 janvier 1929

Aujourd'hui, Évelyne m'a emmené à Paris. Nous sommes allés sur la rive gauche, dans le 7e arrondissement, dans un énorme bâtiment appelé « Le Bon Marché ». C'était un magasin qui ne ressemblait à aucun de ceux que j'avais vus jusque-là. Sous un seul et même toit, on peut acheter aussi bien de la nourriture que des meubles ou que des vêtements. Évelyne m'a dit qu'on appelait ça un « grand magasin ». Je remercie M. Landowski et sa famille de m'avoir acheté une nouvelle paire de chaussures marron et un blazer, ainsi que plusieurs culottes courtes, chemises et sous-vêtements. Je n'avais encore jamais profité des services d'un tailleur, un gentilhomme qui mesure les vêtements pour garantir qu'ils tombent parfaitement sur le corps. Évelyne lui a donné pour instruction de ne pas trop ajuster la veste, car elle pense que je vais grandir assez vite. Pendant que nous attendions que ce bon monsieur finisse son travail, Évelyne a eu la gentillesse de m'acheter un éclair au chocolat à la Grande Épicerie située au rez-de-chaussée, un ensemble tentaculaire d'étals de produits alimentaires qui s'étend sur des kilomètres. Puis nous nous sommes promenés sur le bord de la Seine. J'avais l'impression d'être dans le fameux tableau de M. Seurat. Après avoir récupéré les vêtements, nous sommes rentrés à la maison et je me suis précipité dans ma chambre pour pratiquer mes gammes pour M. Ivan, sachant que mon premier cours aura lieu demain.

13

— Ar d'Aplièse ! Entre, je t'en prie.

La carrure frêle de M. Ivan me faisait signe d'approcher dans sa petite salle de classe. Si l'aspect extérieur du conservatoire était grandiose, les espaces consacrés à l'enseignement ne l'étaient pas. De la feutrine rouge avait été attachée au papier peint qui se décollait afin d'absorber les sons, et une forte odeur de renfermé flottait dans l'air. Toutefois, cela ne me dérangeait pas plus que cela.

— Permets-moi de te complimenter sur ton élégant nom de famille, que j'ai appris depuis notre dernière entrevue. Tout à fait unique.

M. Ivan caressa son menton anguleux et je baissai la tête.

— Ah, oui ! C'est vrai que tu ne parles pas. Bon, je ne vais donc pas perdre de temps à bavasser. Commençons.

J'allai ouvrir mon étui.

— Non ! Il faut laisser le temps à l'instrument de s'acclimater à la pièce. Il quitte tout juste les rues hivernales de Paris et doit se réchauffer. D'ailleurs, toi aussi.

M. Ivan leva la main gauche et écarta les doigts.

— Un, deux, on serre ! (Il forma un poing, et je suivis son exemple.) Il faut le faire cinq fois pour chaque main.

Après quoi, il me fit poser les mains sur son bureau. Puis il me demanda de lever chacun de mes doigts aussi haut que possible et de les maintenir dans cette position pendant quelques secondes. Évidemment, je n'avais jamais rien fait de tel lors de mes séances avec Papa, et M. Ivan perçut ma perplexité.

— Petit monsieur, ne crois-tu pas qu'un coureur s'échauffe avant de s'élancer sur la piste ? Il nous faut nous aussi nous préparer avant de jouer, nous le devons à l'instrument.

Je hochai la tête, et ce ne fut qu'après plusieurs minutes d'échauffement des doigts et des poignets que j'eus la permission de sortir mon violon de son étui.

— Maintenant, suis-moi, indiqua M. Ivan.

Je copiai ses trilles et ses études, avant que nous ne passions aux gammes et aux arpèges.

— Très bien, petit Ar. Je constate que tu as fait des progrès depuis la dernière fois. T'es-tu entraîné ?

J'opinai à nouveau du chef.

— Très prometteur. Voilà la caractéristique qui peut permettre à un joueur moyen d'accéder à la grandeur. Alors, puisque je suis ton professeur, je vais t'apprendre des techniques de haut niveau telles que le contrôle du *vibrato*, différentes attaques avec ton archet et la série des harmoniques. Je tenterai de corriger tes défauts techniques et t'encouragerai à repousser les limites de l'interprétation musicale. Cela te semble-t-il acceptable ?

Si cela me semblait acceptable ? J'avais l'impression que Dieu lui-même avait proposé de me montrer la voie du paradis.

Le reste de la leçon fut éreintant. Je ne réussissais jamais à jouer plus de quelques notes d'affilée car M. Ivan m'interrompait sans cesse pour commenter le placement de mes doigts, ma posture ou ma musicalité. Un tourbillon de réprimandes s'abattait sur moi et je commençais à me demander pourquoi j'avais voulu jouer du violon. Juste au moment où j'allais me mettre à pleurer, M. Ivan déclara que notre première leçon était terminée.

— Je crois que c'est l'heure, monsieur Ar.

J'écartai le visage de la mentonnière et laissai violon et archet redescendre près de mes genoux.

— Fatigant, n'est-ce pas ? Ne t'inquiète pas, c'est normal. Tu n'avais encore jamais eu de cours à proprement parler. Beaucoup de nos séances seront aussi dures, à la fois pour ton corps et pour ton esprit. Mais tu les trouveras de moins en moins éprouvantes avec le temps, je te le promets. Je te donne rendez-vous vendredi. Entre-temps, s'il te plaît, entraîne-toi à détendre tes épaules. J'ai remarqué que chaque fois que je t'interrompais, elles se contractaient de plus en plus. Ce n'est pas bon pour nous.

Comment ? écrivis-je.

— Bonne question. Tu dois imaginer un « endroit sacré » où te réfugier. Essaie de visualiser un moment de ta vie où tu étais heureux et serein. Voilà tes devoirs pour ces prochains jours. À vendredi. Merci, petit monsieur.

Je finis de ranger mon violon et quittai la classe. La plupart des gens ne sauraient dire si un enfant muet est contrarié ou sur un petit nuage, mais Évelyne sut tout de suite que quelque chose n'allait pas.

— C'était une leçon difficile, mon grand ?

Je regardai mes chaussures.

— N'oublie pas que M. Ivan n'a pas l'habitude d'enseigner le violon à des élèves aussi jeunes. Le conservatoire accueille normalement des étudiants, qui s'entraînent du matin au soir. Pendant que je t'attendais à l'accueil, j'ai vu défiler des jeunes gens du double de ton âge. Je ne pense pas qu'il te traite différemment. (Je regardai Évelyne et souris.) Tu dois avoir dix ans de moins que le plus jeune élève du conservatoire, chéri. Le fait que tu sois là est absolument remarquable.

Au cours des semaines suivantes, je travaillai comme un forcené. Je passais mes soirées chez Évelyne où je pratiquais mes gammes, lui montrais ma posture et jouais « Vénus » des *Planètes* de Holst. La pauvre, elle devait avoir entendu le morceau une centaine de fois, mais chaque soir elle applaudissait et affirmait que cela lui avait plu encore davantage que la veille. Les jours où je n'allais pas au conservatoire, je passais du temps à l'atelier avec M. Landowski. M. Brouilly était en route vers Rio de Janeiro et, en son absence, j'étais devenu son assistant *de facto* : je lui passais ses outils, lui préparais du café et l'écoutais s'exclamer de joie ou gémir d'angoisse tandis qu'il travaillait à ses commandes. En guise de récompense, il m'autorisait à emprunter des livres dans sa bibliothèque personnelle. Il m'avait accordé cet honneur après m'avoir surpris en train de regarder avec envie l'une des étagères, un soir après le dîner. Je me retrouvais donc à dévorer Flaubert, Proust ou Maupassant. Après que j'eus rendu mon troisième ouvrage en l'espace d'une semaine, M. Landowski ouvrit des yeux ronds.

— Mon Dieu, mon garçon, au rythme auquel tu écumes ma collection, je vais devoir acquérir toute la bibliothèque de la Sorbonne ! (Je lui adressai un large sourire.) Tu sais, je dois t'avouer que je ne connais pas beaucoup de jeunes garçons aussi passionnés de littérature. Tu es d'une sagesse remarquable pour ton âge. Es-tu certain de ne pas être un quarantenaire qui a découvert la fontaine de Jouvence ?

Au conservatoire, mes leçons avec M. Ivan se poursuivaient et je m'habituais peu à peu à sa façon de procéder.

— Détends tes épaules, petit monsieur ! Va dans ton endroit sacré ! (Ce qui m'était très difficile, je l'admets.) Chaque fois que je te fais une remarque, tu deviens de plus en plus tendu. Ce sont des cours, Ar, et tu es un élève, là pour apprendre !

Il y avait une certaine ironie dans ce que M. Ivan exigeait de moi tout en haussant le ton et en gesticulant. Si j'avais voulu parler, je crois que j'aurais crié de frustration. Au lieu de cela, je serrais les dents et continuais de jouer. Malgré mon exaspération, je n'en voulais pas à mon professeur. Il n'était pas agressif, il était tout simplement passionné par son métier et souhaitait que je m'améliore. Mon irritation était d'ailleurs essentiellement due à mon désir d'atteindre la perfection. Chaque soir, je transpirais en pratiquant ce que M. Ivan m'avait enseigné. Si je travaillais dur, je supposais que ses critiques finiraient par cesser.

Au bout de quelques semaines, M. Ivan me permit de jouer tout un solo sans m'interrompre.

— C'est bien, Ar. Ton *legato* est plus maîtrisé. Tu progresses.

J'inclinai la tête.

— À présent, comme je ne pense pas que tu sois capable de le faire tout seul, nous allons dresser une liste de choses qui te rendent heureux. Alors, quand tu sentiras monter en toi la colère quand je te fais des remarques, tu pourras penser à ces choses et la tension disparaîtra. Assieds-toi, je t'en prie, dit-il en m'indiquant le tabouret à côté de son fauteuil, près du bureau. J'ai l'impression, jeune homme, que tu portes le poids du monde sur tes épaules.

Je me figeai, me demandant si M. Ivan avait découvert mon vrai nom. Il avait déjà détecté que nous venions de la même région du monde. Qui connaissait-il ? Je songeai aux conséquences et mon estomac se noua.

— Ce n'est pas bon, Ar. Un grand violoniste ne peut pas jouer avec un tel poids qui le retient à terre. Il faut que tes épaules soient libres de bouger avec ton instrument. Alors, ensemble, nous allons essayer de te libérer de ce poids.

Je me rendis compte que l'analogie qu'il avait choisie était une pure coïncidence. Mon cœur commença à ralentir un peu. Je m'assis près de lui et sortis mon papier.

— Bon, commençons notre liste du bonheur. (Mon stylo hésitait et M. Ivan éclata de rire.) D'accord, je me lance. Qu'est-ce qui me rend heureux ? Ah, oui…

Une bonne vodka, écrivit-il.

— Allez, à toi. (Mon stylo hésitait toujours.) As-tu des amis, petit monsieur ?

Les Landowski.

— D'accord, mais en dehors de la famille Landowski ?

Comme je ne vais pas à l'école, je ne vois pas d'autres enfants.

— Hmm. Voilà une remarque pertinente. Quand je repense à ce qui me rendait heureux à ton âge, ce sont mes camarades d'école qui me viennent à l'esprit. Nous passions des heures dans les rues de Moscou à faire les imbéciles. (Il croisa les bras sur son pull sans manches et s'appuya contre le dossier de son fauteuil.) Je me revois en train de construire des igloos et de faire des batailles de boules de neige. Mais actuellement tu n'as pas la possibilité de te lier d'amitié avec des enfants.

Le violon, les livres, écrivis-je.

— Oh oui, ce sont en effet des choses merveilleuses. Mais qui t'isolent. Quand je te demande d'aller dans un « endroit sacré », aucun des deux ne peut t'y emmener. Il te faut des *expériences*, jeune homme. Je vais voir si nous pouvons faire en sorte que tu passes un peu de temps avec des gens de ton âge. Un de mes anciens étudiants va jouer plusieurs fois par semaine pour les enfants de l'orphelinat des Apprentis d'Auteuil. Peut-être pourrais-tu participer à leur récréation du déjeuner, ou faire des activités avec eux le soir, quand tu viens à Paris. (Il remarqua l'expression d'horreur dans mes yeux.) Ne prends pas cet air apeuré, petit monsieur ! Que crains-tu ? De te retrouver toi-même à l'orphelinat ?

Je hochai vigoureusement la tête et il rit aux éclats.

— Ne t'inquiète pas pour ça, jeune homme. Je discute souvent avec M. Landowski et je sais combien il apprécie ta présence chez lui. Alors, affaire conclue ?

Je restai campé sur ma position et secouai la tête.

— Bah. Crois-en mon expérience. Vivre, c'est côtoyer des gens, et il n'y a pas pire punition que la solitude. Je n'ai à cœur que ton intérêt. (Je baissai la tête, mais M. Ivan poursuivit.) Par ailleurs, ces jeunes gens n'ont pas de parents non plus et ont connu les difficultés de la vie bien trop tôt, tout comme toi. Je crois que cela te ferait du bien de passer du temps en leur compagnie. (Je ne répondis pas. M. Ivan poussa un soupir.) D'accord. Si tu acceptes, je te promets de me retenir de te critiquer pendant toute une séance, et tu pourras jouer ce que tu souhaites. Voilà une opportunité assez rare pour être signalée. Ce n'est pas à mes étudiants habituels que je proposerais ce genre d'arrangement, tu sais. Alors, tu es d'accord ?

Sentant que refuser n'était pas vraiment une option, je serrai la main qu'il me tendait.

— Formidable. Je vais téléphoner à M. Landowski pour lui demander la permission, puis j'appellerai mon ancien élève. Merci, petit monsieur. À mardi.

14

— Mon Dieu, mon petit chéri. Je ne sais pas pour le reste, mais ce qui est sûr, c'est qu'en sortant de là tu seras encore plus reconnaissant envers M. et Mme Landowski.

Évelyne n'avait pas tort. L'orphelinat des Apprentis d'Auteuil ne payait vraiment pas de mine entre ses fenêtres à moitié pourries et ses murs décrépis. Une grande femme filiforme, du nom de Mme Gagnon, vint nous ouvrir l'imposant portail en fer et nous conduisit dans la cour en béton.

— Vous n'avez droit à cette faveur que grâce au jeune M. Baudin et à la bonne humeur qu'il apporte ici avec son violon. Parce que, vraiment, nous n'avons pas le temps de superviser un enfant de plus. Madame, savez-vous combien nous sommes surchargés depuis la fin de la Grande Guerre ? Il n'y a plus de place du tout.

— Madame Gagnon, je sais que M. Landowski et M. Ivan vous sont immensément reconnaissants de permettre à Ar de passer un peu de temps avec d'autres enfants.

— Je me demande quel bien ça lui fera. Il est muet, alors je ne vois pas ce que ça lui apportera d'encombrer ma cour de récréation.

— Madame Gagnon, M. Landowski m'a dit qu'il voulait contribuer à l'entretien de l'orphelinat.

— Si cela lui donne bonne conscience, qu'il en soit ainsi. De nombreux Parisiens qui se sentent coupables font des donations qui servent tout juste à maintenir cet endroit ouvert et à nourrir les enfants. Si M. Landowski souhaite vraiment aider, il pourrait envisager d'offrir un foyer aimant à certains de ces enfants.

Évelyne prit un air indigné et me désigna. Mme Gagnon haussa les sourcils, puis reprit :

— Bon, les enfants s'apprêtent à sortir prendre l'air. Ils ne seront ici qu'une heure, veuillez être ponctuelle, madame Gelsen. À la fin de la récréation, j'ouvrirai le portail pour ce garçon et il ne sera plus sous ma surveillance.

— Entendu, madame Gagnon.

La femme grêle tourna les talons et entra dans le bâtiment. Lorsque les grandes portes en bois se refermèrent derrière elle, le bruit sourd résonna dans la cour.

— Ma foi ! Gardons-nous de la juger trop vite, mon garçon, car son travail est difficile, mais j'ai l'impression que c'est de la lave et non du sang qui coule dans les veines de cette femme. Mais bon, je suis certaine que les enfants dont elle s'occupe seront plus sympathiques. Je ne vais te laisser qu'une heure, rappelle-toi. Essaie de t'amuser, chéri. Veux-tu que je prenne ça ?

Évelyne saisit l'étui de mon violon, que je portais toujours après ma leçon avec M. Ivan. Instinctivement, je m'y agrippai. C'était ce que j'avais de plus précieux, et j'avais du mal à envisager de le laisser à quiconque, même à Évelyne.

— Très bien, Ar. Garde-le si tu veux.

Les portes des Apprentis d'Auteuil s'ouvrirent de nouveau et les enfants se déversèrent dans la cour.

— Mon Dieu. Certains de ces manteaux comptent plus de trous que du gruyère, marmonna Évelyne. Bonne chance, mon garçon. À tout à l'heure.

Sur ces mots, elle franchit le portail en fer. Je m'étais souvent demandé ce que ressentaient les esclaves de l'Antiquité pendant qu'ils attendaient de pénétrer dans un Colisée bondé de Romains pour affronter les lions. À cet instant, je pensais avoir la réponse.

Je fus choqué par la variété des âges. J'avais l'impression que certains résidents n'avaient d'enfant que le nom, quand d'autres n'avaient pas plus de deux ou trois ans et donnaient leur petite main à des pensionnaires plus grands. La cour se remplissait rapidement et ceux qui passaient devant moi me lançaient des regards suspicieux. Certains enfants sortirent des craies de leur poche pour dessiner des cases sur le sol. D'autres se lançaient de vieux ballons en caoutchouc. Face à cette frénésie, je restais immobile et observais les différentes activités, ne sachant pas très bien ce que j'étais censé faire.

En vérité, n'étant jamais allé à l'école, je n'avais pas l'habitude de sociabiliser avec d'autres enfants. À l'exception d'un individu, bien sûr : le garçon qui avait été mon meilleur ami, le garçon que j'avais aimé comme un frère… le garçon que j'avais fui. C'était à cause de lui que je m'étais échappé dans la neige le pire jour de ma vie. Un frisson me parcourut l'échine à l'idée de ce qui se passerait si je le revoyais. Il avait juré de me tuer et, à voir l'expression meurtrière dans ses yeux en ce matin terrible, je ne doutais pas une seconde de sa détermination.

— Qui es-tu ?

Un garçon au visage anguleux et au bonnet usé se tenait devant moi. Je sortis le papier de ma poche et me mis à écrire.

— Qu'est-ce que tu fabriques ? Il t'a posé une question, s'enquit un autre garçon aux épais sourcils noirs.

Je m'appelle Ar, je ne parle pas. Bonjour.

Je tenais le papier devant moi. Tous deux le fixèrent en plissant les yeux. Je songeai soudain qu'il était arrogant de ma part de penser que tous ceux que je croisais savaient lire.

— Qu'est-ce que ça dit, Maurice ? interrogea le garçon au bonnet.

— Ça dit qu'il ne parle pas.

— Aucun intérêt alors. Hein, t'as aucun intérêt, toi ! De quoi sont morts tes parents ?

Je ne suis qu'un visiteur ici, griffonnai-je.

— Je comprends pas. Pourquoi vouloir visiter ce trou ?

J'aimerais me faire des amis, écrivis-je, plein d'espoir.

Les deux garçons éclatèrent de rire.

— Des amis ? Ta place est dans un cirque. Et ça, c'est quoi, espèce de clown ?

Celui qui répondait au nom de Maurice attrapa mon violon. Une vague de panique me submergea. Je secouai la tête aussi énergiquement que possible et joignis les mains en signe de prière, l'implorant en silence de me le rendre.

— Un violon, c'est ça ? Pourquoi apporter ça ici ? Tu te prends pour qui ? Pour cette mauviette de Baudin ?

— Ouais, Jondrette. Il suffit de voir sa tenue. Il pense être un petit monsieur chic, pas vrai ?

— Tu trouves ça drôle, hein ? Venir ici te moquer de nous qui n'avons rien ?

Je continuais de secouer la tête et tombai à genoux, espérant qu'ils comprendraient mon désespoir.

— Inutile de prier. Voyons un peu ce qu'on a là-dedans.

Jondrette entreprit d'ouvrir l'étui. Chaque membrane de mon être n'inspirait qu'à crier, à l'attaquer verbalement, ou à utiliser ma raison pour récupérer mon violon. Mais je savais que je ne pouvais pas attirer l'attention sur moi.

— Donne-moi ça, femmelette.

Maurice l'arracha des mains de Jondrette et commença à tirer sur les attaches en métal pour l'ouvrir de force. La brute y parvint et jeta les boucles à terre. Puis Jondrette souleva avidement le couvercle et, de ses mains crasseuses, sortit mon précieux instrument.

— Voyez-vous ça. Je dirais qu'il est encore plus beau que celui de Baudin. Qu'est-ce que t'en penses, Jondrette ? Si on essayait de le vendre ?

— Tu connais quelqu'un qui nous achèterait un truc pareil sans nous dénoncer immédiatement à la gendarmerie pour recel ?

— Non, t'as raison. Dans ce cas, on peut au moins donner une leçon à Monsieur Chic.

Jondrette leva mon violon au-dessus de sa tête. Je fermai les yeux, me préparant à l'explosion du bois sur le béton. À ma grande surprise, le bruit que je craignais ne se fit pas entendre.

— Qu'est-ce que tu fabriques, horrible petit crapaud ?

Je rouvris les yeux et découvris une fille blonde qui avait saisi Jondrette par le bras.

— Lâche-moi ! cria-t-il. (La fille sembla resserrer sa prise.) Aïe !

— Rends cet instrument, Jondrette, ou je dirai à Mme Gagnon que c'est vous qui avez volé les biscuits dans la réserve.

— T'as aucune preuve, sale cafteuse !

— Je pense que les miettes sous ton lit pourraient suffire, Maurice. (La fille montra la porte où Mme Gagnon fumait une cigarette en surveillant les plus jeunes.) Si je cours la voir maintenant pour le lui dire, elle montera vérifier plus vite que l'éclair, et tu le sais.

Maurice et Jondrette échangèrent un regard.

— Pourquoi est-ce que tu défends cette enflure ? T'as pas vu ses vêtements ? Il a de l'argent. Il est venu se moquer de nous.

— Tout le monde n'a pas pour seul objectif dans la vie que de t'embêter, Maurice. Allez, Jondrette, rends ce violon.

Il hésita, et la fille leva les yeux au ciel.

— Très bien, comme tu voudras. (Elle tourna la tête vers le bâtiment et éleva la voix.) Madame…

— D'accord, d'accord, l'interrompit Jondrette en lui faisant signe de se taire. Voilà. (Il dégagea son bras et me rendit le violon.) Est-ce que tu as toujours besoin que des filles prennent ta défense ? siffla-t-il entre ses dents.

— Ça suffit. Du balai, idiots, déclara ma sauveuse.

À contrecœur, ils s'éloignèrent en traînant les pieds, mais pas avant que Jondrette n'ait donné un violent coup de pied dans mon étui cassé, le faisant voler à travers la cour. La fille alla le récupérer et me le rapporta. Assis par terre, je cajolais mon violon comme s'il s'était agi d'un chiot souffrant.

— Désolée pour eux. Ne le prends pas personnellement, ils sont horribles avec tout le monde. Attends, je vais t'aider. (Elle ramassa les feuilles de papier qui étaient tombées pendant que j'implorais mes assaillants. Elle regarda la première.) Tu ne sais pas parler ?

Je secouai la tête.

— Mon Dieu. Je me demandais en effet pourquoi tu ne criais pas. Comment t'appelles-tu ? (Je saisis la feuille où je l'avais déjà noté et la lui tendis.) Ar ?

J'approuvai de la tête et elle se mit à rire. Le son était si doux à mes oreilles que mon cœur aurait pu s'arrêter de battre en cet instant.

— Ton nom me plaît, Ar. Est-ce la raison pour laquelle tu transportes un violon ?

Je haussai les épaules et, sans que je m'en rende compte, un sourire s'était dessiné sur mes lèvres. Je sortis mon stylo de ma poche pour écrire :

Comment t'appelles-tu ?

— Oh, oui, excuse-moi. Je m'appelle Ella. Ravie de faire ta connaissance, Ar.

* * *

20 mars 1929

M. Ivan a insisté pour que j'assiste aux récréations de l'orphelinat des Apprentis d'Auteuil afin que je m'amuse avec d'autres enfants. Il pense que, si j'arrive à me faire des amis, le poids du monde ne reposera plus sur mes épaules et que je deviendrai meilleur violoniste. Je respecte la volonté de mon professeur et, ces dernières semaines, j'ai assisté à la récréation du déjeuner le mardi et à celle du soir le vendredi. J'apprécie cette expérience et je constate la chance que j'ai d'avoir été recueilli par la famille Landowski qui fait preuve d'une telle générosité à mon égard. Beaucoup des enfants de l'orphelinat ont perdu leurs parents pendant la Grande Guerre. En vérité, il est assez difficile pour moi de me lier avec les autres, à cause de mon état. Je ne peux pas appeler pour qu'on me passe le ballon, ni chanter pendant la « marelle ». Néanmoins, je suis déterminé à devenir un violoniste virtuose et je persisterai. Il y a une personne que j'ai rencontrée aux Apprentis d'Auteuil et avec qui j'aime passer du temps. Elle s'appelle Ella et mon mutisme ne la dérange pas. Elle s'intéresse beaucoup plus à ma musique et m'a demandé à plusieurs occasions de bien vouloir jouer pour elle. J'avoue ne pas avoir encore rassemblé assez de courage pour me lancer, non par crainte de ce que pourraient faire les autres enfants (même si, étant donné mon expérience, je sais qu'il s'agit d'une inquiétude légitime). En vérité, j'ai tellement peur de la décevoir que je suis bloqué par l'anxiété. Ses yeux bleus et ses cheveux dorés me rappellent un ange, et l'idée de décevoir un ange est trop dérangeante.

Je levai mon stylo. Je ne pensais pas qu'il serait approprié de rapporter mes sentiments dans mon journal officiel, au cas où les membres de la famille Landowski venaient à le lire. Je revins donc à mes pages secrètes, qui sont celles que vous lisez.

Cela vaut le coup d'endurer les horreurs des Apprentis d'Auteuil pour passer deux heures par semaine avec Ella Leopine. Cela fait peu de temps que je la connais, mais j'ai découvert qu'elle jouait à la fois de l'alto et de la flûte traversière et qu'elle était autodidacte. Les instruments appartenaient à ses parents et sont le seul lien qui l'unit à eux. Tous deux ont péri pendant la guerre. Son père est mort dans les tranchées et sa mère a succombé à l'épidémie de grippe de 1918. Elle a treize ans et n'a donc malheureusement aucun souvenir ni de l'un ni de l'autre. La chose la plus triste peut-être que j'ai apprise à propos d'Ella est qu'elle a un petit frère, âgé de quelques semaines seulement à la mort de leur mère. L'orphelinat a pu le faire adopter immédiatement, car il y avait une forte demande de nouveau-nés de la part de familles qui avaient tant perdu lors du conflit. Mais Ella n'a pas eu cette chance. Elle vit aux Apprentis d'Auteuil depuis onze ans.

Quand je suis avec elle, je ne pense à rien d'autre. Lors de ces moments, la souffrance et les tragédies de mon passé n'existent plus. Elle a le même pouvoir que la musique, capable de me transporter au-delà de la terre que je foule de mes pieds. Mon Dieu ! Pour qui est-ce que je me prends, lord Byron ?

En vérité, j'avais toujours trouvé sa poésie un peu indigeste, mais désormais ses vers résonnent pleinement en moi. Depuis que je connais Ella, j'ai honte d'avouer que plus rien d'autre n'a d'importance. Mes visites nocturnes à Évelyne sont passées au second plan, tout comme les livres que j'emprunte à M. Landowski. Même mes leçons de violon avec M. Ivan sont secondaires. Ce n'est désormais plus l'excitation de jouer au conservatoire qui me fait attendre mes voyages à Paris avec impatience, mais l'idée de passer du temps en compagnie de ma nouvelle amie.

Je connais les effets de l'amour et je sais les tours qu'il peut jouer. Fort de mes lectures, je suis conscient que même les esprits les plus robustes peuvent perdre tout sens de la raison et de la logique. Et malgré cela, je m'en moque.

Ella m'a dit qu'elle avait lu deux fois tous les livres de l'orphelinat, et j'ai donc pris l'initiative de lui apporter des romans de la collection de M. Landowski. Si cela ne prouve pas que je perds la raison... Ces livres ne m'appartiennent pas et je déteste imaginer ce que ressentirait M. Landowski s'il le découvrait. Mais je ne peux pas m'en empêcher ; mon désir de faire plaisir à Ella prime sur toutes les répercussions que pourraient avoir mes actes. Lorsqu'elle a terminé un ouvrage, nous en discutons ensemble (j'utilise ici le terme « discuter » au sens large – elle parle, j'écris). Bien que, de façon tout à fait remarquable, elle sache souvent ce que je veux écrire avant même que mon stylo ne touche le papier.

Demain nous serons jeudi et j'espère qu'elle aura fini Le Fantôme de l'Opéra. *Je rougis en y pensant, car il s'agit de l'histoire d'un musicien très doué qui essaie de conquérir avec son talent une femme d'une incroyable beauté. J'aimerais penser que j'ai un avantage de taille puisque, contrairement au fantôme, je ne suis pas défiguré. Même si, je le concède, si je veux impressionner Ella par mes compétences musicales, il faudrait d'abord que je joue pour elle.*

Je rangeai mon journal et me mis au lit. J'avais joué une série d'arpèges particulièrement difficiles pour Évelyne ce soir-là et, très vite, mes yeux se fermèrent, aidés par l'image du doux visage d'Ella. Je me retournai sur le ventre et, une fois de plus, je ressentis cette vive douleur au niveau de la poitrine. J'oubliais de plus en plus fréquemment de retirer la bourse autour de mon cou. Au fur et à mesure que les jours s'écoulaient, il me devenait de plus en plus facile d'oublier qui j'étais et pourquoi j'étais là.

* * *

Le vendredi soir, j'avais l'autorisation d'entrer à l'intérieur de l'orphelinat et de monter au premier étage dans la salle commune, avec les autres enfants. Ella et moi nous perchions près de la fenêtre et regardions la rue Jean-de-La-Fontaine.

— Je n'arrive pas à croire que Christine puisse être un jour vraiment heureuse avec Raoul ! s'exclama Ella à propos du roman de Gaston Leroux. Elle est passionnée de musique et seul le Fantôme le comprend vraiment. Raoul est ennuyeux. Il est juste... beau et riche...

Le Fantôme est un assassin !

Elle rit.

— C'est vrai, Ar !

Qui choisirais-tu ?

Elle me regarda avec intensité, comme pour lire dans mon âme.

— Hmm. L'homme riche et ennuyeux ou le meurtrier intéressant... Cela va peut-être te sembler fou, mais je crois que je tenterais ma chance avec le Fantôme. S'il finissait par s'en prendre à moi, je suppose qu'il est préférable de mener une courte vie de passion qu'une longue vie d'ennui.

C'est d'une grande sagesse.

— Non, n'inversons pas les rôles, Ar. C'est toi qui es sage. Tu ne parles pas, mais tu arrives à faire passer en une phrase écrite ce que je mettrais des heures à expliquer.

Je n'ai pas le choix.

— Ah non ? (Elle sourit et regarda par la fenêtre.) Parfois, j'ai l'impression que tu as envie de parler. (Mon estomac se noua. Tant de mots me pendaient aux lèvres.) Enfin bon, pourquoi ne veux-tu pas jouer pour moi, Ar ? Je te promets que Maurice et Jondrette n'oseront plus t'embêter maintenant.

Tu n'as pas encore joué pour moi...

— Je ne suis qu'une amatrice qui a appris en consultant des livres et en s'entraînant seule. En vérité, je ne sais même pas si je suis douée ! Je serais gênée de jouer pour toi. Alors que toi, tu études avec M. Ivan !

J'ai encore des progrès à faire.

— Personne ne peut atteindre la perfection. Mais tu suis des cours au conservatoire. Je ne connais personne d'autre de ton âge qui y ait été admis. Je rêve d'y aller un jour, mais... comment pourrais-je payer les frais ?

Elle baissa les yeux et je crus que mon cœur allait se briser en deux.

Un jour, tu iras.

— C'est gentil. Mais j'en doute fort. J'ai du mal à imaginer le jour où je pourrai sortir d'ici, alors pousser les portes du conservatoire...

Ses yeux s'emplissaient de larmes.

Tout me poussait à ouvrir la bouche pour la réconforter, pour lui assurer que j'étais la preuve vivante que *tout* était possible. Cependant, il était impératif que je résiste.

Une pensée jaillit alors en moi.

Je dénouai rapidement les ficelles qui fermaient désormais mon étui cassé et installai mon violon sous mon menton. Je saisis mon archet, fermai les yeux et entamai la *Sonate n° 9* de Beethoven. Tandis que je jouais pour Ella, je sentis que ma prestation atteignait un niveau supérieur, chaque note prenant une importance renouvelée. Je détachai l'archet du violon pour conclure le morceau et osai ouvrir les yeux pour voir sa réaction.

Elle me fixait. Ses yeux n'étaient plus larmoyants mais ronds de stupéfaction.

— Ar... C'était incroyable. Je savais que tu avais du talent, sans quoi M. Ivan ne t'aurait pas pris, mais là...

Je m'inclinai. L'adrénaline coulait dans mes veines et constater que ma prestation avait eu l'effet escompté m'emplissait le cœur de joie. Soudain, je pris conscience que mon public avait été bien plus large qu'Ella. Je me tournai lentement vers la salle commune et découvris un océan de visages abasourdis qui me regardaient. Au fond de la pièce, les sourcils de Mme Gagnon étaient montés si haut qu'ils auraient pu la soulever de terre. À ma grande surprise, elle leva lentement les mains et se mit à applaudir. Les autres suivirent le mouvement et, très vite, je reçus un tonnerre d'applaudissements. Même s'ils ne se joignirent pas à l'enthousiasme général, Maurice et Jondrette paraissaient eux aussi surpris. Sentant que j'étais submergé par l'émotion, Ella me prit la main, et ce fut le moment le plus parfait de ma vie.

Les applaudissements se calmèrent et Mme Gagnon décida de me faire un compliment.

— Bravo. Malgré ton jeune âge, tu pourrais voler la vedette à M. Baudin.

— Tu vois, murmura Ella, ça prouve combien tu es doué. Merci, Ar.

Elle m'embrassa sur la joue et le sang me monta aussitôt au visage. Je tentai de limiter la gêne en rangeant mon violon.

Quand pourrai-je t'entendre à mon tour ? écrivis-je une fois que j'eus ficelé mon étui.

— Parce que tu crois que je vais jouer pour toi *maintenant*, après ça ? Ce serait comme si un bébé récitait des vers à Shakespeare.

Cela me ferait plaisir.

Ella sourit et cacha son visage entre ses mains.

— Ah ! D'accord. Je vais m'entraîner ce week-end pour être prête quand tu viendras mardi prochain. Au moins, tu pourras me donner des conseils pour m'améliorer.

Lorsque Évelyne arriva, Mme Gagnon me déposa au portail et lui rapporta ce qui s'était passé.

— Il a énormément de talent et est le bienvenu ici.

Dans l'autobus qui nous ramenait à la maison, Évelyne détecta mon humeur joyeuse.

— Je n'arrive pas à croire que tu aies joué pour les enfants ! C'est fantastique, Ar. M. Landowski sera enchanté d'apprendre que tu gagnes en confiance.

Ce qu'ignorait Évelyne, évidemment, c'est que je n'avais pas joué pour les enfants. Je n'avais joué que pour une seule et unique fille qui semblait changer rapidement le cours de mon existence.

Lorsque je revins aux Apprentis d'Auteuil le mardi suivant, Ella me saisit par la main et me dit de la suivre. Nous traversâmes la cour et, à ma grande surprise, Mme Gagnon ouvrit la porte et nous permit de passer.

— Elle m'a autorisée à jouer seule dans la salle commune. Je suis trop timide pour jouer pour les foules comme toi l'autre jour.

Nous parcourûmes les couloirs à toute vitesse, Ella me tirant avec une telle force que je dus courir pour garder le rythme. Lorsque nous arrivâmes, je m'assis sur l'une des vieilles chaises dont l'assise en cuir était si usée qu'on devinait l'armature en métal au-dessous. Ella sortit sa flûte et l'assembla à la hâte.

— J'ai décidé de jouer le *Prélude à l'après-midi d'un faune* de Debussy. S'il te plaît, ne me critique pas trop durement. N'oublie pas que je n'ai jamais pris de cours.

J'avais du mal à croire que le plus bel être du monde s'apprêtait à m'offrir un concert privé.

— Bon, j'y vais.

Elle plaça la flûte devant sa bouche et inspira profondément. Elle était très douée musicalement, cela ne faisait aucun doute. Toutefois, ce qui était magique, c'est le fait qu'elle ait tout appris seule dans les livres. Je ne croyais pas que j'aurais pu en faire autant. En outre, la raison pour laquelle elle avait décidé de jouer d'un instrument au départ était bien plus noble que la mienne. Elle jouait pour rendre hommage à ses parents, pour établir un lien avec eux par-delà la mort.

Je fermai les yeux. L'acoustique de ce vieux bâtiment autrefois luxueux était très bonne. Toutefois, je forçai le musicien en moi à évaluer la technicité du jeu d'Ella, comme elle me l'avait demandé. Je remarquai que sa respiration était irrégulière et qu'elle expédiait l'œuvre de Debussy. Je sortis mon stylo.

Détends-toi.

Je plaçai ma feuille devant elle.

Elle leva les yeux et lut mon message, puis écarta la flûte de sa bouche.

Je griffonnai de nouveau.

N'oublie pas que je ne suis qu'un enfant de onze ans !

Pour ma plus grande joie, elle rit et hocha la tête. Elle inspira de nouveau et reprit du début. Cette fois, la mélodie était bien plus fluide, et je compris soudain l'intérêt de se réfugier dans son « endroit sacré », comme disait M. Ivan. Lorsqu'elle eut fini, je me levai pour applaudir.

— Arrête. C'était mieux mais, tu as raison, la première tentative était un désastre. (Je secouai la tête.) Tu n'as pas besoin d'être gentil. J'étais si nerveuse de jouer pour toi, Ar. J'avais tellement envie de t'impressionner, je ne pense qu'à cela depuis ton départ la dernière fois.

Tu as réussi !

Secrètement, j'étais enchanté que mon opinion compte autant pour Ella.

— À présent, je vais jouer de l'alto. J'ai l'impression d'être moins à l'aise qu'avec la flûte.

Ella installa l'instrument sous son menton et commença à jouer le *Don Quichotte* de Strauss. Son ressenti était juste : elle était plus douée à la flûte, mais montrait un talent prometteur à l'alto également. Quand elle eut terminé, je veillai à applaudir avec autant d'enthousiasme que pour le morceau précédent.

Je n'arrive pas à croire que tu sois autodidacte.

— Merci. Moi non plus, parfois. Je suppose que c'est le résultat de longues heures de solitude. Mais, s'il te plaît, dis-moi ce que tu penses. Comment puis-je m'améliorer ?

Aucun n'est mon instrument, mais je vais essayer de te prodiguer des conseils d'ordre général.

J'écrivis ensuite une liste d'astuces que j'avais apprises auprès de M. Ivan, et elle la lut attentivement.

— Dis donc, merci, Ar. Je veillerai à mettre tout cela en pratique. Ici, tu as écrit « pratiquer le placement de l'archet ». Peux-tu me montrer ce que tu entends par là ?

Je me rapprochai d'elle et pris son archet. Puis je me plaçai derrière elle et saisis sa main droite. Doucement, je l'étirai devant elle, tournant sa paume face à nous. Ensuite, j'approchai l'archet et l'alignai sur la base de ses doigts.

— Comme cela ?

Je hochai la tête.

Je pris son pouce et m'assurai qu'il appuie sur le bois légèrement mais fermement. Puis je plaçai son majeur à l'opposé, l'articulation touchant juste l'archet. Évidemment, l'alto lui-même était trop grand pour une musicienne de son âge, puisqu'il s'agissait de celui de la mère d'Ella, alors mes ajustements devaient l'étonner doublement.

— Mon Dieu, je n'avais pas idée que mon placement était aussi mauvais.

Je revins face à elle et continuai de manipuler ses doigts pour leur faire adopter la position que M. Ivan avait désormais inscrite en moi. Ce faisant, je croisai le regard d'Ella. Elle me fixait d'une drôle de façon, comme si elle voulait que je fasse quelque chose, mais sans me dire quoi. Elle dut lire la perplexité sur mon visage car elle éclata de rire. Alors elle se pencha et m'embrassa. Ses lèvres douces se pressèrent contre les miennes et alors mon univers changea pour toujours.

— Je vois que nous avons fini notre leçon de musique.

Un frisson me parcourut quand j'entendis ces mots et que je fis volte-face pour découvrir Mme Gagnon qui rôdait dans l'embrasure de la porte. Ella rangea aussitôt son alto et saisit sa flûte. Elle se précipita vers la porte.

— Je vais les remettre au dortoir, madame.

Mme Gagnon se contenta de hausser un sourcil en guise de réponse, mais laissa Ella passer et détaler. Je me retrouvai alors seul avec elle dans la salle commune. Elle me fixait d'un œil sévère. Je fus soudain submergé par la honte. Ella avait obtenu une permission spéciale pour jouer pour moi loin des regards des autres enfants, et Mme Gagnon devait avoir l'impression que j'avais abusé de son indulgence. Je saisis mon stylo à la hâte et commençai à griffonner des excuses.

— N'écris pas, assieds-toi, fit-elle en indiquant une chaise.

J'étais convaincu qu'elle s'apprêtait à m'annoncer que je n'étais plus le bienvenu à l'orphelinat, ce qui, bien sûr, signifierait que je ne verrais plus Ella. En l'espace de quelques secondes, je sentis mon univers s'effondrer et l'espoir laissa place au désespoir. Je m'assis et fus étonné de voir Mme Gagnon fermer la porte de la salle commune et prendre place en face de moi. Elle avait dû lire la terreur dans mes yeux car, de façon tout à fait incroyable, elle prononça des paroles rassurantes.

— Ella est éprise de toi, mon garçon. J'espère que tu sais combien le cœur des jeunes femmes est fragile. Tu dois faire preuve d'une grande délicatesse. (J'opinai du chef.) Inutile de préciser que, si je revois ce genre de... choses, je n'hésiterai pas à te donner des coups de bâton. Est-ce que c'est clair ?

Oui, madame.

— Bien. À présent, il y a quelque chose dont j'aimerais discuter avec toi. Cela fait vingt ans que je travaille aux Apprentis d'Auteuil et j'ai vu des centaines d'enfants en passer les portes. Ma priorité a toujours été d'essayer de trouver un nouveau foyer à mes pupilles aussi vite que possible, mais jamais aux dépens de leur bien-être. (Elle marqua une pause et prit une profonde inspiration.) Après la guerre, nous avons traversé une période très rude où les ressources étaient rares et les enfants nombreux. Je n'étais pas sûre qu'il serait possible de nourrir autant d'estomacs, alors fournir médicaments, draps, vêtements et toutes les autres choses dont ont besoin les enfants... La situation était très délicate. J'ai donc été forcée de prendre des décisions difficiles. Ella et son frère sont arrivés peu après que leur mère a succombé à la grippe. Un mois plus tôt, un couple d'étrangers aisés m'avait demandé de les informer si l'orphelinat recevait des nouveau-nés, car ils n'arrivaient pas à concevoir un enfant. En règle générale, j'aurais été très heureuse de faire en sorte qu'un enfant soit directement accueilli dans une famille aimante. Cependant... ce bébé avait une grande sœur. En temps normal, je n'aurais pas permis l'adoption à moins que la famille ne les prenne tous les deux. De mon point de vue, quand les enfants ont déjà perdu leurs parents, il est impératif qu'ils restent ensemble. Toutefois, comme je l'ai dit, je craignais pour l'avenir de l'orphelinat et j'ai honte d'avouer que le pragmatisme l'a emporté sur l'éthique. En bref, je n'aurais pas dû permettre que le petit frère d'Ella soit séparé d'elle. Depuis qu'elle est à l'orphelinat, les années passent, les familles ne la choisissent pas et ma culpabilité ne cesse de croître. Comme elle te l'a sans doute dit, elle joue de ses instruments pour ressentir un lien avec ses parents. (Je hochai la tête.) Peut-être peux-tu imaginer combien cela me ronge, sachant que moi seule suis responsable de lui avoir arraché le vrai lien avec son passé – son petit frère.

Qui a emmené le frère d'Ella ?

Mme Gagnon baissa les yeux.

— Je suis sûre que tu t'attendrais à ce que quelqu'un d'aussi zélé que moi tienne un registre de toutes les jeunes personnes qui franchissent nos portes. Mais cette fois-là, le couple qui a recueilli le bébé souhaitait rester anonyme. Comme je l'ai dit, la pression qui pesait sur mes épaules était immense. Par ailleurs, la famille a fait un don considérable à l'orphelinat. Comme le dit l'adage, à cheval donné, on ne regarde pas les dents. Mais la conséquence en est qu'Ella est séparée de son frère et n'a aucun espoir de le retrouver.

De quelle nationalité était le couple ? écrivis-je, espérant avoir au moins quelque chose à rapporter à Ella si nous devions un jour mentionner cette conversation.

— Honnêtement, je ne m'en souviens pas. Enfin voilà, maintenant que je t'ai donné quelques éléments de contexte, j'ai une requête à te soumettre. Depuis les nombreuses années que je travaille ici, je n'ai rencontré personne d'aussi doux et intelligent que la jeune Ella Leopine.

Pourquoi personne ne veut l'adopter ?

— Beaucoup ont failli le faire, avant de finalement renoncer. Si je devais deviner pourquoi… (Mme Gagnon secoua la tête.) La famille d'Ella, les Leopine, a fui les terribles pogroms d'Europe de l'Est pour émigrer à Paris. Sais-tu ce qu'est un pogrom ? (J'acquiesçai la mine abattue. Mon père avait souvent parlé du caractère absurde et immoral de l'injustice raciale.) Hmm. Je ne sais pas si tu es au courant, jeune homme, mais le bruit court qu'un mouvement serait en train de croître en Allemagne, un mouvement qui pourrait bien menacer la sécurité de la population juive. Les Français connaissent la puissance de l'État allemand, après les horreurs de la dernière décennie. Je pense qu'il est possible que des parents potentiels ne souhaitent pas risquer de s'attirer des ennuis en cas de nouveau conflit.

Personne n'a adopté Ella parce qu'elle est juive ?

— Simple spéculation de ma part, mais je crois que c'est la raison principale, oui.

Et son frère ?

— Le bébé a été emmené dans un autre pays et inscrit à l'état civil sous un autre nom. À l'époque, le monde pensait à autre chose. Ce n'était pas un facteur important. En tout cas, Ella est toujours là, et je ressens une immense culpabilité. Tu ne la connais que depuis quelques semaines, mais il est évident que vous avez des affinités. Tout ce qui peut égayer la vie de cette jeune fille allège le fardeau que je porte, alors je te suis reconnaissante.

J'essayai de sourire à Mme Gagnon, mais je crois que le résultat ne fut pas très naturel, tant j'étais nerveux que cette dame à l'aspect si sévère s'ouvre ainsi à moi.

Elle poursuivit :

— Venons-en à ma requête. D'après ce que m'a indiqué Mme Gelsen, ta gouvernante, tu prends des cours au conservatoire avec M. Ivan. Or le rêve d'Ella est d'entrer au conservatoire. Depuis qu'elle a les capacités physiques de soulever ses instruments, elle en joue, apprenant à travers des livres que j'ai réussi à lui procurer grâce à des dons de bibliothèques. Je n'ai moi-même aucune capacité musicale, tu comprends, mais au fil des ans j'ai remarqué le talent d'Ella. Je lui ai souvent demandé de jouer pour M. Baudin lors de ses visites, mais elle a toujours refusé, par peur de recevoir des critiques. C'est assez extraordinaire que tu aies réussi à la convaincre de jouer pour toi.

C'était un plaisir de l'entendre.

— Dis-moi, toi qui t'y connais, est-elle prometteuse ?

Infiniment.

Une expression de soulagement traversa le visage de Mme Gagnon.

— Je suis heureuse que mon oreille musicale soit encore assez bonne pour détecter le talent quand je l'entends. Crois-tu qu'elle aurait le niveau pour suivre des cours au conservatoire ?

Sans aucun doute.

— Comme tu peux l'imaginer, ses chances d'entrer au conservatoire en premier cycle sont minces, étant donné les tarifs. Elle aurait besoin d'une bourse et je crois avoir compris que celles-ci sont encore plus rares que les diamants bleus. (L'analogie choisie par Mme Guignon me mit encore plus mal à l'aise.) Peut-être as-tu deviné ce que je m'apprête à te demander, Ar. Pourrais-tu essayer de convaincre M. Ivan de donner des cours à Ella ?

Je me raidis. Comment étais-je censé m'y prendre ? Qui paierait ? Et si Ella apprenait que j'avais échoué ?

M. Ivan n'enseigne que le violon.

— Je suis certaine qu'il connaîtrait des professeurs appropriés pour développer le talent d'Ella.

Et le paiement ?

— Bien sûr. J'ai un compte épargne sur lequel j'ai accumulé une somme non négligeable pour ma retraite, mais je ne vois aucun meilleur usage de mes économies que d'aider à réparer un tort dont je suis responsable.

Mme Gagnon était immobile et continuait de me regarder droit dans les yeux. Derrière sa posture rigide, je sentais qu'elle redoutait un peu ma réponse. De toute évidence, ses remords étaient réels et, après tant d'années, elle me voyait comme une sorte de réponse à sa culpabilité.

Je peux essayer.

— Formidable ! J'en suis très heureuse. Inutile de préciser que je ne vais pas informer Ella de la tâche secrète que je t'ai confiée. Cela doit rester entre nous, tant que le résultat n'est pas positif.

Merci.

Son soulagement était palpable.

— Je veillerai à ce que tes efforts soient récompensés, jeune homme. Peut-être que dorénavant, lors de tes visites, tu pourrais avoir la permission d'être seul avec Ella dans cette salle, ou dans l'un des bureaux, à l'écart du bruit des foules. (Mes yeux s'illuminèrent.) Uniquement dans le but d'améliorer sa technique musicale, bien entendu. Je continuerai de te surveiller comme un faucon. (À ma grande surprise, elle sourit.) Merci, Ar. Tu es quelqu'un de bien.

15

M. Ivan leva ses bras décharnés en l'air.

— Qu'est-ce qui te tracasse aujourd'hui, petit monsieur ? Ces dernières semaines, tu as énormément progressé. Tes épaules sont beaucoup plus détendues. C'est très positif ! Je savais que cela te ferait du bien de passer du temps avec tes pairs. (Je n'interrompis pas M. Ivan pour préciser que c'était *une* paire plutôt que *des* pairs qui avait permis cette amélioration.) Mais aujourd'hui, tu es raide comme une statue ! Je te sens tendu et angoissé. Dis-moi, qu'est-ce qui te préoccupe ?

M. Ivan avait vu juste. Après quelques séances où j'avais veillé à suivre méticuleusement toutes ses instructions, souri à tous ses mots d'esprit et hoché la tête d'un air compatissant tandis qu'il fulminait contre le salaire qu'offraient certains orchestres, j'avais prévu ce jour-là de lui parler d'Ella. Je posai mon stylo sur ma feuille.

Merci de m'avoir suggéré de participer aux récréations des Apprentis d'Auteuil. Cela m'a changé la vie.

M. Ivan haussa les épaules d'un air suffisant.

— Inutile de me remercier, jeune homme. (Il tapota sa tempe de son index.) Qu'on ne dise pas que je ne sais pas comment obtenir le meilleur de mes élèves, quel que soit leur âge. Mais cela ne répond pas à ma question. Pourquoi es-tu si tendu aujourd'hui ? Est-ce que tout se passe bien chez les Landowski ?

Oui, merci. M. Landowski et sa famille sont aussi charmants que d'habitude. J'ai une question à vous poser, d'ordre personnel.

— Oh. Je t'écoute alors. Ne sois pas gêné, mon garçon. Nous sommes émigrés, ne l'oublie pas. Nous devons nous entraider. (M. Ivan s'appuya contre le dossier de son fauteuil et croisa les bras.) Est-ce une question qui concerne… l'anatomie ? Tu es gêné de demander à M. Landowski ou à Mme Gelsen ? N'hésite pas. Je me souviens que, dans ma jeunesse, j'avais été surpris d'apprendre que le corps masculin connaît certains changements qui…

J'agitai les bras en secouant vivement la tête. Je n'avais *aucune* envie d'avoir ce genre de conversation avec M. Ivan, ni avec quiconque d'ailleurs. Je griffonnai à la hâte.

C'est au sujet d'un enfant de l'orphelinat et de son talent musical.

— Oh… je vois. Je vais contacter Baudin pour lui demander d'écouter le garçon en question. Il pourra alors lui indiquer directement comment accroître ses chances d'admission au conservatoire. D'accord ? Tu vois ! Parfois il est facile de résoudre les problèmes. Ce n'était pas la peine de te mettre dans un tel état de stress. Bon, reprenons le Tchaïkovski.

J'avais déjà commencé à écrire.

C'est une fille.

— Toutes mes excuses, je n'aurais pas dû partir du principe qu'il s'agissait d'un garçon. Je pensais juste que tu passerais le plus clair de ton temps là-bas à jouer aux billes et à comploter avec d'autres garçons de ton âge. Dans tous les cas, je dirai à Baudin de l'écouter et de l'évaluer.

J'avais senti que cette tâche ne serait pas si simple que cela.

Je souhaitais me renseigner sur la possibilité qu'elle suive des cours au conservatoire, comme moi.

Il y eut une longue pause pendant laquelle M. Ivan absorbait ces informations. Puis il me regarda d'un air perplexe avant d'éclater de rire.

— Oh, non ! Clairement, c'était une erreur de t'envoyer aux Apprentis d'Auteuil. Maintenant tu vas essayer de nous envoyer tous les enfants que tu y croises. (Il gloussa encore un peu, puis se tapa sur les cuisses.) Comme je pense que tu le sais déjà, ce ne serait pas possible. Le conservatoire accueille des étudiants de premier cycle universitaire et au-delà. Nous ne sommes pas une école de musique pour les bébés. De nombreux tuteurs consacrent leur temps à l'écoute des crissements et autres grincements que produisent les enfants. Je suis sûr que je pourrai te trouver le nom de quelqu'un disposé à donner des cours à ta jeune amie. D'accord ? Allez, le morceau de Tchaïkovski.

Elle est complètement autodidacte. Je l'ai entendue jouer et elle a un talent fou. Je crois que seuls des cours au conservatoire lui seraient utiles.

— Oh, je vois. Voilà qui change tout. (M. Ivan plaça ses mains autour de sa bouche pour mimer un porte-voix et fit mine de crier.) Le jeune prophète a décrété que seuls les cours du conservatoire aideront son amie ! Libérez les emplois du temps et mobilisez les professeurs ! Notre petit éclaireur a trouvé le prochain grand génie ! (Je baissai la tête.) Ar, je ne doute pas de la pureté de tes intentions et tu essaies juste d'aider ton amie, mais tu n'es qu'un petit garçon, ici uniquement parce que M. Landowski connaît M. Rachmaninoff. Sans cette relation, malheureusement, je n'aurais jamais accepté de te recevoir. Pour ne rien te cacher, je pensais t'écouter par simple courtoisie, rien de plus. En revanche, si j'ai ensuite accepté d'être ton professeur, c'est grâce à tes capacités uniques. Tu disposes d'une… maturité tout à fait exceptionnelle pour un garçon de ton âge. Tu es donc l'exception qui confirme la règle : le conservatoire n'accepte pas d'enfants, point. Allez, s'il te plaît, le Tchaïkovski.

Elle aussi est unique car elle est autodidacte. Je ne peux imaginer la force mentale qui…

M. Ivan m'arracha la feuille des mains et la jeta à terre.

— Ça suffit ! Le Tchaïkovski, Ar !

Les mains tremblantes, je saisis mon violon et plaçai mon visage sur la mentonnière. Je pris l'archet et me mis à jouer.

Avant que je ne m'en rende compte, des flots de larmes se déversaient sur mes joues et ma respiration était devenue irrégulière, provoquant une pléthore d'erreurs. M. Ivan se prit la tête entre les mains.

— Arrête-toi, Ar. Je te demande pardon. Ma réaction était exagérée. Je suis désolé.

Ses excuses ne servirent à rien ; les vannes s'étaient ouvertes et je n'arrivais plus à les refermer. Cela faisait si longtemps que je n'avais pas sangloté ainsi. Il y avait eu des nuits sombres lors de mon voyage au cours desquelles mon corps avait été secoué de sanglots, mais il était simplement trop déshydraté pour produire des larmes. M. Ivan fouilla dans les tiroirs de son bureau et sortit un mouchoir.

— Il est propre, précisa-t-il en me le tendant. Encore une fois, jeune homme, je n'aurais pas dû hausser le ton. Tu essayais juste d'aider quelqu'un. Ce qui est tout à ton honneur.

Il me plaça une main réconfortante sur l'épaule. Cela ne servit à rien. Je pleurais encore et encore. Le fait d'avoir été grondé avait été le simple élément déclencheur d'un déversement d'émotions trop longtemps réprimées. Je pleurais pour mon père, pour ma mère, et pour le garçon que je considérais comme un frère mais qui souhaitait désormais ma mort. Je pleurais pour toutes les vies que j'aurais pu mener si je n'avais pas été obligé de m'enfuir. Je pleurais en songeant à la générosité de M. Landowski et à la chance que j'avais eue que M. Ivan m'accepte comme élève. Je pleurais d'épuisement, de chagrin, de désespoir, de gratitude, mais peut-être surtout d'amour. Je pleurais parce que je n'allais pas pouvoir offrir à Ella l'opportunité qu'elle méritait. Mes sanglots durèrent probablement une bonne quinzaine de minutes, pendant lesquelles M. Ivan garda stoïquement la main sur mon épaule en répétant « Allons, allons », encore et encore. Le pauvre. Il ne s'attendait sûrement pas à une réaction aussi spectaculaire en me grondant. Il n'était sans doute pas confronté à ce genre de problèmes avec ses étudiants.

Enfin, mon puits intérieur se tarit et je pris de profondes inspirations.

— Mon Dieu. Je dois dire que même si j'avais tort de m'en prendre à toi, c'était une réaction drôlement extrême. Est-ce que ça va maintenant ? (Je hochai la tête, m'essuyant le nez sur ma manche.) J'en suis heureux. Inutile de dire que je pense qu'il vaut mieux nous en tenir là pour aujourd'hui.

Je suis désolé.

— Pas besoin de me présenter des excuses, petit monsieur. Je vois bien que ce qui te ronge va au-delà de cette histoire. Est-ce que cela t'aiderait de te confier à une oreille amicale ? Ou plutôt, à des yeux amicaux ? N'oublie pas que nous sommes des émigrés et que, même s'il nous arrive de nous disputer, il y a entre nous un lien éternel.

Je commençai à écrire, puis m'arrêtai. Peut-être était-ce dû à une réaction chimique produite par mes larmes, mais je me sentais soudain enveloppé d'une grande sérénité. Si je parlais, quelle était la pire chose qui pourrait m'arriver ? Peut-être cela mènerait-il à ma mort. Alors, au moins, je partirais dans l'au-delà rejoindre ma mère, et peut-être mon père aussi. Tout semblait tellement vain. Le désir de me décharger de mon fardeau me fit perdre la raison. Je commis donc l'impensable. J'ouvris la bouche.

— Si vous voulez bien m'écouter, je vais vous raconter mon histoire, monsieur, me lançai-je, dans ma langue maternelle.

M. Ivan marqua un temps d'arrêt.

— Nom d'un chien…

— Je ne suis pas vieux, mais le récit de ma vie est déjà bien long. Je ne crois pas pouvoir tout relater en l'espace des dix minutes qu'il nous reste.

— Non, non, bien sûr que non. Bon, je vais annuler mon prochain cours. C'est important. Et ta gouvernante ? Je vais laisser un message à la réception indiquant que nous prolongeons la leçon d'aujourd'hui pour préparer un récital.

Il bondit de son fauteuil, manquant de se prendre les pieds dans sa chaise en bois.

— Merci, monsieur Ivan.

Je mentirais si je disais qu'il n'était pas agréable de le voir ainsi pris de court, pour une fois. Me servir de ma voix était un peu comme étirer un muscle après des mois de repos à la suite d'une blessure. Le son était frais et étrange, presque comme si elle ne m'appartenait pas. Évidemment, je l'avais utilisée ici et là, pour me rappeler que je n'avais pas perdu l'usage de la parole et pour remercier M. Landowski quelques semaines plus tôt. Toutefois, la phrase que je venais de prononcer était la plus longue qui était sortie de ma bouche depuis de nombreux mois.

— Je m'appelle... Ar. Je m'appelle Ar.

Ma voix était plus grave que dans mon souvenir, mais elle était stable, ce n'était donc pas la mue qui arrivait. Quelle étrange sensation.

M. Ivan revint dans la pièce en trébuchant.

— Ça y est, nous sommes prêts.

Il se rassit dans son fauteuil et me fit un geste.

Je fermai les yeux, inspirai profondément et lui racontai ma véritable histoire.

Le récit dura près d'une heure, au cours de laquelle M. Ivan garda le silence, les yeux ronds, captivé par les informations choquantes que je lui révélais. Lorsque j'arrivai enfin à ma conclusion, au moment où Bel m'avait découvert sous la haie de M. Landowski, un silence stupéfait s'installa dans la pièce.

— Mon Dieu... mon Dieu... mon Dieu... (M. Ivan continuait de répéter la même chose, secouant la tête et se rongeant les ongles tandis qu'il cherchait ses mots.) Jeune Ar... Ou *pas* Ar, comme nous le savons tous les deux, je ne sais tout simplement pas quoi dire. (Il se leva et m'attira contre lui, m'étreignant si fort que je manquai d'étouffer.) Mais j'en étais sûr ! Nous autres émigrés sommes forts, Ar. Plus forts que quiconque pourrait l'imaginer.

— Monsieur Ivan, si quelqu'un venait à l'apprendre...

— Je t'en prie, petit monsieur. Nous sommes liés par notre lieu de naissance. N'oublie pas que je comprends la terre d'où tu viens et les traumatismes que tu as vécus. Je te jure, sur les tombes de ma famille, que je ne révélerai jamais un mot de ce que tu viens de me confier.

— Merci, monsieur.

— Ton histoire m'a ému, et je crois que tes parents seraient très fiers de toi, Ar. Ton père… crois-tu vraiment qu'il soit encore en vie ?

— Je ne sais pas.

— Et le… l'objet que tu as mentionné, est-il toujours en ta possession ?

Peut-être avais-je été trop loin en révélant cet aspect de l'histoire à M. Ivan. Comme je l'avais appris, la cupidité pouvait infecter les esprits et faire perdre la raison. Il perçut mon hésitation.

— Ne crains rien, je ne m'y intéresse absolument pas, sois-en assuré. Je veux juste te dire que tu dois le protéger à tout prix. Non pas pour sa valeur matérielle, tu comprends, mais parce qu'il pourrait un jour être un outil de négociation pour te sauver la vie.

— Oui. D'accord.

— Je suis heureux de l'entendre. À présent, s'il te plaît, parle-moi d'Ella. Après tout ce que tu as enduré, je comprends l'importance d'avoir une telle amie dans ton existence.

Je lui racontai son histoire.

— C'est une personne extraordinaire, qui reste positive et courageuse malgré sa situation. Je crois que c'est un peu comme la gravité, elle attire tout le monde à elle.

Il éclata de rire.

— Ah, je comprends maintenant. Je pense qu'elle n'attire peut-être pas *tout le monde* à elle, mais toi seulement. Que Dieu te garde, jeune homme, comme si tu n'avais pas déjà assez de problèmes comme ça, te voilà amoureux !

— Je ne sais si c'est possible d'être amoureux à onze ans.

— Ne dis pas de bêtises, petit monsieur ! Bien sûr que si ! L'amour se fiche de ton jeune âge. Il t'a attrapé et maintenant il te mène par le bout du nez.

— Je suis désolé.

— Désolé ? Je t'en prie, il n'y a pas de quoi être désolé, bien au contraire ! Si tu étais plus vieux, je te servirais un verre de vodka pour fêter ça et nous discuterions de ta passion jusque tard dans la nuit.

— Accepterez-vous de la voir, monsieur Ivan ?

— Si je découvre que tout ce que tu m'as raconté n'est qu'une ruse élaborée pour que ta petite amie pousse les portes du conservatoire, les feux de l'enfer s'abattront sur toi… (Il soutint mon regard, avant de sourire de toutes ses dents.) Je plaisante, petit monsieur. Bien sûr que nous la verrons. M. Toussaint enseigne la flûte et M. Moulin l'alto. Elle aura son audition. Inutile de préciser, toutefois, que *si* nous nous arrangeons pour qu'elle suive des cours ici, les professeurs ne travailleront pas gratuitement.

— Les frais seraient couverts par une personne charitable de l'orphelinat.

— Très bien. Je vais organiser cela et je te tiendrai au courant lors de ton prochain cours. Dois-je supposer que, la prochaine fois que tu franchiras ma porte, tu seras redevenu muet ?

Je réfléchis un instant.

— Non, monsieur. Nous sommes liés par notre lieu de naissance.

— Ta confiance m'honore, petit monsieur. Tu ne regretteras pas de me l'avoir accordée. (Je hochai la tête et tendis la main vers la poignée.) Une dernière chose. Tu m'as tout révélé à part ton vrai nom. Veux-tu bien le partager avec moi ?

Je m'exécutai.

— Ah, je comprends enfin.

— Quoi donc ?

— Pourquoi, quand tu joues, tu portes le poids du monde sur tes épaules.

* * *

Au bout du compte, l'audition d'Ella avait été une formalité. M. Ivan s'en était sans doute assuré quand il l'avait organisée.

— Ar, j'ai dû raconter un petit mensonge pour garantir que ta petite amie soit acceptée parmi nous.

— Ce n'est pas ma petite amie, monsieur.

— Bien sûr que si. Enfin bon, inutile de dire que les autres professeurs ne seraient pas très contents que le conservatoire se transforme en crèche.

— Quel était le mensonge ? demandai-je avec angoisse.

— Simplement que ta jeune amie a un lien avec M. Rachmaninoff et que lui-même souhaite que ses talents musicaux soient guidés au mieux pour s'épanouir.

— Serge Rachmaninoff ?

— Lui-même. Une idée de génie, tu ne trouves pas ?

— Mais, monsieur, je ne comprends pas. Ella vit à l'orphelinat !

— Ar, comment dire ça avec tact… Même s'il est véritablement bienveillant et talentueux, M. Rachmaninoff est connu pour avoir des protégées, dont beaucoup ont résidé à Paris. Il est par conséquent tout à fait envisageable que la jeune Ella soit le fruit de l'un de ses batifolages amoureux et que la culpabilité le pousse à agir en conséquence.

— Monsieur Ivan, je ne suis pas certain qu'Ella parvienne à jouer une comédie aussi ridicule, répliquai-je.

— Ce ne sera pas nécessaire, petit monsieur. J'ai informé Toussaint et Moulin que la jeune fille n'était pas au courant de sa parenté et que M. Rachmaninoff serait furieux si elle l'apprenait. Je peux te garantir qu'ils ne diront rien ; ils ne voudraient pas contrarier le « Grand Russe ».

— Monsieur…

— Ar, je suppose que tu souhaites que vous ayez vos cours en même temps ? Les emplois du temps vont devoir être modifiés et la carte de M. Rachmaninoff permettra que cela se fasse sans histoires.

À contrecœur, j'avais accepté d'être complice du stratagème de M. Ivan, songeant que ce mensonge apporterait à Ella une protection supplémentaire. En effet, MM. Toussaint et Moulin n'oseraient pas critiquer trop durement la fille de Rachmaninoff. Même si, je dois l'admettre, j'avais honte de ternir la réputation de ce grand compositeur.

C'est ainsi qu'Ella et moi devînmes les plus jeunes élèves du conservatoire. Depuis peu, Évelyne me permettait de prendre le bus tout seul pour me rendre à Paris, à condition que je vienne la voir à mon retour pour qu'elle sache que tout s'était déroulé sans encombre. Cette préoccupation me faisait sourire étant donné tout ce que j'avais traversé ces dix-huit derniers mois, mais c'était merveilleux que quelqu'un s'intéresse tant à mon bien-être.

À l'issue de nos leçons, avant de retourner aux Apprentis d'Auteuil, Ella et moi avions pris l'habitude de nous arrêter chez un petit glacier avant de nous promener le long de la Seine. C'était un privilège offert par Mme Gagnon qui m'était éternellement reconnaissante d'avoir réussi à faire entrer sa pupille au conservatoire. D'ailleurs, au fil des semaines, nous avions commencé à repousser les limites, osant rentrer de plus en plus tard. Parfois, nous emportions livres et crayons au bord de l'eau. Ella lisait à voix haute et je dessinais. Je ne me vanterais pas d'être particulièrement doué, mais peu à peu mes paysages s'amélioraient.

Il y a quelques jours, la tête posée sur mon épaule, Ella lisait à haute voix *Notre-Dame de Paris*. Je me détournai du marronnier dont j'essayais de tracer les contours pour regarder ses cheveux blonds, puis le fleuve qui déferlait. Le soleil printanier dansait sur les ondulations de l'eau.

— « L'amour est comme un arbre : il pousse de lui-même, jette profondément ses racines dans tout notre être, et continue souvent de verdoyer sur un cœur en ruine. Et ce qu'il y a d'inexplicable, c'est que plus cette passion est aveugle, plus elle est tenace. Elle n'est jamais plus solide que lorsqu'elle n'a pas de raison en elle… » Crois-tu que ce soit vrai, Ar ? Peut-on être aveuglé par l'amour ?

Elle leva les yeux vers moi. Je secouai la tête.

Au contraire, je crois que l'amour nous permet enfin d'ouvrir véritablement les yeux.

Je soutins son regard. Ella leva la tête pour m'embrasser. Son baiser fut plus long qu'auparavant et ses lèvres chaudes remuèrent délicatement contre les miennes. Quand elle s'écarta, je ressentis une grande légèreté et des papillons dans le ventre. Je ne pus m'empêcher de rire, ce qui la fit rire, elle aussi. Enhardi, je saisis sa main dans la mienne. Chaque fois que nous nous sommes vus depuis, je ne l'ai plus lâchée.

Près d'elle, je me sens en sécurité. Avant de la connaître, je pensais qu'on avait ce sentiment quand on était bien au chaud, qu'on avait de quoi se nourrir et de l'argent à la banque. Mais Ella m'a appris qu'on pouvait vivre heureux sans avoir tout cela, tant qu'on était avec quelqu'un qu'on…

Après bien des réflexions et des débats intérieurs, je suis arrivé à la conclusion que, oui : je suis follement, éperdument, passionnément amoureux d'Ella Leopine.

16

J'espère que ma capacité à écrire n'a pas régressé au cours des derniers mois. En réalité, depuis que j'ai osé parler à M. Landowski, je n'ai pas ressenti le besoin d'écrire un journal pour mes gentils hôtes et, si vous lisez ceci, vous noterez que j'ai arrêté d'insérer des passages insipides visant à contenter un éventuel regard indiscret. En effet, je fais désormais entièrement confiance aux Landowski. Ils continuent généreusement de me nourrir et de m'offrir un toit.

Je suppose que je trouvais apaisant de coucher mes pensées intimes sur le papier. Bien sûr, la plupart des personnes peuvent les exprimer verbalement à un ami ou à un parent mais moi, je n'avais pas ce luxe. Désormais, j'ai M. Ivan à qui parler et, pour ce qui est de garder mes secrets, il a été fidèle à sa parole. Au début du semestre d'automne, il m'annonça que nous devions discuter.

— Ar, pendant l'été, j'ai longuement réfléchi à tes progrès. Beaucoup envieraient la vie que tu mènes : des cours au conservatoire, l'opportunité de travailler auprès d'un sculpteur à la renommée internationale… sans parler de l'attention que t'accorde une certaine blonde aux yeux bleus de cet étage.

Je rougis.

— Oui. Je me sens très reconnaissant.

— Et pourtant… nous n'avons toujours pas réussi à *véritablement* débloquer tes épaules.

— Comment cela ?

— Je suis convaincu que tu possèdes les capacités pour devenir un musicien virtuose. D'ailleurs, ton talent au violon est déjà nettement supérieur à celui de beaucoup de violonistes professionnels.

— Merci, monsieur.

— Mais tes épaules… ça ne va pas. Je ne crois pas qu'il s'agisse d'un problème que nous puissions régler aussi facilement.

— Oh.

Cette évaluation franche de M. Ivan eut sur moi l'effet d'un coup de poignard.

— Ne prends pas cet air démoralisé, jeune homme. Je continuerai de te donner des cours de ton instrument préféré, bien sûr. Mais j'insiste pour que nous en ajoutions un autre à ton répertoire. (Il se leva et se dirigea vers un grand étui appuyé contre son bureau.) Tu as beaucoup grandi pendant l'été, ce qui nous sera d'une aide précieuse. Que penses-tu du violoncelle, Ar ?

En toute honnêteté, je n'avais aucune opinion à ce sujet et le lui fis savoir.

— C'est un instrument magnifique. Doux, sonore, transcendantal… il possède une large gamme de couleurs, du registre calme et solennel des graves aux élans de passion des aigus. Il me fait un peu penser à toi. Au cours de ta vie, tu as connu d'immenses souffrances. Et pourtant, tu dégages quelque chose d'héroïque. Je ne peux m'empêcher de penser que, malgré toutes les tragédies de ton passé, un grand destin t'attend.

— Au violoncelle ?

M. Ivan se mit à rire.

— Peut-être au violoncelle, oui. Peut-être ailleurs. Ce que je veux dire, c'est que le violoncelle recèle une double personnalité. D'un côté, il joue la partie de la basse, solide et parfois mélancolique, mais d'un autre côté, il aspire à la passion d'un ténor héroïque. Je crois qu'il te conviendra.

— Je n'ai jamais joué d'un instrument aussi volumineux. Mais je suis prêt à essayer tout ce que vous me suggérerez.

— Formidable. Le point fort de mon idée, évidemment, c'est que le violoncelle repose confortablement entre les jambes. Il ne sera pas nécessaire d'utiliser tes lourdes épaules comme pour le violon. Il se trouve qu'il s'agit de mon deuxième instrument, donc je te l'enseignerai moi-même.

J'ai donc commencé à jouer du violon le mardi et du violoncelle le vendredi. Au départ, il était pour moi très étrange d'avoir un aussi gros objet entre les jambes et de tenir mon archet au niveau du ventre. Mais je me suis plongé dans ce nouvel apprentissage avec ardeur et enthousiasme, et je suis satisfait de mes progrès. Bien sûr, ne possédant pas de violoncelle, je ne peux pas m'entraîner à la maison. Cela a aiguisé mon esprit et a alimenté mon désir de profiter pleinement de mes cours au conservatoire.

Je suppose que j'ai ressenti le besoin de reprendre la plume ce soir car nous sommes le 24 décembre et que mon père me disait que Noël est un bon moment pour faire le bilan de l'année qui vient de s'écouler et pour s'imprégner du temps qui passe. Par conséquent, j'ai beaucoup pensé à Bel… mais peut-être pas autant qu'à M. Brouilly, qui est une épave depuis son retour du Brésil. Inutile de dire que je continue d'assister M. Landowski à l'atelier car Laurent, bien que présent physiquement, a la tête complètement ailleurs.

Il y a quelques jours, il m'a entendu pratiquer *Au matin* sur un banc devant l'atelier et s'est approché, les larmes aux yeux.

— Où as-tu appris à jouer comme ça ? Qui t'a donné ce violon ? Landowski ? (Je hochai la tête.) Je vois que, comme tout artiste, tu t'exprimes à travers ton art. Tu possèdes un don, vraiment. Prends-en soin, d'accord ?

Je souris et hochai de nouveau la tête, et M. Brouilly posa une main sur mon épaule. Il me fit un petit salut, puis partit noyer son malheur dans les bars de Montparnasse, un endroit où il semblait passer tout son temps libre.

Hier soir, je fus réveillé par d'étranges lamentations dans le jardin. Je consultai mon horloge. Il était à peine deux heures passées. À moins que le Père Noël ait décidé de faire une halte particulièrement précoce à l'atelier Landowski, ce bruit provenait de quelqu'un de bien réel. Je pris la bourse en cuir entre mes cuisses et l'accrochai autour de mon cou. Puis j'ouvris la fenêtre et regardai dans la cour en contrebas. J'aperçus la silhouette de M. Brouilly et, à côté de lui, plusieurs bouteilles. J'en conclus rapidement qu'il serait vain d'essayer de me rendormir, d'autant que mon père m'avait appris qu'à Noël, nous devions aider notre prochain. Je saisis donc mon manteau le plus chaud, avant d'ouvrir doucement la porte de ma chambre, de descendre sur la pointe des pieds et de sortir de la maison. Je suivis le bruit des sanglots dans la cour et découvris M. Brouilly, la tête entre les mains. Je songeai qu'il avait été bien inspiré de choisir de pleurer sous ma fenêtre, à l'arrière de la maison, plutôt que sous les fenêtres de la famille à l'avant.

Tandis que j'approchais, j'exagérai volontairement le bruit de mes pas afin qu'il m'entende arriver et ne me prenne pas pour l'Esprit des Noëls passés. Cela eut l'effet désiré : Brouilly se retourna, faisant tomber une bouteille. Instinctivement, je posai un doigt sur mes lèvres et mimai quelqu'un en train de dormir.

— Ar. Je suis désolé, dit-il en reniflant. Je t'ai réveillé ? (J'opinai du chef.) Oh non. J'ai honte. C'est toi l'enfant ici, pas moi.

J'allai m'asseoir à côté de lui. Il me regarda, un peu perplexe.

— Je ne vais plus faire de bruit, promis. Tu peux retourner te coucher.

Je montrai du doigt la lune, puis son cœur.

— M. Landowski est bien gentil de me garder, alors qu'en ce moment je suis aussi utile que du chocolat fondu. (Brouilly s'esclaffa soudain.) Il a même accepté de m'envoyer au Brésil, alors qu'il savait pertinemment que j'avais d'autres raisons de vouloir y aller que de veiller à la bonne livraison du *Cristo.* C'est un grand homme.

Je me pointai du doigt.

— Tu as raison. Il a fait preuve d'une incroyable humanité envers nous deux. Tu as drôlement grandi en mon absence. Et épaissi aussi. Et pas uniquement physiquement. Je suis ravi de voir que tu commences à t'épanouir. Bel en serait si heureuse. Si seulement je pouvais le lui dire.

Je haussai les sourcils, puis les épaules.

— Tu veux savoir ce qui s'est passé ? En vérité, j'essaie encore de le comprendre moi-même. Nous étions ensemble à Rio. Mais nous savions tous deux que je devais retourner à Paris. Je ne pouvais pas passer à côté de l'opportunité de travailler avec M. Landowski. Je l'ai suppliée de m'accompagner et de quitter ce petit mollusque pathétique de Gustavo. Je croyais qu'elle me choisirait, moi. Mais non. Voilà, Ar. Je ne comprendrai peut-être jamais pourquoi. (Brouilly éclata en sanglots et je plaçai une main sur son épaule.) Depuis mon départ, si je ne m'abuse, tu as rencontré une amie qui a pris beaucoup d'importance dans ta vie, n'est-ce pas ?

Je hochai la tête avec compassion.

— Peux-tu imaginer ton existence sans elle ?

Cette fois, je secouai la tête.

— Alors, jeune homme, peut-être es-tu en mesure de comprendre un peu mon triste destin. (Ses sanglots reprirent.) Tu connais la douceur de Bel mieux que quiconque. Sans elle, après tout, tu ne serais pas là.

C'était bien vrai. En toute honnêteté, j'étais un peu étonné que M. Brouilly soit revenu à Paris. D'après ce que j'avais vu de la relation entre Bel et Laurent à l'atelier, il ne faisait aucun doute dans mon esprit qu'ils s'aimaient. J'aurais parié n'importe quoi sur une fugue des deux tourtereaux au bout du monde, là où ils auraient pu vivre heureux, juste tous les deux. Mais bien sûr, comme je l'avais déjà appris, parfois l'amour ne suffisait pas à réunir deux êtres dans la durée.

— Tu sais, elle n'est même pas venue me dire au revoir. Peut-être aurait-elle trouvé cela trop traumatisant. Elle a préféré envoyer sa bonne pour me remettre ceci. (Brouilly sortit de sa poche un objet blanc et lisse.) Sais-tu ce que c'est, Ar ?

Je plissai les yeux et, grâce à la lueur de la lune, reconnus ce que me montrait Laurent.

— Un morceau du *Cristo* lui-même, expliqua-t-il. C'est devenu une tradition parmi les ouvriers d'écrire des messages d'amour éternel au verso des carreaux de mosaïque et de les apposer à la statue pour toujours. Tiens.

Il me tendit l'objet et je le regardai attentivement. Non sans difficulté, je déchiffrai l'inscription :

30 octobre 1929
Izabela Aires-Cabral
Laurent Brouilly

—J'ai beaucoup réfléchi à sa décision de me donner ce fragment. Par cet acte, elle a choisi de ne pas sceller notre amour pour l'éternité, mais de me le rendre. Par conséquent, je ne souhaite pas le garder. S'il te plaît. Prends-le.

J'essayai de le lui redonner de force, mais Laurent ne l'acceptait pas.

— Peut-être ne comprends-tu pas, Ar. Si le *Cristo* reçoit le succès que je lui prédis, ce petit morceau de mosaïque aura un jour une certaine valeur. C'est un cadeau. Peut-être le vendras-tu. (Il se leva, chancelant légèrement contre le mur.) Ou peut-être le garderas-tu précieusement. Pour te rappeler que tu ne dois jamais perdre la personne que tu aimes. Sans quoi tu deviendras comme moi !

Je me levai à mon tour.

— Perdre l'amour de sa vie est une malédiction, Ar. Ça fait mal. Pas uniquement dans la tête. C'est une douleur physique. J'espère pour toi que tu n'auras jamais à vivre ce que je ressens. (Il se pencha pour attraper la seule bouteille qu'il n'avait pas encore complètement vidée et but une gorgée d'un air théâtral, avant de lever les yeux vers la lune.) Étrange, tu ne trouves pas ? Elle est à l'autre bout du monde mais, en ce moment, elle doit être en train de regarder la même chose que moi. (Il ferma les yeux et resta quelques instants immobile.) Allez, bonne nuit, jeune homme. J'ai hâte de travailler à tes côtés dans l'atelier. Et joyeux Noël.

Sur ces mots, Laurent Brouilly s'éloigna dans la nuit en titubant.

Je regagnai ma chambre et plaçai le morceau de stéatite avec l'objet que je continuais de protéger, avant de me recoucher et de placer la bourse entre mes cuisses. La souffrance de Brouilly était profonde et viscérale. Je fis monter une prière silencieuse à mes Sept Sœurs, leur demandant de veiller sur lui et, bien sûr, sur Bel aussi.

* * *

Le jour de Noël fut magique. Sous l'immense sapin, magnifiquement orné de bougies et de décorations en papier, je fus stupéfait de découvrir un cadeau qui m'était destiné.

— Le Père Noël a été très impressionné par la façon dont tu as aidé M. Landowski en l'absence de M. Brouilly et a donc souhaité te récompenser, me dit Mme Landowski en souriant.

La forme du paquet était révélatrice de son contenu. Je retirai délicatement le papier cadeau marron, puis ouvris le grand étui en cuir qu'il dissimulait. Je posai alors les yeux sur l'un des instruments les plus sublimes que j'aie jamais vus. L'avant du violoncelle était en épicéa brillant, l'arrière et les côtés en érable. Il était si bien lustré que j'y voyais mon reflet et, quand je le sortis complètement de l'étui, une agréable odeur d'amande et de vanille m'emplit les narines.

M. Landowski me posa la main sur l'épaule.

— Il a été fabriqué par l'artisan allemand G. A. Pfretzschner donc, sauf accident, tu pourras le garder toute ta vie. M. Ivan prévoit que tu grandiras vite, alors j'ai pensé qu'une taille adulte conviendrait. Je me suis renseigné moi-même. (Mme Landowski lui lança un regard réprobateur.) Enfin, le Père Noël m'a demandé de me renseigner pour lui.

Instinctivement, je me jetai à son cou.

Cependant, recevoir ce généreux cadeau fut loin d'être le plus beau moment de la journée. La famille était au courant pour Ella, grâce aux conversations régulières entre M. Landowski et M. Ivan. Ils avaient donc eu la gentillesse de suggérer que je l'invite pour le dîner. Bien que j'aie été un peu nerveux au départ, ce fut finalement très gai et mon cœur se gonfla de joie face à toutes ces personnes si chères réunies autour d'une même table. Ella, bien sûr, s'en sortit à ravir, captivant les Landowski avec son charme et sa douceur naturelle.

Après le repas, une certaine mélancolie s'abattit sur la pièce. Un par un, les membres de la famille Landowski s'éclipsèrent pour rejoindre l'un des canapés du salon, accompagnés d'un livre, d'un puzzle, ou pour faire un petit somme. Ella et moi aidâmes à débarrasser la table, après quoi nous enfilâmes notre manteau et je l'emmenai sur le banc, devant l'atelier.

Je lui pris la main et me préparai mentalement. Cela faisait plusieurs semaines que je planifiais cet instant. C'était le jour de Noël, Ella était avec moi, et je savais ce que je voulais faire. Le moment était venu. Je levai les yeux vers mes protectrices étincelantes pour qu'elles me donnent du courage et, enfin, les mots qui me brûlaient les lèvres depuis si longtemps s'échappèrent de ma bouche.

— Je t'aime, Ella.

Elle serra ma main plus fort et ouvrit de grands yeux.

— Dis-moi que je n'ai pas rêvé, Ar ?

— Non.

Son visage s'illumina et elle éclata de rire, avant de me serrer dans ses bras.

— Salut, Ar !

— Salut, Ella, répondis-je, euphorique. Je t'aime.

— Moi aussi, je t'aime ! gloussa-t-elle de ravissement. Oh, Ar, cela fait si longtemps que j'attends que tu me parles. Je savais que tu n'étais pas muet ! Mais dis-moi, pourquoi avoir tant tardé ?

Je regardai le ciel dégagé où scintillaient les Sept Sœurs.

— Avant que je t'explique pourquoi j'ai fait vœu de silence, dis-moi… connais-tu la constellation des Pléiades ?

Ella secoua la tête, n'en revenant probablement toujours pas que nous soyons en train de bavarder.

— Non… je dois avouer que non.

— Dans ce cas, quel meilleur sujet pour notre première conversation ? Cela fait si longtemps que je n'ai pas pu partager leur histoire avec quelqu'un.

Elle posa la tête sur mon épaule.

— Je t'écoute, Ar.

— Vois-tu l'étoile la plus lumineuse dans le ciel ? Juste au-dessus du clocher de l'église ?

— Oui ! Comme elle est belle.

— Elle s'appelle Maia. À présent, si tu regardes bien, tu verras d'autres étoiles brillantes autour d'elle, qui forment un croissant de lune montante.

— Je les vois...

— Il s'agit des six autres Sœurs. Du haut vers le bas : Alcyone, Astérope, Taygète, Célaéno, Électra... et Mérope, la sœur disparue.

— La sœur disparue ? Pourquoi l'appelle-t-on ainsi ? Moi, je la vois.

— Je sais, j'ai toujours trouvé cela intéressant. Je ne peux que supposer qu'elle avait un jour disparu avant d'être retrouvée. J'aime la voir comme une étoile pleine d'espoir. À présent, à la gauche de Mérope, arrives-tu à distinguer deux étoiles brillantes, l'une au-dessus de l'autre ? La plus petite s'appelle Pléioné, et la plus grande... Atlas. (Je pris une profonde inspiration.) Ce sont les parents des Sept Sœurs.

— Tu en parles comme si c'étaient de vraies personnes.

— Qui sommes-nous pour décréter qu'elles ne le sont pas ? La légende dit qu'alors que leur père avait été condamné à porter le poids du monde sur ses épaules, les sœurs étaient poursuivies par l'implacable Orion. Alors, le tout-puissant Zeus a transformé les filles en étoiles pour réconforter Atlas.

Ella avait les yeux brillants en contemplant les cieux.

— Que c'est beau.

— Je trouve aussi. Il y a bien sûr d'autres interprétations, qui ne sont pas aussi romantiques. Mais voilà l'histoire à laquelle j'ai choisi de croire. (Je me tournai de nouveau vers Ella.) J'ai passé une grande partie de ma vie seul, mais jamais sans les étoiles au-dessus de ma tête. Je les considère comme des protectrices. (Je regardai mes pieds.) C'est ce que me disait mon père.

— Ton père ? Où est-il, Ar ?

Je secouai la tête.

— Je l'ignore. Cela fait maintenant des années que je ne l'ai pas vu. Je me suis mis en route pour le retrouver, mais... même si c'est difficile de l'admettre, je ne crois pas qu'il soit encore en vie.

— Et ta mère ?

— Au ciel.

— Je suis navrée, Ar.

J'osai passer mon bras autour de ses épaules.

— C'est une situation dont tu souffres depuis toute petite.

— Et c'est pourquoi je compatis sincèrement. (Elle posa une main sur ma joue.) Je suis tellement désolée.

Ma gorge se serra soudain.

— Merci.

— Dis-moi... pourquoi as-tu choisi de me parler aujourd'hui ? Tu aurais pu ouvrir la bouche n'importe quand, mon chéri !

Je réfléchis un instant à la question.

— Eh bien, c'est Noël après tout - un moment qui nous rappelle que nous ne vivons qu'une fois et que nous ne devons pas perdre un seul instant.

— Voilà qui est très mignon, mais absurde. S'il te plaît, nous sommes tous les deux, seuls. Dis-moi la vérité.

Je levai de nouveau les yeux vers les étoiles. Leur majesté silencieuse et stoïque m'insuffla la confiance dont j'avais besoin pour révéler la vérité à Ella.

— Je ne parle pas de crainte de m'attirer des ennuis si je dis quelque chose qu'il ne faut pas.

— Des ennuis ? répéta-t-elle, soudain inquiète.

— Oui. Mais quand je suis avec toi, je n'ai pas peur. Tu me donnes du courage. Par conséquent, il n'y a pas de raison de garder le silence.

— Oh, Ar. De quoi te protège le silence ?

— Je fuis quelqu'un, Ella. Quelqu'un qui a juré de me tuer. Si je suis à l'abri en ce moment, c'est uniquement parce que mon poursuivant ne sait pas où je me trouve. Si je parle, il y a plus de risques que des informations à propos de mon emplacement se propagent, et je préférerais l'éviter.

— Mon Dieu, Ar, qui souhaite te faire du mal ?

J'hésitai avant de répondre.

— Un autre garçon.

— Un garçon ? Ar, tu aurais dû me le dire plus tôt. J'aimerais beaucoup le rencontrer. Ce qui effraie le plus les petits garçons, c'est une fille plus âgée et plus maligne. Tu as vu comment je contrôle Maurice et Jondrette.

La gentillesse d'Ella me fit chaud au cœur.

— Merci de proposer de me protéger, Ella. Mais des petits garçons comme Maurice et Jondrette n'ont rien de très effrayant. Le garçon que je fuis croit que j'ai fait quelque chose de terrible, et cela le rend extrêmement dangereux.

— Dangereux comment ?

— Il me tient responsable de... la mort de quelqu'un.

— La mort de quelqu'un ?

— Oui.

Nous nous regardâmes dans les yeux et un silence gêné s'installa.

— En étais-tu... responsable ?

— Non. Mais il ne croira jamais la vérité. J'ai donc été forcé de m'enfuir loin de lui. Je crains d'être condamné à le fuir toute ma vie.

— Où est-il maintenant ? En France ?

— Je ne crois pas que cela soit possible, non. J'espère qu'il est encore à plusieurs pays d'ici.

— *Pays* ? Tu as traversé plusieurs pays ?

Je hochai la tête avec solennité.

— Pour le fuir et pour rejoindre mon père. Il était parti pour la Suisse – son pays de naissance – pour essayer de me sauver... et de sauver la famille du garçon aussi. C'est là que je voulais aller quand on m'a découvert évanoui sous la haie des Landowski il y a maintenant plus d'un an.

— Ar... il y a encore tant de choses que je ne comprends pas, mais comment ce garçon aurait-il les moyens de te retrouver ?

— Il y a un élément qui complique tout. (J'inspirai profondément et retirai la bourse de mon cou.) Cet... objet... est la raison de tous ces malheurs.

Je regardai autour de moi pour vérifier que personne ne nous épiait et extirpai l'objet en question. Même dans l'obscurité nocturne et malgré le fait qu'il ait été recouvert de cirage et de colle, il n'en avait pas moins la capacité d'attirer la source de lumière la plus proche et chatoyait sous nos yeux.

— Ar..., souffla Ella, abasourdie.

Je le soulevai pour qu'elle le voie distinctement.

— C'est un diamant.

— C'est impossible, il est énorme. Le plus gros que j'aie jamais vu.

— Je t'assure que ce diamant est bien réel. L'autre garçon croit que je l'ai volé à sa mère et que je l'ai assassinée.

Ella se couvrit la bouche des mains.

— Crois-moi, je t'en prie, quand je te dis que cela ne pourrait être plus éloigné de la vérité. Mais tant qu'il saura que je possède cette pierre, rien ne l'arrêtera pour venir la récupérer et me tuer. Il est malin...

— Aussi malin que toi ?

La gentillesse d'Ella parvint à m'arracher un autre sourire.

— Peut-être. Comprends-tu maintenant pourquoi je ne parle pas ? Et pourquoi tu ne dois pas révéler aux autres que j'en suis capable, ni quoi que ce soit de ce que je t'ai confié ce soir ?

Je rangeai le diamant dans sa bourse en cuir et replaçai le tout autour de mon cou.

— Il faut que tu me racontes ton histoire, Ar – je veux tout savoir.

Je secouai la tête.

— C'est une histoire longue et bouleversante.

Ella se redressa et me regarda d'un air grave.

— Écoute-moi. Je suis ton Ella et je t'aime. Je te promets que quoi que tu me dises ce soir, je l'emporterai dans la tombe. Je te le jure, sous les Sept Sœurs des Pléiades.

En vérité, j'avais terriblement envie de tout lui raconter dans les moindres détails. Néanmoins, il était de mon devoir de la prévenir des conséquences.

— Ella, depuis que tu es entrée dans ma vie, je me sens de nouveau vivant. J'apprécie l'odeur du café bien fort de M. Landowski, la chaleur des couvertures et le bruit de la Seine. Tout cela parce que je t'ai rencontrée.

— Je ressens la même chose, répondit-elle avec tendresse.

— Il faut que tu comprennes qu'en te racontant mon histoire, je mets peut-être également ta vie en danger. S'il t'arrivait le moindre malheur, je ne me le pardonnerais jamais. (Je détachai mon regard d'elle.) D'ailleurs, la vie ne vaudrait plus la peine d'être vécue.

Ella prit mon visage entre ses mains pour que je la regarde à nouveau.

— Mon non plus, je n'aimerais pas vivre sans toi. Mais peut-être que *toi*, tu peux comprendre que je t'accepte *en entier.*

Comment pouvais-je m'opposer à ces yeux bleus ?

— Très bien. Je vais te raconter l'histoire de ma vie.

Je lui racontai tout, depuis ma naissance dans une voiture de train en 1918 jusqu'à ce jour. Je lui parlai de mon père, des hivers rigoureux, des violons et de la contemplation des étoiles, des familles divisées et des ventres affamés. Je lui parlai de l'invention d'« Ar » et lui révélai mon véritable nom, qu'elle ne devrait jamais utiliser.

Elle m'écouta en silence, sidérée. Quand j'eus terminé, je remarquai qu'elle pleurait.

— Pourquoi ces larmes, Ella ?

— Parce que tu es si gentil, et l'univers t'a si mal traité.

— Je pense la même chose de toi. Mais maintenant, nous nous sommes trouvés et nous pouvons compter l'un sur l'autre. À tout moment…

— Et pour toujours, ajouta Ella.

Nous nous étreignîmes sous le regard des Sept Sœurs. En cet instant, nous n'étions plus des enfants, mais deux vieilles âmes, désabusées avant l'heure.

— Mon histoire change-t-elle quelque chose pour toi ?

— Oh que oui, répondit Ella, et mon cœur se serra. Mon amour pour toi s'est encore accru, tout comme mon désir de te protéger.

— Voilà une bonne nouvelle. En toute honnêteté, je craignais que tu sois rebutée par ma voix qui se met maintenant à couiner aux moments les moins opportuns.

Elle éclata de rire.

— Je trouve ça mignon. Et ne t'inquiète pas, j'ai vu d'autres garçons à l'orphelinat traverser cette phase. Ça va passer.

— Quel soulagement !

— Ar…

— Oui, Ella ?

— Il y a un détail que tu as omis. Le garçon qui a juré de te tuer – comment s'appelle-t-il ?

Je fixai les étoiles, conscient que, à l'autre bout du monde, il faisait forcément la même chose.

— Kreeg Eszu.

À bord du *Titan*

Juin 2008

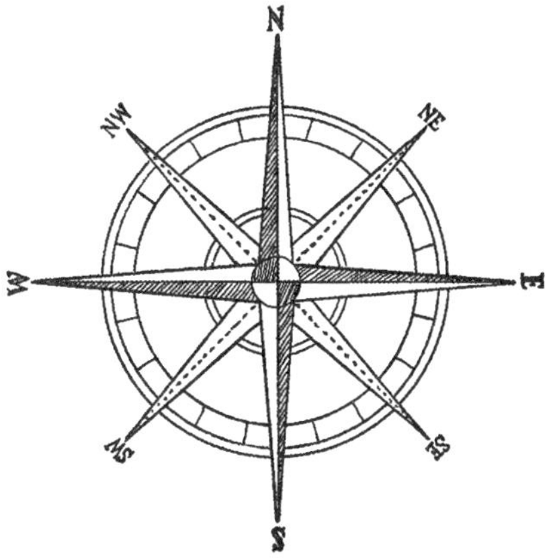

17

Les pleurs de Bear ramenèrent Ally dans le présent et, les mains tremblantes, elle posa les lourdes pages du journal sur la commode de sa cabine.

— J'arrive, mon poussin.

Elle souleva Bear de son berceau où il avait sommeillé paisiblement jusque-là. Le ronronnement sonore des moteurs du *Titan* venait de se calmer et, paradoxalement, il semblait que ce soit ce silence qui l'avait réveillé.

— Le capitaine Hans a dû trouver un endroit où jeter l'ancre pour la nuit, Bear, c'est tout.

Elle s'assit sur le lit et, en mode pilote automatique, berça son enfant sur ses genoux. Elle cligna fortement des yeux, prenant conscience qu'elle avait été si absorbée par sa lecture au cours des dernières heures que l'après-midi avait laissé place au soir. Elle alluma sa lampe de chevet, puis plaça Bear contre sa poitrine tandis que son esprit tourbillonnait. Les autres devaient être aussi abasourdies qu'elle par la révélation que Pa avait bel et bien connu Kreeg Eszu et, surtout, qu'il semblait le fuir. Elle pensait tout particulièrement à Maia, pour qui la vérité devait être encore plus difficile à accepter. Elle était contente que Floriano soit auprès d'elle.

Mais pour Ally, il y avait d'autres éléments à assimiler. L'alias de Pa, Ar, et son amour, Ella... Elle connaissait ces noms. Ils avaient été des amis proches de ses grands-parents, Pip et Karine Halvorsen, et étaient souvent mentionnés dans le manuscrit de *Grieg, Solveig og Jeg*, le principal document grâce auquel Ally avait appris ses origines. Ar n'était autre que Pa. Ses yeux s'embuèrent de larmes tandis qu'elle se remémorait qu'il ne disait pas grand-chose mais était le musicien le plus talentueux du Conservatoire de Leipzig. Les amis de ses grands-parents avaient fui en Norvège – parce qu'Ella et Karine étaient juives –, c'était tout ce dont elle se souvenait. Qu'était devenu le couple ? Tous deux ne s'étaient-ils pas ensuite rendus en Écosse ? Ses pensées furent interrompues par de petits coups frappés à la porte.

— Entrez, répondit-elle automatiquement.

La porte s'ouvrit sur Jack.

— Salut Ally, je... (Il remarqua qu'elle nourrissait Bear.) Oups, désolé, je peux repasser plus tard. Je ne voulais pas...

Ally rougit.

— Non, excuse-moi, Jack, j'étais ailleurs... Ne t'inquiète pas, entre, je t'en prie. Il n'en a plus pour longtemps.

— OK. Je voulais juste prendre de tes nouvelles, dit-il en s'asseyant sur le fauteuil en cuir près de la commode. Est-ce que ça va ?

— Oui, merci, Jack.

Ally lui adressa un faible sourire.

— As-tu mangé quelque chose ? Ou au moins réussi à boire un peu d'eau, ou une tasse de thé ?

Elle réfléchit un instant. Elle n'avait pas l'énergie de lui expliquer ce qu'elle venait d'apprendre.

— Tu sais quoi, non, rien du tout.

— Ceci explique peut-être pourquoi tu es pâle comme un linge. Attends, je vais te mettre de l'eau à chauffer.

— Merci. Qu'est-ce que les autres font là-haut, au fait ? s'enquit-elle en regardant le plafond.

— Pour être honnête, c'est un vrai bateau fantôme. Tout le monde est tapi dans son coin pour lire. Je n'ai pas vu Maman de tout l'après-midi. Elle doit être aussi captivée que vous toutes. Nous autres, « pièces rapportées », traînons en parlant de la pluie et du beau temps, trop embarrassés pour demander quoi que ce soit au personnel !

— Jack, ne dis pas de bêtises. Vous avez toute votre place ici. D'ailleurs, après ce que j'ai lu, vous allez tous avoir un rôle très important à jouer pour soutenir mes sœurs.

— Et toi, évidemment.

Jack lui sourit tout en préparant le thé, et le cœur d'Ally palpita comme celui d'une adolescente.

— C'est très gentil à toi, Jack, merci. Mais honnêtement, ça va. J'ai ce petit homme, dit-elle en posant les yeux sur Bear.

— Bon, je ne suis pas un spécialiste en la matière, mais d'après ce que je sais des bébés, ils ne sont en général pas très doués pour faire la conversation. (Ally éclata de rire.) Tu vois, j'ai l'impression que tu fais office de leader parmi tes sœurs. Elles attendent que tu les guides. Mais elles ont toutes un ou une partenaire dans les bras de qui elles peuvent se lamenter lorsqu'elles referment la porte de leur cabine. Toi, tu n'as pas ce luxe, tu n'as que ce petit bonhomme à qui t'adresser. Alors, en gros, je voulais te dire que… je suis là pour toi, déclara-t-il en ouvrant les bras.

— C'est vraiment adorable de ta part, merci. Jack…

— Oui, Ally ?

— Je voulais juste te dire que… (Bear crachota et leva les yeux vers sa mère.) Excuse-moi, juste une minute.

— Oh, bien sûr, prends ton temps.

Ally écarta Bear de sa poitrine. Elle remarqua que Jack détournait les yeux, ce qu'elle trouva touchant. Elle posa son fils sur le lit et il se mit à gazouiller avec bonheur.

— Tu disais ? reprit Jack.

Ally rougit.

— Oh, rien. (Jack hocha la tête et regarda ses pieds. Ally s'en voulut et tenta rapidement de changer de sujet.) Je ne t'ai même pas parlé de la plus grande révélation du journal. Comment s'appelle la maison en Irlande, déjà ? interrogea-t-elle. Celle qui se trouve dans l'ouest de Cork, où mènent les coordonnées de ta mère…

— Argideen House ?

— Oui. Tu te souviens que tu avais découvert le nom du propriétaire, un certain Eszu ?

— Oui.

— Eh bien, mon père le connaissait. Très bien même, il semblerait.

— Intéressant. Et qu'est-ce que cela implique ?

— Je n'ai pas encore toutes les réponses, mais j'y arrive peu à peu. Maintenant que j'y pense, il faut que j'aille voir Maia. C'est elle qui a dû être le plus chamboulée par cette information.

— Puis-je te demander pourquoi ?

— Désolée, Jack. Ce n'est pas à moi de te raconter cette histoire.

— Bien sûr. Tu veux que je m'occupe de ce petit gaillard pendant que tu vas voir ta sœur ?

— Tu ferais ça pour moi ?

— J'en serais ravi.

— Merci, Jack. N'hésite pas à l'emmener ailleurs si tu ne veux pas rester ici. Et si tu en as marre, Ma devrait être dans les parages.

Elle saisit sa tasse de thé et se dirigea vers la porte.

— Allez viens, petit ours, si on montait ? Vas-y, Ally. À tout à l'heure.

* * *

Maia avait la nausée. D'horribles souvenirs de cet individu mielleux aux cheveux gominés, Zed Eszu – le fils de Kreeg – avaient empli son esprit, et l'idée que Pa, une génération plus tôt, ait dû fuir son père lui donnait envie de pleurer. Zed était-il au courant de cette histoire de famille ? Probablement. Cela expliquait sans doute son obsession pour les sœurs d'Aplièse. Elle savait pertinemment qu'il avait eu une liaison avec Électra, et Tiggy lui avait raconté son arrivée dans les Highlands. La présence de Zed dans la vie de ses filles avait dû beaucoup faire souffrir Pa, et tout cela était difficile à supporter.

— Connard ! cria-t-elle en jetant le journal à terre.

— Maia ? fit Star.

CeCe et elle étaient arrivées à la porte de la bibliothèque juste au moment où Maia se prenait la tête entre les mains et éclatait en sanglots. Ses deux sœurs coururent vers elle et l'enveloppèrent de leurs bras.

— Je suis tellement désolée. Ce doit être affreux pour toi, reprit Star.

— Ça vaut ce que ça vaut, mais je suis d'accord avec toi, Maia. Ce type est un vrai salaud, ajouta CeCe.

— Il était au courant, n'est-ce pas ? Il savait pour Kreeg et Pa. Voilà pourquoi il nous tournait toujours autour, comme une guêpe dont on n'arrive pas à se débarrasser. J'ai l'impression d'avoir été utilisée, c'est insupportable. J'ai porté son *bébé* ! hurla la jeune femme.

— Je sais, ma belle, je sais. Ce n'était pas de ta faute. Nous sommes venues dès que nous l'avons lu.

Maia n'avait confié sa grossesse qu'à Ally, mais ses autres sœurs avaient toujours eu des soupçons, sachant qu'elle s'était installée neuf mois au pavillon d'Atlantis pour cause de « mononucléose infectieuse ».

Maia renifla.

— Merci, Star. Oh, mon Dieu. Tout est si poignant, vous ne trouvez pas ? Je déteste penser que Pa était si seul et désespéré.

— Au moins, maintenant, il a trouvé Ella. Elle lui a changé la vie. Même son écriture semble plus… flamboyante. Vous voyez ce que je veux dire ? intervint CeCe.

Maia rit au milieu de ses larmes.

— Bizarrement, je vois ce que tu veux dire, oui. Et je suis heureuse de lire combien la famille Landowski a été gentille avec lui.

— Mon Dieu, bien sûr. Je n'y avais pas vraiment réfléchi. Cela a dû être curieux pour toi de lire les pages à propos du temps que passait Pa dans l'atelier, et ses interactions avec Laurent Brouilly, déclara Star avec douceur.

— Oui. C'était lui, le petit garçon silencieux dont Bel parlait dans ses lettres. Je n'en reviens pas.

— Cela explique aussi comment Pa a obtenu le fragment de mosaïque qu'il t'a laissé avec ta lettre, poursuivit Star.

— En effet.

À cet instant, Ally entra dans la pièce et s'approcha de ses sœurs. Elle pressa la main de Maia dans la sienne.

— Oh, ma chérie. Nous sommes toutes là pour toi, si tu as besoin de quoi que ce soit.

— Je sais. Désolée, il faut que je me reprenne. (Maia s'essuya les yeux sur le revers de sa manche.) Zed est un connard, mais ça, on le savait déjà. (Ally sortit un mouchoir de sa poche et le tendit à Maia qui l'accepta volontiers pour s'éponger le visage.) Alors comme ça, Pa connaissait Kreeg.

— Je crois que « connaissait » est un euphémisme, lança CeCe d'un ton brusque.

— Pourquoi n'a-t-il jamais rien dit ? Il devait être au bord de la crise cardiaque quand je lui ai annoncé que j'avais rencontré un certain Zed Eszu, se lamenta Maia.

— Je ne sais pas, ma belle. Peut-être ont-ils fini par se réconcilier ? Après tout, nous ne sommes encore qu'au début de l'histoire, ajouta Star en caressant les cheveux de sa sœur.

— Quelque chose me dit que ça ne s'est pas passé comme ça, répondit Maia. Nous savons toutes que, le jour de la mort de Pa, Kreeg s'est suicidé. Et, Ally, tu disais avoir aperçu l'*Olympus* à côté du *Titan* ce jour-là aussi, non ?

— Je ne l'ai pas vu moi-même, mais c'est ce qu'a dit l'ami de Theo à la radio, confirma Ally avant de soupirer en se passant la main dans les cheveux. D'ailleurs, je crois qu'il est temps que je partage une information avec vous toutes.

— Quoi donc ? demanda vivement CeCe.

— Vous vous souvenez que les coordonnées de Merry indiquaient Argideen House, dans l'ouest de Cork ? (Ses sœurs réfléchirent un instant, avant d'acquiescer.) Eh bien, même si la maison est abandonnée depuis longtemps, elle appartient à la famille Eszu. Jack l'a découvert quand il se renseignait pour nous.

Le silence s'installa tandis que les jeunes femmes essayaient de comprendre ce que signifiait ce lien.

— Qu'est-ce que cela veut dire ? finit par demander Star.

— À vrai dire, je ne sais pas encore. Mais une chose est claire : entre Zed, Argideen House et la présence de l'*Olympus* le jour de la mort de Pa… la relation entre Pa et Kreeg est la clé pour comprendre tout le reste.

— Tu as raison, renchérit Maia.

— Je vais chercher les autres et voir où elles en sont dans leur lecture. Nous pourrons alors discuter de tout cela autour d'une ou deux bouteilles de rosé.

— Bonne idée, Ally, convint Star. Il y a encore tant de choses que nous ignorons. D'où venait Pa, pourquoi Kreeg croyait qu'il avait assassiné sa mère… le diamant…

— Nous ne pouvons qu'espérer que tout s'éclairera au fil de la lecture, déclara Ally en lui posant la main sur l'épaule.

18

Georg Hoffman fit tournoyer le verre de whisky dans sa main et se concentra sur les glaçons qui s'entrechoquaient. Depuis le salon supérieur, il admirait la côte italienne qui, de l'autre côté de la Méditerranée, s'embrasait sous le soleil couchant. Il arrivait tout juste à distinguer Naples et, au-delà, la ville antique de Pompéi où tout s'était figé près de deux mille ans plus tôt. De son point de vue, il s'agissait d'une métaphore appropriée, puisque les événements du passé continuaient étrangement de façonner le présent.

Il se remémora les douze mois qui s'étaient écoulés. Quel tourbillon pour les sœurs d'Aplièse. Chacune, sans exception, avait découvert et accepté la vérité de ses origines avec tant de sagesse et de maturité.

— Vous seriez si fier, murmura-t-il.

Les dernières semaines s'étaient avérées particulièrement éprouvantes. Les appels qu'il recevait en permanence pour l'informer de « la situation » étaient terriblement angoissants. Même s'il s'efforçait de gérer tout cela au mieux, une fois de plus, il était écartelé entre l'avocat, dont le devoir était de respecter les souhaits de son client, et l'homme, qui aimait cette famille comme la sienne. On frappa à la porte du salon supérieur. Georg se retourna et découvrit Ma qui passait la tête dans l'embrasure.

— Je voulais juste vérifier que tout allait bien, chéri. Tu t'en sors ?

— Oui, merci. Entre, Marina, je t'en prie. Veux-tu te joindre à moi pour un verre ?

Elle referma doucement la porte derrière elle.

— Tu sais quoi, Georg, étant donné les circonstances je crois que ce ne sera pas de refus.

Il saisit la carafe à décanter et servit un verre à sa vieille amie.

— Cette bouteille était à lui. Un Macallan de 1926. D'ailleurs, je suis certain qu'il est le dernier à avoir touché cette carafe.

Il lui tendit le whisky.

— Merci. Oui, je me souviens de lui disant qu'il avait développé un goût prononcé pour les bonnes bouteilles locales lors de son séjour en Écosse. (Marina but une petite gorgée et sentit le liquide doux et chaud couler dans sa gorge et dans son estomac.) Crois-tu que les filles soient déjà arrivées à ce moment du journal ?

— Je n'en suis pas sûr. Comment penses-tu qu'elles vont prendre tout cela, Marina ?

— C'est difficile à prédire. Certaines trouveront des éléments de son histoire plus faciles à digérer que d'autres. Ce qui est sûr, c'est que je suis heureuse qu'elles apprennent enfin la vérité.

— Oui.

— Puis-je te demander quelles sont les dernières nouvelles ? interrogea Marina avec anxiété.

— Rien de plus que ce que je t'ai dit ce matin. La situation se détériore rapidement. Le temps est compté.

Marina fit son signe de croix.

— Quoi qu'il arrive, tu ne dois pas t'en vouloir, Georg. Tu as agi avec honneur.

Elle plaça sa main sur la sienne.

— Merci, Marina. Cela me touche beaucoup venant de toi. Nous avons traversé tant de choses ensemble au fil des années. J'ai le sentiment que je lui dois de bien gérer *cela.*

— Je sais que ce sera le cas, Georg, quelle que soit ta décision. Je crains qu'on ne le dise pas assez, mais Atlas serait si fier de toi, également. Et ta sœur, bien sûr. Pardonne-moi de ne pas t'avoir posé la question… comment gère-t-elle tout cela ?

— Elle trouve cela difficile, comme ce serait le cas pour n'importe qui au vu des circonstances.

— Je ne peux que l'imaginer.

Marina plongea son regard dans la mer.

— Il a toujours aimé ce littoral.

Georg ne répondit pas. Marina se tourna vers son ami et vit des larmes dans ses yeux.

— Oh, chéri, ne pleure pas, s'il te plaît. Cela me fend le cœur.

— Je lui dois tout, Marina. Absolument tout.

— Moi aussi. J'ai toujours voulu te le demander… quand Atlas vous a trouvés tous les deux sur la rive du lac Léman, n'avez-vous jamais eu peur qu'il vous emmène au commissariat ?

Georg souleva la carafe et se servit une nouvelle dose.

— Si, bien sûr. Nous n'étions que deux enfants terrorisés. Mais lui-même avait fui la persécution. (Il but son whisky à petites gorgées.) Atlas a été si gentil pour nous.

— Tu l'as bien remercié. Tu as consacré ta vie à son service.

— C'était la moindre des choses. Sans lui, je n'aurais pas de vie.

Marina aussi avait fini son verre et Georg la resservit.

— Merci. D'après ta sœur, combien de temps reste-t-il ?

Georg haussa les épaules.

— Quelques jours seulement.

— Cela influencera-t-il ta décision ? À propos de…

— Peut-être, l'interrompit-il. J'avoue qu'avoir retrouvé Merry et l'avoir amenée à bord du *Titan* juste à temps déterminera peut-être mon plan d'action.

— Cela semble approprié. Peut-être est-ce un signe du ciel.

— Comme l'ont toujours été tant d'éléments de son monde.

On frappa de nouveau à la porte et Merry apparut.

— Bonsoir, vous deux. Tout va bien ?

— Merry ! Oui, merci, répondit Ma. Mais surtout, comment vas-tu *toi,* chérie ?

— Oh, parfaitement bien, merci. Ce journal est fascinant. Atlas était drôlement doué avec les mots, n'est-ce pas ? Pour un garçon aussi jeune, il est d'une éloquence incroyable.

— Il a toujours été très doué pour les langues et la littérature, approuva Ma en souriant.

— Je voulais juste vous interroger au sujet de ce Kreeg Eszu. Atlas n'en parle pas beaucoup jusqu'ici, mais Jack m'a dit qu'Argideen House appartenait à sa famille. Pourriez-vous m'en dire un peu plus ?

Ma regarda Georg, qui finit son whisky d'une seule traite.

— Ah, oui, dit-il. J'imagine combien cela doit attiser votre curiosité. (Merry remarqua le regard sévère que Ma lançait à Georg.) Mais à vrai dire, Merry, nous n'en savons pas davantage.

— Je vois. Voilà qui est agaçant.

— Peut-être le saurons-nous un jour. Ou peut-être est-ce une pure coïncidence, Merry, éluda Georg.

Merry retroussa le nez d'un air soupçonneux.

— Ah oui, vous avez tout à fait raison. Je me fais sans doute des idées. Après tout, il s'agit d'un nom très courant en Irlande. Il y a bien sûr des milliers de Murphy, de O'Brien et d'Eszu. (Merry plaça ses mains sur ses hanches et regarda Georg avec mécontentement, ce qui l'incita à sortir son mouchoir pour s'éponger le front.) À présent, j'aimerais appeler Dublin, si c'est possible, afin d'informer Ambrose de la situation. J'ai du mal à croire que je l'ai quitté il y a moins de vingt-quatre heures. J'ai l'impression que cela fait une éternité.

— Bien sûr, répondit Georg. Vous trouverez un téléphone satellite dans le bureau. La plupart des employés savent comment le faire fonctionner. Marina, veux-tu bien accompagner Merry ?

— Avec plaisir. Suis-moi, chérie. Après, peut-être pourrons-nous prendre un verre de vin sur le pont arrière en attendant le dîner ?

Toutes deux quittèrent le salon supérieur et Georg se retrouva de nouveau seul. Il poussa un profond soupir. Il venait de mentir à la fille d'Atlas et le regrettait. Peut-être aurait-il dû profiter de sa question pour lui révéler toute la vérité, ce qui aurait certainement ôté l'énorme fardeau qu'il avait l'impression de porter. Toutefois, bien sûr, ce n'était pas ce que souhaiterait son employeur. Sa poche vibra, et il y plongea aussitôt la main pour en sortir son téléphone. Bien que l'écran indique un numéro inconnu, il savait exactement de qui il s'agissait. Il inspira à pleins poumons et prit l'appel.

— Pléioné, dit Georg.

— Orion, répondit la personne à l'autre bout du fil.

C'était le code convenu pour indiquer qu'ils pouvaient parler en toute sécurité.

Georg se prépara à entendre les nouvelles du soir.

19

Ally tournait en rond dans sa cabine étouffante. Le dîner avait été pesant, chacune des sœurs luttant de son côté pour assimiler ce qu'elle avait lu plus tôt. Floriano et Chrissie s'étaient bien débrouillés pour combler les silences, et Rory et Valentina avaient distrait les convives par leur charmante amitié naissante. Malgré cela, l'ambiance était clairement tendue, ce qui n'avait rien d'étonnant vu les circonstances. Ally avait croisé le regard de Jack plusieurs fois, mais il avait détourné les yeux pour éviter toute gêne. Elle regrettait de ne pas avoir abordé la « question Bear » plus tôt dans sa cabine, mais elle était alors trop nerveuse. Elle se sentait stupide. Plus elle attendrait pour en parler, plus Jack trouverait cela bizarre.

Son téléphone vibra et elle vit qu'elle avait un message vocal. Ça captait mal en mer, mais de toute évidence, Hans avait jeté l'ancre à proximité d'une antenne locale. Elle composa le numéro de son service de messagerie.

« Bonsoir Ally. C'est Celia... (La voix de la mère de Theo grésillait sur le répondeur.) J'espère que tu vas bien, ma chérie, et petit Bear aussi ! J'ai tellement hâte de vous revoir tous les deux à Londres. Dis-moi si tu as l'intention de venir prochainement. Sinon, je rassemblerai mes vêtements les plus chauds pour me rendre moi-même en Norvège ! Écoute, je sais que tu es en pleine croisière en l'honneur de ton merveilleux Pa… Alors je voulais juste t'appeler pour te dire que je pense à toi. Et je suis certaine que, où qu'il soit, Theo te regarde en souriant, lui aussi. Je t'embrasse fort, Ally chérie. »

La jeune femme reposa le téléphone, submergée par une nouvelle vague de culpabilité. La voix de Celia Falys-King était si affectueuse et sincère ! Certes, elle avait des sentiments pour Jack, mais elle frémissait à l'idée de manquer de respect à la mémoire du père de Bear.

— Pardonne-moi, Theo, murmura-t-elle.

Bien que ses sœurs la soutiennent, elle se demandait ce que les autres pourraient penser ; quelle serait l'opinion de son frère Thom si Jack et elle… ? Cela ne faisait pas très bon effet de se trouver un nouveau petit copain moins d'un an après le décès du précédent. Par ailleurs, elle ne voulait surtout pas contrarier Merry, qui devait déjà trouver cette expérience assez surréaliste comme cela, sans que sa nouvelle sœur adoptive s'entiche de son fils.

— Oh, mon Dieu, soupira-t-elle.

— Ally ? Tu ne dors pas ? chuchota une voix derrière sa porte.

Elle traversa la chambre sur la pointe des pieds et ouvrit tout doucement. Elle découvrit Tiggy, dans son peignoir aux couleurs du *Titan*.

— Salut ! Excuse-moi, je ne voulais pas risquer de réveiller Bear en frappant.

— Oh, ne t'inquiète pas pour lui. Il en écrase. Entre !

— Merci.

Tiggy avait une étrange capacité à se mouvoir avec la grâce des esprits. Ally avait toujours admiré sa légèreté et sa délicatesse.

— Je voulais juste vérifier quelque chose, sachant que j'ai un peu décroché pendant le dîner. Nous avons décidé de lire encore cent pages du journal d'ici au déjeuner de demain, c'est bien cela ?

— Exactement. Après quoi nous nous retrouverons pour en discuter.

— Parfait, alors. Merci, Ally. (Tiggy repartit vers la porte, mais s'arrêta à côté du berceau de Bear. Elle regarda son neveu endormi.) Petit Bear. Difficile de croire que c'est il y a quelques mois seulement que tu as décidé de tous nous surprendre dans une grotte de Grenade… en particulier ta maman ! susurra-t-elle.

Ally sourit en se remémorant son accouchement.

— Tu sais, je crois que Charlie ne sera plus jamais vraiment le même après avoir observé Angelina cette nuit-là. Des années d'école de médecine ne faisaient pas le poids face à une *bruja* et toutes ses connaissances quand Bear a décidé de pointer le bout de son nez si soudainement.

— Oh, il ne doit pas se laisser abattre. Les capacités d'une *bruja* sont quand même assez limitées… Je suis sûre que tu as bien apprécié les antidouleurs qu'il t'a prescrits ensuite ! (Tiggy fit un clin d'œil à sa sœur. Puis elle se tourna de nouveau vers Bear.) Au fait, il dit de regarder la lettre.

— Pardon ?

Tiggy sourit de toutes ses dents.

— Il veut que tu lises la lettre.

— Qui ? Bear ? Qu'est-ce que tu veux dire ? Je…

— Je n'en suis pas sûre, mais j'espère que toi, tu comprendras, et que cela t'aidera. Allez, je file me coucher. Bonne nuit, Ally.

Tiggy serra sa sœur dans ses bras et regagna la porte.

Quand celle-ci se fut refermée, le cœur d'Ally tressaillit dans sa poitrine. Tiggy ne pouvait faire référence qu'à une chose. Elle s'approcha de sa valise et ouvrit une poche dans la doublure. Elle en sortit une lettre. La lettre de Theo, bien sûr, qu'elle emportait partout avec elle. Ally n'en avait parlé à personne, et seule Celia était au courant de son existence. Les mains légèrement tremblantes, elle ouvrit l'enveloppe avec précaution et ses yeux se posèrent aussitôt sur la toute fin, comme toujours.

Et si par malheur tu lis cette lettre, regarde les étoiles et sache que je veille sur toi. Et que je suis sans doute en train de boire une bière avec ton Pa en l'écoutant me raconter toutes tes bêtises d'enfant.
Mon Ally – Alcyone – tu n'as pas idée de toute la joie que tu m'as apportée.
Sois HEUREUSE ! C'est ton cadeau.
Theo xxx

Imaginer Theo et Pa en train de rigoler autour d'un verre emplissait Ally de joie. Elle savait combien son père l'aurait apprécié et espérait vraiment qu'ils avaient fait connaissance dans l'au-delà. Qu'avait dit Tiggy ?

« Il veut que tu lises la lettre. »

Ally fixa le seul mot en majuscules de la page, qui attirait ses yeux comme un aimant.

Sois HEUREUSE !

Sa gorge se serra. Elle s'approcha du hublot et se pencha pour regarder les étoiles.

— Merci, Theo. Embrasse Pa pour moi.

Elle rangea soigneusement la lettre et se mit au lit. Elle sut aussitôt qu'il était inutile d'essayer de dormir, sachant que son esprit était plus bondé que la grande place d'Oslo. Elle saisit son téléphone pour écrire à Jack.

Merci de t'être occupé de Bear tout à l'heure. Bonne nuit ! x

La réponse fut presque immédiate :

Avec plaisir, Al ! Toi aussi x

Elle lorgna les pages du journal sur la commode. Elles contenaient des réponses. Les sœurs s'étaient mises d'accord pour lire cent pages supplémentaires le lendemain matin, mais sachant qu'il y avait des révélations à portée de main, elle décida de poursuivre sans attendre.

Journal d'Atlas

1936-1940

20

Leipzig, Allemagne

Si vous lisez ce journal, vous vous demandez peut-être pourquoi plus de six ans se sont écoulés, et comment le petit garçon de Paris se retrouve à l'aube de l'âge adulte dans une autre ville européenne. Le récit est mouvementé. En réalité, au cours des six dernières années, j'ai souvent écrit des pages pour mon journal. Le contenu, sans doute trop sentimental au goût de certains, témoignait de mon bonheur en France. Malheureusement, la majorité de ces pages sont restées chez les Landowski, quand j'ai été forcé de partir de façon prématurée et précipitée, à cause de circonstances résultant de ma grave erreur : celle d'avoir parlé.

À l'heure où je couche ces mots sur le papier, nous sommes en 1936, j'ai dix-huit ans, et je conviens qu'il serait un peu léger de ma part d'offrir une histoire incomplète. Voici donc quelques explications. De 1930 à 1933, ma vie se déroula peu ou prou comme les deux années précédentes : j'assistais M. Landowski et M. Brouilly à l'atelier et suivais mes cours avec M. Ivan au conservatoire, comme Ella. Au fur et à mesure que nous grandissions, Mme Gagnon et Évelyne nous accordèrent de plus en plus de liberté. Nous passions des matinées bénies à découvrir les cafés parisiens et, le soir, nous déambulions dans les rues, nous enchantant chaque fois d'un nouveau détail architectural. Ma décision de parler lors de ce fameux jour de Noël avait véritablement permis à ma relation avec Ella de s'épanouir… qui l'eût cru ? C'était pour moi un immense privilège de *lui* faire la lecture lors de nos pique-niques, et de lui demander son opinion au sujet de tous les aspects de ma vie qui s'améliorait jour après jour. L'ironie voulut que ce soit cette même décision qui mène à ma perte.

Un matin au début de l'année 1933, alors que nous travaillions à l'atelier, M. Landowski fit une annonce :

— Messieurs ! J'ai une grande nouvelle à partager avec vous, alors écoutez attentivement. Notre parcours ensemble touche à sa fin.

— Comment cela ? s'alarma Brouilly, soudain livide.

Après tout, il avait pris la décision de quitter Rio pour poursuivre sa carrière à Paris.

— Ce matin même, on m'a proposé le poste de directeur de l'Académie de France à Rome.

Brouilly garda le silence. J'étais tout aussi anxieux que lui, sachant que M. Landowski m'abritait, me nourrissait et, bien sûr, avait la générosité de payer mes cours au conservatoire.

— Monsieur Brouilly, n'avez-vous rien à dire ?

— Pardonnez-moi, monsieur. Félicitations. Ils ont fait le bon choix.

Je me joignis à l'éloge de Brouilly en offrant à mon protecteur un sourire éclatant – bien que forcé – et une salve d'applaudissements.

— Merci, messieurs. Vous imaginez ? Moi ! Dans un bureau ! Avec un salaire !

— Votre talent manquera au monde, monsieur, déclara Brouilly avec une tristesse authentique.

— Oh, ne soyez pas ridicule, Brouilly. Je continuerai de sculpter. Je sculpterai toujours ! Si j'accepte ce poste, c'est principalement parce que… eh bien, je suppose qu'on pourrait dire que c'est la faute de notre jeune ami ici présent. (Landowski fit un geste en ma direction et lut l'incompréhension sur mon visage.) Ce que je veux dire, c'est que j'ai pris énormément de plaisir, aussi bien sur le plan artistique que personnel, à voir les progrès d'Ar ces dernières années. M. Ivan estime qu'il est bien parti pour devenir un violoncelliste virtuose. Alors que, quand nous nous sommes connus, tu étais un enfant qui tenait à peine debout. À vrai dire, je suis un peu jaloux de ton professeur, Ar ! J'ai beau avoir contribué financièrement, je regrette de ne pas avoir pu moi-même nourrir ton talent artistique. Par conséquent, à l'Académie de France, j'espère pouvoir développer le talent d'autres jeunes gens dans mon domaine.

Mon sourire était désormais tout à fait sincère.

— Voilà un sentiment très noble, monsieur, déclara Brouilly, morose.

— Oh, Brouilly ! Ne prenez pas cet air de chien battu ! (Landowski s'approcha de son assistant et lui posa la main sur l'épaule.) Croyez-vous vraiment que je vous laisserais tomber ainsi ? Avant d'accepter ce poste, je me suis arrangé avec notre collègue M. Blanchet à l'École des beaux-arts. Vous prendrez un poste de professeur là-bas lorsque je rejoindrai Rome la semaine prochaine.

Brouilly ouvrit des yeux ronds.

— C'est vrai ?

— Oui. Blanchet était ravi d'accepter ma lettre de recommandation. C'est un excellent établissement où vous serez un atout. Au moins, vous serez beaucoup mieux payé qu'ici. Profitez de ce salaire régulier pendant que vous travaillez à votre propre carrière.

— Merci, monsieur, merci. Je n'oublierai jamais tout ce que vous avez fait pour moi.

Brouilly serra vigoureusement la main de son professeur.

— C'est amplement mérité. Après tout, je n'aurais pas réussi à terminer le *Cristo* sans vous… (Après avoir serré la main de Brouilly, Landowski la garda dans la sienne pour l'examiner, puis il lui fit un clin d'œil.) Votre travail vivra pour toujours. (Puis il se tourna vers moi.) Ar ! Ta vie se poursuivra sans grand changement. Je n'ai pas l'intention de vendre la maison, et bien sûr nous reviendrons pour les vacances d'été, ainsi que pour Noël. La plupart des employés seront obligés d'accepter de nouveaux emplois... mais Évelyne restera. Cela te convient-il ? (J'opinai du chef.) Parfait ! Alors je crois que, tradition oblige, il nous faut ouvrir une bouteille de champagne pour célébrer ce nouveau départ...

Sept jours plus tard, la famille Landowski avait fait ses valises, prête pour sa nouvelle vie romaine. Je crois que leur départ imminent m'aurait bouleversé bien davantage si Ella n'avait pas été là. Tant qu'elle restait, je me sentais invincible.

Comme M. Landowski l'avait promis, ma vie changea peu, si ce n'est que je passais désormais plus de temps avec Évelyne et que j'étais le seul responsable de l'entretien de la maison. Je correspondais régulièrement avec M. Landowski. Il me racontait l'histoire des jeunes artistes qui franchissaient les portes de l'Académie de France et me donnait des nouvelles de la famille :

> Marcel travaille d'arrache-pied pour se perfectionner au piano. Comme tu le sais, il espère entrer au conservatoire dans deux ans... Je pense qu'il a toutes ses chances. Je ne doute pas que ta présence lui ait insufflé la motivation nécessaire pour réaliser ses rêves !

Je dois dire qu'il n'était somme toute pas désagréable d'avoir toute la maison pour moi, avec un accès complètement libre à la bibliothèque... et à la cuisine. J'avais même l'audace de me permettre de brèves conversations avec Évelyne. Lorsque j'avais fini par ouvrir la bouche en sa présence, elle en avait pleuré d'émotion. Avec le recul, je vivais dans une sorte de rêve, envoûté par la potion enivrante composée d'Ella, de la musique et de ce qui me semblait une sécurité absolue.

Comme j'étais naïf.

Le début de la fin commença à l'automne 1935.

Ella et moi étions attablés dans un café rue Jean-de-La-Fontaine. Étant majeure, Ella avait quitté les Apprentis d'Auteuil et habitait désormais dans une mansarde sombre et miteuse au-dessus de l'appartement d'une amie de Mme Gagnon. Elle touchait un maigre salaire en faisant le ménage pour la propriétaire, Mme Dupont, mais elle acceptait cette situation car elle pouvait ainsi continuer ses leçons bihebdomadaires au conservatoire. Je m'appuyai contre le dossier de mon fauteuil en métal et regardai Ella qui fixait son café, l'air ailleurs. Je voyais bien que quelque chose la tracassait.

— Est-ce que tout va bien, ma chérie ?

— Oui… c'est juste que M. Toussaint m'a crié dessus lors de notre dernier cours.

Je lui adressai un sourire chaleureux.

— Comme tu le sais, c'est monnaie courante au conservatoire.

Elle haussa les épaules.

— Je sais. Mais pour être tout à fait honnête, je crois que Toussaint ne m'a jamais vraiment appréciée. Ça l'agace d'enseigner la flûte à une adolescente novice, il se considère au-dessus de ça. Il a raison, évidemment. Mais depuis quelques semaines, il essaie d'améliorer mon déchiffrage et ses attaques sont devenues malveillantes.

— Ne t'inquiète pas pour ça. Je suis sûr qu'il est simplement frustré que tu n'aies pas appris de façon traditionnelle. J'ai eu une expérience similaire avec M. Ivan, tentai-je de l'apaiser.

— Tu as raison. Toutefois, il a dit quelque chose d'étrange lors de sa dernière crise de colère.

— Quoi donc ?

— Il a dit que si je n'étais pas la progéniture du « Grand Russe », il me forcerait à étudier la nuit entière. (Mon sang se glaça dans mes veines.) Je lui ai demandé ce qu'il entendait par là et il a éclaté de rire, disant que je ne pensais *tout de même pas* être dans sa classe en raison de mon seul mérite. J'ai insisté et il a redoublé de fureur, glapissant qu'il n'avait pas le temps de donner des cours à des enfants et que Rachmaninoff devrait descendre de son piédestal et le faire lui-même.

— Ah, bredouillai-je.

Ella fronça les sourcils.

— Je lui ai répété que je ne comprenais pas, et il a ri en me disant qu'il allait écrire au Grand Russe pour lui dire que sa fille était nulle. Alors M. Ivan est arrivé et a demandé à parler à Toussaint dans le couloir. Ils sont sortis tous les deux, ont discuté un moment, puis Toussaint est revenu et m'a dit que le cours était terminé. (Ella me regardait d'un air interrogateur.) À ton avis, qu'est-ce qu'il voulait dire avec cette référence à Rachmaninoff ?

Je gagnai du temps en buvant une gorgée de mon thé English breakfast.

— Je crois pouvoir éclaircir la situation.

— Comment ça, Ar ? s'étonna-t-elle.

Je soupirai et expliquai l'histoire qu'avait inventée M. Ivan. Quand j'eus terminé, Ella semblait abattue, à juste titre.

— Mais alors… je n'aurais pas obtenu de place au conservatoire si seul mon talent avait été pris en compte ?

— Ce n'est pas cela du tout. M. Ivan a prétendu que tu étais la fille de Rachmaninoff afin qu'on t'accorde une audition. Tout le reste, tu le dois à tes prouesses musicales, je te l'assure.

— Tout le monde pense que je suis la fille illégitime de Rachmaninoff ?

— Toussaint et Moulin, oui. S'il te plaît, essaie de ne pas t'inquiéter. J'en parlerai à M. Ivan lors de notre prochain cours.

Je n'eus jamais la possibilité d'en parler à M. Ivan. Quelques jours plus tard, je fus réveillé par un fracas alors que je dormais dans la maison des Landowski. Je bondis de mon lit. Malgré ma nouvelle vie de sécurité, j'étais content de constater que, du moins au niveau subconscient, mes sens demeuraient pleinement en alerte. Mon existence précédente sur les terres gelées me garantissait de toujours « dormir un œil ouvert », comme disait mon père.

L'horloge sur mon bureau indiquait à peine deux heures passées. À présent tout à fait réveillé, j'entendis un deuxième bruit distinct en bas de la maison : une porte qui s'ouvrait.

Je n'étais pas seul. Regardant par la fenêtre, je ne vis pas de lumière dans le cottage d'Évelyne : inutile donc de me rassurer en me disant qu'elle avait décidé de faire un tour dans la maison principale à cette heure indue. Je me dirigeai vers la porte de ma chambre aussi doucement que possible et tournai la poignée avec délicatesse. Par chance, elle s'ouvrit en silence. Tendant l'oreille, je perçus un bruit de pas sur le parquet au rez-de-chaussée. Instinctivement, je portai la main à la bourse que j'avais autour du cou.

Était-ce lui ? Avait-il réussi à me retrouver ?

Le moment que je craignais était arrivé.

Malgré la terreur qui me parcourait le corps, je savais que j'avais un avantage sur l'intrus. Je connaissais bien la maison des Landowski et, à en croire les bruits de cognements et de craquements, ce n'était pas son cas. J'envisageai de me cacher, mais cela ne me serait pas très utile – nous étions au milieu de la nuit et l'intrus pourrait très bien chercher encore et encore jusqu'à ce qu'il me trouve. J'envisageai aussi de m'enfuir – descendre les escaliers en courant jusqu'à la porte d'entrée et partir à toutes jambes dans la nuit. Si c'était bien lui, je doutais que les quelques kilomètres de distance que je parviendrais à mettre entre nous alors suffiraient à me protéger. À regret, j'en arrivai à la conclusion que l'offensive s'imposait.

Je marchai à petits pas jusqu'au haut de l'escalier et écoutai. L'intrus semblait fouiller la maison méthodiquement. Enfin, les pas s'éloignèrent vers l'aile est de la demeure – le salon et la bibliothèque – et je saisis ma chance. Évoluant toujours à pas de loup, je descendis l'escalier jusqu'au rez-de-chaussée et me dirigeai à l'opposé, droit vers l'atelier et les burins de M. Landowski. Je choisis l'outil le plus aiguisé et repartis dans le hall, rasant les murs pour éviter les rayons de lune. Quand j'eus atteint de nouveau l'escalier, je m'arrêtai pour écouter. Silence total. Où était-il ? J'avançai d'un pas de plus dans le couloir et une grande force me souleva en l'air. L'intrus m'avait attrapé par-derrière dans le but de m'immobiliser. Je donnai des coups de pied en arrière, aussi fort que possible, visant les genoux. Le cri qui suivit m'indiqua que j'avais touché ma cible. L'intrus me lâcha et nous tombâmes tous deux à la renverse. En me débattant, j'avais lâché le burin et je le cherchai désespérément à terre. L'assaillant profita de ces quelques secondes pour se lever d'un bond et foncer vers le salon. Par chance, ma main frôla le burin et, l'empoignant, je partis derrière lui dans le couloir, non sans trébucher.

— Montre-toi ! criai-je, incapable de contrôler la rage dans ma voix.

Dans le salon, tout était immobile et je ne distinguais que la silhouette des meubles sous la lumière de la lune.

— Tu n'as jamais été un lâche, Kreeg. Viens pour que nous soyons face à face. (La pièce demeurait parfaitement silencieuse.) Tu sais, je n'ai pas envie de me battre contre toi. Ni maintenant, ni jamais. Je ne porte ce burin que pour me défendre si tu m'attaques. Il y a des choses que tu ne comprends pas… des choses que j'aimerais tant te raconter. S'il te plaît, sors de ta cachette et je t'expliquerai tout. (Toujours rien.) Je ne l'ai pas tuée, Kreeg. Il faut que tu me croies. (Les larmes me montèrent aux yeux.) Comment as-tu pu penser que j'étais capable d'une chose pareille ? Nous étions amis. Nous étions frères. (Je m'essuyai les yeux et essayai de rester concentré.) Si je me suis enfui ce jour-là, c'est uniquement parce que je savais que tu me tuerais. Je n'étais qu'un petit garçon, Kreeg, tout comme toi. Nous avons maintenant bien grandi et devrions régler cette affaire en adultes.

Je lançai une dernière information qui, je l'espérais, le ferait enfin sortir de sa cachette :

— J'ai le diamant. Il ne me viendrait jamais à l'idée de le vendre. Je peux te le donner maintenant. Il se trouve dans une bourse en cuir que je garde autour du cou. Il te suffit de te montrer et nous procéderons à la transaction. Ensuite tu pourras partir et rien ne nous obligera à nous revoir, si c'est ce que tu souhaites.

Il y eut un craquement derrière l'armoire au coin de la pièce. Je savais que mentionner la pierre précieuse suffirait à l'appâter.

— Un diamant, dis-tu ? Voilà donc ce que tu caches dans cette bourse.

Je connaissais cette voix. Mais ce n'était pas celle de Kreeg. Une silhouette émergea et, dans l'obscurité, je distinguai un visage.

— Monsieur Toussaint ?

— Tu sais, pour un garçon qui prétend ne pas pouvoir parler, tu fais preuve d'une rare éloquence.

— Qu'est-ce que vous faites ici ? Qu'est-ce que vous voulez ?

— Je n'aime pas qu'on me prenne pour un imbécile, petit. Le conservatoire Rachmaninoff est un institut d'excellence, pas une crèche. Comme tu le sais pertinemment, ce petit rat russe d'Ivan nous a fait croire que ta petite amie était l'enfant naturel de Rachmaninoff. Quand j'ai menacé de lui écrire, Ivan a avoué avoir menti. (Il fit un pas vers moi.) Je l'ai interrogé à ton sujet, et il m'a dit que tu étais le protégé de Paul Landowski… qui, je le sais, est parti à Rome. Alors, en guise de dédommagement pour avoir été roulé dans la farine, je me suis dit que je viendrais choisir un ou deux vases de Landowski. Mais maintenant, je sais qu'il y a ici quelque chose de bien plus précieux.

Il fit un pas de plus.

— Vous ne comprenez pas.

— En fait, il y a deux éléments de valeur dans cette pièce, petit. Le diamant que tu as autour du cou… et toi.

J'hésitai.

— Moi ?

— Il tombe sous le sens que ce « Kreeg » dont tu parles ne serait pas mécontent de savoir où tu te trouves, étant donné ce que tu viens de me révéler sans le vouloir. Je suis persuadé qu'il paierait une somme rondelette pour obtenir des informations sur toi.

— Il est à peine plus âgé que moi, monsieur Toussaint. Il n'a pas d'argent. Et s'il découvre que vous avez pris le diamant, il vous tuera vous aussi.

Toussaint ricana.

— Il y a toujours moyen de s'arranger, petit. Peut-être que si je mets fin à ta vie et que je rends le diamant au jeune Kreeg, on trouvera une façon de se partager le butin…

Toussaint mangeait ses mots. Il était clairement saoul.

— Monsieur, je vous en prie. Vous êtes un flûtiste, pas un assassin ! implorai-je.

— Petit, avec ce diamant en ma possession, je peux devenir tout ce que je veux. Allez, viens là !

Toussaint se jeta sur moi, mais j'avais anticipé sa manœuvre et bondis sur le canapé. Avantagé par la hauteur, je sautai sur son dos. Mais le professeur était étonnamment fort et réussit à faire volte-face, nous faisant tous deux nous écraser sur le sol. Je reçus son poids de plein fouet et en eus le souffle coupé. Saisissant cette occasion, Toussaint se retourna et arracha la bourse de mon cou.

Je me souviens m'être senti étrangement apaisé tandis que la force vitale quittait peu à peu mon corps. Je ne paniquai pas… jusqu'à ce qu'une image d'Ella s'impose à mon esprit, et l'envie irrépressible de me défendre prit alors le dessus. Invoquant la moindre parcelle de force en moi, je pris le burin et l'enfonçai dans le bras de Toussaint.

Il hurla et retira ses mains de mon cou. J'en profitai pour récupérer la bourse.

Soudain, la pièce fut inondée de lumière et un cri strident nous parvint depuis la porte. Je me retournai et découvris Évelyne, une main sur l'interrupteur et l'autre devant la bouche. Toussaint, qui se tenait toujours le bras, se leva et entreprit de cacher son visage en se recroquevillant. Puis il passa devant Évelyne à toutes jambes et s'enfuit par la porte d'entrée.

— Ar ! Que se passe-t-il ? Doux Jésus, est-ce du sang par terre ?

Je hochai la tête.

— Est-ce que ça va ?

Je hochai de nouveau la tête tout en essayant de reprendre ma respiration. Évelyne s'agenouilla près de moi et vérifia frénétiquement que je n'étais pas blessé. Je la regardai, abasourdi.

— Parle-moi, Ar. Qui était cet homme ? Que faisait-il ici ? S'il te plaît. Raconte-moi tout.

J'expliquai la situation aussi vite que possible.

— Mon Dieu ! As-tu le diamant ?

En guise de réponse, je tapotai ma poche.

— C'est bien. Mais tu n'es plus en sécurité ici. Il pourrait revenir, et je ne sais pas avec qui. Il est temps pour toi de partir.

— Partir ? Mais où ?

— Chez M. Brouilly à Montparnasse. Il t'abritera et tu y seras en sécurité jusqu'à ce que je trouve une solution.

— J'ai peur que Toussaint aille chez Ella. C'est son professeur. Il est possible qu'il connaisse son adresse.

Évelyne ferma les yeux et hocha la tête.

— Je crois que tu t'inquiètes à juste titre. Tu dois d'abord aller la chercher.

— Mais Évelyne, et vous ? Si Toussaint revenait ici ?

— Qu'il vienne. À mon avis, je ne l'intéresse pas. Demain, je demanderai à Louis de s'installer quelques jours ici. À présent, dépêche-toi. Tu peux arriver chez Ella rue Riquet en moins d'une heure si tu cours. Monte faire ta valise – ne prends que les affaires indispensables. Je vais te noter l'adresse de M. Brouilly.

Je filai à l'étage et fourrai quelques chemises et sous-vêtements dans ma sacoche en cuir.

Je pris l'adresse de M. Brouilly et, après avoir longuement étreint Évelyne, je partis en courant dans la nuit.

J'arrivai chez Ella rue Riquet tout essoufflé et dégoulinant de sueur après mon trajet de onze kilomètres. Sa fenêtre était tout en haut de l'immeuble, et je m'en voulus de ne pas avoir réfléchi à la façon dont je pourrais monter. Je dus me résoudre à ramasser des cailloux sur la route pour les lancer sur les carreaux du grenier. C'était risqué, mais je n'avais pas le choix. Cela fonctionna et le visage ensommeillé d'Ella apparut.

— Ar ?

Je lui fis signe de descendre. Elle hocha la tête.

Au bout de quelques instants, la porte d'entrée s'ouvrit doucement et Ella se retrouva devant moi dans sa chemise de nuit blanche. Elle me serra dans ses bras.

— Que se passe-t-il ?

— Je t'expliquerai tout quand nous serons en lieu sûr… mais pour l'instant il faut que tu viennes avec moi.

Son visage s'assombrit.

— Est-ce que c'est *lui* ? s'enquit-elle, de la peur dans les yeux.

— Pas exactement. Mais il faut que tu ailles chercher quelques vêtements, après quoi nous irons chez M. Brouilly.

Elle n'eut pas besoin d'explications supplémentaires. Elle redescendit quelques minutes plus tard et nous partîmes pour Montparnasse en évitant les grands axes. Par chance, il fut assez facile de trouver l'adresse de M. Brouilly, car sa fenêtre était ornée d'orchidées roses… la fleur nationale du Brésil. Nous sonnâmes plusieurs fois et un Brouilly aux petits yeux finit par nous ouvrir et nous faire entrer. Il eut la bonne grâce de préparer du café bien fort, et je relatai les événements de la nuit.

— Ça alors ! Ça alors ! ne cessait de s'exclamer Brouilly. Tu es une énigme, Ar. Le garçon silencieux. Regardez comment il parle maintenant. Ça alors !

Ella me tenait la main et sa présence me réconfortait davantage que je n'aurais su le dire.

— Merci d'être venu me chercher, murmura-t-elle.

— Si seulement je m'étais tu, Ella. Je pensais que c'était Kreeg. J'essayais de raisonner quelqu'un qui n'était même pas dans la pièce…

— C'est normal que tu aies pensé cela. J'aurais eu le même réflexe à ta place.

Je marquai une pause pour observer l'appartement exigu de Brouilly. Une lampe peu puissante illuminait sa collection de projets à moitié finis et d'idées saugrenues. Sculptures, toiles et outils jonchaient tout l'espace. Ce chaos ne m'aidait pas à m'apaiser et je me pris la tête entre les mains.

— Si seulement je ne m'étais pas réveillé ! Toussaint aurait pris ses vases et déguerpi. Je ne l'aurais sans doute même pas remarqué.

— J'aimerais tant que Bel t'entende parler, déclara Brouilly avec mélancolie.

Je le dévisageai. Même après ce que je venais de raconter, il avait l'esprit ailleurs.

— Avez-vous eu des contacts avec elle ? m'enquis-je.

Mon ancien collaborateur de l'atelier avait l'air tourmenté.

— Non.

Il finit par apporter des couvertures. J'insistai pour qu'Ella dorme sur le petit canapé, et je plaçai un coussin par terre. Elle laissa pendre sa main et je la gardai dans la mienne jusqu'à ce que je m'assoupisse, l'épuisement ayant raison de moi.

La sonnette retentit tôt le lendemain matin et Brouilly ouvrit la porte à Évelyne.

— Mes chéris, c'est bon de vous voir. (Je courus la serrer dans mes bras.) Bonjour, Ella. Je suis heureuse de te savoir saine et sauve. J'ai contacté la gendarmerie.

— La gendarmerie ? répétai-je, horrifié.

— Oui, Ar. N'oublie pas qu'il y a eu une infraction dans la maison de mon employeur la nuit dernière, sans parler du fait anecdotique que le professeur saoul d'Ella ait essayé de te tuer. Toussaint doit être arrêté et mis hors d'état de nuire. On ne va tout de même pas laisser un fou furieux retourner au conservatoire pour donner des cours à de jeunes gens vulnérables.

— Mais, Évelyne, la gendarmerie va vouloir m'interroger ! Me poser des questions sur le diamant. Vous ne comprenez pas, je ne peux pas...

— Je comprends parfaitement bien, Ar, dit-elle en me prenant la main. J'ai toujours compris, depuis le jour où ce petit garçon a frappé à ma porte pour la toute première fois. Tu as connu plus de terreur dans ta vie que n'importe quel être humain ne devrait en supporter, de la part de forces allant bien au-delà de la compréhension d'une femme simple comme moi. Alors, oui, la gendarmerie voudra s'entretenir avec toi de toute urgence, mais moi, je n'aurai pas la moindre idée de l'endroit où tu te trouves, conclut-elle avec un clin d'œil.

— Quand la police arrêtera Toussaint, il déformera l'histoire et leur racontera la tirade d'Ar, intervint Ella en me regardant avec peine. N'oublie pas que, cette nuit, tu as mentionné... le meurtre d'une femme.

Je serrai les poings de frustration.

— Non ! J'ai dit que je n'aurais *jamais* été capable de tuer une femme !

Ella me posa une main réconfortante dans le dos.

— Je doute sincèrement que c'est ce que dira Toussaint. Rappelle-toi que tu lui as enfoncé un burin dans le bras.

Brouilly écarquilla les yeux.

— Uniquement pour me défendre, répliquai-je.

— Je sais bien. Mais tu n'as pas de papiers, Toussaint a donc l'avantage sur toi.

Les larmes me piquaient les yeux.

— Je vais devoir m'enfuir à nouveau. Après tout, j'ai l'habitude, et puis je dois poursuivre la recherche de mon père. S'il est quelque part, c'est en Suisse. Je vais partir en direction de la frontière. Ella, je...

— Je viens avec toi, m'interrompit-elle.

Je secouai vigoureusement la tête.

— Non, tu ne comprends pas. Tu as vu les risques que tu prenais en t'attachant à moi. Je ne peux pas permettre que tu m'accompagnes.

Ella me prit la main.

— Ar, avant de te connaître, mon existence était triste et monotone. Tu as tout changé. Si tu pars, moi aussi.

Évelyne joignit les mains sur sa poitrine, et Brouilly rejeta la tête en arrière pour dissiper ses larmes.

— S'il te plaît, suppliai-je. J'ai besoin de te savoir en sécurité.

— Bon sang de bonsoir, Ar, veux-tu bien l'écouter ? s'énerva Laurent en levant les mains de frustration. Ne vois-tu pas qu'il n'y a rien de plus important que l'amour ? Crois-en mon expérience. Cette jeune femme te voue une adoration sans limites et, clairement, c'est réciproque. Ne commets pas mon erreur, Ar. La vie est courte. Vis pour aimer, et rien d'autre.

Je plongeai mon regard dans celui d'Ella et sus que Laurent avait raison.

— Très bien. Nous nous mettrons en route vers la frontière ce soir, à la nuit tombée.

— Frontière par-ci, frontière par-là ! s'exclama Évelyne. Bon sang, Ar, crois-tu vraiment que ton Évelyne permettrait que tu te résignes à un tel destin ?

Je la regardai avec perplexité.

— Je ne comprends pas.

Elle soupira.

— Depuis le jour de ton arrivée à Paris, M. Landowski sait que tu fuis quelque chose, et que tu préfères ne pas parler parce que tu es effrayé. Par conséquent, il pensait bien que tu devrais peut-être quitter Paris à un moment ou à un autre. Résolu de t'aider, il t'a préparé un moyen de fuir. (Évelyne me tendit une enveloppe en vélin.) J'ai le plaisir de t'annoncer que, ce matin, tu es le lauréat du prestigieux prix Blumenthal.

Ma mâchoire se décrocha de stupéfaction.

— De quoi s'agit-il, Évelyne ? questionna Ella.

— T'en souviens-tu, Ar ?

— C'est un prix remis par la philanthrope américaine Florence Blumenthal à un ou une jeune artiste. M. Landowski fait partie du jury. Mais, Évelyne, je ne comprends pas... Comment ai-je pu remporter ce prix ?

— M. Landowski s'est arrangé avec Florence en 1930, peu avant sa mort. Apparemment, ton histoire avait beaucoup ému Mme Blumenthal et il fut convenu que, si jamais tu étais en danger à Paris, tu recevrais le prix et la somme qui va avec pour assurer ta sécurité.

Je n'en croyais pas mes oreilles.

— Félicitations, Ar, dit Ella tout sourire.

— Pardonnez-moi, reprit Évelyne en souriant. J'ai oublié de préciser que le prix sera partagé.

— Comment cela ? s'étonna Ella.

— Tu es toi aussi lauréate du prix Blumenthal. M. Landowski a veillé à ce que vous ayez tous les deux une voie de sortie en cas de malheur.

— Oh, mon Dieu, souffla-t-elle, sidérée.

Je lui pris la main, un sourire s'invitant sur mes lèvres malgré les événements de la nuit.

— Bien sûr, vous serez heureux de savoir qu'une condition du prix est que vous devez poursuivre vos études musicales. Après tout, c'est pour votre talent que vous avez été récompensés.

— Comment cela va-t-il être possible ? demandai-je.

— Des arrangements seront faits pour vous transférer dans un autre conservatoire européen. Par chance, M. Landowski ne manque pas de relations, et j'attends qu'il me donne des instructions pour votre voyage à venir.

— Sa moustache est ridicule, mais il faut avouer qu'il est brillant, balbutia Brouilly.

— C'est le moins qu'on puisse dire, Laurent. Je lui ai envoyé un télégramme ce matin. Il est en train d'élaborer une stratégie et m'informera de sa décision dès que possible.

J'étais bouleversé.

— Évelyne, je ne sais pas quoi dire…

Elle éclata de rire.

— Cela n'a-t-il pas toujours été ton problème, mon garçon ?

Je l'étreignis de nouveau.

— Merci, Évelyne. Merci pour tout.

Elle me chuchota à l'oreille :

— Ne la laisse pas filer, Ar. C'est un don du ciel.

Lorsque je m'écartai, j'aperçus des larmes dans ses yeux bruns.

— Bon ! reprit-elle en tapant dans ses mains. Je dois rentrer à la maison pour attendre le télégramme de M. Landowski. À mon retour, j'apporterai vos instruments. Ella, pourrais-tu écrire un mot à l'attention de Mme Dupont, confirmant que je suis ta tante et que tu m'autorises à prendre certaines de tes affaires ?

— Bonne idée.

Ella prit un morceau de papier sur le bureau de Brouilly et se mit à griffonner.

— D'ailleurs, si vous souhaitez faire quelques dernières choses avant de quitter Paris, c'est le moment. À très vite, mes chéris.

Sur ces mots, Évelyne quitta l'appartement et nous restâmes tous trois un moment debout en silence tandis que le tourbillon se calmait. Je finis par me tourner vers Ella.

— Nous devons écrire des lettres. Rien n'est plus douloureux que de voir quelqu'un disparaître de sa vie sans explications. Je vais écrire à M. Ivan.

Ella hocha la tête.

— Et moi à Mme Gagnon.

Je souhaitais que mon message à M. Ivan soit bref, mais sincère.

Cher Monsieur,

J'espère qu'Évelyne a pu vous remettre cette lettre et que vous allez bien. Je regrette de ne pas pouvoir venir à mon cours mardi. Je voulais vous écrire afin de vous remercier pour tout. Non seulement vous avez été le meilleur professeur que tout jeune musicien pourrait souhaiter, mais vous avez aussi été bien davantage : le premier ami réel que j'aie jamais eu.

J'espère qu'un jour nos routes se recroiseront. Dans le cas contraire, j'écouterai attentivement tout futur enregistrement d'orchestres symphoniques parisiens pour essayer de distinguer le son caractéristique de votre archet sur les cordes. Peut-être en ferez-vous de même et, ainsi, nous serons liés à jamais.

J'aimerais que vous sachiez que je ne vous tiens en aucune façon responsable des événements malheureux à l'origine de mon départ. Sans votre ingéniosité et… l'aide de M. Rachmaninoff, je sais qu'il n'aurait pas été possible d'obtenir des cours pour Ella. Je vous suis éternellement reconnaissant de nous avoir donné notre chance à tous les deux.

Enfin, veuillez vous méfier d'un certain professeur de flûte traversière. On ne peut pas lui faire confiance. Je souhaitais vous donner cette information, car, eh bien… nous autres émigrés devons nous serrer les coudes, pas vrai ?

Ar d'Aplièse

Évelyne revint ce soir-là en taxi, avec nos instruments. J'allai l'aider à les décharger, mais elle tendit une main en avant pour m'en empêcher.

— Reste à l'intérieur, Ar. On ne sait jamais qui pourrait nous observer.

Brouilly et elles vidèrent rapidement la voiture et Évelyne fit signe au chauffeur de partir.

— Je ne resterai pas longtemps, expliqua-t-elle. J'ai les instructions de M. Landowski. Il a un collègue à l'Académie de France qui est lui aussi parisien et sculpteur. Un certain Pavel Rosenblum. Tout cela tombe au bon moment car il se trouve que sa fille, Karine, s'apprête à commencer son premier semestre au Conservatoire de Leipzig. Il a pu passer quelques coups de fil, et vous avez tous deux été acceptés en premier cycle.

— Leipzig ? En Allemagne ? demanda Ella avec angoisse.

Je lui passai un bras autour de la taille.

— Exactement.

— Quand partirons-nous, Évelyne ? Et comment nous rendrons-nous en Allemagne ? demandai-je.

— Tu te souviens que mon fils Louis travaille à l'usine Peugeot ? (J'acquiesçai.) La chance veut qu'il livre une nouvelle automobile à un client au Luxembourg demain matin. Il vous fera donc traverser la frontière en voiture, et de là il ne sera pas dangereux de rejoindre Leipzig en train. Pour ce qui est des documents d'identité, Ar, tu emprunteras les papiers de Marcel, et Ella, ceux de Nadine. Comme vous êtes jeunes, je ne pense pas qu'on les examinera de trop près. Vous devrez les renvoyer par la poste à votre arrivée en Allemagne.

Une telle gentillesse me faisait monter les larmes aux yeux.

— Savez-vous où nous habiterons ?

— C'est M. Rosenblum qui s'est occupé de cette partie-là : vous serez logés dans un quartier du nom de Johannisgasse, le même que Karine. Je n'ai pas beaucoup de détails – tout cela s'est organisé en une journée seulement –, mais apparemment c'est assez agréable.

Je passai en revue dans ma tête les autres questions pratiques.

— Et l'argent ?

— Mes chéris, vous êtes lauréats du prix Blumenthal. Je vous assure que la dotation financière vous permettra de vivre confortablement pendant vos trois ans de premier cycle. Les cours seront payés, on vous ouvrira à chacun un compte en banque... le prix prendra tout en charge. Entre-temps, voici de quoi payer les billets de train et vos repas jusqu'à l'arrivée. (Elle me tendit une enveloppe marron.) Vous y trouverez aussi l'adresse de votre logement.

Je regardai Évelyne dans les yeux, des yeux si doux.

— Évelyne, je ne pourrai jamais...

Ma voix s'enroua légèrement. J'avais pris conscience que c'était peut-être la dernière fois que je la voyais, et j'en avais le cœur brisé. Sans dire un mot, elle m'attira vivement contre elle, et j'enfouis le visage dans son manteau.

— Merci d'avoir été mon petit compagnon, Ar. N'oublie pas que, malgré tout, il y a davantage de bonnes personnes dans le monde que de mauvaises. Je t'aime très fort. (Elle s'écarta et sortit quelque chose de sa poche.) J'ai un télégramme pour toi, de la part de M. Landowski.

Je le pris et le rangeai dans ma poche, luttant pour retenir mes sanglots. Évelyne inspira et se reprit pour étreindre Ella.

— Ella ! Je suis navrée que ton départ de Paris prenne un tournant si dramatique. Prends bien soin de lui, d'accord ?

— Toujours, promit la jeune fille.

— Je compte sur toi. Bon, Louis viendra vous chercher à six heures précises. Avez-vous des lettres à me remettre ?

— Oui, dis-je en reniflant.

Je lui tendis ce que j'avais écrit à M. Ivan, et Ella son billet pour Mme Gagnon.

— Soyez assurés que je les transmettrai bien. Quand la situation se sera calmée, j'espère que nous nous reverrons. J'essaierai de vous écrire à Leipzig, si la police ne me surveille pas. Soyez sages, tous les deux. Et bon voyage.

Cette fois-ci, c'est la voix d'Évelyne qui se mit à trembler et elle quitta l'appartement de Brouilly à la hâte.

— Tu sais, je crois que je n'ai jamais échangé plus que quelques mots avec Mme Gelsen, observa Brouilly. Tu as de la chance de l'avoir eue dans ta vie.

— Je sais, répondis-je.

Une nuit sans sommeil s'ensuivit et, à six heures exactement, nous entendîmes le vrombissement d'un moteur devant la porte. Brouilly, bien qu'ensommeillé, nous aida à charger nos instruments dans la Peugeot neuve et étincelante.

— Bonjour, Ar ! Quel plaisir d'avoir une compagnie si agréable pour ce long trajet.

L'homme que je connaissais depuis si longtemps m'adressa un grand sourire et je me tranquillisai.

Avant de rentrer chez lui, Brouilly me posa la main sur l'épaule.

— Bel savait que tu méritais d'être sauvé. Je t'en prie, garde-la dans tes pensées. Comme je te garderai dans les miennes.

Je lui serrai la main et montai dans la voiture. Bientôt, nous quittions Paris pour rouler vers l'avenir. Alors que j'essayais de trouver une position confortable pour dormir un peu, je sentis quelque chose qui me piquait la cuisse. Je me souvins du télégramme de M. Landowski que j'avais oublié d'ouvrir la veille.

« Si tu ne changes pas de direction, tu pourrais bien aboutir là où tu te diriges. » Lao Tseu.
Bonne chance, mon garçon.

21

J'espère avoir réussi à donner un aperçu acceptable des circonstances ayant entraîné notre fuite de Paris l'année dernière. Le voyage vers Leipzig fut assez facile, et Évelyne et M. Landowski n'avaient pas exagéré. Le prix finance nos cours et notre logement, en plus de nous fournir une allocation pour vivre tout en étudiant. Malheureusement, je n'ai eu de contact direct avec aucun de mes amis depuis notre départ de Paris. Toutefois, le soir de ma première prestation de soliste au Conservatoire de Leipzig, un gros bouquet de roses fut envoyé anonymement à ma loge, avec une carte qui disait *Amitiés de Rome.*

Notre nouvelle vie en Allemagne se révèle variée. Ella et moi vivons dans deux logements distincts à Johannisgasse, avec un café à mi-chemin devenu un de nos lieux de prédilection au cours de l'année écoulée. Contrairement à moi, Ella a une colocataire, ce qui est une pratique courante pour toutes les femmes ici. Je ne sais pas s'il s'agit d'un hasard, mais ce n'est autre que Karine Rosenblum, et toutes deux se sont liées d'une très forte amitié. Mlle Rosenblum est à l'exact opposé d'Ella à tous les égards – alors naturellement elles s'entendent à merveille.

Karine respire l'esprit bohème, choisissant de porter un pantalon et une veste de peintre la plupart du temps quand

Ella, au contraire, s'en tient à la tenue conventionnelle – jupe, chemisier et pull. Elle a une crinière de cheveux noirs soyeux qui me rappelle la fourrure d'une panthère et ses yeux sombres et brillants sont en décalage avec sa peau d'une extrême pâleur. Elle nous raconte souvent des anecdotes de ses parents – en particulier de sa mère qui, apparemment, est une cantatrice russe ! Ses histoires égaient nombre de nos soirées. À propos de familles, je ne mentionne jamais M. Landowski, ni personne d'autre d'ailleurs. Cela susciterait des questions auxquelles je ne pourrais pas répondre. J'essaie de garder le silence autant que possible et laisse Ella parler pour nous deux.

En ce qui la concerne, il n'est pas nécessaire de modifier la vérité. Elle a dit à Karine qu'elle était orpheline, mais qu'un professeur de musique à Paris avait repéré son talent et l'avait aidée à obtenir une bourse. Pour ma part, si quelqu'un me le demande, je réponds simplement que je viens d'une petite famille d'artistes à Paris. En général, mes interlocuteurs s'en contentent. Paradoxalement, j'ai appris avec l'âge que le mutisme appelait bien plus de questions que le bavardage.

L'enseignement au conservatoire est exceptionnel. C'est un pur bonheur de consacrer des journées entières aux études musicales, plutôt que deux après-midi par semaine, comme j'en avais l'habitude. Le conservatoire a rapidement décidé que je devrais me concentrer uniquement sur le violoncelle, car les professeurs estiment que je suis plus doué sur celui-ci. Toutefois, je garde précieusement mon violon sous mon lit, comme à Paris, et en joue souvent pour me détendre. En vérité, cela m'a permis de redécouvrir ma joie enfantine liée à l'instrument. Comme le dit Ella, j'en ai désormais « un pour le travail et un pour le plaisir ».

Ici, à Leipzig, nous vivons l'expérience complète du conservatoire : nous jouons dans des orchestres, nous donnons des concerts, nous composons… Je vis un rêve éveillé. Cela est d'autant plus précieux que la réalité qui nous entoure est bien plus effrayante que je ne l'aurais imaginé.

En mars 1933, le parti nazi d'Adolf Hitler est arrivé au pouvoir en Allemagne. J'ai honte d'avouer que j'ignorais presque tout de l'idéologie scandaleuse de l'homme à la petite moustache. Ella avait naturellement prêté davantage attention au mouvement qui ne cessait de croître, mais uniquement par le biais d'articles dans des journaux français, qui n'étaient ni nombreux ni fréquents. C'est Karine – elle-même juive – qui nous informe du véritable fléau politique du nazisme. Elle nous a appris que l'une des premières choses que Hitler avait faites en arrivant au pouvoir avait été de faire passer une règle qui permettait au gouvernement de promulguer des lois sans l'accord du Parlement. Cela donne par conséquent à Hitler un contrôle dictatorial de la nation, et le totalitarisme a commencé à s'implanter en Allemagne. Les nazis ont dissous tous les autres partis politiques, aboli les syndicats et tentent d'emprisonner tout opposant au régime. Il y a même de sombres rumeurs qui circulent à propos de camps où ils enferment leurs ennemis pour les soumettre à des tortures inhumaines.

Hitler ne cache pas sa haine à l'égard du peuple d'Ella. Apparemment, il l'accuse de la défaite de l'Allemagne lors de la Grande Guerre – un sentiment méprisable qui me retourne l'estomac. À cause de la folie sectaire d'un homme, l'antisémitisme est désormais la politique officielle du gouvernement. Il semble que la majorité des citoyens soient prêts à l'accepter, persuadés que Hitler redonnera à l'Allemagne son statut de superpuissance mondiale.

Ainsi, les conditions de vie à Leipzig sont tendues, principalement parce que le maire de la ville, Carl Friedrich Goerdeler, est un farouche opposant de la philosophie hitlérienne. Aucun de nous ne sait très bien comment il se débrouille pour survivre – peut-être parce que son adjoint, un tout petit homme du nom de Haake, est un membre du parti zélé et obéissant. À l'heure où j'écris, Goerdeler est à Munich pour rencontrer les sbires de Hitler qui, sans aucun doute, lui mettent la pression pour qu'il applique leur rhétorique antisémite à Leipzig. Tant que Goerdeler est là pour nous protéger, les habitants de Leipzig se sentent relativement en sécurité. Mais en vérité, je ne sais pas combien de temps cela peut durer.

Mon cœur se brise chaque fois que je lis l'inquiétude sur le visage d'Ella. Il n'est pas inhabituel de voir des officiers SS arpenter les rues ici, et les Jeunesses hitlériennes – le moyen qu'a trouvé le parti nazi pour consolider son avenir par l'endoctrinement – paradent fréquemment. Bientôt, nous aurons une génération de citoyens qui acceptent la haine raciale comme un phénomène normal.

Il devient de plus en plus probable qu'Ella et moi ne puissions pas achever notre premier cycle au Conservatoire de Leipzig. Nous avons discuté d'un éventuel retour à Paris – ou d'un départ ailleurs en Europe –, mais je crains que, si l'Allemagne souhaite faire la guerre, celle-ci atteigne aussi le pays natal d'Ella.

Ce soir, Ella et moi devons retrouver Karine autour d'un café pour parler de la situation, avec son petit ami – un Norvégien du nom de Jens Halvorsen (« Pip » pour les intimes). De mon point de vue, il est beaucoup trop détendu face à la situation qui se développe dans la ville. Il est convaincu que les nazis ne toucheront pas les étudiants du conservatoire, sous prétexte que, malgré tout, Hitler défend la musique et la culture. Karine est de plus en plus frustrée par ses appels au calme.

22

C'était lui.

Kreeg Eszu.

J'aurais reconnu ces yeux verts et pénétrants n'importe où.

Comment m'avait-il trouvé ? Avait-il réussi à me pister jusqu'à Paris, où quelqu'un avait parlé ? Toussaint, peut-être ? Mon esprit bouillonne et je me tourne vers mon journal pour mettre de l'ordre dans mes pensées.

Nous retrouvâmes Pip et Karine au café, comme prévu, et la conversation s'orienta rapidement vers la situation politique à Leipzig.

— Ella et Ar sont inquiets eux aussi, répéta Karine à Pip. Ella aussi est juive, tu sais, même si elle n'en a pas le physique. La chance, murmura-t-elle.

— Nous pensons que ce qui se passe en Bavière va arriver ici, ce n'est qu'une question de temps, déclara doucement Ella.

Pip se hérissa.

— Nous devons attendre de voir ce que peut faire le maire pendant qu'il est à Munich. Mais même si le pire se produit, je suis certain qu'ils ne toucheront pas aux étudiants de notre école.

Karine secoua la tête en soupirant. Pip se tourna alors vers moi.

— Comment vas-tu, Ar ?

— Ça peut aller.

— Où passerez-vous Noël ?

Je réfléchis un instant.

— Je...

Avant que j'aie le temps de répondre, deux SS entrèrent dans le café d'un pas nonchalant, vêtus de leur uniforme gris caractéristique et armés d'un pistolet placé dans une gaine autour de leur taille. Lorsque j'aperçus le visage du plus jeune des deux, je me sentis défaillir.

En dix ans, la mâchoire carrée, les yeux perçants, les pommettes saillantes et la peau olive de Kreeg n'avaient pas changé. Il croisa mon regard. Aussi calmement que possible, je baissai les yeux et détournai la tête. Eszu et son collègue s'assirent à une table à quelques dizaines de centimètres seulement de la nôtre. J'aurais pu toucher l'homme qui avait juré de me tuer.

— Nous ne savons pas encore très bien, bredouillai-je à Pip avant de me tourner discrètement vers Ella. Il est là. Kreeg, lui chuchotai-je à l'oreille.

Elle ouvrit de grands yeux.

— Ne bouge pas. Nous allons attendre quelques minutes avant de partir calmement.

Elle m'agrippa la main.

Voir Kreeg était déjà assez choquant en soi, mais le voir dans l'uniforme gris des SS me donnait la nausée. Enfants, nous avions construit des igloos dans la neige, escaladé des arbres gelés et inventé toutes sortes d'histoires pour occuper les longues soirées obscures de la Sibérie. Et voilà qu'il servait le parti nazi. Je regardai mes chaussures. Bien que je brûle de m'enfuir à toutes jambes, je savais que ce serait inutile. Il me rattraperait aussitôt.

— Nous avons été ravis de vous voir, mais Ar et moi devons vraiment rentrer – nous avons des devoirs à terminer, annonça Ella. À tout à l'heure, Karine. Salut, Pip.

— Oh. Au revoir alors, répondit-il.

Karine nous regardait avec compassion, imaginant sans doute que nous avions simplement été perturbés par la présence des SS.

Me serrant toujours la main, Ella se leva d'un air tranquille et se dirigea vers la porte d'un pas résolu. Je sentis que Kreeg me suivait des yeux. À chaque pas, ma crainte de recevoir une balle dans le dos augmentait, mais il ne tira pas. Lorsque nous atteignîmes la sortie, je ne résistai pas à la tentation de lui faire face. À ma grande surprise, il me tournait le dos, buvant le café qu'on venait de lui servir.

Nous rentrâmes chez nous aussi vite que possible, mais maintînmes une allure constante afin de ne pas attirer l'attention.

— Es-tu sûr que c'était lui ? haleta Ella.

— Quasi certain. Tant d'années ont passé… mais ses yeux n'ont pas changé. Mon Dieu, mon Dieu !

Mon agitation croissait de seconde en seconde.

— Je t'en prie, essaie de garder ton calme, mon chéri. Crois-tu qu'il t'ait traqué jusqu'ici ?

Je haussai les épaules.

— Forcément… Je ne vois pas d'autre explication. Mais lorsque nous avons quitté le café, il ne nous a pas regardés partir.

Ella hocha la tête, soulagée.

— Tant mieux. Peut-être ne t'a-t-il pas reconnu alors. Mais, Ar, vous êtes russes tous les deux. Comment Kreeg peut-il être membre de la SS ?

— Son père était prussien. Tu te rappelles ? Je t'ai longuement parlé de Cronus Eszu.

— Bien sûr, répondit-elle, se remémorant l'histoire.

Nous arrivâmes à la maison usée en pierre calcaire où j'habitais et gravîmes l'escalier étroit jusqu'au troisième étage. Une fois dans ma chambre, je fermai la porte à clé et tirai les rideaux peu épais. Par chance, la femme qui gère ce logement, Frau Schneider, est une vieille bohémienne qui hausse à peine un sourcil quand elle voit des filles entrer dans le bâtiment – « tant que je n'entends rien et qu'elles sont reparties avant neuf heures », comme elle dit.

Je m'assis sur le lit grinçant et me pris la tête entre les mains.

— Si nous guettions des signes nous indiquant de quitter Leipzig, je crois que nous venons d'en recevoir un de taille.

Nous devons fuir dès que possible. (Je passai les mains dans mes cheveux. J'avais du mal à respirer et avais à la fois chaud et froid.) Je… je ne me sens pas…

Tout devenait flou et mon champ de vision se rétrécissait. Ella me rejoignit sur le lit.

— Ça va aller, mon chéri. Tout va bien, assura-t-elle en m'enveloppant d'un bras réconfortant. Calme-toi. Tu es en sécurité et je suis là. Tu as eu un choc, mais tu vas t'en remettre.

— Il nous faut partir, Ella. Il va venir me chercher… Il va venir nous chercher…

— Je suis d'accord, mon chéri. Mais veux-tu bien m'écouter une minute ?

Je repris mes esprits et acquiesçai.

— Bon, d'après ce que tu m'as dit, Kreeg Eszu a une mission dans sa vie : en finir avec la tienne. C'est bien cela ?

— Tu connais la réponse à cette question.

— Alors, s'il t'avait reconnu au café, il n'aurait pas manqué d'agir, quelles qu'en aient été les conséquences. Tu es d'accord ?

J'hésitai un moment, avant d'en convenir.

— Je suppose, oui.

— Il semble donc raisonnable de penser qu'il ne t'a pas reconnu. Dans ce cas, nous pouvons supposer que tu ne cours aucun danger dans l'immédiat. Est-ce que tu suis mon raisonnement ? De la même façon que la situation politique à Leipzig ne représente aucun danger imminent pour moi. Pour l'instant, personne n'entre chez nous de force et nous ne sommes pas victimes de ségrégation. Cela ne veut pas dire que la situation ne peut pas rapidement évoluer, mais là, maintenant, nous sommes en sécurité, et nous sommes ensemble. Alors, s'il te plaît, mon chéri, garde ton calme. Au moins pour moi.

J'inspirai profondément afin de ralentir ma respiration et regardai Ella dans les yeux.

— Pardonne-moi.

— Je t'en prie, tu n'as pas besoin de t'excuser. Je veux juste que tu saches que tu vas bien et que je suis là.

Elle me caressa les cheveux, ce qui avait toujours le don de m'apaiser. Au bout de quelques instants, je me relevai.

— Il est temps d'agir. Je vais commencer à élaborer des plans de sortie. (Je descendis ma valise de l'armoire au coin de la chambre.) Demain, il faut que tu ailles à la Deutsche Bank pour retirer autant d'argent que possible. Après quoi nous prendrons le dernier train pour quitter la ville.

— Où proposes-tu que nous nous enfuyions, Ar ? En France ? Pour retrouver la gendarmerie qui, très certainement, souhaite toujours t'arrêter ? Nous ne pourrions parler ni à Évelyne ni aux Landowski. La rumeur se propagerait à Boulogne que tu es revenu et la police te retrouverait.

— Tu as raison. Nous n'irons pas en France, le risque est trop grand. Nous irons en Suisse. Il est temps. Je dois découvrir ce qui est arrivé à mon père.

Ella poussa un soupir.

— Depuis combien d'années parles-tu d'aller en Suisse ? Y a-t-il une partie de toi qui le croit encore en vie ?

Sa réaction me déconcerta.

— Non, bien sûr que non. Mais que proposes-tu ? Que nous restions en Allemagne ? Dois-je simplement accepter la possibilité que Kreeg m'assassine ? Ou que Hitler en fasse de même avec toi ?

De frustration, je donnai un coup de pied dans ma valise et m'en repentis aussitôt. Ella essayait de m'aider, mais j'étais submergé par la panique.

— Écoute-moi, implora-t-elle. Nous ne pouvons rien faire pour Hitler. Mais peut-être pouvons-nous faire quelque chose pour Kreeg.

Je mis les mains sur les hanches.

— Et quoi donc, Ella ?

— J'y ai réfléchi au fil des années. Pourquoi ne lui rends-tu pas simplement le diamant ?

Je ne pus m'empêcher de ricaner.

— Oh, Ella. Tu sais bien que j'ai essayé de le lui donner en Sibérie. Mais il refusait de m'écouter. Il s'est contenté de m'attaquer.

Ella hocha la tête.

— Je sais, mais la situation a changé depuis. Vous étiez enfants. Et étant donné ce que tu m'as décrit, je ne vois pas ce que Kreeg aurait pu penser d'autre. (Elle marqua une pause, hésitant clairement à prononcer les mots suivants.) Après tout, tu te tenais à côté du cadavre de sa mère.

Je frissonnai. Pendant des années, j'avais essayé d'effacer ce souvenir de ma mémoire.

— Pourquoi es-tu obligée de me le rappeler ?

— Parce que, mon chéri, tu dois te souvenir que tu n'es pas un meurtrier. J'ai parfois l'impression que tu l'oublies. Tu es innocent et tu n'as rien à craindre de ton créateur.

— De mon créateur, non. De mon frère… Kreeg… c'est une autre histoire.

— Kreeg croit que tu as tué sa mère pour t'emparer du diamant. Nous savons tous les deux que ce n'est pas le cas. Il doit accepter la vérité.

— Et comment proposes-tu que je m'y prenne ? Devrais-je l'arrêter dans la rue, lui taper sur l'épaule et le serrer dans mes bras ? Voudrais-tu que je lui lance le diamant en disant « Sans rancune, frangin » ?

— Je comprends ce que tu dois ressentir, mais ce n'est pas la peine de te montrer agressif envers moi.

Elle semblait déçue par ma réaction.

— Excuse-moi, ma chérie, mais j'ai l'impression que tu oublies pourquoi nous sommes ici au départ. Kreeg a juré de me traquer et de venger sa mère, ou de mourir en essayant. Je le connais, Ella. Peut-être mieux que quiconque sur cette planète. Il tiendra parole.

— Je sais. Mais il y a plusieurs éléments à garder à l'esprit. Premièrement, il ne connaît pas ton pseudonyme. Ici, tu t'appelles Ar d'Aplièse. Deuxièmement, tu as grandi. Je sais que tu as reconnu Kreeg immédiatement, mais ce ne sera pas forcément aussi facile pour lui. Troisièmement, de quel instrument pense-t-il que tu joues ?

— Du violon. Aaah…

— Exactement. Il ne se renseignera certainement pas au sujet d'un certain Ar d'Aplièse qui étudie le violoncelle. S'il fouine dans les parages, peut-être est-il en train de perdre espoir que tu sois tout simplement là.

— C'est possible, en effet.

— Aussi, peut-être les étoiles t'ont-elles donné une opportunité. Kreeg ne dispose pas de l'élément de surprise que tu crains. Si nous arrivons à élaborer une stratégie pour lui rendre le diamant, éventuellement avec une lettre expliquant en détail les véritables circonstances de la mort de sa mère, alors peut-être cessera-t-il de te pourchasser.

Je secouai tristement la tête.

— Cela ne suffira jamais, malgré la vérité. Il veut ma peau.

Elle me caressa la joue.

— Cela ne vaut-il pas la peine d'essayer, mon chéri ? Nous pourrions alors vivre en paix.

— J'ai peur, Ella. J'ai peur de lui.

— Je sais. Mais tu as ton Ella avec toi.

Elle se leva et commença à faire les cent pas en réfléchissant à voix haute :

— Tout d'abord, il est impératif que tu restes à l'intérieur pour l'instant, afin que je découvre où Kreeg est posté et quelle est sa routine quotidienne. Cela te semble-t-il être raisonnable ?

Je poussai un soupir.

— Oui.

— Parfait ! Alors, c'est parti.

— Ella…

— Oui, mon chéri ?

— Je te supplie d'être prudente. Nous ne faisons que supposer que Kreeg ne m'a pas reconnu ce soir. Il est malin et très dangereux. S'il t'arrivait quoi que ce soit, je me rendrais aussitôt à Eszu.

— Je sais. C'est la raison pour laquelle nous allons tenter d'en finir avec cette histoire, d'une façon ou d'une autre. (Elle m'embrassa.) Au revoir, mon chéri. Je reviendrai te communiquer des informations quand je le pourrai.

Sur ces mots, elle ouvrit la porte de ma chambre et disparut.

Et me voilà, glacé de peur à l'idée qu'il lui arrive quelque chose, ou que Kreeg m'ait reconnu dans le café. Régulièrement, j'écarte un peu mon rideau pour jeter un coup d'œil à la rue en contrebas, redoutant de voir un homme en uniforme SS en train de me fixer. La nuit s'annonce très longue.

23

Ella revint à dix heures le lendemain matin, pâle et visiblement secouée. Elle arrivait à peine à parler, alors je la fis asseoir et allai lui préparer une tasse de thé sucré dans la cuisine du rez-de-chaussée. Tandis qu'elle le buvait à petites gorgées, je la tenais dans mes bras, et elle finit par reprendre quelques couleurs.

— C'était affreux, Ar. Tellement affreux.

Lorsqu'elle s'en sentit enfin capable, elle décrivit la scène terrifiante à laquelle elle venait d'assister au Gewandhaus – la plus grande salle de concert de la ville. Sur la place juste devant se dressait une statue du grand Felix Mendelssohn – le fondateur juif du Conservatoire de Leipzig d'origine. Ce matin-là, des membres des Jeunesses hitlériennes avaient fait tomber le monument et l'avaient réduit en un tas de gravats.

— Ils avaient l'air hors d'eux et grinçaient des dents, Ar. On aurait dit des animaux enragés, aveuglés par la haine et la colère. J'ai dû garder mon sang-froid et passer devant la scène en présentant un visage aussi impassible que possible.

Ella ferma les yeux pour essayer de chasser ces images de son esprit.

— Goerdeler sera furieux, déclarai-je. Comment peut-on détester un homme qui a tant donné au monde ?

— Je te parie tout ce que tu veux que c'est Haake, son adjoint vicieux, qui a tout organisé. Ce serait logique de sa part d'essayer d'intimider les Juifs pendant que Goerdeler est à Munich. À présent, c'est sûr que Goerdeler va être forcé de quitter la mairie. Alors Leipzig sera perdue.

— Ella, je suis navré.

Elle saisit un mouchoir et s'épongea les yeux.

— Ce n'est pas tout. J'ai vu Kreeg, debout près des décombres, en train de crier des ordres aux enfants. Je crois qu'il supervise la brigade des Jeunesses hitlériennes. (Je frémis en pensant à son influence sur des enfants innocents.) Par conséquent, cela devrait être assez facile pour moi d'anticiper ses déplacements. Il suffit que je trouve l'emploi du temps de la brigade. Je saurai alors où se trouve Kreeg à tout moment.

— Eh bien, je suppose que c'est le point positif de la matinée.

Ella baissa les yeux.

— Je ne dirais pas ça, Ar.

Je m'en voulus aussitôt.

— J'ai été idiot de dire ça. Je ne les laisserai pas te faire du mal, ma chérie. Je te le jure. (Elle me sourit tristement.) Au fait, n'es-tu pas censée aller en cours ?

— Non. Le directeur a fermé le conservatoire. Il a estimé que c'était trop dangereux pour les étudiants, alors je vais retrouver Karine à Wasserstrasse.

Elle se leva.

— Ella, je ne crois pas que ce soit raisonnable. On voit bien que Karine est juive. S'il règne un fort sentiment antisémite dans les rues aujourd'hui, je m'inquiète pour ta sécurité.

— Ar, n'oublions pas que nous avons un devoir envers notre amie. Nous savons tous les deux que Pip ne se rend pas compte de la gravité de la situation. Il est bien plus préoccupé par sa composition.

— Je suis censé jouer du violoncelle dans l'orchestre qu'il dirigera… Quoi qu'il en soit, je ne peux pas te laisser sortir seule aujourd'hui. Je veux t'accompagner.

Ella envisagea cette option.

— J'avoue que je serais plus rassurée si tu venais avec moi. Kreeg et sa brigade des Jeunesses hitlériennes organisent un autodafé près des décombres de la statue de Mendelssohn. Ils exigent que les étudiants jettent les partitions des compositeurs juifs dans les flammes de l'enfer…

Ella fut gagnée par l'émotion, à juste titre. Je me levai et la pris dans mes bras.

— Enfile ton grand manteau, finit-elle par me dire. Mets aussi ton chapeau. Ne prenons pas de risque inutile.

Nous nous installâmes dans une alcôve isolée du café de Wasserstrasse pour attendre Pip et Karine. Lorsqu'ils nous rejoignirent, Karine était sous le choc et ses yeux rouges indiquaient clairement qu'elle avait pleuré. Néanmoins, comme à son habitude, la meilleure amie d'Ella fit preuve de résilience au moment d'ouvrir la bouche.

— Maintenant que ceci s'est produit, nous n'avons plus personne pour nous protéger. Nous savons tous que Haake est antisémite. Il n'y a qu'à voir la façon dont il a essayé d'appliquer ces horribles lois du reste de l'Allemagne. Combien de temps avant qu'on interdise aux médecins juifs de pratiquer leur métier, et aux Aryens de les consulter, ici à Leipzig ?

Pip leva les mains pour appeler au calme.

— Ne paniquons pas, attendons le retour de Goerdeler. Selon les journaux, il devrait revenir dans quelques jours. De Munich, il s'est rendu en Finlande pour une mission de la chambre de commerce. Je suis persuadé que lorsqu'il aura vent de cette affaire, il regagnera aussitôt Leipzig.

— Mais la haine est palpable dans l'air ! lâcha Ella. Tout le monde sait qu'il y a beaucoup d'étudiants juifs au conservatoire. S'ils décidaient d'aller plus loin et de raser le bâtiment tout entier, comme ils l'ont fait pour des synagogues dans d'autres villes ?

— Le conservatoire est un temple de la musique, ce n'est un édifice ni politique ni religieux. Je vous en prie, nous devons garder notre sang-froid, insista Pip.

— Facile à dire pour toi, lui glissa Karine à voix basse. Tu n'es pas juif et passeras pour l'un d'entre eux avec tes yeux bleu clair et tes cheveux ondulés blond vénitien. Pour moi, c'est différent. Juste après la démolition de la statue, je suis passée devant un groupe de jeunes en allant au conservatoire, et ils m'ont crié « *Jüdische Hündin !* ». (Elle baissa les yeux en se remémorant ce souvenir. Nous savions tous que cela signifiait « Putain de Juive ».) En plus de cela, je ne peux même pas parler à mes parents. Ils sont aux États-Unis pour préparer la nouvelle exposition de mon père.

C'était au tour de Pip d'avoir perdu son calme ; on avait l'impression que son sang bouillonnait dans ses veines. Il prit la main de Karine.

— Ma chérie, je te protégerai, même si pour ça je dois t'emmener en Norvège. Il ne t'arrivera rien.

Il lui caressa la joue, écartant de son visage anxieux une mèche de cheveux soyeux.

— Tu me le promets ? demanda Karine avec une sincérité déchirante.

Pip l'embrassa tendrement sur le front.

— Je te le promets.

Ella et moi étions soulagés de constater que, pour la première fois, Pip semblait reconnaître la gravité de la situation.

Au cours des jours qui suivirent, je restai chez moi et remis une note à Ella pour expliquer à mes professeurs que j'avais attrapé la grippe. Elle venait me voir tous les soirs et m'informait des déplacements d'Eszu. Le troisième soir, elle arriva avec de nouvelles informations.

— J'ai suivi quelques SS en centre-ville aujourd'hui. Ils logent dans un hôtel près du quartier général du NSDAP, annonça-t-elle, une touche d'excitation dans la voix.

— Qu'est-ce que le NSDAP ?

— Le Parti national-socialiste des travailleurs allemands. En bref, le siège des nazis. C'est là qu'est basée la police d'État.

Je m'appuyai sur la légère table en bois qui faisait office de bureau.

— Tu crois que c'est là qu'est Kreeg ?

— Très certainement, oui. Même si…

Elle détourna les yeux.

— Qu'y a-t-il, Ella ?

— J'ai découvert qu'ils avaient instauré une sorte de rotation. Kreeg voyage dans le pays, se rendant auprès de différentes brigades des Jeunesses hitlériennes pour veiller à ce que les techniques locales d'endoctrinement soient au niveau. Il quittera bientôt Leipzig.

Je laissai échapper un petit rire d'incrédulité.

— Comment l'as-tu appris ?

— J'ai discuté avec l'un d'entre eux.

Mon humeur changea du tout au tout.

— QUOI ? Ella, qu'est-ce qui t'est passé par la tête ? Je n'ai accepté ce plan qu'à la condition que tu ne te mettes pas en danger !

Elle prit mes mains dans les siennes.

— Quel meilleur moyen de me protéger que de manifester mon soutien à leur cause ? Je me suis faufilée jusqu'à l'un des jeunes garçons, qui fumait près des colonnes du conservatoire. Je lui ai dit qu'il était très beau dans son uniforme et qu'il avait vraiment fait du bon travail en détruisant la statue l'autre jour.

Je lâchai les mains d'Ella pour me masser les tempes.

— Oh… Continue.

— J'ai demandé au soldat quel était son travail, et il m'a répondu qu'il était chargé de la formation de la brigade des jeunes sous la supervision du premier lieutenant Eszu… qui part demain.

Ma colère se déversa.

— Tu joues avec le feu. S'il avait su que tu étais juive ?

Ella leva les yeux au ciel.

— Bon sang, regarde-moi ! Mes cheveux blonds et mes yeux bleus correspondent parfaitement à leur vision aryenne pour l'Allemagne, non ? Et c'est incroyable ce qu'on peut obtenir en battant des cils…

Je soupirai.

— Je ne sais pas quoi penser. Je suppose que je devrais me réjouir de savoir que, si je reste tapi ici encore vingt-quatre heures, Kreeg quittera Leipzig et je serai de nouveau en sécurité. Mais d'un autre côté, nous n'allons pas pouvoir mettre ton plan à exécution.

— Non. Même si le soldat m'a dit que le lieutenant Eszu reviendrait dans six mois pour vérifier que le niveau de formation n'a pas baissé. Cela nous donnera plus de temps pour trouver une façon de lui rendre le diamant sans prendre de risques.

Je me mis à arpenter ma petite chambre.

— D'accord, mais cela ne change pas notre situation actuelle. Si Kreeg s'en va, les autres nazis, eux, vont rester. Tu n'es plus en sécurité à Leipzig.

Elle prit quelques instants pour formuler sa réponse :

— Comme l'avait prédit Pip, Goerdeler est de retour. Cet après-midi, il a promis de reconstruire la statue de Mendelssohn. Le plan de Haake pour le chasser a échoué. Je pense que... la situation pourrait se stabiliser. Tant que Goerdeler est aux commandes, il n'y a pas de menace imminente.

Je m'arrêtai de tourner en rond et la regardai dans les yeux.

— Me proposes-tu vraiment de rester, Ella ?

Elle hocha lentement la tête.

— J'ai un devoir envers Karine. Pip n'a l'intention d'aller nulle part pour l'instant, et elle a besoin de notre soutien. N'oublie pas que, sans son père, nous ne serions même pas là. Nous devons rester pour la protéger.

Difficile de contrer un tel argument. Si Karine restait, alors nous resterions aussi.

— Je comprends.

— Merci, Ar. (Je fus récompensé par un baiser sur la joue.) Tu te rends compte que nous serons en vacances de Noël dans quelques jours seulement ? Pip et Karine envisagent de passer une semaine dans un petit hôtel en se présentant comme mari et femme. Frau Fischer, qui supervise ma résidence, va voir sa famille à Berlin cette même semaine. (Elle rougit légèrement.) Je me disais que... si tu voulais, tu pourrais peut-être venir chez moi pour la semaine.

Je ressentis des papillons dans mon ventre. Même si Ella et moi étions ensemble depuis sept ans, nous n'avions jamais...

consommé notre relation. Pardonnez-moi, je suis un peu gêné d'écrire à ce sujet. Au départ, l'innocence avait été dictée par notre âge mais désormais, à dix-huit ans et vingt ans, il y avait clairement certains désirs qui n'existaient pas quand nous étions enfants. À quelques occasions, nous avions été à deux doigts de les assouvir, mais nous avions toujours été interrompus – en général, par un autre locataire. Nous avions évoqué la possibilité de réserver une chambre d'hôtel, mais nous avions toujours eu le sentiment que cela serait en quelque sorte irrespectueux envers M. Landowski et le prix Blumenthal.

— La vie est courte, Ar, me lança Ella en m'adressant un clin d'œil avant de regagner ma porte.

Les vacances arrivèrent et le conservatoire se vida, étudiants comme professeurs rentrant chez eux pour les fêtes de fin d'année. Les résidences étaient presque vides, et je préparai une petite valise que j'emportai chez Ella.

Ce soir-là, nous fîmes l'amour pour la première fois. Nous étions tous deux terriblement intimidés et l'expérience fut courte et maladroite. Ensuite, tandis qu'elle était blottie contre moi, nous nous regardâmes, essayant de faire naître un moment romantique – car je crois que c'est ce que nous avions tous deux lu dans les romans. En vérité, le... l'acte... avait été assez décevant et, quand nos regards se croisèrent, nous éclatâmes de rire. Puis, les rires se transformèrent en baisers, qui évoluèrent en caresses et... eh bien, la deuxième tentative fut bien plus réussie. Je n'entrerai pas dans les détails ici afin de préserver la pudeur d'Ella et d'éviter d'écrire quoi que ce soit qui puisse me gêner *a posteriori*, mais c'était tout à fait remarquable.

Nous passâmes la semaine à nous former l'un l'autre dans l'art de l'intimité physique et à nous abandonner avec bonheur au péché de la chair. Après un faux départ, nous découvrîmes qu'il s'agissait du processus le plus naturel qui soit pour deux personnes qui s'aiment. Notre corps est conçu pour nous donner du plaisir, alors pourquoi le lui refuser ?

* * *

Le nouveau semestre arriva et, avec le retour de Goerdeler, la température politique se radoucit, tout comme Ella l'avait prédit. Je repris mes études et la vie se poursuivit globalement comme avant l'arrivée (et le départ) de Kreeg Eszu. Pip travaillait d'arrache-pied à sa composition, espérant de toutes ses forces qu'elle pourrait être jouée avant que Karine n'ait d'autre choix que de quitter Leipzig. Il organisait parfois des répétitions pour de nouveaux éléments de la partition et, derrière mon violoncelle, je m'émerveillais de son œuvre. Malgré ses défauts, Pip Halvorsen était un compositeur prodigieusement talentueux.

— Est-ce que c'est bien, Ar ? Je fais confiance à ton opinion.

— Je pense que tu vas faire un triomphe, répondis-je en toute honnêteté.

— C'est très gentil de ta part. (Il referma le piano et se pencha vers moi.) Tu sais, une rumeur à l'école dit qu'on t'appelle « Ar » parce qu'on ne te voit jamais sans ton archet. Y a-t-il un fond de vérité ?

Je me forçai à rire pour masquer mon anxiété.

— Cette rumeur n'est pas fondée du tout, en revanche c'est en raison de mon nom que j'ai saisi un archet au départ !

Je me félicitai intérieurement pour ce mensonge sorti avec facilité.

— Ah, bien sûr, Ar par le nom…

— Archet par la nature, complétai-je.

Pip balaya des yeux la salle de répétition lambrissée.

— Tu sais, Goerdeler se présentera pour un nouveau mandat en mars. Il l'a annoncé aujourd'hui.

Je me levai et commençai à ranger mon violoncelle.

— Voilà une bonne nouvelle, c'est indéniable.

J'étais conscient que Pip m'observait attentivement pour voir ma réaction.

— Oui. J'espère que, comme tout le conservatoire et la majorité de Leipzig sont derrière lui, il sera réélu et débarrassera cet endroit de tous ses visiteurs indésirables. Pour le bien de nos chères et tendres respectives.

Je refermai mon étui et me tournai vers lui.

— Je crains que ce ne soit une prédiction bien optimiste, Pip. Goerdeler n'a même pas réussi à faire reconstruire la statue de Mendelssohn.

Il haussa les épaules.

— C'est vrai. Mais j'imagine qu'une fois que le peuple se sera exprimé et qu'il sera réélu, le Reich n'aura d'autre choix que de le soutenir, non ?

— Je n'en suis pas si sûr. Nous savons tous que Haake œuvre ouvertement contre sa réélection. La destruction de la statue a révélé au monde sa position face aux Juifs.

Pip poussa un profond soupir. De toute évidence, je ne lui fournissais pas les réponses qu'il espérait.

— Je sais. J'essaie constamment de me convaincre que tout ceci n'est pas réel. Je suis en troisième année, il y a de fortes chances que je puisse finir mon cursus ici. Alors que Karine, Ella et toi… vous devrez peut-être partir avant même le début de votre dernière année.

— C'est un petit prix à payer pour notre sécurité, Pip.

Il réfléchit avant d'acquiescer.

— Oui, en effet.

Au cours des semaines suivantes, Ella, Karine et beaucoup d'autres étudiants du conservatoire militèrent pour la réélection de Goerdeler. Le soir du décompte des voix, nous nous joignîmes à la foule devant la mairie et nous écriâmes de joie en entendant que notre candidat avait été réélu. Pour la première fois depuis longtemps, nous avions l'impression de vivre une réelle victoire.

24

Malgré tous les efforts de Goerdeler, la statue ne fut pas reconstruite. Étant donné son échec, il démissionna le 31 mars 1937, déclinant sa réélection.

Veuillez excuser ma graphie peu soignée par rapport à la dernière fois. Malheureusement, j'ai été blessé au bras droit et ai du mal à le soulever. Chaque fois que je commence une nouvelle ligne, la douleur se propage à mon coude, jusqu'à mon épaule, et s'amplifie ensuite dans mon cou. Cela me rappelle que le corps humain est un ensemble de nerfs interconnectés et, de toute évidence, les dégâts sont tels que la douleur se fait ressentir à plusieurs endroits. J'ai actuellement le bras dans une écharpe de fortune qui n'est autre qu'un foulard d'Ella, qu'elle m'aide à mettre et à enlever plusieurs fois par jour. Par ailleurs, mon visage est aussi pourpre que le *glühwein*, le vin chaud allemand que nous buvions pour nous réchauffer les soirs d'hiver.

En cet instant, je me trouve dans une cabine à bord d'un vieux ferry qui nous emmène Ella et moi vers une terre qu'aucun de nous n'a jamais vue. Malgré tous les événements récents, je suis tout excité par la promesse d'un pays nouveau et verdoyant. Nous sommes accompagnés de Pip et Karine, à qui je pense qu'Ella et moi devons la vie. Pip a eu la gentillesse de nous permettre de rejoindre, avec Karine et lui, la maison de sa famille en Norvège. Cette traversée de deux jours est pour moi l'occasion d'écrire dans mon journal, afin de relater les événements qui ont précipité notre départ de Leipzig.

Au cours des derniers mois, nous étions restés vigilants – notamment Ella, qui avait gardé un œil attentif sur la brigade des Jeunesses hitlériennes au cas où Kreeg reviendrait. Même en l'absence d'Eszu, Ella et moi avions tous deux décidé qu'en mai, il serait temps de partir. Cela nous permettait de finir le semestre et de passer nos examens de deuxième année. Goerdeler parti, les national-socialistes étaient libres de décréter toute sanction qui leur plairait contre la population juive. Il était tout simplement trop dangereux de rester. Ella avait fini par convaincre Karine de quitter l'Allemagne, avec ou sans Pip, mais celui-ci avait accepté la gravité de la situation et avait invité Karine à l'accompagner en Norvège à la fin du semestre.

Ella et moi estimions qu'il serait raisonnable pour nous d'aller aux États-Unis. Nous avions tout juste assez d'argent pour la traversée, et j'avais élaboré une vague stratégie visant à rechercher la famille Blumenthal afin de la remercier de m'avoir sauvé la vie, avant de me mettre en quête d'un emploi.

Avec ces projets, il me semblait approprié que l'acte final de ma vie à Leipzig soit de jouer dans l'orchestre pour l'œuvre que Pip présentait au jury de fin d'année. C'était une belle soirée de printemps et des centaines d'étudiants s'étaient réunis devant le Gewandhaus. La place devant le conservatoire représentait vraiment un cadre idyllique, malgré l'absence de Herr Mendelssohn. Les étudiants – en queue-de-pie pour beaucoup, en vue du concert – patientaient en buvant du vin, en discutant de musique et en riant les uns avec les autres. Des guirlandes lumineuses apportaient une lueur jaune et sereine et, si quelqu'un avait été parachuté là, sans connaître le fléau qui s'était abattu sur la ville, il aurait sans doute pensé qu'il s'agissait de l'une des ambiances les plus agréables au monde.

Je crois que c'est ainsi que je choisirai de me remémorer le conservatoire jusqu'à ma mort : un phare merveilleux d'expression créative qui encouragea en moi une immense évolution, aussi bien musicale que personnelle.

— Que tu es beau, ce soir. L'habit te va à ravir, me complimenta Ella en glissant son bras dans le creux du mien.

— Merci, ma chérie. Mais la queue-de-pie va à tous les hommes. Pour nous, c'est facile. Alors que vous, les femmes, voyez vos tenues analysées et jugées peu importe le choix que vous faites. C'est idiot, vraiment…

— Y a-t-il un compliment qui arrive ou dois-je m'inquiéter ? plaisanta Ella.

— Désolé, bien sûr. Tu sais que tu es toujours resplendissante. Mais ce soir, tu es encore plus sublime que d'habitude.

Je n'exagérais pas. Elle portait une robe bustier bleu marine qui mettait le haut de son corps en valeur et se déployait sous les hanches en une cascade de froufrous.

— Merci, Ar. Tu as raison à propos de la mode féminine. J'imagine que la pauvre Karine sera l'objet de critiques tout au long de la soirée !

Naturellement, notre amie avait décidé de troquer la robe contre un tailleur-pantalon noir complété par un énorme nœud papillon blanc.

— Je trouve sa tenue parfaite, observai-je.

— Moi aussi. Elle est si… fidèle à elle-même. Un art dans lequel toi et moi n'excellerons peut-être jamais.

J'éclatai de rire.

— Tu as peut-être raison. Écoute, tu ferais mieux d'aller t'asseoir. Il n'y a pas de billets ce soir et il ne faudrait pas que tu risques de ne plus avoir de place.

Elle me posa un baiser sur la joue.

— Bonne chance. Essaie de ne pas détruire la carrière de Pip…

Elle rejoignit Karine et toutes deux entrèrent dans le Gewandhaus.

Pip était très nerveux, ce qui n'était pas étonnant. On parlait énormément de son œuvre et le public était plus nombreux que d'habitude. Alors que les spectateurs s'installaient dans la salle, il tournait en rond dans le foyer.

— Ne t'inquiète pas, mon ami, le rassurai-je. Nous veillerons à rendre justice à ton magnifique morceau ce soir.

— Merci, Ar. Tu y contribues avec brio dans ta partie de violoncelle.

Je lui mis une main sur l'épaule.

— Je dois aller prendre place. Bonne chance, Pip.

Après avoir rejoint ma chaise sur scène, je regardai Pip entrer dans la salle derrière le directeur du conservatoire, Walther Davisson, au côté des cinq autres compositeurs qui se partageaient l'affiche. Ils s'assirent au premier rang de la Großer Saal, plus livides les uns que les autres. Puis Herr Davisson monta sur scène sous une salve d'applaudissements. À l'instar de Goerdeler, il était devenu un emblème de calme et de raison en cette époque troublée. Au conservatoire, nous le considérions tous comme notre défenseur et notre protecteur.

Il leva la main, et les applaudissements se calmèrent.

— Merci à tous, merci. Bienvenue au Gewandhaus et au concert de fin d'année. Je suis certain que vous avez tous hâte d'entendre le résultat du travail assidu et acharné de vos camarades, je serai donc bref. Je souhaite féliciter celles et ceux qui sont dans cette salle ce soir pour la résilience et la détermination incroyables dont ils ont fait preuve au cours de cette année. Vous connaissez pour la plupart un conseil que je donne souvent : mettez vos œillères imaginaires afin de ne pas être distraits par tout ce qui se passe dans le monde autour de vous. Ce soir, il s'agit non seulement de célébrer les six jeunes compositeurs que vous allez écouter, mais aussi de fêter vos réussites de l'année. Je suis immensément fier d'être votre directeur. Veuillez vous applaudir, s'il vous plaît. (Le Gewandhaus s'exécuta et la salle s'emplit d'acclamations et d'applaudissements.) Dans les années qui viennent, les gens se tourneront vers vous pour trouver du réconfort, de la joie, de l'évasion. Vous avez toutes les qualités pour combler leurs attentes. Veillez à le faire. (Le silence se fit tandis que les étudiants méditaient ses mots.) À présent, je vais vous présenter la première compositrice de la soirée : Petra Weber. L'œuvre de Petra, *L'Ascension de l'espoir*…

Tandis que Davisson poursuivait son discours, je regardai Pip. Il lançait des regards furtifs à l'assemblée. Malheureusement pour lui, il était dernier sur le programme et devrait patienter environ une heure et demie avant de monter sur scène. L'attente devait être insoutenable.

Enfin, à l'issue de cinq prestations réussies, ce fut son tour de se présenter au public. Lorsque ce moment arriva, je remarquai qu'il avait les jambes légèrement tremblantes. Il s'inclina brièvement, puis s'assit au piano. Le chef d'orchestre leva sa baguette, et nous commençâmes.

Pip s'était inquiété pour rien. De la salle aux lumières tamisées, le public se retrouva transporté dans un endroit enchanteur. Les harmonies délicates et les amples crescendos de la partition de Pip touchèrent les cœurs. L'œuvre vibrait d'émotion et semblait exprimer la résilience du conservatoire tout entier. C'était un plaisir d'y participer. À l'issue des mesures finales – quelques notes à la harpe, légères comme un filet d'eau –, il y eut un bref silence, suivi de salves d'applaudissements enthousiastes. Le public se leva pour Pip qui, cette fois, salua avec bien plus de conviction.

De joyeuses célébrations s'ensuivirent dans le foyer du Gewandhaus. J'étais ému de voir camarades et professeurs féliciter Pip et lui donner de grandes tapes dans le dos. Un journaliste de la presse écrite lui demanda même une interview. Il était indéniable qu'il avait travaillé d'arrache-pied ces derniers mois et méritait de récolter les fruits de son dur labeur. Karine se fraya tant bien que mal un chemin dans la foule pour aller l'étreindre.

— Mon Grieg à moi. Chéri, ta brillante carrière vient tout juste de commencer.

J'étais bien d'accord avec elle.

Le conservatoire n'avait pas lésiné sur le champagne qui coulait à flots. La majorité des étudiants s'en donnaient à cœur joie, et on pouvait difficilement leur en vouloir : ils profitaient du moment présent et célébraient leur évolution musicale de l'année. On m'offrait flûte sur flûte, mais chaque fois je déclinais.

Ces dernières années, j'ai peu à peu baissé la garde, ouvrant la bouche pour parler et même parfois pour raconter mon histoire – ce que je n'aurais jamais pensé faire. Cependant, l'alcool délie la langue et anesthésie la raison, je préfère donc éviter ce que beaucoup considèrent comme étant le plus doux des nectars. Je me rendis vite compte que j'étais en criante minorité et décidai donc de rentrer chez moi – heureux, mais sobre.

J'allai en informer Ella.

— Je crois que je vais rester encore un peu avec Karine, me répondit-elle.

— Comme tu voudras, ma chérie. On se retrouve demain matin pour le café ?

— Parfait, dit-elle en m'embrassant sur la joue.

Je me tournai vers la colocataire d'Ella.

— Bonsoir, Karine. C'était vraiment un tel plaisir de jouer la musique de Pip ce soir, tu pourras le lui redire de ma part !

— Je n'y manquerai pas, Ar, merci ! Bonsoir.

Il était presque minuit quand je quittai le Gewandhaus et il n'y avait plus de tramways, alors je rentrai à pied. Pendant la journée, c'était un trajet de vingt minutes très agréable mais, maintenant qu'il faisait nuit, l'air était frisquet. Je remontai le col de mon manteau. La route entre le Gewandhaus et Johannisgasse était longue et déserte, bordée d'énormes sapins et peu éclairée par des lampes à gaz placées tous les quinze mètres environ. De chaque côté de la route s'étendaient de vastes pelouses dont les habitants de Leipzig se servaient principalement pour faire du sport et promener leur chien. De nuit, c'était assez inquiétant : j'avais l'impression de marcher sur un pont suspendu au-dessus d'un abîme profond. Étant donné l'heure tardive, il n'y avait pas un chat.

Je marchais depuis une dizaine de minutes quand j'entendis derrière moi le bruit d'une brindille qui se cassait. Je me retournai, pensant voir un renard, ou peut-être une biche, en train de traverser la route. À ma grande surprise, il n'y avait rien dans mon champ de vision. Je m'arrêtai, guettant tout signe de mouvement. Rien. Je poursuivis mon chemin et, quelques secondes plus tard, j'aurais juré avoir entendu des pas venant de l'autre côté des arbres. Je fis volte-face.

— Il y a quelqu'un ? lançai-je.

Seul le silence me répondit.

Désormais un peu mal à l'aise, j'accélérai le pas. Comme je pouvais m'y attendre, le bruit de pas se fit plus sonore, l'individu n'étant plus en mesure de se déplacer discrètement. Formulant un plan, et conscient que l'attaque est la meilleure défense, je me retournai et courus en direction des arbres et des pas.

— Pourquoi me suivez-vous ? Montrez-vous ! Ne soyez pas lâche, si vous avez quelque chose à me dire, je veux l'entendre !

Je fonçai dans les arbres avant d'en ressortir en courant, pensant surprendre quelqu'un qui s'y tapissait. Ne trouvant rien, je continuai sur la prairie, où j'étais entouré par l'obscurité. Je me tins aussi immobile qu'un mort et guettai de nouveau les pas. Au bout d'un moment, je les entendis de nouveau, la terre boueuse trahissant le mystérieux individu. Les pas s'enfonçaient plus profondément dans l'obscurité, s'éloignant de moi. Satisfait de constater que la confrontation semblait avoir dissuadé la personne qui me suivait, je regagnai la route et parcourus le restant de mon trajet en courant.

En arrivant devant ma porte, j'étais tout essoufflé, et un peu secoué, aussi. Je fourrai la main dans ma poche pour chercher mes clés, finissant par les faire tomber derrière moi. Quand je me retournai pour les ramasser, j'aperçus dans l'ombre une silhouette qui se précipitait derrière un immeuble au coin de la rue.

Kreeg était-il de retour à Leipzig ? Savait-il qui j'étais ?

Je passai en revue mes options, qui étaient limitées. Si la silhouette mystérieuse était Kreeg, il serait idiot de courir vers lui pour rechercher une nouvelle confrontation. Selon toutes probabilités, il était armé et se contenterait de me tuer d'une balle bien placée. Ma pensée immédiate était de protéger Ella mais, si je repartais vers le Gewandhaus, je mènerais Eszu droit vers elle, mettant l'amour de ma vie et nos amis en danger. Il m'apparut clairement que je devais saisir la seule option disponible et rentrer chez moi. J'entrai et montai dans ma chambre à la hâte. Je refermai la porte à clé derrière moi et n'allumai pas la lumière. Puis je m'approchai de la fenêtre pour observer la rue en contrebas, guettant la silhouette obscure. Tout semblait calme.

Néanmoins, mieux valait être prudent. Je saisis mon canif dans le tiroir de ma table de chevet. Puis je regagnai mon poste d'observation et, cette fois-ci, fermai les rideaux presque complètement. De là où j'étais, j'apercevais le coin de la résidence d'Ella. Au moins je pourrais vérifier que Karine et elle rentraient sans encombre.

La nuit s'annonçait longue.

Je pris une chaise et plaçai un oreiller derrière ma tête. Au moins les prochaines heures me permettraient d'élaborer un plan pour échapper à Kreeg, si c'était bien lui. Assis là, je surveillais consciencieusement la rue déserte. Le temps passait, et il n'y avait plus signe de la silhouette qui, j'en étais certain, m'avait suivi. Ou bien… en étais-je si sûr ? Peut-être mon esprit m'avait-il joué un tour. J'avais été très stressé dernièrement, et il était possible que mon imagination se soit emballée.

Étant en haut de l'immeuble, la chambre était bien chaude. Bientôt, bercé par les sifflements et les cliquetis apaisants des radiateurs, je sentis mes paupières devenir lourdes. Afin de me réveiller, j'ouvris légèrement la fenêtre et l'air froid s'engouffra dans ma chambre. Cela m'aida à reprendre mes esprits un petit moment, mais mon corps finit par céder au sommeil.

* * *

Je me réveillai en suffoquant. J'ouvris les yeux, mais je ne voyais rien. Instinctivement, je me levai et avançai à tâtons. Mon pied buta contre un pied de la table et je tombai à terre. Malgré la douleur de la chute, ma vision s'éclaira instantanément. Tandis que je roulais sur le dos, je m'aperçus avec horreur que ma chambre était remplie de fumée noire et âcre.

Pris de panique, je me relevai mais inspirai la fumée et recommençai à suffoquer. Je me baissai de nouveau, le cœur battant. Je rampai sur le sol, longeant les murs pour me guider jusqu'à la porte. Quand je l'atteignis, je me rendis compte avec horreur que la fumée venait du couloir. Je ne voyais pas bien comment je pourrais descendre l'escalier. Mais avais-je le choix ? Saisissant la poignée, je me hissai en retenant ma respiration. Ma main chercha le verrou et, quand je le trouvai, il était brûlant. Je serrai les dents et tirai dessus de toutes mes forces et, pour mon plus grand soulagement, il céda. Je me plaçai derrière la porte pour me protéger et l'ouvris d'un coup sec. De grandes flammes orange s'engouffrèrent dans la pièce comme la langue géante d'un serpent affamé. Le cœur lourd, je dus me rendre à l'évidence : impossible de m'échapper.

Je refermai la porte. Le feu allait la détruire, ce n'était qu'une question de temps, et je me demandais si je serais victime des flammes ou de la fumée. Je me tapis sur le ventre.

— Je suis désolé ! criai-je sans savoir très bien à qui je parlais.

Peut-être à Ella, que je laissais seule à Leipzig face à un immense danger. Peut-être à mon père, que je n'avais pas réussi à retrouver, malgré la promesse que je m'étais faite. Peut-être aux Landowski, à Évelyne, à M. Ivan et à tous ceux qui avaient cru en moi quand je n'avais rien. Peut-être même à Kreeg Eszu, pour le simple malentendu qui avait causé tant de peine et de souffrance.

Il me le faisait payer.

J'avais traversé des continents, survivant au froid et à la faim. Malgré les circonstances, j'avais trouvé quelqu'un qui avait donné du sens à ma vie… et voilà comment tout cela allait se terminer. Sans cérémonie, dans un panache de fumée.

Je me tournai sur le dos et fermai les yeux. Quand j'étais petit, mon père utilisait pour m'endormir une technique de relaxation inventée par le comédien Constantin Stanislavski. Je me remémorai sa voix : « Le régulateur de tes muscles se trouve actuellement dans ton petit doigt de pied. Il doit commencer par le plus petit élément de ton corps, tu vois… et il l'éteint. Puis il passe à l'orteil suivant, et le suivant… et le voilà arrivé dans la plante de ton pied. Mon Dieu, qu'est-ce qu'elle est tendue, après avoir porté ton corps toute la journée. Mais ce n'est pas un problème pour le régulateur des muscles. Il l'éteint aussi facilement qu'une lampe. Il remonte maintenant vers ta cheville… »

Mon père, imaginaire ou non en cet instant, me parlait pour m'endormir. Plus probablement, c'était la fumée que j'avais inhalée. Quant à la suite, je suppose que je l'ai rêvée.

Je vis les étoiles au-dessus de moi.

Je me souviens avoir été heureux qu'elles soient là pour moi à la fin. La constellation des Sept Sœurs brillait et scintillait devant mes yeux – mes phares, mes points de repère. Puis, les étoiles se transformèrent en sept visages féminins inconnus. Chacun rayonnait de tant d'amour et de tendresse. En cet instant, je me sentais serein… j'étais prêt.

C'est alors que j'entendis une voix.

— Pas maintenant, Atlas. Tu as encore beaucoup à faire.

Les sept visages disparurent et les étoiles se réorganisèrent en une silhouette unique. Elle portait une robe fluide qui semblait s'étendre derrière elle dans l'éternité. Une robe rouge vif, ornée de guirlandes de fleurs bleues et blanches. Sa longue chevelure blonde et chatoyante tombait élégamment de part et d'autre de son visage en forme de cœur. Ses immenses yeux bleus opalescents semblaient scintiller. J'étais subjugué. Elle reprit la parole.

— Le garçon qui porte le monde sur ses épaules. Tu dois le porter encore un peu. D'autres personnes dépendent de toi.

Je notai un accent européen, bien qu'elle me parle dans ma langue maternelle.

— Que voulez-vous dire ? répondis-je, à bout de souffle. Qui êtes-vous ?

— Tu n'as pas encore accompli ton destin. Il est trop tôt pour franchir cette porte.

— Quelle porte ? De quoi parlez-vous ?

La femme sourit.

— Tu me regardes à travers une fenêtre, Atlas. Je les préfère de beaucoup aux portes, car elles nous permettent de voir la route qui nous attend avant de partir.

Je compris son message.

— La fenêtre… Mais je suis au troisième étage, je ne survivrai jamais à une telle chute !

— Tu ne survivras pas ici non plus. Saute, fais cet acte de foi.

La femme disparut peu à peu, consumée par la fumée noire qui tourbillonnait au-dessus de moi.

À présent tout à fait conscient, je me retournai sur le ventre et rampai jusqu'à la fenêtre. Par terre, ma main frôla un objet long et fin. Je découvris mon archet. Je le saisis. Je distinguai tout juste la lumière derrière la fenêtre à travers la fumée, qui s'échappait par la petite ouverture. Voilà ce qui encourageait la fumée à se répandre avec une telle force.

M'agrippant au rideau, je parvins à me lever et soulevai le châssis de la lourde fenêtre. La couverture de fumée qui m'entourait me laissa un bref répit, avant de m'envelopper de plus belle. Je baissai les yeux et distinguai Frau Schneider aux côtés des étudiants qui avaient échappé à l'incendie. Ils m'aperçurent.

— Il est vivant ! Mon Dieu ! s'exclama Frau Schneider entre ses larmes. Tiens bon, jeune homme ! Les pompiers sont en route, nous allons te sauver !

Un terrible fracas retentit derrière moi. Je fis volte-face et découvris que la porte et son chambranle avaient cédé aux flammes. Ma décision d'ouvrir aussi grand la fenêtre avait enragé le feu, et les flammes envahissaient la pièce comme une pieuvre pénétrant dans une grotte. Le feu était affamé. Il voulait m'engloutir. Je n'avais vraiment plus le choix. La dernière chose que j'emportai fut mon journal, que je distinguais tout juste sur le bureau adjacent. Puis je grimpai sur le rebord de la fenêtre.

— Surtout pas ! Reste où tu es ! hurla Frau Schneider.

J'estimai que j'étais à plus de quinze mètres du sol. Je plaçai mon archet et mon journal dans la ceinture de mon pantalon. Puis, hésitant, j'attrapai le rebord et entrepris de sortir en faisant descendre mon corps, jusqu'à ce que mes jambes pendent par la fenêtre. Chaque centimètre de gagné pour réduire la hauteur de la chute était crucial. Je me préparai mentalement à ce qui m'attendait.

— Les plates-bandes, vise les plates-bandes ! cria Frau Schneider. Je les ai arrosées ce soir !

Ma main gauche lâcha le rebord, ce qui me permit de regarder en bas. Même s'il faisait nuit, les fleurs blanches et bleues m'apparaissaient comme des feux d'approche. Si j'arrivais à me propulser légèrement et à atterrir dans la terre molle, j'avais une chance de m'en sortir. Il y eut un craquement sonore dans ma chambre et je compris que c'était maintenant ou jamais. M'agrippant de nouveau au rebord avec ma main gauche, je pris de l'élan en me balançant vers la droite, puis vers la gauche, avant de lâcher.

Bien qu'imparfait, mon atterrissage fut assez bon, étant donné les circonstances. Mes pieds touchèrent le parterre de fleurs, comme je l'espérais et, au moment de l'impact, je pliai les genoux et roulai sur le côté. Je ne ressentis véritablement la violence de la chute qu'au moment où mon bras droit heurta le trottoir près des fleurs, bientôt suivi par mon visage.

— Aaahh ! hurlai-je de douleur.

— Mon garçon, mon garçon ! cria Frau Schneider en apparaissant au-dessus de moi. Où es-tu blessé ? Est-ce que tu sens tes jambes ? Est-ce que tu arrives à bouger les orteils ?

— Oui, répondis-je. C'est mon bras qui est blessé.

Je relevai ma manche à l'aide de ma main valide et découvris une vision peu ragoûtante. Je m'étais visiblement fracturé le coude et l'effet était terrible.

— Nous devons l'éloigner du bâtiment. Venez m'aider !

Deux garçons rejoignirent aussitôt Frau Schneider. Pour m'écarter de la résidence, ils me saisirent par les bras.

— Non ! criai-je.

Mais il était trop tard. Les garçons me soulevèrent et mon bras droit produisit un craquement répugnant. Cela fut suivi par une vague de douleur brûlante qui commença dans mon coude et gagna mon corps tout entier. Je hurlais, mais les garçons étaient résolus à m'emmener loin des flammes. Lorsqu'ils me reposèrent, je me recroquevillai sur moi-même tandis que s'enchaînaient les vagues de douleur.

— Respire, jeune homme. Courage, dit Frau Schneider qui, de nouveau près de moi, me caressait les cheveux. Tu as survécu.

— Est-ce que… tout le monde… a pu sortir ? réussis-je enfin à demander.

— Oui. Par chance, il n'y avait pas grand monde dans le bâtiment car la plupart des étudiants sont encore en centre-ville après le concert de ce soir… même si je ne peux pas m'avancer pour les autres immeubles.

— Les autres immeubles ?

— J'ai bien peur que oui, mon garçon. Cette fois, ça a vraiment commencé. Je suis tellement navrée. Rien de tout cela ne serait arrivé si je n'avais pas été là. C'est à moi qu'ils en voulaient.

Je fronçai les sourcils.

— Je ne comprends pas.

— Je suis juive. Ils ont mis le feu à la résidence pour détruire mon gagne-pain et me montrer que je ne suis pas la bienvenue ici. Et ils ont réussi.

— Je suis désolé, Frau Schneider.

— Ce n'est certainement pas à toi de t'excuser. Ce soir, tu aurais pu y rester et cela aurait été de ma faute.

Elle baissa la tête.

— Non, répondis-je, bien sûr que cela n'aurait pas été de votre faute. (Mon estomac se noua soudain.) Vous avez parlé d'autres immeubles. Les SS ont incendié d'autres endroits abritant des Juifs ?

Elle acquiesça. Je me relevai tant bien que mal, déclenchant de nouveaux élancements de douleur dans mon bras. Je fis la grimace et inspirai vivement.

— Attention ! Je vais appeler un docteur, insista ma logeuse.

Je courus vers le café et la résidence d'Ella apparut, intacte. Le soulagement qui me submergea alors fut plus efficace que la morphine pour apaiser ma douleur.

— Pas besoin de faire venir un médecin. Ça va aller, merci. Il faut juste que je trouve Ella.

Frau Schneider hocha la tête.

— Je ne l'ai pas vue. Peut-être que si tu demandes autour de toi…

Elle porta une main à sa bouche et se mit à pleurer, accablée par les événements de la nuit.

Je levai mon bras valide pour le lui passer autour des épaules.

— C'est si injuste, Frau Schneider. Je suis vraiment désolé de tout ce que vous avez perdu.

— Merci, renifla-t-elle. Mais je me demande pourquoi ils ont décidé de me viser, moi ? Je ne fais pas étal de ma religion, contrairement à beaucoup d'autres dans cette ville.

Un pincement de culpabilité me traversa. Je savais que, ce soir, ce n'était pas Frau Schneider qui avait été visée. C'était moi.

— Ar !

Par-dessus l'épaule de ma logeuse, je vis Ella qui courait vers moi, accompagnée de Karine. Alors que je l'étreignais, la douleur déferla de nouveau dans mon bras et je ne pus retenir une grimace.

— Mon chéri… que s'est-il donc passé ? Est-ce que ça va ?

— Oh, Ar, ajouta Karine.

Je désignai l'immeuble qui se consumait.

— J'ai dû sauter par la fenêtre. Ils sont en train de brûler des résidences juives. Mais, Ella… c'était lui. Il est au courant. Nous devons partir, ce soir si possible.

— Qui ça *il* ? interrogea Karine.

Ella se tourna vers son amie.

— Ar veut parler… de ce SS particulièrement odieux que nous avons vu en ville. N'est-ce pas, Ar ?

— Oui, répondis-je, heureux que le cerveau d'Ella fonctionne mieux que le mien. C'est quelqu'un d'extrêmement agressif. Frau Schneider, qui gère ma résidence, est juive, alors nous étions sur la liste pour les incendies de ce soir. Où est Pip ?

— Encore en ville, à fêter son triomphe, répondit Karine. Tout le monde a-t-il pu sortir ?

— Apparemment. Mais nous ne sommes plus en sécurité ici. Nous devons nous organiser pour partir immédiatement.

J'enveloppai Ella de mon bras gauche et elle blottit la tête contre ma poitrine. Mon archet contre la jambe, je regardai le bâtiment ravagé tandis que nous parvenait le bruit des sirènes. Le drame de ma vie s'était répété, j'avais tout perdu. Mais cette fois-ci, j'avais Ella à mes côtés.

— Où pensez-vous aller ? s'enquit Karine.

— Aussi loin que possible. Aux États-Unis, nous espérons.

— Tu vas nous manquer, sanglota Ella. Tu as été comme une sœur pour moi.

— Et toi pour moi, Ella. (Karine se mordit la lèvre.) Et si nous pouvions rester tous ensemble ? Est-ce que cela vous intéresserait ?

J'échangeai un regard avec Ella.

— Bien sûr, Karine, répondit-elle. Tu es évidemment la bienvenue si tu souhaites venir avec nous aux États-Unis.

— En fait, je pensais plutôt que *vous* vous pourriez m'accompagner. Comme vous le savez, Pip a proposé de m'emmener en Norvège. Étant donné ce qui s'est passé ce soir, je suis certaine qu'il serait tout à fait disposé à vous convier vous aussi. Qu'est-ce que vous en dites ?

— Oui. Oh, oui ! s'écria Ella avant même que j'aie eu le temps d'assimiler l'information. Ar, ce serait parfait ! s'enthousiasma-t-elle en se tournant vers moi.

Toujours abasourdi, j'acquiesçai.

— Si Pip est d'accord, bien sûr que nous serions heureux de venir. Merci, Karine. Tu n'as pas idée de ce que cette proposition signifie pour nous.

— Affaire conclue. Le semestre se termine dans quelqucs jours seulcment, après quoi nous pourrons nous embarquer pour Bergen.

— Non, répliquai-je d'une voix ferme. Quand j'ai dit qu'Ella et moi devions partir ce soir, j'étais sérieux. Il est de la plus haute importance pour notre… pour la sécurité d'Ella que nous quittions Leipzig sans attendre.

Je pointai alors ma résidence.

— Je comprends. Je vais m'empresser de parler à Pip. Tout ce qui l'intéressait était de jouer son œuvre et c'est maintenant chose faite. Avec un peu de chance, nous pourrons tous quitter Leipzig très vite.

— Entre-temps, Ar, tu as besoin d'une chambre, observa Ella. Je suis persuadée que Frau Fischer ne s'opposera pas à ce que tu passes le reste de la nuit chez nous, au vu des circonstances. Cela ne te dérange pas, Karine ?

— Bien sûr que non.

Heureusement, la logeuse accepta ma présence. Je pris la chaise en bois de la chambre des filles et la plaçai près de la fenêtre, déterminé à me racheter après l'incendie. Si seulement j'avais été plus vigilant, tout cela aurait pu être évité. Responsable de la protection d'Ella, j'étais convaincu que, cette fois-ci, je ne faiblirais pas. J'attendis que le soleil se lève vers cinq heures, avant de m'installer par terre pour me reposer un peu, certain que Kreeg ne tenterait rien de jour. À sept heures, j'entendis Karine partir pour aller parler à Pip.

Elle revint quelques heures plus tard et nous assura que la famille nous accueillerait chez elle et que Pip était en train de téléphoner depuis le bureau de Herr Davisson pour avertir ses parents.

Le restant de la journée fut consacré à la préparation des bagages. J'aidai Ella à trier ses affaires, étrangement soulagé de ne pas devoir en faire autant, sachant que les miennes avaient été réduites en cendres. Seul mon violoncelle avait survécu, car je l'avais laissé au Gewandhaus la veille – non pas que je compte le récupérer, l'opération était bien trop risquée. Ma gorge se serra tandis que je faisais silencieusement mes adieux à mes instruments. Au moins le diamant était-il intact, toujours en sécurité autour de mon cou. Alors que je pliais le bras pour sentir sa forme familière dans la bourse, une vague de douleur déferla autour de mon coude. Je poussai un cri.

— Oh, Ar, il faut que tu voies un médecin, s'attrista Ella. Tiens. (Elle prit l'un de ses foulards et le noua autour de mon cou en guise d'écharpe de fortune. Elle me déposa un doux baiser sur la joue et caressa mon visage tuméfié.) Mon pauvre amour. Tu seras bientôt aussi pourpre qu'une betterave.

— Puis je virerai couleur moutarde au bout d'une semaine, ajoutai-je.

— J'ai oublié de vous préciser qu'Astrid, la mère de Pip, est infirmière, intervint Karine. Elle pourra s'occuper de ton bras.

— Tu vois, Ar ? dit Ella en parvenant à sourire. La situation s'arrange déjà.

Malgré tous les événements des six derniers mois, j'étais toujours un peu chagriné de devoir quitter Leipzig. Lorsque Ella et moi étions arrivés, j'avais osé rêver que nous pourrions enfin vivre tranquilles, tous les deux – en tant que musiciens, rien de moins – libérés du fardeau du passé. Toutefois, celui-ci m'avait rattrapé, conspirant avec le présent pour me faire du mal non seulement à moi, mais aussi à Ella.

Égoïstement, je prie pour que la Norvège soit assez éloignée de Kreeg.

25

Port de Bergen, Norvège, Nouvel An 1939

Chers lecteurs, veuillez pardonner ma longue absence. Au moment où j'écris, je peine à croire que plus de dix-huit mois se sont écoulés depuis la dernière fois où j'ai tenu ce journal. Un facteur explique à lui seul l'absence de chroniques : mon bras. Il se trouve que ma « chute » à Leipzig avait causé à la fois un déboîtement du coude et une fracture ouverte. Apparemment, je n'avais pas amélioré la situation en rédigeant stoïquement un certain nombre de pages lors de nos deux jours de traversée entre Leipzig et Bergen.

À notre arrivée en Norvège, la douce et merveilleuse Astrid Halvorsen veilla à ce que je reçoive des soins immédiats à l'hôpital Haukeland. Mon bras fut plâtré pendant six mois et l'on m'informa que la guérison pourrait prendre un an, voire davantage. Même si mon état s'améliore de jour en jour, il m'est encore difficile d'écrire. Bien souvent, j'ai essayé de lever le coude pour poser mon stylo sur le papier, avant d'arrêter à cause de la douleur. Cependant, ce qui était jadis une chaleur accablante n'est désormais plus qu'un léger lancinement et, par conséquent... je suis en mesure de poursuivre mon journal. Quel luxe !

Je vais m'efforcer de rapporter les événements en détail car, si vous continuez de me lire, j'imagine que mon récit vous intéresse.

Quand nous avions débarqué du bateau à vapeur, Astrid avait regardé mon coude et aussitôt décrété que je devrais me faire opérer. Les médecins lui avaient donné raison et, malgré la résistance de la généreuse famille Halvorsen, j'avais insisté pour payer tous les frais hospitaliers. C'est ainsi que finirent les fonds du prix Blumenthal de M. Landowski.

Dieu merci, les Halvorsen étaient la bienveillance incarnée et, les premiers temps, ils nous logèrent, nous nourrirent et nous offrirent d'innombrables merveilleuses soirées emplies de musique et de rire. Pip et ses parents nous traitaient Ella et moi comme des membres de leur famille (ainsi que Karine, bien sûr).

Le père de Pip, Horst, est lui aussi violoncelliste et fait partie de l'Orchestre philharmonique de Bergen. Aussi fait-il preuve d'une immense compassion à mon égard, moi qui ne peux plus lever correctement mon archet. Cela me fait tout simplement trop mal. Je n'ai par conséquent jamais pu participer aux prestations d'après dîner qui sont vite devenues une tradition, avec Pip au piano, Karine au hautbois, Ella à la flûte ou à l'alto (en fonction des morceaux) et Horst, donc, au violoncelle. Des vagues de tristesse me submergeaient chaque fois que je fixais avec envie mon ancien instrument.

Ces premiers mois en Norvège ont été exactement ce dont nous avions besoin après notre départ précipité d'Allemagne. Ici, Ella et moi nous sentons en sécurité. La Norvège est peut-être le plus beau pays au monde. Je ne cesse de m'émerveiller face aux montagnes embrumées et aux cours d'eau qui se jettent dans l'éternité. L'un de mes passe-temps favoris est de me promener dans le parc local, le Bergens Fjellstrekninger, depuis peu muni d'un carnet et d'une série de stylos pour essayer de saisir un peu de la beauté naturelle que possède le pays. Même l'air ici est d'une grande pureté. On pourrait presque s'enivrer de sa fraîcheur vive et pénétrante.

J'étais tout à fait conscient que nous ne pouvions pas dépendre des Halvorsen pour toujours, malgré le confort et la sérénité que nous avions trouvés auprès d'eux. Nous n'étions pas des membres de leur famille, nous étions des réfugiés. À Paris, j'avais laissé M. Landowski me soutenir financièrement et, à Leipzig, le prix Blumenthal garantissait que nous ne manquions de rien. J'étais désormais déterminé à gagner notre vie, à Ella et moi.

Lors de mes promenades dans le port de Bergen, j'avais repéré la boutique d'un fabricant de cartes – Scholz & Scholz. D'après mes conversations avec Horst, je savais que le propriétaire était un Allemand assez âgé dont le fils avait récemment quitté la Norvège au profit de sa patrie, afin de rejoindre le mouvement nazi qui ne cessait de croître, ce qui contrariait énormément son père. Je pariais que, au vu des circonstances, il voudrait peut-être m'embaucher comme assistant, malgré mon bras blessé. Après tout, et en toute modestie, ma connaissance des étoiles est exceptionnelle.

J'avais vu juste et je travaille depuis pour Herr Scholz. C'est un très gentil vieillard, et son épouse est une spécialiste de la préparation du *pumpernickel*, ce pain de seigle noir typique de l'Allemagne. En vérité, je ne fais pas grand-chose. Je ne suis bien sûr pas moi-même chargé de la réalisation des cartes, je me contente de corroborer le travail de Herr Scholz. Le salaire est maigre, à juste titre, mais mari et femme trouvent ma présence si agréable que, lorsqu'ils ont appris que je logeais chez des amis, ils m'ont proposé de m'installer dans le petit appartement au-dessus de la boutique, qu'occupait autrefois leur fils. J'ai sauté sur l'occasion et demandé si mon « épouse » pourrait venir avec moi. Ils ont tout de suite accepté, à la condition qu'Ella aide Frau Scholz à faire le ménage.

Au départ, Ella était inquiète que Karine ne soit jalouse. Pip et elle avaient annoncé leur intention de se marier quelques mois après notre arrivée à Bergen, et Karine mourait d'envie de quitter le foyer Halvorsen.

— Ils ont besoin d'un endroit à eux, soupira Ella.

— Cela ne saurait tarder, j'en suis certain. Si Pip réussit son audition, il rejoindra Horst dans l'orchestre de la ville. Ils auront bientôt assez d'argent pour une maison à eux.

— Tu as sûrement raison. Crois-tu que nous aussi, un jour… ?

Elle hésita. Depuis l'annonce des fiançailles de nos amis, un sentiment tacite de tristesse pesait entre nous. Je pris ses mains dans les miennes.

— Ma chérie, la seule certitude de notre vie est que nous serons toujours ensemble. Nous nous marierons dès que nous en aurons les moyens et que nous aurons trouvé un endroit où vivre en sécurité. Je te le promets.

Et c'est ainsi que, depuis dix-huit mois, Ella et moi vivons comme mari et femme. Nous nageons dans le bonheur. Nous passons nos soirées dans notre petit appartement blottis autour d'un poêle à bois, à regarder les maisons colorées qui escaladent la colline par-delà les eaux limpides. Quand il fait nuit, les fenêtres reflètent un jaune chaleureux, la couleur du beurre en train de fondre. Ensemble dans notre cocon, loin du reste du monde, il est bien facile d'oublier ce que nous avons fui.

Je m'efforce de vivre dans le présent, à l'instar de nos amis. Pip et Karine se sont mariés il y a un an, la veille de Noël 1937. Karine s'est convertie à la foi luthérienne de Pip. Elle avait discuté de cette formalité avec Ella, déclarant que quelques gouttes d'eau et une croix sur son front ne faisaient pas d'elle une chrétienne dans son cœur. Quoi qu'il en soit, son nouveau nom de famille et ses nouveaux papiers lui offrent une certaine protection si la menace nazie devait un jour débarquer sur les rives norvégiennes, une possibilité que l'on ne peut écarter.

Pip a réussi son audition et siège à présent au côté de son père à l'Orchestre philharmonique de Bergen. Toute trace de jalousie que j'aurais pu ressentir face à sa réussite est effacée par le fait qu'il est mon sauveur – et qu'il mérite amplement cette place. En plus de ses engagements dans l'orchestre, Pip continue de travailler avec assiduité sur son premier concerto, refusant de le partager avec qui que ce soit tant qu'il n'est pas terminé. Il dit que, quand il sera fini, il le dédiera à sa femme. Je ne doute pas que mon ami produira un chef-d'œuvre.

Au printemps 1938, Pip et Karine ont réussi à mettre assez d'argent de côté pour louer une maison sur Teatergaten, tout près de la salle de concert de Bergen. Karine m'a demandé de bien vouloir choisir un piano pour le salon, et je me suis donné beaucoup de peine pour trouver le meilleur instrument dans leur budget. Notre cadeau pour leur installation était plus modeste : nous leur avons offert un tabouret pour le nouveau piano, sculpté par mes soins et tapissé par Ella. Même s'il ne s'agissait pas du meuble le plus cher au monde, il était fabriqué avec beaucoup d'amour.

Peu après, Karine a annoncé qu'elle attendait un bébé et, en novembre, le petit Felix Halvorsen est né. Lorsque nous avons fait la connaissance du bébé, j'ai bien vu l'expression triste et mélancolique d'Ella. Je lui ai pris la main.

— Un jour, lui ai-je assuré en l'embrassant doucement sur le front.

Aucun de nous deux n'est assez naïf pour croire que nous serons toujours à l'abri de Kreeg et des nazis. Comment cela serait-il possible, étant donné tout ce que nous avons traversé ? Nous attendons simplement que le désastre débarque en Norvège, sous la forme d'une guerre, ou d'un homme qui souhaite ma mort. Peut-être les deux.

Les journaux sont une lecture bien sinistre. Les tensions en Europe s'accroissent de jour en jour. En mars, l'Allemagne a annexé l'Autriche. En septembre, il y a eu une brève lueur d'espoir, laissant penser que le conflit pourrait être évité. Royaume-Uni, France, Allemagne et Italie ont tous les quatre signé les accords de Munich, qui cédaient la région tchécoslovaque des Sudètes à l'Allemagne, en échange de la promesse que Hitler n'exigerait plus aucun territoire supplémentaire. Mais trois mois plus tard, rares sont ceux qui pensent que ces accords vont tenir.

Animés par notre désir de vivre dans le présent, Pip, Karine, Ella et moi avons réservé une croisière à bord d'un navire de la Hurtigruten qui nous emmènera le long de la magnifique côte ouest de la Norvège pour célébrer l'arrivée de 1939. C'est moi qui l'ai suggéré, car la traversée nous permettra d'admirer de nombreux endroits somptueux, notamment, et surtout, suspendue au bord du Geirangerfjord, la cascade des Sept Sœurs.

26

Il est impossible de traduire par écrit la beauté de ce que j'ai vu à bord du navire. Aucun homme ne possède la capacité de saisir véritablement la magnificence sereine de la cascade, ni la grâce bouleversante du spectacle de lumière qui a suivi. Cependant, je me sens contraint de me tourner vers mon journal pour mettre des mots sur mon émerveillement.

Vers onze heures du matin, l'express côtier suivit le virage du Geirangerfjord et la cascade des Sept Sœurs apparut. Je n'ai pas honte de dire que mon cœur palpitait d'excitation comme celui d'un enfant tandis que le navire s'en approchait, jusqu'à ce que je me retrouve face à l'un des spectacles les plus incroyables que j'aie jamais vus. Sept traînées de glace blanche opaque sortaient du fjord pour escalader l'affleurement rocheux, ornées de branches étiolées qui se divisaient et se dispersaient à l'infini. Les ruisseaux gelés m'apparaissaient comme les cheveux éthérés des sœurs elles-mêmes, éparpillés par les vents du cosmos. Ella me prit la main, sentant que j'étais bouleversé.

— C'est d'une beauté à couper le souffle, chéri, dit Karine à Pip, en l'étreignant, avant de se tourner vers le groupe. Pourquoi appelle-t-on cette cascade les Sept Sœurs ?

— Ar peut répondre à cette question, glissa Ella en me souriant.

— Oh, bien sûr. Dans ce cas précis, la légende raconte que les sept ruisseaux – ou « Sœurs » – descendent la montagne en dansant gaiement, pour attirer et charmer cette cascade là-bas. (Je désignai l'unique cours d'eau de l'autre côté du fjord.) On l'appelle « le Prétendant ». Je dois avouer que ce n'est pas la légende des Sept Sœurs que je préfère, mais je suis fasciné par le fait qu'elles apparaissent dans presque toutes les cultures et à presque toutes les époques.

— Continue, Ar, s'il te plaît, demanda Pip, l'air véritablement intéressé.

— Les croyances varient selon les cultures. Mais, depuis des millénaires, elles sont immortalisées dans la célèbre constellation et sont l'objet de fascination et d'émerveillement à travers la planète. Des récits au sujet des Sœurs ont été transmis par le bouche-à-oreille, la poésie, l'art plastique, la musique, l'architecture… elles sont ancrées dans toutes les facettes de notre monde.

— Tu sais, Ar d'Aplièse, que depuis trois ans que je te connais, je ne t'avais jamais entendu parler aussi longtemps !

Pip n'avait pas tort et sa remarque nous fit rire tous les quatre.

Après Tromsø, les eaux du fjord devinrent si agitées que Karine décida de descendre dans sa cabine, et Ella proposa de l'accompagner. Le steward avait annoncé que c'était le meilleur endroit pour contempler l'aurore boréale, alors Pip resta un peu.

— Tout à l'heure, tu as parlé des Sept Sœurs avec une telle passion. Dis-moi, comment se fait-il que tu connaisses aussi bien les étoiles ?

— Mon père était professeur.

— Ah oui ? De quoi ?

Je me sentais assez en sécurité pour donner à Pip les informations qu'il demandait.

— De musique et d'humanités. Celles-ci incluant la philosophie, l'anthropologie, l'histoire de l'art, l'histoire… plus l'astrologie et la mythologie. Il était particulièrement fasciné par la relation entre ces deux dernières. (Je souris en me remémorant ce souvenir.) Naturellement, il m'a transmis cette fascination.

— Il était professeur à Paris ?

— Euh, oui, c'est ça. À Paris. Il était le tuteur privé de… clients fortunés.

Cette dernière phrase n'était pas un mensonge.

Pip éclata de rire.

— Cela explique ta culture, Ar. Je reconnais volontiers qu'elle est bien plus étendue que la mienne.

Je secouai la tête.

— Mon ami, c'est moi qui suis jaloux de toi ! Regarde la vie que tu mènes. Tu es membre de l'orchestre philharmonique de Bergen ! Ton premier concerto remportera un succès plus grand que ce que tu peux imaginer, et tu as une famille merveilleuse, répondis-je en toute sincérité. Je suis sûr qu'aujourd'hui tu manques au petit Felix.

Pip s'appuya contre la rambarde.

— Je suis certain qu'il est ravi avec sa *bestemor* et son *bestefar*. Merci pour tes gentilles paroles, Ar. Même si nous savons tous deux que, si ton bras était indemne, nous nous regarderions l'un l'autre dans la fosse de l'orchestre.

Je souris.

— Peut-être, dans une autre vie.

Pip plongea son regard dans l'eau sombre avec mélancolie.

— J'aime tant Karine, Ar. J'ai le sentiment d'être l'homme le plus heureux que la Terre ait jamais porté. (Il fourra la main dans sa poche et en sortit ce qui ressemblait à un petit bibelot.) Avant que je ne déménage à Leipzig pour étudier au conservatoire, mon père m'a donné ceci.

— Qu'est-ce que c'est ?

— Ceci, mon ami, est une grenouille porte-bonheur… ou du moins c'est ce que dit mon père. On raconte qu'Edvard Grieg en avait parsemé sa maison pour attirer la chance. Apparemment, celle-ci appartenait à ma grand-mère, Anna. Tiens. Elle est à toi.

— Mon Dieu, Pip, je ne pourrais jamais accepter un cadeau pareil. C'est un objet de famille.

— Ar, elle m'a apporté toute la chance de l'univers, alors il me semble juste de la transmettre afin que quelqu'un d'autre puisse en bénéficier. (Il réfléchit un instant.) Je souhaite qu'Ella et toi puissiez vivre sans peur.

J'étais profondément ému.

— Pip, je ne sais pas quoi dire. Merci.

— Tout le plaisir est pour moi. Tu sais quoi, il faudrait vraiment que je rejoigne Karine. Elle souffre terriblement du mal de mer. Est-ce que tu vas rester ici ?

— Toute la nuit, s'il le faut.

Pip posa une main amicale sur mon épaule avant de rentrer à l'intérieur.

J'avais les yeux rivés au ciel nocturne parfaitement dégagé. Je ne sais pas très bien combien de temps je demeurai là. Des heures, peut-être, à savourer la lumière des étoiles en communion avec mes protectrices étincelantes.

Au bout d'un moment, les Pléiades disparurent. Je clignai des yeux et, lorsque je les rouvris, la voûte au-dessus de moi s'était parée d'une cape chatoyante et irisée qui dansait et ondulait dans les cieux. J'étais émerveillé par cet éclat si pur, cette lueur… la luminosité brillante de l'aurore… Quel privilège d'assister à l'immense beauté cosmique de notre univers, plus grande que toute œuvre humaine.

Au bout de quelques minutes, l'aurore boréale disparut de façon aussi abrupte et mystérieuse qu'elle était apparue. Je laissai échapper un rire d'extase. Je levai même les bras en l'air et criai « MERCI ! », ce qui ne manqua pas de surprendre certains de mes compagnons de contemplation sur le pont.

Peu après, le soleil se leva sur les eaux tranquilles du cap Nord. Bientôt, nous rebrousserions chemin vers Bergen. Je décidai finalement d'aller réveiller Ella pour lui raconter ce que j'avais vu. Sur le chemin de notre cabine, je traversai la salle à manger et aperçus Pip et Karine en train de prendre leur petit déjeuner. Je courus à leur rencontre.

— Mon ami, je l'ai vue ! J'ai assisté au miracle ! Et la majesté de l'aurore boréale suffirait à convaincre l'athée le plus fervent d'un pouvoir supérieur. Ces couleurs… vert, jaune, bleu… le ciel entier rayonnait ! Je… (Je butai sur mes mots, puis me repris. Je tendis les bras et étreignis Pip, ce à quoi il ne s'attendait sûrement pas.) Merci, m'exclamai-je. Merci.

Léger comme l'air, je descendis en fredonnant et regagnai ma cabine où Ella sommeillait paisiblement.

Je n'oublierai jamais la nuit où le ciel dansa pour moi.

27

Inverness, Écosse, avril 1940

Alors que je relis ces pages, le Hurtigruten, les lumières de l'aurore boréale et la cascade des Sept Sœurs semblent remonter à une éternité. Les larmes me montent aux yeux quand je lis le nom de nos si chers amis qui ne sont plus… Pardonnez-moi, chers lecteurs, je mets la charrue avant les bœufs.

Cette fois-ci, je n'ai pas à m'excuser de ne pas avoir écrit dans ce journal pendant bien plus d'un an. À la suite de notre croisière en 1939 et avec un coude de moins en moins douloureux, je me sentais revigoré et ai noirci de longues pages emplies de souvenirs. Malheureusement, l'histoire s'est répétée et ces pages sont restées au-dessus de la boutique de cartes à Bergen, quand Ella et moi avons été forcés de fuir, une fois de plus.

La machine de guerre allemande attaqua la Norvège le 9 avril 1940. Le pays fut pris complètement par surprise, sachant que sa marine était occupée à aider le Royaume-Uni à bloquer la Manche. Au bout du compte, la bataille de Bergen fut brève et brutale, et la ville fut très vite entièrement sous occupation allemande. Des soldats patrouillaient dans les rues et d'énormes svastikas pendaient des fenêtres de la mairie. Le nouveau régime, bien sûr, annula tous les événements culturels norvégiens, notamment la création du *Concerto héroïque* de Pip.

Au cours des semaines précédant l'invasion, Karine avait été rongée par l'inquiétude. Elle supplia Pip de quitter l'Europe avec elle, mais son mari souhaitait résolument rester. À plusieurs reprises, elle arriva chez nous en larmes.

— Il croit que mon baptême et mon nouveau nom de famille me protégeront. Je l'aime, mais il est si naïf. Les soldats n'auront qu'à jeter un regard sur moi pour connaître la vérité. Une courte enquête et… (Karine se prit la tête entre les mains, avant de désigner Ella.) Toi aussi, tu devrais te méfier. Tes yeux bleus et tes cheveux blonds ne suffiront peut-être pas à te protéger. Aucun membre de notre peuple n'est à l'abri en Europe.

— Je sais, Karine, répondit Ella. Nous envisageons de partir.

— Vous avez raison, malgré ce que dit mon mari. Il est impossible de sous-estimer la minutie de ces gens-là. Rien ne les arrêtera pour nous éliminer. Et bien sûr, petit Felix aussi a du sang juif. S'ils l'emmenaient, lui aussi ?

Ella étreignit son amie.

— Ma Karine chérie. Je ne peux imaginer ton inquiétude. Mais ton mari donnerait sa vie pour protéger votre fils. Je suis certaine que Pip fera tout pour qu'il ne lui arrive rien.

Karine éclata en sanglots.

— J'aimerais te croire, Ella, vraiment. Mais il ne pense qu'au *Concerto héroïque.* Mes parents nous ont suppliés de les rejoindre aux États-Unis. Ils nous ont même envoyé de l'argent. Mais Pip ne veut pas en entendre parler. Il dit que, dans un nouveau pays, il ne serait qu'un aspirant compositeur parmi tant d'autres. Alors qu'ici, il est « le grand Jens Halvorsen » !

— Crois-tu vraiment qu'il ferait passer son ego avant ta sécurité ? s'enquit Ella.

— Je n'ai pas envie de le croire. Il insiste en disant que la Norvège est un pays sûr parce qu'elle est restée neutre pendant la Grande Guerre. Mais nous connaissons ces gens, Ella. Rien ne les arrêtera. Je suis convaincue qu'ils accosteront. Et quand ce moment viendra, nous devons nous tenir prêts.

Nous l'étions. Le soir de l'arrivée des nazis, Ella et moi nous réfugiâmes dans les collines de Froskehuset avec tout le clan Halvorsen. Dans le cadre de mes préparatifs pour ce moment précis, j'avais fait appel aux services d'un pêcheur local, Karl Olsen, qui était basé au port de Bergen. Karl avait accepté de nous emmener au Royaume-Uni. C'était un homme bien – sympathique et fiable – et je discutais avec lui tous les jours avant d'entrer chez Scholz & Scholz. Néanmoins, Karl n'agissait pas par pur altruisme : cela faisait dix-huit mois que je lui fournissais gratuitement des cartes.

Le premier matin de l'occupation, je me levai tôt pour retrouver Karl au port, alors qu'il débutait sa journée de travail. Il me jura que, sous vingt-quatre heures, il serait prêt et nous attendrait pour nous emmener en Écosse.

J'en informai Ella.

— Nous devons le dire à Pip et Karine, implora-t-elle.

J'hésitai.

— À Karine, si tu veux. Mais Pip, et ses parents… plus il y aura de gens au courant de notre projet, plus il y aura de risques qu'il soit découvert.

Elle insista.

— Ar, nous *devons* leur proposer de nous accompagner.

— Absolument. Mais tu sais combien Pip est têtu. La dernière chose que nous souhaitons c'est provoquer une scène de ménage. Promets-moi que tu en parleras d'abord à Karine pour voir sa réaction.

Ce soir-là, notre dernier en Norvège, nous retrouvâmes les Halvorsen. Je conversais avec Astrid et Horst pendant qu'Ella discutait avec Karine. Je les observais tandis qu'Ella annonçait la nouvelle de notre départ imminent. Cela me brisait le cœur de voir les deux meilleures amies se faire des adieux déchirants.

— Qu'a dit Karine ? demandai-je alors que nous franchissions la porte d'entrée pour regagner la minuscule maison de chasseurs que nous occupions temporairement.

— Elle m'a dit qu'elle serait toujours là pour moi et que je devais lui écrire à notre arrivée en Écosse.

— Elle n'a même pas envisagé de venir avec nous ?

Ella secoua la tête.

— Elle a dit que Pip ne voulait pas partir et qu'elle préférerait mourir que de quitter la Norvège sans lui.

Je pris la main d'Ella, tandis que nous réfléchissions tous deux en silence au destin auquel Pip la condamnait.

Le lendemain matin, à cinq heures précises, Ella et moi retrouvâmes Karl au port. Nous montâmes à bord de son chalutier et endurâmes une traversée mouvementée mais sans encombre jusqu'à Inverness, en Écosse. Cela nous prit presque toute la journée et je priais pour que nous ne croisions aucun navire militaire. Toutefois, les Pléiades nous sourirent depuis là-haut et notre voyage fut tranquille. Je serrai Ella contre moi tandis que nous disions adieu à notre vie passée. Nous en avions désormais l'habitude, malheureusement, mais cela n'en devenait pas plus facile pour autant. Je savais notamment combien Ella avait le cœur gros. Karine était si importante pour elle, et il ne faisait aucun doute que nous laissions notre amie dans une situation dangereuse. Mais à part les kidnapper, Felix et elle, il n'y avait pas grand-chose que nous puissions faire.

— Rappelez-vous, Karl, vous devez nous laisser dans un endroit reculé. Nous n'avons pas de papiers.

Il écarta mon inquiétude d'un revers de main.

— Aucun problème, Ar. Nous trouverons une plage déserte. De mémoire, ce n'est pas ce qui manque ici. Attention, vous devrez marcher jusqu'à la rive.

Ella et moi échangeâmes un regard contrarié.

Après quelques minutes d'exploration, Karl repéra un endroit qui convenait et manœuvra le chalutier aussi près de la rive que possible.

— Je ne peux pas risquer d'aller plus loin, déclara-t-il en haussant les épaules. Vous allez devoir finir à pied.

Je hochai la tête et, à contrecœur, sautai par-dessus bord. Je me retrouvai avec de l'eau glaciale jusqu'aux cuisses.

— Nom d'un chien ! m'exclamai-je. Mieux vaut que je te porte, Ella. Attrape notre sac.

Elle saisit notre unique bagage, la sacoche en cuir qui contenait les affaires que nous avions réussi à récupérer, et Karl la souleva pour la déposer dans mes bras.

— S'il vous plaît, si vous en avez l'occasion, dites à Karine que nous sommes bien arrivés ! lui lança-t-elle. Je lui écrirai !

Karl leva les deux pouces en l'air.

— Bonne chance, vous deux. Et merci pour les cartes, Ar.

— Merci pour tout, Karl. Êtes-vous sûr de ne pas vouloir descendre, vous aussi ?

— Bergen, c'est chez moi, répondit-il en riant. Je veux y retourner et l'aider à se débarrasser de ses indésirables visiteurs. Je vous garantis que le peuple norvégien y parviendra.

Sur ces mots, il ralluma le moteur et repartit.

Je marchai péniblement dans la mer, jusqu'à la plage de sable blanc immaculé où je fis doucement descendre une Ella reconnaissante.

C'était une journée grise et venteuse, ce qui correspondait bien à ce littoral sauvage. Si les paysages norvégiens étaient pittoresques et harmonieux, mon premier aperçu de l'Écosse me donnait l'impression d'un pays à la nature brute et irrégulière, mais les deux terres étaient aussi magnifiques l'une que l'autre. Affleurements rocheux, monticules verdoyants et ciel menaçant ne manquaient pas de caractère. Nous gravîmes une dune et nous retrouvâmes sur une route déserte.

— Je pense que nous n'en avons pas pour très longtemps à pied jusqu'à Inverness, estimai-je. D'après ce que j'ai vu depuis la mer, c'est à maximum trois kilomètres d'ici.

En moins d'une heure, nous avions atteint la ville côtière, qui se décrivait comme « le centre des Highlands ». Je ne sais pas ce que j'attendais d'un tel endroit, mais j'avais l'impression qu'il n'y avait presque personne. Cela devait être dû à la conscription militaire britannique qui était entrée en vigueur le jour où Neville Chamberlain avait déclaré la guerre à l'Allemagne. Je frémis en pensant à toutes les familles anéanties par cette décision. La population des villes et des villages avait dû être réduite pratiquement de moitié.

En approchant du centre-ville, nous passâmes devant le château en grès rouge qui, imposant, se dressait sur la rive de la Ness. Je me souvenais que c'était là que Macbeth avait assassiné le roi Duncan dans la pièce de Shakespeare et ne pus refréner le frisson qui remonta le long de ma colonne vertébrale.

Par chance, le temps que nous arrivions sur la grand-rue pavée, mon pantalon avait séché, bien que je ne puisse pas en dire autant de mes souliers. J'avais les pieds gelés et avais terriblement hâte de me mettre au chaud. Heureusement, nous aperçûmes bientôt une enseigne usée qui se balançait au-dessus de notre tête sous l'effet du vent. The Sheep Heid Inn, bed and board.

— Qu'en dis-tu ? demandai-je à Ella.

— Allons-y.

Nous ouvrîmes la porte du bâtiment décrépi et entrâmes. C'était obscur et exigu, avec uniquement une faible lumière électrique pour éclairer la réception. D'une main hésitante, j'appuyai sur la sonnette et un homme âgé et recroquevillé arriva du bar dans la pièce d'à côté.

— Oui ?

— Bonjour, monsieur, auriez-vous une chambre libre pour ma femme et moi ?

Il me regarda d'un œil soupçonneux à travers ses lunettes.

— Pour combien de temps ? marmonna-t-il avec un accent très marqué.

— Au moins ces prochaines nuits. Peut-être davantage.

Il haussa un sourcil.

— Que faites-vous à Inversneckie ?

— Où cela, pardon ?

Il leva les yeux au ciel.

— Inverness. Que faites-vous dans cette ville ? J'entends bien que vous n'êtes pas écossais.

— Votre oreille m'impressionne. Nous sommes français de naissance, mais nous sommes venus rendre visite à notre grand-mère écossaise souffrante.

— Oh, d'accord, et où vit-elle ? insista-t-il.

— À Munlochy, répondis-je sans hésiter.

J'avais vu un panneau indiquant ce village sur notre chemin et avais noté ce nom dans un coin de ma tête car je trouvais la sonorité agréable. Cela sembla satisfaire l'aubergiste.

— Une chambre pour deux, donc. Prudence est mère de sûreté. Mr Chamberlain nous a demandé à tous de nous méfier de tout ce qui sort de l'ordinaire, vous comprenez.

— Et c'est légitime, monsieur.

Il nous montra notre chambre, qui était terne et humide, en accord avec le climat. Le matelas était terriblement mince et, quand j'osai m'y allonger pour me reposer un moment, mon dos fut assailli par un déferlement de ressorts. Heureusement, le manque de confort se reflétait dans le bas coût de la chambre – un coût qui, bien que faible, avait entamé nos maigres économies.

— Nous devons discuter de notre dialecte, ma chérie, déclarai-je tandis qu'Ella me rejoignait sur le lit. Comme nous l'avons constaté, les Britanniques repèrent tout de suite que nous ne sommes pas du pays. Nous ne voulons surtout pas attirer l'attention. Imagine si quelqu'un nous accusait d'espionnage !

Ella roula sur le côté pour être face à moi.

— Tu as raison. Mais que pouvons-nous faire ?

— Eh bien, si nous avons l'intention de rester ici à long terme, je suggère que nous adaptions nos noms. Ar..., prononçai-je en réfléchissant à un prénom qui passerait bien au Royaume-Uni. Arthur ! Et toi, Ella, peut-être pourrais-tu devenir... Elinor ? Comme Elinor Dashwood dans *Raison et Sentiments.*

Son froncement de sourcils laissa place à un petit sourire. Je pensais bien que la référence à Jane Austen lui plairait.

— D'accord, va pour Arthur et Elinor. Et pour le nom de famille ? D'Aplièse sort vraiment de l'ordinaire.

— Tu as raison. Nous ne pouvons pas risquer d'attirer l'attention, surtout au moment où la conscription bat son plein. Je suis jeune et les locaux pourraient se demander pourquoi je ne suis pas au front.

Je soupirai de frustration, le poids de l'inconnu commençant à me déprimer.

— Ar, même si tu voulais te battre, on ne te le permettrait pas. Tu as encore du mal à soulever un archet de violoncelle. Alors manier un fusil… N'importe quel médecin pourrait le vérifier rapidement.

Je ricanai :

— Ah oui. Voyons le bon côté des choses.

Ella roula sur le dos et fixa le plafond.

— Si les gens nous posent des questions sur notre passé et veulent savoir ce que nous faisons au Royaume-Uni, je pense qu'il convient de répondre que nous sommes des réfugiés juifs ayant fui la France à cause de la menace de l'invasion nazie. Cela aura au moins le mérite d'expliquer notre accent. Et pour la moitié d'entre nous, c'est tout simplement la vérité.

— Tu as raison. (Je me frottai les tempes en réfléchissant.) Nous avons juste besoin d'un endroit tranquille et reculé où nous pouvons rester cachés.

— Et où nous pouvons gagner de quoi vivre, évidemment, ajouta Ella.

— Que penses-tu des Highlands ? Nous pourrions aller encore plus au nord. Je ne vois aucune raison de modifier la situation que nous avions à Bergen, où nous travaillions en tandem. Peut-être pourrions-nous trouver un emploi dans une propriété ? Avec la guerre, les châtelains manquent forcément de personnel.

Ella se redressa et regarda la rue morne par la fenêtre crasseuse.

— Notre petit appartement avec vue sur le port de Bergen me manque. J'aurais pu y rester toute ma vie avec toi.

— Moi aussi. Mais n'oublions pas que nous sommes ici par nécessité. Dans ce pays, je pense que nous sommes à l'abri de l'invasion allemande. L'armée britannique est puissante et son peuple résilient. (Je lui pris la main et la pressai dans la mienne.) Ma chérie, je te promets que nous aurons une fin heureuse.

Ella passa l'après-midi à écrire à Karine et j'en profitai pour explorer les environs. Malgré le temps, Inverness avait un certain charme. J'essayai d'imaginer la ville au milieu de l'été, dans un monde en paix, grouillant de touristes, ce qui m'aida à l'apprécier. Je me promenai le long de la Ness qui scindait la ville en deux et reliait la mer du Nord et le fameux loch où vivait le monstre. Sur le chemin du retour, je passai devant une myriade de petits cafés dont chacun se vantait de servir « le meilleur petit déjeuner écossais de toute la ville ». J'osai regarder la carte de certains et constatai que la plupart proposaient de grosses portions de boudin noir qui, si je ne m'abuse, est fait de sang séché. Les Britanniques ont vraiment des goûts étranges.

Après avoir posté la lettre d'Ella pour la Norvège, nous nous installâmes au bar de notre auberge pour la soirée. Contrairement à notre chambre, le bar était assez confortable. Perchés sur un vieux banc en bois, nous fixions le feu qui crépitait gaiement dans l'âtre. Lorsqu'il fit nuit dehors, le barman se mit à suspendre des caches noirs aux fenêtres en cas de raid aérien ennemi. Je me levai pour l'aider.

— Merci, l'ami, me dit-il en souriant. Tu veux un whisky ?

J'hésitai. J'avais toujours la même réticence dès qu'il s'agissait de boire de l'alcool. Cependant, plus tôt ce jour-là, j'avais marché dans la mer du Nord avec de l'eau jusqu'aux cuisses et ne m'étais pas encore tout à fait remis du froid. Je décidai donc de faire une entorse à la règle que je m'étais fixée, du fait de la réputation qu'avait ce spiritueux de réchauffer le corps et l'âme.

Le liquide ambré était fort, mais indéniablement délicieux. Il provoquait une agréable détente du corps, et, ce soir-là, Ella et moi nous délectâmes de plusieurs verres de différents *single malts*. Le sympathique barman, Hamish, se fit un plaisir d'expliquer à deux réfugiés « français » les subtilités de la distillation et les raisons de la supériorité du whisky sur le vin. Je me découvrais une nouvelle passion et cela m'inquiétait. Je devrais veiller à ne pas céder de nouveau prochainement.

Les jours suivants furent consacrés à notre adaptation à ce nouvel environnement. Je constatai qu'une fois qu'ils avaient baissé la garde, les habitants étaient amicaux, accueillants et pleins d'entrain. La nourriture, toutefois, était un cap difficile à franchir. Le régime alimentaire britannique semblait être presque entièrement constitué de viande, de sauce et de pommes de terre. Je ne savais pas très bien comment ils faisaient pour avoir tant d'athlètes célèbres.

Lors de notre cinquième soirée à Inverness, nous allâmes dîner au Drovers Inn, une taverne locale – ou « pub », comme les appellent les Britanniques. Il y avait une multitude de pubs de ce genre à Inverness et, pour moi qui n'avais pas l'habitude, ils semblaient tous presque identiques. Toutefois, les locaux défendaient leur préféré bec et ongles. Le Drovers nous avait été recommandé par Hamish. Malgré sa taille modeste, il était plein de caractère avec ses murs ornés de tartans et de médaillons de harnais. Derrière le bar se trouvait une collection de chopes en étain gravées au nom des clients réguliers. Naturellement, j'en repérai une au nom de Hamish.

En regardant la carte, je fus content de voir enfin du haggis. Hamish m'avait expliqué qu'il s'agissait du plat national mais, quand je lui avais demandé ce que c'était exactement, il avait éclaté de rire et m'avait encouragé à goûter avant d'oser demander. Le propriétaire, grand et costaud, vint prendre notre commande.

— J'aimerais goûter le haggis, s'il vous plaît, annonçai-je avec conviction avant de décider que je n'étais pas assez courageux pour me lancer à l'aveugle. Mais puis-je savoir ce que c'est ?

— C'est le foie, le cœur et les poumons d'un petit mouton.

Je reculai légèrement.

— Allons bon… Comment est-ce présenté ? interrogeai-je, me demandant sincèrement si j'arriverais à supporter une telle vision dans mon assiette.

— Pas d'inquiétude, tout est enveloppé dans la panse du petit gars ! répondit-il d'un ton jovial.

Cela ne m'inspirait pas davantage.

— Est-ce servi avec autre chose ?

Le propriétaire me répondit, mais je ne compris absolument pas les termes employés.

— Pardonnez-moi, ce sont des légumes ?

— Des navets et des pommes de terre, intervint une voix grave et mélodieuse près du bar.

Un homme d'une cinquantaine d'années se tourna vers Ella et moi et nous sourit. Même s'il avait les cheveux grisonnants, ses yeux sombres et sa mâchoire ciselée le rendaient très beau.

— Oh, merci beaucoup, monsieur, répondis-je en lui adressant un signe de la tête. J'aimerais goûter cela, s'il vous plaît.

Le propriétaire me posa une question mais, là encore, je ne compris pas la fin.

— Pour ma quoi ?

— Votre amie, traduisit l'homme du bar, riant à présent ouvertement.

Il parlait avec un accent anglais saccadé et portait un costume de tweed vert bouteille.

— Je prendrai la soupe, s'il vous plaît, dit Ella au propriétaire.

— Parfait, fit celui-ci en hochant la tête avant de s'éclipser à la cuisine avec notre commande.

L'Anglais du bar s'approcha de notre table et je remarquai qu'il boitait. Il posa son verre de bière et prit un tabouret.

— Les Écossais sont nos voisins, mais même l'Anglais que je suis a parfois du mal à comprendre ces accents aussi marqués ! (Il tendit la main.) Archie Vaughan. Ravi de faire votre connaissance.

— Oh, bonsoir. Je m'appelle Arthur, et voici Elinor.

— Enchantée, ajouta Ella.

Archie nous adressa un sourire chaleureux.

— Tout le plaisir est pour moi. Pardonnez-moi, vous devez me trouver extrêmement grossier de m'imposer ainsi. Cela vous embête-t-il que je me joigne à vous pour un verre ?

Je jetai un coup d'œil à Ella qui restait calme et lui rendit son sourire.

— Bien sûr que non, répondit-elle en levant son verre de porto au citron.

— Formidable ! s'écria Archie. À présent, dites-moi, avec ces prénoms on ne peut plus anglais, d'où vous viennent ces accents inhabituels ?

Il but une gorgée de bière.

— Nous sommes français. Nous avons fui ici très récemment pour éviter l'invasion imminente, expliqua Ella, respectant le script. Notre peuple est partout menacé, ajouta-t-elle après une pause.

— Qui, les Français ? s'enquit-il d'un air si perplexe que c'en était presque comique.

Ella secoua la tête et Archie ferma brièvement les yeux, comprenant ce qu'elle voulait dire.

— Oh, mon Dieu. Je vois. En tout cas, sachez que vous êtes les bienvenus ici. (Il déplaça ses jambes sous la table en grimaçant de douleur.) Qu'est-ce qui vous amène à Inverness en particulier ?

— Nous cherchons du travail, répondis-je en toute honnêteté.

Il gloussa.

— Alors, excusez-moi de vous donner une mauvaise nouvelle, mais vous n'êtes pas au bon endroit. La personne qui vous a conseillé de tenter votre chance dans le nord de l'Écosse devait avoir un petit coup dans le nez. Comme vous avez dû vous en apercevoir, il n'y a que des montagnes et des lochs ici.

— Êtes-vous du coin ? demanda Ella.

— Non, pas du tout. Mais je le connais très bien. Je viens chasser ici depuis que je suis gamin. C'est d'ailleurs la raison pour laquelle j'y suis en ce moment. J'ai une semaine de congé de la Royal Air Force, alors je suis venu prendre un peu l'air dans les Highlands.

— Où êtes-vous basé ? l'interrogeai-je.

Il ne répondit pas tout de suite, choisissant ses mots avec soin.

— Dans le sud de l'Angleterre. Dans le Kent, pour être précis. Même si j'imagine que cela ne vous dit pas grand-chose !

— Le comté de Charles Dickens, observai-je.

Archie sembla très surpris.

— Doux Jésus, êtes-vous certain d'être français ? Je vous félicite pour votre connaissance de la littérature britannique. (Il s'appuya contre son dossier et croisa les bras.) N'oubliez pas que Miss Vita Sackville-West est elle aussi de notre coin ! (Ella le regarda sans réagir.) Oui, bon, c'est vrai qu'elle est moins connue. (Il but une autre gorgée de bière, avant de me fixer.) Puis-je vous demander comment vous avez réussi à échapper au champ de bataille, Arthur ?

Sa question me rendit un peu nerveux, mais je savais quoi répondre.

— Je ne peux pas me battre à cause d'une blessure au bras. Nous cherchons n'importe quel emploi pour pouvoir subvenir à nos besoins.

Archie haussa les sourcils.

— Ah, un camarade d'invalidité. Désolé de l'entendre, mon vieux. Vous avez dû remarquer ma mauvaise jambe, qui m'empêche moi aussi de me battre. (Il se tapa la jambe en question.) Les Boches en sont responsables, mais c'est une vieille blessure qui date de la Grande Guerre. Ma place est désormais derrière un bureau.

— Moi aussi, je suis désolé de l'entendre, répondis-je.

Il me regarda avec compassion.

— Je sais ce que c'est pour un jeune homme de ne pas pouvoir se battre. J'ai un fils, peut-être juste un peu plus jeune que vous, Arthur. Il s'appelle Teddy. Il a les pieds plats. (Je secouai la tête.) C'est très malheureux. Non pas que cela le contrarie, ajouta-t-il en levant les yeux au ciel.

— Comment occupe-t-il son temps ? demanda Ella. Est-il comme vous derrière un bureau ?

Archie fit un sourire gêné.

— Non. Teddy a vingt et un ans et est l'héritier de mon immense propriété à la campagne. (Je tendis l'oreille.) Malgré tous mes efforts, je n'arrive pas à le motiver. Résultat, il traîne et s'attire des ennuis que mon épouse Flora, d'une patience à toute épreuve, essaie ensuite de régler.

Je saisis la balle au bond.

— Une propriété à la campagne ? Vous devez avoir de nombreux employés qui s'en occupent pour vous.

Archie éclata de rire.

— J'ai bien peur que cette époque ne soit révolue pour High Weald. Le budget est un peu… serré depuis la Grande Guerre.

Et les employés que nous avions encore sont désormais soit au front, soit dans des usines de munitions. (Il soupira.) C'est Flora qui fait presque tout. C'est très injuste. Mais malheureusement, nous n'avons pas vraiment le choix en ce moment.

Archie regarda dans son verre, presque vide. Ella me posa une main sur la cuisse, pour me pousser à continuer.

— Cela doit être très difficile pour elle. Peut-être pourrions-nous combler le vide ?

Archie leva les yeux, soudain embarrassé.

— Ah, bien sûr. Pardonnez-moi, il m'arrive d'être un peu long à la détente. Vous avez dit que vous cherchiez du travail. (Il lança quelques regards furtifs autour du pub tandis qu'il essayait de formuler son refus.) Vous m'avez l'air d'être des jeunes gens très bien mais, comme je l'ai dit, la situation financière est un peu difficile en ce moment chez les Vaughan. Ma demeure, High Weald, tombe peu à peu en ruine, et chaque centime ou presque de ce que je gagne passe dans son entretien, pour éviter qu'elle ne s'effondre complètement. (Il se frotta les yeux.) Elle est dans ma famille depuis des générations et je ne veux pas être celui qui la laissera s'écrouler. En bref, je ne pourrais presque pas vous payer.

Je m'étais résigné, mais Ella n'avait pas dit son dernier mot.

— Oh, nous avons l'habitude des bas salaires, monsieur Vaughan. À Paris, nous vivions dans un minuscule appartement.

— En fait, c'est *lord* Vaughan, pour être exact, précisa-t-il avec un clin d'œil. D'accord alors. Dites-moi, quel était votre travail à Paris ?

— Toutes mes excuses, lord Vaughan. (Archie les balaya d'un revers de main en riant. Ella me regarda.) Arthur et moi travaillions ensemble dans un orphelinat, mentit-elle. Arthur était à la fois gardien et jardinier, quant à moi je faisais la cuisine pour les enfants et un peu de ménage aussi. Naturellement, les fonds de l'orphelinat étaient limités et nous étions très peu rémunérés.

Ella racontait tout cela avec une facilité déconcertante.

— Était-ce grand ?

Ella acquiesça vivement.

— Oh oui, c'était immense. Cela s'appelle les Apprentis d'Auteuil, si vous souhaitez vous renseigner. Et nous pouvons vous garantir que, quel que soit le désordre créé par le jeune Mr Teddy, ce ne sera rien comparé au chaos causé par une centaine d'enfants !

Archie faisait tournoyer le restant de sa bière dans sa pinte, l'air soudain pensif.

— En effet, j'imagine que plus grand-chose ne vous fait peur après cela. Eh bien, il est certain que Flora en serait très reconnaissante, d'autant que je suis souvent retenu à la base aérienne… Écoutez, même si je ne peux pas beaucoup vous payer, High Weald dispose d'un certain nombre de cottages autour de la maison principale, tous actuellement inoccupés. Est-ce qu'un toit et tout le gibier que vous pourrez chasser vous conviendraient ?

Ella rayonna.

— Oh, monsieur, nous vous en serions éternellement reconnaissants !

Je joignis ma voix à son enthousiasme.

— Honnêtement, lord Vaughan, nous aurions une dette envers vous.

Il se tapa sur les cuisses et se leva.

— Très bien, alors. Bienvenue à bord ! (Il nous serra chaleureusement la main à tous les deux.) Quel heureux hasard que cette rencontre. Mais je dois rentrer chez moi. Je prends le train de nuit dans quelques heures. Il relie Glasgow à Londres. À propos, où logez-vous actuellement ? Je vous prendrai des billets. Pourriez-vous commencer la semaine prochaine ?

Ella et moi nous regardâmes.

— Bien sûr, ce serait formidable, répondis-je. Nous logeons au *Sheep Heid Inn*.

— Parfait, s'exclama-t-il en tapant dans ses mains. Je vous y ferai parvenir les billets.

— Oh, nous pouvons très bien les acheter…, commença Ella.

Archie leva les mains en signe de protestation.

— Ne dites pas de bêtises. Vous travaillez désormais pour moi et, même si la situation s'est beaucoup détériorée, je peux quand même encore me permettre de financer un voyage à bord d'un train de la Caledonian Railway. (Il vida le restant de sa bière.) Pardonnez-moi, il ne me semble pas vous avoir demandé votre nom de famille ? Arthur et Elinor…

— Tanit, répondis-je aussi rapidement et tranquillement que possible.

— Parfait. Je ferai envoyer les billets à Mr et Mrs Tanit.

Avec un hochement de tête et un sourire, Archie Vaughan récupéra son long manteau bleu sur le crochet près de la porte et quitta la taverne.

Ella et moi nous regardâmes et nous mîmes à rire.

— Tu vois, ma chérie. Tu comprends pourquoi, en dépit de tout, je fais confiance à l'univers ?

Elle me prit les mains.

— Je commence à le comprendre, en effet. Quel coup de chance !

— Oui. (Je levai les yeux et haussai légèrement les épaules.) Ou peut-être est-ce quelque chose de plus puissant que la chance. Qui sommes-nous pour le dire ?

Nous nous fixâmes l'un l'autre pendant un moment, tous deux un peu déconcertés d'avoir obtenu si vite une nouvelle opportunité. Soudain, Ella fronça les sourcils.

— Mais le nom de famille que tu lui as indiqué ? Qu'est-ce qui t'est passé par la tête ?

Dans un moment de pure panique, j'avais donné à Archie Vaughan mon nom réel – celui qui, quelque part en Sibérie, est inscrit sur mon acte de naissance : Tanit.

Je me passai les mains dans les cheveux.

— Je sais, c'était idiot de ma part. Mais je ne voulais pas donner l'impression d'hésiter, surtout après toutes ces questions sur nos accents. C'est tout simplement ce qui a jailli de mes lèvres.

Ella leva les yeux au ciel, mais elle retrouva vite le sourire.

— Nous serons donc Mr et Mrs Tanit.

— Je suppose que, si par malheur Kreeg venait en Angleterre, il ne s'attendrait certainement pas à ce que j'utilise mon vrai nom…

Pendant le dîner, nous discutâmes de toutes les possibilités que notre nouvelle vie sur cette propriété pourrait nous donner. Nous nous projetâmes avec délice dans le petit cottage qui nous avait été promis, au milieu d'une campagne anglaise verte et luxuriante. En cet instant, les périls de Kreeg et de l'invasion allemande paraissaient bien lointains.

Nous regagnâmes notre auberge, où le propriétaire nous remit une lettre adressée à « Ar et Ella » – qui, par chance, étaient les noms que nous avions utilisés à notre arrivée. Le visage d'Ella s'illumina et elle se précipita dans l'escalier pour monter dans notre chambre.

— Ce doit être Karine ! J'ai hâte de lui raconter ce qui s'est passé ce soir. Elle trouvera ça tellement drôle. (Elle examina l'avant de l'enveloppe et fronça les sourcils.) C'est bizarre, cela ne ressemble pas à son écriture.

— Ouvre, tu verras bien, l'encourageai-je.

Une fois qu'elle eut déchiré l'enveloppe, elle sortit deux missives.

— Il y en a une de Horst, observa-t-elle, perplexe.

— Horst ? Est-ce que tout va bien ?

J'examinai son visage tandis qu'elle lisait le contenu.

— Je ne comprends pas.

— Lis-la à voix haute, suggérai-je.

— « Cher Ar, chère Ella… » commença-t-elle.

> J'espère que cette enveloppe vous parviendra. J'ai découvert votre adresse dans la lettre que vous avez récemment envoyée à Karine. Pardonnez-moi de l'avoir ouverte, mais vous comprendrez bientôt pourquoi je n'avais pas le choix. Je suis heureux de vous savoir à l'abri en Écosse et j'espère que l'horreur de ce conflit insensé ne vous y suivra pas. Je regrette de vous écrire dans d'aussi tristes circonstances. Mais il est de mon devoir de vous transmettre la lettre ci-jointe, selon le souhait de mon fils chéri.
>
> Je vous en supplie, ne pensez pas de mal de lui. Il avait bon fond. Il a simplement commis une erreur et a payé le prix le plus élevé possible. Merci d'avoir été des amis si proches de mon fils, et de Karine. Sachez qu'ils vous aimaient tous deux tendrement.

> Je vous en prie, chérissez-vous l'un l'autre, aimez-vous l'un l'autre, et écoutez-vous l'un l'autre.
> Votre ami,
> Horst Halvorsen

Ella reposa la lettre et me regarda avec inquiétude. De mon côté, j'avais l'estomac noué.

— Je vais lire la seconde lettre, décidai-je en la lui prenant doucement des mains.

> Cher Ar, chère Ella,
> Le temps que cette lettre vous parvienne (si un jour elle vous parvient), j'aurai quitté ce monde. J'ai le triste devoir de vous informer que, ce matin, l'amour de ma vie, Karine Eliana Rosenblum, a été tué par nos envahisseurs.
> Son crime ? Avoir osé sortir en ville pour acheter du pain et du lait. Comme vous le savez tous les deux, Karine souhaitait quitter la Norvège. Égoïstement, je n'ai pas prêté attention à ses avertissements et, pour cela, je n'ai aucune excuse. Ma femme était plus gentille, plus intelligente, MEILLEURE que moi, et j'aurais dû l'écouter.
> J'ai le cœur brisé et rien ne pourra jamais le réparer.
> Ella, je dois te présenter des excuses à toi en particulier. Tu étais la meilleure amie de Karine, et le lien qui vous unissait était peut-être encore plus profond que le nôtre. Par ma faute, à moi seul, vous ne vous reverrez jamais.
> Mes amis, je me jette à la merci de Notre-Seigneur, mais sans attendre le pardon. Écrire cette lettre constitue mon avant-dernier acte sur cette Terre. Quand j'aurai terminé, j'irai chercher le fusil de chasse de mon père dans l'abri de jardin et mettrai fin à mon existence dans les bois au-dessus de la maison. Soyez tranquilles, Felix est en sécurité avec mes parents qui, je le sais, seront aussi aimants avec mon fils qu'ils l'ont été avec le leur.
> Tout ce que j'aie jamais souhaité était d'être acclamé pour mes prouesses musicales. Alors s'il vous plaît, mes amis, effacez mon souvenir de votre mémoire – que ce soit ma punition éternelle. Permettez-moi d'être relégué aux oubliettes.

> Mais souvenez-vous de notre chère Karine. Dans un monde enseveli sous l'obscurité, c'était une étoile, et cette étoile doit briller pour toujours.
> Amicalement,
> Jens « Pip » Halvorsen

Ni Ella ni moi n'étions en mesure de parler. Nous restâmes assis en silence, jusqu'à ce que le corps d'Ella se mette à trembler tandis qu'arrivaient ses larmes. Je l'étreignis pendant des heures, jusqu'à ce qu'elle finisse par s'endormir dans mes bras, épuisée par le choc émotionnel de ce que nous avions appris.

La lumière du jour arriva, accompagnée des billets pour le train de nuit à l'attention de Mr et Mrs Tanit, ce qui causa une certaine confusion à la réception, sachant que nous nous étions présentés sous le nom « d'Aplièse ». Par chance, le propriétaire accepta l'excuse selon laquelle « Tanit » était le nom de ma grand-mère souffrante et qu'il y avait clairement eu une erreur.

Ce soir-là, nous prîmes un train d'Aberdeen à Glasgow et montâmes à bord de celui de la Caledonian juste avant onze heures. Installés dans notre petite cabine – qui contenait des lits superposés en métal, un lavabo et une table pliante –, je rejoignis Ella sur le matelas du bas et pressai sa main dans la mienne.

— Nous vivrons en son honneur. En *leur* honneur. Nous serons heureux en mémoire de nos amis, déclarai-je tandis que les roues commençaient à se mouvoir sur les rails.

J'étais bouleversé de voir combien Ella semblait anéantie.

— Je ne peux m'arrêter de penser au petit Felix, murmura-t-elle en reniflant. Qu'adviendra-t-il de lui ? Perdre ses deux parents d'un coup, c'est... eh bien, je sais combien c'est douloureux. (Elle me regarda, la mort dans l'âme.) N'avons-nous pas le devoir de retourner le chercher ?

Je réfléchis à sa question. Interrogeant mon cœur, je sentais qu'en vérité... oui, nous avions ce devoir envers cet enfant. Cependant, nous ne pouvions pas retourner à Bergen dans l'immédiat. Ç'aurait été suicidaire.

— Felix sera à l'abri avec Horst et Astrid. Ce sont des gens bien. Et Karine peut reposer en paix en sachant qu'il est maintenant impossible de faire le lien avec son patrimoine religieux. Felix est protégé là où il se trouve.

Ella porta une main à sa bouche.

— C'est juste que j'ai l'impression d'avoir une telle dette envers eux deux. Sans eux, qui sait où nous serions ? Et maintenant... il est trop tard pour leur rendre leur gentillesse.

Les mots d'Ella me tournèrent dans la tête tandis que le train avançait dans la nuit. Je finis par m'endormir, bercé par le rythme apaisant du train et le cliquetis des rails, et nous quittâmes l'Écosse pour une vie nouvelle.

À bord du *Titan*

Juin 2008

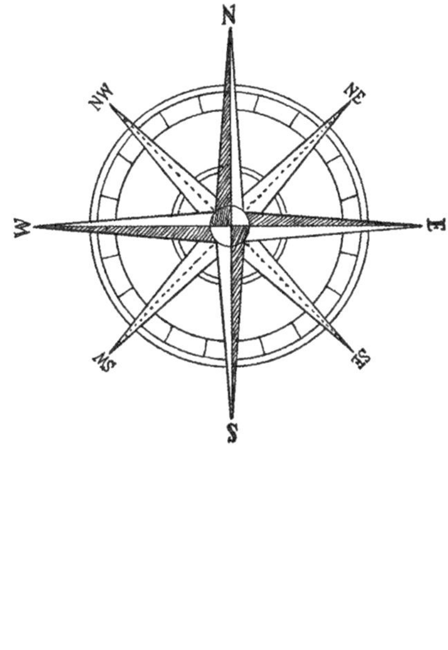

28

Merry

Tout compte fait, j'avais assez bien dormi. Peut-être grâce à ma brève conversation avec Ambrose. Entendre sa voix joviale m'avait détendue, et j'avais promis de le rappeler au petit matin pour lui donner d'autres informations. Je bâillai et balayai des yeux ma cabine qui était baignée d'une douce lumière orange tandis que l'aurore pointait à travers le hublot.

Un grondement familier s'élevait du ventre du navire : le capitaine Hans mettait les moteurs en marche pour une nouvelle journée de croisière. J'étais bien contente de bénéficier du luxe du *Titan*, plutôt que de devoir traverser une mer du Nord agitée à bord d'un chalutier, comme l'avaient fait mes parents. Je me frottai les yeux en pensant à tout ce qu'ils avaient enduré. J'étais désormais profondément et émotionnellement impliquée dans leur histoire et, lorsque nous déposerions la couronne pour Atlas, j'étais sûre d'être aussi secouée que ses autres filles.

Elles parlaient toutes de leur Pa avec un amour d'une telle sincérité. Contre toute attente, je commençais à être un peu jalouse de n'avoir jamais pu recevoir son affection, malgré mon lien biologique.

Mon réveil sonna – même si je n'en avais plus besoin – et je me redressai dans mon lit. Je saisis le téléphone satellite qu'un jeune employé attentionné avait placé près de mon lit et composai le numéro d'Ambrose. Au bout de quelques sonneries, celui-ci répondit.

— C'est la Sirène de la Méditerranée au bout du fil, je présume ?

— Bonjour, Ambrose, dis-je en riant. Avez-vous passé une bonne soirée hier ?

— Excellente, merci, ma chère. Un de mes anciens étudiants m'a invité à dîner au Drury Buildings. Il y avait une bonne ambiance et c'était délicieux… Mais assez parlé de moi ! Raconte-moi tout, j'insiste !

Je m'appuyai contre mon oreiller.

— Il faut vraiment que je vous remercie de m'avoir convaincue de venir ici. J'ai le sentiment que cela va changer ma vie.

— Moi aussi, ma chère, tu sais. Bon, allez, donne-moi les éléments croustillants, si cela ne te dérange pas.

— D'accord, accrochez-vous…

Je lui racontai alors ce que j'avais appris jusque-là.

Ambrose était sidéré.

— Doux Jésus, Merry. Pardon pour ce cliché, mais quelles montagnes russes !

— Et ce n'est pas tout. Dans le journal, Atlas est poursuivi à travers le monde par un ami d'enfance devenu son ennemi. Vous avez peut-être entendu parler de lui. Il s'agit de ce magnat des télécommunications, Kreeg Eszu – celui qui s'est suicidé il y a un an.

Il y eut un silence à l'autre bout du fil, pendant qu'Ambrose réfléchissait à ce nom.

— Ah oui… Comme c'est étrange ! Maintenant que j'y pense, je crois que c'est sa société qui s'occupe de ma connexion Internet. Qui ne vaut rien d'ailleurs.

Je ne pus m'empêcher de rire.

— Je suis certaine que tout le monde à bord du *Titan* serait heureux de l'entendre. Kreeg et son fils Zed sont ici *personae non gratae.*

— Pas étonnant. De mémoire, cet homme touchait un peu à tout, non ? Haut débit, réseaux de téléphonie mobile... Je crois qu'il était même l'actionnaire majoritaire de deux ou trois chaînes de télévision.

Je balançai mes jambes hors du lit et me levai.

— Apparemment, oui. Zed a repris les affaires à la mort de Kreeg.

— Si tu le croises à un moment ou à un autre, merci de l'envoyer à Dublin pour améliorer ma connexion, plaisanta-t-il.

— Je n'y manquerai pas !

— Merci. Bon, commences-tu à comprendre comment tu as fini sur le perron du père O'Brien dans l'ouest de Cork ?

Je soupirai en contemplant le lever du soleil à travers le hublot.

— Pas encore. Même s'il y a un élément mystérieux que je n'ai pas mentionné.

— Excellent. J'adore le mystère. Dis-moi tout.

— Vous vous souviendrez peut-être que Jack s'était renseigné sur Argideen House. Il se trouve que le dernier propriétaire en date n'est autre que ce Kreeg Eszu.

— Hmm... Quelle étrange coïncidence. Si c'en est une...

— En effet. Vous ne sauriez pas par hasard ce qu'il est advenu de la maison à partir des années cinquante, si ?

Il soupira, clairement désolé.

— Malheureusement non. Je n'avais pas de raison de m'y rendre lors de mes visites dans l'ouest de Cork. J'imagine que le journal t'apportera des réponses ?

— Apparemment non, selon M. Hoffman. Même si je ne suis pas certaine de le croire sur parole. Je pourrais jurer qu'il ne nous dit pas toute la vérité.

Ambrose se mit à rire.

— C'est un trait commun chez les avocats, en général. Je serai heureux de fouiller un peu de mon côté, si cela peut t'être utile ? J'ai encore de nombreux contacts dans l'ouest de Cork. Tu sais combien c'est petit. Il y a forcément quelqu'un qui se souvient de *quelque chose* à propos de cette époque.

— Merci, Ambrose. Ce serait incroyablement gentil de votre part, répondis-je en souriant.

— Avec plaisir, Merry. Comme tu le sais, l'idée de jouer au détective m'a toujours plu.

— Poirot n'a qu'à bien se tenir, lançai-je avec malice.

— En effet. Sois assurée que je mènerai l'enquête de mon côté pour voir ce que je peux découvrir au sujet des anciens habitants d'Argideen House.

— Merci, Ambrose. Je vous appellerai demain avant la cérémonie de commémoration.

— Parfait ! Profite de la haute mer et de la découverte de tes véritables origines. Au revoir, Merry.

— Au revoir, Ambrose.

Je reposai le téléphone satellite, m'étirai et me dirigeai vers la douche.

29

Ally buvait son café au lait sur le pont, les yeux rivés sur la Méditerranée. Ce matin, la mer était aussi calme qu'un lac et les conditions de navigation étaient parfaites. Comme elle aurait aimé quitter le *Titan* quelques heures pour aller faire un tour sur son Laser ! C'était exactement ce dont elle avait besoin pour se vider la tête. Il lui avait été difficile de revivre le terrible destin de ses grands-parents. Elle avait encore du mal à comprendre la décision de Pip de rester en Norvège. Si seulement sa grand-mère avait écouté Pa et Ella, la situation aurait été différente. Elle aurait pu voyager avec eux en Écosse, commencer une toute nouvelle vie…

Ally secoua la tête. Il était incroyable de voir ce que l'amour pouvait forcer une personne à faire en dépit de son propre jugement.

Lire cette histoire depuis une autre perspective avait encore accru sa compassion envers son père biologique, Felix Halvorsen. Il avait été la réelle victime de cet épisode tragique. Était-ce étonnant qu'il ait tourné ainsi ? Elle ressentit soudain le besoin d'envoyer un message à son frère Thom et sortit son portable de sa poche. Elle examina l'écran, à la recherche de barres de réseau, mais le *Titan* se déplaçait rapidement et n'était désormais plus couvert par aucune antenne.

— Ally ? (Elle sursauta et renversa la moitié de son café sur sa chemise blanche en lin.) Merde, je suis vraiment désolé.

Jack traversa le pont en courant pour la rejoindre.

— Jack… tu n'y es pour rien. J'étais perdue dans mes pensées, c'est tout.

— Ah oui ? Est-ce que ça va ?

Il lui passa doucement le bras autour des épaules et Ally ressentit des picotements le long de sa colonne vertébrale.

Elle hocha la tête.

— Oui. Merci, Jack.

Il la regarda avec de grands yeux.

— Veux-tu bien me répondre sincèrement ?

Elle lui adressa un sourire résigné.

— D'accord. Cette partie du journal était une lecture particulièrement éprouvante pour moi.

Jack soupira et s'appuya sur la rambarde du *Titan.*

— Je suis navré, Al.

— C'est dur pour nous toutes. Je ne peux même pas imaginer ce que ressent ta mère.

— Ah, c'est une dure à cuire.

— Jack !

Ally ne put s'empêcher de rire de sa réaction, ce qui le fit glousser lui aussi.

— Eh, c'est elle qui le revendique ! (Jack poursuivit, déterminé à dire ce qu'il était venu dire.) Mais j'ai vraiment de la peine pour toi, Ally, avec Bear et tout. À propos, où est ce petit homme ce matin ?

— Avec Ma.

— Il en a de la chance. Elle est vraiment géniale avec les enfants, hein ?

— Absolument. (La jeune femme croisa les bras et baissa les yeux, ne sachant pas très bien comment formuler le compliment qu'elle voulait lui faire.) Toi aussi, tu t'es pas mal débrouillé hier. Tu as un don.

— Oh, c'est gentil. J'ai toujours eu envie d'être père. (Il se maudit intérieurement.) Non pas que… je sois son père. Ou que… je puisse le devenir un jour.

Il secoua la tête et s'agrippa à la balustrade. Ally gloussa avec tendresse.

— Ne t'en fais pas.

Jack prit une profonde inspiration.

— Je suis nul pour ce genre de choses, Ally. Mais je voulais que tu saches que... J'imagine que tu penses beaucoup à Theo. Il doit terriblement te manquer. Sans parler de tout ce que tu traverses déjà.

Ally fut profondément touchée par sa sincérité et sa prévenance.

— C'est très gentil de dire ça, Jack. Merci.

— Je le pense vraiment. Il serait tellement fier de toi. Et Bear aussi, bien sûr.

Ally essaya de chasser les larmes qui lui montaient aux yeux.

— Merci.

Ils gardèrent un moment le silence, tous deux debout face à la mer. Puis Ally lui tendit lentement la main.

— Pendant que nous parlons de choses embarrassantes, je te dois des excuses.

Jack lui prit la main, mais semblait tout à fait perplexe.

— Pourquoi donc, Ally ?

— Pour ne pas t'avoir parlé de Bear quand nous avons fait connaissance en France. Cela a dû être très étrange pour toi de le rencontrer à ton arrivée ici.

— Oh. (Il haussa les épaules, comme si cela n'avait eu aucune importance.) Ne t'en fais pas. Cela ne me regarde en aucune façon.

Ally insista.

— C'est gentil, mais, Jack... *si*, cela te regarde, et je me sens idiote de ne pas te l'avoir dit. Je suis désolée.

Il secoua la tête.

— Ne dis pas de bêtises. Pourquoi penses-tu que cela me regarde ?

Ally prit une profonde inspiration.

— Jack... Si je ne te l'ai pas dit, c'est parce que je ne voulais pas...

Il serra sa main plus fort.

— Tu ne voulais pas quoi, Ally ?

— Je ne voulais pas que cela t'éloigne de moi, avoua-t-elle.

Il y eut un bref silence.

— Oh, fut tout ce que Jack parvint à répondre.

— Je pensais, à tort ou à raison, que tu risquais d'être découragé par le fait que j'aie un bébé. D'autant qu'il s'agit de l'enfant de mon compagnon décédé. (Elle se prit la tête entre les mains.) Franchement, Jack, c'est une situation tellement étrange.

Jack laissa échapper un rire nerveux.

— C'est vrai. Pour être honnête, je croyais que tu ne m'en avais pas parlé parce que tu ne me voyais pas comme… un petit copain potentiel.

— Ce n'est pas la raison, non, répondit Ally tout sourire. Viens-tu vraiment d'utiliser l'expression « petit copain potentiel » ?

Ce fut au tour de Jack de se prendre la tête dans les mains.

— Mon Dieu. Désolé.

Ally lui caressa le dos.

— C'est plutôt mignon ! Mais pendant que nous parlons de tout cela, puis-je te demander ce que tu penses vraiment de toute cette situation ? N'aie pas peur d'être tout à fait honnête.

Jack ouvrit de grands yeux.

— Tu veux dire de Bear ? (Ally hocha la tête.) Eh bien… commença-t-il, luttant pour trouver les mots justes. Je trouve ça super ! Enfin, il est super ! Tout ça est… super.

Ally ne put s'empêcher de rire face à son enthousiasme. Jack se joignit à elle.

— Désolé. Je n'ai jamais été très bon orateur. Mais je le pense, Ally. Je trouve que c'est très spécial ce qui s'est passé avec ton petit garçon. Je trouve ça magnifique que Theo continue de vivre ainsi. Enfin bon. Je vais m'arrêter là avant de m'emmêler encore les pinceaux.

Ils se fixèrent un instant, jusqu'à ce qu'Ally se penche pour l'embrasser doucement.

— Ça alors ! Nous aurions dû avoir cette conversation il y a des semaines !

Il attira Ally dans ses bras. Cette fois, il l'embrassa avec passion et sentit qu'elle se détendait peu à peu sous son étreinte.

— Merci, murmura Ally.

— De quoi ?

— D'être là.

30

À onze heures, cinq des six sœurs d'Aplièse s'étaient réunies sur les grands canapés confortables du salon principal. La plupart avaient descendu jus de fruits et croissants tout frais de la table du petit déjeuner, ayant tout juste émergé après une longue nuit de lecture.

— Je n'arrivais pas à poser le journal, déclara Tiggy.

— Moi non plus, enchérit Maia. Vous savez ce que j'ai trouvé vraiment intéressant ? Le passage de l'incendie. Cette femme en robe rouge qui apparaît à Pa…

— Ouais, c'est fou ce que l'inhalation d'un peu de fumée peut faire au cerveau, hein ? se moqua Électra en fourrant une viennoiserie dans sa bouche.

— Oh, je n'en suis pas si sûre, lui lança Tiggy avec un sourire pensif, essayant de ne pas se vexer quand sa jeune sœur leva les yeux au ciel.

— Vous êtes toutes à côté de la plaque, intervint CeCe, les sourcils froncés. Ce qui est important là-dedans, c'est que ce connard de Kreeg a littéralement essayé de le brûler vif. Je sais pas pour vous, mais je ressens une telle… rage.

— Je sais, CeCe, la réconforta Star. Ce qui est étrange, c'est qu'il ait échoué. Kreeg n'a jamais réussi à tuer Pa. Tous deux sont morts âgés. Alors, Kreeg a-t-il fini par abandonner sa poursuite ou bien se sont-ils réconciliés ?

Le silence s'installa dans la pièce tandis que chaque sœur s'interrogeait. Ce moment de réflexion fut interrompu par l'arrivée d'Ally, suivie de Jack.

— Bonjour à toutes, dit-elle.

— Bonjour, les filles, ajouta Jack en s'écartant d'Ally de façon peu naturelle, ne sachant pas très bien ce qu'il était censé faire.

Ally tapa dans ses mains.

— D'après ce que j'ai entendu, je suppose que tout le monde est à la page pour le journal de Pa ? (Il y eut un acquiescement général.) Où est Merry ?

— Elle est montée, répondit Star. Je crois qu'elle est allée faire un tour dans le jacuzzi pour réfléchir à tout cela. Est-ce que ça va, toi ? demanda-t-elle d'une voix hésitante. C'était horrible de lire l'histoire de tes grands-parents.

Ally se força à sourire et hocha la tête.

— Ça va. J'étais déjà au courant.

Soudain, Maia poussa un cri perçant.

— Oh, mon Dieu !

Elle montrait du doigt une télévision au coin de la pièce allumée sur la chaîne d'informations de la BBC. Bien que le volume soit désactivé, tout le monde se retrouva face à Zed Eszu.

— Oh merde, que fait cette enflure à l'écran ? Désolée, Maia. Éteignez, bon sang ! s'exclama Électra.

— Non ! répondit Maia d'un ton ferme. Je veux l'écouter. Mettons plus fort.

CeCe attrapa la télécommande et tambourina sur le bouton du volume.

« … et dans le cadre de notre semaine des *perspectives d'avenir*, nous avons le plaisir d'accueillir le P-DG de Lightning Communications, Zed Eszu, qui va nous parler de ses projets pour l'expansion de la fibre optique. Bienvenue, monsieur Eszu.

— Merci infiniment », répondit-il avec son sourire mièvre caractéristique.

Il portait l'un de ses affreux costumes brillants, mais avait choisi de ne pas mettre de cravate. De fait, sa chemise était tellement ouverte que les téléspectateurs pouvaient apercevoir ses gros pectoraux. Ses cheveux noirs étaient coiffés en arrière et gominés, et il suintait l'hypocrisie.

— Mon Dieu, regardez-le, cria Électra. Il doit se délecter de chaque seconde.

— Chut, la coupa Maia qui fixait intensément l'écran.

« Tout d'abord, poursuivit le présentateur, nous vous présentons nos plus sincères condoléances pour le décès de votre père, Kreeg, qui a dirigé Lightning pendant des décennies.

— Oui, près de trente ans, confirma Zed.

— Pendant cette période, il a accompli un travail remarquable, aidant à mettre à jour les installations Internet dans les foyers à travers le monde. Ce qui naturellement a fait de lui un homme riche. »

Zed poussa un gloussement artificiel et Maia frissonna.

« Mon père se désintéressait de l'argent. (Il ouvrit alors les bras.) Il se souciait simplement d'aider les gens. Telle était sa véritable passion. »

— Qu'est-ce que c'est que ces conneries ? siffla Électra.

— Chut, s'il te plaît, implora Maia.

« Mon père aimait l'humanité. Il voulait que nous vivions mieux, que nous soyons mieux connectés et, ajouta Zed en regardant directement la caméra, que nous ne perdions jamais le contact avec les gens vraiment importants. »

Le journaliste croisa les bras et réfléchit aux propos de Zed.

« C'était ce qui le motivait, selon vous ? »

Zed s'appuya contre son dossier et lança un nouveau sourire mielleux.

« Vous savez, il n'aimait pas l'idée que quelqu'un puisse simplement disparaître de la surface de la Terre. Tout le monde mérite de rester connecté. Je crois que c'est ce qui le fascinait avec Internet et les télécommunications.

— Voilà une histoire qui en inspirera plus d'un. Vous-même gérez la société depuis maintenant un an, nommé directeur à la mort de votre père. Était-ce prévu depuis longtemps que vous repreniez un jour les rênes ?

— Oh, absolument. Mon père planifiait tout de façon méticuleuse. Tout était toujours… incroyablement bien pensé. »

Il hocha la tête, l'air grave.

Tiggy intervint :

— Il me donne la chair de poule. Pourquoi ai-je l'impression qu'il s'adresse à nous ?

— Je vois ce que tu veux dire, répondit Ally à mi-voix.

Le présentateur poursuivit :

« Alors, dans le cadre de notre semaine des *perspectives d'avenir*, vous êtes parmi nous pour nous parler de vos projets d'expansion pour Lightning, et pour nous expliquer comment nous pourrions voir augmenter la vitesse de notre débit Internet !

— Exactement, merci. (Zed prit un air faussement pensif, jouant le rôle de l'homme d'affaires intelligent. C'était uniquement pour le spectacle, bien sûr. Tout était mis en scène et les sœurs d'Aplièse n'étaient pas dupes.) Je peux aujourd'hui vous annoncer que Lightning Communications a l'intention de remplacer notre réseau obsolète de satellites par des câbles de fibre optique dernier cri qui connecteront nos continents avec une plus grande fiabilité que ne pourrait le faire n'importe quel objet dans l'espace. »

Le journaliste avait l'air étonné.

« Des câbles ? N'est-ce pas un retour en arrière par rapport aux satellites ?

— Excellente question. Merci de l'avoir posée, ajouta-t-il en souriant de toutes ses dents. »

— C'est à vomir, marmonna CeCe.

« Mes câbles offriront une bien meilleure performance en termes de débit et de transmission des données. Je sais que c'est peut-être un peu difficile à comprendre pour certains de vos téléspectateurs. (Il sourit d'un air condescendant.) Ces câbles transfèrent les informations à travers des pulsations de lumière qui passent dans des tuyaux transparents en verre. Comme par magie, gloussa-t-il. Vous pouvez me considérer comme un magicien. »

— Un magicien avec une sacrée tête à claques, commenta Jack.

Le journaliste poursuivit ses questions :

« Ces câbles pendront-ils au-dessus de nos têtes comme des lignes téléphoniques ?

— Décidément, que de bonnes questions aujourd'hui. En fait, ces câbles seront enfouis sous nos océans. Imaginez… le fond marin lui-même regorgera de technologie !

— Cela semble très ambitieux, monsieur Eszu. Naturellement, je dois aborder les préoccupations environnementales. Pourrez-vous effectuer ce travail sans perturber la vie sous-marine ? »

Zed fronça les sourcils, baissant momentanément la garde.

« Ce nouveau réseau formera la base des télécommunications mondiales pour l'espèce humaine. Si cela dérange quelques poissons, je suis sûr que c'est un sacrifice que les gens seront prêts à accepter.

— Eh bien, tout le monde ne serait pas de cet avis… »

Zed lui coupa la parole :

« Tout est une question de bénéfices-risques. Si nous voulons gagner, nous devons accepter qu'il y ait des pertes le long du chemin. (Il regarda son image et fit un autre sourire nauséabond.) Évidemment, soyons clairs : chez Lightning, nous ferons tout notre possible pour préserver Nemo et ses petits camarades.

— Je suis persuadé que de nombreux téléspectateurs seront soulagés de l'entendre, déclara le présentateur, désormais un peu désemparé. J'allais vous demander… »

Zed l'interrompit de nouveau :

« Vous voyez, mon père n'est pas mort, pas vraiment. Il continue de vivre dans ce projet. Et si tout se passe comme prévu, il vivra pour toujours. Tout le monde se souviendra du nom Eszu.

— Voilà un sentiment tout à fait… louable. Mais pour revenir à nos moutons, il s'agit d'une tâche absolument gigantesque, non ?

— En effet, répondit Zed en haussant les épaules. Mais je suis ravi de vous annoncer que Lightning Communications travaillera main dans la main avec la banque Berners pour garantir la réalisation du projet. »

Le jeune Eszu semblait très satisfait.

« Vous allez être financés par Berners ?

— Ce terme est désobligeant, mais oui. David Rutter, le P-DG, est un ami à moi. C'est un homme formidable. Il partage ma vision de l'avenir. »

— David Rutter..., murmura CeCe. J'ai déjà entendu ce nom, mais où ?

« Il est certainement utile d'avoir le numéro de Mr Rutter dans son carnet d'adresses, lança malicieusement le présentateur. »

Zed haussa ses sourcils parfaitement épilés.

« Je suis d'accord avec vous.

— Par où commencerez-vous cet énorme projet ?

— La première étape sera de relier l'Australie à la Nouvelle-Zélande. C'est notre petit test des antipodes, déclara Zed en riant. Nous allons bientôt envoyer notre armée de professionnels pour creuser sous la mer de Tasman.

— Eh bien, nous suivrons vos progrès avec intérêt, monsieur Eszu. Vous devez nous promettre de revenir nous voir afin de nous tenir au courant de l'avancée du projet.

— Oh, ce serait pour moi un plaisir, merci. Mais avant de partir, j'aimerais dire que nous aimons donner des noms chez Lightning. Peut-être seriez-vous curieux de connaître celui de ce projet ? » glissa-t-il en faisant étinceler ses dents blanches.

Le présentateur fut une nouvelle fois pris au dépourvu.

« Bien sûr, répondit-il à contrecœur.

— Étant donné que ce projet soulèvera l'humanité, il est logique de l'appeler... “Atlas”. »

Électra saisit la télécommande et éteignit la télévision. Ses sœurs étaient silencieuses.

— OK, les filles. Je suis sûre qu'il sait qu'on est en train de faire ce voyage. Et je suis sûre qu'il sait tout du passé de Pa et de Kreeg. Cette enflure attend une réaction. Mais hors de question qu'on lui fasse ce plaisir. D'accord ?

CeCe se leva.

— C'est comme une dernière vengeance. Le monde entier connaîtra ce truc de câbles. Et il utilise le nom de Pa.

— Mon Dieu. Je sens l'odeur de son huile pour les cheveux d'ici, grommela Jack avant de se taire un instant, sentant un changement d'atmosphère dans la pièce. Écoutez, je vais aller chercher du café, je crois que ça vous ferait du bien à toutes.

— Prends plutôt du rosé, Jack, si tu veux bien, répliqua Star.

— Je vous apporte ça tout de suite !

— Bon sang. J'ai mal au cœur. Il est tellement…

Maia ne parvint même pas à finir sa phrase tant elle avait la gorge serrée.

— Je sais, fit Électra en lui prenant la main. Mais restons calmes et unies. Pensons à ce que ferait Pa à notre place. Il prendrait le temps de réfléchir à la situation. Qu'est-ce qu'il disait toujours ? À propos des échecs ?

— Qu'il fallait perdre ses pièces avec discernement, chuchota Star.

— Voilà. Je pense qu'il voulait dire qu'il faut choisir ses batailles. Et pour celle-ci, nous ne pouvons pas faire grand-chose pour le moment. Nous savons que le timing de cette interview n'a rien d'une coïncidence. Il essaie de gâcher notre voyage en l'honneur de Pa. Et on ne va pas le laisser faire.

* * *

Ally sortit prendre l'air sur le pont. Elle avait le tournis. Cela avait été une sacrée matinée : elle avait dû revivre la mort effroyable de ses grands-parents, Zed Eszu était apparu comme un dieu tout-puissant et maléfique sur les écrans de télévision du *Titan*. Sans oublier, bien sûr, Jack… Elle repensa à leur baiser et son cœur s'emballa. Elle espérait de tout son être que la tension gênante était désormais derrière eux et qu'ils auraient une chance… Elle se dirigea vers l'arrière du yacht, pensant descendre pour récupérer Bear et libérer Ma.

Alors qu'elle approchait de la poupe, elle aperçut Georg Hoffman. Il passait une main dans ses cheveux et tenait un téléphone satellite dans l'autre. L'avocat faisait les cent pas, secouant vigoureusement la tête. Elle fut ensuite stupéfaite de le voir poser le téléphone, tomber à genoux et commencer à frapper du poing sur le pont en teck. Elle se précipita vers lui.

— Georg ! Est-ce que ça va ?

Il sursauta et se releva d'un bond.

— Ally, pardonnez-moi. Je pensais être seul.

— Que se passe-t-il ? À qui parliez-vous ?

— Oh, bredouilla-t-il. C'était juste ma sœur. Elle me donnait des nouvelles… difficiles à entendre.

— Georg, je suis vraiment désolée. S'il y a bien quelqu'un qui comprend ce type de nouvelles, c'est moi. Voulez-vous en parler ?

Il rougit jusqu'aux oreilles.

— Oh non. Mais merci. En tout cas je vous présente mes plus plates excuses. Il est extrêmement rare que je perde mon sang-froid.

— Ne vous en faites pas, le rassura-t-elle. C'est un moment stressant pour nous tous. Êtes-vous certain que cela ne vous aiderait pas de vous confier ?

Il poussa un long soupir.

— Ce n'est rien, je vous assure. Claudia m'informait simplement de questions personnelles que je ne suis actuellement pas en mesure de résoudre. Or c'est mon travail, Ally. Je résous des problèmes. Et je ressens une grande frustration à l'idée de ne pas pouvoir aider quelqu'un de très important pour moi.

Ally fronça les sourcils.

— Pardon, Georg, vous avez dit Claudia ? *Notre* Claudia, d'Atlantis ? Je croyais que vous étiez au téléphone avec votre sœur.

Georg ouvrit grand la bouche.

— Euh, je suis désolé. Oui, je me suis trompé. Enfin non. Ma sœur aussi s'appelle Claudia. Les deux Claudia, haha !

— Vous êtes-vous trompé, Georg ? Ou, pour une fois, avez-vous dit la vérité sans filtre ?

Georg Hoffman se prit la tête entre les mains.

— Où en êtes-vous dans le journal ?

— Pa s'est installé à High Weald.

Il réfléchit un instant.

— Oui, Ally. Claudia est ma petite sœur. Les circonstances de notre rencontre avec votre père sont détaillées dans son journal. Je préfère vous laisser les découvrir avec ses mots à lui.

Ally en resta bouche bée.

— Georg… je… pourquoi diable cela doit-il être un secret ?

Il haussa les épaules, sachant qu'il ne pouvait plus reculer.

— Votre père faisait ce qu'il faisait de mieux – il nous protégeait, c'est tout. Poursuivez votre lecture et vous comprendrez.

Ally songea que cette journée était décidément bien chaotique. Voir Georg dans cet état fou l'avait perturbée. C'était un peu comme voir l'homme derrière le rideau dans *Le Magicien d'Oz*, manœuvrant avec frénésie la machinerie complexe pour maintenir l'illusion. Soudain, la jeune femme ressentit le besoin pressant de prendre le contrôle de la situation.

— À présent, dites-moi, Georg, quelle nouvelle vous donnait Claudia ? La nouvelle qui vous a littéralement poussé à frapper le sol de rage ?

Il leva les mains en l'air.

— Je vous assure, Ally, cela n'a rien à voir avec…

Elle le fit taire et l'attrapa par les revers de sa veste en lin.

— Georg Hoffman, pour la première fois de votre vie, vous allez me dire *exactement* ce qui se passe. Je veux savoir ce que vous disait Claudia et pourquoi cela vous a bouleversé. Ensuite, je veux savoir pourquoi vous avez passé autant d'appels secrets ces quatre dernières semaines et pourquoi ils ont commencé quand Claudia a quitté Atlantis pour partir en congé. N'oubliez pas que vous travaillez pour mes sœurs et moi. Et nous exigeons des réponses. Ce n'est pas négociable.

Les épaules de Georg s'affaissèrent et Ally regarda droit dans ses yeux rougis.

— D'accord, je vais tout vous raconter. Mais s'il vous plaît, ne m'en voulez pas. Croyez-moi quand je vous dis que j'ai fait de mon mieux.

Il se mit à sangloter en silence.

— Je n'en doute pas, Georg. Mais nous sommes prêtes à entendre la vérité.

Elle le lâcha et le regarda une nouvelle fois dans les yeux.

— Oui. Vous êtes prêtes, répéta-t-il avec emphase.

Journal d'Atlas

1944-1951

31

High Weald, Kent, Angleterre

Je ne comprends pas pourquoi les Vaughan souhaitent habiter dans leur vieux manoir décrépi, quand ils pourraient s'installer dans le charmant cottage que nous occupons avec Ella. Celui-ci compte un poêle à bois, de grandes poutres apparentes et des vues sur les étendues vertes et ondoyantes du « Jardin de l'Angleterre ». Je l'adore.

Pour ce qui est du travail, Ella et moi nous épanouissons dans nos activités quotidiennes. Elle cuisine pour des estomacs reconnaissants et je prends soin du magnifique domaine de High Weald. Parfois, nous parvenons même à collaborer, quand Ella utilise les légumes que je cultive dans le potager. En toute honnêteté, je pensais que nous nous ennuierions et que nous serions frustrés de ne pas pouvoir exprimer notre passion dans un orchestre symphonique, mais l'existence calme et saine que nous menons désormais est, oserais-je dire… préférable ? Je ne m'étais jamais senti aussi en sécurité ni aussi tranquille. Mes croquis de paysages se sont grandement améliorés et Ella m'a même permis d'en accrocher un ou deux aux murs du salon.

Le soir, nous nous blottissons l'un contre l'autre au coin du feu pour lire. De temps en temps, nous allumons la radio pour nous assurer que les Alliés tiennent les puissances de l'Axe à distance mais, à vrai dire, la guerre nous paraît à des millions de kilomètres de notre vie pastorale idyllique. Avec l'évolution du conflit, Archie Vaughan doit passer davantage de temps sur la base aérienne d'Ashford, mais il continue de respirer la gaieté. Sa femme, Flora, est elle aussi tout à fait charmante. Elle passe des heures à travailler dans les jardins à mes côtés. De toute évidence, sa passion pour la botanique a le don d'apaiser son âme et de la transporter dans un autre monde. Je reconnais cela en elle, car la musique exerce le même pouvoir sur moi.

Flora se montre particulièrement patiente avec moi, car elle s'est très vite aperçue que je n'étais pas jardinier de métier. Chaque jour j'apprends quelque chose de nouveau à son contact et apprécie de plus en plus la vraie beauté de la nature. C'est un monde délicat et complexe, à la majesté harmonieuse. Au cours de nos longs après-midi passés à soigner les plantes vivaces et à tailler les arbustes, Flora m'a raconté son histoire qui, je dois l'avouer, rivalise presque avec la mienne tant elle a été mouvementée. Je suis très heureux qu'Archie et elle aient fini par se trouver.

— Pendant de nombreuses années, j'ai essayé de repousser l'amour, monsieur Tanit, m'avoua-t-elle un jour. Mais je me suis rendu compte que c'est une force tellement puissante qu'aucun être humain ne peut la contrôler.

Je souris.

— Vous avez raison, lady Vaughan.

— Je sais. (Flora coupa un bouton fané de son massif de roses blanches.) À présent dites-moi, monsieur Tanit, comment avez-vous rencontré Elinor ?

Je réfléchis un instant en arrachant une mauvaise herbe récalcitrante.

— Nous nous sommes rencontrés à Paris, alors que nous étions tous deux orphelins.

Elle plaça les mains sur ses hanches.

— Mon Dieu ! Je ne savais pas que vous aviez tous deux perdu vos parents. (Elle marqua une pause.) Vous savez, Teddy… (Elle s'interrompit et secoua la tête.) En tout cas, je dois dire que vous êtes bien assortis. Plus je vieillis, plus je pense que l'amour est simplement écrit dans les étoiles, déclara-t-elle en examinant un pétale délicat.

Je levai les yeux pour croiser son regard.

— Oh oui, lady Vaughan. J'en suis convaincu.

— S'il vous plaît, monsieur Tanit, combien de fois faut-il que je vous le dise. Vous pouvez m'appeler Flora.

— Pardonnez-moi, Flora. S'il vous plaît, appelez-moi Ar... Arthur.

Elle gloussa.

— Entendu, Ar-Arthur.

Je secouai la tête et passai à la mauvaise herbe suivante.

— Désolé. Réfléchir en anglais plutôt qu'en français prête parfois à confusion, expliquai-je.

— Je veux bien le croire. Je n'ose imaginer ce que vous avez traversé tous les deux. Mais je suis si heureuse que vous puissiez compter l'un sur l'autre. La façon dont vous vous regardez... c'est magique. Quand vous êtes-vous mariés ?

J'étais bien content de pouvoir me concentrer sur la terre devant moi.

— Oh, il y a de cela quelques années maintenant, juste avant de quitter la France. C'était une cérémonie très simple.

Flora soupira d'un air mélancolique.

— Je trouve que c'est mieux ainsi. Après tout, il s'agit de deux êtres, et de personne d'autre.

Archie et Flora ont une fille, Louise. Charmante et intelligente, elle est également douce et attentionnée et s'occupe d'une équipe de *land girls*, des filles qui sont à High Weald pour cultiver les terres du domaine à la place des hommes partis au front, dans le cadre de l'effort de guerre. Louise suscite l'inspiration et ses protégées l'adorent.

Tout récemment, nous avons célébré ses fiançailles avec Rupert Forbes – un homme gentil et studieux qui n'a pas pu partir au front en raison de sa myopie. Néanmoins, du fait de son immense intelligence et de son attitude assurée, le service de renseignement britannique se l'est arraché – ce dont Archie en particulier était immensément fier.

Le couple s'est installé à Home Farm, la maison en face de High Weald, de l'autre côté de la route, qui est inoccupée depuis le départ du régisseur à la suite de sa conscription. C'est toujours un plaisir quand Louise et Rupert s'arrêtent pour bavarder avec moi dans les jardins et un privilège lorsqu'ils se joignent à nous pour le dîner, ce qui leur arrive de temps à autre.

Le seul membre de la famille qui ne nous soit pas sympathique est le fils des Vaughan, Teddy. Il y a peu, on lui a demandé de quitter l'université d'Oxford pour des raisons qui m'échappent et, depuis, il a tenté la Garde civile (où il était clair qu'il échouerait, sachant qu'il est incapable de recevoir des ordres). On lui a aussi brièvement permis de gérer l'exploitation agricole de High Weald, mais à cause de son inattention, le rendement annuel a chuté de près de quarante pour cent. Désespéré, Archie lui a donné un emploi administratif au ministère de l'Air, qui n'a duré que quelques semaines.

Ella et moi entendons souvent le vrombissement de sa voiture de sport quand il passe devant notre cottage à des heures indues, après une soirée en ville, sans nul doute en compagnie de l'une des innombrables femmes qui, pour mon plus grand étonnement, se pâment toutes devant lui. Dieu seul sait ce qu'elles lui trouvent. Pour ma part, il me traite comme du crottin sur sa belle chaussure. Mais l'ego du jeune homme ne me perturbe pas. Teddy Vaughan est un avorton pathétique par rapport à ce rottweiler féroce de Kreeg Eszu.

Cependant, récemment, l'avorton a dépassé les limites. La nature de son crime fut d'adresser des remarques douteuses à Ella qui la chamboulèrent. Teddy peut me traiter aussi mal qu'il le veut et je ne m'en offusquerai pas, mais tout comportement menaçant envers elle est inacceptable.

— Je veux lui parler sur-le-champ ! m'écriai-je quand Ella me raconta ce qu'il lui avait dit.

Je me levai, saisis mon manteau et me dirigeai vers la porte du cottage.

— Ar, non ! (Elle m'attrapa le bras et me regarda d'un air implorant.) Nous ne pouvons pas mettre en danger ce que nous avons ici. C'est trop parfait. Il n'a rien *fait.*

— Je m'en fiche. Ce qu'il a dit t'a mise mal à l'aise et je ne le tolérerai pas.

Elle me prit la main et me ramena sur le vieux canapé rose au milieu du salon.

— N'oublie pas notre place ici. Nous ne sommes que des domestiques. Nous devons nous adresser aux Vaughan avec déférence.

J'étais furieux mais, à contrecœur, renonçai à aller voir Teddy.

— Si jamais il tente quelque chose avec toi, je...

Je préférai ne pas terminer ma phrase.

— Oui, acquiesça-t-elle.

— Il y a des rumeurs au sujet de ses mœurs légères, tu sais. J'ai entendu des *land girls* en parler. Apparemment, l'une d'elles est enceinte de lui !

Ella soupira et s'écroula sur le canapé.

— Tessie Smith, oui. Les rumeurs sont fondées. Cela commence à se voir. Le pire, c'est qu'elle a un fiancé en train de se battre en France.

Je secouai la tête.

— Doux Jésus. Cette aristocratie terrienne se croit vraiment tout permis.

— Je lui apporte à manger en cachette, poursuivit-elle. Elle mange pour deux maintenant, et les rations qu'elles reçoivent sont absolument pathétiques.

La gentillesse d'Ella calma ma colère, et je la pris dans mes bras.

Au cours des derniers mois, les avances de Teddy Vaughan sont devenues de moins en moins ambiguës. Ella m'a décrit ses remarques déplacées et ses mains baladeuses. L'autre jour, il a même eu l'audace de lui poser une main dans le dos quand Flora était dans la cuisine. Il ne connaît vraiment aucune limite.

Il y a deux jours, je travaillais tard dans le potager, installant des cages autour des légumes, sachant que des lapins gloutons s'adonnaient à des raids nocturnes. J'étais en train de couper du grillage lorsque j'entendis le vrombissement familier d'une voiture sur le gravier de la longue allée de High Weald.

Il s'agissait de Teddy qui rentrait sans aucun doute d'une journée au pub. Cette fois-ci, au lieu de poursuivre sa route jusqu'à la maison principale, il s'arrêta devant notre cottage. Je le vis sortir du véhicule en titubant et disparaître. Conscient que ce n'était pas normal, je laissai tomber ma lampe de poche et me mis à courir vers la maison. Lorsque j'arrivai, la porte était ouverte et Teddy Vaughan était au-dessus d'Ella sur notre canapé.

— Allez, ton mari n'a pas besoin de le savoir, marmonnait-il.

— S'il vous plaît, lâchez-moi !

Aveuglé par la rage, je saisis Teddy et le repoussai violemment. Ella se recroquevilla derrière moi.

— Il est entré et m'a sauté dessus ! sanglota-t-elle.

Teddy se releva avec peine et s'approcha de moi d'un pas chancelant, essayant de me donner un coup de poing, sans succès.

— Sortez de chez nous ! hurlai-je. Tout de suite !

— Comment ça, *chez vous* ? C'est chez moi ici. Tout est à moi ici, baragouina-t-il.

— Certainement pas, ignoble individu. Cette maison appartient à vos parents.

— Ouais, mais quand ils mourront, vous travaillerez pour moi. Et alors j'aurai tout ce que je veux, poursuivit-il en déshabillant Ella du regard.

— Nous ne travaillerons jamais pour vous. Maintenant allez-vous-en. Vous êtes saoul.

— Ouais. (Il se rapprocha de moi.) Je suis peut-être saoul, mais au moins, moi, je suis honnête.

Il me donna une pichenette dans la poitrine. Mon estomac se noua et mon cœur s'emplit de terreur.

— Qu'est-ce que vous voulez dire par là ?

— Tu n'es pas français. À Oxford, je partageais ma chambre avec un Français. Son accent n'avait rien à voir avec le tien. Tu es un sale menteur, Tanit. (Il recula en titubant et leva les bras en l'air.) Tu es peut-être un espion ! Je devrais te dénoncer au bureau de la guerre.

Je ne me laissai pas démonter.

— Et que pensez-vous que j'espionne à High Weald ? Les pommes de terre ?

— Mon père est un homme très important. Peut-être que tu veux savoir ce qu'il fait à la base aérienne ? Hein ? (Il pointa son index contre mon visage.) Un petit coup de fil et la police débarquera ici. Tu préférerais éviter, pas vrai, Tanit ? Des gens qui fouillent, qui te posent toutes sortes de questions gênantes. Peut-être que tu te retrouveras en prison. Mais t'inquiète pas. Je m'occuperai bien de ta femme...

Il lança à Ella un regard lubrique. Je l'attrapai par le col, le soulevant de terre, et le traînai jusqu'à la porte.

— Eh ! Lâche-moi ! T'es qu'un serviteur bon à rien. Et ça changera jamais...

Je lui claquai la porte au nez, avant de me tourner vers Ella.

— Est-ce que ça va ?

— Oui... j'étais en train de lire. Il a débarqué et... Je ne savais pas si tu allais arriver..., expliqua-t-elle en sanglotant.

— Je serai toujours là pour te protéger, Ella. (Je la serrai fort dans mes bras.) Je sais qu'il va souvent au pub, mais c'est la première fois que je le vois aussi ivre. Ce type est complètement incontrôlable. (Ella se mit à trembler.) Va t'asseoir, ma chérie. Je vais te préparer du thé sucré.

Je l'installai sur le canapé et me rendis dans notre agréable cuisine. Je remplis la petite bouilloire en cuivre et la plaçai sur le poêle. Je balayai des yeux notre charmant cottage, le cœur lourd. Je savais que nous n'avions pas le choix.

— Je crois savoir pourquoi Teddy avait bu autant, renifla Ella. Apparemment, lady Vaughan a abordé le sujet de Tessie Smith tout à l'heure. C'est ce que disent les *land girls*.

Je soupirai.

— Je suppose que cela expliquerait sa fureur. (Je la rejoignis sur le canapé.) Nous allons devoir donner notre démission à Flora demain matin.

Ella baissa la tête, abattue.

— Non...

Je passai mon bras autour de ses épaules.

— Je sais, ma chérie. Mais nous ne pouvons pas faire autrement. Nous ne sommes plus en sécurité ici. Tu ne peux plus risquer de croiser Teddy, et je ne peux pas prendre le risque qu'il appelle le bureau de la guerre, répondis-je avec solennité.

Elle leva les yeux vers moi.

— Crois-tu vraiment que Teddy téléphonerait ?

Je haussai tristement les épaules.

— Qui sait ? Il était saoul, certes, mais c'est devenu trop dangereux.

— Mais, Ar, nous sommes si heureux ici ! gémit Ella. Je ne suis pas sûre d'avoir le courage de repartir de zéro une nouvelle fois. C'est trop dur.

Je me levai pour retourner auprès de la bouilloire qui sifflait.

— J'aurais aimé pouvoir rester ici pour toujours. Mais pour être ensemble, nous devons partir, Ella.

Je versai l'eau bouillante dans une tasse et fis infuser les feuilles de thé à l'aide de la passoire.

— Te sens-tu la force de tout recommencer, Ar ? De prendre un nouveau départ ? D'abandonner tout ce que nous avons construit ici ?

Je lui tendis sa boisson chaude et me rassis.

— Ella, quand j'étais petit, je pensais qu'« être à la maison » signifiait avoir un toit, une certaine sécurité et de quoi manger. (Je pris sa main libre.) Tu m'as montré qu'il ne s'agissait pas d'un lieu physique, mais d'un sentiment engendré par ceux qu'on aime. Tant que je suis avec toi, je suis à la maison.

Nous restâmes un moment main dans la main, réfléchissant à la perte que nous étions, une fois de plus, contraints de subir. Ella finit par demander :

— Où irons-nous cette fois-ci ?

Je me pris la tête entre les mains. L'adrénaline de l'assaut de Teddy était retombée et je me sentais complètement épuisé.

— Que dirais-tu de Londres ? Ce n'est pas le travail qui doit manquer là-bas.

— Où cela ? Dans une usine de munitions ?

Je secouai la tête.

— Non, ma chérie. D'après Archie, une opération pour libérer la France devrait débuter d'un jour à l'autre. Il parle d'un énorme débarquement sur une plage de Normandie. Je crois que nous serons en sécurité à Londres.

Ella buvait son thé et reprenait peu à peu des couleurs.

— Toutefois, tu sais ce que signifie la fin de la guerre. Je ne risquerai peut-être plus d'être persécutée, mais Kreeg Eszu sera libre de voyager où bon lui semblera. S'il découvre où nous sommes…

— Je sais bien, l'interrompis-je. Raison de plus pour déménager.

Le lendemain matin, j'attendis Flora Vaughan dans l'impressionnante cuisine de High Weald tandis qu'Ella rassemblait nos affaires dans le cottage. Le charme des lieux ne faisait qu'accroître la douleur de notre départ imminent.

— Bonjour, monsieur Tanit ! s'exclama Flora tout sourire. C'est rare de vous voir dans la cuisine. (Elle sembla alors préoccupée.) Mrs Tanit est-elle souffrante ?

— Oh non, elle va bien. Merci, lady Vaughan.

Elle leva les yeux au ciel avec un petit sourire en coin.

— Combien de fois dois-je vous le dire ? Pour vous c'est Flora, monsieur Tanit.

— Merci, lady Vaughan, répondis-je délibérément. (Son visage se décomposa.) Je suis venu vous annoncer que, malheureusement, Mrs Tanit et moi-même avons décidé de quitter High Weald. Nous partirons dès aujourd'hui.

Flora fut perplexe.

— S'il vous plaît, monsieur Tanit, je ne comprends pas. Puis-je savoir pourquoi ?

J'hésitai. Elle méritait d'être mise au courant du comportement de Teddy, mais je craignais que, après l'affaire Tessie, elle ne puisse endurer beaucoup d'autres contrariétés.

— Je ne m'attarderai pas sur la raison, lady Vaughan, mais sachez que nous vous sommes éternellement reconnaissants de tout ce que vous avez fait pour nous. Merci du fond du cœur. Dire que nous avons rarement été aussi heureux qu'à High Weald ne serait pas exagéré.

Flora secoua la tête.

— Je n'accepterai pas votre démission sans raison. Je crois que je mérite au moins cela.

J'acceptai cet argument.

— C'est mieux ainsi, madame. (Je marquai une pause.) Mrs Tanit ne se sent plus à l'aise à High Weald.

Flora ferma les yeux et inspira profondément.

— Teddy.

— Comme je l'ai dit, lady Vaughan, je ne m'attarderai pas sur la raison.

Elle se massa les tempes.

— Je suis vraiment navrée, monsieur Tanit. Ce garçon est incontrôlable. (Elle regarda par la fenêtre le potager que nous avions passé des heures à cultiver ensemble.) Nos conversations pour refaire le monde me manqueront. Sans parler de vos prouesses en matière d'horticulture.

— L'horticulture que j'ai apprise auprès de vous lady... Flora.

Elle m'adressa un sourire triste.

— Je ne m'attends pas à ce qu'Elinor vienne ici, mais veuillez lui transmettre mes remerciements les plus chaleureux et lui dire qu'elle aussi nous manquera énormément. Vous savez, je peine à me souvenir de High Weald avant votre arrivée, ajouta-t-elle, l'air pensif.

— C'est très gentil à vous de le dire, répondis-je avec sincérité.

— Où irez-vous à présent ?

Je haussai les épaules.

— Nous envisageons de nous installer à Londres. C'est là que nous aurons le plus de chances de trouver du travail.

— Avez-vous un peu d'argent de côté ? Je veux m'assurer que vous ne manquez de rien, sachant que vous partez à cause de mon ignoble fils.

— Je n'ai jamais dit que votre fils...

— C'est inutile, monsieur Tanit. (Soudain, son regard s'illumina.) Voulez-vous bien patienter quelques instants ? J'aimerais vous remettre quelque chose.

Avant que j'aie le temps d'acquiescer, Flora montait déjà l'escalier en courant. À son retour, elle tenait une petite boîte bleue dans la main.

— Voici un cadeau pour vous. Sans vouloir être vulgaire, sa valeur est immense. Si vous le vendiez, vous auriez tous les fonds nécessaires à un nouveau départ.

J'étais choqué.

— Oh, Flora, je ne pourrais jamais...

— Vous n'avez même pas encore vu de quoi il s'agit ! (Elle ouvrit l'écrin avec délicatesse. Une petite panthère en onyx apparut.) Cela ne vous semble peut-être pas extraordinaire, mais cette panthère a été réalisée par une société du nom de Fabergé. Une société extrêmement prestigieuse.

Flora ignorait que je connaissais bien la maison Fabergé. Mon père m'avait souvent parlé de ses magnifiques pièces.

— S'il vous plaît, Flora, j'imagine bien la valeur de cet objet, et il est absolument hors de question que je le prenne. Merci... mais non.

Flora insista.

— Monsieur Tanit. L'homme qui m'a offert cette panthère - mon père - n'est plus de ce monde. Je crois qu'il me l'a laissée en partie pour me permettre d'améliorer ma situation, en cas de nécessité. (Son regard s'assombrit momentanément.) Depuis la mort de mon père, Archie est réapparu dans ma vie et je mène désormais une vie heureuse et confortable à High Weald. Je n'ai pas besoin de cette figurine que je garde dans un tiroir et ne regarde presque jamais. Je crois fortement que mon père souhaiterait que vous l'ayez. (Elle la fourra dans ma main.) D'un homme bien à un autre.

— Flora, c'est un objet de famille.

Elle fit un sourire malicieux.

— Eh bien, c'est un objet de famille, *en effet*... mais sans doute pas au sens conventionnel du terme. Je vous assure que cela ne me pose absolument aucun problème de m'en défaire. Si vous ne la vendez pas, vous pourrez au moins la garder en souvenir de vos années à High Weald.

Inutile de discuter. Flora voulait que je prenne la panthère.

— Très bien. Je la garderai avec moi. Merci pour tout.

Contre toute attente, elle m'enveloppa de ses bras, et je lui rendis son étreinte.

— Merci à vous, monsieur Tanit. Insistez-vous pour quitter High Weald dans la journée ?

— Oui, acquiesçai-je – l'idée de revoir Teddy m'était trop insupportable. Il faut que nous partions avant ce soir.

— Où logerez-vous ? La vie est très chère à Londres.

Je poussai un profond soupir.

— Je ne sais pas exactement, mais nous trouverons une solution.

Flora réfléchit un instant.

— Peut-être que ce ne sera pas nécessaire… Je vous ai parlé de mon amie Beatrix Potter, n'est-ce pas ?

— Bien sûr.

J'avais adoré entendre les anecdotes au sujet de l'auteur pour enfants et me souvenais du chagrin de Flora lorsqu'elle était morte à Noël.

— Vous ai-je dit qu'elle m'avait légué sa librairie ?

Je me creusai la cervelle.

— Je ne crois pas, non.

— Elle se situe dans le charmant quartier de Kensington, dit-elle, tout excitée. J'ai l'intention de la donner à Louise et Rupert en guise de cadeau de mariage mais, en attendant, je peux en faire ce que je veux. J'y pense parce qu'il y a un petit appartement au-dessus de la boutique. N'hésitez pas à vous y installer pour le moment, jusqu'à ce que vous trouviez une solution plus pérenne.

Je ne savais quoi dire.

— Flora, vous êtes sûre ?

Elle sourit de toutes ses dents.

— Absolument certaine. Attendez, je vais vous noter l'adresse. (Elle ouvrit un tiroir et en sortit un papier et un crayon.) L'appartement n'est sans doute pas en excellent état, mais j'espère qu'il est habitable.

Elle me tendit l'adresse.

Librairie Arthur-Morston
190 Kensington Church Street
Londres W8 4DS

— Flora… merci, soufflai-je, essayant de maîtriser mes émotions.

— C'est le moins que je puisse faire, monsieur Tanit. Et puis, vous portez le même prénom que le fondateur, c'est un signe du destin ! Je vais vous chercher les clés.

Je quittai la cuisine et repartis vers notre cottage. À mi-chemin, je me retournai pour regarder la maison principale. Bien que certains pans de mur s'écroulent et que quelques fenêtres pourrissent, elle était encore splendide. Elle avait résisté à tant d'années, connu les changements, les guerres, plusieurs générations de Vaughan… Et pourtant elle se dressait toujours là, inébranlable et magnifique.

Puis je détournai la tête et partis vers un autre avenir.

32

Ella et moi arrivâmes à la librairie Arthur-Morston sur Kensington Church Street avec nos deux valises, et j'insérai la clé dans la serrure. Lorsque je poussai la porte, une clochette tinta et je tâtai le mur à la recherche d'un interrupteur. Lorsque je parvins à allumer, nous fûmes accueillis par une vision enchanteresse. Les murs étaient tapissés d'étagères en chêne qui débordaient d'ouvrages en tous genres. Sans parler des différentes tables qui étaient recouvertes de montagnes de livres en désordre, arrangés de façon chaotique, comme si quelqu'un cherchait un passage particulier dans ces milliers de pages.

— C'est stupéfiant ! se réjouit Ella.

Nous parcourûmes le magasin, inspirant le léger parfum vanillé qui semblait émaner mystérieusement des volumes les plus anciens. Nous finîmes par découvrir une porte derrière la caisse qui menait vers un appartement assez terne. Comparé à la grandeur de la boutique, il faisait pâle figure avec son papier peint vert qui se décollait et sa moquette terriblement mince. Néanmoins, cela irait très bien dans un premier temps. Après avoir défait nos bagages, nous redescendîmes l'escalier et, comme des enfants chez un marchand de bonbons, nous dévorâmes des yeux les ouvrages qui occupaient les étagères d'Arthur Morston.

Les livres nous aidaient à ne pas penser à la vie idyllique que nous avions été forcés de quitter.

— Il y a assez ici pour nous distraire pendant des années ! déclarai-je en riant.

— En effet ! Je trouve cela assez magique d'habiter au-dessus d'une librairie.

— Tu sais, je crois que nous serons heureux à Londres. Nous pourrons de nouveau voir des concerts, aller au théâtre… nous pourrons nous promener sur le bord de la Tamise, comme nous le faisions enfants à Paris, le long de la Seine.

Ella reposa sur l'étagère le recueil de poèmes qu'elle lisait et soupira.

— Tu as raison. Je vais essayer de voir le côté positif de ce déménagement, mais… je nous voyais vraiment rester à High Weald pour toujours. Je pensais que nous finirions par nous marier, que nous aurions des enfants ensemble… et maintenant je me demande si tout cela sera un jour possible.

Je lui posai un doux baiser sur le front.

— Je comprends. Sache qu'il n'y a rien que je désire davantage. Un jour, quand nous serons en sécurité, nous nous marierons.

Ella renifla.

— Je sais que ce n'est qu'un bout de papier.

— Mais qui a son importance, ajoutai-je en lui caressant les cheveux. Et ensuite, quand ce sera fait, je te promets que nous aurons un millier d'enfants.

— Un millier ? dit-elle en riant, ce qui me mit du baume au cœur.

— Oh, au moins, poursuivis-je. Il faudra bien nous occuper quand nous serons installés pour de bon.

— Si nous commencions par un, pour voir comment nous nous débrouillons ?

— Comme tu voudras, Ella. Mais si nous commençons par un seulement, souhaites-tu que ce soit un garçon ou une fille ?

Elle réfléchit un instant.

— Tant que le bébé est de toi, je l'aimerai inconditionnellement.

Elle blottit alors sa tête dans le creux de mon épaule.

Nous passâmes les jours suivants à trier et à classer les milliers de livres qui remplissaient la librairie. Cela nous occupait bien l'esprit et, une nouvelle fois, une routine s'installa.

— Je me demande si Flora nous permettrait de vendre certains de ces livres pour elle... C'est absurde que tout ce stock merveilleux prenne la poussière sur les étagères, déclara Ella. L'argent que nous gagnerions retournerait directement à High Weald. (L'enthousiasme illumina soudain son visage.) Nous pourrions même commander de nouveaux livres, si Flora acceptait... avant l'arrivée de Louise et Rupert, bien sûr.

J'envisageai un instant cette possibilité.

— Ce qui est certain, c'est que cela vaut le coup de lui poser la question.

Nous écrivîmes donc à Flora, mais dûmes attendre plus de dix jours avant de recevoir une réponse. Quand une lettre finit par nous arriver, la librairie Arthur-Morston brillait comme un sou neuf et était prête à ouvrir ses portes aux clients. Malheureusement, les mauvaises nouvelles contenues dans la missive expliquaient le retard de la réponse de Flora.

Chers Monsieur et Madame Tanit,

J'ai le regret de vous informer que mon mari est mort la nuit qui a suivi votre départ, aux côtés de quatorze autres hommes à la base de la RAF d'Ashford, lorsqu'une bombe a frappé de plein fouet la tente où il dormait. Teddy a alors aussitôt hérité de High Weald et de tous les biens de son père, comme le veut sa naissance.

Soyez assurés que la librairie Arthur-Morston m'appartient toujours et que Teddy ne peut pas me la prendre. J'ai toujours l'intention de donner la boutique à ma fille et à mon gendre après leur mariage cet été mais, entre-temps, c'est pour moi une joie de vous permettre de vendre les livres et de réapprovisionner les locaux. Peut-être que, si la librairie a du succès grâce à vous, Louise et Rupert envisageront de vous garder pour la gestion des affaires... même si, bien sûr, ce sera à eux d'en décider.

Malheureusement, je ne serai plus joignable à High Weald même, car Teddy a l'intention de se marier, et je vais donc déménager

au petit manoir. Je vous enverrai l'adresse exacte une fois que j'en serai certaine. C'est gentil à vous de souhaiter envoyer les bénéfices à High Weald, mais je vous prie de les garder pour vous.
Amicalement,
Flora V.

— Il a chassé sa propre mère de la maison ! Comment ose-t-il ! s'emporta Ella.

La nouvelle nous avait secoués tous les deux.

— Pauvre Flora. L'amour de sa vie périt et son voyou de fils récupère tout. C'est terriblement injuste.

— Crois-tu que ce soit nous, Ar ? Sommes-nous maudits ? J'ai l'impression que, où que nous allions, nous laissons derrière nous une traînée de désespoir.

Nous passâmes la soirée à nous remémorer des anecdotes d'Archie Vaughan et à évoquer les façons dont il avait exercé une influence positive sur notre vie.

Trois jours plus tard, nous ouvrîmes la librairie Arthur-Morston. Nous découvrîmes bientôt que c'était un commerce incroyablement lucratif, tant les habitants du quartier souhaitaient s'évader après la sombre période des bombardements du Blitz.

33

À l'issue d'une année fructueuse pour la librairie, le 8 mai 1945, la BBC annonça la victoire en Europe et le pays célébra la reddition de l'Allemagne. La guerre sur le continent était terminée. Ella et moi dansâmes dans la rue avec le peuple britannique. Puis, début juin, une enveloppe en papier vélin arriva dans la boîte aux lettres de la librairie Arthur-Morston au nom de « M. Tanit ». Je l'emportai à mon petit bureau à l'arrière de la boutique et l'ouvris.

Cher Monsieur,

J'espère sincèrement que cette lettre parviendra à la personne à qui elle est adressée.

Je m'appelle Éric Kohler et je travaille pour un cabinet d'avocats à Genève, en Suisse. J'ai le triste devoir de vous informer que votre grand-mère, Agatha Tanit, est décédée il y a maintenant plusieurs années – en 1929 – à l'âge de quatre-vingt-onze ans. Ignorant ce que vous savez exactement de votre famille, je me trouve dans une position délicate et vous présente mes excuses si ce que j'écris vous heurte.

L'héritier de la propriété d'Agatha – votre père, Lapetus Tanit – est malheureusement décédé lui aussi, sans doute de froid. Il a été retrouvé en Ossétie du Sud, en Géorgie, à l'hiver 1923. Étant donné la place qu'il occupait au sein de la famille royale russe, son corps a été identifié par les soldats qui l'ont découvert et, très lentement, la nouvelle a traversé l'Europe pour parvenir à votre grand-mère.

Lorsque Agatha a appris la mort de son fils, elle a entrepris de vous retrouver, vous, son unique petit-enfant, et y a consacré énormément de temps et d'argent. Elle a fini par découvrir que vous étiez en Sibérie mais, le temps que ses représentants arrivent, vous étiez parti.

Cela fait maintenant plus de dix ans que je ratisse le continent à la recherche du nom « Tanit » et d'un homme d'à peu près votre âge. Je dois d'ailleurs vous avouer que j'ai écrit plusieurs versions de cette lettre, mais sans succès avec les destinataires précédents. Récemment, lors de mes investigations mensuelles au nom de votre grand-mère, j'ai vu apparaître votre nom, inscrit comme le gérant de cette librairie de Londres.

Monsieur, j'espère sincèrement que vous êtes bien le petit-fils d'Agatha et l'ayant droit de sa propriété. Toutefois, pour m'en assurer, je dois vous demander de venir me voir en personne à Genève, où je pourrai vous poser quelques questions pour confirmer votre identité. Bien sûr, le coût du voyage sera pris en charge : si vous voulez bien avoir la gentillesse de m'indiquer vos disponibilités, je me ferai un plaisir d'organiser votre déplacement.

Cordialement,

É. Kohler

Je posai la lettre sur le bureau et, sans crier gare, les larmes me montèrent aux yeux. C'était comme si, d'une certaine façon, mon père me tendait la main depuis la feuille de papier.

— Ar ? Que se passe-t-il ? s'enquit Ella en voyant ma détresse.

Je lui tendis la lettre et elle en assimila le contenu.

— Oh, Ar... Je ne peux imaginer ce que tu dois ressentir. Je suis tellement désolée pour ton père.

Elle me serra fort dans ses bras. Je secouai la tête.

— Je suis idiot. Évidemment que je savais qu'il était mort. Mais en le voyant écrit noir sur blanc, tout a refait surface. (Je poussai un profond soupir.) Après toutes ces années de questionnements, je sais désormais qu'il n'est pas arrivé plus loin que la Géorgie.

Ella me frotta doucement le dos.

— Cela rend ton arrivée à Paris d'autant plus remarquable. Mais qu'en est-il de ta grand-mère, Agatha… étais-tu au courant ?

— Non. Quand mon père m'a laissé cette terrible journée de 1923, il m'a dit qu'il partait chercher de l'aide en Suisse. (Je me levai, traversai la boutique et tournai la pancarte pour indiquer la fermeture.) Je n'ai jamais su auprès de qui il comptait en trouver. De toute évidence, il espérait rejoindre sa mère, dis-je en reniflant.

Ella fronça les sourcils.

— Il y a quelque chose que je ne comprends pas. Si la mère de Lapetus était si riche, comment s'était-il retrouvé dans une situation aussi difficile en Sibérie ?

Je haussai les épaules.

— Je t'ai dit qui il était. Comme tu l'as lu dans la lettre, on le voyait souvent en compagnie des Romanov. Après la révolution, il était nécessaire de faire profil bas pour assurer notre sécurité.

Ella s'assit dans l'un des grands fauteuils que nous avions installés pour les clients.

— Je n'arrive pas à croire que cet avocat t'ait retrouvé.

Je me caressai le menton en réfléchissant à la succession d'événements qui avait mené à ma découverte.

— Flora a dû envoyer quelque part des documents officiels portant nos noms. Il semble que j'aie bien fait de donner mon véritable nom de famille à Archie Vaughan il y a toutes ces années. Même si cela m'inquiète que maître Kohler m'ait trouvé aussi facilement. Comme tu l'as fait remarquer, à présent que la guerre est finie, Kreeg est libre de déambuler à sa guise.

— S'il a survécu, tempéra Ella. Tant de personnes sont mortes.

Je secouai la tête.

— Je doute d'avoir cette chance.

Elle me sourit avec compassion.

— Vas-tu aller voir cet Éric Kohler ?

— Oui, répondis-je avec conviction. Lorsque, petit garçon, je suis parti dans la neige, la Suisse était ma destination. L'heure est enfin venue d'achever ce voyage.

— Quand partiras-tu ?

— Dès que maître Kohler pourra me recevoir. (Je balayai les étagères des yeux.) Je n'ai pas idée de la valeur des biens d'Agatha, mais imagine ce que nous pourrions faire avec une belle somme ? Je pourrais enfin assurer notre sécurité. (J'osai rêver un instant.) Nous pourrions acheter une petite maison au milieu de nulle part. Ella, avec assez d'argent, et un peu d'ingéniosité…

— Nous pourrions nous protéger de Kreeg pour toujours.

Après quelques recherches, je constatai que le cabinet d'avocats Kohler & Schweikart existait bel et bien et pris le ferry pour la France une semaine plus tard. À l'issue de trois jours de train, j'arrivai à Genève et me préparai à faire la connaissance d'Éric Kohler dans un magnifique immeuble rue du Rhône. Dans l'imposante zone de réception coulait une fontaine que je regardai clapoter élégamment pendant vingt minutes, en attendant l'avocat. Une grande porte en noyer finit par s'ouvrir, et un homme au costume impeccable et aux cheveux blonds bien coiffés apparut.

— Monsieur Arthur Tanit ?

Je hochai la tête et il me serra la main.

— Éric Kohler. Suivez-moi, je vous prie.

Il me conduisit dans une pièce au plafond incroyablement haut. Son bureau se dressait devant une immense serlienne par laquelle on jouissait d'une vue panoramique du lac Léman, si beau et si tranquille.

— Asseyez-vous, me dit-il en m'indiquant le fauteuil en cuir vert de l'autre côté de son bureau.

— Merci.

Maître Kohler me regardait, sans doute pour tenter de décider si je ressemblais ou non à Agatha.

— Avez-vous fait bon voyage ?

— Oui, merci. Le trajet en train était particulièrement agréable. Votre pays est magnifique.

L'avocat sourit.

— J'aime à le penser. Petit, mais parfaitement formé. (Il se tourna pour montrer la fenêtre.) Doté d'un grand lac. Même si je dois vous avouer que je suis un peu perplexe. Vous dites que c'est *mon* pays, mais c'est aussi le vôtre, non ?

— Oh… Je suppose que oui, dans le sens où c'est la terre de mon père. Mais je ne suis pas né ici et c'est la première fois que je viens.

Il hocha la tête. Son attitude avenante me mettait à l'aise.

— Vous êtes né en Russie, c'est bien cela ?

J'hésitai, ne sachant pas très bien ce que savait l'avocat.

— Oui.

— Hmm. (Il s'appuya contre son dossier.) Il y a beaucoup de choses dont nous devons discuter. Mais avant de commencer, je dois confirmer votre identité. Avez-vous vos papiers ?

J'hésitai à nouveau.

— J'ai ma carte d'identité britannique, ainsi qu'un passeport.

— Parfait ! s'exclama maître Kohler en tapant dans ses mains.

— Néanmoins, pour être tout à fait honnête, c'est mon ancien employeur, Archie Vaughan, qui me les a fournis. Il avait des connaissances haut placées dans l'armée britannique et a donc eu la générosité d'obtenir ces documents pour ma compagne et moi-même. (Il plissa les yeux.) Ce que j'essaie de dire, c'est que les informations, telles que ma date et mon lieu de naissance, risquent de ne pas correspondre à vos archives.

L'avocat tapa de nouveau dans ses mains et se pencha en avant.

— Puis-je vous demander pourquoi vous ne possédez pas de documents originaux, monsieur Tanit ?

— Si mon acte de naissance existe, il est enfoui sous la neige de Sibérie. Je me suis enfui de Russie quand je n'étais encore qu'un petit garçon. Je n'avais pas le choix, maître Kohler. Je craignais pour ma vie. Mon père était déjà parti depuis longtemps, et je pensais que…

— Vous deviez vous enfuir, m'interrompit-il en hochant la tête.

Un sourire entendu apparut sur son visage. Était-il possible qu'il soit au courant de la mission de Kreeg Eszu de mettre un terme à mon existence ?

— Je me disais que ce serait peut-être le cas, poursuivit-il. Votre grand-mère m'a préparé à cette éventualité.

— Pardonnez-moi, je ne suis pas sûr de comprendre, répondis-je, partagé entre nervosité et curiosité.

— Il n'y a pas de secrets ici, monsieur Tanit. Je sais tout. Votre père, Lapetus Tanit, était membre de l'entourage du tsar Nicolas II avant la révolution. N'est-ce pas ? (Je hochai la tête.) Il enseignait les humanités et la musique au tsarévitch et à ses sœurs. Par conséquent, il était bien connu des bolcheviques, comme toutes les personnes associées à la famille royale. À l'issue de la révolution d'Octobre, lorsque le tsar a été renversé et tué, votre père craignait pour sa sécurité et s'est enfui. Puis, ne le voyant pas revenir, vous avez suivi ses pas, craignant vous aussi pour votre vie. Suis-je proche de la réalité ?

L'avocat semblait assez fier de lui. Il n'avait rien dit de faux. Il avait simplement omis les détails essentiels concernant Kreeg et le diamant. Je décidai de remettre cela à plus tard.

— Oui. Tout ce que vous avez dit est exact.

Il se leva et commença à déambuler devant la fenêtre, comme l'aurait fait Hercule Poirot au moment d'expliquer une affaire.

— Pour les raisons que j'ai mentionnées, vous avez passé votre vie entière à fuir, effrayé qu'un membre de l'Armée rouge ne débarque un jour pour vous égorger, puisque vous étiez membre de la Cour. (Il me regarda en haussant les sourcils.) De peur, vous avez voyagé à travers l'Europe, changeant régulièrement de travail et, j'imagine, de nom aussi.

Son explication était vraiment perspicace.

— Vous m'impressionnez, maître Kohler.

— J'ai eu beaucoup de temps pour reconstituer ce parcours. (Il se rassit et sortit quelque chose d'un tiroir.) Maintenant que tout est clair, j'aimerais que nous commencions par confirmer votre prénom de naissance, car nous savons tous deux que ce n'est pas « Arthur ». (Je gardai le silence.) Je suppose que vous vous le rappelez ? dit-il, de la compassion dans la voix.

— Oui, balbutiai-je. C'est juste que… c'était une autre vie.

— Je comprends. Une chose que je peux vous assurer, c'est que vous êtes désormais à l'abri des persécutions soviétiques. Ils ont cessé de pourchasser les royalistes il y a plus d'une décennie, et le fils d'un professeur ne les intéresserait pas. Vous êtes en sécurité, je vous le promets.

— Voilà qui est… rassurant. Merci, maître.

— Par conséquent, il sera inutile de continuer de fuir et de changer de nom. Par la naissance, vous êtes citoyen suisse et, si vous choisissez de vous installer ici, vous serez le bienvenu. Maintenant, votre prénom, s'il vous plaît ?

— Atlas, marmonnai-je.

— Un bon début ! s'exclama maître Kohler, ravi.

Au fil des ans, j'ai toujours évité d'utiliser mon prénom, étant même réticent à le noter dans ce journal. Mais Kreeg m'avait retrouvé malgré tout.

— Comme je l'ai dit, votre grand-mère m'a bien préparé. Elle m'a raconté que son fils avait été embauché par le tsar une fois que ses études de musique l'avaient emmené en Russie. C'est elle qu'il faut remercier, pas moi.

— Je… j'aimerais tant pouvoir le faire, répondis-je en toute sincérité. Vous avez dit qu'en tant que citoyen suisse, je pourrais m'installer ici. Mais je n'ai ni passeport suisse, ni acte de naissance. Que faudrait-il faire ?

Maître Kohler agita la main.

— Si j'arrive à prouver que vous êtes le petit-fils d'Agatha Tanit, ce que j'ai l'intention de faire dans un instant, la voie vers la citoyenneté sera assez simple. (Il ajusta sa cravate.) Avec l'appui de mon cabinet – qui a pignon sur rue –, il sera facile pour vous d'obtenir des papiers. Même si, bien sûr, cela prendra du temps.

J'étais stupéfait à l'idée de pouvoir obtenir une citoyenneté réelle et authentique.

— Mon Dieu.

Maître Kohler ouvrit un autre tiroir et en sortit un dossier.

— Les autres Tanit qui ont été assis à votre place ont tous pu fournir des pièces d'identité, mais voici la partie de notre conversation qui les a mis en difficulté. Sachant que vous n'auriez peut-être pas de preuve officielle de votre lignée, Agatha a formulé une série de questions auxquelles, selon elle, seul son véritable petit-fils serait en mesure de répondre.

— Voilà qui m'intrigue, répondis-je, un peu nerveux à l'idée de ce qui m'attendait. Et si je ne donne pas les bonnes réponses ?

Maître Kohler haussa les épaules.

— Dans ce cas, monsieur Tanit, je crains que notre entretien ne s'arrête là, selon la volonté d'Agatha.

Je déglutis avec difficulté.

— Je vois.

— Il n'y a que trois questions. Êtes-vous prêt ?

J'avançai tout au bord de mon fauteuil.

— Allez-y, dis-je en retenant ma respiration.

— Très bien. Première question : quel amas ouvert est le pendant des Pléiades ?

— Les Hyades, répondis-je sans l'ombre d'une hésitation.

Un grand sourire se dessina sur les lèvres de l'avocat.

— Correct. Comme c'est excitant, monsieur Tanit. C'est la première fois que je vais pouvoir passer à la deuxième question. (Il se pencha vers moi.) Puis-je vous demander comment vous connaissiez la réponse ?

— Mon père était fasciné par l'astronomie. Il m'a appris tout ce qu'il savait du ciel.

Il éclata de rire.

— Tout comme sa mère l'avait fait avec lui. Deuxième question : qui a fabriqué le violon de Lapetus Tanit ?

— Giuseppe Guarneri del Gesù.

Son sourire s'élargit encore.

— Exactement. Agatha le lui avait offert avant son départ pour la Russie. Le saviez-vous ? (Je secouai la tête.) Quoi qu'il en soit, vous m'avez donné la bonne réponse. Bon, passons à la troisième et dernière question… pouvez-vous me dire *pourquoi* Lapetus Tanit possédait un violon Guarneri ?

Je fronçai les sourcils et secouai la tête.

— Doux Jésus, maître Kohler. Je crains que la stratégie d'Agatha n'ait échoué. Mon père disait qu'il préférait la résonance plus profonde des violons de Guarneri.

— Hmm, fit l'avocat, ne sachant pas très bien s'il pouvait accepter ma réponse. Lapetus préférait les violons de Guarneri à ceux de…

Je poussai un petit rire.

— À ceux de Stradivarius. Il disait toujours que Stradivarius avait « la grosse tête ».

Même si j'avais très probablement échoué au test d'identité concocté par ma grand-mère, ce souvenir me fit sourire. L'avocat me fixa, avant de retourner la feuille de papier qu'il tenait pour me montrer une phrase en particulier, notée d'une très belle écriture : *Stradivarius avait la grosse tête…*

Face à mon air interloqué, maître Kohler reprit la parole :

— Il semble que votre grand-mère ait très bien choisi les questions. Et moi qui, il y a quinze ans, essayais désespérément de lui faire renoncer à cette stratégie. « Non, maître Kohler, disait-elle, il est inconcevable que mon fils n'ait pas souvent évoqué le fait que Stradivarius avait la grosse tête. Il ne parlait que de ça ! »

— Mais… Agatha ne m'a jamais vu, articulai-je, encore estomaqué de perplexité.

— Non. Mais c'était une femme d'une intelligence exceptionnelle, qui connaissait son fils mieux que quiconque sur cette planète.

— Cela me désole de ne pas l'avoir connue.

— C'est bien dommage, en effet. En tout cas, monsieur Tanit, félicitations ! Enchanté de faire officiellement votre connaissance, Atlas. (Nous nous serrâmes la main une nouvelle fois.) Alors, permettez-moi de vous raconter l'histoire de votre famille. Que savez-vous ?

— Pas grand-chose, répondis-je en toute honnêteté. Mes parents étaient proches de la famille royale de Russie. Ma mère est morte lors de ma naissance, mais mon père m'a beaucoup parlé d'elle. Je savais aussi que mon père avait des origines suisses, mais à part ça…

— Dans ce cas, j'ai le plaisir de vous informer que vous êtes d'ascendance aristocratique. La famille Tanit a ses racines dans le Saint Empire romain germanique. Avez-vous entendu parler de la maison de Habsbourg ?

Je secouai la tête.

— Cette famille est devenue l'une des dynasties les plus éminentes de l'histoire européenne, mais elle était originaire du nord de la Suisse. La maison a donné des rois d'Espagne, de Croatie, de Hongrie… et je pourrais continuer.

J'ouvris de grands yeux.

— Êtes-vous en train de dire que je suis un Habsbourg ?

L'avocat éclata de rire et je me sentis rougir.

— Non. Cependant, des Tanit sont mentionnés dans les archives de la famille dès 1198. Vos ancêtres conseillaient les Habsbourg en astrologie, leur indiquant si les étoiles étaient positionnées à leur avantage. La famille faisait entièrement confiance à la vôtre et l'a récompensée en l'anoblissant… et en lui donnant beaucoup d'argent. Et vous, Atlas, représentez la fin de la lignée. Le tout dernier Tanit. (Il consulta ses papiers.) J'ai une fortune d'environ cinq millions de francs suisses à vous remettre. Une fois que tous vos papiers seront en règle, bien sûr.

Mon expression dut être comique.

— Cinq… millions ? murmurai-je.

— En effet. Peut-être comprenez-vous à présent pourquoi je souhaitais tant vous contacter. Non seulement vous êtes l'héritier d'une grande fortune, mais vous êtes aussi le dernier membre d'une dynastie culturelle suisse !

J'étais bouche bée. Cet argent pouvait nous offrir tout ce dont nous avions rêvé, Ella et moi. Cette pensée me bouleversait.

— Je ne sais pas très bien quoi dire.

— Inutile de dire quoi que ce soit, Atlas. Je vais lancer la procédure officielle d'obtention de la citoyenneté suisse. Comme je l'ai dit, la queue est longue avec la fin de la guerre, et cela pourrait prendre des années au lieu de quelques mois.

— Je comprends.

J'avais le tournis. Ella et moi pourrions nous installer en Suisse et fonder une famille. J'avais hâte de lui annoncer la nouvelle.

— Puis-je demander où je logerai ce soir ? Dans la maison d'Agatha ?

— Ah. Je vous ai réservé un hôtel pour les prochains jours. Voici l'adresse. (Il me tendit une carte de visite.) Agatha a légué sa grande maison en ville au couple qui s'était occupé d'elle dans sa vieillesse. Après le départ de votre père pour la Russie, c'était comme les derniers parents qu'il lui restait. Cependant...

L'avocat leva l'index, comme si quelque chose lui revenait. Il reprit le dossier sur son bureau et recommença à le feuilleter tout en parlant :

— Environ un an avant sa mort, Agatha a acheté un vaste terrain sur une péninsule isolée, près du lac. (Il trouva le document qu'il cherchait et le lut en diagonale.) Ce terrain aussi vous appartient désormais. Voici un plan qui vous indique où il se trouve. C'est très beau là-bas. Vous pourrez y aller cet après-midi.

— Excellente suggestion, répondis-je en me levant sur des jambes en coton. Puis-je prendre un taxi près d'ici ?

Maître Kohler gloussa.

— En taxi, cela risque d'être difficile, la péninsule n'est accessible qu'en bateau ! Toutefois, vous pouvez trouver quelqu'un pour vous y emmener à un prix raisonnable sur le quai non loin d'ici. Montrez votre plan au capitaine et il saura où vous emmener.

— Est-il possible de louer un bateau ? Je sais naviguer et me débrouille bien avec une carte.

— Oui, je crois, si vous réussissez à convaincre le propriétaire de vos qualifications. Oh, il y a cela aussi ! (Il sortit du dossier une petite enveloppe.) C'est une lettre de votre grand-mère pour vous. Vous savez, avoua-t-il en riant, je ne pensais pas pouvoir un jour vous la remettre. Regardez ! (Il montra sa tempe.) J'ai des cheveux blancs ! Lorsque j'ai connu votre grand-mère, j'étais un jeune homme.

Il se leva pour me donner l'enveloppe et me saluer.

— Je vous contacterai par le biais de l'hôtel. Vous aurez de nombreux documents à signer pendant que vous êtes à Genève. Au revoir, Atlas. À demain, j'imagine.

— Merci, maître Kohler.

34

Quarante minutes plus tard, je traversais tant bien que mal le lac Léman à bord d'un canot à moteur légèrement bringuebalant. Malgré mon embarcation, j'étais fasciné par les immenses montagnes qui entouraient le lac. Je fermai les yeux et goûtai la brise fraîche sur ma peau. J'adorais être sur l'eau, seul avec mes pensées et l'air pur.

Le trajet depuis le quai de la rue du Rhône prit près de vingt minutes, me donnant l'impression que la péninsule d'Agatha était bel et bien isolée. Finalement, le terrain indiqué sur le plan apparut. Je projetai mon regard vers le promontoire privé derrière lequel s'étendait un vaste terrain à la côte assez abrupte.

J'éteignis le moteur et laissai le bateau dériver lentement vers la rive. Un silence parfait s'installa, et je m'émerveillai de la majesté de ce paysage de conte de fées qui se reflétait dans l'eau cristalline. La coque toucha bientôt la plage et je sautai hors du bateau, corde à la main. Je tirai la proue du canot sur le sable et l'attachai à un rocher. Prenant une profonde inspiration, je sortis la lettre d'Agatha de ma poche.

Cher Atlas,

Mon si cher petit-fils, si tu lis ceci, c'est que maître Kohler a tenu parole et a réussi à te retrouver – ce à quoi j'ai malheureusement échoué.

À l'heure où je t'écris, je sais que le temps qui m'a été accordé sur cette Terre touche à sa fin mais, si tu sens les larmes te monter aux yeux, ne pleure pas, s'il te plaît, car bientôt j'aurai retrouvé mon fils bien-aimé – ton père.

Malgré la distance due à son travail, il m'écrivait régulièrement. De cette façon, j'ai pu suivre ta croissance et ton évolution. Il parlait de toi avec tant de fierté, Atlas, disant souvent que tu étais d'une extrême maturité pour ton âge et que tu accomplissais des choses qu'il n'aurait jamais crues possibles. Je n'en doute pas venant d'un Tanit.

À cet égard, Lapetus m'a informée de ton talent pour le violon et de ta fascination pour les étoiles – ce qui est tout naturel, étant donné l'histoire de notre famille. Peut-être maître Kohler l'a-t-il évoquée. Dans le cas contraire, pense à le lui demander. L'histoire est fascinante et plus longue que je n'ai l'énergie de la raconter ici. Comme j'aurais aimé te rencontrer, te parler et regarder avec toi les cieux silencieux au-dessus de mon Léman chéri ! À propos, on a dû t'informer que tu es désormais propriétaire d'un terrain isolé sur le lac lui-même.

Je l'ai acheté pour toi, mon cher petit-fils. J'ai choisi son emplacement avec soin. Tu remarqueras qu'il n'est accessible qu'en bateau et qu'il se trouve à l'abri des curieux.

J'avais le sentiment que tu aurais peut-être besoin d'un coin du monde à toi, Atlas – un lieu paisible et sûr. J'espère que ce terrain pourra te l'apporter et abriter les générations de Tanit à venir.

Cela dit, peut-être que je me trompe et que tu n'as pas besoin d'un tel cadeau. Par conséquent, si tu souhaites le vendre, sens-toi libre de le faire avec ma bénédiction.

Je commence à fatiguer et ne pourrai malheureusement plus beaucoup écrire. Dépense ton héritage avec sagesse, mais n'oublie pas que la vie est terriblement courte. Je souhaite sincèrement que tu utilises cet argent pour offrir une belle vie à mes arrière-petits-enfants et aux générations suivantes.

Un jour, nous aurons la joie de faire connaissance dans l'au-delà.

En attendant, si tu souhaites me trouver, Atlas, regarde les étoiles.

Ta grand-mère qui t'aime,

Agatha

Cette lettre était très émouvante et des larmes me piquaient de nouveau les yeux. Je levai la tête vers le ciel.

— Merci, murmurai-je.

L'espace d'un instant, j'eus la folle impression que l'univers me répondait car j'entendis une branche se casser derrière moi. Je fis volte-face, mais ne vis que la péninsule déserte.

— Il y a quelqu'un ? lançai-je.

Pensant que c'était peut-être un animal, je m'approchai des arbres. J'entendis alors des bruits de pas précipités.

— Il y a quelqu'un ? répétai-je.

En entrant dans le bois, je me pris les pieds dans une bâche et les restes d'un feu qui avait été éteint précipitamment à l'aide d'un seau d'eau qui gisait à côté.

Les pas s'éloignèrent rapidement dans les broussailles et je me mis à les poursuivre.

— Arrêtez-vous, s'il vous plaît. Je suis le propriétaire de ce terrain. Je ne vous veux aucun mal !

Après une brève course, je m'arrêtai pour guetter de nouveau les pas. N'entendant plus que le chant des oiseaux, je plaçai mes mains sur mes hanches et balayai des yeux cette terre sauvage.

Soudain, je ressentis une vive douleur à l'arrière de ma jambe gauche qui se déroba.

— Ah ! criai-je en tombant à terre.

Je levai les yeux et découvris un jeune garçon qui tenait un gros bâton. Il le souleva au-dessus de sa tête, pour me frapper cette fois au visage, et je tendis un bras pour me protéger.

— Arrête ! s'éleva une voix dans les arbres derrière moi.

Une petite fille émergea. Elle était plus jeune que le garçon.

— Ne fais pas ça, s'il te plaît.

— Qu'est-ce que vous voulez ? hurla le garçon, le bâton toujours dressé au-dessus de sa tête.

Je remarquai qu'ils parlaient allemand et répondis donc dans leur langue.

— Ce terrain est à moi. Ou du moins, il le sera bientôt. Mais, s'il vous plaît, je ne vous veux aucun mal. Je ne savais pas que vous étiez là.

Le garçon lança un regard à la fille avant de se tourner de nouveau vers moi.

— Vous êtes allemand ? Tout à l'heure vous parliez français.

— C'est parce que je suis suisse, répondis-je par souci de simplicité.

— Comment ça se fait que vous parliez allemand ?

— J'ai vécu en Allemagne avant la guerre. À Leipzig.

— Claudia, viens là.

La petite fille le rejoignit et se plaça derrière lui. Il baissa son bâton.

— Désolés d'être chez vous, reprit-il. Nous allons rassembler nos affaires et partir.

— Je ne comprends pas. Pourquoi m'as-tu frappé ? dis-je en me relevant. Vous êtes les bienvenus si vous voulez camper ici. Mais vous ne devez pas frapper les inconnus !

— Tu vois, c'est ce que je te disais ! siffla la fillette au garçon. Je suis désolée pour mon frère. Je lui avais dit que vous ne nous feriez pas de mal.

— Excusez-moi, dit le garçon. Nous allons partir.

Je remarquai alors que les vêtements des enfants étaient déchirés et affreusement sales. Ils étaient aussi beaucoup trop grands – il s'agissait de vêtements d'adultes. En outre, les enfants eux-mêmes étaient terriblement maigres.

— Comme je l'ai dit, je ne vois aucun inconvénient à ce que vous campiez ici. C'est ce que vous faites ? Vous campez ?

— Oui, on ne fait que camper.

— Il semblerait que vous soyez là depuis très longtemps, observai-je.

— Oui. Mais maintenant nous allons partir ailleurs.

— Dans les montagnes ? Je n'ai pas vu de bateau. N'est-ce pas dangereux pour vous de grimper ? Cela m'a l'air très difficile.

— Nous nous débrouillerons, répliqua-t-il.

— S'il vous plaît, monsieur, intervint la fillette, ne dites à personne que vous nous avez vus. Je ne veux pas qu'ils viennent nous chercher.

— Claudia ! la gronda son frère.

— Ne vous inquiétez pas, les rassurai-je. Claudia ? C'est comme cela que tu t'appelles ? (La fillette hocha doucement la tête.) C'est un très joli prénom. (Je me tournai vers le garçon.) Et puis-je connaître le tien, jeune homme ? (Il secoua la tête et je haussai les épaules.) Comme tu voudras. Je m'appelle Atlas. Puis-je te demander ce que tu voulais dire, Claudia, quand tu disais que tu ne voulais pas qu'ils viennent vous chercher ? Qui « ils » ?

— Les méchants, répondit-elle.

— Les méchants ? Tu veux dire les soldats ?

Elle hocha la tête. Je commençais à comprendre.

— Vous êtes venus d'Allemagne ?

— Oui, confirma le garçon.

Je les regardai avec une immense compassion.

— Vous êtes-vous échappés de l'un de leurs camps ?

Il acquiesça. Je m'agenouillai pour être à leur hauteur.

— Je vous assure que je ne suis pas l'un d'entre eux, promis. Je suis un ami. Quel âge avez-vous ?

— J'ai onze ans, répondit le garçon. Et ma sœur en a sept.

— C'est drôlement jeune pour être ici tout seuls, et je sais de quoi je parle. Depuis combien de temps êtes-vous seuls ?

Il haussa les épaules.

— Je ne sais pas trop. Presque cinquante nuits, je crois. Mais nous ne sommes pas seuls. Nous sommes tous les deux.

Il prit sa sœur par les épaules et me regarda avec un air de défi.

— Bien sûr, admis-je. Et c'est merveilleux.

Je savais que ces deux âmes innocentes avaient sans doute vécu des horreurs au-delà de l'entendement et j'essayai de choisir mes mots avec soin :

— Puis-je vous demander comment vous vous êtes retrouvés ici ?

Le garçon baissa la tête. Sa sœur lui prit tendrement la main.

— Notre mère a distrait l'un des gardes et nous nous sommes faufilés sous une clôture. Nous...

Il voulait poursuivre, mais avait la gorge nouée par l'émotion. Alors Claudia prit la relève :

— Nous ne voulions pas partir, mais Maman a dit qu'il le fallait, marmonna-t-elle d'une petite voix. Après ce qu'ils avaient fait à Papa.

J'avais le cœur serré. Malgré leur jeune âge, ces enfants avaient déjà assisté à ce que l'humanité avait de pire. Si quelqu'un était en mesure de comprendre leur douleur, c'était bien moi.

— Vous ne pouvez pas le savoir, puisque vous êtes ici depuis si longtemps, mais j'ai des nouvelles pour vous. La guerre est terminée. Les camps, comme celui dont vous vous êtes échappés, sont en train d'être libérés. Je peux vous aider à retrouver votre mère, leur dis-je avec douceur.

Le garçon secoua la tête.

— Non, monsieur, vous ne pouvez pas. Elle a donné sa vie pour nous. Nous avons entendu les coups de feu quand nous passions sous la clôture. Puis nous avons couru. Maman nous a dit d'aller en Suisse parce que nous y serions en sécurité. Alors j'ai emmené Claudia et j'ai fait de mon mieux, expliqua-t-il en sanglotant.

Très lentement, je posai la main sur son épaule.

— Je ne peux te dire combien je suis désolé. J'ai moi aussi perdu mes parents quand j'étais petit. Mais n'oublie pas, dis-je en me touchant la poitrine, qu'ils sont vivants ici, pour toujours. (Le garçon me regarda dans les yeux.) Tu as pris soin de ta sœur. Ta mère, où qu'elle soit, est immensément fière.

Une pensée me traversa l'esprit. Je sortis de ma poche un sachet de cacahuètes qu'il me restait du voyage en train.

— Vous devez avoir très faim. Tenez.

Le garçon le prit avec gratitude et commença à partager le contenu avec sa sœur.

— Comment êtes-vous arrivés sur cette péninsule ?

— Nous avons volé un bateau de l'autre côté du lac et avons dérivé jusqu'ici, expliqua-t-il entre deux bouchées. Nous sommes descendus avec nos affaires et, le lendemain matin, le bateau avait disparu, emporté par le courant.

J'ouvris de grands yeux.

— Vous vous êtes donc retrouvés coincés ici ? C'est affreux.

Il haussa les épaules.

— Il y a souvent des bateaux qui passent, mais nous n'osons pas nous faire voir, de peur qu'ils nous reconduisent au camp.

J'étais navré d'entendre tous ces malheurs qui s'étaient abattus sur ces enfants.

— Je comprends. Comment vous êtes-vous nourris ces derniers jours ?

Le garçon versa les dernières cacahuètes dans sa main et donna la part du lion à sa sœur.

— Je sais pêcher, mais je n'attrape pas grand-chose. Nous avons essayé toutes sortes de baies. Une plante nous a rendus très malades.

Il fallait que je les emmène en ville dès que possible. Ils avaient besoin de soins médicaux et de repos dans un lit bien chaud.

— Je sais que nous venons tout juste de faire connaissance, commençai-je d'une voix hésitante, mais accepteriez-vous de venir avec moi dans mon bateau ? Je retourne en ville. Je connais des gens qui pourront vous aider.

Le garçon se figea.

— Comment savoir que nous pouvons vous faire confiance ?

Je réfléchis à sa question.

— Tu as raison de me le demander… mais je ne suis pas en mesure de t'apporter une réponse satisfaisante. (Je fronçai les sourcils de frustration.) Je n'ai pas de journal avec moi et ne peux donc pas vous prouver que la guerre en Europe est terminée. Je peux toutefois vous montrer ceci.

Je sortis mon passeport et ma carte d'identité britanniques et les tendis au garçon.

— Britannique ? (Il recula d'un pas.) Vous avez dit que vous étiez suisse.

Je me maudis intérieurement.

— Ah. Oui. Tu as l'œil. Il ne fait aucun doute que tu es très malin, ajoutai-je en lui souriant, un peu nerveux. Mon père était suisse. En fait, je suis ici pour hériter des biens de ma grand-mère. J'ai une lettre écrite de sa main. Es-tu capable de lire en français ?

— Un petit peu, répondit le garçon en plissant les yeux.

Je lui tendis la lettre d'Agatha et m'assis par terre en tailleur.

— Lis-la, je t'en prie. Si tu as besoin d'aide pour certains mots, n'hésite pas.

Il recula d'une dizaine de mètres et s'assit en face de moi, suivi par sa sœur. Il déchiffra lentement la lettre et, au bout de cinq minutes, il se releva.

— D'accord. Nous allons venir avec vous.

Le petit visage de Claudia s'illumina.

— C'est vrai ? demanda-t-elle à son frère.

Il acquiesça et je poussai un soupir de soulagement.

— Voilà une excellente nouvelle ! m'exclamai-je en me relevant d'un bond. Merci de me faire confiance. Vous voulez mettre vos affaires dans le bateau ?

— Non, répondit le garçon. Nous pouvons tout laisser ici.

Il prit sa sœur par la main.

— Maintenant que nous nous connaissons un peu mieux, aurais-tu la gentillesse de me dire comment tu t'appelles ?

Il leva les yeux vers moi.

— Je m'appelle Georg.

* * *

Maître Kohler fut très étonné de me revoir cet après-midi-là... surtout quand je revins dans son bureau accompagné de deux enfants sales et affamés.

— Que se passe-t-il donc ? interrogea-t-il, manquant de renverser sa tasse de thé.

J'expliquai la situation de façon aussi succincte que possible. Chers lecteurs, il est stupéfiant de voir ce que l'argent peut faire. Le jour même, maître Kohler put obtenir un rendez-vous avec un médecin, un autre avec une assistante sociale et un accès illimité à des repas copieux, le tout aux frais d'Agatha Tanit – il fut heureux de débloquer des fonds immédiatement, étant donné les circonstances, et certain que ma grand-mère aurait approuvé.

— Que va-t-il leur arriver ? demandai-je à l'avocat.

Celui-ci était abasourdi, et je pouvais difficilement lui en vouloir.

— Dès que nous serons en mesure de confirmer leur identité, nous essaierons de voir s'ils peuvent retourner en Allemagne auprès d'éventuels membres de leur famille.

Je haussai un sourcil.

— Pensez-vous que cela soit possible ?

L'avocat se prit la tête entre les mains.

— Non. Le gouvernement suisse les prendra alors probablement en charge et les placera dans une maison appropriée, où ils trouveront peut-être des parents adoptifs. En tant qu'enfants réfugiés, j'espère qu'il sera facile pour eux d'accéder à la citoyenneté suisse.

Je m'assis dans le fauteuil en cuir en face de lui.

— Une maison appropriée… vous voulez dire un orphelinat ?

Il hocha la tête. Je me remémorai les Apprentis d'Auteuil. Condamner Georg et Claudia à une telle vie après tout ce qu'ils avaient déjà enduré me semblait tellement cruel. Ils avaient fui la persécution, comme moi. Je pensais à Boulogne-Billancourt et à M. Landowski. Quels avaient été ses mots ?

« Je suis certain qu'un jour tu seras en mesure d'aider les autres. Surtout, quand le moment viendra, accepte ce privilège. »

Je savais ce que je souhaitais faire.

— J'aimerais prendre les enfants à ma charge, annonçai-je à maître Kohler.

— Pardon ?

— Georg et Claudia ont cherché refuge sur le terrain d'Agatha – mon terrain –, et je veux veiller à ce qu'ils soient bien traités. Si je me tiens devant vous aujourd'hui, c'est uniquement grâce à la gentillesse de parfaits inconnus. Je n'ai jusqu'ici pas pu faire preuve de beaucoup d'altruisme dans ma vie, mais il semble que ma situation ait changé.

Maître Kohler s'appuya contre son dossier pour réfléchir à ma proposition.

— C'est très noble de votre part, Atlas, mais je ne crois pas que cela empêchera Georg et Claudia d'être placés dans une maison pour enfants. À moins que vous envisagiez de les emmener avec vous à Londres ?

Je fixai le haut plafond, pensif. Il n'était pas prudent de les faire venir chez moi, étant donné le danger que présentait Kreeg.

— Ce n'est pas possible dans l'immédiat, répondis-je. Cependant, j'aimerais vraiment éviter que ces enfants ne se retrouvent à l'orphelinat. Ils ont perdu leurs parents et leur monde a été chamboulé. Ils ont besoin de confort et de sécurité, ce qu'ils n'auront pas dans un orphelinat. N'avez-vous aucune solution en tête ?

Maître Kohler pianota sur son bureau.

— Je suppose que... Bon, je ne peux rien vous promettre, mais le couple qui s'occupait de votre grand-mère pourrait être disposé à les accueillir, si vous preniez en charge le reste des frais.

— C'est vrai ? fis-je, stupéfait.

L'avocat opina du chef.

— Ils sont très reconnaissants à Agatha de leur avoir légué sa maison. (Il gloussa soudain.) D'ailleurs, j'ai eu beaucoup de mal à les convaincre d'accepter ce cadeau. Je vais leur téléphoner.

Je me levai pour lui serrer la main.

— Merci ! J'aimerais beaucoup les rencontrer, s'ils répondent favorablement à votre requête. Comment s'appellent-ils ?

— M. et Mme Hoffman.

* * *

Timéo et Joëlle Hoffman avaient une soixantaine d'années et étaient humbles et gentils. Je les vis plusieurs fois lors de mon séjour à Genève : ils parlaient d'Agatha avec beaucoup d'affection et étaient sincèrement enchantés qu'Éric Kohler ait enfin réussi à me retrouver. L'avocat avait vu juste, et ils acceptèrent avec joie d'accueillir Georg et Claudia dans leur grande et belle maison.

— Ce serait un honneur, monsieur Tanit ! s'exclama Joëlle avec enthousiasme. À vrai dire, depuis la perte de votre grand-mère, nous sommes un peu désœuvrés.

Timéo acquiesça.

— Cela n'a pas de sens que nous soyons seuls dans cet endroit immense, avec quatre chambres inoccupées. Ce n'est pas la place qui manque. C'est le moins que l'on puisse faire pour ces pauvres gosses après ce qu'ils ont vécu.

J'étais touché par leur générosité aussi spontanée.

— Avez-vous des enfants ? m'enquis-je.

Un nuage passa dans leurs yeux.

— Non, répondit Joëlle. Nous n'avons pas eu cette chance. (Elle prit soudain un air inquiet.) Mais honnêtement, monsieur Tanit, nous avons l'habitude de prendre soin des autres, et jamais nous ne…

Je levai une main pour l'interrompre.

— Je n'en doute pas, Joëlle. Je ne saurais vous dire combien je suis heureux que vous acceptiez d'accueillir Georg et Claudia chez vous. Promettez-moi que toutes les dépenses – nourriture, vêtements, scolarité – seront facturées à maître Kohler. Je l'autoriserai à vous rembourser immédiatement.

Je m'apprêtai à leur serrer la main, mais Joëlle m'étreignit. Timéo rit doucement.

— Pardonnez-la, monsieur Tanit. Ma femme exprime simplement la joie que ressentirait Agatha en vous voyant dans son salon.

Joëlle s'écarta pour me regarder.

— Pensez-vous que vous vous installerez en Suisse ? C'est un pays très agréable !

Je lui adressai un sourire chaleureux.

— Peut-être, Joëlle. Toutefois, j'ai plusieurs choses à régler en Angleterre avant d'envisager cette option. (Je me dirigeai vers la porte.) Veuillez informer maître Kohler des progrès des enfants. Je serai absolument enchanté d'avoir de leurs nouvelles.

Je passai le reste de mon séjour genevois à signer des documents, à rencontrer des directeurs de banque et à régler toutes sortes de questions avec maître Kohler qui allait officiellement cesser de travailler pour Agatha et commencer à travailler pour moi.

— Je vous enverrai votre passeport et tout autre document à la librairie Arthur-Morston, monsieur Tanit. Si jamais vous déménagez, n'oubliez pas de m'en informer. Je n'ai pas envie de devoir de nouveau partir à votre recherche pendant quinze ans !

Il éclata de rire en secouant la tête, et je quittai son bureau en refermant la lourde porte en chêne derrière moi.

35

La procédure d'obtention de la citoyenneté suisse se révéla aussi lente que maître Kohler l'avait prédit. Je m'habituais à ses lettres mensuelles qui m'expliquaient les détails frustrants qui retardaient la progression de ma candidature, souvent accompagnées d'une multitude de nouveaux documents à dater et signer. Outre ces questions administratives, c'était toujours réconfortant d'avoir de bonnes nouvelles des enfants de la péninsule. Tous deux avaient été inscrits à une école indépendante locale recommandée par maître Kohler, et Georg, en particulier, était un élève très prometteur.

Par chance, je ne rencontrai aucune difficulté à convaincre Ella que notre avenir était en Suisse.

— Dès que j'aurai mes papiers officiels, nous construirons un refuge juste pour nous deux. Imagine ! Notre paradis loin du monde.

Cette idée l'enchantait.

— Oh, Ar, cela semble trop beau pour être vrai ! Et quand tu seras suisse, nous pourrons nous marier… ouvertement, officiellement ! J'ai tellement hâte.

Je savais combien elle se languissait de s'installer pour de bon. Je m'efforçais d'accélérer la procédure de citoyenneté mais, entre-temps, je souhaitais lui faire une promesse. Avec la permission de maître Kohler, je retirai un peu d'argent d'Agatha et me rendis chez un bijoutier sur Bond Street, à Londres.

J'examinai pléthore de bagues, mais aucune ne m'impressionna. Je n'avais encore jamais dépensé une telle somme et rechignais à l'échanger contre un bijou qui, malgré le prix, était banal. Je voulais que la bague ait une signification particulière. Après une heure à observer et à plisser des yeux devant une épaisse vitrine, je demandai s'il était possible de réaliser un bijou sur mesure.

— Tout est possible au juste prix, monsieur, me répondit le bijoutier.

Je savais que la pierre centrale devait être un diamant – le symbole ultime de la force de l'amour. Pour la monture, je demandai d'inclure sept points lumineux afin de donner à la bague l'apparence d'une étoile brillante.

— Très bien, monsieur, dit-il en m'adressant un large sourire. Comme la monture sera assez grande, peut-être souhaiteriez-vous choisir une deuxième pierre pour les points lumineux ? Des saphirs ?

Je réfléchis un instant, conscient du fait que cet homme essayait de me faire dépenser davantage, mais résolu à ce que le bijou soit tout à fait unique.

— Y a-t-il une pierre qui représente l'espoir ?

— Oh oui, monsieur. L'émeraude. Selon la tradition, elle symbolise la romance, la renaissance… et la fertilité, ajouta-t-il en levant un sourcil.

Je tapai des mains.

— Parfait !

Le travail prit plusieurs mois, mais un coursier finit par me l'apporter à la boutique. Lorsque je déballai la boîte et ouvris l'écrin, j'en restai bouche bée.

Ce soir-là, j'emmenai Ella dîner au restaurant. Elle portait une robe bleu sarcelle qui rendait ses yeux encore plus vifs que d'habitude. Tandis que nous partagions une bouteille de côtes-du-rhône à la lueur des bougies, je lui racontai tout ce que j'envisageais pour notre avenir sur la rive du lac Léman. Le reste du restaurant disparut, et je passai la soirée perdu dans son sourire et son regard bleu.

— Je crois que le moment est venu, Ella. Nous pouvons enfin laisser le passé derrière nous.

Elle m'adressa le même sourire qui m'avait conquis à Paris alors que je n'étais qu'un petit garçon.

— En es-tu convaincu, Ar ? J'ai presque peur de rêver.

Je lui pris la main.

— Nous aussi, nous aurons une fin heureuse.

Je posai alors un genou à terre et glissai ma main libre dans la poche de ma veste. J'inspirai profondément et la regardai droit dans les yeux.

— Ella Leopine. Nous sommes destinés à passer notre vie ensemble. Mais en attendant que je puisse t'appeler ma femme, accepte cette bague qui symbolise tout ce que tu es pour moi.

Je sortis l'écrin et l'ouvris devant elle. Elle se couvrit la bouche des deux mains.

— Oh, Ar…

Je passai doucement la bague à son annulaire gauche.

— Je ne sais pas quoi dire, balbutia-t-elle. Je n'ai jamais rien vu de tel. C'est d'une beauté saisissante.

— Sept branches pour mes Sept Sœurs – mes protectrices qui m'ont guidé jusqu'au diamant au centre de l'univers… toi.

Lorsque Louise épousa Rupert Forbes, Flora leur offrit la librairie Arthur-Morston, comme elle l'avait promis. Par chance, le couple nous demanda à Ella et moi de continuer à gérer la boutique. Ils étaient satisfaits de ce que nous avions réussi à construire et étaient occupés à la rénovation de Home Farm. Par ailleurs, le rôle de Rupert au sein du MI5, le service de renseignement britannique, s'était visiblement étoffé. Bien qu'il se passionne pour la littérature, son pays passait en priorité.

Un matin de janvier 1947, je posai les pieds sur mon bureau et ouvris le *Financial Times*. Comme je m'apprêtais à devoir gérer un grand capital, je m'efforçais de suivre les marchés financiers – même si nombre d'aspects demeuraient pour moi bien obscurs. Le journal présentait son bilan de l'année 1946.

Il saluait la formation du Groupe de la Banque mondiale – un ensemble de cinq organisations internationales créées pour réaliser des prêts à effet de levier aux pays dans le besoin. Lors de son premier mois d'existence, il avait accordé un prêt de deux cent cinquante millions de dollars à la France pour la reconstruction d'après-guerre. J'écarquillai les yeux en lisant l'avant-dernier paragraphe de l'article.

Beaucoup connaissent le premier président de l'organisation, Eugene Meyer, qui est aussi le propriétaire du Washington Post. *Il dépense des millions de dollars de sa fortune personnelle pour maintenir à flot le journal déficitaire, avec pour objectif d'en améliorer la qualité et de garder l'esprit d'un journalisme indépendant. On comprend ainsi pourquoi il était le candidat parfait pour prendre la tête du GBM. Meyer est issu d'une famille connue pour sa générosité. Sa sœur, Florence Meyer Blumenthal, avait fondé une organisation philanthropique franco-américaine, la Fondation Blumenthal, qui décerne encore le prix Blumenthal à de jeunes artistes.*

Je me levai d'un bond et montai l'escalier en courant pour montrer l'article à Ella.

Surprise, elle se mit à rire.

— Ça alors ! Cela faisait drôlement longtemps que je n'avais pas entendu le nom de Florence.

— Pareil pour moi. C'est étrange, non ? Nous lui devons tellement. Je regrette de ne pas avoir eu l'opportunité de la remercier pour tout ce qu'elle a fait pour nous.

Je m'assis sur notre canapé élimé, qu'Ella avait essayé d'égayer avec un jeté tricoté à la main.

— Je sais, Ar. Mais Florence est morte bien avant que nous ne recevions le prix Blumenthal.

— Je crois que cela m'attriste d'autant plus.

Ella me rejoignit sur le canapé.

— Et Eugene Meyer ? Nous pourrions lui écrire pour lui dire combien sa sœur a changé notre existence.

Je soupirai.

— J'ai le sentiment qu'il est peu probable que le président du Groupe de la Banque mondiale reçoive notre lettre.

Ella hocha la tête et réfléchit un instant.

— Très bien, alors allons le voir.
— Quoi ?
— Pourquoi pas ? Maintenant que la guerre est finie, qu'avons-nous à perdre ? En plus, ajouta-t-elle en souriant, j'ai toujours voulu aller aux États-Unis.
J'éclatai de rire. L'idée de voyager librement dans un autre pays sans être en train de fuir était encore complètement nouvelle pour moi.
— C'est une belle idée, Ella. Mais je doute qu'Eugene Meyer accepte aussi facilement de nous rencontrer.
Elle me tapota la jambe.
— N'est-ce pas à cela que sert ton avocat suisse de haut vol ? Ne peux-tu pas lui demander d'écrire au bureau d'Eugene à Washington ?
— Oh, je…
La clochette de la librairie tinta, indiquant la présence d'un client.
— Penses-y ! gloussa-t-elle en se levant pour se diriger vers la porte.
Maître Kohler mit moins d'une semaine à obtenir une réponse de la secrétaire d'Eugene Meyer. Elle informa Éric que son employeur avait beaucoup d'affection pour feu sa sœur et serait disposé à accepter une brève entrevue. Inutile de dire qu'Eugene Meyer était très occupé. Toutefois, il serait à New York la semaine suivante. Cela nous conviendrait-il ?
Je remerciai Éric et reposai le combiné.
— J'ai l'impression que c'est la semaine prochaine ou jamais, annonçai-je à Ella qui attendait le verdict avec impatience.
— Je t'avais dit que nous pouvions faire confiance à maître Kohler ! Je vais préparer nos bagages ! s'écria-t-elle tout excitée.
— Attends, m'exclamai-je en riant. Es-tu sûre que nous pouvons nous absenter comme ça ? Qui s'occupera de la boutique ?
Ella leva les yeux au ciel.
— Ar, nous avons à peine pris un jour de congé ces dix dernières années. Je vais téléphoner à Louise. Je te promets

que cela ne posera aucun problème. (Elle courut vers moi, m'attrapa par la chemise et me posa un baiser sur le nez.) Nous partons en vacances ! De vraies vacances !

Deux jours plus tard, nous traversions l'Atlantique à bord du *Queen Mary*. Bien que notre cabine de deuxième classe soit très confortable, tout comme les salons du navire, je passais des heures sur le pont. L'immense étendue bleue de l'océan avait sur moi un effet apaisant. Cela m'aidait à mettre de l'ordre dans mes pensées. Pour moi, c'était comme réorganiser les étagères à la fin d'une journée où les clients avaient consulté et déplacé les livres, mais dans ma tête à moi.

Ella était enchantée d'être à bord. J'avais le cœur empli de joie de la voir s'enthousiasmer de chaque aspect du voyage, qu'il s'agisse du café fraîchement préparé qu'on nous servait au petit déjeuner ou de la chanteuse de jazz qui se produisait le soir.

À l'issue de notre traversée de quatre jours, nous nous présentâmes à la réception de l'hôtel Winter Quay à Manhattan, tôt un mercredi matin. Un jeune homme en veste et casquette rouges nous conduisit à notre chambre en ascenseur. Il nous montra fièrement la vue depuis le vingtième étage, qui était époustouflante. Je n'ai pas honte de dire que j'eus le vertige et dus m'asseoir sur le lit. Une fois qu'il nous eut apporté nos bagages, l'homme à la casquette rouge sourit de toutes ses dents et se plaça près de la porte, dans l'expectative. Maître Kohler m'avait préparé à la coutume typiquement américaine du pourboire et avait veillé à ce que j'aie quelques billets sous la main. J'en sortis un de ma poche et le lui tendis. Il inclina sa casquette.

— Merci, monsieur. Je vous souhaite un excellent séjour.

— J'ai l'impression d'être au sommet du monde ! s'écria Ella en appuyant le visage contre la fenêtre pour s'imprégner de cette vue stupéfiante.

— Moi aussi. Mais je ne suis pas certain que mon estomac l'ait encore accepté… À présent, je dois descendre à la réception pour appeler Eugene Meyer. Rappelle-toi qu'il part ce soir.

— D'accord, mon chéri. Je vais en profiter pour défaire notre valise.

Je regagnai le hall blanc assez impersonnel et me dirigeai vers l'une des cabines téléphoniques en bois près de la réception. Je sortis de ma poche le numéro que m'avait donné maître Kohler. Puis j'introduisis une pièce de vingt-cinq centimes dans la machine et composai ledit numéro.

— Allô ? répondit assez sèchement un homme à l'accent américain prononcé.

— Monsieur Meyer ? Ar d'Aplièse à l'appareil.

Mon nom sembla le radoucir.

— Ar ! C'est vous qui connaissiez ma sœur, n'est-ce pas ?

— Oui, répondis-je avant de me corriger. Enfin, pas vraiment. Je ne sais pas si on vous a expliqué la situation, mais j'étais l'un des bénéficiaires du prix Blumenthal.

Il souffla fortement, et je devinai qu'il était en train de fumer une cigarette.

— C'est formidable, formidable. Écoutez, juste pour nous éviter à tous les deux de perdre du temps, il n'y a plus de fonds dans le testament de ma sœur pour les anciens lauréats. J'espère que mes collaborateurs l'ont dit à votre avocat.

J'étais choqué.

— Mon Dieu, il y a un malentendu, monsieur… Je voulais juste vous remercier.

Il ricana.

— Me remercier, moi ? Je n'ai rien fait pour vous, mon vieux.

— Non, mais votre sœur, si. Elle m'a aidé plus qu'elle n'aurait pu l'imaginer. J'avais espéré la rencontrer en personne pour le lui dire.

Il soupira.

— Désolé de vous dire que vous arrivez plus de dix ans trop tard, mon garçon.

— Je sais. Je suis désolé pour votre perte. Je ne suis absolument pas là pour demander de l'argent. Je souhaitais simplement vous dire combien, sans le savoir, votre sœur a changé ma vie.

Il y eut un silence avant qu'Eugene Meyer ne s'esclaffe à l'autre bout du fil.

— Voyez-vous cela ! Qu'ils sont polis, ces Britanniques !

— En fait, je ne suis pas britannique.

— Dites-moi, nous sommes déjà en train de faire connaissance ! (Il marqua une pause pour prendre une bouffée de cigarette.) Alors, vous voulez qu'on se voie ? Je m'apprête à quitter mon hôtel pour un événement auquel je dois me rendre cet après-midi.

— Ce serait merveilleux, confirmai-je.

— Parfait. Je vais au 132 Ouest, 138e Rue. Retrouvez-moi là-bas dans une demi-heure.

Ces chiffres ne voulaient rien dire pour moi.

— Où cela se trouve-t-il ?

— À Harlem, mon garçon. Écoutez, il vous suffit de répéter cela à un chauffeur de taxi. Il y a un café-restaurant près de l'église. Demandez-lui de vous déposer là.

— Entendu. Ma femme et moi vous y retrouverons sous peu.

Il fut pris d'une forte toux.

— Ouah, attendez. Femme ? Vous n'aviez pas mentionné de femme.

Je lui présentai des excuses.

— Pardonnez-moi, j'aurais dû être plus clair. Elle aussi a reçu le prix Blumenthal. Elle aimerait vous remercier autant que moi.

Meyer exprima sa désapprobation.

— C'est à vous de voir, l'ami, mais aujourd'hui la situation pourrait être assez tendue dans le coin. Ce serait plus sûr de ne pas l'emmener. Dans un cas comme dans l'autre, je vous donne rendez-vous au café.

Il raccrocha.

Je regagnai notre chambre un peu sonné et racontai à Ella ma conversation avec Eugene Meyer. Bien que déçue au départ, la promesse d'une excursion en haut de l'Empire State Building dans l'après-midi lui remonta le moral.

— De quoi parlait-il à ton avis quand il disait que la situation pourrait être assez tendue ? s'enquit-elle.

— Je n'en ai strictement aucune idée. Mais il faut que j'y aille. Je ne veux surtout pas le rater.

J'embrassai Ella et redescendis à la hâte. Le portier héla un taxi jaune vif, et je demandai au chauffeur de m'emmener au 132 Ouest de la 138e Rue.

Il se retourna pour me regarder.

— Vous êtes sûr, m'sieur ?

— C'est l'adresse qu'on m'a indiquée, confirmai-je.

Il haussa les épaules.

— Comme vous voudrez.

Tandis que nous approchions de Harlem, je remarquai que les énormes gratte-ciel brillants de Midtown commençaient à disparaître.

— Je peux vous demander ce qui vous amène dans ce quartier de la ville, l'ami ? m'interrogea le chauffeur.

— J'y ai rendez-vous avec quelqu'un.

— Ah. Je suppose que vous n'êtes pas d'ici. Première fois à New York ?

— Oui.

Il gloussa.

— C'est bien ce que je pensais. C'est rare de rencontrer des non-New-Yorkais qui veulent aller à Harlem.

— Pourquoi donc ?

— Tout ce que je dis, c'est qu'en général les touristes veulent voir la statue de la Liberté, Central Park et le Met. Ils n'ont pas du tout envie de voir les *vrais* États-Unis.

Le quartier où nous pénétrions était en piteux état. Le verre étincelant et les néons du centre de Manhattan avaient laissé place aux fenêtres condamnées, aux panneaux rouillés et aux poubelles débordantes. Le taxi remonta une certaine Lenox Avenue et les visages que nous croisions à présent étaient essentiellement noirs. Mon cœur se serra en apercevant les enfants assis sur le perron de maisons délabrées, dont certaines ne me semblaient franchement pas dignes de loger qui que ce soit.

La voiture finit par atteindre un imposant édifice de style néogothique. Une plaque à l'extérieur indiquait « Église baptiste abyssinienne ». Quelqu'un installait une petite estrade avec un microphone, et je remarquai plusieurs policiers dans les parages, torse bombé et bras croisés.

— Nous y voilà, l'ami. 132 Ouest, 138ᵉ Rue.

Je balayai la rue des yeux.

— Merci. On m'a dit qu'il y avait un restaurant tout près d'ici ?

— Oh, vous devez parler du Double R. (Il se retourna et indiqua un bâtiment derrière ma tête.) C'est juste là.

— Parfait. Combien je vous dois ?

— Trois dollars et vingt centimes. Faites attention à vous ici aujourd'hui, m'sieur. J'ai entendu dire que ça risquait de s'envenimer.

— Oh, euh, d'accord. Merci encore.

Je payai et descendis de la voiture, me demandant bien ce que le chauffeur et Eugene Meyer voulaient dire.

Alors que je redescendais Lenox Avenue vers le Double R, il y avait de plus en plus de monde dans la rue, et des gens munis de pancartes commençaient à se rassembler en petits groupes.

La vieille enseigne lumineuse du restaurant clignotait de façon comique et le chambranle de la porte était déformé et pourri. En forçant un peu, je réussis à entrer et ne fus somme toute pas surpris de découvrir que l'intérieur était encore plus miteux que l'extérieur. L'air était enfumé par la cigarette et je fus obligé d'agiter la main pour y voir quelque chose. À quelques mètres de la porte était assis un homme bien habillé, vêtu d'un costume rayé avec des bretelles rouges et une cravate en laine. Il s'agissait du seul Blanc de l'établissement.

— Monsieur Meyer ? demandai-je en m'approchant de lui.

Il leva les yeux vers moi, à travers ses lunettes rondes.

— Ar d'Aplièse, je présume ?

— Oui, monsieur.

— Sacré nom que vous avez là ! s'exclama-t-il en me serrant vigoureusement la main. Asseyez-vous. Il semblerait que nous n'ayons pas beaucoup de temps.

— Pardonnez-moi, monsieur Meyer, mais je ne comprends pas très bien à quoi vous faites référence.

Il but une gorgée de café.

— Je vous en prie, appelez-moi Eugene. M. Meyer était mon père. En plus, ça ressemble à monsieur le maire… qui ne saurait tarder.

— Très bien, Eugene. (J'étais de plus en plus perplexe.) Vous voulez dire que le maire va venir ici ? Dans ce restaurant ?

Ce fut au tour d'Eugene de me regarder avec une grande perplexité.

— Sans vouloir vous vexer, mon garçon, ma sœur donnait-elle son argent à des imbéciles ? Non, le maire O'Dwyer sera sur *cette* estrade dans une quinzaine de minutes. (Eugene indiqua l'église.) Je dois être là-bas quand il prendra la parole. Je suis à New York pour le *Washington Post.* Je m'intéresse personnellement à cette histoire.

— Veuillez excuser mon ignorance, mais de quelle histoire s'agit-il ?

— Les citoyens noirs qui se retrouvent ghettoïsés à Harlem. Avez-vous vu l'état des immeubles ici ? C'est absolument effroyable. Il y a une promiscuité terrible, sans parler des violences policières auxquelles ces gens sont confrontés. Les flics traitent leurs concitoyens comme des animaux.

— Il y a donc une manifestation aujourd'hui ? en déduisis-je.

— Voilà, vous avez tout compris. Le maire O'Dwyer va s'exprimer. C'est un homme bien, je trouve. Il a fait des promesses à la communauté et, au *Post,* nous voulons nous assurer qu'il les tiendra.

— Puis-je vous demander pourquoi cette histoire vous intéresse personnellement ?

Eugene soupira et hocha la tête.

— Ouais. Je suis juif. J'ai vu ce que les nazis ont fait à mon peuple en Europe. Je veux veiller à ce que nous ne nous retrouvions pas à faire la même chose aux Afro-Américains.

— Bien sûr, balbutiai-je, gêné d'avoir aussi peu de connaissances sur le sujet.

Eugene s'exprimait avec passion.

— La courageuse Amérique vole au secours des opprimés sur un autre continent, sans prendre le temps de se pencher sur la façon dont elle traite ses propres citoyens… Cela n'a pas de sens. (Il se frotta le visage.) Enfin bon, vous avez jusqu'à l'arrivée d'O'Dwyer. Racontez-moi votre histoire.

Il sortit un cigare de sa poche, en coupa l'extrémité et l'alluma.

Un peu contrarié, je fis de mon mieux pour expliquer à Eugene l'importance de la contribution de sa sœur dans ma vie ainsi, bien sûr, que dans celle d'Ella. Il eut l'élégance de m'écouter attentivement, ne cessant de fumer tandis que je lui racontais tout ce qui m'était arrivé.

— Vous savez, l'ami, déclara-t-il lorsque j'eus terminé mon récit, je crois que Flo vous avait mentionné avant de mourir. Le petit garçon qui ne parlait pas.

— C'était moi, en effet.

— Et regardez-vous aujourd'hui, bavard comme une pie ! C'est un miracle !

— Je voulais juste vous faire comprendre que votre sœur m'a véritablement sauvé la vie. Et à ma femme aussi.

Il me tapa vivement sur l'épaule.

— J'ai compris. Écoutez, j'apprécie vraiment que vous soyez venu jusqu'ici pour me le dire en personne. Je suis certain que Florence serait fière. (Il prit une grande bouffée de cigare.) Vous savez, Florence a gardé son nom de jeune fille après avoir épousé George. Elle se faisait appeler Florence Meyer Blumenthal. Je regrette que le prix n'ait pas été le « prix Meyer-Blumenthal ».

Il haussa les épaules. Soudain, des acclamations retentirent dehors et plusieurs clients du restaurant se levèrent pour partir.

— Voilà le signal que j'attendais, mon garçon. Je dois filer. Mais si un jour vous venez à Washington, appelez ma secrétaire. Nous pourrons nous voir autour d'un café et vous me raconterez d'autres épisodes de votre vie. (Il fourra la main dans sa poche et posa sur la table deux pièces de vingt-cinq centimes.) Peut-être pourrions-nous écrire un article sur vous ?

— Oh, je ne suis pas certain que...

— Ouais, vous avez raison, m'interrompit-il. Personne ne croirait votre histoire de toute façon.

Il m'adressa un sourire et un clin d'œil, puis se dirigea vers la porte.

Assis seul sur la banquette en cuir rouge, je doutais de revoir un jour Eugene Meyer. Cette entrevue n'avait pas provoqué la catharsis que j'espérais tant. À l'instar de sa sœur, il était de toute évidence doté d'une grande conscience morale, et cette manifestation lui occupait pleinement l'esprit.

Une nouvelle clameur s'éleva dans la rue. Je me levai pour voir ce qui causait ce vacarme. En sortant du restaurant, je constatai avec stupéfaction que la foule était dix fois plus nombreuse que lorsque j'avais retrouvé Meyer, vingt minutes plus tôt. Je me retrouvai au milieu d'une mer de manifestants dont beaucoup agitaient des pancartes affichant des slogans tels que « ÉGALITÉ DES DROITS » ou « UN LOGEMENT POUR TOUS ! ». Du côté de l'estrade, j'entendis une voix étouffée à l'accent irlandais qui s'exprimait au micro et commençai à me frayer un chemin pour apercevoir le maire.

— Harlem ! C'est un honneur d'être ici ! criait-il, et la foule l'acclamait en retour, galvanisée par sa présence.

Tandis que O'Dwyer prononçait son discours au sujet des réformes du logement et de l'augmentation du budget pour les écoles, les manifestants avancèrent comme un seul homme, se bousculant les uns les autres, et je me retrouvai de plus en plus serré. Quand le maire eut terminé, il fut chaleureusement applaudi et fut remplacé au micro par un commissaire de police qui expliqua comment les personnes présentes devaient se disperser. Presque instantanément, l'atmosphère changea. La tension était palpable, et je m'aperçus qu'un grand nombre de policiers en uniforme, casquette bleue baissée, avaient encerclé les manifestants. Brandissant leur matraque en bois, ils avaient l'air menaçants.

Près de la scène, une femme hurla « ASSASSINS ! » au commissaire. Puis elle se tourna vers la foule.

— Ces flics ont attaqué Robert Brandy : ils lui ont tiré dessus alors qu'il n'était pas armé et essayait seulement de sauver la vie d'une femme. Vous êtes des porcs !

Une vague de colère déferla sur l'assemblée et des cris furieux fusèrent. La masse de manifestants se mit à onduler de plus en plus violemment. En me détournant de l'estrade pour chercher une issue, je vis un jeune homme qui se protégeait d'un policier maniant une matraque. J'ignorais ce qu'il avait fait pour provoquer une telle réaction, mais le policier semblait enragé et levait la matraque au-dessus de sa tête pour le frapper. La pancarte en carton du jeune homme lui fournissait une bien piètre protection, et il tomba dans la rue sale, essayant de se protéger la tête d'une rafale de coups. Ceux qui assistaient à la scène furent gagnés par la panique. Ils s'écartèrent rapidement et, bientôt, ce fut la débandade. Dans une rue voisine, des officiers à cheval apparurent.

Les chevaux commencèrent à avancer sur les manifestants et, en l'espace de quelques secondes, tous furent écrasés les uns sur les autres. Mon cœur battait la chamade tandis que je tentais de m'extirper de la foule dont certains membres se bagarraient désormais ouvertement avec les policiers. Le bruit des matraques sur les corps humains était écœurant.

Je baissai la tête et m'efforçai de fendre les hordes assemblées. Ce faisant, je vis le couple devant moi trébucher. Après avoir avancé de quelques pas de plus, je me rendis compte qu'ils avaient heurté le corps d'une personne qui avait chuté au milieu du chaos. Je fus stupéfait de découvrir une petite femme blanche.

— Pouvez-vous marcher ? criai-je.

— Ma cheville, répondit-elle, grimaçant de douleur.

— Prenez ma main, dis-je en l'attrapant pour l'aider à se relever.

Je plaçai mon bras autour d'elle et nous traversâmes la foule.

— Mon chauffeur… il m'attend sur Lenox Avenue, là-bas, au bout de la rue, parvint-elle à articuler dans un très léger accent américain.

— Alors allons-y vite ; j'ai l'impression que la situation s'apprête à dégénérer encore davantage.

Tout autour de nous, de violentes escarmouches éclataient tandis que les manifestants s'unissaient et commençaient à se défendre énergiquement. Lorsque nous atteignîmes le croisement, la femme désigna une magnifique Chrysler.

— Voilà Archer ! cria-t-elle au-dessus de la mêlée.

Voyant clairement où aller, je la soulevai dans mes bras et courus vers le véhicule, puis ouvris en vitesse la portière arrière.

— Dieu soit loué, Miss Cecily, vous revoilà saine et sauve ! cria le chauffeur en allumant le moteur. Filons d'ici !

Je la déposai doucement sur la banquette.

— Prenez soin de vous, madame.

Avant que je n'aie refermé la portière, je remarquai deux policiers qui se dirigeaient vers la voiture, matraque à la main. Je me préparai à courir.

— Archer, attendez ! cria-t-elle. Entrez, maintenant ! hurla-t-elle, me saisissant le bras pour m'attirer dans l'habitacle. Allez-y, Archer ! Vite, vite, vite !

Le chauffeur appuya sur l'accélérateur et, tandis que nous nous éloignions de cette scène de cauchemar, nous poussâmes tous trois un soupir de soulagement.

— Je ne saurais assez vous remercier pour votre aide…

— Ce n'est rien, répondis-je. C'est à moi de vous remercier pour la vôtre à l'instant.

Je m'appuyai contre le dossier, permettant à la panique de se dissiper peu à peu.

— Pouvons-nous vous déposer quelque part ? Où habitez-vous ? me demanda-t-elle.

Je haussai les épaules, ne voulant pas m'imposer.

— Laissez-moi à la station de métro la plus proche, ça ira très bien.

— Nous arrivons à la station de la 110e Rue, intervint le chauffeur.

— Ce sera parfait, indiquai-je.

Le chauffeur arrêta la voiture.

— Puis-je au moins prendre votre nom ? demanda Cecily.

J'hésitai un instant, puis plongeai la main dans ma poche et lui tendis ma carte de la librairie Arthur-Morston. Je lui adressai un signe de tête, sortis du véhicule et claquai la portière derrière moi.

* * *

Notre excursion de l'après-midi à l'Empire State Building fut ajournée pour me permettre de me remettre du traumatisme de la matinée.

— Je suis bien content que tu n'aies pas été là, Ella. Je ne sais pas si j'aurais pu te protéger.

— Oh, Ar. Je n'arrive pas à le croire. Nous sommes censés être en vacances, et tu arrives à te retrouver en danger, souffla-t-elle en me caressant doucement les cheveux. Essayons d'oublier la déception d'Eugene Meyer et la violence de la manifestation pour profiter de notre voyage. C'est si incroyable d'être ici avec toi.

Ella et moi passâmes les cinq jours suivants à explorer « la Grosse Pomme ». C'était une ville stupéfiante qui vibrait d'énergie et donnait aux habitants l'impression d'être au centre de l'univers. New York comptait les plus grands immeubles, les plus grands centres commerciaux et les plus grandes portions de nourriture que j'aie jamais vus. Après des années de rationnement au Royaume-Uni, j'écarquillais les yeux face à la taille des hamburgers et des montagnes de frites qui arrivaient dans les assiettes des clients.

Je crois que ce qui me plaisait le plus dans cette ville était l'optimisme des citoyens. Ils avaient subi la récession économique de la Grande Dépression et l'engagement dans le second conflit mondial. Néanmoins, tous ceux que nous croisions ou presque débordaient de gaieté et de confiance en l'avenir, ce qui mettait du baume au cœur.

La veille de notre voyage de retour, le téléphone sonna dans notre chambre d'hôtel. Ella répondit.

— Allô ?... Oui, il est à côté de moi.

Elle haussa les épaules et me tendit le combiné.

— Monsieur Tanit ? s'enquit une voix vaguement familière.

— Lui-même.

— Oh, c'est merveilleux ! Je suis ravie d'avoir enfin réussi à vous retrouver. J'ai dû appeler tous les hôtels de Manhattan !

— Pardonnez-moi, mais qui est à l'appareil ?

Il y eut un gloussement à l'autre bout du fil.

— Toutes mes excuses, monsieur. C'est Cecily Huntley-Morgan. Je suis la femme ridicule que vous avez secourue l'autre jour lors de la manifestation pour les droits civiques à Harlem.

— Ah, bonjour, répondis-je, un peu surpris. Comment allez-vous ?

— Ma cheville est un peu enflée, mais je me sens beaucoup mieux maintenant que je vous ai trouvé ! Votre carte porte l'adresse de votre librairie à Londres, mais je souhaitais vous remercier personnellement de m'avoir sauvé la vie. J'ai donc appelé une multitude d'hôtels pour demander s'ils avaient un Mr Tanit parmi leurs clients.

Je ris à mon tour.

— C'est drôlement aimable à vous, Cecily, mais n'importe qui en aurait fait autant. Je suis heureux que vous alliez bien.

— Rien n'est moins vrai, monsieur. Les gens m'enjambaient sans se préoccuper de mon sort, mais vous, vous avez vu un être humain qui avait besoin d'aide et vous avez pris la peine de vous arrêter pour m'aider. J'ai une dette envers vous et j'aimerais vous inviter à déjeuner.

La voix chaleureuse de Cecily m'avait mis à l'aise, mais je ne souhaitais pas la déranger.

— C'est adorable de votre part, mais ce n'est vraiment pas la peine, je vous assure.

— Désolée, je n'accepterai aucun refus. Que diriez-vous de venir aujourd'hui au Waldorf ?

— Je...

— Et était-ce votre femme à qui j'ai parlé il y a un instant ?

— Oui.

— Parfait ! Je vais réserver une table pour trois. Rendez-vous à treize heures.

Avant même que j'aie le temps de répondre, Cecily avait raccroché. Je confirmai à Ella qu'il s'agissait de la femme que j'avais portée jusqu'à sa voiture quelques jours plus tôt. Désireuse de profiter au maximum de notre séjour, elle était enchantée de cette invitation.

— Pourquoi ne pas y aller ? Déjeuner avec une New-Yorkaise dans un hôtel prestigieux ? Cela s'annonce charmant !

Il était difficile de trouver à redire à son raisonnement, alors nous enfilâmes les plus beaux vêtements que nous avions emportés dans notre valise et, à treize heures, nous étions devant l'hôtel Waldorf. Nous nous rendîmes à la salle à manger – un vaste espace qui résonnait, surplombé d'un lustre scintillant qui devait valoir davantage que tout le stock de la librairie Arthur-Morston. Les boucles blondes impeccables de Cecily la démarquaient parmi les convives, et je l'identifiai aussitôt. Je pris Ella par la main et la menai vers sa table.

— Cecily ? demandai-je.

— Monsieur Tanit ! Bonjour ! (Elle se leva et me serra vivement la main, avant de se tourner vers Ella.) Et vous devez être Mrs Tanit ? Je crois que je dois la vie à votre mari.

J'éclatai de rire.

— Oh, n'exagérons rien.

— Je n'exagère pas du tout. Quand les gens ont peur, ils perdent la raison, déclara Cecily d'un air grave. Regardez ! dit-elle en sortant ma carte de visite de son sac à main. J'ai même écrit « homme bienveillant » au verso ! s'exclama-t-elle en riant. Je la garderai bien précieusement, pour me porter chance. (Elle m'adressa un clin d'œil.) Je vous en prie, asseyez-vous. À présent, commandons du champagne ! Garçon…

Notre déjeuner en compagnie de Cecily Huntley-Morgan fut tout à fait délicieux. Elle nous raconta sa vie : la rupture de ses fiançailles, son voyage au Kenya avec sa marraine Kiki Preston et finalement son mariage avec Bill, un éleveur de bétail.

— Vous étiez à la manifestation l'autre jour, monsieur Tanit. J'en déduis que vous dénoncez les infâmes préjugés raciaux qui rongent une si grande partie de ce pays. (Je ne lui avais pas révélé que ma présence mercredi était fortuite.) Par conséquent, je peux vous confier autre chose, reprit-elle après une gorgée de Veuve Clicquot qu'elle avait absolument voulu commander pour nous trois. Lorsque je vivais au Kenya, une jeune princesse massaï du nom de Njala a donné naissance à une fille sur nos terres. Elle l'a abandonnée, alors je l'ai recueillie. J'ai appelé le bébé Stella. Sachant que j'allais rentrer à New York, j'ai été obligée d'embaucher une bonne,

Lankenua. Ma famille pense qu'il s'agit de la mère de la petite fille même si, en pratique, c'est moi.

— Cela doit être terriblement dur, déclara Ella avec compassion.

Cecily haussa les épaules.

— C'est nécessaire. La désapprobation de la société serait trop forte. Je serais bien sûr en mesure de la gérer sans états d'âme, mais Stella... Elle est déjà confrontée à tant de défis en tant que jeune Noire. Mieux vaut pour elle qu'il en soit ainsi.

— Vous avez fait quelque chose de remarquable, Cecily, dis-je avec sincérité. Sans vous, qui sait ce que serait devenue la petite Stella. Merci d'avoir fait preuve d'une telle bienveillance envers elle.

— Comme vous le disiez tout à l'heure, monsieur Tanit, n'importe qui en aurait fait autant.

— Et comme vous me l'avez répondu... rien n'est moins vrai, répondis-je du tac au tac.

Cecily éclata de rire et leva sa coupe de champagne.

— Très bien alors. Trinquons à la bienveillance.

Ella et moi lui parlâmes de notre vie en Angleterre, d'abord chez les Vaughan à High Weald, puis à la librairie Arthur-Morston. Cecily interrogea Ella au sujet de son accent français, et nous répétâmes que nous avions tous deux fui Paris en raison de l'occupation nazie.

— Mais récemment, la chance a frappé à notre porte, ajouta Ella. Arthur a hérité d'un terrain en Suisse, sur la rive du lac Léman. Nous espérons nous y installer dès que possible.

— C'est merveilleux ! se réjouit Cecily. La nature est si importante, vous ne trouvez pas ? J'imagine que la sérénité du lac sera exactement ce qu'il vous faut après tout ce que vous avez traversé.

Après une épaisse tarte aux pommes des plus exquises, il fut temps de nous séparer.

— Merci infiniment pour ce déjeuner, Cecily. C'était si gentil de votre part, dis-je en lui serrant la main.

— Ne dites pas de bêtises, monsieur Tanit. Je suis bien contente d'avoir pu vous retrouver avant votre retour en Angleterre. Et si vous n'y voyez pas d'inconvénient, je conserverai votre carte de visite. Après tout, on ne sait jamais quand on pourrait avoir besoin d'un ange gardien.

36

Angleterre, 1949

L'escarmouche de New York fut mon dernier épisode de malchance avant longtemps. Au tournant de 1949, maître Kohler m'informa que ma procédure d'obtention de la citoyenneté suisse était presque terminée. En outre, la librairie connaissait des ventes records. Après toutes ces années, j'avais l'impression que mes épaules se détendaient un peu.

Je respirais mieux.

Je dormais mieux.

Peut-être mon état de détente était-il dû à tout autre chose : l'absence de Kreeg Eszu. Je n'avais plus posé les yeux sur lui depuis cette horrible nuit à Leipzig. Je me permettais de penser qu'il était mort – tué lors de la guerre comme tant de ses camarades soldats.

Puis je le vis.

Il faisait froid ce jour-là. De passage à Londres, Rupert et Louise étaient venus nous rendre visite à la librairie. Comme toujours, c'était un immense plaisir de les voir tous les deux. J'étais très heureux d'entendre que Flora allait bien, même si Teddy et son Américaine de femme menaient High Weald à la ruine.

Le couple avait amené son bébé, un petit garçon très vif du nom de Laurence qu'Ella ne cessait de cajoler en s'extasiant. Lorsque celui-ci s'endormit, Ella entreprit avec fierté de montrer le nouveau stock à Louise et Rupert, et je retournai à mon bureau pour me pencher sur la comptabilité. Alors que je m'interrogeais mentalement sur un calcul, je me retrouvai à fixer Kensington Church Street à travers la vitrine de la boutique. À cet instant, une haute silhouette apparut, dans un grand manteau et coiffée d'un chapeau feutre, cigarette à la bouche. Je vis un jeune homme croiser l'homme, avant de se retourner pour l'admonester en raison d'une remarque qu'il avait dû faire. La silhouette rejeta la tête en arrière et éclata de rire. C'est alors que j'aperçus son visage. Le sang se glaça dans mes veines.

— Ella ! criai-je.

Nos deux amis et Ella firent volte-face et me virent en train de pointer la vitrine. Ella suivit mon doigt et se précipita vers l'interrupteur pour éteindre la lumière.

— Que diable se passe-t-il, mon cher ? s'enquit Rupert.

Je m'aplatis sur le sol, plus bas que la vitrine, ne pouvant rien faire d'autre.

— Doux Jésus, qu'y a-t-il ?

— Monsieur Tanit, est-ce que quelque chose vous a fait peur ? s'enquit Louise, l'air elle-même préoccupée.

Je levai la tête pour voir Kreeg en train de traverser la rue vers la librairie.

— Ella, viens ici, maintenant !

Elle me rejoignit et nous disparûmes derrière la porte qui menait à notre appartement, la refermant au moment où tintait la clochette du magasin. Ella s'apprêtait à monter l'escalier en vitesse, mais je l'en empêchai, craignant que mon agresseur n'entende le bruit de ses pas. Ella avait les yeux emplis de peur et je pressai sa main dans la mienne. Puis je posai un doigt sur mes lèvres et me penchai tout doucement pour coller mon oreille à la porte.

— Bonjour, lança Rupert. Bienvenue à la librairie Arthur-Morston.

— Merci beaucoup, répondit Eszu de sa voix grave et éraillée. Quelle charmante boutique vous avez là.

— Comme c'est aimable à vous de le dire. Êtes-vous à la recherche d'un ouvrage en particulier ?

— Êtes-vous le propriétaire ?

— Pardon ?

— J'ai demandé si vous étiez le propriétaire de ce magasin, répéta Kreeg avec froideur.

— Oui. Je m'appelle Rupert Forbes. La librairie nous appartient, à mon épouse et moi.

— Louise Forbes, dit-elle. Enchantée.

— Gus. Gus Zeeker. C'est un plaisir de faire votre connaissance, madame Forbes.

En entendant cette anagramme, je regardai Ella, les sourcils froncés.

— Détecté-je un accent, monsieur Zeeker ? interrogea Rupert. D'où venez-vous ?

— Oh, il m'est difficile de répondre à cette question. J'aime me considérer comme un citoyen du monde.

— Voilà qui est tout à fait impressionnant. Toutefois, même les citoyens du monde doivent naître quelque part, n'est-ce pas, mon vieux ? répliqua Rupert en riant.

Eszu gloussa en retour.

— Monsieur Forbes, vous m'avez l'air d'un homme intelligent. Définiriez-vous vraiment un individu par son simple lieu de naissance ?

— Bien sûr que non. Vous voyez, j'identifie en général assez bien les accents, ce dont je tire une certaine fierté. Or le vôtre est inhabituel, voilà tout.

Il y eut un silence, après quoi Eszu se contenta de répondre :

— Comme je l'ai dit, je suis un citoyen du monde.

— Soit. Mais je me demande : dans quel camp un citoyen du monde a-t-il choisi de se battre pendant la guerre ?

Je fus impressionné par l'audace de Rupert. Kreeg ricana de nouveau.

— Ne sommes-nous pas tous amis, monsieur Forbes ?

Il y eut un autre silence pesant, puis Kreeg reprit :

— Pardonnez-moi, vous m'avez demandé si je cherchais un ouvrage en particulier.

— C'est exact, répondit Rupert d'un ton sec. Alors ?

— Votre aide me serait bien utile. Il se trouve que je suis déjà venu l'autre jour. Mais j'ai parlé avec quelqu'un d'autre. Un homme grand, avec des cheveux noirs et des yeux marron. Qui cela pouvait-il être ?

Je m'agrippai à la main d'Ella.

— Hmm, entendis-je dire Rupert. Êtes-vous sûr qu'il s'agissait de la librairie Arthur-Morston ? Cela m'attriste de l'admettre, mais il y a plusieurs boutiques similaires dans les environs. Nous n'avons aucun employé qui corresponde à cette description.

Je n'en revenais pas que Rupert me protège.

— Oh si, je suis tout à fait certain que c'était ici, répliqua Eszu avec lenteur. Il y avait également une jeune femme blonde. *Très* blonde.

— Pardonnez-moi, monsieur Zeeker, reprit Rupert. Quand vous êtes entré ici, vous nous avez fait compliment de la boutique, comme si c'était la première fois que vous en poussiez la porte. Nous vous avons dit qu'aucun de nos employés ne correspondait à la description que vous avez donnée, je dois donc vous reposer ma question : êtes-vous bien *certain* qu'il s'agissait de la librairie Arthur-Morston ?

J'entendis le plancher craquer sous les pas lents et délibérés d'Eszu.

— Quel beau bébé, dit-il. Je suppose que c'est le vôtre ?

— Oui, répondit Louise.

— La famille, c'est si important, n'est-ce pas, madame Forbes ?

— Bien sûr, monsieur Zeeker.

J'entendis Kreeg pousser un soupir.

— Regardez ce petit enfant. Impuissant et sans défense. J'imagine qu'il dépend de vous pour tout, n'est-ce pas, madame ?

— On peut dire cela, oui. Il s'appelle Laurence.

— Laurence ? Permettez-moi de vous complimenter pour ce choix. C'est un prénom d'origine française qui signifie

« lumineux ». Comme tous les bébés naissent sans péché, cela me semble tout à fait approprié.

— Je l'ignorais, répondit Louise avec assurance. C'est fascinant.

— Comme le sont les noms, en règle générale. La façon dont nous nous appelons… cela m'a toujours amusé que quelque chose d'aussi personnel soit utilisé presque exclusivement par les autres.

Rupert intervint.

— Désolé de vous embêter, mon vieux, mais ma femme et moi nous apprêtions à fermer pour le déjeuner. Quel livre cherchiez-vous ?

— Bien sûr, monsieur Forbes. Il se trouve que je suis venu l'autre jour afin de me renseigner sur un vieil atlas.

Je fermai les yeux de toutes mes forces. Évidemment, ni Rupert ni Louise ne pouvaient comprendre cette référence. De fait, je soupçonnais Kreeg de savoir que je l'entendais : sa prestation m'était directement destinée.

— Comme je l'ai dit, je doute qu'il se soit agi de notre librairie, mais notre rayon géographie se trouve juste là. Cherchez-vous un atlas en particulier ?

— Celui-ci est tout à fait unique, monsieur Forbes. Je le saurai quand je le verrai.

— Très bien. J'ai l'impression qu'il vous faudra un moment pour passer en revue les étagères, il serait donc vraiment préférable que vous reveniez plus tard, si cela ne vous ennuie pas.

— Je suis convaincu qu'il est là. Inutile de passer en revue quoi que ce soit.

— Écoutez, je ne vois pas bien ce que vous voulez dire…

Le dialogue fut interrompu par Laurence qui se réveillait en pleurnichant.

— Pauvre enfant. Prenez-le dans vos bras, madame Forbes. Savourez chaque instant en sa présence. Rien n'est plus sacré que le lien entre une mère et son enfant. (Ella me regarda et je baissai la tête.) Puis-je vous demander ce que ce petit bébé ferait sans vous ?

— Comment cela ? répondit Louise, choquée par la question.

— Permettez-moi d'être plus clair : s'il vous arrivait quelque chose, à vous et à votre mari, que deviendrait ce petit Laurence ?

Rupert haussa le ton :

— Quelle question ignoble ! Attention à ce que vous dites, mon vieux.

— Ce ne sont que des mots, monsieur Forbes. Néanmoins, je comprends qu'il soit difficile d'y répondre. Car, en réalité, vous ne savez pas ce que deviendrait votre enfant.

Laurence pleurait à présent à pleins poumons.

— Écoutez, je vous prie de bien vouloir partir, déclara Rupert avec fermeté. Vous perturbez ma femme.

Kreeg continua :

— Une mère est tout pour un enfant. Elle le soigne, l'écoute, le protège. Une ancre sans laquelle l'enfant part à la dérive, et on ne sait pas où il peut se retrouver.

— Je ne comprends vraiment pas de quoi vous parlez, monsieur Zeeker. À présent, allez-vous-en, exigea de nouveau Rupert.

— Imaginez si je vous enlevais maintenant, madame Forbes, condamnant votre enfant à une existence privée de mère. Ne croyez-vous pas que Laurence ici présent aurait le droit de chercher à se venger de moi ?

— Êtes-vous en train de menacer mon enfant ? demanda Rupert d'un ton désormais ouvertement agressif.

— Moi ? Je ne ferais jamais une chose pareille. Ce n'est pas dans ma nature. En revanche, l'homme grand et brun qui travaille pour vous… je ne pourrais pas en dire autant.

— Pour l'amour du ciel, en voilà assez.

J'entendis le plancher craquer sous une succession de mouvements tandis que Rupert s'avançait vers Kreeg pour le pousser dehors. Louise poussa un cri perçant.

— Reposez-le ! ordonna-t-elle.

Je saisis la poignée de la porte, prêt à sortir pour confronter Kreeg. Hors de question que je le laisse s'en prendre à Rupert.

— Je serai heureux de lâcher votre mari, madame Forbes, dès que vous me direz où se cachent les Tanit, grogna Eszu.

— Qui sont les Tanit ? hurla-t-elle.

J'étais terriblement ému d'entendre sa loyauté à notre égard, alors même que son mari était menacé.

Il y eut un bruit sourd et un halètement : de toute évidence, Kreeg avait laissé Rupert tomber à terre.

— Je sais qu'ils ont travaillé pour votre famille. J'ai eu une conversation très intéressante avec votre frère l'autre jour, autour d'un verre. Je dis verre, mais le dépravé a descendu presque toute la bouteille de whisky. Il m'a dit qu'ils avaient quitté la propriété familiale et géraient désormais cette librairie.

— Ce nom ne nous dit rien, bredouilla Rupert qui avait encore du mal à reprendre sa respiration. Comme vous l'avez vu, Teddy est un ivrogne. On ne peut croire aucun mot qui sort de sa bouche. Nous n'avons aucune raison de vous mentir.

— Ah non ? Quoi que Tanit vous ait dit, c'est faux. Vous employez un assassin. Je suppose qu'il n'a pas cru bon de le mentionner, si ? Croyez-moi, je serais très heureux de vous débarrasser de la menace qu'il représente pour votre famille.

— J'appelle la police, déclara Rupert tandis que je l'entendais courir à l'arrière de la boutique et décrocher le téléphone. Vous feriez mieux de déguerpir avant qu'elle n'arrive. Vous ignorez sans doute qui vous venez d'attaquer. Mon ivrogne de beau-frère a peut-être omis de préciser que la librairie est un passe-temps. Je travaille pour le gouvernement britannique.

— J'ai de la peine pour vous, monsieur Forbes. Très bien, je vais vous souhaiter une bonne journée. Avant de partir, toutefois… au début de notre conversation, vous avez mentionné la guerre. Dites-moi, feriez-vous la distinction entre le soldat qui a tué votre ami et ceux qui s'efforcent de protéger ledit soldat ?

— Sortez ! Sortez ! hurla Louise tandis que les pleurs de Laurence ne cessaient de s'intensifier.

— Comme vous voudrez. (J'entendis tinter la clochette de la porte.) Au fait, il ne s'appelle pas « Arthur ».

La porte claqua.

— Chut, mon chéri, tout va bien, susurra Louise tandis que Rupert ouvrait la porte derrière laquelle nous étions cachés.

— Bon sang, les amis. Qu'est-ce que c'était que ce type ?

Ella et moi plissâmes les yeux dans la lumière, et Louise s'empressa de fermer à clé et d'abaisser les stores.

— Merci, Rupert. Merci de ne pas nous avoir dénoncés.

Je lui serrai la main.

— Je vous en prie, mon vieux. J'ai beau être myope, je reconnais les ennuis quand je les vois. Toutefois, ce fou furieux a failli me tordre le cou, alors je crois que vous me devez une explication.

J'exposai à Louise et Rupert les grandes lignes de la situation – que Kreeg me croyait responsable de la mort de sa mère et avait juré de se venger.

— Oh, monsieur Tanit, s'émut Louise. C'est terrifiant. Je suis tellement navrée. Quelle situation terrible.

— En effet. Nous ne vous remercierons jamais assez pour ce que vous venez de faire. Vous avez risqué votre propre vie pour sauver la nôtre… (J'étais bouleversé par leur courage.) Je ne l'oublierai jamais. Sachez que jamais je n'aurais mis votre famille en danger volontairement. Nous pensions qu'il avait peut-être péri pendant la guerre.

— Mais malheureusement non, ajouta Ella avec tristesse.

— Alors, quels sont vos projets ? interrogea Rupert. Il sait que vous êtes ici. Vous ne pouvez pas rester, c'est trop dangereux.

— Si nous allions en Suisse ? me proposa Ella. Rappelle-toi, maître Kohler s'attend à ce qu'on approuve ta citoyenneté d'un jour à l'autre.

— Et ensuite ? demandai-je. Oui, je serai citoyen suisse, mais inscrit sous mon vrai nom. S'il nous a trouvés ici, il nous suivra là-bas. J'ai l'impression que l'étau se resserre, fis-je en me prenant la tête entre les mains.

— Tenez-vous absolument à rester en Europe ? s'enquit Rupert.

— Je crains que l'Amérique ne soit pas une solution. J'y ai souvent réfléchi, mais étant donné le développement des communications et les registres officieux, Kreeg n'aurait aucune difficulté à nous y retrouver.

Rupert plissa les yeux et hocha la tête.

— En fait, je ne parlais pas de l'Amérique. (Je le regardai avec perplexité.) Un de mes anciens camarades de classe a perdu sa femme d'une pneumonie. Le pauvre garçon ne supportait pas de rester ici. Tout de sa vie en Europe lui rappelait la tragédie qu'il avait vécue. Alors il s'est embarqué pour le bout du monde.

— Le bout du monde ? m'étonnai-je.

— Bon, pas tout à fait. Mais cela pourrait très bien l'être. Je veux parler de l'Australie.

— L'Australie ? s'enquit Ella.

Rupert mit les mains dans son dos et commença à tourner en rond dans la boutique.

— Un pays merveilleux, paraît-il. Un temps magnifique, une vie sauvage époustouflante… sans parler des kilomètres et des kilomètres d'outback isolé et inhabité. Si on le souhaitait, j'imagine qu'on pourrait complètement disparaître. Prendre un nouveau départ. C'est du moins l'opinion que j'en ai en tant que membre du service de renseignement de Sa Majesté.

Ella se tourna vers moi.

— Je ne sais rien de ce pays, déclara-t-elle. Mais nous devons partir.

— Et si ce monstre décide de vous pourchasser, autant qu'il vous pourchasse aussi loin que possible, ajouta Louise en souriant faiblement.

— S'il revient, nous pourrions aussi… le réorienter, proposa Rupert. Faire mine de cesser de vous couvrir. Peut-être dire que vous avez fui en Amérique ? Le mettre sur une mauvaise piste.

— Ce serait incroyablement gentil de votre part, admis-je. Mais cet homme… il est dangereux. Vous devez faire preuve d'une grande prudence avec lui.

— Entendu, mon vieux. Vous semblez oublier que je travaille pour le MI5. Malgré mon apparence de rat de bibliothèque, j'ai une certaine habitude des personnages louches. D'ailleurs, je vais me renseigner sur lui. Peut-être y a-t-il quelque chose qui permettrait au gouvernement de l'arrêter, voire de l'expulser du territoire. Je peux au moins le faire coffrer quelques jours pour avoir essayé de m'étrangler. J'aimerais vérifier l'orthographe de « Zeeker » avec vous...

— Il s'agit d'un pseudonyme. Son vrai nom est Eszu. Kreeg Eszu. Je doute que vous puissiez trouver grand-chose à son sujet. J'imagine que, comme moi, il foule cette terre avec autant de légèreté que possible.

— Dans tous les cas, je vous promets de faire de mon mieux, mon vieux. Entre-temps, est-ce décidé ? Un voyage en Australie ?

Ella et moi nous regardâmes, lisant chacun la souffrance dans les yeux de l'autre. J'avais l'impression que nous avions touché du doigt une fin heureuse... avant qu'elle ne nous soit cruellement dérobée une fois de plus.

— C'est... si loin, finis-je par déclarer.

— Pardonnez-moi, Arthur, mais n'est-ce pas ce que vous recherchez ? répondit Rupert avec douceur.

— Nous n'aurions rien, marmonna Ella. Nous devrions repartir de zéro.

— Attendez un peu, raisonna Rupert. Personne ne vous suggère une installation définitive aux antipodes. Voyez cela comme une période sabbatique. Vous partez quelque temps à l'étranger – peut-être quelques mois, peut-être un peu plus – et je vois ce que je peux faire de mon côté. Est-ce une idée qui vous conviendrait ?

Je pris Ella par la main.

— Oui, dis-je d'une petite voix.

Rupert me posa la main sur l'épaule.

— Très bien. Il faut vous emmener à Tilbury. Avec un peu de chance, un bateau partira dans les quarante-huit heures.

— Vous êtes si gentil, Rupert, vraiment, le remercia Ella.

— Oh, je vous en prie, c'est le moins que l'on puisse faire.

— Ma mère parle encore de vous deux avec tant d'affection, ajouta Louise. Et vous avez merveilleusement géré la librairie pour nous.

— Cette boutique nous manquera terriblement, déclara Ella en toute honnêteté.

— Au fait, ce voyage pour l'Australie ne sera pas donné, observa Rupert. Avez-vous un peu d'argent de côté ?

— Oui, merci, répondis-je en indiquant l'arrière-boutique. Le salaire que vous nous payez est généreux.

— Parfait, mon vieux. Dans ce cas, je vous suggère de préparer quelques affaires et de partir pour l'Essex. J'ai ma voiture pas loin, je peux vous y conduire.

— Je vais rester à la librairie avec Laurence, indiqua Louise.

— Non, surtout pas ! m'exclamai-je. Cet homme a déjà incendié des bâtiments. Je craindrais pour votre sécurité.

— Des incendies, dites-vous ? Nous ne pouvons pas risquer un tel destin pour la boutique de Beatrix. Je vais passer quelques coups de fil pour organiser une surveillance discrète. S'il approche dans un périmètre de trois mètres, il sera appréhendé.

— Tu sais vraiment te rendre utile parfois, observa Louise avec un clin d'œil.

— Je fais de mon mieux. Bon, si vous montiez vous préparer et faire vos bagages pendant que je téléphone ?

Ella et moi montâmes dans l'appartement à la hâte afin de nous adonner à la routine à laquelle, malheureusement, nous étions désormais habitués. Nous sortîmes les valises de sous le lit et n'y jetâmes que les affaires indispensables. Nous nous mouvions en silence, comme des robots, songeant tous deux à l'énormité d'une telle décision qui avait été prise si rapidement.

— Je suis sûr que Rupert pourra nous aider pour le transfert des comptes bancaires et toutes ces questions administratives.

— Qu'en est-il de ta situation en Suisse ? interrogea Ella. Maître Kohler ne t'a-t-il pas spécifiquement demandé de ne pas disparaître de la surface de la Terre ?

— Si. Il va falloir que je réfléchisse à quelque chose pendant la traversée. J'imagine que rien que cela prendra des semaines.

— Oui… je…

Ella était incapable de terminer sa phrase et ses yeux s'emplirent de larmes. Je laissai tomber les chemises que j'étais en train de fourrer dans la valise et la pris dans mes bras.

— Oh, ma chérie. Je suis tellement désolé. Tout cela est si injuste. Surtout pour toi. J'ai ajouté un tel poids à ta vie. Pardonne-moi, Ella. J'ai rendu ta vie si difficile.

Les larmes qu'elle réprimait se transformèrent en profonds sanglots tandis qu'elle se blottissait contre ma poitrine.

— Ce n'est pas ça, Ar. Je pensais juste que tout cela était derrière nous. Tu m'as toujours dit de faire confiance à l'univers. Je pensais que Kreeg était mort. J'osais rêver que nous serions en mesure de véritablement commencer notre vie ensemble. Nous marier, avoir des enfants… C'est donc de ma faute à moi.

Je la serrai contre moi.

— S'il te plaît, Ella. Ne dis jamais ça. Tu n'es absolument pour rien dans cet horrible foutoir. C'est ma croix à moi, mais tu es mon roc et ma force. C'est grâce à toi que j'arrive à la porter. Je ne sais pas ce que j'aurais fait sans toi.

Je me retrouvai à mon tour au bord des larmes.

— Arrête, Ar. Tu ne dois jamais dire ce genre de choses. La vie est un cadeau, quelles que soient les circonstances. Alors, va pour l'Australie, finit-elle par déclarer.

— Oui.

Elle s'écarta de mes bras et tapa dans ses mains, essayant de rester positive.

— Une nouvelle aventure. Je ne me plaindrai certainement pas du climat là-bas. En revanche, j'ai entendu des choses repoussantes au sujet des araignées.

— Ne t'inquiète pas, je te protégerai. Après tout, si les araignées mordent, elles ne risquent pas de mettre le feu à un immeuble, déclarai-je avec un sourire las.

— Tu as raison, soupira-t-elle. Avec un peu de chance, Kreeg n'arrivera pas à nous traquer de l'autre côté de la planète. Peut-être qu'au lieu de m'attrister de la sécurité que nous perdons en Suisse, je devrais me réjouir de celle que nous obtiendrons aux antipodes. Et peu importe où nous sommes, Ar chéri. Tant que nous sommes ensemble, nous sommes chez nous.

Je baissai les yeux pour regarder sa bague et la fixai un moment, puis je lui pris la main.

— Je ressens exactement la même chose que toi. Tant que nous sommes ensemble, nous sommes chez nous, répétai-je. J'ai passé trop de temps à ne pas être ton mari, Ella Leopine.

Ma déclaration la prit au dépourvu.

— Je suis tout à fait d'accord, mon chéri.

— J'ai une idée, dis-je, une lueur dans les yeux.

Elle me regarda avec un mélange d'excitation et de perplexité.

— Une idée ?

— Le capitaine d'un bateau a légalement le droit de marier deux individus en mer et de fournir un certificat pour attester l'authenticité de la cérémonie. Ella, nous pourrions nous marier lors de notre traversée vers l'Australie. (Je mis un genou à terre.) Ella Leopine. Tu es l'amour de ma vie. Le seul et l'unique. Veux-tu m'épouser ?

J'avais réussi à la surprendre, ce qui, si j'ai bien compris, est le secret d'une demande en mariage réussie.

— Oh, Ar, dit-elle en se couvrant la bouche des mains. Oui. Bien sûr !

Debout dans l'appartement au-dessus de la librairie Arthur-Morston, nous rîmes tous deux aux éclats. L'espace de quelques instants, le reste du monde se dissipa.

* * *

Le trajet jusqu'au port de Tilbury dans l'Essex fut rapide et sans encombre. Rupert eut la gentillesse de demander à l'un de ses amis possédant le même modèle de voiture que lui de se garer devant la librairie, puis de partir vers le nord, au cas où Kreeg nous observerait de loin. Puis Ella et moi entrâmes en vitesse dans le véhicule de Rupert et, une fois de plus, nous partîmes en quête d'une vie nouvelle.

— Il y a un bateau à vapeur qui part demain, mon vieux, confirma-t-il. Il fait escale à Port-Saïd, en Égypte, avant de poursuivre jusqu'à Adélaïde. J'ose proclamer que le temps que vous fouliez le sol australien, j'aurai fait coffrer cette enflure de Kreeg pour tentative de meurtre. Ne vous inquiétez pas.

La gaieté et la conviction de notre ami me remontaient le moral, mais je n'arrivais pas à le croire. Après tout, les serpents ont la mauvaise habitude de nous filer entre les doigts.

— Il y a un hôtel convenable juste à côté du port. C'est là que je vous déposerai. La réception pourra s'occuper de vos billets. Vous devez prendre le RMS *Orient*.

— Merci, Rupert.

— Il n'y a pas de quoi, mon vieux. Lorsque vous serez installés, écrivez-moi via la librairie. Je pourrai vous tenir informés de la situation. Avec un peu de chance, vous pourrez bientôt revenir en Europe et construire votre immense château en Suisse !

Quand nous arrivâmes devant l'hôtel Voyager, je serrai la main de Rupert et ouvris la portière.

— Bonne chance, madame et monsieur Tanit. N'oubliez pas, au moindre signe du scélérat, nous l'orienterons vers une fausse piste, et je vais tout faire pour le mettre hors d'état de nuire.

Nous le saluâmes de la main et entrâmes dans l'hôtel. La réception avait un air d'élégance passée, avec un piano poussiéreux et plusieurs plantes fanées. Peut-être avait-il été magnifique autrefois mais, de toute évidence, le Voyager avait été négligé pendant la guerre.

— Bonsoir, monsieur, dit le réceptionniste à lunettes.

— Bonsoir. J'aimerais une chambre, s'il vous plaît.

— Très bien. Combien de temps resterez-vous ?

— Juste une nuit. Et on m'a dit que vous pourriez m'aider à prendre des billets pour le bateau à vapeur qui part demain matin ?

— Sans problème, monsieur, nous nous en chargerons. Si vous voulez bien m'indiquer…

— Excusez-moi, je me rends compte que je me suis trompé, l'interrompis-je. En fait, je voudrais réserver *deux* chambres.

Ella me regarda.

— Deux chambres ?

— Oui, s'il vous plaît. Vous voyez, dis-je en me penchant vers lui, ma fiancée et moi nous marions demain.

— Oh, félicitations. Adjugé pour deux chambres, répondit-il en souriant. Quelle chance d'embarquer demain, je suis jaloux. Un nouveau départ ?

Il n'aurait pas pu voir plus juste.

— En effet, confirmai-je.

— Merveilleux. Voilà qui nous ferait du bien à tous après ces dernières années, monsieur ?

— Tanit. Et voici Mlle Leopine.

— Merci. Je vais prendre les billets à votre nom, monsieur. Quelle classe vous conviendrait ?

Je n'y avais même pas réfléchi.

— Oh. Deuxième.

— Entendu. Je vous les ferai monter à votre chambre, monsieur. Vous pourrez régler avec la nuitée demain matin. Le bateau part à dix heures précises. Je vous conseille d'être à bord au moins une demi-heure avant.

Nous laissâmes nos bagages à la réception, prîmes chacun la clé de notre chambre et montâmes.

— Que se passe-t-il, Ar ? chuchota Ella. Pourquoi as-tu réservé deux chambres séparées ?

— C'est bien simple : le marié n'est pas censé voir sa future épouse la veille du mariage !

Ella gloussa.

— Comme c'est romantique. Même si nous allons avoir besoin de chaque centime dont nous disposons pour nous installer en Australie. Tu aurais dû économiser cet argent.

— Oh, ne dis pas de sottises. Ne pouvons-nous pas au moins respecter certaines traditions ? J'ai aussi assez d'argent pour une robe. Je crois que nous devrions aller faire des emplettes cet après-midi.

— Ar, c'est adorable mais totalement inutile.

— Au contraire ! C'est absolument indispensable. Cendrillon aura une robe et ira au bal !

Le restant de la journée fut assez magique. Ella et moi passâmes cette froide après-midi de janvier main dans la main, clignant des yeux sous le soleil d'hiver et buvant du thé English breakfast dans des gobelets en carton pour nous réchauffer. Nous allâmes même inspecter le navire à bord duquel nous traverserions l'océan. Laissant pendre nos jambes au-dessus de l'eau, nous levâmes les yeux vers le RMS *Orient*, majestueux et imposant. Il devait mesurer plus de cent cinquante mètres de long et au moins trente mètres de haut. Le navire avait une coque lisse et noire et deux ponts blancs et brillants ornés de dizaines de hublots.

— Mon Dieu. Ne pourrions-nous pas nous y installer de façon permanente ? observa Ella. En mer, nous serions toujours en sécurité.

Je réfléchis un instant.

— Tu sais quoi, tu as raison. Quelle bonne idée ! Peut-être devrais-je dépenser tout l'argent d'Agatha dans l'un de ces énormes yachts que tu vois dans les magazines ?

Elle éclate de rire.

— Uniquement s'il compte trois piscines, Ar.

Illuminé par le soleil d'hiver, son visage était l'une des plus belles images qu'il m'ait été donné de voir. L'inspiration me frappa soudain.

— Ne bouge pas ! lançai-je en me levant d'un bond.

— Ar, où diable cours-tu ?

— Reste là !

Je traversai la route à toutes jambes et repartis dans la rue où nous étions passés devant une boutique d'art. J'y entrai et achetai quelques petites feuilles de papier ainsi qu'un fusain, avant de la rejoindre à la hâte.

— Qu'est-ce que c'était que toute cette agitation ?

— Je veux te dessiner.

— Moi ? s'étonna-t-elle en riant.

— Oui. Un jour, dans son atelier, M. Landowski m'a dit qu'il fallait saisir l'instant. Il ne savait ce qu'il souhaitait sculpter qu'en le *voyant*. Je crois que j'ai compris ce qu'il voulait dire alors. J'ai été inspiré à saisir ta beauté sur le papier.

— Heureuse de constater que tu arrives encore à me flatter après toutes ces années.

— Je n'ai encore jamais osé faire de portrait, uniquement des paysages. J'espère pouvoir rendre justice à la beauté que j'ai devant les yeux…

Je me mis à l'œuvre, m'efforçant de reproduire les yeux immenses, le nez délicat et les lèvres pleines d'Ella, parfaitement positionnés sur son ravissant visage en forme de cœur.

Un quart d'heure plus tard, j'avais terminé mon dessin. Je contemplai le résultat, puis le modèle, et fus assez satisfait de mes efforts. C'était sans nul doute plus réussi que tous les champs, arbres et fleuves que j'avais dessinés jusque-là.

— Montre-moi. (Je le lui tendis et elle l'examina, avant de lever les yeux vers moi.) Je l'adore. Merci.

— Je sais que c'est loin d'être parfait. Mais il me rappellera cet instant pour toujours.

— Et pourquoi souhaites-tu te rappeler cet instant pour toujours ?

Je fermai les yeux. L'air salé de l'océan vivifiait mes sens.

— Parce que, ma chérie, malgré tout, je suis emballé par la perspective d'un nouvel avenir et que, demain, j'épouserai l'amour de ma vie.

Elle me posa un doux baiser sur la joue.

— Je garderai ce dessin pour toujours.

Quand nous finîmes par nous relever, nous nous renseignâmes sur les magasins de prêt-à-porter auprès d'un passant qui nous indiqua une petite boutique de robes au charme suranné.

— Vas-y, Ella. Il ne faut pas que je voie la robe – cela enfreindrait toutes les règles. Prends tout le temps qu'il te faudra.

Je la regardai franchir la porte et aperçus mon reflet dans la vitrine. Depuis quelque temps, je vieillissais à vue d'œil. J'étais encore relativement jeune, mais mes cheveux grisonnaient et les rides sur mon front s'accentuaient de jour en jour. Peut-être que le fait de mettre des océans entre Kreeg et moi ralentirait ce processus. Du moins je l'espérais.

J'attendis une vingtaine de minutes, jusqu'à ce que tinte la clochette du magasin. Ella en sortit avec un petit sac en papier bleu et un immense sourire aux lèvres.

— Merci, Ar. J'espère qu'elle te plaira.

À notre retour à l'hôtel, j'accompagnai ma fiancée jusqu'à sa chambre, située à l'étage au-dessus du mien.

— Je dois maintenant te laisser, annonçai-je en haussant les épaules. En fait, il ne faudrait plus que je te voie jusqu'à notre mariage, mais je veux m'assurer que tu montes à bord. Alors rendez-vous en haut de la passerelle à neuf heures et demie.

— Parfait.

J'écartai une mèche rebelle de son visage.

— Ta dernière nuit à vivre dans le péché…

— Ha ! Je n'en suis aucunement responsable, fit-elle remarquer en riant. C'est entièrement de ta faute.

Je levai les mains.

— J'admets librement t'avoir contrainte à une vie impure. Pourras-tu un jour me pardonner ?

Je joignis les mains en signe de prière.

— Sachant que tu y remédieras enfin demain, je crois que je te pardonnerai. Toutefois, comme il s'agit *véritablement* de la dernière nuit où nous allons vivre dans le péché, peut-être devrions-nous… en profiter ? dit-elle d'un air malicieux en déboutonnant le haut de ma chemise.

Je haussai un sourcil.

— Oh, je vois. Crains-tu que les choses soient différentes après notre mariage ?

— Absolument. Ce sera beaucoup moins excitant.

— Dans ce cas, je suppose qu'il est de notre devoir de nous faire plaisir.

Je l'embrassai et elle m'attira dans sa chambre.

Cette nuit-là, nous passâmes des heures perdus l'un dans l'autre. L'univers tout entier aurait pu cesser d'exister, nous ne l'aurions pas remarqué et cela ne nous aurait fait ni chaud ni froid. Alors qu'elle était blottie dans mes bras, je m'endormis, bercé par le son doux et régulier de sa respiration. Lorsque je me réveillai quelques heures plus tard, je m'écartai doucement de son étreinte afin de descendre dans ma chambre. Elle remua et je l'embrassai sur le front.

— Désolé de t'avoir réveillée. Je vais juste retourner dans ma chambre afin d'organiser deux ou trois choses pour le voyage, murmurai-je.

— D'accord. On se retrouve toujours à bord de l'*Orient* ?

— Oui. Rendez-vous là-bas à neuf heures et demie. Dors bien, ma chérie.

Au moment de poser la main sur la poignée, je me retournai pour regarder ma future femme, allongée paisiblement sur le lit. Sa cascade de cheveux blonds et sa peau diaphane lui donnaient l'air d'un ange tout droit sorti d'une toile de Botticelli.

Dans le secret de mon cœur, j'ai souvent essayé de définir l'amour. Je crois désormais savoir ce que c'est. Il s'agit d'être heureux de faire passer une autre âme avant la sienne, sans même hésiter, peu importent les conséquences. Me détachant de cette vision merveilleuse, j'ouvris doucement la porte et la refermai derrière moi, le cœur empli d'amour et de fierté pour l'incroyable femme qui était à mes côtés depuis vingt ans. Et que je m'apprêtais à épouser.

37

Océan Atlantique, 1949

Sans toi je suis pulvérisé
En une infinité de particules
De poussière cosmique

Les étoiles sont noires
La nuit n'en finit pas
Les Pléiades pleurent

La lumière n'est plus
Ma vie n'est plus

Je suis seul étendu ici

C'est la fin de mon univers. C'est sans doute la dernière fois que j'écris dans ce journal, après quoi l'histoire d'Atlas Tanit sera terminée. Si j'ai réussi à survivre au fil de toutes ces années, c'est grâce à l'énergie fondamentale qui pousse les hommes à aller de l'avant, envers et contre tout : l'espoir. Mais à présent, même cette lueur s'est éteinte, et je n'ai pas l'énergie de continuer. Plus tard dans la soirée, lorsqu'il n'y aura plus personne sur le pont, je me jetterai dans l'océan et laisserai l'eau glaciale me dévorer. J'espère que les vagues auront pitié de moi et m'accorderont une mort rapide.

Si j'écris cette dernière entrée, c'est uniquement par sens du devoir envers vous, chers lecteurs. Ce n'est pas la fin dont je rêvais quand, petit garçon, j'ai pour la première fois posé la plume sur le papier. Peut-être avez-vous découvert ce journal et êtes-vous allés directement à la fin, afin de savoir ce qui était arrivé à l'homme qui s'est jeté du paquebot. Ou peut-être lisez-vous depuis le début, auquel cas j'espère que ma vie vous a intéressés. Vous aurez alors certainement déjà compris la raison de mon désespoir.

Ella est partie.

Mon pire cauchemar est devenu réalité et je ne pourrai plus le supporter bien longtemps.

Après avoir quitté la chambre d'Ella au petit matin, je regagnai la mienne. J'écrivis dans ce journal, réarrangeai ma valise, puis me couchai et m'endormis en rêvant de la femme que j'épouserais bientôt. Je me réveillai à huit heures, me levai et réglai la note de l'hôtel ainsi que nos billets de bateau. Puis je montai à bord du RMS *Orient* et trouvai notre cabine. Je confiai même avec enthousiasme au jeune steward qui m'aida avec ma valise mon intention de me marier pendant la traversée, et il m'assura que le capitaine serait ravi d'officier. Puis je pris une tasse de café et allai sur le pont pour guetter Ella.

Il y avait une foule colossale au bord de l'eau, des gens qui rechignaient clairement à laisser partir ceux qu'ils aimaient en Australie. La douleur de la séparation était viscérale et je remerciais mes étoiles d'entreprendre cette traversée avec la seule famille dont j'aurais jamais besoin.

Alors que l'horloge annonçait presque neuf heures et demie, je descendis au niveau de la passerelle où nous avions rendez-vous. Les minutes passèrent et ma montre indiqua bientôt dix heures moins vingt. Je commençai à paniquer : Ella ne s'était-elle pas réveillée ? J'expliquai la situation au steward qui me garantit que j'avais le temps de me précipiter au Voyager et de revenir avant le départ du bateau.

Je descendis la passerelle en courant, manquant de faire tomber une famille à l'eau. J'entrai à l'hôtel en trombe et montai l'escalier à toute allure, avant de tambouriner à la porte d'Ella. Je n'obtins aucune réponse.

— Ella ! criai-je. Ella, le paquebot va partir ! Ella !

Voyant que mes efforts ne donnaient rien, je redescendis et retrouvai le réceptionniste à lunettes de la veille.

— Ah, bonjour, monsieur ! Aujourd'hui est un grand jour. D'ailleurs, ne devriez-vous pas être à bord ? Le navire lèvera l'ancre dans un quart d'heure.

— Oui, je sais, mais ma fiancée dort encore. Elle était censée me retrouver sur le bateau mais n'est pas venue. Voulez-vous bien ouvrir la porte de sa chambre pour que je la réveille ?

Le réceptionniste semblait perplexe.

— Monsieur, je l'ai vue partir il y a environ une demi-heure. Elle a traversé la réception avec sa valise.

Je fronçai les sourcils.

— C'est impossible. Elle n'est pas montée à bord. Vous vous trompez forcément. S'il vous plaît, je veux que vous ouvriez sa chambre.

— Vraiment, monsieur, vous devez me croire, je...

— TOUT DE SUITE ! hurlai-je.

Tous les regards se tournèrent vers moi.

— Comme vous voudrez, monsieur. Je vais demander à mon collègue de vous accompagner.

— Donnez-moi la clé. Je vais y aller moi-même.

Je l'arrachai des mains du réceptionniste et gravis les marches quatre à quatre. J'insérai la clé dans la serrure et poussai la porte. La chambre était vide. Le lit était fait et il n'y avait plus aucune affaire par terre. En outre, il y avait une tasse avec un fond de café dont le bord portait la trace du rouge à lèvres d'Ella. De toute évidence, elle s'était levée tranquillement et était partie, comme l'avait affirmé le réceptionniste.

L'espace de quelques instants, cette découverte m'emplit de joie. Selon toute vraisemblance, cela signifiait qu'Ella était montée à bord. Je l'avais juste ratée. Ma montre indiquait à présent dix heures moins dix, et je repartis en courant vers le bateau, jetant la clé sur la table de la réception au passage. Sur la passerelle, je la cherchai partout.

— Avez-vous vu une femme blonde en manteau bleu marine ? Avec une valise. Elle devrait être à bord.

Le préposé à la passerelle réfléchit, puis secoua la tête.

— Désolé, monsieur, je ne crois pas avoir fait monter quelqu'un qui corresponde à cette description. Mais c'est un gros paquebot, je me trompe peut-être. Si elle est à bord, on a dû lui indiquer sa cabine. Vous pouvez toujours vérifier avec le steward de l'étage.

Je me précipitai vers notre cabine de deuxième classe qui était vide à l'exception de ma valise. J'abordai le steward dans le couloir et le suppliai de me confirmer qu'Ella était à bord.

— Son nom de famille est Leopine. Ou peut-être a-t-elle utilisé Tanit. Elle a les cheveux blonds. Un manteau bleu. C'est ma fiancée…

J'avais conscience de bégayer de plus en plus, à mesure que la panique s'emparait de moi. Dix heures moins cinq. Je repartis en courant vers la passerelle et me retrouvai à décrire Ella à tous ceux que je croisais, sans succès. Mon cœur battait à tout rompre et ma vision se brouillait peu à peu.

J'entendis le vrombissement du moteur.

— Non, non, s'il vous plaît, non ! m'écriai-je en attrapant l'employé en uniforme le plus proche. Il faut que vous arrêtiez le bateau ! Je ne sais pas si ma fiancée est à bord !

— Désolé, monsieur, nous levons la passerelle à dix heures précises. Il ne peut y avoir aucune exception.

Je m'agrippai à la rambarde du pont et balayai désespérément la rive des yeux à l'affût de tout signe de l'amour de ma vie. Ne voyant toujours rien, je courus de nouveau vers la passerelle et implorai l'employé. Conscient de ma douleur, il ne pouvait pas m'aider, dépendant de ses supérieurs.

— Monsieur, je comprends la situation, essaya-t-il de me calmer. J'aimerais tant vous aider, vraiment. Mais en toute honnêteté, je vous suggère de quitter le bateau.

— Mais elle est peut-être à bord ! criai-je.

— Auquel cas, monsieur, vous pourrez la rejoindre par le prochain bateau, dans quelques semaines.

Je fis volte-face et me retrouvai nez à nez avec une dame d'un certain âge. Elle avait des pommettes hautes, la peau pâle et des yeux bleus perçants – assez semblables à ceux d'Ella. Bien que ses cheveux bouclés soient gris, des mèches auburn transparaissaient encore çà et là.

— Levez la passerelle ! cria le steward.

Deux autres individus en uniforme le rejoignirent, placèrent leurs mains sur la corde et se mirent à tirer. La sirène du bateau émit un dernier avertissement.

— Où est-elle ? Elle devait me retrouver sur le navire !

Je regardai la vieille dame qui me fixait.

— Excusez-moi, madame, auriez-vous par hasard vu une femme blonde embarquer ces dernières minutes ?

— Je ne saurais le dire, répondit-elle avec un accent écossais. Tant de gens allaient et venaient... Mais je suis sûre qu'elle se trouve quelque part à bord.

La sirène retentit de nouveau et le bateau s'écarta très lentement du quai. J'envisageai de sauter par-dessus bord. Le steward avait peut-être raison. Si je restais sur la terre ferme alors, dans le pire des cas, Ella serait en route vers l'Australie, en sécurité. Je pourrais éviter Kreeg quelques semaines supplémentaires et la rejoindre. Mais si elle n'avait pas embarqué, je devais rester en Angleterre pour la protéger. Mon esprit bouillonnait.

— Mon Dieu, où es-tu... ? hurlai-je face au vent, le son de ma voix englouti par le bruit des moteurs et le cri des mouettes. (Je repartis d'un pas chancelant, m'agrippant à la rambarde et peinant à respirer.) Ella ! Ella ! Ella ! criai-je désespérément avec l'impression de tomber dans un puits sans fond.

Alors que je jetais un nouveau coup d'œil vers le port, essayant d'inspirer autant d'air que possible, j'aperçus quelque chose de familier sur le quai. J'avais du mal à le croire mais, juste derrière la foule qui agitait des mouchoirs et soufflait des baisers se trouvait un petit sac en papier bleu, de la boutique de robes où nous avions été la veille.

Ce ne pouvait être celui d'Ella, si ?

Je n'avais pas grand-chose à perdre.

— Excusez-moi ! Excusez-moi ! criai-je à l'attention de la foule en contrebas. Mon sac ! J'ai oublié mon sac !

Je continuai de crier et de gesticuler comme un fou jusqu'à réussir à attirer l'attention d'un jeune garçon.

— Le sac bleu ! Juste derrière toi ! Lance-le-moi s'il te plaît !

Le jeune garçon se retourna et comprit ce que je désignais. Il se fraya un chemin au milieu des adultes et l'attrapa.

— Oui ! S'il te plaît, lance-le-moi !

Le paquebot était peut-être à trois mètres du bord du quai et la distance augmentait de seconde en seconde. Le garçon s'approcha du bord de l'eau, les yeux levés vers moi. Je me rendis compte que j'étais trop haut et que je ne pourrais jamais attraper le sac. Je bousculai les passagers pour retourner près du steward, au niveau de la passerelle.

— S'il vous plaît, mon sac, ce garçon l'a dans la main ! lançai-je à celui qui souhaitait clairement m'aider comme il l'avait manifesté plus tôt.

Il hocha la tête et, rapide comme l'éclair, enjamba le bord du navire. L'espace d'un instant, je crus qu'il avait sauté mais, en réalité, il descendait une espèce d'échelle accrochée à la coque. Le garçon vit le steward se préparer à l'action. Lorsqu'il fut au niveau de la rive, ce dernier tendit le bras pour que le garçon lui envoie le sac. Celui-ci hésita.

— Maintenant ou jamais ! cria le steward.

Le garçon leva les yeux vers moi et je l'encourageai de la tête. Il lança le sac bleu avec force, et mon cœur manqua un battement lorsque le steward faillit le laisser échapper au-dessus de l'océan. Je ne sais par quel miracle il réussit toutefois à le saisir et commença à remonter l'échelle. Le jeune garçon l'acclama et moi-même je l'applaudis, avant de tendre le bras pour attraper le sac.

— Merci, merci ! m'écriai-je.

— C'est à votre fiancée, n'est-ce pas ? s'enquit-il.

— Exactement.

— Bon, sachant qu'il se trouvait juste à côté du quai, j'espère que cela signifie qu'elle est à bord, monsieur.

— Oui, j'espère. Merci encore.

Je retraversai avec difficulté le pont grouillant de monde, assistant à une cacophonie d'émotions tandis que les passagers disaient au revoir, ou adieu, à leur terre natale.

J'arrivai enfin à la poupe du navire où il y avait assez de place pour ouvrir le sac. J'en sortis une robe en satin blanc. Au fond, j'aperçus deux petits morceaux de papier. J'eus l'estomac noué en posant les yeux sur le dessin au fusain que j'avais réalisé la veille. Celui-ci était accompagné d'un message.

Kangourous et koalas ne sont peut-être pas faits pour moi.
Respire maintenant que tu n'as plus à me protéger
Et va vivre ta vie, comme je dois vivre la mienne.
Ella xx
(Garde-moi dans ton cœur, comme je te garderai dans le mien.)

J'étais tout engourdi. Rien ne semblait réel. Le message insinuait qu'Ella avait choisi de ne pas embarquer. Qu'elle avait choisi de me quitter.

— Non, murmurai-je. C'est impossible…

Je me remémorai à toute vitesse les événements des vingt-quatre dernières heures. Tout avait semblé tellement parfait…

Sans crier gare, mes jambes flanchèrent et je m'écroulai à terre. Je m'attendais à déverser des torrents de larmes, mais aucune n'arrivait. Mon corps n'avait pas la force d'en produire. À cet instant, ma lumière intérieure était éteinte.

— Excusez-moi, m'sieur. Ça va ?

Je levai la tête et découvris une jeune fille brune d'une extrême maigreur, aux yeux vifs mais à la peau cireuse et aux cheveux ternes. Elle ne devait pas avoir plus de quinze ans.

— Houhou, m'sieur ? Oh, dis donc, il a l'air un peu patraque. Eddie, va chercher un type en uniforme, d'ac ?

Un petit garçon à côté d'elle, d'à peu près cinq ans, partit en courant.

— Excusez-moi, on a besoin d'aide, s'il vous plaît ? Ce gars est tombé par terre. Houhou ? Vous m'entendez ?

La jeune fille s'agenouilla à côté de moi.

— Tu n'as rien à faire sur le pont, sale ordure, s'exclama une voix grave et snob au-dessus de nos têtes. Ta place est en bas, dans la classe des minables.

— Ouais, désolée, m'sieur, on était juste montés voir l'Angleterre une dernière fois. Mais cet homme va pas bien. Vous pouvez nous aider ? répondit la jeune fille qui parlait avec un fort accent de l'est de Londres.

L'homme à la voix snob sembla agacé.

— Va chercher un steward. Ils sont payés pour ça, grogna-t-il avant de s'éloigner d'un pas nonchalant.

La fille leva les mains en l'air.

— D'ac, merci... ou pas. Bonjour, m'sieur, dit-elle en m'adressant un immense sourire qui révéla des dents jaunes. Vous inquiétez pas, Eddie est allé chercher quelqu'un.

— Je n'ai pas, je ne peux pas..., marmonnai-je.

Elle me prit la main et la secoua vigoureusement, pour essayer de me faire reprendre mes esprits, j'imagine.

— Ça va aller, m'sieur. C'est quoi votre nom ? Moi, c'est Sarah.

— Sarah..., balbutiai-je.

Elle hocha la tête.

— C'est ça, m'sieur. Vous vous sentez un peu bouleversé, hein ? Moi aussi. Mais ce sera bien l'Australie. Ce sera beau et chaud, et il paraît qu'on peut se baigner dans la mer tous les jours.

Je regardai dans les yeux bruns de Sarah.

— Ella, parvins-je à prononcer. Ella...

— Ella ? répéta-t-elle en fronçant les sourcils. Qui est-ce ?

Je poussai un gémissement.

— Elle est partie... partie.

Sarah regarda autour de nous.

— Partie ? Partie où, m'sieur ?

— Partie loin...

Elle leva les yeux au ciel.

— Oh mince, il a dû prendre un coup sur la tête. Ça va aller, m'sieur. Regardez, voilà un type qui saura quoi faire.

Un steward en uniforme traversait le pont pour venir à notre rencontre. Alors qu'il approchait, je remarquai la contrariété sur son visage.

— Qu'est-ce que tu fiches ici ? demanda-t-il à Sarah.

Elle rit d'un air indigné.

— On voulait dire au revoir à l'Angleterre. Mais peu importe, ce pauvre gars a besoin d'aide !

Le steward s'agenouilla près de moi.

— Je vais m'en occuper. Maintenant, emmène le petit et redescends. Tu sais que vous n'êtes pas censés être ici. Des passagers vont se plaindre.

Sarah soupira.

— Ouais, d'accord. Viens Eddie. (Le petit garçon m'adressa un signe de la main et je fis de mon mieux pour le lui rendre.) J'espère que ça va aller mieux, m'sieur. On se verra en Australie.

Elle prit Eddie par la main et tous deux s'éloignèrent. Avant de disparaître de mon champ de vision, elle courut à l'extrémité du pont et souleva le petit garçon pour qu'il puisse voir par-dessus bord. Puis elle agita son bras libre.

— ADIEU ANGLETERRE ! cria-t-elle. Salue-la, Eddie !

— Descendez ! aboya le steward. (Les enfants obéirent.) Je suis terriblement navré, monsieur, cela ne se reproduira plus.

Je commençai à reprendre mes esprits.

— Non, je dois la remercier... Qui est-elle ?

— Ce sont des orphelins. Il y en a une centaine en troisième classe. On les envoie chercher une nouvelle famille en Australie.

— Des orphelins ?

— Oui, et je suis désolé, monsieur, je veillerai à ce qu'ils ne vous importunent plus.

L'attitude de cet homme commençait à m'agacer.

— Non, je...

— Vous êtes tombé, monsieur. Ne vous inquiétez pas, nous allons nous occuper de vous.

J'entrepris de me lever.

— Il faut... que je... descende.

Le steward me maintint assis.

— Doucement, monsieur. Vous ne pouvez pas descendre maintenant. La prochaine escale est en Égypte.

J'essayai de résister, mais c'était trop d'effort.

— Non, je..., fut tout ce que je parvins à prononcer avant d'être englouti par les ténèbres.

Je me réveillai dans ma cabine et découvris un homme en veste de tweed penché au-dessus de moi.

— Bonjour, monsieur Tanit. Vous vous sentez mieux ?

Je clignai fortement des yeux.

— Oui. Que se passe-t-il ?

L'homme à la veste sourit.

— Je suis le docteur Lyons, le médecin du navire. Je dois dire que je ne m'attendais pas à devoir intervenir si tôt au cours de la traversée ! Vous êtes tombé sur le pont, monsieur, vous en souvenez-vous ?

— Oui.

Le médecin sortit une petite lampe de sa poche et m'inspecta les yeux.

— C'est assez compréhensible, de mon point de vue. J'ai l'impression que vous avez eu une sacrée journée. (Il haussa un sourcil.) Le steward de votre étage dit que vous aviez demandé si le capitaine pourrait vous marier ? (Je hochai la tête, encore hébété.) J'ai lu le billet dans votre main. Un coup dur, mon vieux. C'est très difficile à accepter, j'en suis sûr.

Une vague d'effroi me parcourut tandis que je me remémorais les événements ayant mené à ma chute.

— Oh non. Oh non !

Je me redressai d'un coup. Le médecin me posa une main rassurante sur l'épaule. Il me tendit une pilule et un verre d'eau.

— Ça va aller, monsieur. Tenez, prenez ça. C'est un sédatif léger qui vous aidera à dormir quelques heures.

Je ne voulais pas dormir.

— Il faut que je quitte ce bateau !

Le docteur Lyons haussa les épaules avec compassion.

— Cela ne va pas être possible, monsieur, c'est pourquoi je vous suggère de prendre le sédatif. Je vous promets que cela aidera le temps à passer plus vite. (Il me mit la pilule dans la bouche presque de force et je l'avalai.) Voilà, c'est bien. Cela devrait vous assommer un moment. Je reviendrai vous voir tout à l'heure.

Le médecin se releva et, avant même qu'il ait franchi la porte, j'avais fermé les yeux.

À mon réveil, je me tournai vers mon journal pour inscrire mes dernières pensées.

Pour ma santé mentale, je dois croire que ma vie n'a pas été un mensonge et qu'Ella m'aimait vraiment. Quant à comprendre pourquoi elle n'a pas embarqué… je ne peux que supposer qu'elle se sentait incapable de poursuivre sa vie tourmentée par la menace constante de Kreeg et de sa mission de m'anéantir. Comment pourrais-je lui en vouloir ? Nous avons vécu sous un nuage, les cieux menaçant de s'ouvrir à tout moment. Elle mérite tellement plus. Je sais que je l'aime vraiment car, à cet égard, je suis heureux pour elle.

Mais je sais que, sans elle, ma vie ne vaut plus la peine d'être vécue.

Voilà qui conclut donc l'histoire d'Atlas Tanit, ou Ar d'Aplièse, ou un amalgame des deux. Je vais reposer mon stylo et rejoindre le pont. J'espère que mes Sept Sœurs brilleront pour moi une dernière fois.

Je ne crains pas la mort, mais j'espère que le processus lui-même sera assez rapide et que le froid de l'Atlantique m'enveloppera pour m'épargner de nombreuses heures de souffrance à flotter dans le néant.

Que vais-je faire du diamant ? Devrais-je… le léguer à quelqu'un ? Y a-t-il un moyen de le faire parvenir à maître Kohler en Suisse, peut-être pour Georg et Claudia ? Mais si Kreeg découvre un jour où il se trouve…

Je vais rédiger un testament avant de sauter, laissant ma fortune aux Hoffman, à la condition qu'ils prennent soin des deux enfants. Peut-être vaut-il mieux que ce fichu diamant m'accompagne dans ma tombe maritime. Ainsi, il ne pourra causer davantage de mal qu'il ne l'a déjà fait.

Avant de clore ces pages, j'aimerais régler une question qui commence à me travailler, chers lecteurs. Ce journal débute en 1928. Je trouve amusant aujourd'hui de voir avec quelle prudence j'écrivais ces pages initiales. Je ne précisais même pas mon nom. Bien sûr, une telle protection s'est révélée vaine lorsque Eszu m'a découvert à Leipzig. Si vous m'avez suivi jusqu'ici, je crois que je vous dois quelques explications. Je vais donc vous donner une vue globale de ma vie et vous détailler les événements ayant mené au chaos qui a entaché mon existence.

Kreeg, si tu trouves un jour ce journal, je vais, une fois de plus, relater les circonstances exactes de la mort de ta mère. Je t'en prie, je t'en supplie, accepte le fait que ce récit t'est fait par un homme à la fin de sa vie, n'ayant rien à cacher ni rien à gagner d'un quelconque mensonge.

~~Tioumen, Sibérie, avril 1918~~

~~À la réflexion, ma naissance était un jour de bon augure, bien que je n'en aie pas été conscient à l'époque. La fin de la dynastie Romanov causait beaucoup d'agitation~~

Toutes mes excuses, chers lecteurs. Alors que j'écrivais cette phrase, je fus interrompu par des petits coups à ma porte : le docteur Lyons venait s'enquérir de mon état. Il m'informa qu'une jeune orpheline prénommée Sarah avait demandé de mes nouvelles lors de la visite médicale qu'il avait effectuée auprès des enfants de troisième classe.

— Elle a été très gentille pour moi, déclarai-je. (Une idée me traversa soudain l'esprit. Je tâtai le diamant, toujours bien en sécurité contre ma poitrine.) J'aimerais la remercier. Pourriez-vous m'indiquer comment rejoindre la troisième classe ?

— Oui, si vous vous en sentez le courage. Tous nos orphelins sont en forme, mais je crains que l'hygiène ne figure pas parmi leurs priorités.

— Ce n'est vraiment pas un problème, docteur Lyons. Par où dois-je aller, je vous prie ?

Je descendis dans le ventre du RMS *Orient* à travers un dédale de couloirs et de salles. Finalement, plusieurs ponts au-dessous du mien, j'entrai en troisième classe. L'aspect le plus frappant était l'absence de lumière naturelle. Les murs blanchis à la chaux reflétaient l'éclairage artificiel, ce qui avait un effet déroutant sur la perception du temps.

La zone commune de la troisième classe consistait en une salle remplie de tables et de chaises usées de tailles diverses et était complètement enfumée quand j'y pénétrai. J'aperçus un groupe d'enfants disparate assis autour de la plus grande table. Parmi eux, je repérai Eddie, le petit garçon que j'avais croisé plus tôt sur le pont, mais aucun signe de Sarah. Je m'approchai d'eux.

— Excusez-moi de vous déranger. Je me demandais si Sarah était dans le coin ?

— Elle a encore filé en douce, lâcha l'un des garçons avant de se repentir de cet aveu. Mais soyez pas trop dur avec elle, m'sieur, c'est juste qu'elle aime regarder la mer.

Je lui souris pour le rassurer.

— Oh, aucun problème. Moi aussi, j'aime regarder la mer.

— Vous allez pas la battre, alors ?

— La battre ? Mon Dieu, non. C'est d'ailleurs tout l'inverse. J'espérais pouvoir la remercier de quelque chose. (Je regardai Eddie en levant les pouces et il me rendit mon geste.) En fait, je ne travaille pas sur ce bateau. Je suis un simple passager.

— Un passager riche ? Vous avez l'air riche ! s'exclama un autre garçon, provoquant des ricanements autour de la table.

— Oh, pas aussi riche que certains. Penses-tu que je puisse trouver Sarah sur le pont supérieur alors ?

— Probablement, oui.

Le pont supérieur était silencieux, avec pour seule compagnie l'infinité sombre de la mer et l'air glacial de janvier. Je soupirai, m'appuyai à la rambarde et levai les yeux vers le ciel. Célaéno était particulièrement brillante ce soir-là.

— C'est vous, m'sieur, hein ? s'éleva une voix familière dans la pénombre. Le type qui est tombé dans les pommes tout à l'heure ?

Je me retournai et Sarah émergea de derrière un ensemble de bouées de sauvetage.

— Bonsoir, Sarah. Je voulais te remercier pour ta gentillesse de ce matin.

— Chut, parlez moins fort. Je suis pas censée être là !

Elle plaça un doigt devant ses lèvres, et je soupirai.

— Quel règlement ridicule. Écoute, viens près de moi et tout le monde n'y verra que du feu.

Elle me rejoignit près de la balustrade. Nous restâmes là un moment, à nous imprégner de l'air marin nocturne.

— Vous vous sentez mieux alors ?

Je hochai la tête.

— Beaucoup mieux, merci. Tu es la seule personne qui soit venue m'aider. C'était très gentil à toi.

— Pas de souci, m'sieur. C'est normal, non ? Mais tous ces riches des ponts supérieurs préfèrent éviter de se salir les genoux que de donner un coup de main, dit-elle en levant les yeux au ciel.

Le bruit de l'*Orient* fendant les vagues était apaisant, le vent froid avait un effet revigorant et je sentais que ma tension artérielle commençait à baisser. J'aimais vraiment voguer sur l'eau.

— Dis-moi, combien d'orphelins voyagent vers l'Australie ?

Elle réfléchit quelques secondes.

— Sans doute une centaine. Moi, j'ai quinze ans, vous voyez, donc ça va. Mais il y a des petits qui doivent pas avoir plus de trois ans. C'est pour eux que j'ai de la peine.

Elle projeta son regard dans l'obscurité. J'étais touché par sa nature attentionnée. Après tout, elle-même n'était encore qu'une enfant.

— Puis-je te demander ce qui est arrivé à tes parents ? demandai-je avec douceur.

Elle balaya des yeux le pont désert, comme pour vérifier que personne n'écoutait. J'imaginais que c'était un souvenir douloureux et qu'elle n'en parlait pas souvent.

— Pendant la guerre, il y a beaucoup de bombes qui sont tombées dans les quartiers est. La dernière a tué dix d'entre nous dans notre rue, y compris ma mère. On était à la cave, vous voyez, parce que les sirènes s'étaient déclenchées, mais elle s'est rendu compte qu'elle avait oublié son tricot et elle est remontée le chercher au moment où la bombe tombait sur notre toit. On m'a sortie des décombres sans une égratignure.

J'avais que six ans à l'époque. Le type qui m'a entendue gémir dit que c'était un sacré miracle.

Je voulais poser une main sur l'épaule de Sarah mais me ravisai, craignant que ce ne soit pas approprié.

— C'est affreux. Je suis désolé pour ta mère. Où es-tu allée ensuite ?

Elle prit une profonde inspiration, puis expira lentement avant de poursuivre :

— Ma tante m'a prise chez elle. Juste le temps que mon père revienne de France où il faisait la guerre. Sauf qu'il est jamais revenu, et ma tante avait pas les moyens de me garder, alors j'ai été envoyée à l'orphelinat. C'était pas si mal là-bas, parce qu'on se serrait les coudes. Puis un jour on nous a annoncé qu'on partait en Australie pour une nouvelle vie. Et nous voilà.

L'*Orient* rencontra une vague un peu violente et nous fûmes tous deux aspergés d'eau de mer. Sarah gloussa, ce qui provoqua un petit rire de mon côté. Son optimisme était enthousiasmant, et même un peu contagieux.

— Vous avez perdu quelqu'un pendant la guerre, m'sieur ?

Karine, Pip et Archie Vaughan me vinrent tous trois à l'esprit.

— Oui.

Elle hocha la tête d'un air grave.

— C'est ce que je pensais. Vous avez ce regard triste.

— Tu trouves ?

Sarah m'adressa un sourire compatissant. Je me tournai vers l'océan.

— En fait, j'ai perdu quelqu'un tout récemment, mais pas à cause de la guerre.

— C'était qui ?

— Elle s'appelle Ella. (Je fermai les yeux.) C'était l'amour de ma vie.

Sarah mit les mains sur ses hanches.

— Elle *s'appelle* Ella ? Vous voulez dire qu'elle est pas allée nourrir les asticots ?

Je ne pus m'empêcher de sourire face à l'expression employée par Sarah.

— Non, pas du tout. C'est juste que… qu'elle n'est pas sur ce paquebot.

Sarah écarta les bras.

— Dans ce cas, pourquoi vous êtes si déprimé ? Rebroussez chemin et allez la récupérer !

— J'aimerais bien que ce soit aussi simple. Elle ne veut pas être avec moi. (Je touchai le diamant autour de mon cou.) Quoi qu'il en soit, Sarah, j'aimerais te remercier une fois encore. Il se trouve que j'ai quelque chose pour toi.

Je commençai à lever le cordon et à baisser la tête. Elle leva la main pour m'arrêter.

— Oh non, j'accepterai pas votre argent, m'sieur. Pas pour avoir été gentille. Ce serait pas correct. S'il faut repriser vos chaussettes ou recoudre votre pantalon, j'serai heureuse d'être payée. Mais pas pour ce que j'ai fait tout à l'heure.

J'étais un peu surpris.

— Je ne crois pas que tu comprennes, il s'agit d'une somme qui pourrait te changer la…

— M'sieur, je suis sur un bateau pour aller à l'autre bout du monde. Croyez-moi, c'est un assez grand changement comme ça pour le moment. Comme j'ai dit, je suis douée de mes mains et j'espère trouver du travail et gagner de l'argent à moi. Et trouver un gars !

Je renfonçai le cordon de la bourse sous ma chemise.

— Dans ce cas, je vais te laisser profiter de la soirée. Merci encore, Sarah.

Je partis en direction de l'autre côté du pont.

— Vous croyez en Dieu, m'sieur ? appela-t-elle.

La question me prit au dépourvu. Je fis volte-face.

— Que veux-tu dire par là ?

— J'y ai beaucoup réfléchi ces derniers temps et vous avez l'air intelligent. Je me demandais juste ce que vous pensez.

Je revins lentement vers Sarah en réfléchissant à la question.

— Je suppose que cela dépend de ce que tu entends par « Dieu ». Je crois au pouvoir de l'univers. Peut-être est-ce la même chose ?

Sarah renifla.

— Donc vous croyez pas que c'est un vieux avec une grande barbe blanche ?

J'éclatai de rire.

— J'ai plutôt l'impression que tu me décris le Père Noël. Et lui, pour le coup, j'y crois.

— Ha. En tout cas, il venait pas souvent à l'orphelinat, je peux vous le dire.

— J'imagine. (Je projetai mon regard vers le ciel et m'imprégnai des étoiles.) Ella était orpheline, tu sais. Je suppose que moi aussi. En un sens.

Sarah fit une grimace.

— Comment est-ce qu'on peut être orphelin *en un sens* ?

Je souris.

— Voilà une excellente question. C'est difficile à expliquer.

— Eh ben, s'il y a une chose dont on manque pas, c'est de temps. Je vais faire de mon mieux pour venir ici tous les soirs, pour échapper à toute cette fumée de cigarette en bas. Vous pouvez me retrouver ici et me raconter votre histoire.

— Mon histoire, hein ? Je ne l'ai jamais racontée intégralement à personne, à part à Ella. C'est très long. Et assez triste.

— Triste *jusqu'ici*, m'sieur. Votre vie est pas finie, si ?

J'hésitai un instant, ne sachant pas très bien comment répondre. Le visage de Sarah se décomposa.

— Attendez une minute. Je connais ce regard. Vous pensez quand même pas vous jeter par-dessus bord, si ?

— Je...

Sarah était hors d'elle.

— Je vous interdis d'être aussi égoïste. Vous savez qui adorerait être ici en ce moment ? Ma mère. Mais elle peut pas, parce qu'une bombe lui est tombée sur la tête. Même chose pour les parents des petits en bas. Ces enfants donneraient n'importe quoi pour les faire revenir, ces parents qui leur ont été arrachés si cruellement. Et vous, là, vous pensez à vous tuer.

Je reculai d'un pas.

— Sarah, je ne voulais pas te contrarier...

— Me contrarier ? Nan. Moi ça ira. Mais vous savez qui s'en remettra pas ? Les gens qui vous connaissent. Que pensera cette Ella quand elle découvrira que vous vous êtes suicidé à cause d'elle ? Comment vous croyez qu'elle vivra avec ça sur la conscience ?

Elle me fixait, les yeux écarquillés. En vérité, je n'avais même pas envisagé qu'Ella puisse découvrir les circonstances de ma mort.

— En plus, si elle vous aimait, et j'ai l'impression que c'était le cas, elle voudrait sûrement pas que vous vous jetiez dans la mer.

Je ne savais vraiment pas quoi lui répondre.

— Eh bien… non, concédai-je. Encore une fois, je suis vraiment navré de t'avoir bouleversée. D'autant que j'ai moi-même perdu mes parents quand j'étais très jeune.

Au lieu de calmer Sarah, cette déclaration ne fit qu'accentuer sa colère.

— Bon sang ! Et vous croyez qu'ils seraient heureux ce soir de voir leur fils s'écraser dans l'océan ? s'énerva-t-elle en pointant le ciel. Ça m'étonnerait fort.

La façon de parler très franche et directe de la jeune fille eut pour effet de me recentrer et de me pousser à réfléchir.

— Tu as raison, Sarah.

J'avais soudain honte de mes intentions.

Elle avança d'un pas vers moi et se radoucit.

— Vous devez pas oublier que la vie est un cadeau, m'sieur. Quelles que soient les circonstances.

Les larmes me montèrent aux yeux et je hochai la tête.

— Ella aussi m'a dit ça un jour.

Sarah haussa les épaules.

— Elle avait raison. (Elle me poussa légèrement.) Et de toute façon, quand on arrivera en Australie, vous pourrez vous trouver une nouvelle petite amie qui vous abandonne pas sur les bateaux. D'accord ?

Je gloussai au milieu de mes larmes.

— D'accord, Sarah. C'est noté.

— En tout cas, m'sieur, j'ai vraiment envie d'entendre votre histoire, dès demain soir. Vous me décevrez pas, hein ?

Je secouai la tête.

— Non, Sarah.

Je lui souhaitai bonne nuit et regagnai ma cabine pour reprendre mon journal. Je tiendrai ma promesse à Sarah. Étrangement, elle a réussi à effacer mes pensées les plus noires. Malgré sa vie difficile, elle s'efforce de voir le côté positif et, en outre, trouve aussi la capacité de s'occuper d'autrui.

Elle me fait un peu penser à Ella.

38

Une fois de plus, il semble que l'univers m'ait envoyé une bouée de sauvetage. Le lendemain soir, et tous les soirs suivants, j'ai retrouvé Sarah sur le pont supérieur du RMS *Orient.* Je lui ai ainsi raconté l'intégralité de mon histoire. Elle était pendue à mes lèvres. Je me suis même senti obligé de lui montrer le diamant.

— Punaise ! Je regrette d'avoir refusé ça l'autre jour ! Ça alors, il a la taille d'un rat !

— Tu me promets de n'en parler à personne ? L'argent et les diamants peuvent rendre fou, comme tu l'auras compris en écoutant mon récit.

Elle se tapota le nez.

— Dormez tranquille, m'sieur, je suis une tombe. (Elle croisa les bras et s'appuya sur le dossier du banc en bois du pont supérieur.) Vous savez ce qui me chiffonne ? Si on envisage de quitter quelqu'un, pourquoi acheter une robe de mariée ? Est-ce qu'elle a pris son temps pour la choisir ?

Je réfléchis à la remarque, très pertinente, de Sarah.

— Oui.

— C'est très étrange, m'sieur. Comme la façon dont le sac était posé sur le quai, comme si elle avait disparu par enchantement.

— Je suis d'accord. Cela devait être une décision de dernière minute.

Elle approuva.

— Sans doute, ouais. Vous pensez que vous partirez à sa recherche ?

Voilà une question qui me taraudait au cours de mes nuits blanches.

— J'ai toujours promis de la protéger. J'ai peur de la mettre de nouveau en danger si je retourne vers elle. J'essaie d'accepter le fait que cette prise de distance de sa part soit la solution la plus sûre, répondis-je tristement.

Elle me tapa dans le dos.

— J'ai de la peine pour vous, m'sieur. Est-ce que vous descendrez demain quand on s'arrêtera à Port-Saïd ?

J'essayai de me reprendre.

— Absolument. Hors de question de rater l'occasion de fouler la terre d'un nouveau pays. Je suppose que vos « ravisseurs » vous laisseront descendre du bateau pour une visite, tes camarades et toi ?

— Ouais ! fit-elle en riant. On a hâte. Apparemment, il y a cette vieille Écossaise – une femme encore plus riche que vous, elle est en première ! – qui va nous donner des friandises et des loukoums. Vous imaginez !

J'étais heureux de l'apprendre.

— Oh, vraiment ? Voilà qui est excitant. Comment s'appelle-t-elle ?

Sarah plissa les yeux pour réfléchir.

— Kitty Mercer, je crois bien. Son mari est mort… ou l'a quittée, je sais pas trop. Mais en tout cas elle est richissime.

Je restai un instant songeur.

— Je me demande si elle a un lien avec l'empire perlier Mercer ? J'ai lu un article à son sujet.

— Peut-être bien, elle a une énorme maison en Australie, alors qu'au départ elle était comme nous – sans le sou. Tout le monde dit qu'on peut prendre un nouveau départ là-bas. Ce sera comment à votre avis ?

Sans l'amour de ma vie… vide, déchirant, immense, cruel.

— Oh, j'imagine que ce sera fantastique et, surtout, tu vas t'y débrouiller à merveille.

Le lendemain, je regardai Kitty Mercer mener une petite troupe hors du bateau pour visiter Port-Saïd. Lorsque je posai les yeux sur elle, je m'aperçus que je l'avais déjà vue, le jour de notre départ de Tilbury. C'était l'une des personnes que j'avais suppliées de me donner des informations au sujet d'Ella.

Comme l'*Orient* était constamment en mouvement, personne ne pouvait véritablement apprécier la température de l'air, du fait de la brise. Cependant, depuis que nous avions jeté l'ancre, la chaleur africaine nous avait tous frappés, et je traversai une marée de visages rouges pour atteindre la passerelle. Quand je descendis du navire, l'odeur des corps en sueur et des fruits pourris m'agressa les narines. Je déambulai sur le port, observant le flot continu de cageots et d'animaux qui étaient chargés ou débarqués.

M'éloignant du port, j'entrai dans la vieille ville. J'arrivai bientôt à un marché bien garni proposant des fruits, des épices et des pains sans levain qui cuisaient dans des fours brûlants. L'air environnant ondulait littéralement sous la chaleur. Les locaux tourbillonnaient autour de moi dans leurs tuniques colorées et leurs fez. Je m'efforçais d'assimiler tout cela.

Ce faisant, j'étais rongé par les idées noires. Cette expérience aurait été tellement plus douce si je l'avais partagée avec Ella... Soudain, le loukoum que j'avais acheté me sembla insipide et les couleurs vives des étals auraient tout aussi bien pu être un assortiment de gris.

Ce soir-là, de retour sur le bateau, Sarah ne me retrouva pas pour notre habituelle conversation nocturne. Je ne lui en voulais pas. Mrs Mercer leur avait offert, à elle et aux autres orphelins, une journée bien plus divertissante que je n'aurais pu le faire dans mon état actuel. Néanmoins, je continuai de venir tous les soirs, par habitude, et parlais à mes Sept Sœurs à défaut de pouvoir discuter avec Sarah. Cinq jours plus tard, elle vint à ma rencontre.

— Bonsoir, m'sieur !

— Sarah ! Bonsoir. Je pensais que tu m'avais oublié.

— Vous oublier, *vous* ? Ne dites pas de bêtises. C'est juste que j'ai aidé Mrs Mercer à astiquer les petits dans sa baignoire et à leur coudre des nouveaux habits. Elle m'a laissé découper toutes ses belles robes, vous vous rendez compte ?

— J'ai l'impression que c'est vraiment une femme bien.

— Oui. Tout comme vous êtes un type bien. J'ai de la chance de vous avoir rencontrés tous les deux.

— Au contraire, Sarah. C'est moi qui ai de la chance d'avoir fait ta connaissance, répondis-je sans exagérer.

Elle m'adressa un clin d'œil.

— Il se trouve que vous avez peut-être raison… J'ai parlé de vous à Mrs Mercer et elle veut vous rencontrer.

Mon cœur s'emballa.

— Tu lui as parlé de moi ?

— Calmez-vous, m'sieur. J'ai rien pipé à propos de ce Kreeg ou de cette grosse pierre que vous gardez sur vous. J'ai juste dit que vous étiez un type bien qui avait pas eu de chance et qui avait besoin d'un coup de main.

Cette situation me mit un peu mal à l'aise.

— Je ne souhaite être un fardeau pour personne.

Sarah leva les yeux au ciel.

— M'sieur, on est un fardeau quand on n'a pas besoin d'aide mais qu'on en demande quand même. Il me semble que vous avez besoin d'un peu d'aide. Mrs Mercer connaît plein de gens en Australie. Et nous, qu'est-ce qu'on a ? Rien ! Donc, moi, je pense que si elle veut bien nous aider à démarrer, pourquoi dire non ?

Le raisonnement de Sarah était empreint de bon sens.

— Tu as raison au sujet de son réseau en Australie.

Elle tapa dans ses mains.

— Parfait. Rendez-vous dans sa cabine à sept heures demain soir. Il vous suffit d'aller en première classe et de demander Mrs Mercer. Je doute que le commissaire de bord vous lance des regards aussi méchants qu'à nous, les orphelins et moi, quand on lui rend visite.

Le lendemain soir, je suivis le couloir à la moquette épaisse jusqu'à la première classe, et le commissaire de bord m'indiqua la porte de Mrs Mercer. Je frappai et un homme en smoking m'ouvrit la porte.

— Bonsoir, monsieur. Je m'appelle McDowell et je suis le valet de chambre de Mrs Mercer. Entrez, je vous en prie.

Je le suivis dans la cabine superbement décorée. Le lustre, les canapés recouverts de soie et la fenêtre panoramique étaient dignes des plus beaux hôtels terrestres.

— Doux Jésus, quelle chambre magnifique. Mais, si je puis me permettre, où dort-on ?

— Il s'agit du salon, monsieur. La chambre est à côté, répondit McDowell. Mrs Mercer ne devrait plus tarder. Puis-je vous offrir quelque chose à boire ?

— Un thé English breakfast, s'il vous plaît.

— Excellent choix, déclara une voix à l'accent écossais.

La porte de la chambre venait de s'ouvrir et Mrs Mercer en sortit vêtue d'une élégante robe du soir violette complétée d'une impressionnante rangée de perles.

— Toutefois, monsieur Tanit, ne voulez-vous pas vous joindre à moi pour quelque chose d'un peu plus fort ? James ici présent prépare un excellent gin-tonic.

— Bonsoir, madame Mercer. Si c'est votre recommandation, je serai heureux de la suivre.

— Formidable. Merci, James. Asseyez-vous je vous prie, monsieur Tanit.

McDowell hocha la tête et se dirigea vers un bar qui m'apparut mieux fourni que la plupart de ceux que j'avais vus. Je m'installai au bord de l'un des canapés en soie gris et Kitty Mercer prit place sur le second, en face de moi.

— C'est merveilleux ce que vous faites pour les enfants d'en bas, madame. Merci de prendre soin d'eux.

Elle sourit.

— Je fais simplement ce que devrait faire toute personne à ma place. Je sais que vous vous êtes lié d'amitié avec Sarah. C'est une jeune femme extraordinaire.

J'acquiesçai promptement.

— J'apprécie beaucoup mes conversations avec elle. Puis-je vous demander ce qu'elle vous a dit de ma… situation ?

— Elle m'a juste confié que vous étiez un homme bien qui la traitait avec dignité, gentillesse et respect, contrairement à la plupart des passagers des deux premières classes. Lorsque je lui ai demandé ce que vous faisiez dans la vie, elle m'a expliqué que, en raison d'une tragédie personnelle, vous étiez en quête d'un nouveau départ en Australie. Est-ce un bon résumé ?

J'émis un petit gloussement.

— Je suppose que oui.

James posa les gin-tonics sur la table basse qui séparait les canapés.

— Santé ! dit Kitty en levant son verre.

— Santé, répondis-je avant de boire une grande gorgée de cette boisson amère mais très rafraîchissante. Je vois que vous n'exagériez pas ! James, c'est absolument divin.

Le valet hocha la tête.

— Merci, monsieur. Je vais vous laisser. N'hésitez pas à sonner si vous avez besoin de quoi que ce soit.

— Vos perles sont d'une incroyable beauté, madame. J'espère que vous ne trouvez pas cela trop inquiétant que je sois au courant de vos affaires familiales en Australie. Le *Financial Times* à Londres a souvent rapporté ses succès.

Je levai mon verre pour porter un toast.

— Merci. Même si j'ai toujours trouvé amusant le fait de diriger une société « familiale », alors même que je ne suis une Mercer que par alliance. En raison de circonstances sur lesquelles je n'avais absolument aucune prise, j'ai été propulsée à la tête d'un empire que je n'ai pas bâti.

— Est-ce un fardeau ?

Kitty Mercer réfléchit un instant.

— Non. C'est un honneur. Toutefois, il s'agit de ma dernière traversée vers l'Australie. J'ai l'intention de passer les rênes à mon frère, Ralph Mackenzie. Ces trois dernières années, Ralph a prouvé qu'il était un gestionnaire de talent, doté d'un excellent sens des affaires. Sans oublier le fait que le même sang coule dans nos veines, ce qui est rare de nos jours. Je ne peux penser à quiconque de mieux armé pour s'occuper de la société à l'avenir.

Au cours de l'heure qui suivit, Kitty Mercer me raconta l'histoire complexe d'un chagrin d'amour, d'un nouveau départ et, à ma grande stupéfaction, de sa relation avec de vrais jumeaux – Andrew et Drummond Mercer.

Quand elle eut terminé, je gardai un moment le silence. Alors que les événements extraordinaires de la vie de Kitty Mercer dansaient dans mon esprit, il y a un aspect que je trouvais particulièrement déroutant… un détail qui m'intriguait et me choquait plus que tout autre.

— Je n'avais encore jamais rencontré quelqu'un dont l'histoire rivalisait avec la mienne, madame, jusqu'à aujourd'hui, finis-je par déclarer. La Perle Rose… croyez-vous vraiment qu'elle soit maudite ?

Elle prit le temps de boire une gorgée de gin.

— Lorsque Andrew a demandé à Drummond de quitter le *Koombana* pour aller acheter la perle en question, le navire a coulé, emportant Andrew avec lui. Puis la fille de la bonne, la jeune Alkina, a succombé après l'avoir déterrée dans l'outback. Dites-moi, monsieur Tanit, après tout ce que je vous ai raconté, auriez-vous envie de posséder cette perle ?

— Non, répondis-je sans hésiter.

Elle rit tristement.

— Moi non plus.

— Savez-vous ce qu'elle est devenue ?

— Non, je n'en ai aucune idée. Je crois que c'est mieux ainsi, pas vous ?

Je hochai vigoureusement la tête.

— Enfin, reprit-elle, maintenant, vous connaissez mon intention de laisser les affaires à Ralph, et je suis certaine qu'il aura besoin de s'entourer de têtes bien faites afin de l'aider à prendre les décisions quotidiennes. Peut-être cherchez-vous un emploi ? Si tel était le cas, je vous recommanderais très volontiers à Ralph. Même si, bien sûr, c'est à lui que reviendrait la décision finale.

Sa sollicitude me touchait.

— C'est très gentil, mais nous venons à peine de faire connaissance. Comment pouvez-vous me faire assez confiance pour m'offrir de l'aide ?

Elle m'adressa un sourire chaleureux.

— Sarah est très attachée à vous. D'après ce qu'elle m'a dit, votre seul crime est d'avoir le cœur brisé. Après avoir entendu mon histoire, vous savez que c'est un sujet que je connais bien.

— En effet. Je ne saurais assez vous remercier, Kitty.

Elle se leva et se dirigea vers le bureau en acajou au coin de la pièce.

— Voici l'adresse d'Alicia Hall à Adélaïde. C'est la plus grande maison de Victoria Avenue et c'est là que vous trouverez Ralph et son épouse, Ruth. À notre arrivée, c'est là que j'irai, afin d'informer Ralph de ma décision, après quoi je me rendrai à Ayers Rock. (Elle regarda par la fenêtre avec mélancolie.) Depuis que je suis jeune fille, j'ai toujours voulu y aller en pèlerinage, mais la vie en a décidé autrement. Comme ce sera mon dernier séjour en Australie, je compte enfin y remédier, annonça-t-elle, les yeux brillants d'excitation. Si vous vouliez bien me donner quelques jours pour régler mes affaires avant de faire votre apparition à Alicia Hall, je vous en saurais gré.

— Évidemment. Je suis si heureux que vous puissiez enfin voyager à Ayers Rock. Les autochtones l'appellent Uluru, c'est bien ça ?

— Exactement, confirma-t-elle avec étonnement. Je ne savais pas que vous vous intéressiez au patrimoine aborigène.

Je terminai mon verre.

— Je dois vous avouer que je ne le connais pas aussi bien que je le devrais. Mais mon père m'a dit un jour qu'Uluru était un lieu hautement spirituel.

Kitty opina du chef.

— En effet, surtout pour les Aborigènes. Selon eux, cette formation rocheuse date du « Temps du Rêve ».

— Le Temps du Rêve ?

Elle regagna le canapé en face de moi.

— Ne vous inquiétez pas, les non-autochtones ont du mal à le comprendre. En fait, les Aborigènes croient que le Temps du Rêve est le tout début de l'univers. Dans leur culture, la Terre et les hommes ont été créés par les esprits, ou ancêtres, qui ont façonné les collines, les rochers…

— Et Uluru, ajoutai-je.

— Exactement. Voilà pourquoi ce rocher est si important.

Nous prîmes tous deux un moment pour nous représenter cette immense formation de grès au milieu de l'outback, visible à des kilomètres à la ronde.

— Savez-vous qu'il change même de couleur à certaines époques de l'année, prenant une teinte orange vif au coucher du soleil ? interrogea finalement Kitty.

— C'est magique.

— C'est ce que j'ai toujours pensé, en effet.

Les yeux de Kitty brillaient tandis qu'elle songeait à cet endroit sacré qu'elle souhaitait voir depuis si longtemps. Elle mit un moment à reprendre la parole :

— Pardonnez-moi. À présent que vous avez l'adresse d'Alicia Hall, j'informerai Ralph de votre venue.

Je me levai et lui serrai doucement la main.

— Merci, madame. Je vous suis profondément reconnaissant, ainsi qu'à Sarah, bien sûr. Je me demandais… pourriez-vous l'aider, elle aussi, en Australie ? Non pas que vous n'en ayez déjà assez fait.

Je décelai un petit sourire au coin de ses lèvres.

— J'ai l'étrange sentiment que Sarah n'est pas près de sortir de ma vie.

Sur ces mots, je la remerciai une nouvelle fois et pris congé.

39

Alicia Hall, Adélaïde, Australie

Je n'ai jamais connu une telle chaleur. Le soleil australien a la capacité de brûler et d'asphyxier, contrairement aux agréables rayons qui réchauffent le corps en Méditerranée. Ici, la terre elle-même est cuite, et les étranges créatures qui l'habitent se sont adaptées au fil des siècles pour supporter la température. Moi, hélas, je n'ai pas eu ce luxe. Originaire d'un pays froid, je suis habitué à garder la chaleur à l'intérieur plutôt qu'à la rejeter avec aisance.

Même si je souffre des conditions climatiques, je découvre un pays d'une beauté stupéfiante. L'outback ocre est parsemé de formations rocheuses primitives et d'arbustes verdoyants. L'essentiel du sol est couvert de boue orange, qui sèche au soleil pour former une poudre qui volette ensuite sur les routes comme de la poussière de fée.

Quant à Alicia Hall, j'ai rarement vu une oasis aussi plaisante. Après avoir passé quelques jours autour du port d'Adélaïde, j'ai parcouru des routes longées de cahutes au toit en zinc, qui s'amélioraient peu à peu en rangées de pavillons pour, enfin, déboucher sur une large rue bordée de magnifiques maisons. Alicia Hall est la plus impressionnante de toutes. Construite pour supporter la chaleur de la journée, cette demeure coloniale blanche est entourée de tous côtés par une véranda ombragée et des terrasses clôturées par un élégant treillage.

Le jardin luxuriant est organisé en différents espaces, chacun délimité par des chemins dont certains sont ombragés par des tonnelles recouvertes de glycine. Les buissons d'un vert émeraude sont taillés dans les règles de l'art topiaire, et les plates-bandes regorgent d'espèces flamboyantes – des fleurs roses et orange, des feuilles d'un vert brillant et des efflorescences violettes au parfum de miel. Je passe des heures à m'émerveiller devant les grands papillons bleus qui s'y posent pour boire leur doux nectar. Le jardin est entouré par d'immenses arbres, à l'écorce étonnamment blanche, qui dégagent un parfum frais et herbacé que la brise transporte jusque dans la maison quand, le soir, un chœur d'insectes se lance dans une joyeuse cacophonie.

* * *

Ralph Mackenzie avait des yeux bleus charismatiques, une mâchoire puissante et d'épais cheveux auburn. À ma grande surprise, il était bien plus jeune que Kitty – il devait avoir une vingtaine d'années de moins qu'elle. Lorsque je frappai à sa porte une semaine après mon arrivée à Adélaïde, je fus on ne peut mieux accueilli.

— Monsieur Tanit ? Bienvenue à Alicia Hall.

Il me serra la main avec enthousiasme et me conduisit au salon. Quand nous fûmes assis, il demanda à Kilara, sa gouvernante, de nous apporter du thé bien chaud.

— Je pense que je préférerais de l'eau, monsieur Mackenzie, intervins-je.

— Ah ah ! Comme moi, vous venez clairement d'un pays froid. Moi non plus, je n'imaginais rien de pire que du thé dans ce climat à mon arrivée. Cependant, ma sœur avisée m'a assuré que la chaleur du thé nous faisait transpirer, activant le système de refroidissement naturel du corps.

— Étonnant. Cela ne me serait jamais venu à l'esprit.

Il sourit de toutes ses dents.

— L'Australie est un pays plein de surprises, monsieur Tanit. Vous découvrirez une nouvelle façon de voir le monde.

— Je l'espère.

— Bon, ma sœur m'a dit que vous cherchiez du travail. Sachez que la recommandation de Kitty me suffit. Je serai heureux de vous embaucher… si le poste que j'ai en tête vous convient. (Ralph sembla hésiter.) Je suis sûr qu'elle vous a dit ce qu'elle avait fait pour moi, et je souhaite désespérément lui renvoyer l'ascenseur par tous les moyens possibles.

— Je serais reconnaissant pour tout type d'emploi que vous pourriez m'offrir, monsieur. Il n'y a pas grand-chose qui me fasse peur, répondis-je en toute honnêteté.

Ralph se pencha en avant.

— Que savez-vous de l'opale ?

Je me remémorai le pendentif que portait la mère de Kreeg.

— Uniquement qu'il s'agit d'un matériau rare, prisé par les bijoutiers.

— Tout à fait. En raison d'une combinaison géologique peu commune, l'Australie est la première source d'opale du monde depuis les années 1880. Plus de quatre-vingt-quinze pour cent de l'extraction a lieu ici. Pour être franc, le secteur perlier à Broome a plongé après la guerre. Cela va de mieux en mieux, mais la reprise est très lente. (Il se redressa et, peut-être inconsciemment, ajusta son veston.) En tant que nouveau dirigeant de la société, j'ai l'intention de restaurer la glorieuse réputation Mercer dans ce domaine.

— Je vois.

— Mon neveu, Charlie, était un jeune garçon intelligent que la guerre nous a enlevé prématurément. Il a vu dans quel sens soufflait le vent et a investi dans des vignes, ainsi que dans une mine d'opale à Coober Pedy. Les bénéfices sont assez bons, mais nous n'opérons pas à plein régime. J'en reviens tout juste.

Kilara revint avec le thé, présenté sur un plateau en argent élégamment travaillé.

— Kilara, *coober pedy* est de l'australien aborigène, n'est-ce pas ?

— Oui, monsieur. *Kupa piti*, qui veut dire « trou de l'homme blanc », expliqua-t-elle en servant le thé. Du citron ou du lait, monsieur ?

Elle me regarda et je fus frappé par ses incroyables yeux bruns qui brillaient comme la lune.

— Du lait, merci.

— Comme je le disais, poursuivit Ralph, Coober Pedy est la maison de l'opale. Je suis convaincu que nous n'avons même pas effleuré la surface de ce qui se trouve sous terre. Lorsque j'étais là-bas, on m'a proposé d'autres terrains à un prix très intéressant. J'ai l'intention de les acheter.

Je bus une gorgée de mon thé.

— Tout cela m'intrigue. Qu'aviez-vous en tête pour moi ?

— J'ai besoin de quelqu'un pour gérer les opérations sur place. Ce n'est pas un poste… facile à pourvoir. Comme pour toute mine, il y a des dangers inhérents. Et vous découvrirez que, ici, les normes de santé et de sécurité ne sont pas aussi strictes qu'en Europe.

— Au moins, il doit faire plus frais sous terre que dehors, observai-je en souriant.

Ralph me regarda, plein d'espoir.

— Dois-je y entendre de l'intérêt de votre part ?

— Oui, monsieur Mackenzie. Merci.

— Formidable. Néanmoins, je ne souhaite pas vous cacher les dangers de ce poste. Nous avons déjà plusieurs puits profonds, et j'ai l'intention d'en faire construire beaucoup d'autres.

Je m'empressai de le rassurer.

— Vous savez, j'ai récemment perdu l'amour de ma vie. Je peux vous dire sans exagérer que c'est pour moi un miracle d'être encore là et d'arriver ne serait-ce qu'à respirer. En outre, je n'ai plus peur de rien. En vérité, je n'accorde plus tellement d'importance à ma vie. Je suis heureux de l'opportunité que vous avez la gentillesse de m'offrir.

Ralph semblait un peu embarrassé.

— Navré d'entendre ça, monsieur Tanit.

— S'il vous plaît, appelez-moi Atlas.

— Atlas. Quel superbe prénom. Et on ne peut plus approprié, puisque vous descendrez sous terre afin de porter ces mines d'opale sur vos épaules ! (Il tendit la main pour serrer la mienne.) Je veillerai à ce que vous soyez récompensé, Atlas. D'ailleurs, voici une idée, ajouta-t-il en haussant un sourcil. En plus de votre salaire, si je vous offrais un pourcentage sur les ventes d'opale ? Disons… dix pour cent des bénéfices ?

J'étais sidéré.

— Voilà qui est extrêmement généreux. Mais il est inutile de…

— En Écosse, nous avons un dicton, Atlas, m'interrompit Ralph. « À cheval donné, on ne regarde pas les dents. » (Il sourit jusqu'aux oreilles.) Je souhaite vous encourager. Je suis persuadé que cela pourrait rapporter gros. Si vous effectuez ce travail comme je crois qu'il peut être fait, j'espère que cela vous rendra riche. Vous serez responsable de la croissance et de la maximisation des opérations, de l'exportation de l'opale, de la négociation des contrats… Il y a beaucoup à faire. Je vous assure que vous serez bien content de toucher ces dix pour cent.

— Merci, monsieur. Affaire conclue.

— Merveilleux ! Je vais immédiatement envoyer la confirmation que je souhaite acheter ces terrains à Coober Pedy. (Il se leva.) J'imagine qu'avec cette valise, dit-il en désignant mon sac usé, recouvert de poussière orange, vous allez avoir besoin d'un logement le temps qu'on puisse vous envoyer au nord ?

— Je n'ai en effet nulle part où aller.

— Dans ce cas, vous êtes le bienvenu à Alicia Hall.

— Votre bonté ne connaît pas de limites. Vous avez gagné ma reconnaissance éternelle.

— Pour ne rien vous cacher, vous allez avoir besoin de tout le confort possible. Il y a une chose que je ne vous ai pas encore dite au sujet de Coober Pedy, déclara Ralph d'un air penaud.

— Ah ?

— Vous aviez raison de supposer qu'il fait bien plus frais sous terre qu'en surface. Par conséquent, afin d'éviter la terrible chaleur du désert, la population, peu nombreuse, s'est installée sous terre. Les villageois ont littéralement creusé des terriers dans les collines. Le type auquel j'achète les terrains cède aussi sa maison. C'est là que vous habiterez.

Il me fixa avec inquiétude, comme si cette information risquait de me rebuter.

— Cela vous étonnera peut-être, mais l'idée de me terrer loin du reste du monde me convient parfaitement.

— Vous êtes bel et bien fait pour ce poste ! s'exclama Ralph, soulagé. À présent, je vais m'empresser d'organiser tout cela. Kilara veillera à ce que vous vous sentiez chez vous ici. Kilara, voulez-vous bien montrer la chambre d'amis principale à Mr Tanit ?

— Oui, monsieur, dit-elle en inclinant la tête.

— Merci. Je vous retrouverai pour le dîner, Atlas.

Ralph tourna les talons pour quitter la pièce et heurta un petit garçon que je reconnus aussitôt.

— Doucement, Eddie ! fit-il en lui ébouriffant les cheveux.

— Eddie ! m'exclamai-je, un grand sourire aux lèvres. Que fais-tu donc ici ?

Le petit garçon me rendit mon sourire et se blottit contre la jambe de Ralph qui semblait perplexe. Toutefois son étonnement fut de courte durée.

— Bien sûr, vous avez dû vous croiser sur le bateau !

— En effet. Je suis ravi de le voir ici.

Ralph prit Eddie par les épaules.

— C'est un honneur de l'avoir avec nous à Alicia Hall. Lui et Tinky, le cavalier King Charles, sont devenus les meilleurs amis du monde, pas vrai, Eddie ? (Celui-ci hocha la tête avec enthousiasme.) Attendez, je suppose que vous ne savez pas que Sarah et lui ont débarqué ici à la recherche de Kitty, deux ou trois jours seulement après l'arrivée de l'*Orient* ?

— Je l'ignorais, en effet. Si je me souviens bien, ils étaient censés rencontrer leurs nouvelles familles peu après le débarquement, non ?

Ralph soupira.

— C'était ce qui était prévu, mais personne n'est venu les chercher. Sarah et Eddie ont été emmenés dans un orphelinat abominable, alors ils se sont enfuis et sont arrivés jusqu'à Alicia Hall.

Il regarda Eddie avec une certaine fierté.

— Est-ce que Sarah va bien ? m'enquis-je avec angoisse.

— Parfaitement. Kitty l'a engagée comme bonne. Elles sont ensemble à l'heure où je vous parle.

Une vague de soulagement s'abattit sur moi.

— Dieu soit loué.

— Elles forment une sacrée équipe, s'amusa Ralph. Mon Dieu, je ferai tout ce qui est en mon pouvoir pour que l'orphelinat de Saint-Vincent-de-Paul ferme ses portes. Apparemment, les nonnes y font travailler les enfants comme des esclaves. Mais Eddie est en sécurité maintenant, pas vrai, mon grand ?

— Oui ! couina Eddie avant de repartir en courant.

— Vous savez, Ralph, c'est la toute première fois que je l'entends parler.

— C'est un petit garçon formidable. J'espère pouvoir un jour… C'est idiot, il vient tout juste d'entrer dans notre vie, mais cela m'emplirait de fierté de pouvoir faire de lui un Mackenzie. Officiellement. (Ralph se racla la gorge.) Je ne crois pas en grand-chose, mais je dois avouer qu'Alicia Hall détient certains pouvoirs de guérison. Pour moi, cet endroit s'est révélé être une oasis pour la réflexion et la méditation. Peut-être y puiserez-vous une certaine sérénité.

Il me tapota l'épaule et sortit du salon.

— Sac ? demanda Kilara avec un gentil sourire.

— Oh, je peux m'en charger, merci. Après vous.

Kilara haussa les épaules. Je pris ma valise et la suivis dans le majestueux escalier. Alors que je l'admirais, je trébuchai sur la deuxième marche. Rapide comme l'éclair, Kilara fit volte-face, me saisit le bras et s'empara de ma valise comme si celle-ci était aussi légère qu'une plume.

— Vous en faites pas, monsieur, je peux la porter pour vous.

— C'est drôlement gentil. Je ne suis pas aussi maladroit d'habitude.

Kilara me conduisit dans une chambre majestueuse jouissant d'une vue magnifique sur les jardins.

— Voici votre chambre, monsieur.

— Merci, Kilara.

Elle hocha la tête et s'apprêta à rebrousser chemin. En passant devant moi, elle s'arrêta un instant pour me regarder droit dans les yeux. Je fus de nouveau envoûté par l'éclat des siens.

— Vous connaissez le Temps du Rêve ?

Sa question me prit au dépourvu.

— Oui. Non. Enfin, j'ai entendu parler du Temps du Rêve. Cela m'a l'air fascinant, en effet.

Je regrettai aussitôt cette formulation qui pouvait paraître condescendante.

— Vous venez du Temps du Rêve, monsieur. Les Ancêtres vous connaissent.

Avec douceur, elle me posa la main sur le coude. Je ne saurais expliquer pourquoi, mais le visage chaleureux de Kilara et la douceur de son geste me firent monter les larmes aux yeux.

— Reposez-vous. Ici. Maintenant.

Elle écarta le bras et referma la porte en silence.

Soudain éreinté, je m'effondrai sur le lit. Je dus m'endormir aussitôt, car je fus assailli par une succession de rêves affreux. Dans l'un, j'étais face à Ella. Nous nous tenions la main, quand une présence obscure et malveillante arrivait pour l'attirer dans la pénombre. Dans un autre, j'étais dans une église, visiblement le jour de mon mariage. Je me retournais pour regarder Ella s'avancer dans l'allée centrale mais, quand elle atteignait l'autel, c'était comme si elle ne me voyait pas. Elle prononçait ses vœux, sans jamais croiser mon regard. Puis, quand je m'écartais de l'autel, je remarquais qu'elle s'adressait à un autre homme dont je ne voyais pas le visage.

Le dernier rêve mettait en scène un ciel nocturne tourbillonnant, où les Sept Sœurs des Pléiades prenaient forme humaine et dansaient au-dessus de ma tête. Elles se tenaient par la main et descendaient pour m'encercler, riant et sautillant. Elles se mettaient à tourner de plus en plus vite, jusqu'à ce que j'aie le vertige et sois obligé de fermer les yeux. Lorsque je les rouvrais, je découvrais devant moi un bébé qui pleurait dans un couffin. Je n'avais qu'une envie, c'était de le prendre dans mes bras pour le consoler mais, quand je m'approchais, il disparaissait. Puis, regardant autour de moi, j'apercevais brièvement un visage familier. La femme en robe rouge et aux longs cheveux blonds… Elle se volatilisait et le monde recommençait à tourbillonner. Cette fois, mon champ de vision explosait en un éventail de couleurs vives. Galaxies et motifs tournoyants naissaient devant mes yeux, devenant de plus en plus lumineux, jusqu'à ce que l'intégralité de mon univers s'enflamme.

Quand je me réveillai, le soleil brillait intensément sur mon visage.

40

Coober Pedy, 1951

Le désert de Coober Pedy est l'endroit le plus aride que j'aie jamais foulé, mais il produit sans aucun doute les plus belles opales au monde. L'ironie, c'est que la pluie est indispensable pour former cette pierre précieuse. Lorsqu'elle tombe – tous les 36 du mois – et trempe la terre aride, l'eau s'infiltre profondément dans la roche, transportant avec elle un composé dissous de silicium et d'oxygène. Puis, durant les interminables épisodes de sécheresse, l'eau s'évapore, laissant des dépôts de silice dans les fentes entre les couches de sédiments. Ces dépôts sont à l'origine de la coloration arc-en-ciel de l'opale pour laquelle les gens sont prêts à payer une fortune. Les hommes que j'embauche me demandent souvent quel type de magie est à l'œuvre pour créer notre produit. Je leur explique le processus chimique, mais en général ils choisissent plutôt de croire à la légende aborigène.

Celle-ci raconte l'histoire d'une créature féminine à la beauté stupéfiante, du nom de Pallah-Pallah, qui possédait de magnifiques ailes chatoyantes, comme celles d'un papillon. Un jour, Pallah-Pallah vola jusqu'au sommet de la plus haute montagne. Mais bientôt, il se mit à neiger et elle fut ensevelie. Lorsque la neige finit par fondre, elle dépouilla Pallah-Pallah de ses merveilleuses couleurs et celles-ci s'infiltrèrent au fin fond de la terre.

Je crois que, par le passé, j'aurais moi aussi choisi de croire cette histoire. Toutefois, désormais, tout ce que je vois lorsque j'examine les fruits des mines, ce sont des sphères inframicroscopiques qui réfractent la lumière. Il s'agit simplement d'un processus scientifique logique et explicable. Un peu comme les étoiles qui éclairent le ciel nocturne. J'ai fini par accepter qu'elles n'étaient pas des signes mystiques d'espoir et de majesté, mais des boules de gaz brûlantes rendues possibles par la gravité. Sincèrement, mieux vaut les voir ainsi, plutôt que d'imaginer que mes Sept Sœurs – mes anciennes protectrices – auraient pu m'abandonner de la sorte.

D'ailleurs, j'ai appris à apprécier la vie sous terre. Les « maisons » – si l'on peut les appeler ainsi, car il s'agit plutôt de terriers – sont créées en faisant exploser la roche, avant de la creuser à l'aide de pioches. Il faut veiller à ce que les plafonds atteignent quatre mètres de haut, afin d'éviter les effondrements, mais cela va rarement au-delà. En gros, le résultat est une grotte souterraine. Certains des hommes créent des puits de lumière, mais je n'en ai pas pris la peine. Désormais, j'aime l'obscurité.

Les hommes les plus doués ont transformé leur demeure en une réplique acceptable d'une maison classique, passant des heures à sculpter des arcades, des étagères, des portes et même des œuvres d'art. Pour ma part, je ne désire aucun confort de ce type. Je dors sur un vieux matelas poussiéreux et garde mes vêtements dans ma vieille valise, à même le sol. Je ne me suis même pas accordé un bureau. Ces deux dernières années, je n'ai ressenti aucune envie d'écrire dans ce journal.

À mon arrivée, les opérations étaient limitées. J'embauchai une équipe de quatre mineurs qui travaillaient pour une autre société. Grâce aux fonds conséquents de l'empire Mercer, je pus leur offrir un salaire plus élevé en échange de leur expertise. Ces premiers temps furent difficiles. Nous étions confrontés à une vaste étendue de terre et tout progressait à une lenteur désespérante.

C'est à l'hiver 1949 que j'eus mon idée de génie.

Afin d'étendre les mines à la vitesse souhaitée par Ralph Mackenzie, nous avions besoin d'hommes habitués à des conditions de travail souterraines ardues. J'envoyai l'un de mes mineurs au port d'Adélaïde pour dénicher de jeunes hommes qui, tout juste arrivés d'Europe, avaient été confrontés aux périls de la dernière guerre et souhaitaient prendre un nouveau départ. Il les abordait et leur proposait un emploi immédiat assorti d'un salaire décent.

La stratégie fonctionna. Un an plus tard, nous avions plus de cent mineurs à Coober Pedy.

N'arrivant tout simplement pas à croire les chiffres que je lui communiquais, Ralph Mackenzie se rendit sur place. Peu de choses me procurent du plaisir ces temps-ci, mais voir sa mâchoire se décrocher face au vaste réseau de puits fut un régal.

— Dieu tout-puissant, Atlas ! Je n'en crois pas mes yeux ! Je supposais qu'il y avait eu une erreur de comptabilité. Ou peut-être..., ajouta-t-il avant d'hésiter.

— Que j'essayais de vous escroquer, répondis-je d'un ton glacial.

En entendant ces mots quitter mes lèvres, je sus que j'avais changé. Un an sans Ella dans ce désert infernal m'avait endurci.

Ralph eut un rire nerveux.

— Disons que... oui. Mais me voilà, et les preuves sont difficiles à contester. (Il me tendit la main.) Vous êtes un titan de l'industrie, Atlas Tanit.

— Merci, Ralph.

— Je sais combien cela doit être pénible de vivre ici au quotidien. Que diriez-vous de quelques semaines de vacances à Alicia Hall pour vous détendre ? Entièrement rémunérées, cela va sans dire. Je crois que c'est le moins que je puisse faire.

Je secouai la tête.

— Inutile. Il y a du travail à faire et je suis heureux de m'en charger.

— Eh bien, peut-être, mais il est également important de prendre du recul pour apprécier les résultats obtenus.

— Non, répondis-je avec sévérité, remarquant que Ralph semblait perturbé. Merci.

Il haussa les épaules.

— Comme vous voudrez. Dites-moi, je suis loin d'être un spécialiste comme vous mais, de mon point de vue de profane, notre terrain semble entièrement creusé.

— Vous avez raison. Il reste peu de place pour de nouveaux puits. Il serait bon d'étendre la surface à exploiter.

— Entendu, Atlas. Je vais vous procurer d'autres terrains. Rien que l'argent que vous avez fait gagner à la société permettra largement d'acheter le double, voire le triple des terres où nous opérons actuellement. (Il me donna un coup de coude.) Avec vos dix pour cent, vous serez bientôt millionnaire. Vous vous rendez compte ?

Je croisai le regard de Ralph.

— Le travail me plaît. Je le ferais pour moins que cela.

Il soupira.

— Seigneur, il est vraiment impossible de vous arracher un sourire. En toute franchise, je me fais du souci pour vous. Lorsque nous nous sommes rencontrés, il y a maintenant plus d'un an, j'ai vu un homme brisé et abattu. Mais l'homme que je vois devant moi aujourd'hui est… endurci. Vous avez réalisé un travail remarquable ici, Atlas. Néanmoins, vous feriez bien de vous rappeler que la vie n'est pas censée être vécue sous terre.

— Comme je l'ai dit, ce mode de vie me convient.

Ralph persista.

— Pardonnez-moi d'être un peu rustre, Atlas, mais c'est un environnement à forte domination masculine. Il n'y a presque aucune occasion de sympathiser avec le sexe opposé. Je connais de nombreuses jeunes célibataires à Adélaïde qui seraient enchantées de faire votre connaissance à Alicia Hall…

Je me tournai lentement vers lui.

— Monsieur Mackenzie. Veuillez ne plus jamais suggérer une telle chose. Cela ne m'intéresse absolument pas.

— Très bien.

Ralph Mackenzie repartit et, en l'espace d'un mois, il avait acheté dix hectares supplémentaires. Par conséquent, j'augmentai le nombre de « recruteurs » au port d'Adélaïde et, très vite, le secteur de l'opale ne parlait plus que des mines Mercer à Coober Pedy.

Je ne pense plus qu'aux opérations. Chaque jour, je me réveille et me concentre sur les différentes tâches à accomplir. Mon esprit est envahi par les haches, les pelles, le bois et l'obscurité. Il ne risque donc pas de s'égarer dans tout autre territoire où je ne souhaite pas m'aventurer.

41

Aujourd'hui, j'ai failli mourir.

Ce matin, alors que je préparais des documents d'exportation dans la cabane en tôle qui me tient lieu de bureau, Michael, le contremaître, est arrivé en courant, paniqué.

— Monsieur ! Nous avons un effondrement ! Trois hommes sous les décombres au puits sept !

Je me levai d'un bond.

— Sont-ils en vie ?

— Plus pour longtemps, monsieur. Je crains que toute la structure ne cède.

Je me dirigeai vers la porte.

— Rassemblez autant d'hommes que possible et envoyez-les au puits sept. Vite !

— Oui, monsieur, répondit Michael en s'élançant devant moi.

Puis une vision abominable me traversa l'esprit. Je le rappelai.

— Vous dites que tout va s'effondrer ?

— La structure fait un terrible bruit, comme un grognement. À mon avis, c'est le bois qui a pourri.

J'inspirai profondément.

— Je retire ce que j'ai dit, Michael. Ne rameutez personne. Hors de question que je risque la vie de qui que ce soit. Je vais descendre moi-même.

— Si vous me le permettez, monsieur, vous ne pourrez rien faire seul. Ils sont sous une montagne de terre et de bois.

Je réfléchis un instant.

— Vous pouvez demander s'il y a des volontaires. Expliquez bien la situation. Pas d'ordres. Cela doit venir d'eux.

Michael acquiesça avant de repartir en vitesse. Je traversai la terre orange en courant jusqu'à l'entrée du puits sept qui, comme Michael l'avait annoncé, produisait un affreux gémissement. Sans l'ombre d'une hésitation, je descendis en utilisant les rampes en acier fixées à la roche. Lorsque j'atteignis la mine, je fus accueilli par un tourbillon de boue et de poussière. Je ne distinguais que la lumière de lampes à pétrole et les suivis au milieu du nuage de poussière. Les mains tendues devant moi, je sentis bientôt la présence d'un mineur.

— Qui est-ce ? cria-t-il.

— Atlas Tanit ! Et vous ?

— Ernie Price, monsieur !

— Montrez-moi où sont ensevelis les hommes.

— Juste devant nous, monsieur ! (Il me saisit l'épaule et m'orienta vers le sol où j'aperçus cinq ou six hommes en train de creuser dans un tas de terre.) On a entendu un énorme craquement, alors j'ai ordonné à tout le monde de sortir. Mais ceux-là n'ont pas été assez rapides.

— Tout va s'écrouler ! criai-je. Vous devez partir d'ici !

— C'est ma mine, monsieur, et ce sont mes hommes. Je dois essayer !

Je distinguai un cri étouffé sous la terre.

— Restez si vous voulez. Mais pensez à votre famille.

— Les gars ! cria Ernie aux hommes qui tentaient de dégager leurs camarades. Sortez d'ici. Remontez, tout de suite ! (Ils hésitèrent.) C'est un ordre ! Foutez le camp ! Maintenant !

Ils suivirent les instructions de leur chef, lâchant pioches et pelles. Ernie resta, stoïque, et me tendit une pioche.

— Creusez, monsieur, c'est tout ce qu'on peut faire.

Les gémissements s'intensifièrent tandis que nous frappions férocement la terre solide.

— Tenez bon ! criai-je. Nous tapons sur le bois, voilà pourquoi nous n'avançons pas ! La boue est entassée sur le bois ! Nous devons creuser par au-dessus, pas par en dessous !

Ernie hocha la tête et m'imita quand j'entrepris d'attaquer le tas à hauteur de poitrine. À mon grand soulagement, cela nous permit de dégager davantage de terre, et les cris des hommes devinrent de plus en plus sonores.

— Continuez ! Nous ne sommes plus très loin ! lançai-je.

Après ce qui me sembla des heures, mais qui en réalité ne dut pas durer plus de deux minutes de creusement intempestif, je vis bouger quelque chose.

— C'est une main ! Attrapez-la et tirez, Ernie !

Il s'exécuta tandis que je continuais de creuser. Un visage finit par émerger des décombres. Ernie dégagea l'homme, qui crachota et gémit.

— Tu peux marcher, Ron ?

Celui-ci secoua la tête. Soudain, Michael et trois volontaires apparurent dans la tempête de poussière à l'entrée du puits.

— Sortez-le d'ici ! criai-je. Nous en avons encore deux à libérer ! (Je collai l'oreille au tas de terre. J'entendis un hurlement.) Il est là !

Je fus stupéfait de découvrir qu'une jambe dépassait d'un endroit que nous avions déjà dégagé. Nous réussîmes à le sortir plus vite que le précédent, mais son état semblait plus critique et il était à peine conscient. La mine émit un gémissement répugnant et la terre se mit à trembler.

Je savais ce qui nous attendait et me tournai vers les hommes.

— Celui-ci va être plus difficile à ramener à la surface. Votre aide à tous est nécessaire. Je vais trouver le dernier mineur.

Les volontaires entreprirent de tirer le blessé vers l'entrée du puits, et Ernie reprit sa pelle.

— Ernie, dis-je en lui posant la main sur l'épaule. Merci. Mais ils ont besoin de vous. Je vais trouver le dernier homme. Comment s'appelle-t-il ?

— Jimmy, monsieur. C'est un gamin. Il n'a que dix-neuf ans !

— Je comprends. Allez-y, maintenant.

Ernie tourna les talons et partit en courant dans la poussière. Je collai de nouveau l'oreille à la terre mais, cette fois, je n'entendis aucun cri étouffé. Alors, je recommençai à frapper avec ardeur la pile devant moi. J'avais accepté mon destin. La mine allait s'effondrer et j'y serais enseveli aux côtés de Jimmy. Souhaitant qu'il sache qu'il ne périrait pas seul, je lançai :

— Jimmy ! Ça va aller ! Tu m'entends, Jimmy ? Ne t'inquiète pas !

À ma grande surprise, je reçus un gémissement tout à fait audible en guise de réponse.

— Jimmy ? Jimmy, c'est toi ?

— Ohhhhh, entendis-je à nouveau.

Je suivis la voix et fus stupéfait de découvrir un homme à moitié conscient dont le torse était entièrement visible. Ses jambes, cependant, étaient piégées sous une poutre en bois. Je lui saisis la main, le cœur battant à tout rompre.

— Jimmy ! Accroche-toi ! criai-je en tirant de toutes mes forces.

Il hurla de douleur et je constatai qu'il était bel et bien coincé. J'entrepris de creuser autour de sa taille, mais cela ne donnait rien. J'attrapai la lampe à pétrole et m'aperçus que la poutre de soutien était tombée contre la paroi du puits à un angle aigu, ce qui expliquait pourquoi elle avait emprisonné Jimmy au lieu de l'écraser. Je saisis la poutre et tentai de la déplacer. Impossible.

— S'il vous plaît, marmonna Jimmy. S'il vous plaît, s'il vous plaît…

Je parcourus le bois des doigts, à la recherche de fissures. Si je parvenais à fendre la poutre, cela pourrait suffire à libérer Jimmy au-dessous, tout en évitant que la terre au-dessus ne le comprime. Après avoir tâtonné quelques instants, je trouvai la fente nécessaire. Dans un regain d'espoir, je repris ma pioche et attaquai la poutre. Le sol sous mes pieds bougeait tant désormais que mes coups manquaient de précision. Je poussai un juron, déversant toute ma frustration. Si seulement j'avais quelque chose de pointu à insérer dans la fissure pour aider à faire céder la poutre. Alors que je cherchais des pierres autour de moi, je me souvins de l'objet que je portais autour du cou.

— Le diamant, soufflai-je.

Je retirai la bourse en cuir et en sortis son précieux contenu. Puis je repérai l'endroit où la fente était la plus large et poussai le diamant à l'intérieur. Je reculai d'un pas et levai ma pioche au-dessus de ma tête. Faisant monter une prière silencieuse, je frappai de toutes mes forces. Le bruit sourd que j'entendis me rassura : j'avais frappé au bon endroit. Un craquement s'ensuivit, tandis que la moitié basse de la poutre se détachait du reste. Lâchant la pioche, j'attrapai le bois et tirai aussi vigoureusement que possible. Contre toute attente, mon plan fonctionna. Je parvins à écarter le bas de la poutre et l'autre moitié continua de soutenir la terre au-dessus. Je saisis la main de Jimmy et tirai pour le libérer.

Heureusement que je fus rapide, car le reste du bois se cassa bientôt en deux. Traînant Jimmy par les bras, je me frayai un chemin au milieu des décombres et de la poussière.

— À l'aide ! hurlai-je en approchant du puits de la mine. Au secours !

Ne percevant aucune réponse, j'en conclus que personne ne m'entendait sous ce terrible grondement. Rassemblant tout mon courage, j'attrapai le corps meurtri de Jimmy et le hissai sur mon épaule. Puis je m'agrippai aux rampes en fer et entrepris d'escalader pour quitter cet enfer. C'était atrocement difficile. Mais j'étais arrivé jusque-là. Au bout de quelques mètres, je commençai à entendre des voix.

— Hé, quelqu'un remonte !

— Impossible, tu hallucines !

— Regardez par vous-même !

— Bon sang, descendez vite l'aider ! On arrive, monsieur, tenez bon !

Je continuai de lutter pour monter vers la liberté, lorsque je sentis qu'on me déchargeait du poids de Jimmy.

— On le tient. Tire, Michael, tire ! lança la voix d'Ernie.

Malgré le soulagement de départ, être délesté du poids de Jimmy sur mon épaule me fit perdre l'équilibre et mes pieds glissèrent des rampes. Alors que j'étais suspendu au-dessus du vide, je vis les hommes hisser Jimmy hors de la mine. Puis le grondement au-dessous de moi laissa la place à un hurlement strident et des débris commencèrent à me tomber sur la tête.

— Tout va s'écrouler ! cria Ernie. Vite, attrapez-le !

Je regardai au-dessous de moi et fus confronté à un tourbillon de terre et de bois. Le hurlement strident se transforma en un rugissement assourdissant et, quand je levai les yeux, la dernière chose que je vis fut la main d'Ernie, désespérément tendue pour attraper la mienne. Je tentai de la prendre, mais les rampes succombèrent sous l'effet de l'écroulement de la mine. Je me sentis tomber quelques instants, avant que le monde autour de moi ne disparaisse.

* * *

Lorsque je me réveillai, quel ne fut pas mon étonnement de me retrouver dans l'une des cabanes de fortune à la surface, allongé sur un tas de vêtements de travail.

— Il s'est réveillé ! s'écria Ernie.

Je clignai des yeux et son image devint plus nette.

— Monsieur Tanit, vous êtes vivant !

Je pris conscience de l'immense souffrance que me causait le simple fait de respirer.

— Ma poitrine, gémis-je.

— Ce sont vos côtes, monsieur. On pense qu'elles sont bien écrabouillées. Comment vont vos jambes ? Est-ce que vous arrivez à les bouger ?

J'y parvins.

— Oui. Les hommes du puits sept…

— Tous vont bien, monsieur, à part quelques os cassés et une belle frayeur. Et tout ça, c'est grâce à vous.

J'avais terriblement mal à la tête, une douleur lancinante, et je portai la main à mon front.

— La mine s'est écroulée sur moi.

— Oui, monsieur, quand vous étiez à environ trois mètres de la surface. Par chance, on vous suivait des yeux et on a commencé à creuser immédiatement. Presque tous nos mineurs sont venus à la rescousse pour vous sortir de là. À nous tous, ça a été rapide.

— Merci, dis-je en essayant de tendre le bras pour serrer la main d'Ernie. Aïe, gémis-je alors qu'une décharge de douleur traversait mon articulation.

— Essayez de ne pas trop bouger, monsieur. Nous avons informé Mr Mackenzie à Adélaïde, et il nous a assuré que les meilleurs médecins étaient en route pour vous soigner, vous et les autres blessés. Mais en attendant, eh bien… Michael a eu une idée.

Il fit signe au contremaître qui attendait dans l'embrasure de la porte. Celui-ci se racla la gorge.

— Seriez-vous disposé à voir un ngangkari ?

— Ngangkari ? demandai-je, perplexe.

— Un guérisseur aborigène, monsieur. J'ai eu vent de leur présence dans un village à quelques kilomètres d'ici. Les médecins d'Adélaïde mettront plusieurs jours à arriver, alors qu'un ngangkari pourrait être à votre chevet dès cet après-midi.

Je parvins à hocher la tête.

— N'importe quoi pour atténuer la douleur dans ma poitrine.

Michael eut l'air soulagé.

— Ne vous inquiétez pas, monsieur. Je reviendrai tout à l'heure avec de l'aide. Vous êtes un homme très courageux.

Il repartit en courant.

— Est-ce qu'il est réveillé ? s'enquit une voix à l'extérieur de la cahute.

— Attendez, me dit Ernie en se levant pour aller voir. (J'entendis des marmonnements, puis il revint.) Je sais que vous venez de vous réveiller, monsieur, mais quelqu'un a très envie de vous rendre visite et de s'assurer que vous allez bien.

— Qui donc ?

— Jimmy, monsieur. Il souhaite vous remercier.

— Faites-le entrer, s'il vous plaît.

Ernie sortit, laissant place à un homme au visage poupin qui semblait extrêmement jeune. Celui-ci entra en boitant et retira son chapeau de soleil, le tenant humblement devant son ventre.

— Jimmy, dis-je. Comment vas-tu ?

— Je suis en vie, monsieur. Et c'est grâce à vous et vous seul. Les autres m'ont dit que vous étiez resté pour me secourir et que vous m'aviez porté sur votre dos. Je vous dois tout.

Il baissa les yeux.

— Vous travaillez tous pour moi, ce qui signifie que je suis responsable de votre sécurité. J'accomplissais simplement mon devoir. (Le jeune homme gigotait, l'air mal à l'aise.) Est-ce que tout va bien ?

— Oui, monsieur. (Il se retourna pour s'assurer qu'il n'y avait personne à la porte.) J'ai juste quelque chose à vous rendre.

— Comment ça ?

Jimmy plongea une main hésitante dans sa poche et en sortit un objet familier. Je ne pus m'empêcher de rire, ce qui envoya une terrible vague de douleur à travers ma poitrine.

— Aïe, marmonnai-je. Pour le coup, voilà quelque chose que je ne pensais pas revoir, Jimmy. Sais-tu de quoi il s'agit ?

Après tout, le diamant était toujours recouvert de colle et de cirage.

— Oui, monsieur. Quand j'étais petit, je travaillais dans les mines de diamants au Canada. Je les reconnaîtrais n'importe où. Mais, ajouta-t-il en secouant la tête, je n'en avais jamais vu d'aussi gros.

— Non, j'imagine. (J'essayai de me redresser un peu sur le matelas de vêtements.) Comment donc t'es-tu retrouvé avec ça ? Je lui avais volontiers dit adieu là-dessous.

— Je vous ai vu prendre quelque chose dans une bourse. Ensuite, quand vous avez frappé la poutre avec la pioche, il m'est tombé sur la poitrine, monsieur. Je m'y suis agrippé pour vous le rendre. Tenez.

Il s'approcha de mon lit de fortune et plaça le diamant entre mes mains. Je fixai la pierre quelques instants.

— Je pensais que sauver une vie aurait été la dernière chose qu'il aurait faite en ma possession. Mais le voilà. De retour auprès de moi. (Je le fis tourner dans mes mains, avant de lever les yeux vers Jimmy.) Pourquoi ne l'as-tu pas gardé ? Il aurait pu t'éloigner de tout ça. Tu aurais pu aller n'importe où, faire n'importe quoi de ta vie... Malgré tout, tu as choisi de me le restituer.

Le jeune homme secoua vigoureusement la tête.

— Cela ne me viendrait jamais à l'esprit, monsieur. Il ne m'appartient pas.

— En tout cas, merci de me le rendre.

Il me regarda timidement.

— Je pourrais vous poser la même question, monsieur.

— Pardon ?

— Vous l'avez dit vous-même. Avec un joyau comme celui-ci, vous pourriez être n'importe qui. Mais au lieu de cela, vous êtes ici avec nous, un tas d'hommes brisés dans le désert. Vous avez failli mourir aujourd'hui. Pourquoi ne le vendez-vous pas pour changer de vie ?

Je réfléchis. Cela devait en effet être bien étonnant pour ce jeune homme.

— Tu as dit « il ne m'appartient pas », n'est-ce pas, Jimmy ? Eh bien, je te donnerai la même réponse. Merci encore de me l'avoir rendu.

Il s'apprêta à quitter la cabane.

— Jimmy ? lançai-je. Inutile d'en parler aux autres, si cela ne t'ennuie pas.

— Parler de quoi, monsieur ?

Je lui adressai un signe de tête et il s'éloigna en boitant.

Je fixai le diamant.

— Même quand j'ai essayé de me débarrasser de toi, tu m'es revenu. N'as-tu pas fait ce que tu avais à faire ?

Je plaçai délicatement la pierre dans ma poche. Puis je fermai les yeux et m'endormis.

Je fus réveillé par Michael.

— Monsieur Tanit ? Un ngangkari est là.

Je me frottai les yeux et découvris, à côté de Michael, un homme grand qui portait une jupe faite de longues herbes séchées, et dont le corps arborait de saisissants motifs aux couleurs vives. Il me regarda et m'adressa un signe de la main.

Je lui rendis son salut.

— Bonjour. Merci d'être venu.

Il se pointa du doigt.

— Yarran.

Je l'imitai.

— Atlas. (Il hocha la tête.) J'ai une très forte douleur dans la poitrine. Je crois que j'ai les côtes cassées et je me demandais si vous auriez un remède contre la douleur.

Yarran continuait de me fixer. Michael intervint :

— J'ai l'impression qu'il ne parle pas bien anglais, monsieur Tanit.

Yarran désigna ma poitrine.

— Oui. Douleur, dis-je.

Yarran opina du chef et donna une petite tape dans le dos de Michael.

— Je pense que ça signifie que vous pouvez nous laisser, Michael.

— Êtes-vous sûr ? me demanda-t-il, l'air méfiant.

— Oui, tout ira bien. Merci.

Quand Michael fut parti, Yarran posa les mains sur ma poitrine.

— Doucement ! criai-je, craignant la douleur qu'il pourrait m'infliger au moindre contact.

Il s'arrêta et me sourit.

— Aïe, dit-il.

— Oui, aïe. Douloureux, répondis-je.

Yarran hocha de nouveau la tête, puis inspira profondément avant de remettre les mains sur mon torse. Je me préparai à souffrir, mais ses paumes se mouvaient avec une grande légèreté sur mes côtes, comme s'il caressait doucement un chat.

— Um, s'il vous plaît, dit-il en désignant ma chemise constellée de terre.

Je la retirai avec précaution et regardai ma peau qui était noire et bleue.

— Aïe, répéta Yarran.

Il posa de nouveau les mains sur ma poitrine. Il ferma les yeux, et sa respiration se fit de plus en plus profonde.

— Mmmmm, commença-t-il à fredonner de son timbre grave et mélodieux.

Je levai les yeux vers lui et vis qu'il fronçait les sourcils.

— Qu'est-ce qui ne va pas ? l'interrogeai-je.

— Dedans, aïe, répéta-t-il.

— Je sais. Des côtes cassées, je crois.

— Non. Dedans. Profond. Aïe.

Un vent de panique me traversa.

— Plus profondément ? Vous croyez que mon cœur a été touché ?

Je pointai le centre de ma poitrine.

— Le corps va se réparer. L'esprit est cassé. (Il me fixa de ses yeux brun profond, qui pétillaient comme ceux de Kilara.) Ancêtres, poursuivit-il en pointant le plafond. Les ancêtres font.

— Je ne sais pas ce que vous voulez dire. Je…

Avant que j'aie pu terminer ma phrase, il avait placé ses mains sur ma tête et commença à me masser les tempes avec ses pouces. Ses doigts m'agrippaient le crâne, mais c'était indolore.

Ce qui se produisit ensuite est très difficile à décrire, mais je ferai de mon mieux. Les doigts de Yarran semblèrent m'enserrer la tête de plus en plus fort, jusqu'à ce que j'aie l'impression qu'il avait pénétré dans mon crâne et atteint mon esprit lui-même. Je précise une nouvelle fois que cela n'avait rien de douloureux, c'était plutôt comme si l'on me berçait de l'intérieur. La sensation se diffusa de ma tête à mon cou, puis à l'intérieur de ma poitrine. Soudain, je réussis à respirer plus facilement, comme si mes poumons avaient débloqué de nouvelles capacités dont j'ignorais l'existence. La pièce autour de moi s'effaça au profit d'un blanc lumineux. Je me sentais détendu, en paix. Puis j'entendis la voix de Yarran qui dansait et résonnait dans ma tête.

— Votre âme souffre terriblement, dit-il. Les ancêtres et moi-même allons vous aider à guérir.

— Vous parlez parfaitement anglais, Yarran ! répondis-je, euphorique.

— Nous ne sommes limités que par le monde physique, Atlas. Comme je crains que vous l'ayez oublié, l'existence est bien plus riche que cela.

— Où sommes-nous ?

— Où vous le souhaitez.

Je réfléchis un instant.

— J'ai envie d'être avec Ella. Mais elle est partie, Yarran. Je ne comprends toujours pas vraiment pourquoi.

— Elle a disparu, déclara Yarran avec douceur.

— Disparu de ma vie, oui.

— Disparu de… partout. Hmm.

— Que voulez-vous dire par là ?

— Il y a une ligne qui nous relie à ceux que nous aimons, même s'ils sont loin. Bien que nous ne puissions voir cette ligne, elle veille à ce que, où que nous nous trouvions, nous soyons toujours liés à eux. Vous êtes encore lié à elle.

Mon cœur s'emballa.

— Même si elle n'est pas montée à bord du navire ?

— Oui. Je ne vois pas où s'arrête la ligne qui vous relie. Mais elle souhaite être retrouvée.

— Ah oui ? demandai-je avec étonnement.

— Hmmm, reprit Yarran, mélodieusement. Vous avez beaucoup à faire. Beaucoup à faire.

— Voulez-vous dire que je devrais partir à la recherche d'Ella ?

Yarran marqua une pause, comme s'il choisissait ses mots avec soin.

— Les ancêtres sont persuadés que vous avez un destin à accomplir. Ils vous protégeront, Atlas.

— Yarran, je ne comprends vraiment pas.

— Dormez à présent. Les ancêtres veilleront sur vous.

La lumière blanche s'assombrit peu à peu, laissant place au noir, et je sombrai dans un bienheureux sommeil. Lorsque je me réveillai, la pièce était obscure. Inspirant profondément, je constatai un soulagement significatif de ma douleur. Mes côtes n'en étaient pas moins fracturées, mais j'arrivais à respirer librement. Je m'aperçus que je parvenais même à m'asseoir et à me lever assez facilement. Reboutonnant ma chemise, j'ouvris la porte de la cahute et fus accueilli par la nuit de l'outback. La pleine lune éclairait la mer de puits devant moi, dépeignant un paysage lunaire parsemé de vastes cratères.

Les coassements stridents des grenouilles du désert résonnaient à travers la plaine, ponctués des rares hurlements d'un dingo. Je sentis une main sur mon épaule et découvris Yarran à côté de moi.

— Je me sens beaucoup mieux. Merci ! dis-je en levant mes deux pouces.

Il hocha la tête et me tendit un tas de ce qui ressemblait à des herbes et des fleurs fraîchement cueillies.

— Tu bois, indiqua-t-il.

— Merci. Je n'y manquerai pas. (J'hésitai quelques secondes.) Cela m'a fait du bien de vous parler tout à l'heure.

Il me fixa d'un regard vide et je regrettai d'avoir attribué mon rêve aux pouvoirs spirituels de Yarran.

— Enfin bon. Je me sens vraiment beaucoup mieux.

Il s'éloigna de quelques pas et me fit signe de le suivre. Nous partîmes dans le désert derrière la cahute. Au bout d'une dizaine de minutes de marche sur cette terre aride illuminée par la lune, il s'arrêta et s'assit en tailleur. Je l'imitai. Il pointa le ciel.

— Ancêtres, dit-il.

Je levai les yeux et fus époustouflé par la vision qui s'offrit alors à moi. Les étoiles brillaient comme je ne les avais jamais vues briller. Un éventail de majesté scintillante nous surplombait. Orion, Persée, le Taureau, les Pléiades… Les constellations elles-mêmes embrasaient le ciel de magnificence.

— Yarran… les étoiles… je ne les ai jamais vues comme ça…

— Toujours là, répliqua-t-il. Mais vous voyez pas. Esprit brisé. Ça va aller mieux.

Je fus ému par l'étendue du ciel chatoyant. À cet instant, je distinguai de la vie dans l'obscurité et de la chaleur dans le froid. Je tournai mon regard vers les Sept Sœurs.

— Bonsoir, chères amies.

Je m'imprégnai de leur splendeur, leur présentant silencieusement des excuses pour avoir oublié tout ce qu'elles avaient fait pour moi au cours de mon existence. Après tout, c'était grâce à elles que j'avais survécu à mon impossible voyage quand j'étais petit garçon. Sans elles, je serais mort sur un lit de neige en Sibérie. Je croyais toujours que les Sœurs m'avaient envoyé Ella, Landowski, Brouilly, Pip et Karine, et Archie Vaughan. Sans parler de Kitty Mercer et de son frère Ralph.

— Bon, dit Yarran en se relevant. Rentrer.

Sans même me dire au revoir, il continua de s'éloigner des mines.

— Attendez une minute, Yarran, le village est par là. (Il écarta ma remarque de la main.) Je vous en prie, revenez et restez pour la nuit. Nous vous raccompagnerons chez vous demain, à cheval !

Il se retourna vers moi.

— Non, *vous*, rentrer.

Il désigna de nouveau le ciel.

— Attendez, vous voulez dire que je suis censé rentrer où ? À Coober Pedy ? Ou chez moi ? En Suisse ? Yarran ! criai-je.

Il s'arrêta et me regarda de nouveau, tout sourire.

— Beaucoup à faire.

Ces trois mots… il les avait prononcés dans mon rêve.

— Je le savais… Dois-je partir à la recherche d'Ella, Yarran ?

Cette fois, il poursuivit son chemin sans se retourner.

— Arrêtez-vous, s'il vous plaît. Je ne peux pas vous laisser disparaître dans l'outback ! C'est dangereux !

Yarran éclata de rire et s'enfonça dans la nuit australienne.

Sachant que c'était peine perdue, je regagnai ma demeure souterraine.

Après cette rencontre avec un ngangkari, je me sentais ranimé… oserais-je même dire plein d'espoir ? J'ai de l'air dans les poumons, contrairement à ceux que j'ai perdus. Mon père, Pip, Karine, Archie… je leur *dois* de me relever et de vivre.

Et désormais je sais ce que je dois faire.

Je dois retrouver Ella.

Et regagner son cœur.

Car c'est tout ce qui importe.

À bord du *Titan*

Juin 2008

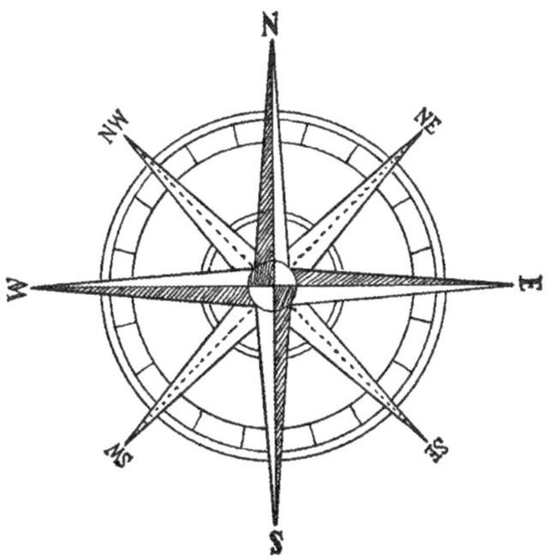

42

Star posa la page et se tourna vers CeCe, qui était au bord des larmes. Elle n'avait pas l'habitude de voir sa sœur aussi émue, elle qui avait toujours été forte comme un roc.

— Oh, Cee, viens là, fit Star en l'enveloppant de ses bras. C'est poignant de lire ces pages à propos de nos familles respectives…

— Ouais, renifla CeCe. Au cas où t'aurais pas tout suivi, Sarah, l'orpheline sur le bateau, c'est ma grand-mère. J'avais aucune idée qu'elle et Pa s'étaient connus.

— Plus que cela. Elle l'a sauvé. Sans elle, il se serait jeté dans l'océan. Sans ta grand-mère, Pa n'aurait pas vécu aussi longtemps. Et aucune de nous ne serait là aujourd'hui. (Star pressa la main de sa sœur dans la sienne.) C'est incroyable.

CeCe parvint à lui rendre son sourire.

— T'as raison. C'est assez cool. Mais je pourrais dire exactement la même chose des Vaughan. J'ai l'impression que Pa a été hyper heureux à High Weald.

Star gloussa.

— Oui, c'est vrai. Flora en particulier était géniale. Mais grand-père Teddy a failli tout lui faire perdre ! Quel… connard ! couina-t-elle.

CeCe gloussa alors elle aussi, stupéfaite par le terme employé par sa sœur au langage d'ordinaire si châtié.

— Ouais, désolée, Star. Nos ancêtres peuvent pas tous être des héros. (Elle se leva et se frotta les yeux avant de traverser sa cabine jusqu'au minibar, où elle prit une bouteille d'eau.) Alors, qu'est-ce qui a bien pu arriver à Ella ?

— Aucune idée. Il est clair qu'ils étaient fous amoureux l'un de l'autre.

CeCe se percha sur le bord du bureau.

— À moins que Pa se soit trompé.

— Comment cela ? s'étonna Star.

— On accepte tout ce que raconte Pa dans son journal comme étant la vérité. Mais c'est juste sa version des faits. Tu crois qu'il est possible que les sentiments d'Ella n'aient pas été aussi forts ? Pa avait ce psychopathe de Kreeg qui le pourchassait à travers le monde pour le tuer. Je crois que, même si on aime quelqu'un, c'est un peu beaucoup, non ?

Star réfléchit à la remarque de CeCe.

— Ils avaient traversé tant d'épreuves ensemble. Je ne comprends pas pourquoi elle l'aurait abandonné ainsi sur le quai. Tout cela est un peu étrange.

CeCe éclata de rire.

— Mais avec Pa on a l'habitude des choses un peu étranges.

Elle se releva et s'affala sur le lit à côté de Star.

On frappa à la porte et Électra apparut dans un caftan orange.

— Vous avez fini, les filles ?

— Ouais. Star vient de terminer de me le lire, répondit CeCe.

Électra entra en trombe et rejoignit ses sœurs sur le lit.

— Il y a tant d'infos à digérer ! Vous savez, cette femme qu'il a rencontrée à New York, pendant la manif ? C'était mon arrière-grand-mère ! Enfin, c'est tout comme. C'est elle qui s'est occupée de ma grand-mère quand elle était petite. C'est fou !

— Ouah, Électra. Nous nous demandions si cela avait un lien avec toi, dit Star en lui prenant la main.

— Et comment ! Et est-ce qu'on peut parler une seconde de Georg et Claudia ? Qu'est-ce que c'est que cette histoire ?

Star secoua la tête d'incrédulité.

— Oui, c'est une sacrée révélation. Pas étonnant que Georg ait toujours été aussi loyal envers Pa. Il leur a sauvé la vie, à tous les deux.

— Grâce à sa grand-mère pleine aux as, renchérit Électra en riant. Quel coup de bol.

— Je pense qu'il l'avait bien mérité, répondit CeCe un peu sèchement. Je n'ai jamais connu personne à qui il soit arrivé autant de poisses.

— Ouais, je suppose, concéda Électra. Je sais pas vous, les filles, mais cette histoire de Russie m'intrigue.

— Moi aussi ! s'écria Star en tapant des mains d'excitation. Nous en avons déjà eu quelques bribes, non ? Le père de Pa travaillait pour le tsar Nicolas II. Quand Orlando apprendra ça, il n'en croira pas ses oreilles !

Électra soupira.

— Je vais pas te mentir, Star, tous ces trucs ne me disent strictement rien. Qu'est-ce que ça veut dire ?

— Je suis loin d'être spécialiste en la matière, mais je me souviens de quelques cours à l'école. Nicolas II était le dernier empereur de Russie. Il a abdiqué en 1917.

— Pourquoi ? interrogea CeCe.

— À cause de révolutions, en gros, poursuivit Star. Le tsar de Russie était extrêmement puissant. C'était la principale autorité du pays et il en contrôlait aussi toute la richesse.

— Un genre de dictateur ? demanda Électra. Un méchant ?

Star haussa les épaules.

— Je suppose, oui. Ce qui est sûr, c'est qu'il s'agissait d'une autocratie. Les Russes étaient malheureux. Ils étaient confrontés à des pénuries alimentaires dans un pays glacial. Alors ils l'ont renversé.

CeCe et Électra demeurèrent songeuses un instant.

— Qu'est-ce qu'il est devenu après ? s'enquit Électra.

— Sa famille et lui ont été exécutés. Vladimir Lénine et ses révolutionnaires bolcheviques se sont emparés du pouvoir.

— Pourquoi est-ce qu'ils le détestaient tant ? interrogea CeCe.

— Les bolcheviques estimaient que la monarchie était un cancer qui empêchait la classe ouvrière de progresser. Et que fait-on avec une tumeur cancéreuse ?

— On la coupe, répondit Électra.

Star acquiesça.

* * *

Maia s'enfonça dans son fauteuil et s'étira.

— Oh, Pa, murmura-t-elle. Tu t'es retrouvé dans un sacré foutoir.

Elle se leva et se dirigea vers la fenêtre. La mer semblait plus agitée tandis que le *Titan* voguait vers Délos.

— Maia ? s'éleva une voix à la porte du salon.

— Salut, Merry. Comment te sens-tu ?

Merry rejoignit sa toute nouvelle sœur et lui posa une main dans le dos.

— Ah, pas trop mal. Je n'arrive pas à croire qu'Atlas ait perdu Ella de façon aussi soudaine. Cela semble défier toute logique.

Maia réfléchit à la situation.

— Oui, en effet. Ils avaient l'air si heureux ensemble. (Elle remarqua que Merry avait baissé les yeux.) Mon Dieu, excuse-moi Merry, c'est vrai qu'il s'agit aussi de l'histoire de ta mère. Cela doit être doublement difficile.

Merry agita la main.

— Oh, arrête. Je ne la connaissais même pas. C'est pour toi que je me fais du souci, Maia. Je sais que le fils de cet affreux Eszu t'a très mal traitée. (Elle attira Maia contre elle pour la serrer dans ses bras.) Je n'imagine pas combien cela doit être pénible pour toi.

Maia blottit la tête dans le creux de l'épaule de Merry.

— C'est gentil, j'avais besoin d'un peu de réconfort.

— Je sais, ma chérie. (Merry sourit, puis mit les mains sur ses hanches.) À présent, il y a quelque chose dont je voulais te parler.

— Je t'écoute.

— Comme tu le sais, mes coordonnées sur la sphère armillaire indiquent cette maison, dans l'ouest de Cork, qui semble avoir appartenu à la famille Eszu.

— Oui.

— Eh bien, j'en ai discuté avec mon ami Ambrose qui a promis de mener sa petite enquête. Orienté d'une personne à une autre, il a fini par appeler à peu près la moitié de l'ouest de Cork. Finalement, il a réussi à prendre contact avec une famille de Ballinascarthy.

Maia fixa Merry sans réagir.

— Désolée, je ne sais pas où c'est.

Merry sourit de toutes ses dents.

— Oh, bien sûr que non. C'est un village assez proche d'Argideen House.

— Continue.

— Il se trouve que le grand-père de la famille, Sonny, travaillait pour la famille dans les années cinquante, en tant que jardinier. Ce monsieur a maintenant presque cent ans, mais il était heureux d'évoquer le temps qu'il a passé à Argideen.

Maia ouvrit des yeux ronds.

— Qu'a-t-il dit ?

Merry haussa les épaules.

— Pas grand-chose. Juste qu'il voyait rarement le propriétaire, car celui-ci voyageait sans arrêt. Apparemment, il y avait deux autres jardiniers et aucun d'eux n'avait le droit de pénétrer dans la maison, sous aucun prétexte. Il se souvient également d'une gouvernante.

Maia haussa un sourcil, pensive.

— Sais-tu comment elle s'appelait ?

— Sonny ne se le rappelle pas. Il dit qu'elle quittait très rarement la maison et ne parlait jamais à personne. Puis un jour, elle a disparu. Après cela, les jardiniers n'ont plus vu le propriétaire pendant des mois mais, comme ils continuaient d'être payés, ils poursuivaient leur travail sur la propriété.

Maia s'efforçait de tirer des conclusions, sans succès.

— Mais quel est donc le lien avec toi, Merry ? Pourquoi tes coordonnées menaient à la maison d'Eszu ? Je n'arrive pas à comprendre.

— Moi non plus, soupira Merry.

Les deux femmes regardèrent la mer, perdues dans leurs pensées.

Elles sursautèrent en entendant un grand bruit de collision près du salon et toutes deux allèrent voir ce qui l'avait provoqué. Elles furent choquées en découvrant qu'Ally avait cloué Georg dans un coin du couloir et le menaçait, un doigt pointé directement vers son visage.

— Je suis sérieuse, Georg. Nous allons y aller. Sur-le-champ. Je me moque des précieuses instructions. Vous vous rendez compte qu'il y a des gens sur ce bateau qui…

Georg aperçut Maia et Merry.

— Bonsoir, les filles, les salua-t-il d'une voix calme.

Ally fit volte-face.

— Ally ? Est-ce que tout va bien ? Que se passe-t-il donc ? demanda Maia.

— Oui. Ça va. Tout va bien, n'est-ce pas, Georg ? balbutia-t-elle.

— Oh oui, enchérit l'avocat. Ally et moi discutions simplement de… euh… l'avenir du *Titan.* Voilà tout.

— Oui, confirma Ally, reprenant son sang-froid. Georg pense que nous devrions peut-être le louer pendant l'hiver, puisque nous ne l'utilisons pas.

Maia savait que sa sœur mentait.

— Je n'aurais pas pensé que tu te mettrais dans un tel état pour ce genre de choses, Ally.

Sa cadette rougit.

— Désolée. Tu connais ma passion pour les bateaux, Maia, c'est tout.

Maia dévisagea un moment sa sœur, avant de se tourner vers Georg.

— Venez là, vous. (Elle alla l'étreindre.) Pourquoi ne nous avez-vous jamais rien dit pour Claudia et vous ?

— Ah, le journal, répondit Georg après quelques secondes de perplexité. Votre Pa nous a rencontrés ?

— C'est le moins qu'on puisse dire, lâcha Maia.

— Vous avez emménagé chez le couple qui s'était occupé d'Agatha, ajouta Merry.

Il sourit à ce souvenir.

— Les Hoffman étaient des gens formidables.

— Pas étonnant que Pa et vous ayez été aussi proches, poursuivit Maia. Vous le connaissez depuis votre enfance. N'est-ce pas incroyable, Ally ?

— Oui, euh… je…, bredouilla-t-elle.

— Tu n'as pas lu les cent pages suivantes, n'est-ce pas ? insista Maia. Nous nous étions toutes mises d'accord là-dessus.

— Désolée, Maia, non, soupira Ally. Georg et moi discutions de… du *Titan*.

— Je vois.

Merry les interrompit :

— Bon, eh bien, j'ai l'impression que tu dois rattraper ton retard, Ally. Nous ferions mieux de te laisser. Viens, Maia, allons chercher un café. (Elle prit Maia par la main et l'emmena dans le couloir.) Je me demande bien ce qui lui a pris…

— C'était étrange… Il se trame quelque chose, c'est sûr. Et je pense que la location du *Titan* n'a rien à voir là-dedans.

* * *

— Ce qui est arrivé avec Ella est tellement affreux, Ma.

Assise près de Marina sur la luxueuse banquette du pont supérieur, côté proue, Tiggy s'essuyait les yeux. Ma repositionna Bear, qui sommeillait dans ses bras.

— Je sais, chérie, je sais. Mais j'essaie de me dire que, sans de tels événements, il ne vous aurait peut-être jamais trouvées. Ni moi !

Tiggy se prit la tête entre les mains.

— Étais-tu au courant pour Georg et Claudia ? Qu'il les avait secourus quand ils étaient enfants ?

— Oui, bien sûr.

— Et toutes ces histoires avec Kreeg ? demanda Tiggy d'un air triste.

— Oui. (Ma baissa la voix.) Je n'ai pas besoin de t'expliquer pourquoi je n'en ai jamais rien dit. Tu as lu combien il était dangereux. Et après tout ce qui s'est passé avec Zed…

— Je sais. Quand vas-tu faire ton apparition, Ma ? Pa vient de quitter l'Australie pour partir à la recherche d'Ella. Quand va-t-il te rencontrer ?

Ma regarda son petit-fils, ou tout comme.

— Bientôt, chérie, bientôt. J'espère que vous ne me jugerez pas trop sévèrement. Comme tu l'as constaté au cours de ce voyage, il y a beaucoup de choses que vous ignorez.

Tiggy lui passa un bras autour des épaules.

— Oh, Ma, quoi que nous apprenions, rien ne changera. Jamais. Je t'aime tant.

Tiggy posa un baiser sur la joue douce de Marina.

— Merci, Tiggy. Moi aussi, je t'aime.

Elles échangèrent un long regard, puis Tiggy reprit la parole :

— Puis-je te poser une question personnelle ?

— Tu sais que tu peux me demander ce que tu veux.

— Tu as vécu avec Pa pendant de nombreuses années. As-tu jamais été…

— Quoi, ma chérie ?

— Amoureuse de lui ? termina Tiggy en gloussant.

— Ooh ! Tu ne m'avais pas dit que ce serait une question indiscrète !

— Ha ha, désolée, Ma. Mais tu sais que j'ai toujours été capable de *sentir* certaines choses. J'ai toujours senti que tu avais un grand désir inassouvi dans ton cœur, voilà tout.

Ma haussa les sourcils.

— Ah oui, mon petit hérisson ? (Tiggy hocha doucement la tête et Marina soupira.) Ton père était un très bel homme. À bien des égards, il était parfait. Gentil, intelligent… vraiment quelqu'un de formidable. Mais je t'assure que, de toute ma vie, jamais je n'ai envisagé notre relation de cette façon.

Tiggy était un peu perturbée.

— Vraiment ?

— C'est la stricte vérité, jura Ma.

Tiggy fronça les sourcils.

— C'est rare que je me trompe pour ces choses-là…

Ma semblait gênée.

— Arrête, chérie, tu fais rougir une vieille femme.

— Ne dis pas de bêtises, Ma, tu es loin d'être vieille ! Mais il faut que je sache, qui est cet homme mystérieux dont tu te languis ? chuchota Tiggy.

Marina fit mine d'être choquée, avant de se pencher vers Tiggy, comme pour lui faire des confidences.

Elles furent alors interrompues par l'arrivée de Charlie. Il adressa un grand sourire à Tiggy.

— Te voilà, ma chérie.

— Salut, Charlie. Est-ce que tout va bien ?

— Oui, merci. Ally m'a donné pour mission de demander à tout le monde de finir le journal avant le dîner.

— Merci, Charlie. Je vais m'y remettre. Est-ce que tout le monde fait la même chose ?

— Je n'ai pas eu de plainte jusqu'ici. (Il se baissa pour regarder Bear dans les bras de Ma.) Ce petit gars grandit à vue d'œil, dit-il en caressant la joue du bébé. Je te laisse alors. À tout à l'heure.

Il repartit à l'intérieur du bateau et Tiggy fronça les sourcils.

— C'est bizarre qu'Ally veuille que nous terminions le journal le plus vite possible. Est-ce que tu sais pourquoi ?

Ma s'empourpra de nouveau.

— Non.

Tiggy insista.

— Tu me le dirais si quelque chose... se tramait ici, hein ? C'est horrible d'avoir l'impression de ne pas être dans la boucle.

— Je ne te mentirais pas, chérie, répondit Ma avec tact.

— D'accord. (Tiggy se tapa sur les cuisses et se leva.) Tu sais, tout en moi... brille et bouillonne. Je *ressens* quelque chose, mais je ne sais pas très bien quoi.

— Peut-être est-ce Merry ? avança Ma. Le propre sang de Pa, ici sur le bateau. Cela serait logique, non ?

Tiggy haussa les épaules.

— Je suppose. Bon, je ferais mieux de regagner ma cabine pour terminer le journal.

— D'accord, chérie. À plus tard.

Dès que Tiggy se fut éloignée, Ma s'empressa de poser Bear sur les coussins pour envoyer un texto à Georg Hoffman.

Journal d'Atlas

1951-1993

43

Je passai le voyage de retour en Angleterre à dresser une liste de tous les endroits où Ella pourrait se trouver. Je savais que la tâche serait herculéenne, car cela nécessiterait de retracer notre parcours à travers l'Europe. Il n'y avait aucune garantie qu'elle soit dans un lieu où nous étions allés ensemble, mais il fallait bien commencer quelque part.

Ralph Mackenzie avait eu une conduite tout à fait exemplaire lorsque je lui avais annoncé que je quittais l'Australie. Il vint me saluer à Adélaïde comme si j'étais un vieil ami, ou un frère.

— Merci, Atlas. Vous avez ressuscité l'empire Mercer presque à vous seul. La mine d'opale nous a permis de mener à bien de nombreux projets, notamment la restauration de la mission de Hermannsburg, si importante aux yeux de Kitty. Du fond du cœur, je vous remercie pour tout ce que vous avez accompli.

Il m'étreignit.

— Merci infiniment à vous, Ralph.

— J'espère que vous voyagez en première ?

Je ris et lui montrai mon billet de deuxième classe.

— Mais Atlas… vous êtes multimillionnaire. Vos dix pour cent ont fait de vous un homme riche.

— Les habitudes ont la vie dure ! Au fait, j'aurai peut-être besoin de votre aide pour transférer mon argent en Europe.

— Vous pouvez compter sur moi. Je ferai tout pour vous aider. Je suis tellement navré de vous perdre, et je sais que les hommes de Coober Pedy aussi. Ce jour où vous avez sauvé les mineurs du puits qui s'écroulait restera à jamais gravé dans leur mémoire. Vous êtes un héros.

Ralph semblait sincèrement ému.

— Vous savez, Ralph, je crois plutôt que ce sont eux qui m'ont sauvé. En outre, Michael se débrouillera très bien en mon absence.

— À la prochaine.

Je serrai la main qu'il me tendait, avant de gravir une nouvelle fois la passerelle de l'*Orient*.

Je ne me rappelle plus grand-chose de la traversée elle-même. Pour la première fois de ma vie, je crains d'avoir abusé des qualités amnésiantes de l'alcool. Le soir même du départ, je me rendis au bar et pris un verre de whisky pour porter un toast à mon séjour en Australie, et je finis par y passer toute la soirée. J'y retournai le soir suivant. Et le suivant. Puis, bientôt, je commençai à m'y installer dans la journée aussi.

Que puis-je dire ? L'alcool semblait faire passer le temps plus vite et rendre les journées sans Ella moins difficiles à vivre. Certes, je m'étais fixé un objectif mais, tant que je ne l'aurais pas retrouvée, la douleur du voyage serait intense. Malheureusement, je ne laissai pas la bouteille à bord de l'*Orient* lorsque j'atteignis la rive à l'issue de mes deux mois de traversée. Je savais que j'allais me confronter aux fantômes de mon passé et je continuai de boire pour m'y aider.

À mon arrivée en Angleterre, je retournai à la librairie Arthur-Morston, où Rupert fut si choqué de me voir qu'il renversa sa tasse de thé sur un carton de nouveaux livres.

— Ça alors ! Mon vieux ! Pour une surprise, c'est une surprise ! Comment ça va ?

J'expliquai, de façon aussi concise que possible, les événements des deux ans et demi qui venaient de s'écouler.

— Mon Dieu. Mon pauvre, pauvre ami. J'aimerais pouvoir vous donner de bonnes nouvelles et vous dire qu'elle est passée ici. Hélas, ce n'est pas le cas.

— Oh. Cela valait quand même le coup de vérifier.

Je regagnai la porte.

— Attendez, mon vieux, j'ai l'impression qu'un café bien fort ne vous ferait pas de mal, et peut-être auriez-vous besoin aussi d'un lit confortable pour la nuit. Vous savez, Louise et moi nous ferions une joie de…

— Quand nous nous sommes quittés, Rupert, vous avez dit que vous vous renseigneriez sur Kreeg pour moi, l'interrompis-je.

— En effet, et j'ai tenu parole. Comme vous l'aviez prédit, il n'y a presque aucune trace de ce fauteur de troubles dans nos registres, comme s'il avait à peine existé. De leur côté, mes amis du MI6, les services extérieurs, ont trouvé mention d'un Kreeg Eszu dans un vieux recensement russe, mais cela ne vous sera pas d'une grande utilité.

— Non, soupirai-je. Est-il revenu ici ?

— Jamais. Nous avons surveillé les environs comme des faucons pendant des semaines après votre départ, mais ce type n'a plus donné aucun signe de vie.

Je balayai la boutique des yeux. Les étagères avaient été repeintes en blanc, ce qui rendait l'ensemble plus lumineux. Ella aurait approuvé.

— Merci, Rupert.

Une pensée me traversa soudain l'esprit.

— Serait-il possible de contacter Flora pour savoir si Ella lui a écrit ?

— Bien sûr, répondit Rupert en se dirigeant vers l'arrière-boutique. Je vais lui téléphoner de ce pas. Elle est aux Lacs, ces temps-ci. (Il monta l'escalier en courant et revint quelques minutes plus tard en secouant la tête.) Désolé, mon vieux, Flora n'a eu aucune nouvelle. Mais cela lui ferait très plaisir de vous revoir. Elle m'a dit de vous transmettre l'invitation.

— D'accord. Merci, Rupert, marmonnai-je en lui serrant la main.

— Vous êtes sûr de ne pas vouloir une bonne tasse de…

J'avais claqué la porte de la librairie Arthur-Morston avant même que mon vieil ami ait fini sa phrase. Je repartis à l'hôtel Claridge's, où j'avais réservé, et donnai des instructions au réceptionniste pour qu'il organise l'étape suivante de mon périple : la Suisse.

* * *

Sans nul doute, l'accueil de maître Kohler fut moins chaleureux que celui de Rupert. Lorsque j'entrai chez Kohler & Schweikart rue du Rhône, la secrétaire marqua un temps d'arrêt.

— Monsieur Tanit ? s'exclama-t-elle, se demandant si l'homme hagard et barbu devant elle était bien moi.

J'opinai du chef et elle s'empressa de décrocher son téléphone. Éric Kohler sortit de son bureau en courant, incrédule, avant de m'attirer à l'intérieur.

— Atlas ! Où diable étiez-vous passé ? Qu'est-ce que je vous avais supplié de ne pas faire au début de cette procédure ? Disparaître de la surface de la Terre ! Et vous, mon ami, avez jugé bon de le faire. Vraiment, je ferais mieux de transmettre vos affaires à un avocat plus jeune, car la famille Tanit aura raison de moi…

Je levai une main pour qu'il se taise.

— Ella. Vous a-t-elle contacté ?

— Non, poursuivit-il avec colère. Certainement pas. À présent, vous me devez des explications, ainsi qu'au bureau de la citoyenneté suisse qui garde votre demande en attente depuis deux ans. Atlas, où étiez-vous passé ?

Je m'écroulai sur le canapé au fond de la pièce et lui racontai ma peine de cœur et mon périple australien. Éric écouta avec attention, mais cela ne suffit pas à l'apaiser.

— Je suis navré d'apprendre tout cela, Atlas, mais quel démon vous a poussé à partir pour l'Australie ? Si vous souhaitiez un changement d'air, pourquoi ne pas retourner dans votre pays de naissance, avec votre citoyenneté et votre fortune ?

Je me rappelai alors que je ne l'avais jamais informé au sujet dc Kreeg, et j'étais trop épuisé pour le faire à ce moment-là.

— Je vais rendre visite aux Hoffman pour voir si les enfants vont bien. Voulez-vous bien les prévenir par téléphone ?

Il soupira.

— Entendu, je suis sûr qu'ils seront heureux de vous recevoir. Georg en particulier se débrouille extrêmement bien. Nous nous sommes d'ailleurs liés d'amitié, et il vient ici une fois par semaine pour observer mon travail. Il est très malin et souhaite devenir avocat.

— Auquel cas, je peux vous mettre à la porte et l'embaucher à la place ! marmonnai-je.

— Peut-être un jour. Mais, Atlas…

— Oui, Éric ?

— Je sais que vous êtes encore mon client mais, avec tout le respect que je vous dois, il serait peut-être bon que vous preniez d'abord une douche. Que vous vous rasiez, aussi, éventuellement. Et que vous buviez beaucoup d'eau. N'oubliez pas que ces enfants vous considèrent comme leur sauveur. (Il me regarda avec sévérité.) N'entachez pas l'image qu'ils ont de leur ange gardien.

Sa remarque fit mouche.

— Très bien. J'irai demain matin. Veuillez appeler mon hôtel plus tard pour me dire si cela convient aux Hoffman. Je suis au Beau-Rivage.

— Comme vous voudrez, Atlas.

Éric fit un geste en direction de la porte.

Je regagnai l'hôtel sous une chape de honte et ne bus pas une goutte d'alcool ce soir-là. Le lendemain matin, je pris un taxi pour me rendre à la maison d'Agatha, encore facilement identifiable à sa façade rose. Ses occupants me saluèrent très chaleureusement.

— Merci d'être revenu nous voir, monsieur Tanit ! Maître Kohler nous a dit combien vous étiez occupé, avec toutes vos affaires, s'exclama Mme Hoffman. Georg et Claudia seront si contents de vous voir !

Je pris conscience qu'Éric avait choisi de mentir à la famille afin de ne pas attrister les enfants. Je fus assailli par la culpabilité.

— Avez-vous tout ce dont vous avez besoin, madame Hoffman ? Je souhaite m'assurer que vous ne manquez de rien.

Elle hocha la tête avec enthousiasme.

— Absolument, merci beaucoup. Agatha serait très, très fière de votre philanthropie. C'est dans vos gènes.

Les enfants m'accueillirent comme un oncle perdu de vue depuis longtemps. Je fus stupéfait de constater combien tous deux avaient grandi, oubliant qu'ils avaient atteint la période charnière de l'adolescence. De toute évidence, les Hoffman avaient insisté pour qu'ils s'habillent élégamment pour la venue de leur bienfaiteur, et je fus inondé par le remords de ne pas avoir été davantage présent dans leur vie.

— Bonjour, monsieur ! lança Georg d'une voix éraillée en me serrant la main.

Il était à présent presque aussi grand que moi.

— Doux Jésus. Est-ce bien le jeune Georg, ou son père ?

Je regrettai aussitôt cette tentative de trait d'humour en me rappelant le destin de ses parents. Il vit que j'étais mortifié et m'adressa un gentil sourire.

— Vous vous souvenez de ma sœur Claudia ?

Il désigna la jeune fille qui avait beaucoup grandi elle aussi, mais qui avait conservé son doux visage d'enfant.

— Ravie de vous revoir, monsieur, dit-elle en faisant la révérence. Mon frère et moi ne saurions assez vous remercier pour votre gentillesse.

— Moi aussi, je suis ravi de te voir, Claudia. Inutile de me remercier. C'est envers M. et Mme Hoffman qu'il vous faut être reconnaissants. Vous plaisez-vous à Genève ? (Ils hochèrent vivement la tête.) Et comment ça se passe à l'école ?

— Très bien de mon côté, merci, répondit Georg.

— Maître Kohler m'a dit que tu lui rendais visite. Tu veux devenir avocat, c'est ça ?

— J'en rêve, oui. J'aimerais contribuer à la justice dans le monde.

Sa déclaration me fit sourire.

— Il n'y a rien de plus noble, ni de plus honorable. Je suis heureux pour toi, Georg. Tu dois croire en tes rêves de tout ton cœur.

— Je n'y manquerai pas.

Il hésita, et regarda Mme Hoffman au coin de la pièce qui sembla lui adresser un regard sévère en retour.

— Mais maître Kohler dit que les frais de scolarité des universités et des écoles de droit sont très élevés..., ajouta-t-il.

— Georg ! s'écria Joëlle. M. Tanit n'est là que depuis cinq minutes et tu as l'audace de l'importuner en lui demandant plus d'argent, alors qu'il finance déjà toute ton existence !

J'éclatai de rire.

— Je vous en prie, ce n'est pas la peine de crier. Un avocat doit faire preuve de courage, de ressources et d'esprit d'initiative. Je crois que ce jeune homme nous a donné un exemple des trois à la fois.

Je haussai les sourcils.

— Je promets de vous rembourser un jour, déclara Georg. Jusqu'au dernier centime !

Je lui posai une main sur l'épaule.

— Je n'en doute pas, mais c'est inutile. Si tu continues de travailler dur et de bien te comporter avec M. et Mme Hoffman, je te garantis qu'il n'y aura aucun obstacle financier à la poursuite de tes études.

— Merci, monsieur Tanit ! Merci ! cria-t-il de joie.

— Même chose pour toi, Claudia, évidemment. Aimes-tu l'école ?

Son visage s'assombrit.

— Je trouve certains cours un peu difficiles. Je ne parle pas aussi bien français que mon frère.

— Pas encore, lui dis-je avec un clin d'œil. Tu vas progresser petit à petit. J'ai été enchanté de vous revoir, mais malheureusement je vais devoir y aller.

Je serrai la main de Georg, et Claudia me surprit en me serrant dans ses bras. M. et Mme Hoffman me raccompagnèrent à la porte.

— C'est vraiment merveilleux ce que vous faites pour les enfants, déclara M. Hoffman en me posant une main dans le dos.

— Appelez-moi Atlas, je vous en prie. Et je ne le dirai jamais assez : c'est vous qu'il faut remercier.

— Peut-être, mais je crois que peu de gens sur cette Terre utiliseraient leur héritage pour financer l'existence de deux orphelins. Deux parfaits inconnus. C'est la gentillesse, et rien d'autre, qui vous a poussé à l'action, et cela doit être glorifié.

— Merci, dis-je, la gorge soudain serrée.

Après avoir réglé mes affaires avec Éric Kohler, ce qui consistait notamment à le mettre en relation avec Ralph Mackenzie pour organiser le transfert sécurisé de mon compte en banque australien bien garni, je signai enfin les derniers documents qui me permettraient d'obtenir la citoyenneté suisse.

Si vous vous interrogez au sujet de ma peur de croiser Kreeg Eszu en revenant sur mes pas en Europe, je dois vous avouer qu'elle est quasi inexistante. Vous saurez déjà, après avoir lu ces dernières pages que, sans Ella, je ne me préoccupe plus de ma propre vie. Je ne suis plus animé que par ma quête. Je retrouverai Ella, ou je mourrai en essayant.

* * *

Le trajet en ferry entre Newcastle et Bergen fut agité mais, heureusement, rapide, et nous arrivâmes en l'espace de vingt-quatre heures. De toutes mes visites en Europe, c'était celle-là que je craignais le plus. Que pourrais-je dire à Astrid et Horst après la tragédie inimaginable qui les avait frappés ? Cette inquiétude était aggravée par le fait que je devrais revoir le petit Felix et lire la douleur dans ses yeux. Je m'étais donc assuré de remédier à cette angoisse à l'aide d'une bouteille de whisky lors de la traversée.

Je savais que je devais respecter mon itinéraire. Si Ella était retournée quelque part, Bergen semblait le choix le plus évident. Karine avait été sa meilleure amie et les Halvorsen avaient été pour nous comme une famille. Je parcourus le trajet familier entre le port et les collines où se dressait encore le cottage qui nous avait abrités autrefois.

Je frappai à la porte.

— *Et minutt !* me répondit-on.

J'attendis un instant, me préparant à un échange difficile.

Astrid apparut bientôt. Elle avait énormément vieilli. Ses joues roses s'étaient creusées et son épaisse chevelure blonde avait laissé place à des cheveux gris clairsemés. Quand elle m'eut reconnu, elle ouvrit de grands yeux qui s'emplirent de larmes.

— Bonjour, Ar.

— Astrid, les mots ne me permettront jamais de décrire à quel point je suis désolé pour…

Avant que je ne puisse terminer ma phrase, Astrid se jeta à mon cou et me serra si fort que je peinai à respirer.

— Horst ! Horst ! cria-t-elle, me prenant la main pour m'entraîner dans la maison.

Le père de Pip apparut et marqua un temps d'arrêt.

— Se pourrait-il que ce soit… Ar d'Aplièse ? bredouilla-t-il.

— Bonjour, mon vieil ami.

Horst se déplaçait désormais avec une canne. Il nous rejoignit d'un pas lent et m'étreignit lui aussi. Il me tapota le torse de sa canne.

— C'est bon de te voir, mon plus-si-jeune ami !

— Assieds-toi, je t'en prie ! Je vais préparer du thé ! Tu aimes l'English breakfast ?

Sans attendre ma réponse, Astrid fila vers la minuscule cuisine. Je suivis Horst au salon, qui n'avait pas changé d'un poil en dix ans.

— Horst, commençai-je, je suis incapable d'exprimer mon chagrin pour…

Il leva sa canne pour m'arrêter.

— S'il te plaît. Nous n'en parlons pas. Tout le monde à Bergen sait ce que nous avons traversé. Lorsque nous croisons des gens dans la rue, ils nous regardent avec pitié et tristesse. Nous avons eu assez de cela pour toute notre existence.

— Je comprends, bredouillai-je d'un air confus.

Horst s'installa dans son fauteuil et me fit signe de m'asseoir moi aussi.

— Alors, raconte-moi ta vie, Ar ! Comment va ton bras ? Joues-tu maintenant du violoncelle dans l'orchestre symphonique de Londres ?

Cela faisait si longtemps que je n'avais ne serait-ce que pensé à mon violoncelle…

— Hélas non, j'ai le regret de vous dire que non. Je n'ai plus mal, mais au bout de quelques minutes d'activité soutenue, mon bras se raidit. J'ai accepté le fait que je ne serais jamais virtuose.

Horst parut abattu.

— Quel terrible gâchis. Je nourrissais de grands espoirs pour toi. Alors, comment as-tu passé cette dernière décennie ?

Je lui parlai de High Weald, de la librairie Arthur-Morston et de l'Australie.

— Mon Dieu, Ar ! Des mines d'opale ! Je n'aurais jamais imaginé que le garçon doux et réservé que j'ai connu il y a dix ans pourrait se retrouver à la tête d'une opération d'une telle ampleur ! Mais la vie est une succession d'imprévus intéressants. Tant qu'Ella et toi êtes heureux. Où est-elle, d'ailleurs ? À Bergen avec toi ?

Je baissai les yeux.

— Non, Horst. C'est la raison de ma venue : je suis à sa recherche. J'en déduis qu'elle n'est pas venue à Bergen ces deux dernières années ?

— Non, répondit-il, préoccupé. S'est-il passé quelque chose entre vous ? Lors de votre séjour parmi nous, vous sembliez si amoureux. Nous étions persuadés que le mariage était proche.

Je déglutis avec difficulté.

— C'est ce que je pensais aussi. Mais cela fait maintenant deux ans que je n'ai plus de nouvelles d'elle.

Horst ne savait pas très bien quoi dire, mais heureusement Astrid revint avec le thé.

— Je crois avoir surpris la fin de votre conversation, dit-elle en souriant tristement. Ella et toi n'êtes plus ensemble ? (Je secouai la tête.) Cela me semblait en effet étrange qu'elle ne parle pas de toi dans sa lettre.

Je relevai vivement la tête.

— Une lettre ? Quand l'avez-vous reçue ?

— Il y a… six mois peut-être ?

— Six mois seulement ? C'est fantastique ! Puis-je la voir ? demandai-je, le cœur battant à tout rompre.

— Bien sûr, répondit Astrid. (Elle traversa la pièce jusqu'à un bureau dont elle ouvrit le premier tiroir. Elle fouilla dans des papiers avant d'en sortir un.) La voici. Elle est très courte, mais cela nous a fait plaisir d'avoir de ses nouvelles.

Elle me la tendit. Il était réconfortant de revoir l'écriture soignée et élégante d'Ella.

> Si chers Horst et Astrid,
>
> Il est tard, mais j'espère que vous allez bien. Sachez que vous me manquez terriblement, ainsi que Bergen, sans parler de mes amis chéris, Pip et Karine.
>
> Récemment, j'ai énormément pensé à vous et aux soirées que nous passions ensemble à jouer de la musique, au sommet de la colline.
>
> Les soirées norvégiennes étaient magiques et je me languis de ce que nous avions alors, mais qui n'est plus.
>
> À force d'écouter Grieg, je me sens plus proche de vous et de ce magnifique pays où j'ai eu l'immense privilège de vivre quelque temps.
>
> N'oubliez jamais les souvenirs que nous avons ensemble ; je sais que je ne les oublierai pas. Cela me semble remonter à une éternité, mais sachez que vous occupez encore une place de choix dans mon cœur.
>
> De là-haut, je suis sûre que Pip et Karine veillent sur vous.
>
> Et sur leur petit garçon.
>
> Bébé Felix… si grand maintenant j'imagine !
>
> Et l'avenir lui tend les bras.
>
> Bien affectueusement,
>
> Ella

Je posai la feuille de papier sur mes genoux et fronçai les sourcils.

— Cette lettre est étrange, vous ne trouvez pas ?

Astrid haussa les épaules.

— Ah oui ? Un peu décousue, peut-être, mais je mets ça sur le compte du norvégien qui n'est votre langue maternelle ni à l'un ni à l'autre.

— C'est vrai, mais quand nous avons quitté le pays, elle le parlait couramment, comme moi. Je n'arrive pas à mettre le doigt dessus, mais quelque chose cloche dans sa façon d'écrire. Cela ne lui ressemble pas. (Je regardai Astrid.) Vous avez tout à fait le droit de dire non, mais pourrais-je la garder ?

— Bien sûr, répondit-elle avec un gentil sourire.

J'eus un déclic.

— Astrid, avez-vous l'enveloppe de cette lettre ? Je viens de penser qu'elle doit porter un cachet !

Elle secoua la tête, et la déception m'envahit.

— Je suis navrée, Ar. Elle a été jetée. Je n'ai conservé que le contenu. Je me souviens qu'elle arrivait de l'étranger…

— De quel pays ? D'Angleterre ?

Elle ferma les yeux et réfléchit intensément.

— Non, ce n'était pas un timbre anglais. Ou bien si ? Je me souviens que le cachet de la poste était *en* anglais, ça oui. Me semble-t-il. Oh, je n'en suis plus tout à fait sûre. Je suis désolée de ne pas pouvoir t'aider davantage.

— Ne vous en faites pas, répondis-je en cachant ma déception. Comment va Felix ? dis-je pour changer de sujet. Il doit avoir, quoi… onze ans ?

Horst et Astrid échangèrent un regard.

— Il a maintenant treize ans, répondit Horst d'un air grave.

— Mon Dieu, comme le temps passe vite. Est-ce qu'il va bien ?

— Comme tu le sais, Felix a eu une vie difficile. Il est un peu… turbulent.

— À l'image de son père, alors !

Un faible sourire apparut sur les lèvres d'Astrid.

— C'est vrai qu'il lui ressemble. Mais c'est un bien plus grand fauteur de troubles. Ce n'est pas de sa faute. Ses parents lui manquent énormément.

— J'imagine, dis-je, sachant de quoi je parlais.

J'entendis alors la porte du cottage s'ouvrir, puis claquer violemment. Un jeune homme, qui était le portrait craché de Pip, mais avec les cheveux noirs et les yeux brun profond de Karine, jeta un œil dans le salon.

— Felix Halvorsen ! Nous ne sommes même pas à la moitié de la journée d'école. Que fais-tu à la maison ? se fâcha Astrid.

L'adolescent haussa les épaules avec nonchalance.

— Je n'avais aucune envie de rester. Les cours m'ennuyaient particulièrement aujourd'hui. (Il croisa mon regard.) Qui êtes-vous ?

— Felix ! le reprit Horst. Sois un peu aimable !

— Ne vous en faites pas, répondis-je. Ce jeune homme a le droit de savoir qui se trouve chez lui ! (Je me levai et lui tendis la main.) Bonjour, Felix. Je m'appelle Ar. J'étais un grand ami de tes parents. Je me souviens de toi alors que tu n'étais qu'un petit bébé.

Il finit par serrer la main que je lui tendais.

— Vous connaissiez Pip et Karine ?

— Oui, très bien. Ils ont été d'une gentillesse exceptionnelle quand j'en avais le plus besoin. Je ne les oublierai jamais. Sans parler de tes grands-parents ici présents, qui ont accepté de loger et de nourrir un parfait inconnu.

Il me dévisagea.

— Si vous étiez proche de mes parents, comment se fait-il que je ne vous aie jamais vu ?

— Pour l'amour du ciel, Felix, sois poli avec notre invité ! le réprimanda Astrid.

— Quoi ? Je fais juste remarquer qu'il n'était clairement pas proche de Maman et Papa, puisque je ne l'avais encore jamais vu.

J'acceptai sa colère.

— Tu as raison, Felix. J'aurais dû revenir ces dernières années, et je ne l'ai pas fait. Je te présente mes excuses les plus sincères. Je suis heureux de constater que tu es devenu un jeune homme franc et doté d'un caractère bien trempé. Tes parents seraient très fiers de toi.

— Pas s'il continue à sécher les cours, tempéra Horst.

Felix fronça les sourcils.

— Oh, chut, Grand-papa. De toute façon, j'apprends beaucoup plus en passant l'après-midi au piano avec toi. Je vais m'entraîner.

Traînant les pieds, il partit dans l'escalier pour rejoindre sa chambre. Je ne pouvais m'empêcher de sourire face à l'attitude du fils de Pip et Karine, qui me rappelait tant leur tempérament à eux. Je pensais ce que je lui avais dit. Ses parents seraient *vraiment* très fiers.

— Felix aussi est musicien ?

Horst haussa les épaules.

— Que puis-je dire ? C'est dans ses gènes. C'est un petit voyou, mais il a un talent fou. Je pense qu'il est même meilleur que Pip. Et ce n'est pas peu dire.

Une immense tristesse semblait s'être abattue sur Horst. Je m'approchai de mon vieil ami et lui mis la main sur le bras.

— Je sais combien il serait reconnaissant de ce qu'Astrid et vous faites pour son fils. Karine aussi. C'était si agréable de vous revoir tous les deux. Merci pour le thé, Astrid.

Horst avait les yeux brillants de larmes.

— Tu repars déjà ? Tu viens à peine d'arriver !

— Je ne voudrais pas m'imposer. Je l'ai assez fait par le passé.

— Ne dis pas de bêtises, jeune homme ! s'exclama Astrid d'un ton sévère. D'ailleurs, le débat est clos. Tu restes dîner ici, point. Où loges-tu ?

— Je…

Astrid agita le doigt devant moi.

— Bon sang, Ar ! Ne me dis pas que tu n'as nulle part où dormir ce soir !

— J'avais l'intention d'aller au Grand Hotel et de prendre un ferry pour la France demain matin.

— Pour la France ? s'enquit Horst. Pourquoi la France ?

— C'est le pays d'origine d'Ella. Il se peut qu'elle soit retournée à Paris, où nous nous sommes connus.

Astrid s'approcha et me posa les deux mains sur les coudes.

— Très bien, va en France s'il le faut et poursuis ta mission mais, d'abord, Horst et moi insistons pour que tu restes quelques jours avec nous.

Elle me lança un regard implorant.

— Merci, répondis-je. J'en serais enchanté.

Ces quelques jours passés à Bergen furent merveilleux. Je fis de magnifiques promenades dans le Bergens Fjellstrekninger, me réchauffais le soir au coin du feu et fis le plein du fameux ragoût d'Astrid, à base de mouton et de chou. À la fin de mon séjour, je crois que même Felix avait commencé à m'apprécier – en particulier après que j'eus accordé le piano droit qui appartenait autrefois à Pip.

Quand arriva le moment de partir, j'embarquai à bord d'un ferry pour Amsterdam et, de là, pris le train pour rejoindre Paris. Si Ella était revenue dans cette ville, qui aurait-elle choisi de contacter ? Landowski ? Brouilly ? Mme Gagnon peut-être ? J'aurais tellement aimé discuter avec M. Ivan, mais je savais qu'il était peu prudent de retourner au conservatoire, étant donné mon altercation avec M. Toussaint toutes ces années auparavant. Je devais commencer par l'atelier de Landowski à Boulogne-Billancourt.

La maison était fidèle à mes souvenirs. La façade en pierre blanche s'était peut-être un peu ternie, mais était toujours recouverte de glycine violette florissante. Je restai là un moment, m'imprégnant de ce lieu où j'avais vécu enfant. Mes yeux se posèrent sur le banc où je jouais du violon. J'allai m'y asseoir, fermai les yeux et me laissai emporter dans le passé…

— Où vous croyez-vous ? cria une voix familière. Ceci est une propriété privée !

J'ouvris les yeux et aperçus Évelyne – plus forte et avec des cheveux plus gris que la dernière fois que je l'avais vue – qui traversait la pelouse d'un air menaçant. Un immense sourire se dessina sur mon visage à la vue de l'une de mes sauveuses les plus bienveillantes. Quel plaisir de la revoir.

— Je répète, que diable faites-vous ici ? Ne m'obligez pas à prendre mon balai ! Qui êtes-vous ?

Je restai immobile sur le banc, à la fixer.

— Bonjour, Évelyne, la saluai-je en me levant.

Je mesurais désormais au moins trente centimètres de plus qu'elle. Alors qu'elle me regardait dans les yeux, elle finit par me reconnaître. Son expression s'adoucit aussitôt.

— C'est impossible…, murmura-t-elle. Ar ?

Je lui tendis les bras et elle m'étreignit avec force.

— Ar ! Oh, Ar ! Je pensais ne jamais te revoir. Oh, mon petit chéri. Comme tu as grandi ! Comme je suis heureuse !

Elle s'écarta pour observer mon visage. Une nouvelle fois, des larmes se formaient dans les yeux d'un individu qui semblait ravi de me voir.

— Vous m'avez énormément manqué, Évelyne.

— Et toi donc ! Il faut que tu entres ! M. Landowski est là. Attention, mon garçon, il risque d'avoir une crise cardiaque ! (Évelyne me prit le bras et me conduisit dans le vestibule familier.) La plupart du temps, je suis ici toute seule, car le travail de M. Landowski l'emmène tout autour du monde. Qu'es-tu devenu ? Un musicien célèbre ? Et ce garçon qui te pourchassait ? Vous êtes-vous réconciliés ? Et la petite Ella ? Comment va-t-elle ?

Son avalanche de questions me révéla qu'elle n'avait pas croisé la route d'Ella depuis que nous avions quitté la France, toutes ces années auparavant. Je tentai de masquer ma déception.

— Beaucoup de choses ont changé, Évelyne.

— Je n'en doute pas. Pour commencer, tu parles plus qu'avant !

— Quel est ce tintamarre ?

La voix tonitruante, mais désormais un peu enrouée, de M. Landowski résonna dans le couloir. Il apparut, vêtu de la même blouse que vingt-cinq ans plus tôt. Le peu de cheveux qu'il lui restait sur la tête étaient tous blancs, à l'instar de sa moustache et de sa barbe caractéristiques. Nous restâmes un instant face à face dans le couloir.

— Ça alors ! finit-il par s'exclamer. Ha ! (Il secoua la tête, avant de tourner les talons et de me faire signe de le suivre.) Viens. Un coup de main ne serait pas de refus. Évelyne, voulez-vous bien préparer du thé ? Après quoi, n'hésitez pas à nous rejoindre à l'atelier.

Elle me pressa le bras et disparut vers la cuisine. Je suivis M. Landowski dans son atelier où, sur la table, se dressait la sculpture en pierre d'une danseuse, presque terminée. Elle levait élégamment le bras au-dessus de sa tête et son visage était orienté vers le bas.

Landowski saisit son burin et se mit à taper délicatement sur ses longs cheveux détachés.

— Passe-moi le plus petit instrument de l'établi, tu veux bien ? (Je m'exécutai aussitôt.) Bon, qu'est-ce que tu en dis ? m'interrogea-t-il en désignant son œuvre de la tête.

— Vous n'avez pas perdu la main, monsieur. Est-ce une danseuse de flamenco ?

— Exactement. (Il prit un moment pour reculer et admirer le résultat.) Je suis assez fier de moi. (Il se tourna vers moi.) Mon garçon, te voilà de retour. Cela signifie-t-il que tu es enfin en sécurité ?

Je soupirai.

— C'est difficile de répondre à cette question.

— Hmm. En tout cas, ne t'inquiète pas pour cette fripouille de Toussaint au conservatoire. M. Ivan s'est chargé de lui.

Je souris en entendant le nom de mon ancien professeur.

— Ah oui ? Comment ?

Landowski éclata de rire.

— Ivan était russe et en colère. Ai-je besoin d'en dire plus ?

Je haussai les épaules.

— C'est sans doute inutile.

— Toussaint a fini par quitter Paris. Nous n'avons plus jamais entendu parler de lui. Les rats retournent toujours dans les égouts.

— Comment va M. Ivan ? J'aimerais beaucoup le revoir.

Landowski s'appuya sur son établi.

— Je suis navré, Ar. Il est mort il y a maintenant plusieurs années. Nous avons gardé contact après ton départ pour l'Allemagne. Il parlait souvent de toi et te prédisait un avenir musical doré. (Landowski me regarda de la tête aux pieds.) Mais de toute évidence, tu ne joues plus.

J'étais perplexe.

— Comment l'avez-vous deviné ?

— Tu m'as l'air triste, sans âme. J'en déduis donc que tu ne joues plus.

Évelyne revint à cet instant avec le thé.

— Merci, Évelyne. Je ne sais pas ce que je ferais sans elle, mon garçon. Elle gère l'intégralité de ma vie en France, des draps jusqu'aux rendez-vous. Ma mémoire n'est plus ce qu'elle était, n'est-ce pas, Évelyne ?

— Vous n'avez rien perdu de votre vivacité d'esprit, monsieur, répondit-elle en riant.

— Vous pouvez difficilement dire l'inverse, sachant que c'est moi qui vous paye ! Enfin bon, asseyez-vous, je vous en prie. Notre vieil ami va nous raconter sa vie.

Elle s'installa sur le canapé poussiéreux au fond de l'atelier.

— Avant de commencer, puis-je vous demander où sont les autres membres de votre famille ?

— La plupart d'entre eux sont encore à Rome. Je ne suis à Paris que parce que je dois finir cette commande, déclara-t-il en montrant la sculpture. Je l'ai commencée ici, à Noël, quand j'en avais marre d'écouter ma belle-mère souffrante jacasser. (Il caressa délicatement le visage en pierre.) C'est pour un client privé en Espagne. J'espère que cela ne te dérange pas que je continue de travailler pendant que tu parles, Ar. J'ai déjà du retard. Je dois la finir aujourd'hui.

— Absolument pas.

— Merci. (Il reprit son burin.) Oh ! Marcel a fini par entrer au conservatoire, au fait, dit-il en riant. Il a étudié le piano auprès de Marguerite Long et est devenu compositeur professionnel.

J'applaudis.

— Voilà qui est mérité. Veuillez lui transmettre mes félicitations les plus sincères la prochaine fois que vous le verrez.

— Je suis certain qu'il en sera ravi, dit-il avec un sourire en coin.

Je racontai donc mon histoire tandis que M. Landowski sculptait. Je l'aidais en lui passant les instruments, retombant dans notre ancienne routine d'un quart de siècle plus tôt. Il resta impassible, que ce soit lorsque je narrai la douleur que j'avais ressentie quand je m'étais cassé le bras à cause de Kreeg et que cela avait détruit ma carrière musicale, ou lorsque j'expliquai comment j'avais sauvé les mineurs à Coober Pedy. Il se concentrait pleinement sur son travail. Évelyne, en revanche, s'exclamait et gesticulait au moindre rebondissement.

— Oh, Ar, dit-elle quand j'eus terminé. Je suis tellement désolée d'apprendre tout ça. La vie peut être si injuste.

— Je suppose que je n'ai même pas besoin de vous demander si Ella vous a contactés l'un ou l'autre ? (Landowski secoua la tête.) Qu'en est-il de M. Brouilly ? Pensez-vous que cela soit possible ?

— Je discute régulièrement avec lui, répondit Landowski. Il a gravi les échelons à l'École des beaux-arts et y est devenu directeur de la sculpture. Il m'en aurait parlé, je t'assure.

— Même chose de mon côté, ajouta Évelyne. Je suis encore en contact avec Mme Gagnon. Elle est maintenant à la retraite, mais nous prenons le thé de temps en temps. Elle n'a pas mentionné Ella. Je suis désolée, Ar.

— Et Kreeg ? Tu ne le crains plus ? s'enquit Landowski.

— Je ne sais pas ce qu'il pourrait m'enlever que je n'aie déjà perdu, répondis-je en toute honnêteté. C'était mon dernier espoir. Je ne sais pas où Ella pourrait être. Je me disais qu'elle aurait pu revenir à l'un des endroits où nous avions vécu, ce qui explique ma visite. Mais à présent, je ne sais pas quoi faire.

Je me passai les mains dans les cheveux. Landowski me fixa.

— Tu te retrouves désemparé. (Il tapa dans ses mains.) Dans ce cas, voudrais-tu du travail ?

Son offre me prit au dépourvu.

— Oh, monsieur, c'est très aimable à vous, mais je ne suis pas sûr de pouvoir vous aider à l'atelier comme autrefois.

— J'avais en tête quelque chose de bien plus temporaire. Cette commande doit être transportée à Sacromonte, à Grenade. Comme je l'ai dit, j'ai du retard. Tu pourrais l'emporter là-bas par le train. Sans quoi, il faudrait que la sculpture fasse le voyage en bateau, ce qui prendrait bien plus longtemps. (Il haussa un sourcil.) Tu rendrais service à ton vieil ami.

Je réfléchis à sa proposition et ne trouvai aucune raison de ne pas accepter.

— Très bien, monsieur. Je serais heureux d'accompagner votre œuvre.

— Formidable. J'imagine qu'il y a plus confortable que de voyager à bord d'un train de marchandises, mais je suis sûr que tu t'en remettras. (Il regarda le banc à travers la fenêtre de l'atelier.) Tu sais, aucune de mes sculptures n'a été escortée personnellement depuis le *Cristo* que Brouilly avait emmené au Brésil en bateau.

— J'ai l'impression que c'était il y a une éternité.

— Parce que c'est le cas, mon garçon. (Il reprit son travail.) Va à Sacromonte, profite un peu du soleil espagnol. Repose-toi et prends le temps de réfléchir. Cela te fera le plus grand bien.

— Pour qui est la commande ?

— Les curateurs du palais de l'Alhambra. Apparemment, il est célèbre pour une espèce de concours de danse. Comment s'appelle-t-il déjà ?

— Le *Concurso de Cante Jondo*, répondit Évelyne.

— Oui, voilà. En gros, une jeune gitane a remporté la compétition et a acquis une grande notoriété, devenant pour la région une sorte de symbole après la guerre civile. (Il haussa les épaules.) Ce qui est sûr, c'est qu'elle est très belle. Regarde. (Il me tendit une photo qui trônait sur son établi.) Voici mon modèle.

Il s'agissait d'une magnifique femme brune en robe rouge, immortalisée par l'objectif alors qu'elle tournoyait.

— Comment s'appelait-elle ?

— Tu me plonges dans l'embarras, mon garçon ! Ma mémoire n'est plus ce qu'elle était. (Il claqua plusieurs fois des doigts, rapidement.) Zut, son nom m'échappe. Vous le rappelez-vous, Évelyne ?

— Lucía Amaya Albaycín.

— C'est cela. Apparemment, c'est une star en Amérique du Sud.

— Comme c'est intéressant. Eh bien, ce sera pour moi un honneur d'escorter sa version en pierre jusqu'à sa future demeure.

— Parfait. Tu seras dédommagé pour tes efforts, bien sûr.

Je levai les mains en signe de protestation.

— Non, monsieur. Je ne pourrais jamais accepter le moindre paiement pour cela. Comme je vous l'ai dit, ce n'est pas l'argent qui me manque ces temps-ci. Au contraire, permettez-moi de vous rembourser mes cours au conservatoire, ainsi que le gîte et le couvert durant toutes ces années.

Landowski soupira et leva les yeux au ciel.

— Ne sois pas ridicule, mon garçon. Tu n'avais rien ! À présent, Évelyne, voulez-vous bien appeler la société de fret pour organiser le voyage ?

— Oui, monsieur.

Elle avait du mal à se relever du vieux canapé, alors je m'empressai d'aller l'aider.

— Évelyne, pardonnez-moi. Je me rends compte que je n'ai pas encore pris de nouvelles de Louis. Comment va-t-il ?

Elle sourit tristement.

— Il a réalisé ses rêves et occupe maintenant un poste important chez Renault.

— Fantastique ! S'est-il marié ?

Elle soupira.

— Oui. Son épouse s'appelle Giselle. (Je remarquai qu'elle se tournait vers M. Landowski, qui lui adressa un regard compatissant en retour.) C'est une femme très caractérielle, qui n'a jamais approuvé ma proximité avec mon fils. Les années passent et je le vois de moins en moins.

Cela me brisait le cœur d'entendre cela.

— Oh, Évelyne. C'est affreux.

Elle hocha la tête.

— Le pire, c'est que je n'ai toujours pas fait la connaissance de ma petite-fille. Elle a cinq ans déjà, mais Giselle refuse que je la voie.

J'étais perplexe. Mère et fils s'entendaient si bien autrefois.

— Mais Louis vous adore. Quoi que puisse lui dire Giselle, il ne permettrait tout de même pas que votre relation se détériore, si ?

— Un homme amoureux est un homme sous emprise. Et malheureusement, Giselle est le poison de mon Louis.

Elle renifla tristement.

— Comment s'appelle votre petite-fille ?

— Marina, répondit-elle avec mélancolie.

— Quel joli prénom, répondis-je, ne sachant quoi dire. J'espère que vous la verrez un jour.

— Moi aussi, Ar. Bon, tu veux que je te fasse ton lit ? Ta chambre n'a guère changé en vingt-cinq ans.

— Je suis sûr que nous pouvons l'installer dans la grande chambre d'amis, plutôt que dans la mansarde ! s'offusqua Landowski.

— Oh, je ne voudrais surtout pas vous déranger. Je serais heureux de loger à l'hôtel si…

Landowski éclata de rire.

— Nous t'avons logé pendant toutes ces années ! Je suis certain qu'une nuit de plus ne nous tuera pas, n'est-ce pas, Évelyne ?

Je passai la soirée à boire du côtes-du-rhône en découvrant ce qu'étaient devenues les personnes que j'avais connues. Landowski et Évelyne avaient encore la même énergie pétillante en eux, bien que leur corps, comme le mien, ait vieilli. Après le dîner, je montai l'escalier pour rejoindre mon ancienne chambre à l'arrière de la maison. Le lit qui, quand j'étais enfant, me semblait le summum du luxe et du confort, m'apparaissait à présent minuscule et inconfortable. Cela ne m'empêcha pas de dormir profondément, sans doute aidé par la grande quantité de vin rouge que j'avais avalée pendant la soirée.

Le lendemain matin, trois hommes arrivèrent pour emballer la statue de Lucía et l'emmener, avec moi, à la gare de Lyon.

— J'ai prévenu l'Alhambra que tu partais et que la statue et toi seriez là-bas d'ici à cinq jours, expliqua Évelyne. Il y a un changement à Barcelone, lors duquel les employés du fret déplaceront la statue pour toi. Ils s'occuperont également du transport entre la gare de Grenade et l'Alhambra.

— Merci, Évelyne. Vous organisez encore ma vie, toutes ces années après.

Je la pris dans mes bras, avant de serrer la main de M. Landowski.

— Cela m'a fait plaisir de te voir, mon garçon. La question que je suis dans l'obligation de te poser est… reviendras-tu un jour ?

— Si le vent est favorable, monsieur. J'espère vraiment que nos chemins se croiseront à nouveau.

— Moi aussi, répondit-il en souriant, avant de me poser une main sur l'épaule. Rien n'est plus important que l'amour. À présent, retrouve-la, mon garçon. Quoi qu'il en coûte.

Il leva l'index, comme s'il se rappelait quelque chose, et disparut dans la maison. Il en ressortit muni d'un sac en paille qui faisait du bruit à chacun de ses pas. Il me le tendit et j'y découvris quatre bouteilles du côtes-du-rhône que nous avions bu la veille.

— Merci.

— Pour le voyage, précisa-t-il avec un clin d'œil. Mais attention. (Il me posa la main sur la joue et me regarda droit dans les yeux.) Avec modération, comme pour tout, d'accord ?

Je hochai la tête.

— Au revoir, monsieur.

* * *

Grâce au vin rouge, mon voyage vers l'Espagne ne fut pas désagréable. Je sympathisai avec les employés du train. Nous échangeâmes des histoires et des gorgées d'alcool, jouâmes aux cartes aussi. Je réussis à gagner quelques pesetas, ce qui était assez pratique, car je m'étais rendu compte que je n'avais aucune monnaie locale. D'ailleurs, je m'étais habitué à l'idée d'une telle existence – toujours en déplacement, sans besoin de trop réfléchir. Peut-être était-ce l'avenir qui m'attendait.

Le changement à Barcelone fut facile, comme l'avait promis Évelyne. Je dormis tout le long du dernier tronçon, bercé par le mouvement du wagon sur les rails et apaisé par l'obscurité de cet espace clos.

Je fus réveillé par une vive lumière quand deux membres du personnel de la gare de Grenade ouvrirent la porte du wagon. Je sentais comme un martèlement dans ma tête.

— *¿Señor? Por favor, apártese del camino.*

Je ne parlais presque pas un mot d'espagnol. Et contrairement à la dernière fois que j'avais mis les pieds dans un pays étranger dont je ne connaissais pas la langue, à savoir la Norvège, je n'avais pas deux amis multilingues pour m'aider.

— *Salga, por favor.*

Ils me firent signe de descendre du wagon.

Je me redressai et sortis dans la chaleur matinale, ce qui me donna le tournis et la nausée.

— *¡Tiene resaca!* s'écria l'un des hommes, et les autres me regardèrent en riant.

J'avais la bouche terriblement sèche.

— De l'eau ? demandai-je.

Comme je n'obtenais aucune réponse, je fis mine de boire dans une bouteille.

— *¿Agua? Sí.*

L'un des hommes désigna une fontaine sur le quai de la gare, et je lui adressai un signe de tête reconnaissant.

Le temps que je me sois réhydraté, les hommes avaient sorti la statue et étaient en train de la transporter hors de la gare sur une espèce de chariot. Je les suivis et restai debout à côté d'eux, l'air pathétique, tandis qu'ils chargeaient la caisse en bois dans un vieux camion usé dont l'arrière était ouvert.

— Alhambra ? demandai-je.

— *Sí señor. Alhambra. Treinta minutos.*

— *Gracias,* parvins-je à prononcer avant de monter dans le camion.

Grenade était un endroit saisissant. La ville, constituée de centaines de bâtiments blanchis à la chaux, brillait sous le soleil du matin. Derrière les murs de la ville se dressait une chaîne de montagnes. À y regarder de plus près, les collines les plus proches comptaient un grand nombre de grottes creusées dans la roche. Je plissai les yeux et distinguai de petites silhouettes qui bougeaient devant lesdites grottes. Étaient-elles habitées ?

Bientôt, nous approchâmes du somptueux palais. Les tours rouges anciennes s'élevaient dans une végétation luxuriante et je fus émerveillé par cette vision architecturale. Le camion s'arrêta devant le grand portail et le chauffeur sortit de sa cabine pour me parler.

— *Esto es lo más lejos que puedo ir,* m'annonça-t-il en haussant les épaules. Pas plus loin, parvint-il à dire en anglais.

Il indiqua l'entrée en forme de serrure, qui menait à une place animée. J'acquiesçai et sautai à terre, la tête encore douloureuse à cause de la bouteille de vin que j'avais bue avidement la veille. Alors que j'entrais, je fus accosté par des locaux qui vendaient de l'eau, des oranges, des amandes grillées et toutes sortes de marchandises. Au milieu du chaos, je repérai un homme vêtu d'une chemise de lin qui courait vers moi depuis un autre portail. Il montra le camion.

— Statue ? demanda-t-il en français.

— *Sí señor,* statue. M. Landowski.

Deux hommes en bleu de travail aidèrent à transporter la statue au centre de la place et à retirer la caisse. Une fois que les diverses couches de toile furent ôtées elles aussi, la statue de Landowski se dressa fièrement dans l'Alhambra.

— Elle est superbe ! Plus belle que je ne l'aurais imaginée, se réjouit l'homme à la chemise en lin. M. Landowski est un génie. C'est comme si la jeune Lucía était parmi nous.

— Pardonnez-moi, je ne suis pas d'ici. M. Landowski m'a dit que Lucía avait remporté un concours de danse ? C'est bien cela ?

L'homme éclata de rire.

Le *Concurso de Cante Jondo* était bien plus qu'un concours de danse, *señor.* C'était une *fiesta* de la musique, du flamenco et de la vie qui s'est tenue en 1922. Quatre mille personnes sont alors venues célébrer tout cela avec nous. C'était un événement très spécial.

— Je vois, marmonnai-je. Vous en parlez encore trente ans plus tard.

— *Señor,* ce soir-là, quatre mille citoyens ont assisté de leurs propres yeux au pouvoir brut du *duende.* Il vit en Lucía, s'émut-il en caressant la joue de la statue.

— Le *duende* ?

— Il est difficile de le décrire à ceux qui ne comprennent pas notre culture. Le *duende* est une qualité de passion et d'inspiration, qui s'est manifestée ce soir-là à travers le rythme et la danse.

Lucía m'avait tout l'air d'une femme stupéfiante.

— J'aimerais beaucoup la rencontrer et rapporter à M. Landowski sa réaction face à la statue.

Mon interlocuteur soupira.

— Aux dernières nouvelles, elle était repartie en Amérique pour danser afin de gagner de l'argent pour sa famille. La vie a été si difficile après la guerre. Les *gitanos* de Sacromonte n'ont fait l'objet d'aucune pitié. (Il secoua tristement la tête.) C'est la raison pour laquelle nous autres curateurs souhaitions commander cette statue.

— Pardonnez-moi, dis-je, gêné de devoir lui demander la signification d'un autre mot espagnol que je ne comprenais pas. *Gitanos* ? Qu'est-ce que cela veut dire ?

— Le peuple gitan, monsieur, autrefois cruellement éloigné hors des murs de la ville. (Il désigna le paysage au-delà du portail.) Peut-être avez-vous remarqué leurs maisons troglodytes sur la colline de Sacromonte.

— Ah oui, dis-je en hochant la tête. Au fait, *señor*, auriez-vous des recommandations pour un touriste à Grenade ? Maintenant que Lucía a été livrée sans heurt, je me retrouve un peu désœuvré.

Il réfléchit un moment.

— Il est indispensable de vous rendre plaza Nueva. Il s'y passe toujours quelque chose.

Il me serra la main.

— *Gracias, señor.*

Je quittai l'Alhambra, espérant que descendre la colline contribuerait à atténuer ma gueule de bois. Le parfum des cyprès et la brise légère se révélèrent tout à fait adaptés et, quand j'atteignis la place, ma tête commençait enfin à se remettre.

Je m'arrêtai un moment pour contempler le plus impressionnant des édifices de la place – une vieille cathédrale dotée d'un clocher ouvert –, puis je marchai sur des dalles lisses et brillantes pour atteindre la magnifique fontaine au milieu de la place. Jetant un coup d'œil à l'intérieur, je constatai que le fond était tapissé de pesetas, représentant chacun un souhait de son ancien propriétaire. Je fouillai dans ma poche, me plaçai dos à la fontaine et lançai une pièce par-dessus mon épaule. Inutile de préciser que j'exprimai silencieusement le vœu de retrouver Ella.

Il faisait de plus en plus chaud et j'avais besoin de quelque chose de rafraîchissant. Je m'aventurai dans l'une des ruelles qui donnaient sur la place, à la recherche d'un café. Bientôt, je tombai sur une petite boutique qui vendait des glaces de toutes les couleurs possibles et imaginables et semblait avoir un succès fou auprès des touristes. Alors que j'approchais, je remarquai une petite fille aux cheveux noirs adossée au mur, l'air rêveur. Je crois que je parvins à comprendre les grandes lignes de la conversation qui suivit :

— Tu en veux une, *señorita* ? lui demanda le propriétaire du café de derrière le gros congélateur transparent qui abritait les glaces.

— *Sí*, répondit-elle. Mais j'ai pas d'argent.

— Dans ce cas, du balai ! lui cria-t-il. Tu gênes les clients.

La fillette haussa les épaules et lui tourna le dos. Je me sentis poussé à la défendre.

— Moi elle ne me gêne pas, déclarai-je. (Je m'avançai vers le congélateur et examinai l'arc-en-ciel de couleurs disponibles. La glace verte était la plus alléchante et je la montrai du doigt.) J'en voudrais deux comme ça.

— *Sí, señor*, répondit le commerçant irascible.

Derrière moi, la cloche de la place sonna et je me retournai pour voir une foule de gens sortir de la cathédrale. Je supposai que la messe du matin venait de se terminer. Je tendis quelques pesetas au propriétaire du café et pris les glaces. Je regardai la petite fille qui me fixait avec de grands yeux.

— Tiens, *señorita*, dis-je en lui tendant l'un des deux cornets.

— *¿Para mí?* s'étonna-t-elle.

— *Sí*, confirmai-je en hochant la tête.

— *Gracias a Dios,* dit-elle en léchant la glace qui fondait déjà sous le soleil et dégoulinait le long du cornet.

— *¿A usted le gustaría que diciera su destino?*

Je crois qu'elle me posait une question.

— *No comprendo,* répondis-je en souriant. *Hablo... inglés?*

Je pensais qu'elle avait plus de chances de comprendre l'anglais que le français.

— Vous voulez qu'on vous dise votre avenir ? me demanda-t-elle avec un sourire craquant.

— Tu peux me dire mon avenir ?

Je regardai la petite fille qui ne semblait pas avoir très bien compris.

— Ma *prima,* Angelina. Elle est très douée, expliqua-t-elle en montrant sa paume et en faisant mine de lire les lignes de sa main.

— Pourquoi pas ?

Je haussai les épaules en léchant ma glace et indiquai à la petite fille que j'allais la suivre. Nous repartîmes dans l'étroite ruelle pour regagner la place désormais très animée. La fillette me conduisit vers une très jeune femme vêtue d'une robe rouge vif. Assise sur les marches de la cathédrale, elle finissait avec une cliente. Lorsque l'argent eut changé de mains, je remarquai que la femme qui partait semblait un peu ébranlée et me demandai ce qui m'attendait.

— *Toma, tengo un hombre para ti. Su español no es bueno,* annonça la fillette à sa cousine.

— *Hola, señor,* m'accueillit la diseuse de bonne aventure.

Je faillis tomber à la renverse. Je connaissais cette personne. Je l'avais déjà vue, plusieurs fois. Ma mâchoire se décrocha tandis que j'observais son visage en forme de cœur et ses immenses yeux bleus opalescents, encadrés de cils noirs. Elle avait une longue chevelure blonde et brillante et portait une guirlande de fleurs.

Elle était exactement comme la nuit où elle m'était apparue la première fois.

Au milieu des flammes.

À Leipzig.

Elle m'adressa un grand sourire.

— Je peux voir votre main ?

Hypnotisé par ce visage que j'étais certain de reconnaître, je la regardai bouche bée et elle me saisit la main pour examiner ma paume.

— Ensuite je vous parlerai de votre fille.

Mon cœur bondit dans ma poitrine.

— Ma fille ?

— *Sí, señor.* Asseyez-vous, je vous en prie.

La fillette m'adressa un signe de tête et s'éloigna pour finir sa glace à l'ombre d'un auvent, de l'autre côté de la place.

— Votre visage..., balbutiai-je. Je le connais. Vous m'êtes apparue... dans mes rêves...

La jeune fille éclata de rire.

— Je vous assure, *señor*, que c'est la première fois que nous nous croisons. Mais vous n'êtes pas le premier à dire que vous me connaissez. Parfois ça peut arriver. C'est la façon de faire de la *bruja*.

— La *bruja* ?

Elle poussa un soupir, puis leva les yeux vers la cathédrale, comme pour trouver l'inspiration.

— *Sí.* Mes ancêtres spirituels. C'est difficile à expliquer à un *payo*, *señor*, mais je vais essayer. Vous et moi devions nous rencontrer. Nos destins sont entremêlés, même si ce n'est que de façon très mineure. De ce fait, il est possible que nos âmes aient déjà dansé ensemble. Vous voyez ?

Je demeurai bouche bée.

— Non, dit-elle en riant. C'est ce que je pensais.

— Je ne comprends pas. Vous m'avez parlé. J'ai entendu votre voix.

— Si je vous ai parlé, *señor*, ce n'était pas consciemment. Je suis persuadée que l'univers a simplement utilisé mon apparence et ma voix pour véhiculer le message qu'il devait vous envoyer.

De façon comique, le reste de ma glace tomba du cornet et s'écrasa sur les marches.

— Vous voulez dire que vous ne me reconnaissez pas ?

— Non. (Elle reprit ma paume.) Les rêves et les visions sont des choses très puissantes, *señor*. Nous ne pouvons pas les contrôler, pourtant ils se manifestent. Quand vous m'avez vue, que vous ai-je dit ?

Je fermai les yeux pour me remémorer cette terrible nuit.

— Vous m'avez dit que je devais vivre… que j'avais un destin à accomplir.

— Comme c'est intéressant… Voyons voir si j'avais raison. (Elle scruta ma main.) Enchantée de vous rencontrer en personne, Atlas. Je m'appelle Angelina.

Mon cœur s'accéléra.

— Comment connaissez-vous mon nom ?

Elle me regarda alors droit dans les yeux.

— Je le vois. Il est inscrit dans les étoiles. Comme l'essentiel de votre destin. N'ayez pas peur de ce que je vous dis, ni de ce que je sais, ajouta-t-elle en souriant, comme pour me rassurer. La *bruja* voit tout ce qui a été, tout ce qui est et tout ce qui sera. C'est un don qui se transmet par le sang.

J'étais abasourdi.

— Je ne suis même pas censé être à Grenade. Je livrais simplement une statue. C'est un pur hasard que je sois sur cette place.

— Une statue ? Au palais de l'Alhambra ?

— Exactement.

— Lucía Amaya Albaycín. Ma tante.

— Votre tante ?

Angelina gloussa de nouveau.

— Tout à fait, *señor*. Vous voyez maintenant ce que je veux dire quand je vous dis que nos destins sont entremêlés, qu'il était écrit dans les étoiles que nous nous rencontrerions ? Pour vous, c'est un simple hasard. Mais pour moi, cela s'inscrit dans un projet plus vaste.

— Doux Jésus…

— Malheureusement, tante Lucía a quitté cette Terre. Elle est à présent parfaitement libre et danse parmi les nuages.

— Le curateur de l'Alhambra la croit tout à fait en vie.

— Oui, tout comme sa mère, et sa fille aussi.

— Sa fille ? demandai-je, préoccupé.

Angelina désigna la fillette à qui j'avais acheté une glace.

— Isadora, ma cousine. Ni l'une ni l'autre n'est *bruja, señor*, alors elles ne ressentent pas que Lucía est partie.

Je fixai cette enfant innocente qui, gaiement, ignorait que sa mère était morte. La peine qu'elle devrait endurer m'attrista.

— Pourquoi ne le leur annoncez-vous pas ?

Angelina soupira.

— Qu'est-ce qui vaut mieux ? Apprendre la vérité et être désespéré, ou vivre dans l'espoir ? Après tout, l'espoir est la seule chose qui nous maintienne en vie, *señor*.

Un agréable parfum d'agrumes embaumait l'air, annonçant le passage d'un vieil homme qui poussait une brouette débordant d'oranges fraîchement cueillies.

Les yeux d'Angelina allaient et venaient entre ma paume et mon visage.

— C'est très inhabituel, *señor*. Très inhabituel. Je n'ai jamais rencontré personne comme vous sur cette place. Vous êtes différent.

— Que voulez-vous dire ? fis-je, pendu à ses lèvres.

— Souvent, je peux conseiller les gens et leur donner le pouvoir de changer leur destin. Mais votre voie est toute tracée, Atlas. Immuable.

— Qu'est-ce que cela signifie ? demandai-je, de plus en plus mal à l'aise.

Un sourire d'Angelina eut le don de me rasséréner.

— Cela signifie que vous accomplirez de grandes choses. Votre prénom vous va comme un gant. Atlas est un homme qui porte le poids du monde sur ses épaules, n'est-ce pas ?

— C'est ce que raconte le mythe.

Angelina plissa les yeux.

— Les mythes ne sont que ce que deviennent les récits quand tous les témoins des événements sont morts.

— Je vois.

La cloche de la cathédrale sonna, indiquant qu'il était midi, et je sursautai. Angelina pressa ma main dans la sienne.

— Sachez une chose, Atlas. On ne donne le poids du monde qu'à ceux qui ont la force de le porter. (Elle ferma les yeux et grimaça tandis qu'elle semblait voir quelque chose de douloureux dans son esprit.) Le petit garçon dans la neige, qui a dû s'enfuir à cause d'un crime qu'il n'avait pas commis…

— Vous savez tant de choses, murmurai-je.

Elle rouvrit les yeux et me regarda intensément.

— Votre voyage a été difficile. Mais vous avez résisté. Parce que, malgré tout, beaucoup ont fait preuve de gentillesse à votre égard. Est-ce que j'ai raison ?

— Oui, répondis-je, la voix tremblante.

Ne souhaitant pas pleurer devant Angelina, j'essayai de me concentrer sur les diverses activités qui se déroulaient autour de nous sur la place. Je regardai deux jeunes garçons qui se faisaient des passes de football, des amoureux qui se tenaient la main près de la fontaine et un commerçant qui chassait des étourneaux de sa devanture. Angelina poursuivit :

— L'univers vous a préparé pour la tâche qui vous attend.

— Une tâche ? demandai-je en me tournant de nouveau vers elle. Quelle tâche ?

— Celle d'élever vos filles.

Soudain, l'aura magique d'Angelina se dissipa.

— Je crois que vous vous trompez. Je n'ai pas de filles.

Elle sourit de toutes ses dents.

— Oh que si. Elles ne sont tout simplement pas encore nées. (Elle fronça les sourcils et leva les yeux vers le ciel parfaitement bleu.) À part… une.

Elle hocha la tête, comme pour confirmer sa pensée. J'avais l'impression que mon cœur pouvait exploser à tout moment.

— Je vous en prie, que voulez-vous dire ?

Angelina plongea son regard dans le mien.

— Vous avez déjà l'aînée de vos filles, Atlas. Ses pieds foulent cette terre, comme les nôtres.

La place commença à tourner autour de moi.

— Ella… Ella a mis au monde notre enfant ? Est-ce pour cela qu'elle est partie ? Parce qu'elle craignait pour la sécurité de notre bébé ? Mon Dieu… Mon Dieu ! Pourquoi ne me l'a-t-elle pas dit ?

Angelina me prit par les épaules.

— Calmez-vous, Atlas, calmez-vous.

— Où est-elle ? S'il vous plaît, dites-le-moi ! Je dois savoir !

Angelina secoua la tête et parla d'un ton ferme.

— Je n'ai pas la réponse à cette question. Tout ce que je sais, c'est que vous aurez sept filles et que la première est déjà née.

J'hésitai entre m'écrouler par terre et danser de joie.

— C'est… une merveilleuse nouvelle ! Je vais donc retrouver Ella ? Et ensemble nous aurons six autres enfants ?

Les étourneaux qu'avait chassés le commerçant avaient atterri sur les marches de la cathédrale et fixaient Angelina, dans l'attente. Elle sortit un petit morceau de pain de sa poche et leur envoya des miettes.

— Comme je l'ai dit, finit-elle par répondre, vous aurez sept filles.

— Cela veut dire que je vais retrouver Ella. Forcément ! Je n'aimerai jamais aucune autre femme.

Un sourire mystérieux se dessina sur les lèvres de la jeune femme.

— Vous êtes capable d'aimer tendrement, Atlas, malgré tout. C'est ce qui vous rend si spécial.

Je regardai les étourneaux se disputer le pain qu'elle leur avait lancé.

— J'ai une autre question pour vous. Il y a quelques instants, vous avez dit : « le petit garçon dans la neige, qui a dû s'enfuir à cause d'un crime qu'il n'avait pas commis ». Il faut que je sache ce qu'est devenu Kreeg Eszu.

Elle inspira profondément.

— Celui qui vous pourchassait ?

— Oui. Si Ella est partie pour protéger notre enfant de ses griffes, je dois savoir s'il est encore en vie.

Les yeux d'Angelina se posèrent sur Isadora qui nous fixait tous les deux, attendant sans doute que sa cousine se libère. La jeune femme lui adressa un petit geste de la main, que lui rendit la fillette.

— Je ne le vois pas, Atlas. Certaines choses sont impossibles à discerner. (Elle vit mes épaules s'affaisser.) Néanmoins, vos filles bénéficieront d'un abri sûr. Leur vie sera aussi agitée que la vôtre. Elles auront besoin…

— D'un coin du monde à elles ? l'interrompis-je.

Angelina sembla impressionnée.

— Précisément, oui.

Un frisson me parcourut tandis que je pensais au terrain d'Agatha sur les bords du lac Léman. Dans sa lettre, elle prédisait que j'aurais besoin d'un tel endroit, « paisible et sûr ».

— Que dois-je faire à présent ?

La jeune femme fit un geste en direction de la place.

— Trouver vos filles, Atlas.

J'opinai du chef.

— Cela signifie retrouver Ella, bien sûr. (Je la regardai d'un air suppliant.) Vous voyez tant de choses… ne pouvez-vous pas me dire où elle est ?

Les étourneaux gazouillaient et réclamaient encore à manger. Angelina s'exécuta et j'examinai son visage avec attention. Les sourcils légèrement froncés, elle semblait réfléchir intensément à sa réponse. Au bout d'un moment, elle secoua la tête.

— Non. Comme je vous l'ai dit, votre voie est toute tracée, et vous la suivrez sans avoir besoin de mon aide.

Elle se tourna vers moi et je soutins quelques instants son regard, espérant obtenir quelques détails supplémentaires. En vain.

— J'ai terminé, *señor.*

— D'accord.

Sans réfléchir, je l'enveloppai de mes bras, envahi par un fort sentiment de plénitude.

— Merci, Angelina. Vous m'avez sauvé !

— Avec plaisir, *señor,* mais… s'il vous plaît, arpentez le monde avec prudence en gardant l'esprit et les bras ouverts.

— Je vous le promets. Je me sens comme Ebenezer Scrooge le matin de Noël ! Oh, et ne vous inquiétez pas. Je vais arrêter de boire. (Je lui adressai un clin d'œil.) Il va falloir que je sois au sommet de ma forme pour mes retrouvailles avec Ella. Et avec ma fille !

Elle soupira.

— *Señor*, je…

Je me levai d'un bond.

— Je n'arrive pas à y croire. Je suis papa. Je suis papa ! Ha !

— Vous l'êtes, mais je…

— Peut-être l'appellerai-je Angelina. Enfin non, qu'est-ce que je raconte ? Ella a déjà dû lui donner un prénom. Je me demande bien ce que c'est ! Veuillez remercier votre petite cousine. Sans elle, nous ne nous serions jamais rencontrés.

Isadora s'approchait de nous. Elle avait trouvé un chaton noir et blanc qu'elle apportait vers la cathédrale. Angelina m'adressa un signe de tête et je commençai à m'éloigner.

— Vous avez tout à fait raison, lançai-je. Vous n'avez pas besoin de me dire où je dois aller à présent. Je sais qu'avant toute chose, je dois construire un endroit sûr pour Ella et mon enfant. Ne vous en faites pas ! Je sais exactement comment faire ! Merci, Angelina ! Je ne vous oublierai jamais !

Je me sentais si revigoré que je me mis à courir et à sautiller, des rêves et des tours plein la tête.

44

1965

Je suis très fier d'Atlantis. Assis sur le bord de la jetée, je regarde le soleil doré se coucher sur la maison et admire mon œuvre. Maître Kohler m'a présenté plus d'une dizaine d'architectes, avant que je ne parvienne à en choisir un à qui je puisse accorder ma confiance pour réaliser mon projet. Ce n'est pas l'intérêt qui a manqué ; l'opportunité de construire sur un terrain à l'écart au bord du lac Léman était pour beaucoup une perspective attrayante. Bien que plusieurs aient eu une vision enthousiasmante, il y avait un critère qui primait absolument dans le choix de l'entrepreneur : le lien de confiance.

Sécurité et isolement étaient au cœur de mes instructions. Les projets étaient ambitieux et devaient être exécutés à la perfection. Tout d'abord, je souhaitais que la demeure semble dater de plusieurs siècles. J'avais conscience qu'une rumeur se répandrait peut-être à propos d'un excentrique qui se faisait construire une énorme propriété sur le lac, et je ne voulais surtout pas qu'elle donne l'impression d'appartenir à un méchant de la série des *James Bond* de Mr Fleming. Par conséquent, j'ai fait construire la maison dans le style Louis XV.

D'ailleurs, si quelqu'un souhaite se renseigner auprès du cadastre, il découvrira qu'Atlantis se dresse à cet endroit depuis le XVIIIe siècle. Il est stupéfiant de constater ce que les hommes acceptent de faire contre une grosse somme d'argent.

Le cadastre informera aussi les curieux que la propriété appartient à Icarus Holdings – une société écran administrée par deux directeurs : Éric Kohler et Georg Hoffman. Au cours des quinze dernières années, Georg a développé un grand talent pour le droit. Comme je le lui avais promis, j'ai financé ses études à l'université et à l'école de droit. Maître Kohler l'a embauché presque aussitôt après sa remise de diplôme, le considérant clairement comme son protégé. Éric a pris sa retraite il y a cinq ans et c'est désormais Georg qui s'occupe de mes affaires.

Si Kreeg venait fouiner en Suisse, je suis convaincu d'avoir pris toutes les précautions nécessaires pour brouiller les pistes.

De fait, un observateur lambda ne pourrait pas repérer que cette propriété est flambant neuve. Je me suis donné énormément de mal pour veiller à ce que des matériaux d'époque soient utilisés, jusqu'à la moindre poignée et à la moindre dalle. Grâce à tous ces efforts, Atlantis possède une élégante majesté. Haute de quatre étages, ses murs rose pâle sont percés de grandes fenêtres aux multiples carreaux et surplombés par un toit rouge fortement incliné, agrémenté d'une tourelle à chaque coin.

L'intérieur de la maison est doté de tout le confort moderne ; d'épais tapis et des canapés douillets ornent ses douze chambres. Mon étage préféré est le dernier, où j'ai précisé que je voulais construire sept chambres. Chacune jouit d'une superbe vue du lac Léman au-dessus de la cime des arbres. J'avais espéré, prié et naïvement *pensé* que chacune serait aujourd'hui occupée par les filles que m'avait promises Angelina il y a toutes ces années. Cependant, elles demeurent vides.

Personne ne devinerait jamais qu'Atlantis compte autant de secrets : j'ai veillé à ce qu'ils soient parfaitement invisibles à l'œil nu. Peut-être comprenez-vous mieux maintenant pourquoi la confiance était la qualité principale que je recherchais chez mon architecte. Si moi-même ou tout occupant d'Atlantis venions à être menacés par un visiteur indésirable tel que Kreeg, des mesures ont été prises pour garantir une issue de secours. Pour des raisons évidentes, je ne décrirai pas ici la nature exacte des secrets de la maison, mais si quelqu'un devait rapidement disparaître de la propriété, un réseau d'ascenseurs et de tunnels soigneusement dissimulés permettent de se mettre à l'abri.

Je souhaitais également veiller à ce que la maison soit entourée de jardins qui rendraient Flora Vaughan fière. Atlantis profite désormais d'immenses pelouses qui se déroulent devant la maison et s'étendent jusqu'au bord de l'eau. J'ai planté une myriade d'arbres et d'arbustes qui forment des allées cachées et des grottes secrètes, formées par plus d'une décennie de végétation. Au printemps, lorsque les fleurs éclosent, il n'y a pas plus bel endroit au monde.

Si seulement j'avais quelqu'un avec qui partager tout cela.

Lorsque j'ai quitté Grenade en 1951, j'ai promis que la prochaine page de ce journal raconterait mes heureuses retrouvailles avec Ella et notre enfant. C'est une promesse que j'ai rompue aujourd'hui.

À l'issue de mon entrevue avec Angelina, je suis reparti à Genève pour entamer le chantier d'Atlantis. Une fois la construction bien lancée, j'ai recommencé à parcourir le monde à la recherche de la femme que j'aime et de ma petite fille.

C'était il y a quatorze ans. Ma fille est en train de devenir une adulte, où qu'elle se trouve.

Je procédai méthodiquement, voyageant d'abord en France, me rendant dans toutes les villes et tous les villages qu'Ella avait mentionnés lorsque nous étions ensemble. À Reims, je rencontrai une serveuse qui me parla d'une femme avec un bébé qui partait pour le sud de l'Italie afin de prendre un nouveau départ… voilà donc où je partis ensuite. Je suivis de vagues pistes à travers le continent, en Espagne, au Portugal et en Belgique.

Pour m'aider, je demandai à Éric Kohler d'éplucher les registres de tous les pays à la recherche des noms « Leopine »,

« Ella », « Tanit », « d'Aplièse »... et toute variation qui me venait à l'esprit. Lorsque Éric prit sa retraite, Georg hérita de cette tâche. Je ne saurais assez remercier ce jeune homme. Il poursuit ce travail fastidieux avec une grande détermination. Chaque fois qu'il découvre une piste, aussi mince soit-elle, je saute dans un avion pour me rendre à l'endroit indiqué. Puis j'interroge méticuleusement des habitants perplexes, jusqu'à ce que je sois convaincu que la piste ne mène nulle part. Au cours de ma quête, j'ai vu des régions du monde que je n'aurais jamais imaginé visiter. Le Kenya, l'Afrique du Sud, l'Inde, la Chine...

Je n'ai jamais cessé de les chercher. Je me suis rendu aux quatre coins du monde, convaincu qu'un jour, au détour d'un coin de rue ou lors d'une promenade sur la plage, je reverrais le beau visage d'Ella. En vain.

Pourquoi alors ai-je repris la plume aujourd'hui ? Ce matin, j'ai reçu une lettre d'un vieil ami, transférée par Georg. La voici :

> Cher Ar,
>
> J'espère que cette lettre va te parvenir par le biais du cabinet d'avocats. À sa mort, outre son burin, M. Landowski m'a transmis ces coordonnées. « Au cas où vous auriez besoin l'un de l'autre. » Il avait vu juste.
>
> Crois-tu que tu pourrais venir me voir à Paris ? À en croire l'adresse de ton avocat, tu résides à Genève ces temps-ci, auquel cas j'espère que le voyage ne serait pas trop éprouvant. J'aurais bien aimé proposer de venir à toi, mais mes vieux os ne me le permettront pas.
>
> Cela me ferait très plaisir de te revoir, Ar, une dernière fois.
>
> Ton ami,
>
> Laurent Brouilly

J'ai fixé la page. J'avais donné les coordonnées de maître Kohler à toutes les personnes qui avaient joué un rôle dans mon passé, de M. Landowski jusqu'à Ralph Mackenzie, au cas où Ella frapperait à leur porte. Recevoir, de temps à autre, des nouvelles de ceux qui avaient tant compté pour moi au fil des années a été l'une des petites joies de mon existence.

M. Landowski était mort en 1961. À ma grande honte, une honte qui me poursuivra jusqu'à la tombe, je n'avais pas assisté à son enterrement, car j'estimais que ce serait l'occasion rêvée pour Kreeg de me tendre une embuscade. Savoir que j'avais une fille dans ce monde avait galvanisé mon désir d'y rester et j'étais redevenu particulièrement prudent. Lorsque Marcel m'avait annoncé la nouvelle, j'avais pleuré seul pendant trois jours et demandé aux étoiles de prendre soin de lui là-haut.

Quant à Laurent Brouilly, je ne l'avais pas vu depuis ce triste jour à Paris où Ella et moi avions été forcés de prendre la fuite.

* * *

Je suivis l'adresse indiquée dans la lettre de Brouilly et frappai à la porte de sa maison pittoresque dans une avenue pavée tranquille de Montparnasse. Une jeune femme en blouse d'infirmière m'ouvrit la porte. Elle me regarda avec étonnement.

— Bonjour, madame. Est-ce bien ici qu'habite M. Brouilly ?

Elle me sourit.

— Oui, c'est la maison du professeur Brouilly. Est-ce qu'il attend votre visite ?

Je réfléchis un instant.

— Vous savez, je n'en suis pas très sûr. Pourriez-vous lui dire que son vieil ami Ar est là ?

— J'y cours. (Elle referma la porte sans la verrouiller et revint rapidement.) Il était enchanté quand j'ai mentionné votre nom, Ar. Entrez, je vous en prie.

Je pénétrai dans la charmante maison de Brouilly, tout aussi encombrée que son minuscule appartement toutes ces années auparavant. Le vestibule était jonché de toiles abandonnées, de housses de protection, de sculptures à moitié finies… Nous étions dans l'antre d'un véritable artiste.

— Il est un peu fragile ces jours-ci, monsieur Ar, malgré ce qu'il vous dira. Allez-y doucement avec lui.

Je hochai la tête et la jeune femme me fit entrer dans un salon rempli de plantes vertes. Au milieu du feuillage, un Laurent Brouilly terriblement maigre et vieilli était assis sur un grand canapé violet. En vérité, un petit coup de vent en provenance de la fenêtre ouverte aurait sans doute suffi à le faire tomber à terre.

— Je ne me rappelle plus, dit-il. Est-ce que tu parles maintenant ?

J'ouvris la bouche, ne sachant pas très bien quoi dire.

— Je plaisante !

Une vague de soulagement m'envahit.

— Bonjour, Laurent.

Je traversai la pièce pour aller lui serrer la main, qui était légère comme une plume.

— Malheureusement, je n'ai plus la même poigne qu'autrefois. J'ai arrêté de sculpter il y a quelques années. Néanmoins, je continue de peindre. Assieds-toi, je t'en prie, dit-il en indiquant l'espace libre sur le canapé. Joues-tu encore du violon ? Ou du violoncelle ?

— Parfois. J'arrive à jouer une quinzaine de minutes avant que mon bras ne commence à me faire mal à cause d'une vieille blessure.

— Ah, oui, Landowski m'en avait parlé. (Il me fixa intensément et je fus rassuré de constater que, malgré ses cheveux gris clairsemés et son corps frêle, ses yeux n'avaient pas changé d'un iota.) Merci, Hélène, dit-il à la jeune femme qui patientait à la porte.

— Criez si vous avez besoin de moi, monsieur le professeur.

Elle quitta la pièce. Je haussai les sourcils.

— Professeur, hein ?

— J'ai gravi les échelons des Beaux-Arts jusqu'à devenir directeur de la sculpture, qui l'eût cru ?

— Moi, répondis-je en toute sincérité avant de poser une question difficile : Vous avez écrit dans votre lettre que vous vouliez me voir « une dernière fois ». Que diable entendiez-vous par là ? Quel âge avez-vous ? Soixante et un ans ?

— Soixante-deux, Ar. Mais tu n'es pas aveugle. Je suis malade. Ces satanés médecins m'ont dit que je ne guérirai pas. Ils ne peuvent pas prédire avec précision combien de temps il me reste, mais ce ne sera pas plus de quelques mois.

— Laurent… je suis vraiment désolé.

Il haussa les épaules avec vaillance.

— Il m'est toujours plus facile d'accepter le cancer que d'avoir perdu Bel il y a toutes ces années.

Je posai une main amicale sur sa jambe et fus bouleversé de sentir son tibia.

— Vous pensez encore à elle ?

— Chaque minute de chaque journée qui passe, répondit-il avec nostalgie. Mais… (Un sourire se dessina sur ses lèvres.) Malgré tout, j'ai eu une vie heureuse. Je vais maintenant te raconter une histoire que même toi, tu risques d'avoir du mal à croire… (Il ferma les yeux.) Il y a de nombreuses années, je venais de terminer un cours sur Donatello. Alors que je rangeais mes livres, une étudiante est venue me voir. Ar, dès que j'ai posé les yeux sur elle, j'ai su… car c'était comme regarder dans un miroir. Elle s'est présentée sous le nom de Beatriz Aires-Cabral.

Il secoua la tête.

— Aires-Cabral ? N'était-ce pas le nom de Bel ?

— Exactement, confirma-t-il en croisant mon regard.

— Ça alors…

— Elle m'a demandé si je me rappelais avoir réalisé une sculpture de sa mère pour son père, Gustavo, qui avait été transportée au Brésil en guise de cadeau de mariage. (Il gloussa.) Si seulement elle avait su. Debout devant moi, dans ma classe, se tenait ma propre fille.

Nous gardâmes un moment le silence, tous deux émus.

— Je… je ne sais pas quoi dire…

— Eh oui. Elle m'a raconté que sa mère était morte quand elle avait dix-huit mois. Il y avait eu une épidémie de fièvre jaune à Rio et… (Sa voix se brisa et les larmes lui montèrent aux yeux.) Elle n'avait que vingt et un ans. Après tous ces tourments et cette tragédie, mourir si jeune… Excuse-moi. (Une larme coula le long de sa joue blême.) Enfin bon, je l'ai interrogée au sujet de celui qu'elle pensait être son père. Elle m'a dit que leur relation avait été difficile et qu'il avait sombré dans l'alcoolisme avec les années. Gustavo empêchait Beatriz de s'adonner à sa passion pour l'art, mais il est mort quand elle avait dix-sept ans. Elle s'est alors inscrite aux Beaux-Arts, pour suivre les pas de sa mère.

— Et elle s'est retrouvée dans votre classe.

Brouilly et moi nous fixâmes l'un l'autre, avant d'échanger un sourire.

— L'univers est tout à fait remarquable, n'est-ce pas ? Quoi qu'il en soit, Beatriz est restée cinq ans à Paris. Naturellement, je l'ai prise sous mon aile. Elle venait souvent chez moi, ici. Nous déjeunions même ensemble une fois par semaine, à La Closerie des Lilas, où j'emmenais autrefois sa mère. (Il éclata de rire.) Oh, quelle bénédiction ! Tu sais, je l'ai même emmenée à l'atelier de Landowski. Il lui a montré fièrement des photos de notre travail sur le *Cristo* et lui a raconté des anecdotes de quand j'étais jeune.

J'étais impatient de lui poser ma question suivante.

— Lui avez-vous… révélé la vérité ?

Brouilly regarda ses pieds et secoua la tête.

— De quel droit aurais-je pu lui dire que Gustavo n'était pas son véritable père ? Non, Ar, non.

Je m'enfonçai dans le canapé et levai les yeux vers le plafond poussiéreux. J'avais du mal à contrôler mes émotions. Voir Laurent dans cet état et entendre l'histoire de sa fille m'avait noué la gorge. Comment pouvait-on douter du pouvoir de l'univers après un événement comme celui-là ? Au bout d'une minute, je parvins à retrouver mon calme.

— Êtes-vous toujours en contact avec Beatriz ?

— Nous nous écrivons tous les mois ! Je sais tout de sa vie, Ar. Elle a épousé un homme bon qui la traite bien et l'aime tendrement. (Il soupira.) Malheureusement, elle a perdu son premier enfant. Mais elle a eu un deuxième bébé.

— Comment s'appelle-t-il ?

— C'est une fille, Cristina. (Il parut soudain troublé.) D'après ce que m'a dit Beatriz, c'est une enfant très difficile. Bien qu'elle n'ait que sept ans, elle traite très mal sa mère. (Il se tourna vers la fenêtre, comme pour choisir les mots justes.) Cristina est supérieurement intelligente, mais semble dénuée de sensibilité et d'empathie envers autrui. Par conséquent, il est presque impossible de s'occuper d'elle.

— C'est affreux pour Beatriz. Elle qui a déjà tant souffert.

— Oui, convint Brouilly en se tournant de nouveau vers moi. Ce qui m'amène à la raison pour laquelle je t'ai fait venir ici.

— Je vous écoute, l'encourageai-je.

Il inspira, et je remarquai alors un léger râle dans sa poitrine.

— Je souhaite fournir à ma fille toute l'assistance possible, mais je n'en ai plus pour longtemps, Ar. Je vais lui léguer mon argent, mais ce n'est pas grand-chose. Je me demandais si... (Sa voix se brisa de nouveau et je posai la main sur la sienne.) Je me demandais si tu accepterais de prendre des nouvelles de la famille de temps en temps. Tu es le seul vers qui je puisse me tourner sans risquer d'exposer le secret de la parentalité de Beatriz, ce que je ne souhaite absolument pas.

Je hochai la tête.

— Bien sûr, Laurent. Voulez-vous que je contacte Beatriz ?

— Non. Cela éveillerait ses soupçons. Peut-être pourrais-tu... observer de loin. Si jamais la famille avait terriblement besoin d'aide, ce serait un immense réconfort de savoir que quelqu'un peut la lui apporter.

— Je comprends.

Mon esprit s'emballa face à l'importance de la tâche que Laurent me confiait. Sa famille habitait au Brésil, et moi en Suisse. Il y aurait de nombreuses difficultés pratiques à surmonter, sans parler de l'interférence que cela pourrait causer avec ma recherche d'Ella. Mon ami me suppliait des yeux. Je décidai alors que je ne le décevrais pas.

— Vous pouvez compter sur moi.

— Merci Ar, merci. (Il me tapota la main, le visage rayonnant de gratitude.) Me voilà fatigué mais, avant que j'aille me reposer, y a-t-il quelque chose que *toi*, tu voudrais savoir ?

Je réfléchis un instant.

— Évelyne. Vous donne-t-elle parfois des nouvelles ?

Il fit une grimace de douleur.

— Je suis désolé, Ar. Évelyne est morte peu de temps après M. Landowski.

Mon cœur se serra. Elle avait été si bonne pour moi et, dans ma détermination farouche à retrouver Ella, je n'étais pas resté en contact avec elle.

— Quand je lui ai parlé il y a quinze ans, elle m'a dit qu'elle n'avait même pas fait la connaissance de sa petite-fille. Dites-moi, cela s'est-il arrangé ?

Brouilly secoua la tête.

— Non. J'ai vu Louis à l'enterrement. Mais il n'y avait aucun signe ni de Giselle ni de Marina.

— Marina, oui, je me souviens de ce nom. Elle doit maintenant avoir la vingtaine ?

— En effet. C'est une histoire bien triste. Comme Évelyne a dû te le raconter, Giselle était une force de la nature. Le bruit court qu'elle buvait comme un trou. Les choses ont mal tourné entre elle et Louis et, un jour, elle est tout simplement partie avec Marina. Il m'a dit depuis qu'il essayait souvent de contacter sa fille, mais que Giselle avait tout fait pour la monter contre lui.

— C'est terrible.

— En effet. Mais ensuite, selon les rumeurs que j'ai entendues, Giselle s'est violemment disputée avec sa propre fille et l'a jetée dehors. Depuis, apparemment…

— Dites-moi, Laurent, l'encourageai-je, voyant qu'il hésitait.

— Marcel Landowski m'a rapporté récemment que Marina fréquentait la rue Saint-Denis.

Je le fixai sans réagir, alors il soupira et expliqua :

— Il semblerait qu'elle fasse commerce de son corps pour gagner un peu d'argent.

— Oh, Laurent, m'exclamai-je en me couvrant la bouche. Je dois trouver un moyen de l'aider, ajoutai-je en me massant les tempes. Pour Évelyne.

Brouilly acquiesça.

— J'aime à croire que j'aurais fait quelque chose si j'en avais eu la force. (Il inspira profondément et tressaillit au moment d'expirer. Il porta une main à sa poitrine.) Pourrais-tu aller chercher Hélène ?

— Bien sûr.
Je me levai et il me saisit la main.
— Tu tiendras ta promesse ? Tu me le jures ?
— Sur les étoiles, Laurent.
Il m'adressa un dernier sourire.
— Alors je sais que tu dis la vérité.

45

Rue Saint-Denis, la pluie rendait la chaussée glissante et les lumières rouges et clignotantes se reflétaient au sol. Des hommes costauds fumaient sous des auvents délabrés, et je sentais qu'ils me suivaient du regard tandis que j'avançais sur le trottoir. Non loin de là, une femme très apprêtée vêtue d'un manteau de fourrure était collée à la porte d'un café délabré. Je serrai les dents.

— Excusez-moi, dis-je en m'approchant d'elle. Je cherche quelqu'un.

— Inutile de chercher plus loin, monsieur. Pour cent francs, vous pourrez faire de moi ce que vous voudrez, répondit-elle avec un clin d'œil.

— Non, vous vous méprenez, ce n'est pas ce que je voulais dire. Je cherche une certaine Marina.

Elle leva les yeux au ciel.

— Pourquoi vouloir une gamine comme elle, quand vous pourriez avoir une femme comme moi…

Elle attrapa le col de mon manteau.

— Non, je ne suis pas ici pour *ça.* Je suis juste un vieil ami de sa famille. On m'a dit que je la trouverais peut-être ici. Savez-vous où elle est ?

Elle fronça les sourcils et grogna.

— Comme vous voudrez, monsieur. Marina est au Lézard, dit-elle en indiquant un établissement un peu plus haut dans la rue.

— Merci, c'est très gentil.

La femme haussa les épaules et tourna les talons, et je poursuivis mon chemin jusqu'à l'enseigne lumineuse que j'apercevais devant moi.

Alors que je tentais d'entrer, un énorme personnage en manteau de cuir me barra la route.

— Je peux vous aider, monsieur ?

— Je suis venu voir quelqu'un.

— Désolé, monsieur. Vous devez d'abord prendre rendez-vous avec moi. Mais pas d'inquiétude, je suis très souple.

— Je ne veux rien de la sorte, merci. Je souhaite simplement parler à Marina.

Il eut l'air sceptique.

— Marina ?

— Oui.

L'homme me dévisagea.

— Très bien. Je ne sais pas pourquoi je la garde dans mon carnet. Elle est difficile. Et quand on est à la rue, on ne peut pas se permettre d'être difficile.

J'eus du mal à garder mon calme face à cet individu qui parlait d'un être humain désespéré avec si peu de considération. Il ouvrit la porte du club.

— Elle est tout au fond.

Je m'aventurai à l'intérieur du club peu éclairé où je croisai quelques hommes en costume drapés de filles en minijupe. La pièce sentait le renfermé, la fumée de cigarette et l'eau de Javel. Je me dirigeai vers le fond où une longue banquette en cuir était placée contre le mur, près d'un escalier en colimaçon. Une femme menue était assise, un bébé dans les bras.

— Chut, chéri. Tout va bien. Maman reviendra bientôt.

— Bonsoir, c'est vous, Marina ?

La femme me regarda, de la peur dans les yeux.

— Pierre est censé me dire quand quelqu'un me veut.

Je levai les mains.

— Ne vous inquiétez pas, je ne suis pas là pour ça. Je suis un vieil ami de votre grand-mère.

Marina semblait perplexe.

— Je n'ai pas de grand-mère. Toutes les deux sont mortes avant ma naissance.

J'inspirai profondément, prenant conscience que la tâche serait complexe.

— Ah. En fait, Marina, ce n'est peut-être pas le cas.

Elle fronça les sourcils.

— Que voulez-vous dire ? Qui êtes-vous ?

Le bébé se mit à pleurer et une voix masculine cria de l'autre côté de la pièce :

— Faites taire ce foutu mioche ! Bon Dieu, je viens ici pour échapper à ce boucan !

Marina secoua la tête.

— Allez, chéri, ce ne sera plus très long.

Elle berça le bébé avec douceur et fredonna une berceuse jusqu'à ce qu'il se calme, puis elle me regarda de nouveau.

— Dites-moi juste ce que vous voulez.

— Puis-je m'asseoir ? (Elle hocha la tête.) C'est votre bébé ?

— Non, c'est celui de mon amie Céline. Elle est occupée en ce moment, ajouta-t-elle en levant les yeux vers l'horloge accrochée au mur. Sans doute encore une dizaine de minutes.

— Je vois, fis-je, mal à l'aise. Comme je l'ai dit, j'ai bien connu votre grand-mère, Évelyne. Croyez-le ou non, mais il se trouve qu'elle s'est occupée de moi quand j'étais enfant.

— Et quel est le rapport avec votre présence ici ?

Je croisai les bras.

— J'ai récemment appris votre situation familiale de la bouche d'un vieil ami, et je voulais vous dire combien j'étais désolé. Tout cela doit être très dur pour vous.

Marina fit la moue.

— Je n'ai pas besoin de votre pitié, monsieur.

— Et vous ne l'avez pas. Je vous propose simplement mon aide au cas où vous la souhaiteriez.

Elle me regarda dans les yeux.

— J'ai entendu parler d'hommes comme vous, qui promettent monts et merveilles. Les filles partent avec eux et sont ensuite traitées comme des objets. Je suis bien où je suis, merci beaucoup.

J'étais mortifié d'entendre une telle réponse.

— Non, Marina. Ce n'est pas ça du tout. Votre grand-mère - la mère de votre père - vous aimait tendrement. Elle n'est pas morte avant votre naissance. D'ailleurs, elle n'avait qu'une envie, c'était de faire votre connaissance, mais votre mère s'y opposait. Je pense qu'elle était peut-être jalouse.

Marina soutint quelques instants mon regard, avant de reporter son attention sur le bébé.

— Je peux le croire.

— Par le passé, Évelyne a été très, très gentille pour moi. Et j'aimerais lui rendre la pareille, par tous les moyens possibles. Marina, de quoi avez-vous besoin ? Si c'est d'argent, ou d'une oreille attentive, je peux vous aider dans les deux cas.

La jeune femme leva les yeux au ciel.

— Je ne suis pas naïve au point de penser qu'il n'y aurait pas de contrepartie, monsieur. Je ne veux certainement pas de votre argent, merci bien.

À court d'options, j'insistai :

— Je suis juste un ami, prêt à vous aider… et, oui, souhaitant rendre une immense faveur.

Soudain, un homme replet, rouge écrevisse et perlant de sueur descendit lourdement l'escalier, baissant son chapeau devant Marina en partant. Une grande femme svelte et rousse, en bas résille, arriva derrière lui.

— Beurk, il empestait, glissa-t-elle à Marina quand il se fut éloigné. Salut, toi ! Tu as été sage avec tata Marina ? gazouilla-t-elle en récupérant le bébé des bras de son amie.

— Il a été sage comme une image. Il est tellement adorable, Céline.

— C'est une terreur, oui, hein mon petit ? fit-elle en embrassant tendrement son bébé sur le front.

Elle fouilla dans sa poche et donna quelques francs à Marina.

— Tiens, voici ta part.

— Merci, Céline.

Celle-ci me dévisagea.

— Tu t'es dégoté un client, hein ? Vous avez beaucoup de chance, monsieur. Vous êtes le premier qu'elle accepte depuis des semaines.

— Céline, je t'en prie, répondit Marina d'un air faussement effarouché.

— Il n'y a aucune honte à avoir. Ma s'occupe essentiellement de la crèche ici, pas vrai ? Nous sommes quelques-unes à avoir des petits. Elle s'occupe d'eux pendant qu'on gagne notre croûte.

Je hochai la tête.

— C'est très gentil de sa part.

Céline se mit à rire.

— Elle adore ça. Je ne sais pourquoi tu ne deviens pas baby-sitter, Ma !

— Personne ne voudrait de moi, murmura-t-elle.

L'homme costaud au manteau de cuir entra dans le club, s'approcha de nous et adressa un signe de tête à Céline.

— En voilà déjà un autre, gémit-elle. C'est mon jour de chance.

Céline remit le bébé dans les bras de son amie et remonta l'escalier.

— Marina, je ne vous dérangerai pas plus longtemps. Mais faites-moi confiance, je suis là pour vous aider. (Je glissai la main dans ma poche.) Voici une carte de visite avec les coordonnées de mon ami Georg. Appelez ce numéro n'importe quand et il vous mettra en relation avec moi.

Marina hocha la tête avant de concentrer son attention sur l'enfant de Céline, qu'elle regardait avec tant d'amour. Je quittai le Lézard en priant pour qu'elle finisse par me contacter.

* * *

À mon retour à Genève, je donnai pour instruction à Georg de se mettre en relation avec un cabinet d'avocats à Rio de Janeiro, afin de pouvoir recevoir des nouvelles régulières de

Beatriz Aires-Cabral et de sa fille. Surpris par ma requête, il n'en fut pas moins prompt à l'accepter lorsque je lui en parlai au bureau du cabinet de la rue du Rhône, renommé Schweikart & Hoffman.

— Je serai heureux de m'en charger, Atlas, mais je me demande si c'est la solution la plus économique. Cela vous coûterait infiniment moins cher de vous rendre au Brésil une ou deux fois par an et de vous pencher sur la situation personnellement.

—J'apprécie ta préoccupation, Georg, mais on m'a demandé de garder mes distances. En outre, ce n'est pas l'argent qui manque dans les caisses, n'est-ce pas ?

Georg gloussa.

— En effet. D'ailleurs, ce matin, j'ai reçu un appel de notre courtier de New York. Vos investissements fructifient à un taux sans précédent. (Il sortit un calepin du premier tiroir de l'ancien bureau de Kohler.) Telex, Control Data, Teledyne, University Computing, Itek… la technologie est en plein essor. Votre fortune croît à grande vitesse.

Il me passa ses notes pour que j'en prenne connaissance.

— Et toi qui essayais de me convaincre de placer mes deniers dans l'or et l'argent.

Il rougit.

— Oui. Je crains que mon flair en matière financière ne soit pas encore très développé.

— Le mien non plus, mon jeune ami. Tu sais pourquoi j'investis dans le secteur de la technologie.

Je m'enfonçai dans le fauteuil en face de Georg. Cela me faisait encore un drôle d'effet de le voir occuper l'ancien bureau d'Éric Kohler.

— Oui, répondit-il. Dans l'espoir que cela nous aide un jour à localiser Ella.

— Exactement. Aussi sûr que soit l'or, il ne peut pas me fournir de bases de données informatiques ni de matériel de pistage mondial. (Je haussai les épaules.) Même si mes actions ne me rapportent rien, je préfère donner mes millions à des gens intelligents pour permettre au secteur de progresser.

— Absolument. Bon, que dois-je demander à la firme brésilienne de surveiller pour ce qui est de la famille Aires-Cabral ?

Georg soulevait une question pertinente. Laurent avait été vague. Je croisai les bras et regardai le lac.

— Demande-lui de garder un œil sur la santé de la famille, ainsi que sur sa situation financière.

— Très bien. C'est comme si c'était fait.

— Merci, Georg. Je te prie aussi d'être attentif à un éventuel appel depuis Paris. J'y ai rencontré une jeune femme du nom de Marina. C'est la petite-fille d'Évelyne.

— Oh, répondit-il, surpris.

— Je lui ai donné ton numéro de téléphone. Si elle appelle, ce que j'espère, transmets-la directement à Atlantis, s'il te plaît. Pas besoin de contrôle de sécurité. (Je lui rendis son calepin et il y griffonna quelque chose.) Au fait, comment va Claudia ?

— Elle travaille toujours à la boulangerie. Il se trouve qu'elle a récemment fait la connaissance d'un jeune homme, un client… qui la regarde avec gourmandise, dit-il en souriant de son jeu de mots.

J'éclatai de rire.

— Et quel effet cela te fait-il, grand frère ?

Il posa son stylo pour réfléchir.

— Si elle est heureuse, je le suis aussi.

— Formidable. Embrasse-la pour moi. (Je me levai pour partir.) Oh, pendant que j'y suis, as-tu trouvé de nouveaux noms ces derniers jours ?

Il leva l'index et ouvrit un autre tiroir.

— J'ai réussi à trouver une « Eleanor Leopold » qui réside à Gdańsk. D'après mes recherches, elle y vit depuis sa naissance, mais vous êtes bien placé pour savoir qu'il est possible de modifier les registres si on est malin.

Il me tendit la feuille qui contenait ces nouvelles informations.

— Allons-y pour Gdańsk, répondis-je. Je ne suis encore jamais allé en Pologne. Veux-tu bien te charger de l'organisation du vol ?

— Bien sûr.

— Parfait. Merci, je crois que cela conclut cette réunion marathon. Je passerai te voir la semaine prochaine.

— Il y avait juste… un autre point.

D'ordinaire si calme et mesuré, Georg semblait soudain hésitant et nerveux. Il ouvrit sa serviette et me fit glisser un autre morceau de papier sur le bureau.

— De quoi s'agit-il ?

— En plus d'Ella, nous surveillons aussi toute mention du nom « Kreeg Eszu », conformément à vos instructions.

Je fixai la feuille et blêmis. Georg m'avait remis ce qui ressemblait à l'acte constitutif d'une société, portant le nom de Lightning Communications. Sur la feuille, sous « directeur », était inscrit le nom d'Eszu.

46

Mai 1974

De nombreuses journées furent consacrées aux recherches concernant Lightning Communications. La société avait son siège en Grèce, avec une adresse à Athènes. Georg et moi fûmes prompts à embaucher juristes et détectives privés. À ma grande frustration, ils ne parvinrent à rassembler que des informations minimes. L'entreprise elle-même était inactive (et l'est restée au cours des dix dernières années). Les comptes sont toutefois publiés tous les ans, n'indiquant ni recette ni dépense.

Quant à Kreeg lui-même, les équipes ont établi qu'il réside à présent dans une vaste propriété soigneusement protégée à l'orée de la ville. On m'a envoyé des photos floues lors des rares occasions où on le voit sortir, et dans ma tête cela ne fait aucun doute qu'il s'agit bien de l'homme qui a essayé de me tuer à plusieurs reprises. Au cours des dix dernières années, depuis la dernière fois que j'ai écrit dans ce journal, Kreeg n'a jamais tenté de me contacter ni de me retrouver, du moins pas que nous sachions. Il se contente de rester dans son énorme propriété.

Avec le temps, et l'observation des mouvements de Kreeg par mon équipe, ma panique initiale s'est transformée en malaise, qui a laissé place à la perplexité et, dix ans plus tard, je me réconforte de savoir exactement où il se trouve sur cette planète. Nous avons découvert qu'il avait épousé une Grecque immensément riche, Ira, qui avait hérité son argent d'un précédent mari, un magnat du pétrole. Ira Eszu est morte l'année dernière, en 1973, en mettant au monde l'unique enfant du couple. Les registres indiquent qu'Ira était née en 1927, ce qui signifie qu'elle avait quarante-cinq ans. Il n'est donc pas surprenant qu'il y ait eu des complications pendant la naissance.

Néanmoins, le bébé a survécu. Il a été déclaré sous le nom de Zed Eszu. Nous continuons de surveiller la famille de près.

Pour ma plus grande joie, la petite-fille d'Évelyne, Marina, a fini par me contacter. Presque deux ans après mon passage à Paris, Georg me transmit son appel à Atlantis. Préoccupé, je l'écoutai me raconter une mésaventure qu'elle avait subie au Lézard avec un « client » agressif, qui l'avait poussée à fuir la rue Saint-Denis. Je lui assurai que je lui transférerais immédiatement de l'argent, mais elle ne voulait pas accepter. Elle me demanda s'il serait plutôt possible pour moi de lui fournir un emploi, ce qui lui permettrait à la fois de quitter Paris et de gagner sa vie. Je l'invitai à Atlantis et lui offris le poste de gouvernante. Cela n'avait bien sûr pas grand intérêt, sachant que j'étais tout seul. Pendant un temps, elle passa l'aspirateur et repassa consciencieusement, mais je voyais bien qu'elle était insatisfaite.

— Les enfants me manquent, Atlas, me confia-t-elle un soir autour d'un verre de rosé provençal.

Je demandai à Georg s'il pourrait l'aider à trouver un emploi à temps partiel dans son ancienne école, en lui indiquant de faire un don pour encourager l'établissement à accepter. Je me suis rendu compte que ce jeune Hoffman se plie en quatre pour faire plaisir à Marina. Il la regarde comme un chien regarde son maître : avec fidélité, obéissance et adoration. Inutile de dire que Georg veilla à ce qu'elle trouve un emploi qui lui convienne. Depuis quelques années, Marina s'occupe donc d'activités périscolaires à Genève pour les enfants dont les parents travaillent tard. Tous les petits l'adorent.

Elle habite au pavillon, ici à Atlantis, et continue de s'occuper de la demeure principale en guise de remerciement. Elle cuisine pour moi, fait le ménage et, plus généralement, gère ma vie à la maison. Sa compagnie compte désormais énormément pour moi. Elle sait tout de ma vie, et *vice versa*. Je lui ai parlé de mes origines, de ma quête d'Ella et de la raison pour laquelle je crains Kreeg Eszu. À nous trois, avec Georg, nous sommes devenus une petite cellule familiale hors du commun, que je chéris.

À propos de cellule familiale, les lecteurs assidus de ce journal se souviendront qu'on m'avait donné la mission de garder un œil sur les Aires-Cabral, à Rio de Janeiro. Laurent Brouilly étant décédé peu après ma visite à Montparnasse, j'étais déterminé à tenir ma promesse.

Au fil des années, la petite-fille de Laurent, Cristina, posa de plus en plus de problèmes. Notre équipe brésilienne nous informa qu'elle faisait vivre l'enfer à ses parents. Adolescente, elle traînait dans certains des bars les plus sordides de Rio et se retrouva avec des gens peu fréquentables. On m'envoya par fax des rapports de police la concernant, et elle fut renvoyée à ses parents saoule et débraillée. Elle finit par être chassée de son école et commença à passer énormément de temps dans les *favelas* de la ville. Le cabinet d'avocats supposait qu'elle était devenue toxicomane.

Finalement, nous apprîmes que Cristina avait cessé de revenir à la maison familiale, choisissant de vivre dans les collines de Rio. On découvrit bientôt qu'elle était tombée amoureuse d'un jeune homme d'une *favela*. Je me disais que ce n'était peut-être pas plus mal ainsi : Beatriz et Cristina étaient libérées l'une de l'autre et pouvaient mener leur vie sans se faire souffrir mutuellement. Je changeai d'avis en recevant une photo de Cristina, prise à l'aide d'un téléobjectif. Assise dans une rue sale, elle caressait un chien. L'élément le plus notable était la taille du ventre de la jeune fille. Elle était clairement enceinte.

Hier matin, je reçus l'appel d'un Georg dans tous ses états.

— Atlas, je dois vous dire quelque chose.

— Je t'écoute.

— Cristina a accouché prématurément. Visiblement, elle n'est même pas allée à l'hôpital. L'enfant est né dans les rues de la *favela*. C'est une fille.

— Dieu tout-puissant. Nous devons l'aider à quitter la *favela* au plus vite. Ce n'est pas du tout un lieu adapté pour un nouveau-né. Peux-tu demander à l'équipe de Rio de dénicher une propriété que nous pourrions louer pour elle et l'enfant ?

Georg poussa un soupir.

— Ce n'est pas tout. On m'a dit que Cristina avait emmené le bébé dans un orphelinat. D'après mes sources, elle l'a déposé avant de partir en courant.

Les pensées tournoyaient dans ma tête tandis que je réfléchissais à la suite des événements. Cette toute nouvelle vie débutait dans des conditions bien cruelles.

— Je pense que nous devrions contacter Beatriz. Lui dire qu'elle est grand-mère. Je suis sûr qu'elle serait enchantée.

— Je n'en doute pas, Atlas, mais il est de mon devoir de rester pragmatique et de vous rappeler les conséquences d'une telle décision.

— Je t'en prie.

— Pour commencer, Cristina est très instable. Vous savez qu'elle s'est brouillée avec ses parents. Elle aurait volé les bijoux de sa mère pour acheter de la drogue – une dépendance qui n'a fait qu'aggraver ses problèmes neurologiques. Si elle venait un jour à découvrir que sa mère a pris son enfant, elle risquerait de…

— Je comprends tes craintes. Cela pourrait s'avérer dangereux pour le bébé. Imagine qu'un jour Cristina débarque pour réclamer son enfant, sur un coup de tête. (Je me mis à faire les cent pas dans mon bureau.) En outre, si je contacte Beatriz, cela suscitera des questions au sujet de son ascendance que j'ai juré de ne jamais révéler.

— Il m'est difficile de vous conseiller, déclara Georg d'une voix solennelle. Je peux essayer de trouver au Brésil une famille bien sous tous rapports qui accepterait de l'accueillir. Mais ce ne sera pas aisé. Les orphelinats de Rio sont remplis de nouveau-nés des *favelas*. La plupart ont énormément de mal à se faire adopter.

Je frissonnai en pensant à Ella, aux Apprentis d'Auteuil, qu'aucune famille ne souhaitait accueillir. Mon cœur se brisa une nouvelle fois en mille morceaux. Toutefois, l'inaction n'était pas une option.

— Non, Georg. Je dois prendre ce bébé en charge personnellement. Je lui trouverai quelqu'un. (Je contemplai le lac qui scintillait sous le soleil du matin.) Nous allons ramener cette petite fille à Genève et je lui trouverai une famille. Comme je l'ai fait pour toi. Je veux partir ce soir.

— Je vais réserver votre billet, confirma Georg.

— Nos billets. Marina va m'accompagner. Je ne connais rien aux bébés. De ton côté, fais le nécessaire pour que nous puissions récupérer l'enfant dès que possible.

Deux heures plus tard, Marina et moi étions à bord de mon jet privé en direction de l'aéroport Charles-de-Gaulle à Paris, où nous montâmes à bord du jumbo-jet pour Rio. Ma compagne de voyage écarquilla les yeux quand nous nous approchâmes du Boeing 747 sur le tarmac.

— Es-tu certain que cet engin peut voler ? Il est plus gros que l'Arc de Triomphe !

— Je t'assure que oui, j'ai bien souvent volé dans le ventre de cet oiseau et il m'a toujours déposé à destination en un seul morceau. Par ailleurs, nous allons voyager en première classe. Tu remarqueras à peine que nous sommes dans les airs.

Pendant le vol, je racontai à Marina des anecdotes de mon enfance, ainsi que la bienveillance que sa grand-mère Évelyne et Laurent Brouilly avaient manifestée à mon égard.

— Combien de temps crois-tu que le bébé restera avec nous ? demanda-t-elle.

Depuis qu'elle travaillait pour moi, je ne l'avais encore jamais vue si excitée.

— Jusqu'à ce que je lui trouve une famille qui convienne. Cela pourrait prendre plusieurs semaines. Un mois peut-être.

Elle lutta pour ne pas sourire.

À l'atterrissage, nous fûmes accueillis par un représentant de l'équipe juridique que j'avais embauchée à Rio de Janeiro, qui nous escorta jusqu'au Copacabana Palace. Sa silhouette imposante se dressait sur l'avenida Atlântica, surplombant la plage la plus célèbre de Rio. L'extérieur me rappelait un peu la Maison-Blanche du président des États-Unis. Je ne doutais pas que la *favela,* où nous devions nous rendre le lendemain, offrirait un contraste saisissant avec ce cadre élégant et climatisé.

— Je suis très heureux de dire que tout a été arrangé, monsieur, m'annonça Fernando, l'avocat. Notre cabinet est très respecté dans cette ville, par conséquent, vos documents d'identité, ainsi qu'une recommandation de notre part, ont suffi au directeur de l'orphelinat pour accepter votre offre d'accueil. En toute franchise, énormément d'enfants peinent à trouver une maison et l'espace ainsi libéré sera bien utile. (Il secoua la tête.) Quoi qu'il en soit, l'orphelinat vous attend demain et vous serez libre de repartir avec l'enfant.

— Merci pour votre assistance, Fernando. Et veuillez exprimer ma gratitude à toute l'équipe pour les efforts déployés au cours des dix dernières années.

— Je n'y manquerai pas, monsieur Tanit.

Il s'inclina et quitta la réception.

Cet après-midi-là, Marina m'emmena dans les rues moites de Rio pour dénicher grenouillères, biberons, lait en poudre, langes et tout ce dont nous aurions besoin pour ramener l'enfant en Europe. N'y connaissant strictement rien, je me contentais de la suivre, finançant tout ce qu'elle décrétait nécessaire. Cette mission se révéla si éreintante que, malgré le décalage horaire, je dormis comme un loir cette nuit-là, bercé par le bruit des vagues qui me parvenait par la fenêtre ouverte.

Le lendemain matin, Marina et moi prîmes un taxi jusqu'à la *favela* de Rocinha. Le chauffeur était réticent à l'idée d'emmener des touristes dans cet énorme bidonville, mais je lui assurai que je connaissais les risques.

— Regardez, lança-t-il au bout de quelques minutes, désignant le mont Corcovado, sur lequel se dressait une statue familière, les bras grands ouverts, comme pour étreindre la ville. Voici notre *Cristo Redentor.* Vous l'avez peut-être vu en photo.

Je souris et acquiesçai. Je levai les yeux vers la sculpture pâle et élégante de Landowski, qui semblait planer au milieu des nuages comme une apparition divine. Même si je l'avais vue de près dans l'atelier parisien, j'étais époustouflé par le rendu final. Fierté et émerveillement déferlaient en moi face à mon vieil ami si bien installé.

Au fur et à mesure que nous gravissions les collines, béton et briques laissaient place au bois et aux tôles ondulées. Un liquide à l'aspect déconcertant coulait dans les rues exiguës, la plupart des habitations semblant dépourvues d'installations sanitaires. À l'issue d'un trajet d'un quart d'heure – car il n'en fallait pas plus pour que l'opulence se transforme en pauvreté –, nous fûmes accueillis à l'entrée de l'orphelinat par une femme à l'air éreinté. Elle avait les yeux cernés et sa chemise était couverte de taches.

— Bébé ? *Europa* ? demanda-t-elle à notre approche.

— Oui... *sim*, répondis-je.

Elle hocha la tête, prenant un moment pour nous examiner de la tête aux pieds. Visiblement satisfaite, elle nous invita à entrer.

— D'accord. Venez.

Elle nous conduisit à l'intérieur d'un bâtiment rudimentaire. Les sols et les murs étaient en béton, et l'ensemble était sombre et défraîchi. Pour être tout à fait honnête, cet endroit me faisait un peu penser à une prison. Nous la suivîmes derrière une deuxième porte où je fus choqué par la vision qui nous attendait. Une trentaine d'enfants d'âges différents étaient entassés dans une seule et même pièce. Des employés submergés luttaient pour garder leur calme dans la chaleur de la journée, au milieu d'une cacophonie de cris et de larmes. À mes yeux, le problème principal était qu'il n'y avait tout simplement pas assez de jouets pour tous.

— Mon Dieu, souffla Marina. Pauvres enfants.

Alors que nous traversions la pièce, des dizaines de grands yeux nous suivirent. J'ai honte d'admettre que j'essayais de ne pas croiser leur regard, par peur que mon cœur se brise en deux. Cela faisait plus de quarante ans que je n'avais pas mis les pieds dans un orphelinat. Naïvement, je pensais que les conditions se seraient améliorées – plus d'argent, plus de ressources, plus de connaissances... plus d'amour. Mais là, au milieu de Rio, j'étais atterré de voir que la situation était encore pire qu'aux Apprentis d'Auteuil des décennies plus tôt.

Marina et moi fûmes conduits dans une salle séparée qui abritait une dizaine de bébés pour une employée qui veillait à ce que chacun soit correctement emmailloté. On nous mena à un berceau au fond de la pièce.

— Votre bébé, déclara la dame que nous suivions depuis l'entrée.

Marina et moi nous penchâmes au-dessus du petit lit. Je fus stupéfait par la crinière de cheveux noirs de l'enfant, ainsi que par ses immenses yeux étonnés qui clignaient face à deux visages qu'ils observaient pour la première fois.

— Oh, bonjour, poussinette, bonjour ! s'exclama Marina. Ou devrais-je dire, *olá* ? Regarde ses yeux, Atlas. Ils sont énormes ! Elle est tellement éveillée pour son âge !

— Elle ressemble à son arrière-grand-mère, dis-je en toute franchise.

— Vraiment ? Qu'elle est belle !

La dame montra la petite fille et Marina la prit délicatement dans ses bras. Nous retraversâmes la salle bondée. Au moment où nous allions sortir, la femme tapa dans ses mains, comme si elle avait oublié quelque chose.

— *Um momento, por favor!*

Elle repartit en courant.

Le bébé se mit à pleurer et ce qui commença comme une sorte de gazouillement d'inconfort se transforma bientôt en hurlements.

— Oh, chut, chérie, tout ira bien, je te le promets.

— As-tu besoin d'un biberon ? demandai-je à Marina en fouillant frénétiquement dans la sacoche en cuir que je portais à l'épaule.

— En fait, je ne me sens pas très bien. Ça doit être la chaleur et la vue de tous ces pauvres enfants. Tu veux bien la prendre un peu ?

— Oh, cela fait des années que je n'ai pas porté un bébé. Je ne suis pas sûr…

— C'est très facile, tout le monde en est capable. Tiens… (Marina me passa doucement l'enfant.) Fais attention à sa tête. Pose-la sur ton coude. Voilà, très bien.

Elle se précipita alors vers l'unique chaise au coin de la pièce, toute rouillée.

Je regardai la petite fille qui me fixa en retour, droit dans les yeux. Poussé par une sorte d'instinct paternel primitif, je me mis naturellement à la bercer. À ma grande surprise, le bébé cessa de pleurer et son visage se fripa en une étrange expression de contentement.

— Tu vois, Atlas. Tu te débrouilles comme un chef, fit remarquer Marina tout en s'éventant vigoureusement.

— Elle est magnifique, répondis-je.

La dame revint, serrant dans sa main ce qui ressemblait à un pendentif. Elle essaya de me le remettre, mais je n'étais pas libre de mes mains. Marina se releva vaillamment et s'approcha pour le récupérer.

— Qu'est-ce que c'est ? demanda-t-elle.

— Pour le bébé. De sa maman.

— Merci. *Obrigado*, dis-je. (Marina glissa le pendentif dans ma poche arrière.) Nous allons vous quitter à présent. Au revoir.

La dame nous adressa un nouveau signe de tête.

— Prenez bien soin d'elle. S'il vous plaît.

Elle joignit les mains en signe de supplication.

— Vous pouvez compter sur nous. Promis.

Notre séjour à Rio ne dura pas plus longtemps et, avant la fin de la journée, nous étions tous trois de retour en première classe du jumbo-jet. Marina cajolait le bébé, qui avait dormi paisiblement dans ses bras une bonne partie de l'après-midi. Tandis que nous nous élevions dans le ciel brésilien, une pensée m'assaillit.

— Marina… est-ce à nous de lui donner un prénom ?

Elle soupira et m'adressa un sourire fatigué.

— Je ne sais pas très bien. Toute cette affaire a été un tel tourbillon que je n'y avais même pas pensé.

Au bout d'une heure environ, au moment où les lumières furent tamisées pour que les passagers puissent dormir, le bébé commença à s'agiter. En remuant sur mon siège, je sentis le pendentif dans ma poche et l'en sortis.

Il était vraiment magnifique. J'examinai la teinte opalescente de la pierre centrale, admirant son éclat bleuté. J'étais presque certain qu'il s'agissait d'une pierre de lune. À l'instar de l'astre dont elles portent le nom, celles-ci ont acquis une symbolique romantique et sont souvent associées à l'amour et à la protection. Cristina avait dû laisser ce collier à son enfant en guise de lien avec son passé. Sans crier gare, ma gorge se noua d'émotion.

Malgré tous les efforts de Marina pour nourrir, bercer et cajoler le bébé, ses hurlements devenaient de plus en plus sonores. Tout expérimentée qu'elle était, elle paraissait désemparée.

— Veux-tu que j'essaie ? proposai-je.

— Je t'en prie.

Je me levai et Ma me la tendit.

— Viens là, ma petite. Tout va bien. Moi aussi, j'étais nerveux la première fois que j'ai pris l'avion.

Je quittai la première classe et l'emmenai au fond de l'avion. Par chance, le mouvement et le changement d'environnement l'apaisèrent. Lorsque nous atteignîmes l'arrière du 747, certaines hôtesses préparaient du café dans une zone faiblement éclairée, réservée à l'équipage.

— Pardonnez-moi, je ne voulais pas vous déranger.

— Pas du tout, monsieur, me répondit une jeune fille blonde. Oh, quel amour ! Cette petite est absolument adorable.

— Merci, fis-je en lui rendant son sourire.

— C'est tellement beau de voir un père avec un nouveau-né. La plupart prennent un air dégoûté et ne s'occupent d'eux que lorsqu'ils commencent à se déplacer. (L'hôtesse se pencha pour admirer le visage du bébé.) Regardez comme elle vous observe. Ça se voit qu'elle est folle de son papa.

Quand elle eut fini de s'extasier devant ma pupille, je regagnai l'avant de l'appareil avec un bébé tout à fait réveillé, mais calme. Je remarquai que Marina s'était recroquevillée sur son siège et assoupie. Je ne pouvais pas lui en vouloir. Ces deux derniers jours avaient été éreintants, aussi bien physiquement que mentalement. Avec précaution, je l'enjambai et me rassis sur mon siège, avant de regarder l'enfant.

— Bon, il ne faut pas faire de bruit pour ne pas réveiller Marina. Tu es d'accord ? murmurai-je.

Le bébé cligna des yeux comme pour acquiescer, ce qui me fit rire. Tenir cette petite fille dans mes bras me procurait une grande sérénité. Elle représentait un nouveau départ, de l'espoir, des opportunités… Je lui souhaitais une vie remplie d'amour et de joie. Elle me fixa en gazouillant.

— Chut, chut, ma petite.

Face à la perspective des dix heures de vol à venir, je regardai autour de moi à la recherche d'inspiration, et mes yeux se posèrent sur le hublot à ma gauche. La lune éclairait vivement les nuages en contrebas, illuminant le ciel.

— Veux-tu que je te raconte l'histoire des étoiles ? (Je déplaçai délicatement sa tête de mon coude gauche à mon coude droit, afin qu'elle soit tournée vers la fenêtre.) Il y a plus d'étoiles dans le ciel que de grains de sable sur toutes les plages du monde entier. J'ai toujours trouvé cela impossible à croire, pourtant c'est la vérité. Depuis tout petit, je suis fasciné par les constellations, car elles symbolisent l'infinité des possibles. Tu vois, ma petite, les étoiles apportent la vie. Elles fournissent lumière et chaleur au ciel sombre et solitaire. (Le bébé commençait à fermer les paupières, ma voix ayant l'effet apaisant désiré.) Mais il y a une constellation que je trouve plus magique que toutes les autres réunies : les Pléiades. L'histoire raconte qu'il y avait sept sœurs. Leur père, Atlas – le même prénom que moi – était un Titan à qui Zeus avait ordonné de porter la Terre. Les sœurs, bien que très différentes, vivaient ensemble dans la joie sur la toute nouvelle Terre. Mais lors d'une promenade, elles ont rencontré Orion, un chasseur brutal, qui s'est mis à les pourchasser sans relâche. Alors les sœurs se sont enfuies dans le ciel. On les voit ce soir, regarde ! (Je penchai la tête pour contempler les cieux à travers le hublot et parvins à apercevoir mes compagnes éternelles.) Toute ma vie, je me suis tourné vers elles pour être guidé et réconforté. Ce sont mes protectrices. C'est intéressant que Maia brille plus fort que les autres ce soir. On raconte qu'autrefois, c'était toujours le cas jusqu'à ce que, un jour, Alcyone prenne la relève et se mette à briller plus fort que toutes ses sœurs. D'ailleurs, dans certaines traductions, « Maia » signifie « la Grande ». Les Romains la considéraient même comme la déesse du Printemps, ce pourquoi le cinquième mois de l'année s'appelle « mai ». (Je baissai la tête vers le bébé, qui s'était endormi dans mes bras.) Oh, c'était si ennuyeux que ça, ma petite ? demandai-je en riant.

— Moi en tout cas, j'ai trouvé ça intéressant.

Je me retournai et vis Marina qui m'observait.

— Excuse-moi. Je ne voulais pas te réveiller.

— Je ne dormais pas vraiment. Ça alors, souffla-t-elle en jetant un œil en direction de la petite fille. Tu t'y prends vraiment bien. Elle t'adore.

Un sourire se dessina sur mes lèvres.

— Tu crois ?

— Je le sais, Atlas. Tu l'as sauvée d'une existence bien misérable.

— *Nous* l'avons sauvée.

Marina sourit.

— C'est toi qui t'es chargé d'observer sa famille pendant des années et qui n'as pas hésité à agir quand tu as su que quelqu'un était en danger. Je ne connais personne qui en aurait fait autant. Tu es remarquable.

— Merci, Marina. C'est très gentil de ta part.

Elle regarda à travers le hublot.

— Tout à l'heure, tu m'as demandé si c'était à nous de lui donner un prénom. Je crois que tu sais déjà comment elle s'appelle.

Elle désigna le paysage éclairé par la lune.

— Maia…

47

Août 1977

Ces premières semaines furent un tourbillon de couches, de rots et de longues nuits à donner le biberon. J'avais insisté pour que Marina s'installe dans la maison principale afin de pouvoir l'aider aux heures indues. Je crois d'ailleurs que c'étaient certains de mes moments préférés – lorsque Maia et moi étions seuls, dans le silence de la nuit, avec pour unique compagnie le bruit du lac léchant la rive. Elle m'a tant appris, sans avoir besoin de prononcer un seul mot. Pendant trente ans, j'étais si concentré sur ma quête d'Ella et sur la prophétie d'Angelina que je m'étais fermé aux autres. J'étais égocentrique, déterminé et obsédé. Bébé Maia m'a ouvert les yeux. Je suis vivant comme je ne l'étais plus depuis des années.

Marina prétend qu'elle savait, dès l'instant où j'avais posé les yeux sur Maia, que je ne pourrais jamais m'en séparer. En effet, j'avais accepté mon destin avant même que les roues de l'avion ne touchent la piste d'atterrissage de Charles-de-Gaulle. Maia avait été sage comme une image toute la durée du vol et, par-dessus le marché, elle m'avait écouté lui dérouler toute la mythologie des Sept Sœurs sans broncher. Porter un être humain si fragile et innocent entre mes mains vieillissantes me rappelait la leçon la plus réconfortante que nous enseigne notre monde : quoi qu'il arrive, la vie l'emporte.

Je ressentis une certaine nervosité avant d'annoncer ma décision à Marina, craignant qu'elle ne me juge pas apte à exercer le métier de parent. Une angoisse inutile. Au contraire, son visage s'illumina.

— Oh, quelle merveilleuse nouvelle ! Bien sûr que tu as raison d'adopter Maia. Tu as besoin d'elle autant qu'elle a besoin de toi.

Je la serrai dans mes bras, avant d'enfoncer une porte ouverte :

— Je n'y arriverai pas seul, Marina.

Elle éclata de rire.

— Et ce ne serait pas une bonne idée de t'y hasarder ! Je t'ai observé en train d'essayer de mettre une couche. Je pense qu'un orang-outan serait plus précis.

— Es-tu en train de dire que tu resteras pour t'occuper de Maia ? lui demandai-je, tout sourire.

— Oui, mon cher Atlas. Bien sûr.

Georg finalisa le dossier d'adoption. Conformément à sa suggestion, Maia fut inscrite sous le nom « d'Aplièse » afin d'éviter toute attention indésirable de la part d'Eszu.

Et me voilà donc père.

Alors que j'approche de la soixantaine, je me rends compte qu'il est peu probable que la prophétie d'Angelina se réalise. Bien sûr, Georg continue d'éplucher les bases de données du monde entier à la recherche du nom d'Ella, mais mes voyages sont devenus moins fréquents. Et chaque fois que je suis en déplacement, j'ai hâte de rentrer à Atlantis pour passer du temps avec la petite Maia. Rien ne me plaît davantage que de l'emmener en promenade dans les jardins et au bord de l'eau, et de lui raconter longuement mes aventures le soir, avant de la coucher.

Évidemment, cela n'apaise pas ma souffrance de savoir que j'ai déjà une fille biologique qui arpente cette Terre – une fille qui a autant besoin de moi que la petite Maia. J'essaie néanmoins de ne pas trop y penser. Si longtemps, j'ai placé ma confiance en les étoiles et les prophéties. Peut-être est-il temps pour moi de vivre dans le monde réel.

D'ailleurs, ce soir, un appel téléphonique m'a vivement incité à le faire. D'ordinaire, lorsque je décroche, je tombe sur Georg. Mes appels sont contrôlés par son cabinet, afin d'éviter tout contact de la part d'Eszu – lequel, par ailleurs, est aussi discret qu'une souris.

— Bonsoir, Georg, dis-je en décrochant le combiné.

— Allô ? répondit une voix avec un accent norvégien.

— Horst ?

Astrid et lui, ainsi que la famille Forbes et Ralph Mackenzie, sont les seules personnes à qui j'ai confié la ligne directe d'Atlantis.

— Bonsoir, Ar. J'espère que je ne te dérange pas ?

— Pas du tout, mon ami. Comment allez-vous ? demandai-je, passant aussitôt en norvégien – aisément, sans vouloir me vanter.

— Oh, physiquement, ça va, Astrid aussi.

Je saisis le téléphone et allai m'asseoir dans mon fauteuil en cuir.

— J'ai lu un article à propos de la dernière composition de Felix dans *The Instrumentalist.* Félicitations ! Vous devez être drôlement fiers.

— Oh que non. Je ne suis vraiment pas fier de mon petit-fils.

— Oh, fis-je avec étonnement.

— Avant de t'expliquer tout ça, dis-moi, cher papa, comment va la petite Maia ?

— Extrêmement bien ! C'est gentil de poser la question, Horst. Pas plus tard que ce matin, je l'ai surprise en train de lire *Winnie l'Ourson.* Enfin *lire* est un bien grand mot, elle n'a que trois ans. Mais elle ajustait sa voix aux différents personnages, tout comme je le fais quand je lui raconte moi-même l'histoire…

Je m'efforçai de m'arrêter de m'extasier, sans quoi cela aurait pu durer longtemps. Horst éclata de rire.

— Les enfants sont une bénédiction.

— Chaque jour elle m'apprend quelque chose de nouveau, dis-je en enroulant le fil du téléphone autour de mon doigt. Même s'il s'agit de savoir détacher du chocolat sur une chemise.

— Comme je suis heureux d'apprendre que vous vous entendez à merveille tous les deux. (Il y eut un silence au bout de la ligne.) Oserais-je te demander où en sont tes recherches d'Ella ?

— Nulle part, malheureusement. Bien que l'espoir s'amoindrisse, je n'abandonnerai jamais ma quête, mais maintenant je dois aussi penser à Maia.

— Je sais bien.

Je n'arrivais pas bien à saisir tout ce que disait mon vieil ami.

— Pardonnez-moi, Horst, je vous entends mal. Pourriez-vous parler un peu plus fort ?

— Euh… je crains que non. Astrid dort à l'étage et le sujet dont j'aimerais te parler doit rester entre toi et moi.

Je me redressai dans mon fauteuil.

— Est-ce que tout va bien ?

Horst expira bruyamment.

— En toute honnêteté, mon ami, non. C'est Felix. Il s'est mis dans de beaux draps.

— Je vois. Bon, je vais essayer de vous conseiller de mon mieux.

— Comme tu le sais, Felix est devenu célèbre à Bergen. Dans toute la Norvège, d'ailleurs. Les gens le connaissent comme l'orphelin du grand Pip Halvorsen et de sa magnifique femme Karine, morts si tragiquement alors qu'il n'était qu'un bébé. Il y a eu des articles dans les journaux et j'ose dire que le fils miraculé a commencé à croire en son propre mythe.

— Je vois, dis-je, ne sachant pas vraiment quoi répondre.

— Tout cela est aggravé par le fait qu'on lui a donné un poste d'enseignant à l'université de Bergen. Il y a de nombreuses jeunes femmes là-bas…

Je n'aimais pas le tour que prenait cette conversation.

— Des jeunes femmes ?

— Oui. Chaque fois qu'Astrid et moi le voyons, ce qui est rare ces temps-ci, il en a une nouvelle à son bras. Et il boit beaucoup trop.

Horst poussa un soupir exténué. Je réfléchis un instant.

— C'est un jeune homme qui jouit d'une certaine notoriété. Je pense qu'il serait naïf de s'attendre à autre chose, dis-je pour essayer de dédramatiser. Ce n'est peut-être qu'une phase dont il va sortir en mûrissant.

Horst s'esclaffa.

— Pas s'il continue de boire. Il va finir par se désintégrer.

Je réfléchis à l'aide que je pourrais lui apporter.

— Vous savez, je connais d'excellentes cliniques de désintoxication en Europe. Et vous le savez, mon ami, l'argent n'est pas un problème. Peut-être me permettriez-vous de financer un traitement à Felix ?

— C'est gentil, Ar. Mais si je ne m'abuse, la clé d'une désintoxication réussie est la volonté de s'en sortir, or je peux te confirmer que ce n'est pas le cas de Felix. Enfin bon, poursuivit-il, le sujet dont je souhaite te parler est plus complexe.

Je me levai pour me préparer à ce qui m'attendait.

— Je vous en prie, dites-moi de quoi il s'agit.

— Il y a deux jours, alors que je faisais quelques courses, une jeune femme m'a accosté. Elle était blême, comme si cela faisait plusieurs semaines qu'elle ne dormait pas. Elle m'a dit qu'elle s'appelait Martha et qu'elle attendait des jumeaux.

— Ah, dis-je, commençant à comprendre.

— Je lui présentai mes félicitations et lui demandai le rapport avec moi. Elle m'annonça alors que Felix était le père.

— Oh, Horst.

— Elle m'a dit qu'il était son professeur et qu'ils étaient fous amoureux l'un de l'autre. Mais apparemment mon petit-fils ne répond pas à ses demandes d'aide.

— Astrid et vous n'aviez vraiment pas besoin de ça.

— C'est sûr. Mais ce n'est pas fini. Quand je l'ai rencontrée, Martha semblait quelque peu… perturbée. Sa façon de parler et son regard… Alors je lui ai dit de ne pas s'inquiéter, j'ai pris son numéro de téléphone et je lui ai dit que je contacterais Felix, qu'elle devait me donner un peu de temps. Malgré tout, je voulais laisser à mon petit-fils le bénéfice du doute. Je suis allé le voir dans sa cahute le soir même. Il était stupéfait de ma visite et a désespérément tenté de cacher un nombre incalculable de bouteilles vides. Je lui ai parlé de la femme au supermarché.

— Comment a-t-il réagi ?

— Il était furieux. Il m'a raconté qu'il avait suffi à Martha de poser les yeux sur lui pour tomber éperdument amoureuse, jusqu'à l'obsession. Je lui ai demandé s'il avait couché avec elle et il l'a admis. Alors, naturellement, je lui ai dit qu'il devait prendre ses responsabilités.

— Qu'a-t-il répondu ?

— Il a refusé tout net. Il a dit que Martha était en couple depuis longtemps et qu'il serait logique que ce soit l'autre homme, le père.

Je me frottai les yeux.

— Je vois.

— Il m'a dit que Martha souffrait de troubles mentaux. Il m'a supplié de croire qu'elle représentait un danger pour lui.

Je réfléchis à la situation.

— Le croyez-vous ?

Horst soupira.

— Après ma confrontation avec Felix, j'ai retrouvé Martha dans un restaurant hors de Bergen. Elle m'a décrit ses entrevues avec mon petit-fils avec un peu trop de détails, notamment les dates, et le doute me semble difficilement permis. Felix est le père.

Je ne savais pas du tout quoi conseiller à Horst.

— D'accord, me contentai-je de répondre.

— Toutefois... je crois que Felix a raison au sujet de Martha. Elle paraît obnubilée par lui, malgré le fait qu'ils n'aient été ensemble que deux fois. Non pas que cela excuse le comportement de Felix, mais au moins je partage son ressenti quant à la santé mentale de cette jeune femme.

Je me dirigeai vers mon étagère et pris la grenouille porte-bonheur que m'avait offerte Pip à bord du Hurtigruten.

— Le bébé va bien ?

— Les bébés, répondit Horst d'un ton maussade. Car il y en a bien deux. L'échographie l'a confirmé. C'est là que la situation devient absurde. J'ai demandé à Martha si elle connaissait le sexe des enfants. Elle a acquiescé et m'a annoncé fièrement qu'elle attendait un garçon. Mais lorsqu'elle m'a informé que l'autre était une fille, elle a levé les yeux au ciel et fait la grimace.

Je fronçai les sourcils.

— Elle est donc heureuse d'avoir un garçon, mais pas une fille ?

— Tout à fait. Martha a dit qu'elle et Felix allaient avoir un petit garçon parfait, le prochain grand Halvorsen. Quand je lui ai posé une question sur sa fille, elle a haussé les épaules, comme si elle écartait totalement son existence.

Je serrai la grenouille dans ma main, comme si elle avait le pouvoir d'améliorer la situation.

— Seigneur. Pourquoi ?

— Je te l'ai dit, cette jeune femme souffre de graves troubles mentaux.

— Astrid est-elle au courant ?

— Non. Je ne veux pas qu'elle se fasse du souci pour ça tant que ce n'est pas indispensable. Et bien sûr ça le deviendra bientôt. Il s'agit de mes arrière-petits-enfants… les petits-enfants de mon fils chéri. Je ne peux pas ignorer Martha et sa situation.

Je comprenais ses sentiments. À sa place, j'aurais sans doute réagi de la même façon.

— Qu'envisagez-vous de faire ?

Horst prit une profonde inspiration.

— Il n'y a aucune chance que Felix accepte ses responsabilités et fasse ce qu'il conviendrait. J'ai honte de son attitude. Son père aussi aurait honte, ajouta-t-il la voix tremblante d'émotion. Excuse-moi, Ar. Tout ça pour te dire que j'en ai conclu que nous devions accueillir Martha chez nous après la naissance. Je crains que les bébés ne soient pas en sécurité seuls avec elle. Je me dois de protéger ces enfants, pour mon fils et pour Karine.

La gentillesse de cet homme ne connaissait-elle donc point de limites ?

— Voilà qui est… très noble de votre part, Horst.

— Mais… Ar. J'ai quatre-vingt-treize ans. Mes jours sont comptés. Astrid en a soixante-dix-huit et devrait vivre plus longtemps, mais qui sait ? Nous avons très peu d'argent, l'essentiel ayant servi à financer la scolarité de Felix et à le sortir des situations délicates dans lesquelles il s'était fourré.

— Inutile d'en dire davantage, Horst. Je vais vous faire un chèque…

— Merci, mais ce n'est pas ton argent que je te demande aujourd'hui.

— Quoi donc alors, mon ami ?

— Ton amour, répondit-il après une hésitation. Je sais la joie que Maia t'a apportée ces trois dernières années. Il y a une légèreté dans ta voix, un chant qui émane de ton être… des choses que je n'entendais plus depuis nos soirées musicales au cottage. Avec un enfant, je pense qu'Astrid et moi réussirons à nous en sortir. Mais avec deux, ce sera impossible.

Mon cœur s'était accéléré.

— Que me demandez-vous, Horst ?

— La petite fille. Accepterais-tu de prendre la petite fille ?

Je retombai dans mon fauteuil, sous le choc. Qu'étais-je censé répondre à une requête aussi énorme ?

— Je… Horst…

Il poursuivit son plaidoyer.

— Je sais que c'est plus que ce que n'importe quel homme serait en droit de demander à un autre. Mais à vrai dire, je suis désemparé, Ar. Martha est malade et sa fille ne recevra pas l'amour et l'attention qu'elle mérite tant que son frère existera. (Sa respiration s'accéléra soudain et il lâcha un sanglot.) Je ne doute pas une seconde qu'elle voudra se séparer de la fillette. Astrid et moi serions heureux d'essayer de compenser, mais nous sommes âgés et fragiles…

Un silence gênant s'installa entre nous.

— Je ne sais pas quoi dire, finis-je par déclarer.

— Inutile de dire quoi que ce soit maintenant, Ar. Je t'en prie, prends autant de temps qu'il t'en faudra pour réfléchir à ma proposition. Si je te le demande, c'est parce que je sais que tu es un homme bien, doté d'un grand cœur. Par ailleurs, tu es le seul lien qu'il me reste avec Pip et Karine. Je sais combien ils t'admiraient et combien ils seraient fiers que tu prennes soin de leur petite-fille.

Horst sanglota de nouveau. J'étais bouleversé d'entendre une telle détresse dans sa voix.

— Vos paroles me touchent beaucoup.

— Si je puis me permettre, nous avons toujours regretté de ne pas donner un frère ou une sœur à Pip. Je suis certain que la vie de la petite Maia n'en serait que plus belle si elle avait une sœur pour s'amuser.

— Je... vais y réfléchir.

— Martha devrait accoucher d'un jour à l'autre. Je raconterai tout à Astrid une fois que les enfants seront nés, et Martha s'installera au cottage avec nous pour que nous puissions garder un œil sur elle. (Horst prit une profonde inspiration.) Si... Astrid n'était pas obligée de savoir qu'elle avait une petite-fille, ce serait préférable. Tu la connais. Elle essaierait forcément d'accueillir les deux enfants, et je crains les conséquences que cela aurait pour nous tous.

Après cette conversation, je me servis un verre de rosé et allai m'asseoir dans l'herbe au bord de l'eau. Il m'était difficile d'assimiler la requête qui venait de m'être faite. Mon esprit était inondé d'images de Pip, Karine, Ella et moi à Bergen. Comme nous y avions été heureux. Je me rappelais la façon dont Ella avait regardé le petit Felix, elle qui désirait tant reproduire la cellule familiale qu'avait construite sa meilleure amie.

Un jour, j'avais juré que je ferais n'importe quoi pour remercier la famille Halvorsen. Je levai les yeux vers le ciel.

— Guide-moi, Pip. Dis-moi, Karine. Est-ce ce que vous souhaitez ?

— Pa, pa, pa, pa, pa !

Entendant Maia derrière moi, je regardai par-dessus mon épaule et la vis en train de se précipiter vers moi, suivie de près par une Marina tout sourire. Je la soulevai dans mes bras.

— Salut, toi ! Tu as passé une bonne journée ?

— Oui ! répondit Maia avec enthousiasme.

— J'ai du mal à le croire, mais elle a réussi à me lire les premières lignes de son livre préféré, m'annonça Ma en me posant la main sur l'épaule.

— Ça alors. Peut-être avons-nous là une petite savante !

— Cela se pourrait bien.

Je regardai ma fille qui tapait dans ses mains, assise sur mes genoux.

— Maia ?

— Ouiiii.

Je lui soulevai le menton pour la regarder dans les yeux.

— Aimerais-tu une petite sœur ?

Je sentis la main de Marina quitter mon épaule, mais le minuscule visage de Maia s'illumina.

— Une sœur ? Pour moi ?

— Exactement, répondis-je en souriant. Rien que pour toi.

Maia leva les yeux vers Marina et je suivis son regard. Debout près de nous, celle-ci m'observait d'un air perplexe, les mains sur les hanches.

— Est-ce qu'elle habitera dans le ventre de Ma ?

Son intelligence ne manquait jamais de me surprendre.

— Non. Elle arrivera des étoiles, comme par magie. Tout comme toi. Cela te plairait ?

Les yeux de Maia s'arrondirent et se mirent à briller.

— On pourra lire des histoires ensemble ?

— Bien sûr, ma chérie.

— Alors oui, s'il te plaît !

J'éclatai de rire.

— Très bien. Dans ce cas, Ma et moi allons y réfléchir.

— Oui, exactement, intervint Marina en vitesse. Nous allons y *réfléchir*. Viens, Maia chérie. C'est l'heure d'aller prendre un bain.

Ce soir-là, j'invitai Georg à Atlantis et nous discutâmes tous trois de cette situation sur la terrasse.

— Je sais que vous vous sentez obligé d'accepter, Atlas, mais êtes-vous certain de pouvoir assumer cette responsabilité ? Une deuxième adoption signifiera probablement encore moins de temps pour voyager à la recherche d'Ella, fit remarquer Georg.

Je secouai la tête.

— Je doute que cette nouvelle arrivée change quoi que ce soit : Maia me retient déjà. La véritable question est pour toi, Marina. Pourrais-tu gérer un nouveau-né en plus ?

— Atlas. Tu pourrais me donner cent bébés à nourrir et à aimer que je ne me plaindrais pas. Tu sais combien je les adore. Même si, la prochaine fois, je préférerais que tu m'en parles avant de soumettre une telle idée à Maia, ajouta-t-elle en haussant un sourcil.

Je levai les mains.

— Je te demande pardon. J'avais besoin de voir sa réaction, c'est tout. Si elle n'avait pas été enchantée, je n'aurais pas vraiment réfléchi à la requête de Horst.

— Je comprends, dit-elle avant de tourner son regard vers le lac paisible. En tout cas, je crois que tes amis t'en seraient éternellement reconnaissants.

Le lendemain matin, je téléphonai à Horst pour lui confirmer que j'acceptais. Il pleura de gratitude. Plus tard, il me rappela pour me dire que Martha était ravie de ce projet. Je lui demandai si je pourrais la rencontrer afin d'en avoir le cœur net, mais il m'indiqua qu'il vaudrait mieux pour le bébé que Martha ne sache pas qui j'étais, étant donné son état mental. Trois jours plus tard, j'appris que la jeune femme avait accouché, aussi Marina et moi prîmes le jet pour Bergen.

La petite fille que nous ramenâmes à Atlantis était coiffée d'une touffe de cheveux roux éclatants. Tout au long du trajet, je remarquai qu'elle serrait ses petits poings avec détermination.

Je fondis en voyant Maia se pencher au-dessus du berceau pour regarder sa petite sœur et eus alors la confirmation d'avoir pris la bonne décision. Ma fille était si douce avec elle.

— Elle s'appelle Alcyone. Comme l'étoile, murmurai-je.

— Bonjour, Ally, dit Maia, prononçant le prénom de sa sœur de son mieux.

— Oui, chuchotai-je, bonjour, Ally.

48

Mai 1980

À l'exception d'un coup de peinture, la librairie Arthur-Morston n'avait pas changé d'un pouce au cours de mes trente ans d'absence. J'étais si heureux de revoir Rupert Forbes. Il me salua avec une poignée de main vigoureuse et une accolade chaleureuse.

— Par Jupiter, vous n'avez pas changé, mon vieux ! s'écria-t-il en souriant.

— Je pourrais en dire de même pour vous.

— Vous me flattez, Atlas, mais je ne vous crois pas une seconde. (Il indiqua ses tempes grisonnantes.) Regardez-moi ces foutus cheveux blancs. On dirait mon grand-père !

— Sans vouloir vous vexer, Rupert, vous êtes vous-même grand-père.

Il sourit.

— Mon Dieu. Est-ce bien vrai ? N'allez pas répandre des rumeurs aussi horribles !

J'éclatai de rire.

— Comment vont les garçons ?

— Oh, très bien, merci. Nous venons de fêter les cinq ans d'Orlando. Louise lui a offert les œuvres complètes de Dickens.

Je lui ai dit qu'elle était tombée sur la tête, mais apparemment il a déjà fini *Un chant de Noël.* À cinq ans !

— Ça alors, vous avez un petit génie ! Et comment va… euh… pardonnez-moi, Rupert… Owenmus ?

— Ne vous en faites pas, l'ami, j'ai moi-même du mal à ne pas me tromper. Œnomaos. Pauvre petit gars. J'ai essayé de dire à Laurence qu'il souffrirait avec un prénom pareil, mais visiblement Vivienne était déterminée. En tout cas, je suis fier de dire qu'il n'a pas laissé son prénom le freiner. Il est capitaine de l'équipe de rugby de son école.

Après toutes ces années, l'attitude britannique enjouée de Rupert arrivait encore à me remonter le moral. Néanmoins, je n'avais pas effectué ce voyage de gaieté de cœur. Il m'avait invité à Londres pour me donner « des informations importantes » qui, j'imaginais, avaient un rapport avec Kreeg. Bien qu'il ait pris sa retraite, il gardait encore contact avec les services secrets britanniques. Il avait la gentillesse de joindre Georg en cas d'information significative… mais cette fois-ci, il avait insisté pour que je fasse le déplacement.

Rupert verrouilla la porte et tourna la pancarte pour indiquer que la librairie était fermée.

— Comment va la famille ? J'imagine que ces deux petites filles vous font courir dans tous les sens !

— Vous ne croyez pas si bien dire. Elles ont déjà six et trois ans, vous vous rendez compte !

— Ah oui ? Vous savez, je vous admire. Quel âge avez-vous maintenant, soixante ans ?

— Soixante-deux.

— Bonté divine. Soixante-deux ans et père adoptif de deux filles. Je ne sais pas où vous trouvez l'énergie, mon vieux !

— C'est un cliché, je sais, mais elles m'ont vraiment donné une deuxième jeunesse. Avec elles, c'est comme si j'avais trente ans de moins.

— C'est merveilleux de l'entendre, Atlas. Asseyons-nous, fit-il en désignant deux fauteuils luxueux au fond de la boutique.

Je le suivis, passant devant les rayons « Poésie » et « Philosophie ».

— C'est vraiment étrange, observai-je, mais l'odeur ici est restée la même.

— La magie des livres. Fiables et constants. Je trouve bizarre de penser qu'il y a peut-être des ouvrages qu'Ella et vous avez placés sur ces étagères il y a trente ans et qui sont toujours là aujourd'hui, invendus.

Nous nous installâmes dans les fauteuils confortables.

— Est-ce pour cela que je suis ici, Rupert ? demandai-je avec nervosité. Avez-vous découvert quelque chose sur Ella ?

Après toutes ces années, ma plus grande peur était d'apprendre qu'on l'avait localisée et qu'elle n'était plus.

Rupert secoua la tête.

— Désolé, mon vieux. Toujours rien sur ce front-là, soupira-t-il. J'ai terriblement honte de ne pas avoir réussi à la retrouver. Où qu'elle soit, elle est extrêmement bien cachée.

Je hochai la tête avec solennité.

— Je sais. Ne vous en voulez pas, Rupert. Georg a envoyé détectives privés et sociétés de renseignement à sa recherche à travers le monde. Personne n'a jamais rien trouvé.

Il fronça les sourcils.

— C'est affreusement inhabituel. En général, lorsqu'une personne disparaît, il reste une trace quelque part, mais c'est comme si votre Ella s'était volatilisée. Je vous admire, Atlas. Cela fait maintenant, quoi, trente ans que vous la cherchez ? Et vous n'avez jamais renoncé.

— Je ne me le pardonnerais jamais, dis-je d'une petite voix.

— Je sais. Quant à l'épine dans votre pied, Kreeg Eszu... Ce type semble toujours terré dans son énorme propriété.

Il haussa les épaules. Je fixai la porte qui menait à l'appartement, derrière laquelle Ella et moi nous étions tapis trois décennies plus tôt.

— Oui. Je ne peux qu'imaginer que perdre sa femme lui a ôté l'envie de vivre. Il aura simplement... abandonné ses poursuites.

Rupert plissa les yeux en réfléchissant à cette possibilité.

— Ce ne serait pas impossible en effet. Quel âge a son fils maintenant ?

Il me fallut un moment pour calculer.

— Je crois qu'il a à peu près le même âge que Maia. Six ou sept ans ?

— Pauvre gosse. C'est dur de perdre sa mère. Et avoir un psychopathe pareil en guise de père… Je le plains.

Je n'y avais jamais réfléchi.

— Je suppose que vous avez raison, Rupert. Je n'envie pas Kreeg junior.

— Non, c'est sûr. À présent, si vous le voulez bien, venons-en à la raison pour laquelle je vous ai convoqué.

— Allez-y, je vous en prie. Tout cela m'intrigue.

— Alors, par où commencer ? dit-il en joignant le bout de ses doigts. Vous souvenez-vous de la division entre les Vaughan et les Forbes dans les années quarante ? Quand Archie, le père de Louise, est mort et que Teddy a hérité de High Weald ?

— Tout à fait, oui.

— Bon, voilà qui va nous aider. Savez-vous que Teddy a ensuite épousé une Irlandaise du nom de Dixie ? Et qu'ensemble ils ont eu Michael ?

— Vaguement.

En toute honnêteté, la descendance de Teddy Vaughan ne figurait pas sur la liste de mes priorités.

— Ne vous en faites pas, les détails n'ont que peu d'importance. Si l'on remonte un peu plus loin, vous souvenez-vous par hasard d'une certaine Tessie Smith, à l'époque où vous étiez à High Weald ?

Voilà un nom que je n'avais pas entendu depuis longtemps. Mais je n'avais pas oublié la situation délicate de cette pauvre femme.

— Oui. C'était une des *land girls*.

— Parfaitement, mon vieux, répondit Rupert, visiblement ravi.

Je bus quelques gorgées de thé, prenant le temps de me la remémorer.

— Tessie et Ella s'entendaient assez bien.

Rupert hocha la tête, puis il inspira profondément.

— À présent, préparez-vous. Je suis en possession d'une bombe pour la famille Vaughan. En gros, il est difficile de dire cela avec délicatesse mais…

— Tessie est tombée enceinte de Teddy et a été payée par Flora pour se taire, répondis-je, désamorçant froidement sa bombe.

Rupert sembla quelque peu dépité.

— Je vois, donc le personnel était au courant…

J'éclatai de rire en entendant son ton indigné. Il parut alors mortifié.

— Pardonnez-moi. Je n'avais pas l'intention de vous offenser…

Je levai une main pour le rassurer.

— Pas du tout, répondis-je en toute franchise. Pour répondre à votre question, oui, j'en ai peur. Nous étions tous au courant. Tessie était loin d'en faire un secret.

Rupert se prit la tête entre les mains et gloussa.

— Oh là là. Sacré Teddy. Alors, pour votre gouverne, Tessie est morte il y a maintenant cinq ans, en 1975.

— Je suis navré de l'apprendre. Savez-vous si elle avait mené sa grossesse à son terme ?

— Tout à fait. La fille de Teddy et Tessie s'appelle Patricia Brown.

— Brown ?

— Le nom de l'homme qu'elle a fini par épouser. Décédé également.

— Je vois.

J'avais un peu de mal à suivre, mais je faisais de mon mieux.

— Maintenant, pour être tout à fait clair, je ne savais rien de tout cela jusqu'il y a quelques semaines. Louise, elle, était au courant mais n'avait jamais jugé bon de me le dire, sachant qu'il s'agissait d'une affaire privée de Tessie.

Je souris face à la loyauté de Louise. Sa mère aurait été fière d'elle.

— Pourquoi me racontez-vous tout cela, Rupert ?

Il balaya des yeux la librairie déserte, comme pour vérifier que personne ne nous épiait. Sans doute une habitude de ses années au MI5.

— Il y a quelques jours, j'ai reçu un appel téléphonique du palais de Buckingham.

— Buckingham ? Le palais de la famille royale britannique ? demandai-je, stupéfait.

Rupert sembla satisfait de ma réaction.

— Exactement... même si ce n'était pas Sa Majesté elle-même au bout du fil ! C'était un membre de l'équipe des services de renseignement royaux. (Il marqua une pause, sans doute pour accentuer l'effet théâtral.) Pour faire bref, je suis en possession d'une information dont j'ose affirmer que vous n'êtes *pas* au courant.

Il avait réussi à me tenir en haleine.

— Et de quoi s'agit-il ?

— La mère de Louise, lady Flora Vaughan – née MacNichol – était la fille naturelle du roi Edward VII.

Le coup de théâtre de Rupert était réussi. Je secouai la tête d'incrédulité.

— Ça alors...

Rupert sourit jusqu'aux oreilles. Il était enchanté par ma réaction.

— Je sais. C'est pourtant la vérité.

Je m'esclaffai de stupéfaction.

— C'est incroyable. Louise connaissait-elle cette partie de l'histoire ?

— Certainement pas, mon cher, et cela doit rester ainsi.

Rupert prit soudain un air grave.

— Elle ne sait donc toujours pas ?

— Non. En tant que membre des renseignements britanniques, il est de mon devoir de garder des informations aussi sensibles pour moi. Le Palais le sait et me fait confiance.

— Heureusement que je ne travaille pas pour les Soviétiques, alors ! Sachant que vous n'avez même pas partagé cette information avec votre femme, pourquoi diable le faites-vous avec moi ?

Il prit quelques instants pour formuler sa phrase suivante :

— Si vous descendez directement d'un monarque britannique, il se trouve que la famille royale... garde un œil sur vous. Pour, vous savez, éviter toute situation embarrassante susceptible de…

— D'abîmer la marque ? suggérai-je.

— Voilà. À cette fin, le Palais a suivi la dynastie MacNichol avec intérêt. Ils ont donc observé Tessie Smith qui, somme toute, a mené une vie tranquille et sans vague.

— Alors pourquoi ont-ils ressenti le besoin de vous contacter ?

Rupert se racla la gorge.

— La fille de Tessie et Teddy, Patricia, n'est pas du genre timide et réservé qui plaît au Palais. Elle est résolument catholique, je dirais même intégriste.

— De ceux qui promettent « enfer et damnation » ?

Rupert claqua des doigts.

— Exactement. D'après ce que m'a rapporté le Palais, Patricia elle-même a deux filles et a perdu son mari il y a quelque temps. L'aînée, Petula, a aujourd'hui dix-huit ans. Apparemment, elle se débrouille très bien et étudie à mon *alma mater*, l'université de Cambridge.

J'étais heureux de l'apprendre.

— Quelle incroyable réussite étant donné les difficultés auxquelles elle a dû être confrontée.

— Je suis tout à fait d'accord. Maintenant, pour ce qui est du deuxième enfant… il y a une différence d'âge tout à fait conséquente. En fait, Patricia vient tout juste d'accoucher.

Je m'efforçai de suivre.

— N'avez-vous pas dit qu'elle avait perdu son mari ?

— Si, justement. Le Palais ne trouve pas d'informations au sujet du père de ce nouveau bébé. On peut donc en déduire que l'enfant a été conçu hors mariage, ce que rejetterait la communauté catholique de Patricia.

— Qu'est-il arrivé au bébé, alors ?

Rupert se leva.

— Voilà la raison pour laquelle le Palais m'a appelé il y a quelques jours. Il semble que Patricia ait déposé son nouveau-né dans un orphelinat de l'est de Londres afin d'étouffer sa honte.

Il se dirigea vers le vieux bureau en bois qui avait autrefois été le mien.

—Je ne comprends toujours pas pourquoi le Palais a jugé bon de vous téléphoner. S'ils s'inquiètent de voir la réputation de la famille royale entachée, comment une fillette qui ne connaît rien de son histoire pourrait-elle aller raconter aux tabloïds qu'elle est une très lointaine prétendante à la couronne ?

Rupert haussa les épaules en feuilletant des documents.

—J'ai moi-même posé cette question. Le Palais m'a répondu que feu le roi se préoccupait énormément de sa famille et qu'ils faisaient leur devoir en m'en informant. (Il marqua une pause et projeta son regard dans la rue animée.) Je suppose que, dans ce cas précis, l'idée est qu'il faudrait que le bébé soit adopté et qu'on en prenne bien soin.

Je me levai et me dirigeai à mon tour vers le bureau.

— Mais ils ne vont pas s'amuser à en informer n'importe qui, je suppose…

— Non. Vous avez parfaitement raison. C'est parce que je suis un ancien membre du MI5.

— Le Palais s'attend-il donc à ce que vous agissiez en conséquence ?

Rupert évitait mon regard et continuait de fouiller dans ses documents.

— Il y a un peu de cela, oui. (Il mit la main sur ce qu'il cherchait.) J'ai quelque chose pour vous.

Il me tendit une enveloppe blanche sur laquelle était inscrit, dans une écriture brouillonne :

« Elinor Tanit aux bons soins de Louise Forbes à la librairie ».

— Il y a deux semaines, ceci a été déposé dans la boîte aux lettres, accompagné d'un courrier pour Louise et d'une note de la part du notaire de Tessie. Dans son message, celui-ci s'excusait du temps qu'il avait mis à comprendre qui était « Louise Forbes à la librairie ».

J'examinai l'enveloppe, qui semblait encore cachetée.

— L'avez-vous lue ?

— Non, mais j'ai lu celle de Louise et j'imagine que le contenu est similaire.

J'ouvris et parcourus la missive.

Chère Elinor,

J'espère que vous allez bien. Désolée de ne pas avoir pris de vos nouvelles pendant toutes ces années. J'espère que vous vous souvenez de moi !

Pour ma part, ça ne va pas fort ces derniers temps et je voulais écrire à tous ceux qui avaient été gentils avec moi à High Weald. Vous en particulier, vous étiez toujours charmante. Comme vous le savez, c'était difficile à l'époque, et tout le monde ne pensait pas que j'avais bien fait de parler de moi, de Teddy et du bébé.

Mais vous m'avez dit de ne pas me laisser marcher sur les pieds et que je m'en sortirais.

Et vous savez quoi ? Je m'en suis sortie ! J'ai eu une adorable petite fille, Patricia, qui m'a donné beaucoup de joie au fil des années. Même si elle est parfois un peu irritable, elle a bon fond. Elle et son mari m'ont aussi donné une belle petite-fille.

Je me suis bien débrouillée au final.

Enfin, je ne vais pas vous embêter plus longtemps. Je voulais juste vous dire merci tant que je respire. Amitiés à votre homme.

Amicalement,

Tessie

Je remis la lettre dans l'enveloppe.

— Je ne savais pas que l'amitié d'Ella comptait tant pour elle.

— Même chose pour Louise. Elle était si émue après avoir lu sa lettre. C'était gentil de la part de Tessie, n'est-ce pas ? C'est révélateur de sa personnalité.

— En effet, dis-je d'une petite voix.

— Je suis seulement désolé que nous n'ayons pas pu transmettre la lettre que vous venez de lire à sa destinataire.

— Et moi donc, murmurai-je. (Un silence s'installa entre nous tandis que je fixais mon vieil ami.) Je sais ce que vous allez me demander, Rupert.

Il hocha doucement la tête.

— Avant de dire quoi que ce soit, j'ai envisagé toutes les options. J'ai dix ans de plus que vous, et Louise n'en est pas loin. Bien sûr, j'ai pensé demander à Laurence et à Vivienne, mais ils sont fauchés à force de s'obstiner à envoyer leurs fils dans un pensionnat hors de prix. Comme si cela ne suffisait pas, ils viennent de découvrir que le petit Orlando souffre d'épilepsie. Ils ne pourraient pas gérer un troisième enfant.

J'inspirai profondément.

— Qu'en est-il du côté de Teddy ? Vous savez, ceux qui vivent dans cette énorme propriété à la campagne ? N'y aurait-il pas assez de place pour le bébé là-bas ? demandai-je avec ironie.

Rupert se passa les mains dans les cheveux.

— Vous avez raison. Teddy et Dixie habitent toujours à High Weald. Leur fils Michael est un type bien. D'ailleurs il vient d'avoir une fille, Marguerite.

— N'aimerait-elle pas une petite camarade de jeu ? Elles sont littéralement du même sang !

Rupert posa sa main sur mon épaule.

— Croyez-moi quand je vous dis que j'y ai pensé. Mais les retombées de la révélation de cette situation à Michael pourraient contrarier le Palais.

Sa remarque m'agaça. En quoi l'imprudence de ce dépravé de Teddy devait être mon problème ?

— Voilà qui serait fâcheux, c'est sûr, ironisai-je.

Je m'éloignai de plusieurs pas et tentai de me calmer en regardant les illustrations des livres exposés au rayon enfants.

— En toute franchise, oui. Laissez-moi vous dire que ces gens peuvent être assez agressifs quand ils veulent. S'ils survivent depuis si longtemps, ce n'est pas un hasard.

Je l'entendis boire une gorgée de thé avec nervosité. Je fixai les différents exemplaires d'*Alice au pays des merveilles* qui, magnifiquement disposés, avaient sans nul doute été placés là par Louise. J'en pris un, l'ouvris et inspirai son parfum vanillé. Aussitôt, je fus transporté à l'époque grisante où Ella et moi passions nos journées à lire et à réapprovisionner ces rayons. Nous nous suffisions l'un à l'autre et nous étions heureux. Rien de tout cela n'aurait été possible sans la gentillesse de Rupert et de Louise et, avant eux, d'Archie et de Flora. Comme avec les Halvorsen, je m'étais promis de tout faire pour rendre la faveur à la famille Vaughan.

Je connaissais déjà ma réponse, mais cela m'amusait de voir Rupert se tortiller de gêne.

— Alors comme ça, il n'est pas convenable que la famille de Teddy porte le fardeau de son « erreur ». Mais c'est normal pour moi, Mr Tanit le jardinier ? fis-je en haussant un sourcil.

Ma question eut l'effet escompté et Rupert, d'ordinaire sûr de lui, ne savait plus où se mettre.

— Bien sûr que non, mon cher. Je ne suis pas là pour vous forcer la main. Il se trouve juste que vous avez récemment adopté deux merveilleuses petites filles et que vous leur avez offert à toutes les deux plus d'amour qu'elles n'auraient pu en rêver, ainsi qu'une vie stupéfiante. Lorsqu'on m'a parlé de ce bébé qui avait besoin d'une famille, j'ai aussitôt pensé à vous. Forcément.

— Oui. Vu comme ça, je suppose que je représente une solution logique.

— Alors ? insista Rupert malgré son embarras. Avez-vous la place pour une petite princesse supplémentaire dans votre palais magique ?

Je revins vers lui.

— Flora et Archie Vaughan ont pris soin de nous quand nous en avions besoin. Quant à Louise et vous… sans votre aide, je ne sais pas si je serais encore en vie aujourd'hui. (Je lui adressai un grand sourire et lui serrai la main.) Ce serait pour moi un privilège de vous aider à mon tour.

Rupert semblait sur le point de s'écrouler de soulagement.

Plus tard cet après-midi-là, nous nous retrouvâmes dans un orphelinat de l'est de Londres. Rupert avait passé les appels nécessaires afin que la petite fille puisse repartir avec moi à Genève dans la soirée.

— Le Palais est très heureux de cette solution, m'informa-t-il à voix basse.

— En toute honnêteté, je me fiche éperdument du Palais, Rupert. Il s'agit de votre famille. (Je regardai le bébé endormi dans mes bras.) Et de la mienne.

49

Août 1980

L'ennui, quand on vieillit, c'est qu'on doit regarder ceux qu'on aime partir les uns après les autres.

En juillet, mon plus jeune compagnon du RMS *Orient*, Eddie, me téléphona. Il était officiellement membre du clan Mackenzie depuis plus de vingt-cinq ans, mais la raison pour laquelle il me contactait n'avait rien de gai. La voix tremblante, il m'informa de la mort de son père adoptif, Ralph.

Je passai une heure au téléphone à réconforter Eddie et à lui rappeler tout ce que sa famille avait fait pour moi. J'étais bouleversé par cette triste nouvelle et pleurais un ami cher qui avait été loyal et digne de confiance jusqu'au bout.

Une semaine plus tard, je me retrouvai devant Alicia Hall à Adélaïde pour la cérémonie d'adieu de Ralph. Le temps où l'on devait entreprendre une traversée épique pour atteindre l'Australie était bien loin. Dorénavant, il était possible de parvenir à l'autre bout du monde en vingt-quatre heures.

De l'extérieur, les jardins de la propriété apparaissaient aussi beaux et luxuriants que dans mon souvenir et, quand je franchis le portail, un jeune homme blond bien habillé s'approcha de moi et me serra la main.

— Monsieur Tanit ? Merci d'être venu.

— Eddie ! Je suis profondément navré.

Il inclina la tête.

— Merci.

À cet instant, Eddie avait de nouveau cinq ans, et je me sentis poussé à lui passer un bras consolateur autour des épaules.

— Cela me fait tellement plaisir de te revoir. Tu ne t'en souviens sûrement pas, mais je me rappelle de toi, petit garçon. J'étais sur le bateau qui t'a amené ici.

— C'est ce que m'a dit mon père, répondit-il en souriant. Il avait beaucoup d'estime pour vous. Il racontait souvent comment vous aviez sauvé ces hommes dans la mine d'opale.

Cette terrible journée me semblait remonter à une éternité.

— Sans ton père, je ne sais pas très bien où je serais, avouai-je. Je lui dois énormément.

Plus de cent personnes étaient présentes pour voir le prêtre enterrer les cendres de Ralph dans les jardins d'Alicia Hall. À l'issue de l'inhumation, j'allai voir Ruth Mackenzie qui était très touchée que j'aie fait le déplacement depuis l'Europe.

Cependant, il y avait une personne à Adélaïde que je souhaitais revoir plus que quiconque : Sarah. Je dois sans doute tout ce que je suis aujourd'hui à sa nature attentionnée. Au cœur des ténèbres de ma vie, sa gaieté et son optimisme m'avaient littéralement arraché des profondeurs de mon désespoir. Toutefois, il n'y avait aucun signe d'elle.

— Vous souvenez-vous de Sarah, Ruth ?

— Et comment, monsieur Tanit ! Son mari et elle nous ont plusieurs fois rendu visite à Alicia Hall au fil des ans. Elle a épousé un Mercer !

— Ah oui ? m'étonnai-je, enchanté pour elle.

— Oui. Un homme charmant du nom de Francis Abraham – l'enfant du fils de Kitty, Charlie, et de la fille de sa bonne, Alkina.

Les voies du destin étaient véritablement impénétrables. Jamais je n'aurais prédit que Sarah l'orpheline deviendrait un jour membre de l'une des familles les plus fortunées du monde. Je me remémorai les ambitions qu'elle m'avait exposées lors de notre première conversation : « J'espère trouver du travail et gagner de l'argent à moi. Et trouver un gars ! »

Ruth poursuivit son récit :

— C'est une histoire très touchante. Sarah a rencontré Francis à la mission de Hermannsburg lorsqu'elle s'y est rendue avec Kitty. Et n'est plus jamais partie !

Je tapai dans mes mains de joie.

— Je suis ravi de la savoir heureuse, Ruth. Dieu sait combien elle le mérite. Puis-je vous demander pourquoi Francis et elle ne sont pas là aujourd'hui ?

À cette question, Ruth grimaça légèrement, puis elle soupira.

— Je sais qu'Eddie a tout fait pour les contacter. Il est si attaché à Sarah. Mais il se trouve qu'il est très difficile de suivre leur trace.

— Pourquoi donc ?

— La dernière adresse que nous avions était Papunya. C'est un petit village formidable, peuplé de gens créatifs. C'est là qu'est née leur fille, Lizzie.

— Nommée ainsi en l'honneur de la reine Elizabeth, je parie ! Voilà du Sarah tout craché, observai-je en souriant.

— Exactement, Atlas. Mais en grandissant, Lizzie est devenue impossible. Elle a rencontré un homme du village, qui était peintre. Toba, si ma mémoire est bonne ? C'était un artiste aborigène très talentueux, mais malheureusement aussi un ivrogne dépravé. Sarah et Francis se sont opposés à leur mariage. Alors Lizzie s'est enfuie avec lui.

Je me fis la réflexion que Lizzie avait la personnalité têtue de sa mère.

— Je vois. Où sont-ils allés ?

Ruth soupira à nouveau.

— C'est bien là le problème. Personne ne le sait. Apparemment, Francis entraîne Sarah dans des treks interminables à travers l'outback à la recherche de leur fille. Ils sont donc devenus injoignables.

Pauvre Sarah. Elle ne méritait rien d'autre que le bonheur, et sa propre chair semblait le lui refuser.

— J'aurais beaucoup aimé la voir. La prochaine fois que vous la croiserez, voulez-vous bien avoir la gentillesse de lui dire que j'ai demandé de ses nouvelles et lui transmettre toutes mes amitiés ? Cela me ferait tellement plaisir de reprendre contact avec elle après toutes ces années.

— J'y veillerai, Atlas. Encore merci pour votre présence.

Je passai le restant de l'après-midi à déambuler à Alicia Hall, discutant avec des employés de l'empire Mercer qui vouaient tous un immense respect et une grande admiration à leur ancien patron. Certains travaillaient encore dans les mines d'opale et ce fut un réel bonheur pour moi d'évoquer avec eux les souvenirs du passé. Alors que le soleil déclinait de plus en plus dans le ciel embrasé, je fis mes adieux à mes hôtes, ainsi qu'à la propriété elle-même. Cela avait été un honneur de revenir une dernière fois à Alicia Hall.

Avant que je ne parte, Eddie vint me voir en courant.

— Monsieur Tanit, Maman dit que vous avez demandé des nouvelles de Sarah ?

— Oui. J'ai cru comprendre que tu n'arrivais pas à la joindre.

— En effet, mais… j'ai eu une idée. L'autre jour, alors que je faisais du tri dans certains documents de Papa, j'ai découvert le testament de Kitty. Apparemment, elle possédait une maison à Broome qu'elle avait laissée à Sarah et à Francis, pour qu'ils la lèguent ensuite à Lizzie à sa majorité. Si j'avais plus de temps, je me rendrais moi-même là-bas pour explorer cette piste. Mais j'ai désormais les sociétés à gérer et tout est assez agité.

Le pauvre Eddie semblait terrifié par cette perspective.

— Comme c'est intéressant. Broome… Où est-ce ?

— Il s'agit d'une petite ville minière au nord-ouest du pays. Il vous faudrait prendre l'avion pour y arriver. C'est là que Kitty a passé l'essentiel de son temps au début. Tenez, je vais vous noter l'adresse.

— Merci, Eddie.

L'après-midi suivant, j'atterris au minuscule aéroport de Broome, après avoir pris une correspondance à Darwin. Je montai dans un bus pour rejoindre le centre-ville, petit et poussiéreux. Sur la route principale – Dampier Terrace – s'alignaient un palais de justice, un office du tourisme à la structure bancale, ainsi qu'un musée des perles. Je prenais conscience que c'était là que tout avait commencé pour les Mercer tant d'années auparavant. Je regardai la terre orange et stérile et m'imaginai la jeune Kitty, à la peau si pâle, fondant sous le soleil des antipodes et rêvant du vent frais écossais.

Je me dirigeai vers l'office du tourisme pour demander mon chemin.

— Savez-vous comment je peux me rendre à cette adresse, s'il vous plaît ? m'enquis-je en tendant le morceau de papier que m'avait remis Eddie.

— Bien sûr, il vous suffit de suivre la route principale hors de la ville sur un bon kilomètre et demi. Vous ne pouvez pas la rater, à moins de décider de partir en *walkabout* dans le bush !

Je suivis ses instructions. Mon périple me prit presque une heure sous une chaleur accablante, et je fus soulagé d'apercevoir enfin un bâtiment étonnamment modeste. La maison de Broome n'avait strictement rien à voir avec Alicia Hall. La façade en bois était vieille et abîmée et les poutres qui soutenaient l'auvent semblaient risquer de se rompre à tout moment. À côté de la demeure se trouvait un petit bungalow au toit en zinc. À choisir, je ne savais pas où j'aurais préféré habiter.

Tout était silencieux, et je n'avais pas grand espoir d'y trouver qui que ce soit. Alors que je gravissais les marches grinçantes menant au porche, je remarquai que la porte d'entrée était entrouverte. Je la poussai doucement.

— Bonjour ? Il y a quelqu'un ? Bonjour ? (Pas de réponse.) Sarah ? Tu es là ? Sarah ? Francis ?

J'entrai et appelai de nouveau au bas de l'escalier, sans succès. Je me résignai donc à repartir en ville. Au moment de partir, je jetai un coup d'œil dans la cuisine en désordre. Le robinet gouttait dans l'évier, aussi allai-je le resserrer. Ce faisant, je vis sur la table une tasse de café à moitié pleine, dont le contenu commençait à moisir. Cela attisa ma curiosité et j'ouvris le réfrigérateur. J'y découvris un demi-litre de lait rance, ainsi que du fromage et du pain rassis.

Quelqu'un avait séjourné ici récemment, peut-être seulement quelques jours plus tôt. Gonflé d'un regain d'espoir, je repartis à Broome et entrai dans le premier bar pour interroger les habitants. Il y faisait très sombre, mais au moins on y était au frais, ce qui était bien appréciable. Je m'assis sur un tabouret branlant et commandai un jus d'orange. Une fois désaltéré, je pris mon courage à deux mains et demandai au barman s'il connaissait Sarah ou Francis Abraham.

Il cessa momentanément d'astiquer les verres pour réfléchir.

— Ces noms ne me disent rien. Désolé.

Je soupirai.

— Pas de problème. Ils possèdent la vieille maison aux abords de la ville…

Un homme de l'autre côté du bar, qui buvait une grande bière mousseuse, intervint :

— Vous parlez de la vieille maison Mercer ?

Je me tournai vers lui.

— Oui, exactement.

L'homme se gratta le menton.

— Hmm. Voilà qui est étrange. Il y avait quelqu'un dans cette maison il n'y a pas longtemps. Mais pas le couple que vous venez de décrire.

Je quittai mon tabouret pour m'approcher de lui.

— Puis-je vous demander de qui il s'agissait ?

Il fronça les sourcils.

— Une jeune fille. En cloque.

— Elle était enceinte ?

— Ouais, jusqu'aux yeux. (Il renifla et but une gorgée de bière.) Ma femme tient l'épicerie de l'autre côté de la route. Elle lui a déposé deux ou trois trucs à manger.

— Ce sont des informations très utiles, merci.

Il haussa les épaules et concentra de nouveau son attention sur sa pinte. Qui avait occupé l'ancienne maison de Kitty ? J'aurais été tenté de penser qu'il s'agissait d'un criminel, mais je ne connaissais pas beaucoup de voleuses enceintes qui se faisaient livrer leurs courses et se préparaient du café. Se pouvait-il que…

Je bus la fin de mon jus d'orange et sortis du bar, agressé par le soleil aveuglant. Je retournai à l'office du tourisme et demandai l'adresse de l'hôpital le plus proche. Les chances étaient minces, mais j'espérais que la personne que j'avais ratée à la maison avait abandonné sa tasse de café en raison du début du travail.

Débarquer à l'hôpital de Broome pour m'enquérir d'une parfaite inconnue fut l'une des expériences les plus bizarres de ma vie. En l'espace de quinze minutes, j'étais arrivé devant un petit bâtiment tout à fait banal. Néanmoins, quand j'y entrai, je fus heureux de constater qu'il ne différait en rien de n'importe quel centre médical de Genève.

Je me précipitai vers la réceptionniste.

— Pardonnez-moi, je cherche une femme qui a eu un bébé récemment. Ou peut-être est-elle en train d'accoucher en ce moment même.

Elle éclata de rire.

— Il va vous falloir être un peu plus précis ! Comment s'appelle-t-elle ?

— Elizabeth.

— Elizabeth qui ?

— Hmm, fis-je en me prenant la tête entre les mains. Mercer. Non, Abraham. Excusez-moi, je ne connais pas son nom de famille.

La femme me regardait comme si j'étais tout droit sorti d'un asile.

— Êtes-vous de sa famille, monsieur ? On ne laisse pas entrer n'importe qui. Encore moins des gens qui ne sont même pas sûrs du nom des patients...

— Bien sûr, je comprends parfaitement. Simplement, pourriez-vous me dire si une certaine Elizabeth a accouché ici ces derniers jours ?

Elle semblait réticente à l'idée de me communiquer de telles informations.

— Je ne devrais vraiment pas faire ça.

— J'imagine. Je vous le demande uniquement parce qu'il s'agit de la fille d'une amie et que cela fait un long moment que personne ne l'a vue. Je voudrais m'assurer qu'elle va bien. Après quoi je partirai, promis.

Elle me dévisagea.

— Entendu. Asseyez-vous, je vais appeler la maternité.

Je passai une bonne demi-heure à fixer le mur blanc de la salle de réception. Que ferais-je si on me confirmait la présence de Lizzie ? Je fus interrompu dans mes réflexions par l'arrivée d'une femme à la peau foncée et aux yeux tachetés d'éclats de noisette. Elle portait une blouse bleue.

— C'est vous qui vouliez vous renseigner sur Elizabeth ?

— Tout à fait.

L'infirmière me sourit.

— Suivez-moi, je vous en prie.

Elle me conduisit le long d'un couloir jusqu'à une chambre privée avec un lit et deux chaises.

— Asseyez-vous, je vous en prie. Je m'appelle Yindi, ajouta-t-elle en me tendant la main.

— Atlas, répondis-je en la lui serrant. Enchanté.

— Êtes-vous un ami d'Elizabeth ?

Je me frottai les yeux.

— C'est un peu compliqué, en fait. Je n'ai jamais rencontré Elizabeth. Mais je suis un… parent de sa mère, Sarah.

C'était un mensonge, mais je savais qu'un membre de la famille aurait droit à davantage d'informations.

Yindi semblait attristée.

— Lizzie parlait beaucoup de sa mère.

— En fait, c'est ce qui m'amène à Broome. Je cherche Sarah. Je suis allé chez elle, mais la maison était vide. Puis j'ai appris qu'une femme enceinte y avait séjourné récemment, ce qui explique ma présence ici.

— D'accord, Atlas, déclara Yindi en me tapotant le bras. Il y a quelques semaines, Lizzie est venue ici. Le travail avait commencé.

— Était-elle accompagnée ? Par son mari peut-être ?

Yindi secoua la tête.

— Non. Elle m'a parlé de lui. Il l'avait abandonnée à peu près un mois plus tôt.

— Mon Dieu, pauvre Lizzie.

— Oui. Et son accouchement n'a pas été facile. Presque quarante heures de travail, se remémora-t-elle en frissonnant. Le bébé était têtu. Il ne réagissait pas à nos médicaments. Alors j'ai fait appel aux ancêtres.

Je haussai les sourcils.

— Ah, vous avez des origines aborigènes, alors ?

Yindi gloussa.

— Ça ne se voit pas, Atlas ? J'ai demandé aux ancêtres d'aider le bébé. Et c'est ce qu'ils ont fait. Mais ils m'ont aussi dit que… Ils m'ont dit que la mère ne survivrait pas, soupira-t-elle.

Mon visage se décomposa.

— Non… Alors Lizzie n'est plus…

Yindi secoua la tête et mon cœur se serra en songeant à Sarah.

— Et le bébé ?

— La petite fille est en bonne santé et très vive.

— Je suis heureux de l'apprendre. Puis-je demander ce qui est arrivé à Lizzie ?

— Elle a contracté une très mauvaise infection post-partum. J'ai tout fait pour l'aider à la combattre, mais les seuls médicaments auxquels elle réagissait étaient traditionnels : des remèdes qui n'ont pas la capacité de sauver une vie, seulement d'en améliorer la qualité. Lizzie a tenu pendant sept jours ; les ancêtres lui ont accordé une semaine avec son nouveau-né avant de la reprendre. Je suis navrée.

Je restai un moment silencieux. J'étais venu à Broome pour retrouver une vieille amie, et voilà que je découvrais des événements qui l'accableraient de chagrin.

— Où est la petite fille de Lizzie ? Est-elle partie dans un institut spécialisé ?

— Non, le bébé de Lizzie est encore là, répondit Yindi avec un faible sourire.

— C'est vrai ? Encore ?

L'infirmière hocha la tête avec fierté.

— Eh oui. Je l'ai gardée ici aussi longtemps que possible. C'est une enfant très spéciale, monsieur, selon les dires des ancêtres. Pleine de feu ! Nous autres infirmières avons essayé de lui trouver une famille, en vain.

J'étais étonné.

— Vraiment ? Même si c'est bien triste, je pensais que les adoptants potentiels s'arrachaient les nouveau-nés.

Yindi paraissait abattue.

— En général, oui. Mais ce bébé est métis. Les gens ici… ne veulent pas d'un tel enfant.

Ma gorge se serra.

— Doux Jésus. C'est terrible.

— C'est pour cela que je me sens encore plus protectrice envers elle.

— Je comprends tout à fait. Je vous remercie de veiller sur elle, Yindi.

— J'ai fait de mon mieux pour m'occuper de ce bébé, comme les ancêtres me l'ont demandé. Mais elle ne peut pas rester indéfiniment à l'hôpital. (Yindi plissa les yeux et m'adressa un immense sourire, comme si nous partagions une sorte de secret cosmique.) Aujourd'hui même, tous les documents sont en train d'être préparés pour son transfert dans un orphelinat local. Une chance sur combien ? *Aujourd'hui.* Et voilà qu'arrive Atlas, conclut-elle avec un clin d'œil entendu.

— C'est une synchronisation… intéressante.

Yindi rejeta la tête en arrière, hilare.

— Les ancêtres ont dit que vous viendriez. Ils semblent vous connaître, Atlas.

Étant donné ce que j'avais expérimenté dans ma vie, je ne remettais plus en cause ces croyances, même si je ne les comprenais pas totalement.

— J'ai énormément de respect pour les ancêtres. J'ai vécu en Australie il y a de nombreuses années. Un ngangkari m'a sauvé la vie, à bien des égards.

Elle parut stupéfaite.

— Un ngangkari ? interrogea-t-elle, bouche bée.

— Tout à fait.

— Atlas… Je descends des ngangkaris. Mes grands-parents étaient guérisseurs pour le peuple Anangu. C'est pour cela que je suis devenue infirmière.

Un frisson me parcourut l'échine.

— Ça alors.

— Vous connaissez les dons de mon peuple. J'essaie ici de les allier à… la pénicilline et aux transfusions ! s'exclama-t-elle en embrassant la pièce du regard.

J'éclatai de rire.

— Voilà une combinaison très puissante.

— Pas étonnant que les ancêtres aient parlé de vous aussi clairement ! Nous sommes reliés par notre passé, Atlas. Vous voilà de nouveau avec une ngangkari ! (Elle joignit un instant les mains en prière, avant de se lever et de se diriger vers la porte.) Venez !

— Oh, lâchai-je en me levant. Où allons-nous ?

— Je vais vous présenter le bébé !

Avant que je puisse dire quoi que ce soit, elle me saisit la main et m'entraîna dans les couloirs de l'hôpital de Broome. Finalement, nous arrivâmes dans une pièce remplie de nouveau-nés, emmaillotés et couchés dans des berceaux en Plexiglas. Yindi entra et poussa vers la porte le berceau d'un bébé qui semblait un peu plus grand que les autres.

— Venez, me dit-elle. Nous allons nous installer ici. (Je la suivis dans une petite salle réservée au personnel, dotée de canapés, de magazines et d'un coin thé. Elle sortit le bébé du berceau.) Voulez-vous la prendre, Atlas ?

— Oh, je…

— Allez, vous êtes un spécialiste. Vous élevez déjà trois filles.

— Comment le savez-vous ?

Elle haussa les épaules.

— Les ancêtres. Ils savent tout !

Je m'effondrai dans le vieux canapé jaune, incrédule.

— J'en ai bien l'impression.

Yindi me passa la petite fille et je la berçai dans mes bras. Elle avait un regard curieux, interrogateur.

— Vous avez raison, elle est vraiment frappante. (Je regardai Yindi qui souriait jusqu'aux oreilles.) Je me sens idiot de ne pas vous avoir encore posé la question, mais Lizzie lui a-t-elle donné un prénom ?

L'infirmière secoua la tête.

— Non. Après la naissance, elle était rarement pleinement consciente.

— Cela me brise le cœur. (La petite gémit et je la berçai avec douceur.) Je sais que le dossier de l'orphelinat doit être finalisé aujourd'hui mais, maintenant que je suis en mesure d'identifier ses grands-parents, je suppose qu'elle n'est plus obligée d'y aller, si ?

Yindi soupira.

— J'ai bien peur que si. Nous avons déjà pris des libertés avec la loi en permettant à l'enfant de rester aussi longtemps à l'hôpital.

— Je vois. (Je réfléchis aux autres options.) Peut-elle aller à l'orphelinat jusqu'à l'arrivée de Sarah et Francis ?

Elle inclina la tête d'un air contrarié.

— Ce ne serait pas juste pour l'enfant, car il n'y a absolument aucune garantie qu'ils viendront un jour.

J'insistai.

— Je suis absolument certain qu'ils viendront dès qu'ils auront vent de la situation.

— Et comment envisagez-vous de les prévenir ? Vous avez dit vous-même que vous les cherchiez. Pourquoi sont-ils si difficiles à trouver ?

Je lui expliquai que Sarah et Francis parcouraient l'outback à la recherche de leur fille.

— Atlas, reprit Yindi avec fermeté, connaissez-vous la taille de l'Australie ? Cette quête pourrait durer des années.

— Je vous l'accorde, admis-je.

Yindi posa la main sur mon épaule et je fus traversé par une sensation de chaleur.

— Pardonnez-moi d'être aussi franche, Atlas, mais je pense que vous savez déjà que ce n'est pas un simple hasard si vous êtes là aujourd'hui.

— Comment ça ?

— Les ancêtres disent que vous aurez sept filles.

Elle baissa les yeux vers le nouveau-né. Je me levai et remis le bébé dans son berceau.

— Yindi… J'aimerais aider, bien sûr, mais je ne peux pas emmener cette enfant quand je sais que ses grands-parents seraient fous de joie de la trouver.

— Ils ne la trouveront pas, Atlas.

Je posai doucement la tête contre la porte et pris une profonde inspiration.

— Qu'est-ce qui vous fait dire cela ?

Elle pointa vers le haut.

— Je vous l'ai dit. Les ancêtres, répéta-t-elle en haussant les épaules.

— Je ne peux tout simplement pas vous croire sur parole.

Elle s'approcha de moi et me posa la main dans le dos. Je ressentis de nouveau cette chaleur. J'avais éprouvé quelque chose de similaire lorsque Yarran avait déplacé ses mains au-dessus de mes côtes cassées à Coober Pedy.

— Vous avez vous-même expérimenté le pouvoir des ancêtres. Ayez confiance en eux. Ne doutez pas de leurs voies.

— Je…

— Atlas, si cette enfant part à l'orphelinat aujourd'hui, Sarah et Francis n'ont aucune chance de la retrouver un jour. Ils ne seront peut-être même jamais au courant de son existence. Mais vous, vous pourriez l'emmener *aujourd'hui* vers une vie de famille, d'amour et de confort.

— Je suis venu en Australie pour l'enterrement d'un vieil ami. C'est tout.

— Vous ne voyez pas le projet dans son intégralité. Ce qui vous apparaît comme une série de coïncidences était en fait inscrit dans les étoiles bien avant votre naissance, ou la mienne. Ce n'est pas un hasard si vous êtes revenu en Australie quand ce bébé avait besoin d'une maison. Vous êtes revenu parce que c'était le bon moment.

Les mots de Yindi trouvèrent un écho en moi. Après tout ce que j'avais vu dans ma vie, qui étais-je pour remettre en question l'omniscience de l'univers ? Une pensée me traversa l'esprit.

— Et si j'accueillais temporairement le bébé ? Je vais laisser les coordonnées de mon avocat, Georg Hoffman, à l'hôpital, afin que Sarah et Francis puissent me contacter immédiatement.

— Si cela vous donne bonne conscience, libre à vous, répondit-elle en riant. J'entrerai toutes les informations dans nos registres officiels, afin que vous puissiez être contacté. Mais Atlas, ils ne viendront pas. Jamais. Les ancêtres me l'ont montré. Elle est à vous. C'est votre cinquième fille.

— Quatrième, répondis-je. Peut-être les ancêtres ne saventils pas *tout.*

Yindi sembla perplexe.

— Si, absolument tout.

50

1981

Je dois féliciter Georg pour son idée brillante. Outre le fait que les filles aient été déclarées sous le nom « d'Aplièse », il m'a conseillé à juste titre d'éviter qu'elles claironnent que leur père s'appelle « Atlas ». En effet, mon prénom est plutôt hors du commun et, au fil des années, je me suis aperçu qu'il marquait les esprits. La sécurité de ma famille est ma priorité numéro un et, bien qu'Eszu soit encore terré à Athènes, je n'hésiterai pas à prendre toute mesure à ma portée pour renforcer notre anonymat.

Lorsque Georg avait suggéré que j'emploie un nom différent à l'intention de mes filles, j'avais joué avec l'anagramme d'« Atlas », ce qui me semblait plus judicieux que de concocter un nouveau pseudonyme. J'aime mes filles plus que tout au monde, et l'idée de leur mentir d'une manière ou d'une autre m'était insupportable. Rien de particulièrement satisfaisant n'émergea des manipulations de mon seul prénom, alors j'ajoutai « Pa » (la façon dont elles m'appellent) afin de débloquer la situation. Après quelques essais de combinaisons, j'arrivai à « Pa Salt » et éclatai de rire.

Peu après l'arrivée d'Ally dans notre vie, Maia, assise sur mes genoux, avait observé que je « sentais la mer ».

— Je ne suis pas sûr que ce soit un compliment, ma petite ! m'étais-je exclamé en riant. La mer ne sent-elle pas le poisson et les algues ?

— Non, avait-elle répondu avec assurance. Elle sent… le sel.

J'avais gloussé.

— Voilà qui n'est pas si mal alors, hein ? Peut-être est-ce parce que je voyage sans arrêt.

C'était parfait. À partir de là, tout le monde à Atlantis m'appelait « Pa Salt ». Je demandai à Marina d'en faire de même chaque fois qu'elle s'adressait à moi en présence des enfants, ainsi qu'aux deux nouveaux membres du personnel qui avaient récemment rejoint notre étrange petite famille sur la rive du lac Léman.

Claudia, la sœur de Georg, est employée comme gouvernante et cuisinière, chargée de nourrir de plus en plus de bouches. Après l'arrivée du bébé numéro trois, il devint nécessaire que Marina devienne nounou à plein temps. Claudia ne vint pas seule. Elle amena son fils, Christian. Son père était parti peu après sa naissance, et j'insistai pour qu'il sache qu'il était le bienvenu à Atlantis. Depuis qu'il est là, Claudia parle allemand à la maison, afin de rappeler leur patrimoine à son fils – une décision que j'applaudis. C'est bon pour mes enfants d'entendre autant de langues que possible.

Après quelques jours à s'occuper des pelouses et à arroser les plantes sans grand enthousiasme, Christian regardait avec envie le bateau amarré à la jetée. Cela ne m'échappa pas.

— Tu aimes l'eau ?

— Oui, monsieur.

— Nous en avons déjà parlé, inutile de m'appeler « monsieur ». Pa Salt ira très bien, je te le promets. (Il hocha la tête.) As-tu déjà conduit un bateau ?

— Jamais.

— Voudrais-tu essayer ? (Christian ouvrit de grands yeux.) Le lac est très calme par ici. Allons nous amuser un peu.

Nous passâmes l'après-midi sur le ravitailleur. Je reconnus la joie incomparable que ressentait le jeune homme sur l'eau et informai Claudia que j'aimerais embaucher son fils pour gérer et entretenir les bateaux, ainsi que pour assurer la navette entre Atlantis et Genève. Je n'ai jamais regretté cette décision. Christian est poli, travaille dur et représente un atout dans mon équipe, tout comme sa mère.

Jusqu'ici, la prédiction de Yindi s'est révélée juste : je n'ai eu de nouvelles ni de Sarah ni de Francis au sujet de leur petite-fille. Même s'il m'est difficile de l'écrire, j'en suis un peu reconnaissant malgré tout, car Astérope et Célaéno ont noué un lien extrêmement fort. Peut-être est-ce dû à leurs âges rapprochés, mais elles apparaissent à tous comme des jumelles spirituelles. L'idée de les séparer m'est à présent odieuse.

Depuis ce jour à l'hôpital de Broome, je n'ai pas réussi à oublier l'affirmation de Yindi selon laquelle Célaéno serait ma cinquième et non ma quatrième fille. Bien que j'aie depuis longtemps perdu l'espoir que la prophétie d'Angelina se réalise, j'ai depuis quelque temps commencé à m'interroger sur mon interprétation de ses mots. Peut-être voulait-elle dire que mon destin était d'adopter sept filles… mais, en même temps, cette théorie ne concordait pas avec le fait qu'elle m'ait assuré que ma *première* fille vivait déjà en 1951.

Les questions qui m'obsédaient la nuit finirent par avoir raison de moi et je réservai un vol pour Grenade. Bien sûr, je n'avais aucun moyen de savoir si Angelina habitait toujours dans le coin ni, si c'était le cas, comment la trouver. Alors, lorsque je descendis de l'avion, je fis la seule chose qui s'imposait à mon esprit : je retournai sur la place où j'avais fait sa connaissance toutes ces années auparavant, dans l'espoir qu'elle prédisait toujours l'avenir. Je savais que je la reconnaîtrais. Après tout, son visage était imprimé sur mon subconscient depuis qu'elle m'était apparue en rêve.

Bien qu'une cape automnale commence à revêtir Sacromonte, le soleil espagnol n'en était pas moins éclatant. Je m'offris une limonade bien fraîche, m'assis sur un banc à moitié à l'ombre et me résignai à observer. La place n'avait pas changé durant mes trente ans d'absence, contrairement à tant de choses du monde moderne. La cloche de la cathédrale brillait sous la lumière dorée, exactement comme dans mes souvenirs, et la fontaine crachotait au même rythme qu'autrefois. Je pariais même que parmi les pesetas qui se trouvaient au fond de l'eau, certaines étaient déjà présentes lors de ma dernière visite.

Les heures passaient et je commençai à penser que j'avais été idiot de revenir sans plan spécifique. J'interrogeai plusieurs locaux, mais mon espagnol très limité et ma description générale d'une Angelina bien plus jeune ne me menèrent nulle part. Alors je restai sur le banc et l'après-midi laissa place au soir. Le bruit de l'eau et l'agréable chaleur du soleil de fin d'après-midi m'apaisant, je finis par m'endormir.

Je fus réveillé par une main sur mon épaule. Je sursautai, me maudissant d'avoir été aussi négligent. Angelina aurait pu passer devant moi à mon insu. Je levai les yeux vers la personne qui m'avait sorti de mon somme et ouvris la bouche de stupéfaction.

— Vous revoilà, Atlas.

Je croisai le regard bienveillant d'Angelina.

— Mon Dieu ! Angelina !

Je me frottai les yeux pour confirmer que je ne rêvais pas. Non, Angelina était bien là, devant moi. C'était extraordinaire. Trente ans avaient passé mais, à l'exception d'une ou deux pattes d'oie, elle n'avait absolument pas vieilli. Je me levai d'un bond et lui tendis la main. Elle sourit, la prit dans la sienne, avant de m'attirer vers elle pour m'embrasser sur les deux joues.

— Angelina, vous n'avez pas changé ! m'exclamai-je avec stupéfaction.

— C'est très gentil à vous, *señor.* J'aimerais pouvoir en dire autant de vous. Regardez-moi ces cheveux blancs ! Ça doit être à cause de vos bébés, non ?

J'avais encore du mal à croire qu'elle se tienne devant moi.

— Je… c'est juste… Angelina, comment saviez-vous que je serais là ?

Elle gloussa et s'assit sur le banc.

— Vous étiez attendu.

Je me rassis lentement moi aussi.

— Attendu ? (Je fis un geste en direction du ciel et elle opina du chef. Nous gardâmes un instant le silence, comme pour nous retrouver.) Comme je suis heureux de vous revoir.

— Moi aussi, me répondit-elle en souriant de toutes ses dents. La dernière fois que je vous ai vu, le monde que vous portiez sur vos épaules était bien lourd. À présent, il semble plus léger que jamais. N'est-ce pas… *Padre Sal* ?

Je soupirai, une nouvelle fois abasourdi par son pouvoir.

— En effet. Mais vous n'avez pas besoin de moi pour le confirmer.

— On ne sait jamais, Atlas. Je ne suis pas capable de *tout* interpréter, répondit-elle avec un petit sourire satisfait.

Je pris quelques instants pour me calmer.

— Angelina, il y a trente ans, vous m'avez dit que j'aurais sept filles. Comme je pense que vous le savez, je supposais que je retrouverais mon Ella et qu'elle porterait nos enfants.

Elle remua sur le banc, un peu gênée.

— Je vous ai dit que vous seriez le père de sept filles. Rien de plus. Et maintenant, vous en avez cinq. Ma prédiction est presque achevée, n'est-ce pas ?

L'affirmation de Yindi trouvait un écho dans la déclaration d'Angelina.

— J'ai *quatre* filles. Pas cinq.

Elle fut prise au dépourvu. Elle fronça les sourcils et se rapprocha de moi.

— Puis-je voir votre paume ?

— Bien sûr.

Je lui présentai ma main droite. Elle l'examina, puis secoua la tête.

— Je suis étonnée. Je… (Elle semblait vouloir dire quelque chose, mais se ravisa.) Parfois les messages du monde supérieur prêtent à confusion.

— Voilà qui est malheureux, déclarai-je en retirant ma main, remarquant qu'Angelina paraissait embarrassée. Il y a trente ans, vous m'avez assuré que ma première fille était déjà sur cette Terre, n'est-ce pas ? (Angelina semblait hésitante, mais ferma les yeux et hocha la tête.) Je sais qu'il est impossible que vous vous soyez alors référée à Maia, puisqu'elle n'est née qu'en 1974. Que vouliez-vous donc dire exactement ? Il faut que je le sache.

Elle inspira profondément et regarda la cloche de la cathédrale en formulant sa réponse.

— Je comprends votre frustration. Puis-je, juste encore une fois... ?

Elle désigna ma main et, d'un geste timide, je la lui tendis. Elle hocha la tête, reconnaissante. Après avoir examiné ma paume de plus près, elle me regarda droit dans les yeux.

— Je ne me trompais pas quand je vous ai dit que votre première fille était déjà en vie.

Mon cœur s'accéléra.

— Ah non ?

— Non..., confirma-t-elle, visiblement mal à l'aise. Je vous avoue que je prédisais que vous vous seriez retrouvés depuis le temps.

Elle baissa la tête.

— Elle est donc bien vivante mais... a disparu ?

Angelina réfléchit quelques instants.

— C'est une bonne façon de le formuler. Oui. C'est « la sœur disparue ».

Je me pris la tête entre les mains.

— Je suis venu aujourd'hui dans l'espoir que vous me diriez que vous aviez mal interprété les lignes de ma main. Qu'en réalité ma première fille n'était pas née il y a tout ce temps, dis-je en reniflant et sentant les larmes me monter aux yeux. J'ai passé la moitié de ma vie à les chercher, elle et sa mère, en vain.

— Cependant, répliqua Angelina avec hésitation, vous en avez trouvé d'autres le long du chemin.

— Mes filles adoptives ?

Elle hocha doucement la tête. Je m'appuyai contre le dossier du banc et levai les yeux vers le ciel. Les nuages s'étaient embrasés autour du soleil couchant.

— Oui, admis-je. Je les aime tant, Angelina. L'univers nous a réunis grâce à une remarquable série de circonstances.

— Vous dites « remarquable », je dis « inévitable ».

— Comment ça ?

— Les humains sont liés les uns aux autres, bien avant de se rencontrer dans le monde physique.

J'avais la gorge sèche et attrapai le reste de ma limonade qui marinait sous le banc. Je bus une gorgée du liquide désormais chaud et collant et fis la grimace.

— Le temps est assassin. Chaque jour qui passe, la « sœur disparue » grandit et mes chances de la connaître diminuent. Je vieillis… Bon sang, elle a maintenant la trentaine !

Angelina posa une main sur mon bras.

— Atlas, je viens de scruter votre paume. Je vous garantis qu'avec une telle ligne de vie, vous avez encore de nombreuses années devant vous.

Un groupe de fillettes apparut sur la place devant nous et elles se mirent à dessiner sur les dalles avec des craies. Cela me rappela mon premier jour aux Apprentis d'Auteuil, quand certains enfants jouaient à la marelle. Quelques instants plus tard, ce petit monstre de Jondrette avait essayé de casser mon violon… mais Ella m'avait sauvé.

— Je ne cesserai jamais mes recherches, déclarai-je résolument. Pas tant que je n'aurai pas retrouvé Ella et la sœur disparue.

— Je sais.

J'étais nerveux à l'idée de poser ma question suivante :

— Croyez-vous que je la trouverai ? Attention à ne pas me donner de faux espoirs, comme vous l'avez fait la dernière fois.

— Il n'y a pas de faux espoirs, Atlas. L'espoir est un choix. L'espoir, c'est espérer même lorsqu'une situation nous semble désespérée. *Choisissez* d'espérer et de grandes choses pourront se produire.

Elle me donna une petite tape d'encouragement sur la cuisse.

— Le choix m'appartient donc. (Je scrutai l'eau de la fontaine.) Peut-être devrais-je y lancer une autre pièce…

Mes yeux dérivèrent du côté de la ruelle où j'avais acheté des glaces trois décennies plus tôt.

— Au fait, comment va votre petite cousine ? Je ne me rappelle plus son prénom…

La lueur dans les yeux d'Angelina s'éteignit momentanément.

— Isadora. Elle a rejoint les esprits.

— Je suis vraiment navré. Sans elle, nous ne nous serions jamais rencontrés.

Angelina passa les mains dans sa chevelure, plus blonde et brillante que jamais.

— Ne soyez pas désolé, *señor.* Elle a vécu une existence remplie d'amour et de joie. Elle a épousé Andrés, son amour d'enfance, qu'elle avait rencontré ici même, sur cette place.

— Étaient-ils heureux ensemble ?

— Je n'ai jamais connu deux êtres qui se rendaient aussi heureux l'un l'autre.

— C'est si beau, l'amour.

Angelina leva la tête vers le ciel, laissant les rayons du soleil lui réchauffer un instant le visage.

— En effet. Mais souvent le monde supérieur a d'étonnants desseins. Même moi, je n'arrive pas à tout comprendre.

— Que voulez-vous dire ?

Angelina se leva et me tendit la main.

— Venez. Nous allons monter vers l'Alhambra et je vais vous raconter leur histoire.

Je m'exécutai et elle me prit le bras. Ensemble, nous traversâmes la place en direction du soleil couchant.

— Pendant des années, Andrés et Isadora ont essayé d'avoir un enfant, sans succès. Plusieurs fois, ils ont cru qu'ils avaient réussi, mais le bébé est mort *in utero* au bout de quelques semaines.

— Oh, Angelina. C'est affreux pour eux.

Nous quittâmes la place et nous engageâmes sur ce qui était autrefois une route bien poussiéreuse. Depuis, elle avait été goudronnée. Cela aurait certainement été plus confortable si cela avait été le cas en 1951, quand j'avais fait le trajet depuis la gare.

— J'ai essayé de les aider en consultant les esprits, évidemment... mais je n'ai jamais reçu de réponse, déclara-t-elle en haussant tristement les épaules. Alors je me disais qu'ils n'étaient pas censés fonder une famille. Puis un jour, au bout de vingt ans de mariage, un miracle s'est produit. Isadora est tombée enceinte et le bébé a tenu bon.

Je me tournai vers elle.

— Ça alors. Voilà qui semble miraculeux, en effet.

Elle acquiesça et son visage s'illumina.

— *Señor*, je n'ai jamais vu autant de joie sur le visage de quiconque que le jour où ma chère Isadora m'a annoncé qu'elle était enceinte de trois mois. (Elle soupira avec mélancolie.) Andrés était lui aussi aux anges. Nous avons organisé une fête dans les grottes.

— À juste titre.

L'impressionnant palais de l'Alhambra apparaissait dans notre champ de vision, plus magnifique que jamais.

— Quand Andrés l'a su, il s'est mis à traiter sa femme comme une poupée de porcelaine. Il faisait également des heures supplémentaires, afin de mettre un peu plus d'argent de côté pour l'arrivée du bébé. Mais ensuite... (Elle s'arrêta et ferma les yeux.) Il y a quelques mois seulement, Andrés a péri dans un accident de mobylette. Les routes étaient glissantes après de fortes pluies et son chargement était lourd.

Elle baissa la tête et je la pris spontanément dans mes bras.

— Isadora avait le cœur et l'esprit brisés, reprit-elle. Après la mort d'Andrés, elle n'arrivait même plus à manger, ni à boire. Je lui ai dit qu'il le fallait, pour le bien du bébé, mais elle a commencé à dépérir.

— Je suis navré.

Elle poursuivit, stoïque :

— Le bébé est arrivé avec un mois d'avance. J'ai tout fait pour sauver ma cousine, mais je n'ai pas réussi à stopper l'hémorragie, et les secours non plus quand ils ont fini par arriver dans les collines. (Une larme coula sur sa joue.) Elle est partie la semaine dernière, un jour seulement après la naissance du bébé.

— Angelina... je ne sais que dire. C'est tellement affreux.

— Isadora a appelé son bébé Erizo. Cela signifie, comment ça se dit déjà... (Elle réfléchissait au terme anglais.) Hérisson. (Je la regardai, perplexe.) C'est parce qu'elle a les cheveux dressés sur la tête, vous voyez ! ajouta-t-elle en laissant échapper un rire, malgré la tragédie. Alors maintenant nous veillons sur ce petit *erizo*, Pepe et moi.

— Pepe ?

— Notre oncle... le frère de Lucía, la danseuse dont vous avez livré la statue à l'Alhambra.

Nous marchâmes encore un peu, jusqu'à atteindre un embranchement. L'une des rues nous emmenait directement au palais. De là où nous étions, à environ deux cents mètres, je discernais tout juste la silhouette de la statue de Landowski au milieu de la place.

— Vous savez, je crois que nous allons continuer par là, annonça Angelina en m'entraînant vers l'autre route qui montait vers les grottes.

— Où allons-nous ?

— Il se fait tard. Nous devons aller voir Erizo. Elle sera heureuse de faire la connaissance de son nouveau Pa...

Je m'arrêtai tout net.

— Comment ça ?

Elle m'adressa un des clins d'œil dont elle avait le secret.

— Je vous ai dit que vous étiez attendu.

Résigné, je la suivis dans les collines de Sacromonte.

Les grottes que j'avais aperçues pour la première fois trente ans plus tôt étaient fascinantes de près. Je me remémorai ma maison souterraine à Coober Pedy, et c'était indiscutable : l'équivalent espagnol était préférable, et de loin. Pour commencer, ces habitats troglodytes jouissaient d'une vue époustouflante sur le monde en contrebas. Depuis la route poussiéreuse devant la grotte d'Angelina, j'observai des rangées d'oliviers, uniquement entrecoupées par les chemins escarpés qui serpentaient entre les habitations. Dans la vallée, le Darro traversait des pelouses piquetées d'arbres dont les feuilles commençaient tout juste à se parer d'une teinte dorée en cette fin septembre.

— Pepe ? appela Angelina. Il est là.

Je la suivis à l'intérieur de la grotte et découvris un homme moustachu à la peau tannée et ridée par le soleil espagnol. Il donnait le biberon au bébé en fredonnant.

— *Hola señor*, me salua-t-il avec un signe de tête.

— Pepe préfère parler espagnol, désolée.

— Je viens dans son pays sans connaître sa langue. C'est moi qui devrais lui présenter des excuses. Veuillez lui dire que je suis navré pour toutes les pertes qu'il a subies au cours de sa vie.

Angelina traduisit le message.

— *Gracias por su simpatía, señor*, dit-il en inclinant la tête.

— Bon, ne perdons pas de temps. Je vais commencer à préparer les affaires d'Erizo. Elle a une couverture qu'ont utilisée sa mère et sa grand-mère. Ce serait bien qu'elle puisse voyager avec…

Je saisis la main d'Angelina.

— Arrêtez, s'il vous plaît, la suppliai-je. Je sais que vous arrivez à communiquer avec le « monde supérieur ». Mais je n'ai aucun droit ni, surtout, aucune envie, de vous enlever Erizo. Si je suis venu à Grenade, c'est uniquement pour qu'une vieille amie lise les lignes de ma main.

Elle soupira.

— Vous pensez peut-être que c'est la seule raison qui vous amène, mais les ancêtres vous ont ramené ici au moment précis où nous avions besoin de vous.

Ma tension artérielle commençait à grimper.

— C'est simplement votre interprétation de la situation. Ne respectez-vous pas ma réticence à l'idée d'arracher un enfant à sa propre famille ?

Elle me prit la main et m'entraîna hors de la grotte, afin d'épargner ma colère à Pepe.

— Atlas, vous n'êtes pas arrivé ici par hasard. Pepe et moi ne pouvons offrir à Erizo la vie qu'elle mérite. Mais vous, si.

Je secouai la tête.

— Angelina… voilà une conversation que j'ai eue plusieurs fois ces dernières années. Certaines familles m'ont pratiquement imploré d'emmener leurs descendants. Et lorsque cela se produit, je me retrouve au cœur du dilemme moral le plus ignoble. Je…

Je fus soudain saisi de vertige et, avant de pouvoir prononcer un mot de plus, je m'effondrai à terre.

Angelina retourna à l'intérieur en courant.

— *¡Agua!* lança-t-elle à Pepe.

Adossé contre le rocher, je fixai l'Alhambra. Le soleil couchant projetait une lueur orange sur les tours qui semblaient émerger de la forêt vert bouteille en face des grottes, comme par magie. Angelina revint avec une tasse d'eau et je bus avec avidité. Elle s'assit à côté de moi.

— Angelina, chaque jour je m'inquiète qu'on interprète l'adoption de mes filles comme quelque chose de… mal. Par ailleurs, je suis moi-même paniqué à l'idée de les avoir privées de la possibilité de grandir dans leurs pays respectifs.

Je posai la tasse près de moi et laissai tomber ma tête sur mes genoux. Elle me pressa l'épaule.

— Je comprends, Atlas. Vous ne seriez pas l'homme que vous êtes sans ce type de préoccupations. Mais l'univers vous sourit en raison de tout ce que vous avez accompli.

Je relevai la tête et croisai son regard.

— Avec tout le respect que je vous dois, il semble que toute ma vie ait été gouvernée par une force que moi-même je ne comprends pas. Vous m'avez dit que ma route était tracée.

— Oui, mon ami. Mais vous auriez pu choisir de ne pas la suivre. Personne ne vous a forcé à adopter vos filles. Vous l'avez fait en raison de votre désir d'aider autrui. N'est-ce pas ?

Je me passai les mains dans les cheveux.

— Je suppose.

Elle me sourit avec compassion.

— Vous parlez comme si j'étais la première à mentionner les pouvoirs de l'univers. Mais nous savons tous les deux que ce n'est pas le cas. Petit garçon, vous regardiez les étoiles. Elles vous ont protégé et guidé au cours de votre impossible voyage.

— C'est vrai, murmurai-je.

Nous restâmes longtemps assis en silence, regardant l'Alhambra s'assombrir au fur et à mesure que la lumière disparaissait à l'horizon. Au bout d'un moment, Angelina reprit la parole avec plus de douceur :

— Vous avez épargné à vos filles une vie de souffrance et de pauvreté.

— Je sais, mais je me demande encore s'il était juste de les arracher à leurs terres. J'aurais pu me contenter de financer leur vie de loin.

— Je crains que vous oubliiez parfois que *vous aussi* avez droit à votre part de bonheur. D'une main, l'univers vous a pris énormément, mais il vous a aussi beaucoup donné de l'autre. Vos filles vous apportent plus de joie que vous ne l'auriez cru possible, pas vrai ?

— Bien sûr.

Le soir était à présent ponctué par le bruit des martinets voletant au-dessus des arbres. Je fermai les yeux pour écouter. Elle poursuivit :

— Depuis notre première rencontre, j'ai souvent pensé à vous et j'ai consulté le monde supérieur. Vous êtes un homme *bien*, Atlas. Remarquable, même. Peut-être que trop peu de gens vous le disent. Alors, moi, je vous le dis. D'accord ? Croyez-moi.

J'essayai de retenir mes larmes.

— Merci.

— Et..., ajouta-t-elle en me prenant la main. Atlas, vous retrouverez la sœur disparue. Je vous le promets.

Je me redressai d'un coup.

— Pardon ?

— Vous vous rencontrerez tous les deux. Mais... vous aurez besoin de l'aide de toutes vos autres filles. Sans elles, vos chemins ne se croiseront jamais.

Elle me regardait avec un air grave tandis que je la fixais, bouche bée.

— Vos six filles vous conduiront à la septième, assura-t-elle.

— Angelina, répondis-je en haletant, comment puis-je...

Elle posa un doigt sur ses lèvres.

— Chut. Je n'ai rien d'autre à dire. C'est un message que vous adresse le monde supérieur, alors je ne peux pas répondre à vos questions.

Elle pressa fortement ma main dans la sienne et se retourna vers l'Alhambra. Dans mon cœur, la panique avait cédé la place à l'euphorie et je remerciai en silence le monde supérieur.

— Elle s'appelle donc Erizo ?

Angelina éclata de rire.

— Non, cela n'a rien d'officiel. C'est juste un surnom pour rire. Après tout, personne ne peut vraiment s'appeler « hérisson » ! Puis-je en déduire qu'après avoir été rassuré par les esprits, vous quitterez Sacromonte avec votre cinquième fille ?

Je hochai la tête, rayonnant.

— Formidable ! Quelle heureuse journée, se réjouit-elle en se levant et en époussetant sa tenue. Elle sera la cinquième étoile de votre ciel. Vous l'appellerez donc…

— Taygète, oui.

Angelina me tendit la main et je la saisis. Elle me conduisit de nouveau dans la grotte.

— Venez la voir.

Je suivis Angelina jusqu'à Pepe, qui m'adressa le plus chaleureux des sourires.

— Je te présente ton papa, Erizo.

Pepe me la tendit et je la pris dans mes bras.

— Bonsoir, petit bébé, lui dis-je.

— Elle est spéciale, *señor.*

— Je sais.

— En fait, peut-être que vous ne le savez pas. Cette petite fille a les pouvoirs de la *bruja.*

— Comme vous ?

— Exactement. C'est la dernière de cette famille. (Elle me regarda d'un air sérieux.) En grandissant, elle verra le monde différemment, ce que vous devrez respecter.

J'inclinai la tête.

— Je le promets.

— C'est bien. (Elle réfléchit un instant.) Elle ne comprendra pas ses pouvoirs toute seule… Un jour, vous devrez me la renvoyer. Alors, je pourrai l'aider à débloquer sa lignée spirituelle.

J'avais repéré une chaise en bois au coin de la pièce et j'allai m'y asseoir.

— À vrai dire, je n'ai pas envisagé la possibilité de raconter à chacune des filles les circonstances de leur naissance et comment elles sont devenues mes filles.

Angelina prit un air étonné.

— Non ?

Je regardai la jeune vie innocente dans mes bras. Elle avait fermé les yeux et s'était endormie.

— Chacune des filles, d'une façon ou d'une autre, est directement liée à ma tentative de fuir Kreeg Eszu. En leur révélant leurs origines, je crains de les mettre en danger. J'ai délibérément essayé de leur construire une vie aussi tranquille que possible.

Angelina croisa les bras et plissa les yeux, en pleine réflexion.

— Oui… je comprends. Mais indépendamment de cette décision, vous devez tenir votre promesse. Un jour, quand le moment sera venu, renvoyez-la-moi. Me le jurez-vous ?

Je tendis la main à Angelina.

— Je vous le jure.

Elle me la serra.

— Merci, Atlas. Alors elle est à vous.

Angelina caressa délicatement les cheveux duveteux de sa nièce. Puis elle entonna une berceuse en espagnol et sa douce voix sortit de la grotte pour se propager dans la vallée en contrebas.

51

1982

— Il n'y a rien qui annonce un quelconque danger, indiqua Georg en buvant une gorgée de café noir tandis que nous discutions dans son bureau de la rue du Rhône.

— Elle a appelé la librairie Arthur-Morston ?

— Oui, et Rupert Forbes m'a transmis ses coordonnées.

— Il n'a aucune idée de qui cela peut être ?

— Pas la moindre.

Plus tôt ce matin-là, Georg m'avait informé de l'appel téléphonique d'une Américaine du nom de Lashay Jones. Elle avait demandé à me parler, précisant qu'il s'agissait d'une question de la plus haute importance. Georg lui avait répondu qu'il me représentait et qu'elle était libre de lui parler en toute confiance, mais elle avait refusé tout net.

— Tu es sûr qu'elle a demandé à parler à M. Tanit ?

Georg hocha la tête.

— Sûr et certain. Elle m'a dit qu'elle pensait que vous travailliez à la librairie Arthur-Morston. Mais rien ne suggère que cela puisse avoir un lien quelconque avec Kreeg Eszu. Je suis convaincu que vous ne risquez rien en parlant à Miss Jones.

Je demeurais réticent.

— C'est quand même bizarre qu'elle m'appelle en ce moment, non ?

— Un peu, en effet, convint Gorg.

Un mois plus tôt, Lightning Communications était soudain devenu une société active. Ils avaient commencé à se créer une clientèle en Grèce et promettaient divers services pour transmettre « cohérence, crédibilité et déontologie ». Quand j'avais lu ces mots pour la première fois, je n'avais pu m'empêcher d'éclater de rire. Comment cet homme pouvait-il sérieusement proposer une expertise en matière de crédibilité et de déontologie ? Cela me dépassait. Ils s'étaient également dotés d'un logo : un éclair émergeant d'un nuage. En outre, Kreeg semblait s'impliquer personnellement. Nous avions des photos de lui à des réunions officielles et des déjeuners, ainsi que divers articles sur la société dans les journaux locaux.

Si Eszu avait été en deuil ces dernières années, cette époque paraissait révolue.

— Tu es certain qu'il ne s'agit pas d'une stratégie de Kreeg pour me localiser ?

Georg secoua la tête.

— Mon instinct me dit que cela n'a strictement rien à voir avec lui.

Je faisais confiance au jugement de mon avocat.

— Très bien, alors. Fixons l'appel pour demain.

Le lendemain, j'attendais que Georg me transfère Lashay à Atlantis. Assis à mon bureau, je contemplais mes étagères, ornées de bibelots et autres objets collectés lors de mes voyages à travers le monde. Ils étaient complétés par des photos encadrées des filles et moi. Je saisis l'une de mes préférées : un cliché de nous six en train de déguster une glace sur la jetée d'Atlantis. À quinze heures précises, mon téléphone sonna. Je posai la photo et saisis le combiné.

— Atlas Tanit.

Une voix douce et apaisante répondit avec un accent américain :

— Oh, bonjour, monsieur Tanit. Lashay Jones à l'appareil. Je crois que vous attendiez mon appel ?

— Bonjour, Lashay. Oui, je l'attendais, même si j'avoue ne pas avoir la moindre idée du motif.

Elle prit une profonde inspiration.

— J'en suis navrée, monsieur. Je vous appelle de New York, depuis la Hale House à Harlem.

Je me creusai la cervelle.

— Pardonnez-moi, Miss Jones, ce nom ne me dit rien.

— Peut-être avez-vous entendu parler de Mère Hale ? Clara Hale ?

— J'ai bien peur que non.

Il y eut un silence sur la ligne tandis que Lashay prenait conscience qu'elle devrait me fournir plus d'explications que prévu.

— Je sais que vous êtes en Europe, où le nom n'est peut-être pas aussi connu. La Hale House est une maison pour enfants.

Mon cœur s'accéléra. Était-ce l'appel que je craignais ? Une maison pour enfants qui, pour une raison ou pour une autre, voulait récupérer l'une de mes filles ? Je tentai de garder mon calme en écoutant la suite de ses explications :

— Une petite fille a été déposée sur le pas de notre porte il y a deux jours maintenant.

Je me détendis un peu.

— Est-ce… inhabituel pour ce centre ?

— Malheureusement non, monsieur. Mais en fait je vous appelle car nous avons trouvé quelque chose sur l'enfant : une carte de visite avec votre nom et vos coordonnées.

Je demeurai stupéfait.

— Voilà qui est très étonnant. Je n'ai pas de famille aux États-Unis… pas d'amis non plus.

— Je l'ai avec moi. La carte de visite semble ancienne. Elle est éraflée et même un peu déchirée.

— Cela ne me surprend pas. Cela fait plus de trente ans que je ne travaille plus à la librairie. Je suppose que vous n'avez pas vu qui a déposé l'enfant ?

Lashay soupira.

— Non, monsieur. Mais nous avons remarqué un petit mot sur votre vieille carte de visite.

— Ah oui ? demandai-je, véritablement intrigué. Qu'y a-t-il écrit ?

— « Homme bienveillant », répondit Lashay. C'est noté juste sous votre nom.

Je m'exclamai et m'enfonçai dans mon fauteuil. En un instant, mon esprit fut ramené au restaurant du Waldorf Astoria à New York, et je revis le visage souriant de Cecily Huntley-Morgan.

« Regardez ! J'ai même écrit "homme bienveillant" au verso ! Je la garderai bien précieusement, pour me porter chance. »

— Monsieur Tanit, vous êtes toujours là ?

— Oui. Euh, Lashay, j'ai une idée des origines du bébé. Je me demande... savez-vous *quoi que ce soit* de sa situation familiale ?

Il y eut un bref silence à l'autre bout du fil.

— Eh bien, nous savons une chose. La Hale House n'est pas uniquement pour les enfants non désirés. (Je grimaçai en entendant cette expression.) Mère Hale apporte son soutien aux bébés nés toxicomanes. J'ai le regret de vous informer que nous soupçonnons fortement le bébé d'être dépendant à la cocaïne.

Je me couvris la bouche de stupéfaction.

— Seigneur...

— Beaucoup de gens trouvent cela choquant. Mais c'est la réalité ici, monsieur. Harlem est un repaire de drogués. Si je devais parier, je dirais que cet enfant vient de Lenox Avenue.

Lenox Avenue. J'avais déjà entendu ce nom.

— Écoutez, je vais m'organiser pour venir demain.

* * *

Dès le lendemain, je me retrouvai devant la Hale House, une maison de grès rouge en bien mauvais état, dans le quartier de Harlem. Je frappai à la porte et fus accueilli par une femme en survêtement bleu avec une magnifique coupe afro.

— Monsieur Tanit ?

— Lui-même.

— Lashay Jones, enchantée. C'est moi que vous avez eue au téléphone.

— Bonjour, Lashay, ravi de faire votre connaissance.

Je lui tendis la main.

— Ici, on s'étreint, dit-elle en m'attirant à elle pour me serrer dans ses bras.

Je gloussai de surprise.

— Oh, c'est très gentil.

— Vous venez de débarquer de Suède ?

— De Suisse, en fait.

Elle posa les mains sur ses hanches et haussa un sourcil.

— C'est près de la Suède ?

— C'est... sur le même continent.

Lashay éclata de rire.

— Je plaisante, je plaisante. Désolée, la matinée a été fatigante. Nous avons beaucoup de ventres affamés aujourd'hui.

J'éprouvai immédiatement de la sympathie pour Lashay, charmante et pleine d'autodérision. Je la suivis dans le bâtiment et elle m'indiqua une porte sur la gauche.

— Entrez. Elle est juste là.

— Qui donc ?

— Mère Hale, évidemment !

Lashay ouvrit la porte et je découvris un petit bureau. Derrière une grande table placée devant une fenêtre se trouvait une dame âgée et menue aux cheveux gris, vêtue d'un gilet blanc. Elle se tourna vers moi.

— C'est le monsieur qui vient d'Europe ? demanda-t-elle à Lashay qui acquiesça.

La dame se leva avec précaution et vint me serrer la main.

— Clara Hale.

— Atlas Tanit. C'est un honneur de vous rencontrer.

— Pour moi aussi.

— Je vais vous laisser, dit Lashay en souriant, avant de quitter la pièce.

— Asseyez-vous, je vous en prie.

— Merci.

Je pris place sur un canapé en cuir usé tandis qu'elle ouvrait un tiroir de son vieux bureau en bois et en sortait un petit morceau de papier.

— Alors. Le mystère de la carte de visite. Tenez, monsieur, ajouta-t-elle en me tendant mon ancienne carte de visite.

— Oui, cela vient de moi, confirmai-je. Mais comme je l'ai dit à Lashay, je n'utilise plus ces cartes depuis des décennies. Cela fait bien longtemps que je ne travaille plus à la librairie.

— Pourtant cette carte de visite est arrivée devant ma porte avec un petit bébé. Je me demande bien par quel miracle !

— Et moi donc, Clara. Excusez-moi. Miss Hale. Mère Hale.

Clara fronça le nez et, comme Lashay quelques instants plus tôt, éclata de rire et se tapa sur les cuisses.

— Clara ira très bien. J'ai juste ajouté « Mère » parce que… eh bien…

Elle haussa les épaules en montrant ce qui l'entourait.

— Bien sûr. Lashay m'a un peu raconté ce que vous faites. C'est incroyable.

— Incroyable est une façon de le qualifier. Je n'aurais pas dû mener l'existence que je mène. Les enfants sont des dons du ciel. Comment peut-on se résoudre à se séparer de son propre bébé, je l'ignore.

— C'est surprenant, en effet. Mais je suppose que, dans certaines circonstances, les enfants sont mieux soignés par autrui que par leurs propres parents.

Clara tapota le bout de ses doigts.

— Comme c'est intéressant.

— Quoi donc ?

— Cela fait maintenant quarante ans que je m'occupe des enfants des autres, et je n'avais encore jamais entendu personne soulever ce point. En général, les gens sont d'accord avec moi et me disent que c'est absolument affreux.

Je sentais que Clara m'examinait attentivement et j'essayai de ne pas me laisser démonter.

— Alors, monsieur Tanit, il est clair que vous avez une expérience différente de la plupart des gens. Quelle est-elle ?

J'étais sidéré par l'intelligence de Clara.

— Vous êtes drôlement perspicace, lançai-je en riant. Il se trouve que j'ai cinq filles adoptives.

Elle ouvrit de grands yeux.

— Doux Jésus, c'est vrai ? Eh bien, voyez-vous cela, dit-elle en riant à son tour. Vous êtes comme moi !

— Comment ça ?

Elle haussa les épaules.

— Oh, vous savez. Une personne au grand cœur. Sans doute un peu déraisonnable aussi. On est obligés pour faire ce qu'on fait.

— Honnêtement, Clara, nos situations sont incomparables. Je n'ai que cinq filles et je suis en mesure de leur offrir une vie très confortable. Combien d'enfants ont franchi ces portes ?

Elle inspira profondément.

— Des centaines. Je m'occupais de près d'une cinquantaine de petits chez moi avant d'ouvrir officiellement une crèche en 1970. Mais qu'il y en ait un ou mille, cela importe peu. Donner de l'amour à un enfant qui n'est pas aimé est l'un des actes les plus nobles qui soient.

Son visage était si… chaleureux. Bien que sa présence soit intimidante, elle rayonnait de bienveillance.

— C'est ce que je pensais autrefois, Clara. Mais mes filles m'ont rendu cet amour au centuple.

Elle rit de nouveau et s'enfonça un peu plus dans son fauteuil en cuir.

— Voilà le secret, n'est-ce pas ? Vous savez, mon mari est mort quand je n'avais que vingt-sept ans. J'avais le cœur brisé, tout comme nos trois enfants. J'ai broyé du noir pendant un certain temps avant de décider que, malgré tout, je devais continuer de… respirer. (Elle sourit avec mélancolie.) J'ai pris un emploi de gardienne pour nous permettre de survivre à la Grande Dépression. C'était un travail horrible. Mais j'adorais le visage souriant des enfants. Ils me donnaient de l'espoir. Alors, j'ai transformé ma maison en garderie. Et soudain, un jour, je me suis rendu compte que je ne me contentais plus de respirer, j'avais recommencé à *vivre*.

Le récit de Clara m'était familier.

— C'est le pouvoir des enfants.

— Oui, monsieur Tanit.

Elle se leva et se tourna vers la fenêtre avant de poursuivre :

— Peu après avoir ouvert la garderie, je me suis mise à parcourir les rues pour aider les enfants abandonnés. C'est là que j'ai commencé à faire office de famille d'accueil. J'en prenais sept ou huit à la fois. Et j'étais toute seule. Imaginez un peu !

— Comment vous en sortiez-vous ?

— C'est très simple ! J'aimais chacun de ces enfants comme les miens. Je suis devenue la mère de ceux qui n'en avaient pas.

Quelle femme remarquable.

— Lashay a mentionné que vous... récupériez beaucoup d'enfants dont les parents étaient toxicomanes.

Clara se tourna de nouveau vers moi, l'air triste.

— C'est vrai. Un jour, il y a à peu près dix ans maintenant, Lorraine, ma fille aînée, m'a amené une mère et son enfant qui étaient dépendants à l'héroïne. Il leur fallait des soins spécifiques, vous voyez. C'est à ce moment-là que j'ai demandé une licence officielle et que j'ai acheté ce bâtiment. Il compte cinq étages et nous avons besoin de chacun d'entre eux, avec cette nouvelle chose qui circule.

— Nouvelle chose ?

Mère Hale secoua la tête.

— Le virus du sida.

Je hochai la tête, j'avais lu des articles qui en parlaient.

— Est-ce un gros problème par ici ?

— Et comment. D'après ce que l'on sait, il se transmet par le sang. Et lorsque des gens partagent des aiguilles pour se piquer... bref. Les bébés naissent avec, vous voyez. Même si personne ne semble vouloir en parler. Le président Cheesecake rechigne même à prononcer son nom. Ces gens ont besoin d'aide. Et ils n'en auront pas si on ne commence pas à discuter de cette foutue maladie.

— Puis-je vous demander comment vous prenez soin de ces enfants qui ont eu un début si difficile dans la vie ?

— C'est simple. Vous les portez, vous les bercez, vous les aimez et vous leur dites qu'ils sont formidables. Je m'occupe d'eux jusqu'à ce qu'ils soient débarrassés de leur addiction.

Puis, quand ils sont en bonne santé – et beaucoup, beaucoup d'entre eux recouvrent la santé –, on leur cherche une super famille. Je veille personnellement à ce que chaque famille soit adaptée. (Elle leva le menton avec fierté.) Je n'ai pas honte de dire que j'ai écarté des gens qui ne me semblaient pas offrir un assez bon environnement pour l'enfant. Voilà donc mon histoire, conclut-elle en expirant, avant de me rejoindre sur le canapé en cuir. Quelle est la vôtre, Atlas Tanit ?

Je donnai à Clara un bref aperçu de ma vie, me concentrant sur la façon dont j'étais devenu le père adoptif de mes cinq merveilleuses filles. Je mentionnai aussi mon escapade à New York dans les années quarante et ma rencontre avec Cecily Huntley-Morgan… l'ancienne détentrice de la carte de visite.

— Cecily… était-elle noire ?

— Non. C'était une Anglaise tout à fait blanche.

Clara semblait étonnée.

— Une jeune femme blanche venue soutenir les droits des Noirs à Harlem dans les années quarante, voilà qui n'est pas anodin. Je vous pose la question parce que nous supposions que la petite fille qui a été déposée à notre porte il y a quelques jours descendait de cette femme dont vous aviez fait la connaissance.

— Ce serait une explication logique.

— Peut-être que l'une de ses filles est tombée amoureuse d'un Noir et que cela n'a pas plu à tout le monde dans la famille. Qui sait. Dans tous les cas, avez-vous un moyen de la contacter ?

Je secouai la tête.

— Je crains que non. J'ai demandé à mon avocat de faire des recherches mais… elle est morte du paludisme en 1969.

— Savez-vous si elle a eu des enfants ?

— En fait, Cecily avait bien une fille. Elle m'en a parlé lors de notre déjeuner il y a toutes ces années… mais la petite n'a jamais porté son nom. Si ma mémoire est bonne, elle avait recueilli le bébé abandonné d'une Kényane. Légalement, le bébé était celui d'une autre, donc il est impossible de la retrouver.

Clara enroula une mèche de cheveux autour de son doigt en assimilant ces informations. Puis elle me regarda de ses yeux bruns futés.

— Alors, que fait-on maintenant ?

— Que voulez-vous dire ?

— Que souhaitez-vous faire de l'enfant déposé devant ma porte, monsieur Tanit ?

— Oh.

Un silence gênant s'installa. Clara se tapa sur la cuisse et sourit de toutes ses dents.

— Oh, allez ! Ne me dites pas que vous avez tout laissé en plan et que vous avez traversé l'Atlantique par simple curiosité ? Juste pour vous assurer que la carte de visite dont vous parlait Lashay au téléphone était bien la vôtre ?

L'élan d'énergie de Clara me laissait bouche bée.

— Je...

Elle se rapprocha de moi.

— Vous m'avez parlé de ces cinq merveilleuses filles adoptives, qui semblent toutes être arrivées dans votre vie dans des circonstances mystérieuses. Alors, on vous appelle au sujet d'un nouveau-né qui a vos coordonnées d'il y a trente ans accrochées à son couffin, et vous me dites sérieusement que vous n'êtes pas venu pour l'emmener ?

— Je n'avais pas vraiment...

Elle me secoua amicalement l'épaule.

— Bien sûr que si, Atlas ! Puis-je vous appeler Atlas ?

Je hochai la tête avec ferveur.

— Inutile de jouer à l'effarouché. Pas avec moi. Pas sachant ce que je fais.

— Je suppose que... oui, j'ai envisagé que l'univers puisse essayer de me dire quelque chose.

— Peut-être bien, mon cher. Et vous savez, j'aurais fait exactement la même chose. Cette carte de visite a mystérieusement traversé les décennies. N'est-ce pas incroyable ? Cecily pensait : « Je vais garder ça, au cas où j'en aurais besoin un jour. » Et devinez quoi ? Ce jour a fini par arriver... Je crois que nous ferions mieux d'aller faire la connaissance de ce bébé.

Je suivis Mère Hale dans l'escalier, qu'elle gravissait avec prudence mais détermination. Plus nous montions et plus les hurlements s'intensifiaient. Arrivés au troisième étage, Clara se tourna vers moi, l'air sombre.

— Je vous préviens, cette partie peut s'avérer délicate quand on vient pour la première fois.

Elle me conduisit dans une salle comptant une douzaine de très jeunes bébés dans des berceaux. Des femmes en blouse étaient en train de s'occuper de certains d'entre eux.

— Ils ont l'air d'être en grande détresse.

— C'est parce qu'ils le sont, mon cher. Voilà les bébés que nous soupçonnons d'être nés toxicomanes. Cela fend le cœur.

Les enfants poussaient des cris stridents et j'en fus bouleversé.

— Ces pleurs... Je n'arrive pas à l'expliquer, mais ils ne ressemblent pas du tout à ceux dont j'ai l'habitude.

Clara croisa mon regard.

— Je sais. Aussi effrayant que cela puisse paraître, ils nous supplient de leur donner une dose de ce que prenait leur maman.

Je frissonnai. Nous passâmes devant une petite fille qui tremblait dans son berceau. L'intégralité de son corps minuscule était secouée de spasmes et ses membres tressaillaient violemment.

— Est-ce qu'elle va bien ? demandai-je avec angoisse.

Mère Hale sortit ses lunettes de sa poche et regarda dans le berceau. Elle caressa délicatement les cheveux du bébé.

— Sois forte, ma petite, sois forte.

Elle replaça doucement ses bras à l'intérieur du lange où elle était emmaillotée et resserra le tout. Elle posa la main sur le cou du bébé pour sentir son pouls, puis attendit un instant avant de hocher la tête.

— Les bébés en cours de désintoxication sont irritables, m'expliqua-t-elle. Nous essayons de les envelopper bien fermement pour les aider à se sentir contenus. Ça va aller. C'est le moment le plus difficile pour eux. Hilary ? lança Clara à l'une des femmes en blouse qui berçait un bébé au hurlement particulièrement suraigu. Comment va l'épilepsie de Simeon ?

— Aucune crise aujourd'hui, Mère Hale.

Son visage se fendit d'un large sourire.

— En voilà une bonne nouvelle. Et Cynthia ? demanda-t-elle à une autre femme, penchée au-dessus d'un berceau. Grace a-t-elle réussi à garder ses biberons ?

— Quatre sur cinq aujourd'hui, Mère Hale.

— Parfait ! s'exclama-t-elle en tapant dans ses mains de joie, avant de me regarder. Ces bébés ont besoin de calories supplémentaires à force de s'agiter comme ça. Lorsqu'ils arrêtent de vomir, c'est là qu'on sait qu'on a franchi une étape.

Elle m'accompagna alors jusqu'au dernier berceau de la rangée et désigna sa minuscule occupante :

— La voilà.

Je fixai la petite fille qui se tortillait de toutes ses forces, comme pour se libérer de son lange.

— J'ai entendu que les autres bébés avaient un nom. Elle aussi ?

— Bien sûr. Nous l'appelons Bienveillance, d'après ce qui était noté sur la carte de visite.

— Lashay a mentionné que vous pensiez que sa mère… prenait de la cocaïne ?

Mère Hale haussa les épaules.

— Nous n'en aurons jamais la certitude. Mais cette petite minette a les pupilles un peu dilatées et la respiration particulièrement rapide. Cela concorde. Malheureusement, il y a beaucoup de cocaïne qui circule dans le coin. Quand a-t-elle pris son dernier biberon, Hilary ?

— Il y a environ deux heures.

— Parfait.

Mère Hale se dirigea vers un placard en bois au coin de la pièce et en sortit quelques sachets de poudre avant de les mélanger dans un biberon qu'elle me tendit.

— Voilà pour vous.

— Vous voulez que je la nourrisse ?

Clara acquiesça.

— Cela nous rendrait bien service.

Je posai le biberon dans le berceau afin de prendre la petite fille. Lorsque je la touchai, elle se mit à hurler de fureur et s'agita avec une force inouïe pour un nouveau-né.

— Tout va bien. Chut, chut, ma petite. (Sans réfléchir, je commençai à la bercer, comme je l'avais fait avec mes autres enfants.) Voulez-vous bien me passer le lait ?

Clara me tendit le biberon et, avec douceur, je guidai la tétine dans la bouche de la fillette. Je fus stupéfait par son rythme de succion, comme si elle était absolument affamée.

— Eh bien, vous ne mentiez pas, observa Clara. Vous avez l'habitude.

— Vous doutiez de mon histoire ?

— Non. J'ignorais simplement si vous seriez doué avec les bébés eux-mêmes. Mais vous vous y prenez bien.

Bienveillance était d'une beauté saisissante. Ses yeux dorés et sa peau ébène auraient donné l'impression à n'importe qui qu'elle était en parfaite santé.

— Je sais qu'elle traverse cette période terrible, Clara. Mais elle semble pétiller de vie.

— Ouaip. Hilary disait quelque chose du genre. Quelle était ton expression, Hil ?

— Cette petite est chargée d'électricité, répondit Hilary en riant, avant de reporter son attention sur un autre bébé.

— C'est très bien vu, approuvai-je.

En quelques minutes, elle avait vidé le biberon que je rendis à Clara.

— Alors, revenons à ma question de tout à l'heure. Que fait-on maintenant ?

Cecily avait écrit « homme bienveillant » sur ma vieille carte de visite. Je savais que je ne pouvais pas trahir ce surnom qu'elle m'avait attribué.

— Je peux la ramener ce soir en avion, confirmai-je.

Mère Hale ouvrit grand la bouche et fronça de nouveau le nez, alors je sus ce qui m'attendait. Elle éclata d'un rire tonitruant.

— Hors de question, Atlas Tanit ! N'avez-vous donc pas écouté un mot de ce que je vous ai raconté ?

J'étais mortifié.

— Je suis navré, Clara. Je croyais que vous vouliez que je l'adopte.

— Bien sûr, bien sûr ! Mais l'emmener ce soir ? Avez-vous perdu la tête ? Vous avez entendu, Hil ? Cynthia ? (Les deux autres femmes dans la pièce se mirent elles aussi à rire, et je rougis jusqu'aux oreilles.) Pour commencer, que vous l'ayez déjà fait cinq fois ou pas, je dois effectuer toutes les vérifications nécessaires sur vous et votre famille, afin de m'assurer que Bienveillance rejoindra un foyer aimant.

Je regardai mes pieds, comme un enfant qu'on a grondé.

— Évidemment.

— En plus de quoi, je déteste enfoncer des portes ouvertes, mais cette petite fille grandirait avec cinq sœurs blanches. Je ne veux pas que cela la mette en difficulté.

— Mon Dieu, non. Mais pour être précis, seules quatre de mes filles sont blanches. Vous ai-je parlé de Célaéno – CeCe –, ma fille originaire d'Australie ?

— Oui.

— Son père était aborigène et sa mère métisse. Elle n'est pas blanche.

Mère Hale réfléchit un moment.

— Beaucoup de gens, même s'ils adoptent, choisissent des enfants de la même couleur de peau. Mais cela n'a pas d'importance pour vous ?

— Aucune, répondis-je en toute franchise.

Clara hocha la tête d'un air approbateur.

— C'est bien. Il reste la question de la dépendance de Bienveillance. Dans quelques semaines, elle n'aura plus besoin de notre expertise, après quoi il lui faudra une attention toute particulière à la maison.

— Je peux faire venir les meilleurs médecins, lui assurai-je.

— J'en suis ravie pour vous, mais il faudra que je leur parle. C'est bien d'avoir un diplôme de médecine d'une université à la mode, mais la plupart de ces personnes n'ont jamais été confrontées à une telle situation.

— Bien sûr, Clara. D'ailleurs, j'insiste pour que vous les mettiez au fait.

Je plaçai Bienveillance en position verticale pour l'aider à faire son rot. Clara sourit.

— Parfait alors. Nous pouvons lancer la procédure. (Elle me posa une main dans le dos.) Félicitations, Papa.

52

1993

Chers lecteurs, si vous êtes arrivés jusqu'ici, vous vous demandez forcément pourquoi il y a de tels trous dans ce journal. Lorsque j'ai commencé à coucher mes pensées sur le papier dans les années vingt, l'objectif était d'exprimer mes sentiments, sachant qu'à l'époque je ne parlais pas. L'exercice m'a tellement plu que j'ai continué tout au long de ma vie. Lorsque j'ai fait la connaissance d'Angelina à Grenade, j'ai décidé de consacrer ma vie à la recherche d'Ella et de ma première fille. Tout ce temps, le journal gisait sur mon bureau, délaissé. Je n'avais qu'une obsession en tête.

Puis, quand j'ai adopté Maia, c'était un moment tellement important que je me devais de le raconter. Même chose, évidemment, pour Ally, Star, CeCe, Tiggy et Électra. Ces derniers chapitres expliquent comment j'ai rencontré mes enfants, et j'aimerais penser qu'un jour elles liront ces pages. Ces dix dernières années ont été remplies d'amour, de rire et de bons moments en famille. Mes filles m'ont apporté plus que tout ce que je pourrais exprimer sur le papier. Chaque fois que je quitte Atlantis à la recherche de la sœur disparue, mes filles me manquent terriblement.

À propos de la sœur disparue, si je prends la plume aujourd'hui, ce n'est pas pour célébrer les retrouvailles que j'attends depuis si longtemps.

Pardonnez-moi, chers lecteurs, je reconnais que mon écriture est peu soignée. Mais j'ai la main qui tremble d'horreur. Tout à l'heure, une conversation avec ma fille Maia m'a glacé le sang.

Ce soir, nous avons fêté le retour de Maia lors d'un grand dîner avec toutes les filles. Il lui reste encore la moitié d'un semestre avant la fin de sa deuxième année d'université, mais elle nous a fait le plaisir de nous rendre visite pendant sa semaine de vacances. Vers trois heures cet après-midi, je me suis rendu sur la jetée afin de guetter Christian ramenant Maia à la maison à bord du bateau. Lorsque je l'ai aperçue, je n'ai pu m'empêcher d'avoir un pincement au cœur. Ma petite fille est devenue une femme. Nul doute qu'elle rendra de moins en moins visite à son vieux Pa.

Alors que le bateau effleurait le bois au bout de la jetée, elle sauta et courut à ma rencontre.

— Pa !

— Maia, ma chérie ! m'écriai-je en l'étreignant pour la première fois depuis presque trois mois. Quelle joie de te voir. Bienvenue à la maison.

Elle me posa un doux baiser sur la joue.

— Moi aussi je suis ravie de te voir. Oh, regarde, les voilà !

Je me retournai et vis mes autres filles qui descendaient la colline pour accueillir leur grande sœur. CeCe traînait presque Star, Tiggy sautillait et Ally suivait, les bras croisés. Électra, évidemment, menait la bande en courant à toutes jambes.

— MAAAAIIIIAAAA !

— Salut, Électra ! dit-elle tandis que ma benjamine la serrait si fort qu'elle avait du mal à respirer. Oh, comme tu m'as manqué.

— Ouais, toi aussi, répondit Électra. Tu sais, Tiggy a trouvé un chat errant, et il habite là-haut, dans sa chambre, mais Ally est allergique et CeCe a dit que c'était pas juste, alors…

— Ouah, du calme ! J'ai hâte d'entendre toutes les nouvelles. Viens, rentrons à la maison. Aide-moi avec mes bagages !

Claudia avait préparé le plat préféré de Maia – du chili con carne – et au dîner la conversation tourna autour de la nouvelle vie trépidante de mon aînée. Au départ, j'étais enchanté de l'entendre raconter ses expériences loin d'Atlantis. C'est une jeune femme assez réservée, mais je sais qu'elle a beaucoup à offrir. Au cours de ses deux premières années à l'université, elle a vraiment commencé à s'épanouir.

— Est-ce que tu sors, le soir ? lui demanda CeCe.

— Ça m'arrive. Mais je suis moins fêtarde que mes colocataires Samantha et Tom.

Électra se redressa sur sa chaise.

— Quand je serai à l'université, je sortirai tous les soirs ! s'exclama-t-elle fièrement.

— Cela ne m'étonnerait pas, observa Ally avec un sourire en coin.

— Est-ce qu'on peut avoir des animaux là-bas ? interrogea Tiggy en fronçant les sourcils.

— Ah ça, je n'en suis pas sûre, Tigs. Je connais une fille qui a un poisson rouge. Mais je ne suis pas certaine que Bagheera le chat serait le bienvenu, gloussa Maia.

Tiggy haussa les épaules.

— Oh. Peut-être que je n'irai pas à l'université alors, tant pis.

— Je pourrais m'occuper de lui en ton absence, proposa Star d'une petite voix.

— Beurk, sûrement pas, intervint sèchement CeCe. Hors de question qu'il dorme dans notre chambre, Star. Il sent une drôle d'odeur.

— S'il te plaît, CeCe. Ne parle pas à ta sœur comme ça, la repris-je. À présent, je vous propose de porter un toast. Tout d'abord, à Maia, qui est bien partie pour obtenir d'excellents résultats à la fin de l'année. Et ensuite, à Ally car, et je suis sûr qu'elle ne verra pas d'inconvénient à ce que je partage cette nouvelle avec vous, elle a reçu aujourd'hui une offre du Conservatoire de Genève pour étudier la flûte. Ils veulent lui donner une bourse.

Ally rougit.

— Pa, ce soir nous fêtons Maia ! siffla-t-elle.

— Ally ! s'écria Maia avec un réel enthousiasme. Ne dis pas de bêtises ! C'est une nouvelle formidable !

— Félicitations, Ally ! s'exclama Tiggy, rayonnante.

— Merci, répondit l'intéressée d'un air penaud.

— Je suis si fier de mes deux aînées, comme je le suis de vous toutes. Alors, levons nos verres à notre santé à tous ce soir. Nous sommes une famille extraordinaire. Hip hip hip…

— Hourra ! répondit la tablée à l'unisson.

Ma nous resservit du vin, aux deux aînées et à moi.

— Vous ressemblez toutes tant à votre Pa, chacune à votre façon.

— N'insulte pas ces pauvres filles, Ma. Elles sont bien plus intéressantes que moi.

— À propos d'intéressant, lança CeCe, est-ce que tu as déjà un petit copain, Maia ? Ma pense que oui.

— CeCe ! cria Ma.

— Quoi ? Tu en parlais l'autre jour.

Maia regarda Marina en fronçant les sourcils.

— C'est vrai, Ma ?

— Je… discutais simplement avec ta sœur. C'était censé rester entre nous, répondit-elle en fusillant CeCe du regard.

— Et qu'est-ce qui te fait dire ça, Ma ? s'enquit Maia en buvant nonchalamment une gorgée de vin.

Marina rougit.

— Eh bien, chaque fois que je t'ai au téléphone, tu m'as l'air… heureuse. Je me disais donc que tu avais peut-être quelqu'un dans ta vie…

— Ouais ! Alors ? insista CeCe.

Star réprimanda sa sœur, si directe et spontanée.

— CeCe !

— Quoi ? répondit cette dernière. On veut tous savoir ! N'est-ce pas ?

Cela déchaîna des gloussements autour de la table.

— Moi, je ne suis pas certain de vouloir le savoir, les filles ! grognai-je, ce qui donna lieu à une amplification des rires.

— Oh, dis-nous, Maia, allez ! supplia Tiggy.

— Ouais, dis-nous ! Dis-nous, dis-nous ! commença à scander Électra.

Maia consulta du regard Ally, qui haussa les épaules.

— D'accord, d'accord. Pa, bouche-toi les oreilles.

Je ris à mon tour.

— Ne t'en fais pas pour moi, ma chérie, je suis sûr que je peux le supporter. Tant qu'il n'a pas de tatouages. Et qu'il ne roule pas à moto. (Il y eut un silence gêné et Ally éclata de rire.) Oh non, soufflai-je en me couvrant les yeux des mains, de façon théâtrale. Vas-y, alors, annonce-moi la mauvaise nouvelle. Combien a-t-il de tatouages ?

— Un seul, Pa. Que je trouve d'assez bon goût, répondit Maia d'un air faussement pudique.

Je soupirai.

— J'en suis sûr. Oserais-je demander de quoi ?

— C'est juste un petit éclair.

— Je le savais ! explosa CeCe. Elle a bel et bien un petit copain !

La table entra littéralement en éruption sous une cacophonie de cris et d'acclamations. Maia leva les mains pour calmer toute cette excitation.

— Attendez, je ne sais pas si c'est mon *petit ami*, nuança Maia.

— Mais vous sortez ensemble ? interrogea Tiggy, tout ouïe.

— Nous nous… fréquentons, oui, déclara doucement Maia.

CeCe croisa les bras.

— Si c'est pas ton petit copain, c'est qui, alors ?

— C'est juste… juste un garçon !

Ally essaya de prendre la défense de sa sœur aînée.

— Du calme, les filles, arrêtez de la torturer !

— À quoi ressemble-t-il ? demanda Star.

— Eh bien, il est grec. Alors il est très beau.

— Alors, comme ça, tu t'es dégoté un dieu grec, Maia ? la taquinai-je en buvant une gorgée de vin. À présent, je dois te demander, quand aurons-nous le plaisir de faire sa connaissance ?

— Pa, hors de question que je l'amène dans la fosse aux lions. Il ne survivrait pas cinq minutes ici ! Tu n'as même pas demandé son nom !

— Oui, pardonne-moi, ma chérie. Dis-moi, s'il te plaît. Comment s'appelle mon futur gendre ?

Maia sourit timidement et regarda son assiette.

— Zed.

Mon estomac se noua.

— Pardon ?

— Zed, répéta Maia.

— Comme la lettre ? demanda Électra.

— Je suppose, gloussa Maia. Ça s'écrit Z-E-D.

Je croisai le regard de Marina à l'autre bout de la table. Elle m'adressa un signe de la tête, comme pour m'encourager à poser la question qui me brûlait les lèvres.

— Et son nom de famille, Maia ?

— Eszu. E-S-Z-U.

Je crus défaillir.

— Maia Eszu ! s'exclama Star. En voilà un chouette nom.

— Quand même pas aussi chouette que d'Aplièse ! tempéra Électra.

Je me levai, désireux de m'éloigner avant de m'évanouir.

— Excusez-moi, les filles, je ne me sens pas très bien. Je vais aller m'allonger un peu.

— Tout va bien, Pa ? s'enquit Ally.

— Oh oui. J'ai passé un peu trop de temps sur le Laser aujourd'hui. J'ai dû attraper une sorte d'insolation.

— Je crois que Pa est contrarié que tu aies un petit copain, Maia ! couina CeCe.

— Non, ce n'est pas ça, répondis-je d'un ton ferme. Ça n'a rien à voir.

Je quittai la salle à manger et filai dans mon bureau où je m'enfermai avant de m'effondrer dans mon fauteuil. *Mon Dieu. Mon Dieu. C'est impossible. Pas ça !* Mon cœur battait si violemment qu'il aurait pu me déchirer la poitrine. J'allai décrocher le téléphone pour appeler Georg quand on frappa à la porte.

— Désolé, les filles, je me repose un peu.

— C'est Marina.

Je lui ouvris la porte.

— Entre, Ma.

Elle la referma derrière elle et me prit dans ses bras.

— Courage, Atlas chéri. Courage.

— Je ne sais pas quoi dire, haletai-je.

— Moi non plus. Je vais te chercher un petit remontant. (Elle traversa la pièce et saisit la carafe à décanter qui contenait un single malt Macallan, importé tout spécialement des Highlands écossais.) Je suppose qu'il est inutile de se demander s'il s'agit d'une coïncidence.

— En effet. Pense à toutes les universités de la planète. Comme par hasard, le fils de Kreeg se retrouve dans la même que Maia et devient son petit ami ? Tout cela est ciblé, calculé. J'en suis certain. (Je me rassis dans mon fauteuil et Marina me tendit le whisky.) Santé.

Je fis tinter mon verre contre le sien et nous bûmes tous deux une grande gorgée. Le spiritueux à la fois doux et fort m'aida à me ressaisir.

— Quel est l'objectif de ce stratagème, Ma ? Envoyer un message ? Me prévenir qu'il me surveille ? Ou pire. S'il avait l'intention de faire du mal aux filles ? Mon Dieu, ma petite Maia…

Je posai la tête sur mon bureau. Marina me massa le dos.

— Je t'en prie, Atlas, essaie de rester calme. Nous ne connaissons pas encore tout de la situation.

— Je m'apprêtais à appeler Georg pour qu'il me donne les dernières informations au sujet de Kreeg.

On frappa de nouveau et je levai les yeux.

— Est-ce que ça va, Pa ? Je voulais juste m'en assurer.

C'était la voix de Maia.

— Laisse-la entrer, murmura Marina.

Je me dirigeai vers la porte du bureau, inspirai profondément et collai un grand sourire sur mes lèvres avant d'ouvrir.

— Salut, Maia ! lançai-je d'un ton sans doute un peu trop enthousiaste. Je suis navré d'avoir dû quitter la table lors de ta première soirée parmi nous. Je me suis tout à coup senti un peu patraque, c'est tout. Comme je l'ai dit, c'est juste une petite insolation.

Elle entra dans la pièce et je refermai la porte derrière elle.

— Si tu le dis, Pa. (Elle regarda les verres de whisky sur mon bureau.) Mais tout le monde est convaincu que c'est parce que j'ai mentionné mon… petit ami.

Je secouai vigoureusement la tête.

— Non, Maia, absolument pas. Je vous encourage toutes à trouver l'amour. Comme je vous l'ai déjà dit, c'est la seule chose pour laquelle la vie vaut la peine d'être vécue.

— C'est juste que… tu semblais en pleine forme, puis j'ai mentionné Zed, et soudain tu t'es levé pour partir.

Je la serrai dans mes bras, mais elle ne répondit pas à mon étreinte.

— C'était juste un début de malaise, ma chérie. Je vais bien, n'est-ce pas, Ma ?

Celle-ci hocha la tête.

— Oh oui, ton Pa se porte comme un charme. Retourne dîner et savoure ton chili. Claudia l'a préparé tout spécialement pour toi.

— D'accord, Ma. (Elle se dirigea vers la porte, mais se tourna vers moi avant de l'atteindre.) Je te promets que Zed est l'homme le plus gentil que j'aie jamais rencontré. Il me pose tant de questions sur mes sœurs, sur toi, sur Atlantis… Je n'aurais jamais pensé que quelqu'un pourrait autant s'intéresser à ma vie !

Elle gloussa et partit.

— Oh, Seigneur…

— Allez, rassieds-toi, tu es pâle comme un linge, déclara Ma en me reconduisant jusqu'à mon fauteuil où je restai assis un moment, la tête entre les mains.

— Il ne fait nul doute que Kreeg lui a demandé d'interroger Maia pour obtenir des informations sur Atlantis. J'espère juste qu'elle n'a pas révélé à Zed son emplacement exact.

— N'oublie pas que tu as prévu cette éventualité.

— Tu as raison. Mais cela fait plus de dix ans que je n'ai pas fait vérifier les voies de sortie. Je pensais qu'il me laisserait tranquille, répondis-je en secouant la tête.

— Moi aussi…

Je tapotai sur le bureau.

— Cela ne sert à rien de paniquer. Tout d'abord, je vais inspecter les cachettes et les passages secrets de la maison. Je dois m'assurer que les ascenseurs fonctionnent, ainsi que les lumières des tunnels qui mènent au hangar à bateaux.

Je me levai et me resservis de whisky. J'en proposai à Marina, mais elle déclina.

— Je vais demander à Georg d'accroître la surveillance de Kreeg lui-même, décrétai-je. Il est hors de question que l'on reste les bras croisés. Je vais également interrompre ma quête d'Ella pendant quelque temps. Je refuse qu'Eszu débarque à Atlantis quand je ne suis pas là pour protéger les filles.

— Penses-tu vraiment qu'il pourrait leur faire du mal ? À tes enfants innocents ?

— J'ignore de quoi il est capable. Je crains que, pour lui, il n'y ait aucune limite.

— Alors, tu as raison d'être aussi prudent. Nous les protégerons, Atlas. Ensemble, ajouta-t-elle en me prenant la main.

53

Au cours des semaines qui suivirent, tous les secrets d'Atlantis furent vérifiés et renforcés. Avec Ma, nous établîmes plusieurs scénarios où Kreeg arriverait à la maison afin de réfléchir, pour chacun, à la meilleure façon de préparer les filles. Comment donc pourrais-je leur expliquer ce qui se passe ? Elles commenceraient à douter de leur propre père et à tout remettre en question. C'est une réalité que je trouve trop difficile à envisager pour l'heure.

La veille du retour de Maia à l'université, je surpris Marina qui quittait la chambre de mon aînée, le visage blême.

— Tout va bien, Ma ? l'interrogeai-je.

Elle ne m'avait pas vu dans le couloir et sursauta.

— Excuse-moi, j'étais ailleurs, haleta-t-elle, portant la main à sa poitrine.

— Je vois ça. Est-ce que tout va bien ? répétai-je.

— Hmm ? Oh, oui. Tout va très bien.

Marina ne savait pas mentir, mais je ne souhaitais pas la pousser dans ses retranchements, aussi n'insistai-je pas.

Fiable et efficace comme à l'accoutumée, Georg Hoffman embaucha une équipe en Grèce pour étudier le moindre mouvement d'Eszu. Je suis presque frustré d'apprendre que rien ne semble avoir changé, outre le fait que Lightning

Communications soit devenu une société valant plusieurs milliards de drachmes, qui a même engendré une autre société pour satisfaire les intérêts croissants d'Eszu – Athenian Holdings. Encore une fois, le doute n'était pas permis : il avait choisi ce nom pour me provoquer. Quand nous étions enfants, il me taquinait souvent au sujet de ma passion pour la mythologie grecque. Pour quelle autre raison aurait-il opté pour Athéna, la déesse de la Guerre, si ce n'était pour affirmer clairement sa position ?

Néanmoins, pour ce qui était de l'homme lui-même, Georg m'assurait tous les soirs que rien ne laissait suggérer qu'il préparait un voyage à Atlantis pour se venger. Il paraissait avoir légué cette tâche à la génération suivante.

Dès lors, je demandai à Georg de se renseigner plus spécifiquement sur Zed. Rien de ce qu'on découvrit ne me surprit. Le jeune homme était arrogant, privilégié et dépensait l'argent de son père sans compter – le contraire de ce que je souhaitais pour mes filles. Je leur fournissais à chacune des fonds suffisants afin qu'elles mènent une vie confortable, mais je ne leur permettais pas de jeter l'argent par les fenêtres. Contrairement à Zed Eszu, qui filait à toute vitesse dans les rues d'Athènes au volant de plusieurs Lamborghini.

Un mois s'était écoulé depuis la révélation de Maia quand Marina frappa à la porte de mon bureau. Dès qu'elle entra, je sus que quelque chose clochait. Elle avait les épaules voûtées et n'arrivait pas à me regarder dans les yeux.

— Que se passe-t-il, Ma ? (Elle me servit un énorme verre de brandy.) Doux Jésus. Voilà une sacrée dose. Cela doit être une très mauvaise nouvelle.

— Ce sera un peu difficile à accepter, oui.

— Je t'écoute, l'encourageai-je, voyant qu'elle hésitait.

— J'ai été en proie à un terrible débat intérieur, Atlas. Je ne savais pas si je devais ou non te révéler cette information. Mais je suis arrivée à la conclusion que je te le dois. Il faut que je te dise que…

Elle fut incapable de prononcer les mots fatidiques, alors ce fut à mon tour de lui servir un verre de brandy.

— Tiens, bois ça.

Elle l'avala d'une traite.

— Maia est enceinte.

Je vidai moi aussi mon verre. Puis j'essayai de rester aussi immobile que possible, laissant la vague de terreur me submerger, avant de reprendre mes esprits.

— Merci, Ma. Il me sera bien utile d'être au courant.

— Atlas, je suis tellement désolée. Je ne peux même pas imaginer ce que tu ressens.

— Non, murmurai-je, remarquant que je serrais les poings. Cela m'amène à me demander, bien sûr, si c'était délibéré. L'humiliation suprême.

Ma déglutit avec peine.

— Je ne crois pas qu'on puisse l'exclure.

J'explosai.

— Comment peuvent-ils être aussi cruels ?

Sans crier gare, des flots de larmes se déversèrent le long de mes joues et j'éclatai en sanglots. Marina vint envelopper de ses bras ma silhouette recroquevillée.

— Parce que chaque ange attire la fureur d'un démon.

J'essuyai mes larmes.

— De toute évidence, c'est pour cela que tu avais si mauvaise mine la veille du retour de Maia à l'université.

— Oui. Elle m'a confié ses symptômes, alors je lui ai fait faire un test. Oh, Atlas, quand j'ai vu le résultat positif, j'ai cru que j'allais mourir ! Mais je ne pouvais pas faiblir devant Maia chérie. Je devais être forte pour elle.

— Évidemment, Ma. Et je ne saurais te dire combien je t'en suis reconnaissant. Rien de tout cela n'est de sa faute, en aucune façon. (Je fermai un instant les yeux.) Mais nous devons accepter que ces circonstances sont particulièrement troublantes. Comment va ma fille ?

Ma poussa un profond soupir et haussa les épaules.

— J'imagine qu'elle ressent les mêmes choses que toutes les adolescentes qui découvrent une grossesse imprévue. De la peur. De la honte. De la culpabilité.

Mon cœur se serra pour elle.

— Ma pauvre petite fille. C'est affreux. J'aimerais tant pouvoir la serrer dans mes bras.

Ma sembla soudain paniquée.

— Il ne faut pas qu'elle sache que tu es au courant, Atlas ! Tu es tout pour elle et elle est persuadée que, si tu découvres son état, tu seras horriblement déçu. Elle ne le supporterait pas.

— J'imagine, Marina, et cela me fend le cœur. J'espère que tu sais que je ne ressentirais jamais rien de la sorte pour aucune de mes filles. J'aimerais tant pouvoir faire quelque chose. Elle a plus besoin de l'amour, du soutien et de l'aide de son Pa que jamais. Et je ne peux pas les lui donner. A-t-elle prévenu Zed ?

— Non. Et elle refuse catégoriquement de le faire. Zed a profondément blessé notre petite Maia. Il est sur le point d'obtenir son diplôme et l'a informée que leur relation n'avait été qu'une aventure sans lendemain et qu'il ne voulait plus entendre parler d'elle.

Je me pris la tête entre les mains, mes cauchemars se matérialisant devant moi.

— Tente de la rassurer, Marina. Dis-lui que, quoi qu'elle décide de faire, elle a ton soutien indéfectible.

— Je m'en vais lui téléphoner.

— S'il te plaît. Et reviens ensuite me voir.

Maia termina le dernier semestre de sa deuxième année d'université à l'été 1993. Elle revint à Atlantis enveloppée de plusieurs couches de vêtements pour cacher son ventre, malgré la chaleur. Je lui suggérai de s'installer au pavillon. C'est une résidence indépendante qui se trouve à deux cents mètres environ de la maison principale – là où Marina habitait autrefois.

— En tant qu'aînée, je pense que tu mérites un espace à toi, ma chérie.

Elle me regarda, au bord des larmes.

— C'est vrai, Pa ? Oh, merci, merci. J'adorerais y aller.

Quand elle m'embrassa, je remarquai ses efforts pour orienter son ventre sur le côté, afin que je ne sente pas ce qui grandissait en elle.

Bien sûr, Maia ne retourna pas à l'université pour sa troisième année. Elle m'annonça qu'elle avait attrapé une méchante mononucléose et qu'elle reprendrait ses études dès qu'elle se sentirait d'attaque. Plus elle grossissait, moins je la voyais et plus j'avais de la peine pour elle. En vérité, je mourais d'envie d'aller la voir au pavillon pour la prendre dans mes bras et lui dire que tout irait bien. Mais je comprenais que je devais respecter son autonomie. Je rappelais souvent à Marina de lui assurer que, si elle m'annonçait la nouvelle, je serais tout amour et compassion. Mais ce jour n'arriva pas.

Ally était forcément au courant. Elle passait en effet de longues heures au pavillon avec Maia, et j'étais heureux que Marina n'ait pas à porter seule ce fardeau.

Je me disais qu'une autre de ses sœurs l'avait peut-être deviné aussi : Tiggy. Une fois, je l'avais surprise en train de fixer le ventre de Maia tandis que j'apportais à mon aînée une tasse de thé et une part de gâteau au pavillon. En raison de sa « mononucléose », nous n'avions pas la permission de trop nous approcher. Mais même à plusieurs mètres de distance, la petite Tiggy semblait hypnotisée par le ventre de sa sœur.

Un soir, Maia devait en être à six mois, Marina m'annonça la décision de ma fille pour l'avenir.

— Elle souhaite faire adopter l'enfant.

Je ne savais pas très bien comment réagir.

— Est-ce vraiment ce qu'elle désire ? Parce que si c'est une décision influencée par son sentiment de honte ou de culpabilité, je ne pourrai pas garder le silence, Ma.

— C'est ce qu'elle désire, Atlas, confirma-t-elle en hochant la tête. De tout son cœur. Elle ne se sent pas prête à être mère et pense que d'autres personnes seront mieux placées pour s'occuper de son bébé. Elle dit qu'elle a réfléchi à la décision de sa propre mère. Du fait de ce choix, elle a eu la chance de t'avoir pour père.

Je secouai la tête, incrédule.

— Quelle tragédie. Quelle grande, quelle immense tragédie.

Ma m'étreignit.

— Je sais, mon cher Atlas. Mais si l'on peut retirer une chose de cette horreur, c'est que tu as de quoi être très fier de ta fille aînée. Elle fait preuve de beaucoup de courage et de résilience. Elle est stupéfiante.

— Je suis d'accord. Pour le côté pratique, auquel je pense toujours, tu me connais, il faut parler à Georg de ce souhait de Maia. J'imagine qu'il sera en mesure d'arranger une adoption privée, par une famille qui aimera et s'occupera au mieux de… mon petit-enfant. (Ce mot me transperça le cœur.) Car, en dépit de tout, c'est ce qu'est ce bébé. Nous devons veiller à ce qu'il ait la meilleure vie possible.

— Absolument, Atlas.

— Je vais te transférer des fonds. S'il te plaît, propose à Maia de financer son accouchement, où que ce soit. Comme d'habitude, l'argent n'est pas un sujet.

Le bébé, un garçon, naquit trois mois plus tard dans une clinique privée de Genève, et Marina accompagna Maia à chaque étape. À son insu, j'avais travaillé en étroite collaboration avec Georg pour que l'enfant rejoigne une bonne famille. J'espérais que Clara Hale serait fière de mon choix.

Je ne vis ni ma fille ni Marina pendant trois semaines après la naissance, sous le prétexte qu'elles s'accordaient des vacances mère-fille, puisque Maia s'était enfin « remise » de sa longue mononucléose. Lorsqu'elle revint enfin sur les rives d'Atlantis, je la serrai dans mes bras un très long moment. Je me demande si elle savait que *je* savais. Quelque chose me dit que c'était peut-être le cas.

— Je me sens assez bien pour retourner à l'université, Pa. Ça va beaucoup mieux.

— C'est une merveilleuse nouvelle, Maia. Mais sache que rien ne presse. Le pavillon sera toujours là pour t'accueillir, chaque fois que tu en auras besoin.

— Merci, mon Pa chéri.

— Il n'y a vraiment pas de quoi, ma petite Maia d'amour.

À bord du *Titan*

Juin 2008

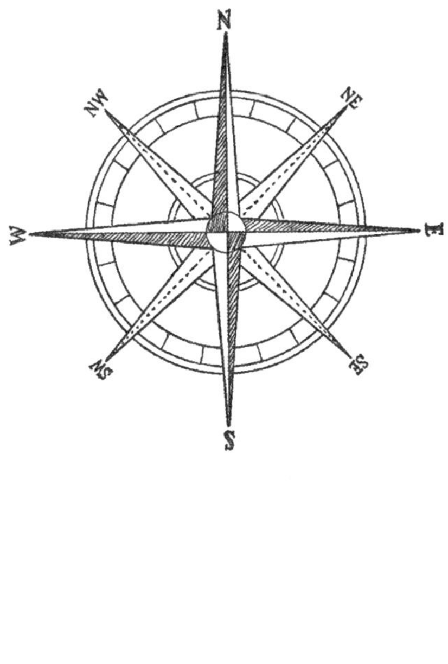

54

— Il était au courant depuis le début. Oh, mon Dieu, gémit Maia en laissant tomber les dernières pages du journal sur le sol de sa cabine.

— Au courant de quoi ? s'enquit Floriano.

— Du bébé que j'ai abandonné. Le bébé de Zed Eszu.

Maia vit Floriano se hérisser involontairement en entendant ces mots. Elle ne lui en voulait pas. Lorsqu'elle lui avait raconté son passé, il avait été gentil et compréhensif, mais ces derniers jours dessinaient un tout nouveau contexte aux événements qui s'étaient déroulés quinze ans auparavant.

— Je suis navré, Maia chérie.

Il l'enveloppa de ses bras.

— Tout cela semble stupide maintenant, quand on se met à sa place. Ces longs mois que j'ai passés cloîtrée au pavillon d'Atlantis, prétendant que j'avais la mononucléose. Évidemment qu'il était au courant.

— Mais il ne l'a jamais mentionné, parce qu'il t'aimait. Tellement.

— C'est le pire dans toute cette histoire, Floriano. Je l'ai fait souffrir. Il était tout pour moi, et je l'ai fait souffrir.

— Non. Ne dis pas ça, mon amour. Tu ne savais rien de son passé commun avec ce Kreeg. Tu étais une cible. Une victime innocente. Tu n'as absolument rien à te reprocher.

Floriano se leva et alla fermer les rideaux de la cabine, l'obscurité ayant commencé à descendre sur le *Titan*.

— Pa et Georg ont travaillé ensemble pour trouver une famille qui convienne. Je pourrais découvrir ce qu'est devenu mon fils.

Floriano se pencha vers le minibar et en sortit une bière.

— C'est comme si les vents de la coïncidence tourbillonnaient autour de ce bateau. Veux-tu quelque chose ?

Elle secoua la tête.

— J'apprécie énormément que tu sois resté près de moi ces dernières heures. Cela a dû être drôlement ennuyeux de me regarder lire.

— Ma chérie, je te regarderais dormir une semaine entière si cela te permettait de te sentir plus en sécurité, dit-il en lui posant un tendre baiser sur le front. As-tu obtenu toutes les réponses que tu espérais ?

Maia se frotta les yeux. La réponse était évidemment « non ». Elle ne savait toujours rien du passé de Pa en Russie, ni des mystérieuses circonstances entourant le décès de la mère de Kreeg Eszu.

— Le journal s'arrête il y a plus de dix ans, en 1993.

Floriano s'assit à côté d'elle sur le lit et but une gorgée de bière.

— Sais-tu ce qu'est devenu le diamant ?

Au milieu de tout le reste, la pierre précieuse lui était totalement sortie de l'esprit.

— En fait, il ne le mentionne plus après les années cinquante. Qui sait où il est passé.

Floriano s'étira en songeant au destin du diamant.

— Comme c'est curieux. Je me demande si Kreeg a fini par le récupérer ?

— Peut-être ne le saurons-nous jamais. Bon, fit-elle en se levant, je vais voir où en sont les autres avant le dîner.

Floriano lui saisit la main pour l'embrasser.

— D'accord, ma chérie.

Elle s'apprêtait à partir, mais il l'attira vers lui et, avec tendresse, lui planta un dernier baiser sur le ventre.

— Tes enfants sont fiers de toi.

Ces mots la prirent un peu au dépourvu et les larmes lui montèrent aux yeux.

— Merci. Je suis inquiète pour Électra… Le journal confirme qu'elle est née dépendante à la cocaïne.

Floriano ouvrit de grands yeux.

— *Meu Deus !* Quelle horreur !

— Oh, et puis il y a CeCe, dont la mère a été abandonnée par son père et qui est morte toute seule. Et Ally, séparée de son jumeau à la naissance parce que sa mère voulait un garçon.

— Maia, je…

— Et Tiggy, dont la tante avait annoncé à Pa notre arrivée dans sa vie. (La mâchoire de Floriano touchait presque le sol.) Alors, oui, je suppose qu'il y a beaucoup de choses à digérer. Oh, et puis Ma a été prostituée autrefois, ajouta-t-elle en ouvrant la porte.

* * *

Ally d'Aplièse et Georg Hoffman descendirent l'escalier principal du *Titan* et se dirigèrent vers le pont inférieur où se trouvait le bureau privé d'Atlas. Alors qu'ils approchaient de la porte, Georg sortit l'unique exemplaire de la clé de sa poche.

— Si cela ne vous dérange pas, Ally, je vais y aller seul. Je veux veiller à ce qu'au moins certaines de ses volontés soient respectées.

— Très bien. Je vous attends ici, répondit Ally.

— Merci. Je reviens dans une minute.

Georg entra dans le bureau et Ally sortit son portable de sa poche. Elle constata avec joie que Hans avait amarré le navire à proximité d'une antenne et qu'elle avait du réseau : elle avait reçu un texto de Jack.

Salut, tout va bien ? Tu me semblais un peu stressée tout à l'heure. Je suis là si tu as besoin de moi.

Malgré tout ce qu'elle avait appris récemment, la gentillesse de Jack allégea un peu la pression qu'elle sentait peser sur ses épaules. Elle se demandait comment répondre… Elle pouvait difficilement expliquer la situation dans un bref message, d'autant qu'il ne fallait pas que Jack l'apprenne avant ses sœurs.

Désolée, juste fatiguée. Je t'expliquerai plus tard, si tu veux me retrouver dans ma cabine après le dîner ?

La réponse fut immédiate.

Compte sur moi !

À l'intérieur du bureau, Georg inspira le parfum des livres reliés de cuir qui couvraient les étagères qu'il associait si étroitement à son employeur. Il balaya la pièce des yeux, contemplant différents souvenirs qu'il avait rapportés de ses explorations du monde : un chapeau Stetson du Mexique, un palet de hockey sur glace de Finlande et un chat porte-bonheur de Chine qui agitait la patte d'un air jovial depuis le bureau. Tous ces objets étaient des rappels cruels du fait que, en fin de compte, Georg avait échoué dans la mission que lui avait confiée son meilleur ami. Chaque fois que lui ou son équipe avaient réussi à trouver une trace d'Ella Leopine, Atlas n'avait jamais manqué de suivre la piste, aussi mince soit-elle.

L'avocat sortit une autre clé, plus petite, de sa poche de poitrine. Ouvrant le tiroir central du bureau, il récupéra une enveloppe, ce qu'il ne s'attendait sûrement pas à faire au cours de cette traversée. Il ferma les yeux et se remémora la dernière fois qu'ils avaient été tous deux dans cette pièce.

— Les dernières pages sont terminées, Georg, déclara doucement Atlas.

Sa respiration était pesante et devenait de plus en plus laborieuse au fil des jours.

— Félicitations, mon ami. Votre histoire est bouclée.

Atlas poussa un petit rire sifflant.

— Eh bien, cela ne saurait tarder, j'imagine. Les médecins disent que je pourrais partir à n'importe quel moment. Ils ne me donnent pas plus de trois mois.

— Vous avez passé votre vie entière à défier la logique.

— C'est vrai. Mais l'immortalité, ce serait peut-être un peu exagéré, dit-il en souriant. Dans tous les cas, j'ai désormais tout accompli. Ce qui restait en suspens est presque ficelé. Mais, Georg…

— Oui, Atlas ?

— Zed Eszu continue de me préoccuper. Malgré notre marché, il demeurera une menace tant qu'il foulera cette Terre. Même si mes filles sont fortes et le seront encore plus une fois qu'elles auront appris la vérité au sujet de leur passé, tu dois me promettre de faire de ton mieux pour limiter son influence. Je t'en supplie, protège mes filles de lui autant que tu pourras.

— Je vous le jure.

— Merci, Georg. Tu as été… exemplaire. Je te dois tant, dit Atlas en inclinant la tête.

— Cela a été l'honneur de ma vie, répondit l'avocat avec émotion. Tout ce que j'ai fait, je l'ai fait bien volontiers, pour vous remercier de votre générosité.

— Tu m'as rendu très fier. Claudia aussi, bien sûr. Il n'y a personne en qui j'ai davantage confiance que toi.

— C'est réciproque, Atlas.

— Parfait. À présent, es-tu absolument certain que toutes mes instructions sont claires ? Étant donné la tournure inattendue qu'ont prise les événements, j'aimerais juste tout passer en revue une dernière fois.

Atlas entreprit de se lever et Georg lui tendit la main pour l'aider, puis il se dirigea vers l'étagère en titubant et jeta un œil à sa collection.

— Répète-moi le plan, s'il te plaît.

Georg approuva.

— Bien sûr. Tout d'abord, je dois donner votre journal à la sœur disparue. Nous avons maintenant toutes les informations dont nous avons besoin. Je la trouverai.

Atlas haussa un sourcil dubitatif.

— Tu as bien le dessin de la bague aux émeraudes ?

— Oui.

Il poursuivit sa liste de vérification mentale.

— Et les coordonnées d'Argideen House ?

— Absolument.

Atlas saisit le dessin d'Ella et le fixa un moment.

— Mes lettres pour les filles sont-elles en place à Atlantis ? Avec les indices ?

— Tout est dans mon bureau. Les enveloppes sont scellées et prêtes à être remises dès mon retour.

Atlas sembla se détendre un peu, avant de se rappeler autre chose.

— Et la sphère armillaire ? As-tu pu t'en occuper ?

— Oui. Le graveur terminera son travail cet après-midi. Je vérifierai moi-même les inscriptions et les coordonnées.

— Parfait. Et la surprise ?

— Prête.

Atlas sourit faiblement.

— J'ai hâte de voir le visage des unes et des autres, où que je me trouve alors. Merci, Georg.

Il regagna son bureau et rassembla les dernières pages de son journal, qu'il regarda avec regret.

— J'aimerais tant pouvoir être là pour les guider, pour les aider à traverser cette période qui s'annonce tourmentée, soupira-t-il en secouant la tête. Maia, Ally, Star, CeCe, Tiggy, Électra… toutes ont tant à apprendre de leurs origines. Ai-je fait ce qu'il fallait, Georg ?

Une expression tourmentée était apparue dans les yeux d'Atlas.

— J'en suis profondément convaincu.

Atlas se rassit avec précaution et observa la mer par la fenêtre du *Titan.*

— Je me demande si je n'aurais pas dû leur révéler toute la vérité il y a des années.

— C'est normal que vous vous fassiez du mauvais sang. Mais rappelez-vous, si vous leur aviez tout dit avant aujourd'hui, cela aurait pu les mettre en danger.

Atlas hocha lentement la tête et but une gorgée d'eau. Georg était bouleversé de voir combien ses mains tremblaient en tenant son verre.

— Ensuite, quand je ne serai plus de ce monde, et seulement alors, tu remettras ceci à mes filles. (D'une main frêle, il désigna les pages qui reposaient sur le bureau et dont l'encre n'était pas encore tout à fait sèche.) Si les filles pensent que je les ai trompées d'une façon ou d'une autre… cela gâchera tout.

Il porta une main à sa poitrine et un long silence s'installa entre les deux hommes. Atlas regarda Georg. Malgré sa peau ridée et ses cheveux blancs, ses yeux bruns étaient plus pénétrants que jamais.

— Tu sais exactement ce que j'étais allé faire. Je n'aurais jamais imaginé survivre.

— Non. Moi non plus, répondit doucement Georg.

Atlas ouvrit un tiroir de son bureau et sortit une enveloppe A4 en papier kraft. Il y glissa délicatement les nouvelles pages, replaça le tout dans le tiroir et tourna la clé dans la serrure. Puis il remit cette clé à Georg.

— Uniquement quand le moment sera venu. Quand je serai parti.

Atlas entreprit de nouveau de se lever, mais rencontra cette fois des difficultés. Georg lui offrit aussitôt le bras et son vieil ami se hissa sur ses pieds. Puis il l'étreignit, un acte qui fit apparaître des larmes dans les yeux des deux hommes.

— Je suis heureux que nous ayons pu nous revoir, mon vieux. Cela me donne l'occasion de dire quelque chose que j'ai omis la dernière fois.

— Quoi donc ?

— Qu'attends-tu pour le lui avouer ? lança Atlas avec un sourire en coin.

— Pardonnez-moi, mais je ne vois pas de quoi vous parlez, répondit Georg, perplexe.

Son employeur leva les yeux au ciel.

— Bon sang de bonsoir, mon vieux. Je parle de *Marina.*

Georg rougit aussitôt.

— Ah.

— Cela fait trente ans que tu es amoureux d'elle. Je suis la preuve vivante qu'il faut profiter du moment présent, maître Hoffman.

C'était la dernière fois que Georg avait vu Atlas Tanit. Il sortit un mouchoir de sa poche et s'épongea les yeux. Calant l'enveloppe sous son bras, il referma le tiroir du bureau et quitta le bureau désert.

— Ce sont les fameuses pages ? interrogea Ally en rangeant son portable et en montrant l'enveloppe.

Georg hocha la tête.

— Je vais en faire préparer des copies, comme pour le journal.

— Parfait. Nous le leur annoncerons au dîner. Après quoi tout le monde pourra lire.

— Ally… Je dois vous avouer que j'ai peur. Je n'ai aucune idée de la façon dont vos sœurs réagiront. Si elles suivent votre exemple, elles risquent de vouloir m'étrangler. Marina aussi. Je veux m'assurer qu'elle sera protégée.

— Du calme, Georg. Oui, elles seront désemparées, comme moi. Mais vous savez très bien que la douleur pourra vite être apaisée. Je suppose que vous avez parlé au capitaine Hans ?

— Oui. Il a ajusté notre trajectoire en conséquence.

— Très bien. Bon, dit-elle en prenant une profonde inspiration, je vous verrai au dîner.

* * *

Ce soir-là, les sept sœurs et leurs compagnons de voyage, ainsi que Ma et Georg Hoffman, se réunirent sur le pont supérieur du *Titan.* Chacun avait fourni un effort d'élégance pour l'occasion. Il était prévu qu'elles honorent la vie de Pa Salt en racontant les anecdotes préférées de leur enfance.

— Oh, mes chéries ! s'extasia Ma. Vous êtes toutes ravissantes. Ces jours-ci, il est rare que nous soyons toutes rassemblées. Malgré les circonstances, je conserverai soigneusement cette soirée dans ma mémoire.

Les filles avaient veillé à entourer Ma de soutien et d'affection après ce qui leur avait été révélé dans le journal. Elle n'aurait pas dû s'inquiéter un seul instant d'être jugée par ses pupilles pour ce qu'elle avait été autrefois.

— Ce que j'aimerais savoir, Ma, c'est si tu as fini par te réconcilier avec ton père, Louis ? demanda Star.

— Oui, ma chérie, répondit-elle en souriant. Votre Pa et, bien sûr, Georg, ont tout fait pour permettre des retrouvailles. Atlas m'a envoyée en avion aux États-Unis et mon père m'a accueillie à l'aéroport. Il était si nerveux. Comme vous l'avez lu, ma mère, Giselle, était une force de la nature et avait tout fait pour nous séparer, mon père et moi. Mais nous avons passé une semaine merveilleuse à Detroit et nous nous sommes ensuite rendu visite au moins une fois par an jusqu'à sa mort en 1987. C'est moi qui ai prononcé l'oraison funèbre à son enterrement.

— C'est si beau. Je suis sûre qu'il aurait été très fier, répondit Star.

— Je l'espère, chérie. Je regrette simplement de ne jamais avoir connu ma grand-mère Évelyne.

— Elle avait l'air extra, observa Électra.

— Elle s'est occupée de Pa comme une mère, ajouta Maia.

— Il parlait toujours d'elle avec beaucoup de tendresse, oui, poursuivit Ma. Donc, d'une certaine façon, j'ai l'impression de l'avoir connue malgré tout. Chaque année, à l'anniversaire de sa mort, nous allumions une bougie.

Maia s'était efforcée d'adopter un visage souriant afin de montrer à ses sœurs qu'elle s'était remise de la tragédie qu'elle avait vécue. Elle avait mené la conversation et s'exprimait avec enthousiasme.

— Pour être honnête, dit-elle, je m'inquiète beaucoup plus du projet « Atlas » de Zed. Tout le monde va en entendre parler.

— Cette enflure a toujours voulu avoir du pouvoir sur nous, cracha Électra. Quel connard. (Elle regarda Marina d'un air confus.) Désolée, Ma.

— Je crois que, cette fois-ci, je suis d'accord avec le terme choisi, chérie.

— C'était étrange, de lire les passages concernant sa mère, observa Tiggy. Je me souviens de Zed me disant qu'elle était bien plus jeune que son père. Et qu'elle était morte quand il était adolescent.

— C'est ce qu'il m'a raconté à moi aussi, se remémora Maia.

Marina soupira et haussa les épaules.

— Une pure invention, semblerait-il. Je suppose que c'est la seule chose pour laquelle on ne peut pas lui en vouloir. La perte d'un parent est un événement traumatisant, et avoir ce blaireau pour père… Pas étonnant qu'il ait désiré avoir une mère jeune qui aurait pu l'accompagner dans l'adolescence.

— N'y a-t-il rien que nous puissions faire contre Zed d'un point de vue juridique, Georg ? s'enquit Tiggy. Je sais qu'on ne peut pas protéger le nom de Pa pour éviter qu'il devienne une marque, mais si nous parvenions à prouver qu'il s'agit d'un acte malveillant… Qu'en pensez-vous ?

Georg regardait ses pieds et ne répondit pas.

— Georg ?

— Hmm ? Désolé, Tiggy, j'étais très, très loin d'ici.

— Ne vous en faites pas, répliqua-t-elle en riant. Cela peut attendre un jour de plus.

— Moi aussi, j'ai une question, Georg, intervint Star. Mais j'ai un peu peur d'entendre la réponse.

— Je vous en prie, Star.

— Quand j'ai été adoptée, Pa n'était pas au courant pour ma mère biologique, si ? Sylvia, qui m'avait confiée à sa mère ?

Georg secoua la tête.

— Bien sûr que non, Star. Le Palais avait informé Rupert qu'un bébé avait été déposé dans un orphelinat par Patricia Brown. La révélation que vous n'étiez finalement pas sa fille, mais sa petite-fille, n'est apparue que lors de vos propres recherches. Votre Pa n'en avait aucune idée.

— D'accord, je voulais juste m'en assurer, murmura-t-elle, visiblement soulagée.

— Cela aurait sans doute ôté l'éclat de ton adoption miraculeuse si Atlas avait su que tu avais une mère aimante qui ne voulait pas t'abandonner, intervint Mouse.

Star lui lança un regard furieux et il prit un air confus.

— Je suppose que j'ai une question semblable, intervint CeCe.

— Je vous écoute, l'encouragea Georg.

— Pa a-t-il bien laissé vos coordonnées à l'hôpital de Broome ? Pour que Sarah et Francis puissent vous contacter ?

— Absolument. J'ai même appelé l'hôpital à plusieurs reprises au fil des années pour vérifier que personne n'avait posé de questions à votre sujet.

— C'est bon à savoir, merci Georg, répondit CeCe, rassurée.

— Et ma grand-mère, Stella ? interrogea Électra. Je sais qu'elle et Pa ont fini par se rencontrer. D'ailleurs, c'est lui qui s'est retrouvé à lui raconter la moitié de mon histoire.

— Excellente question, Électra. Mon équipe et moi avons découvert que Cecily était devenue professeur dans une école de Harlem, créée spécifiquement pour envoyer des enfants noirs défavorisés dans les universités prestigieuses de l'Ivy League. Comme vous pouvez l'imaginer, c'était le seul professeur blanc. Elle était célèbre. Les gens se souvenaient d'elle.

— Ça ne m'étonne pas.

— Finalement, nous sommes parvenus à contacter Rosalind – l'amie de Cecily dont Stella était *officiellement* la fille sur les registres. Elle a pu nous parler de votre grand-mère… L'université de Columbia, l'organisation pour les droits civiques, une carrière aux Nations unies… sans parler de sa fille, Rosa.

— Ma mère, précisa Électra pour l'assistance.

— Oui. Votre Pa a parlé à Rosalind de la carte de visite qui avait été trouvée avec l'enfant à la Hale House. Rosalind n'en revenait pas. Elle lui a dit que Cecily avait conservé la carte comme porte-bonheur durant de nombreuses années, avant de la transmettre à Stella quand elle est repartie pour l'Afrique. Stella avait dû la donner à Rosa.

— Je commence à avoir mal à la tête, plaisanta Chrissie.

— Ouais, j'ai l'impression d'être dans un film ! lança Mary-Kate en buvant une gorgée de rosé.

— Quand nous avons voulu savoir ce qui était arrivé à Rosa, Rosalind a confirmé qu'elle était morte d'une overdose. (Électra baissa les yeux. Tiggy passa un bras autour de sa sœur.) J'ai demandé à certains de mes contacts à New York de se renseigner. Ils ont trouvé le…

— Le repaire des cocaïnomanes, termina Électra pour aider Georg.

— Oui, cet *endroit* que fréquentait Rosa. On nous a dit que quelqu'un vous avait emmenée quand vous pleuriez, pour ne pas alerter la police. Il semble que le dernier geste de votre mère ait été de glisser la carte de Pa dans la main de cet homme qui vous arrachait à elle. J'imagine qu'il l'a laissée dans le couffin avec vous. Quand on y réfléchit, elle vous a sauvée.

L'assemblée prit un instant pour réfléchir au caractère poignant de la décision de Rosa. Le silence fut brisé par la responsable du personnel de bord qui apparut et demanda si son équipe pouvait débarrasser.

— Oui, merci, confirma Ma.

Tandis que les employés récupéraient la plus belle vaisselle du *Titan*, Maia aurait juré voir la main de Jack se décaler subrepticement vers le genou d'Ally. Elle croisa le regard de sa sœur et haussa un sourcil. Ally rougit, confirmant ses soupçons. Cela la fit sourire intérieurement.

— Quelqu'un veut-il encore du vin ? demanda Charlie, recevant plusieurs signes de tête. Super. Je vais resservir le rouge. Miles, veux-tu bien t'occuper du blanc ? (Miles se leva pour s'exécuter et Charlie ouvrit soudain de grands yeux.) Mince, excuse-moi. Tu ne bois pas, n'est-ce pas ? Floriano, est-ce que…

Miles leva une main pour l'interrompre.

— Pas de soucis, doc. Ce n'est pas parce que je suis sobre que je ne peux pas servir les autres, heureusement.

Charlie poussa un rire nerveux. Alors que tous deux faisaient le tour de la table avec les bouteilles, CeCe fronça les sourcils.

— Le journal s'arrête à un moment très bizarre, non ?

Toutes les sœurs manifestèrent leur accord.

— Oui, enchérit Star. Georg, pourquoi le journal s'arrête-t-il en 1993 ?

L'avocat semblait nerveux.

— Votre père avait l'intention d'exposer la façon dont vous êtes chacune arrivées dans sa vie. Et, bien sûr, d'expliquer certaines des circonstances étranges qui ont entouré votre enfance et votre adolescence.

— Santé ! lança CeCe en levant son verre.

— Savez-vous ce qui est arrivé au diamant ? interrogea Tiggy. Il est souvent évoqué dans la première moitié du journal. Mais dès que Pa met le pied à Atlantis, il arrête d'en parler.

— Bonne remarque, Tigs. Est-ce qu'il l'a rendu aux Eszu ? demanda Électra.

— Votre père était très discret au sujet du diamant, même avec moi. Il détestait en parler, le considérant comme un symbole de tout ce qu'il avait perdu au cours de sa vie. Pour ce qui est de son emplacement actuel…

Georg se contenta de hausser les épaules.

— Peut-être l'a-t-il simplement… jeté dans l'océan ? suggéra Star en buvant son vin blanc.

Les convives se turent de nouveau, chacun tirant ses propres conclusions sur le destin de ce mystérieux diamant.

Puis Merry prit la parole :

— A-t-il poursuivi la recherche de ma mère après 1993 ? Continuait-il de voyager quand vous lui donniez une nouvelle piste, Georg ?

— Oui, Merry. Il n'a jamais, jamais cessé, jusqu'à ce que la dégradation de sa santé le force à espacer les vols au milieu des années 2000. Si vous êtes ici aujourd'hui, c'est uniquement grâce à sa détermination sans faille.

— Mais, au final, il n'a jamais réussi à localiser Ella ? s'enquit Maia.

Georg avala avec difficulté.

— Votre père ne l'a jamais retrouvée.

Merry poussa un profond soupir.

— Je me demande bien ce qui lui est arrivé.

— Ce que je ne comprends toujours pas, c'est comment vous avez trouvé les coordonnées qui nous ont guidées jusqu'à Merry, observa CeCe. Il y a quelque chose qui cloche. Vous avez dû recevoir de nouvelles informations il y a un an qui vous ont permis de graver la sphère armillaire ?

Georg opina du chef.

— En effet.

Star se pencha en avant.

— Alors ne laissez pas nos interrogations en suspens, Georg. Quelles étaient ces informations ?

Il hésita et s'épongea quelques instants le front.

— Cela avait-il un rapport avec Zed ? insista Maia. Puisque les coordonnées indiquaient une maison appartenant à sa famille ?

— Non. Cela n'avait rien à voir avec lui. Les filles… Je suis persuadé qu'il ne s'agit pas de la meilleure façon de procéder, se lança-t-il après avoir pris une grande inspiration. Néanmoins, une fois n'est pas coutume, aujourd'hui je me sens un peu pris au dépourvu. Comme vous le savez, le journal de votre père s'arrête en 1993. Il n'a plus écrit, notamment car son existence s'était apaisée. Je crois sincèrement que les deux dernières décennies de sa vie ont été les plus heureuses.

— Je sens un « mais » qui arrive, marmonna Électra.

— Après ce premier rendez-vous avec son médecin, quand nous savions que sa santé se détériorait, je lui ai demandé s'il souhaitait écrire le récit de ses premières années, avant le début du journal à Paris. (Georg marqua une pause pour boire une gorgée d'eau.) Il m'a répondu que, même s'il l'avait envisagé à maintes reprises, se replonger dans les souvenirs de la Russie le faisait trop souffrir. Toutefois, il s'est assuré que je sois capable de combler les blancs et de répondre aux questions que vous pourriez avoir.

— Tant mieux, parce que j'ai l'impression qu'il y a encore beaucoup de choses que nous ignorons, se lamenta Star. Nous ne savons même pas ce qui s'est passé entre Pa et Kreeg quand ils étaient enfants.

Électra croisa les bras.

— D'accord, Georg. Parlez-nous de la Russie.

— C'était mon intention. Mais il se trouve que, en raison d'éléments imprévus, il va être en mesure de vous raconter tout cela avec ses propres mots.

L'avocat se leva et disparut brièvement dans le salon. Maia se tourna vers Ally.

— Sais-tu ce qui se passe ? Merry et moi t'avons vue crier sur Georg dans le couloir tout à l'heure.

— Après le passage de Zed à la télévision, j'ai vu Georg dans tous ses états dehors, sur le pont. Sans entrer dans les détails, j'ai exigé de savoir pourquoi.

— Attends, c'est pour ça que tu voulais qu'on finisse le journal avant le dîner ce soir ? demanda Électra.

Ally acquiesça. Georg revint alors muni d'une grosse pile de papier blanc qu'il se mit à distribuer aux sœurs.

— De quoi s'agit-il ? De pages supplémentaires du journal ? interrogea Tiggy.

— Pas tout à fait, non, répondit Ally.

Star examinait les feuilles.

— Regardez l'écriture de Pa ici. Elle est loin d'être aussi soignée. Il avait de l'arthrite aux poignets ces dernières années, à cause de la voile. J'en conclus que… cela a été rédigé bien plus récemment. Ai-je raison, Georg ?

L'avocat hocha solennellement la tête.

— Quand a-t-il écrit ceci ? Juste avant de mourir ? demanda Merry.

Georg ne répondit pas à sa question. Au lieu de cela, il prit un moment pour se préparer et séparer ses sentiments de son devoir.

— Ce que vous avez sous les yeux est le véritable récit des derniers jours de votre père, et comment ils font le lien avec le début de sa vie. Je dois vous prévenir que ces pages contiennent des informations qui diffèrent de ce que Marina et moi vous avons toujours dit.

— Ma ? couina Tiggy.

— Je t'en prie, chérie, écoute Georg.

— Je souhaite que vous sachiez que Ma et moi n'avons jamais eu l'intention de vous mentir. Tout ce que nous avons fait au cours de l'année écoulée l'a été conformément aux souhaits de votre Pa. Marina et moi avons simplement mis son plan à exécution.

— Mon Dieu, gémit Électra.

Autour de la table, la tension était palpable. Georg poursuivit résolument :

— Vous avez toutes lu son journal et savez que Marina et moi-même lui devons tout. Il nous inspirait… une loyauté sans limites. Comme vous vous apprêtez à le lire, tout ce que nous avons fait l'a été pour garantir votre sécurité.

— Les rebondissements n'en finissent pas, murmura Maia en secouant la tête.

— Je sais, chérie, je sais, concéda Ma, les larmes aux yeux. Mais cette fois, ça y est. La vérité se trouve dans ces dernières pages.

— Je dois vous avouer que j'avais reçu des instructions strictes de la part de votre père et que je n'étais pas censé vous remettre ces pages finales avant… un moment précis…, reprit Georg, l'air grave. Mais après avoir discuté avec Ally plus tôt, j'ai décidé qu'il était juste que vous en preniez connaissance dès à présent.

Star semblait bouleversée.

— Georg… qu'allons-nous découvrir ?

Georg se contenta de secouer la tête.

— Ally ?

— Je ne les ai pas lues. Georg m'en a simplement donné un aperçu.

Plein d'audace, Jack lui passa un bras protecteur autour des épaules. Georg plaça ses mains derrière son dos et formula ses pensées :

— Comme vous le savez désormais, votre Pa a commencé à avoir des ennuis cardiaques vers ses quatre-vingt-cinq ans, ce que vous ignoriez à l'époque. S'il y a bien une chose qu'il souhaitait éviter, c'était de vous faire souffrir. (Toute l'assistance était en haleine, pendue à ses lèvres.) Après avoir lu son journal, vous connaissez également la menace que présentait Kreeg Eszu et qui… semble s'être perpétuée à la génération suivante. Lorsque votre père a pris conscience qu'il n'avait plus beaucoup de temps, et qu'il ne serait plus sur cette Terre pour vous protéger, il a élaboré un plan pour sauver ses filles de persécutions à venir de la part de Kreeg lui-même, ou de son fils Zed.

— Quel était ce plan, Georg ? demanda Tiggy avec angoisse.

— Le confronter.

— Oh, mon Dieu, murmura Merry.

— Ils sont morts le même jour…, souffla Maia. Ally, quand tu as aperçu le *Titan* ce jour-là, tu disais que l'*Olympus* était lui aussi dans les parages, n'est-ce pas ?

Ally hocha la tête.

— Attendez, il n'est pas mort à Atlantis comme vous nous l'avez dit ? interrogea CeCe d'une voix faible.

— Non.

— Putain, Georg ! Et je suppose que toi aussi, tu étais au courant, Ma ? Comment as-tu pu nous trahir ainsi ? cria Électra.

— Je sais que c'est déstabilisant, mais il ne faut pas leur en vouloir, tempéra Ally. L'histoire ne s'arrête pas là.

— Est-ce que Kreeg l'a tué ? Est-ce que *lui* a tué Kreeg ? Merde ! explosa CeCe.

— S'il vous plaît, les filles, vous devez lire son récit, implora Georg.

— On ne va pas rester assises ici à lire, c'est ridicule, grogna CeCe. Star, est-ce que tu voudrais bien lire ces pages à voix haute pour nous tous ? Comme tu l'as fait pour le reste du journal avec moi ?

— Oh. Est-ce ce que tout le monde souhaite ?

Tous les convives manifestèrent leur accord. Star semblait terriblement nerveuse de devoir assumer une telle responsabilité. Mouse lui posa doucement une main dans le dos. Elle prit une profonde inspiration et avala sa salive.

— Très bien, répondit-elle.

— Les filles, est-ce que les pièces rapportées peuvent rester ? s'enquit Chrissie. Ou est-ce que vous préférez qu'on fiche le camp ?

— Restez. Tous autant que vous êtes, déclara Maia, veillant à regarder également Jack et Mary-Kate. Tout le monde ici fait partie de l'histoire, d'une façon ou d'une autre. Je crois que nous devrions être rassemblés pour en connaître la fin.

— Je suis d'accord, acquiesça Ally en posant la tête sur l'épaule de Jack.

La tension était telle que personne ne réagit.

— Avant de commencer, dit Électra, Miles, rends-toi utile et va chercher quelques bouteilles de vin supplémentaires.

— Je prendrais bien un gin-tonic, ajouta Tiggy. Je crois que c'est ce qu'aurait choisi Pa dans un moment pareil.

— Moi aussi, déclara CeCe.

— Bonne idée, enchérit Star.

— Très bien, déclara Mouse en se levant. C'est parti pour une tournée de gin-tonics bien chargés. Allons-y, Miles !

Les sœurs d'Aplièse se préparèrent à ce qui allait leur être révélé. Chacune à sa façon, elles avaient eu des soupçons quant aux circonstances entourant le décès de leur père. Cet homme qui les aimait tant aurait-il vraiment pu les priver d'une occasion de lui dire au revoir ? Elles en avaient toujours douté.

Une fois que les boissons furent distribuées et que tous se furent rassis, Star s'éclaircit la voix.

— Prêts ?

— Oui, Star, répondit Ally au nom du groupe. Nous sommes tous prêts.

Star se tourna vers les papiers devant elle.

— Allons-y, alors. « Mes filles. Mes filles *si* chéries… »

Pages finales de Pa Salt

À bord du *Titan*

Juin 2007

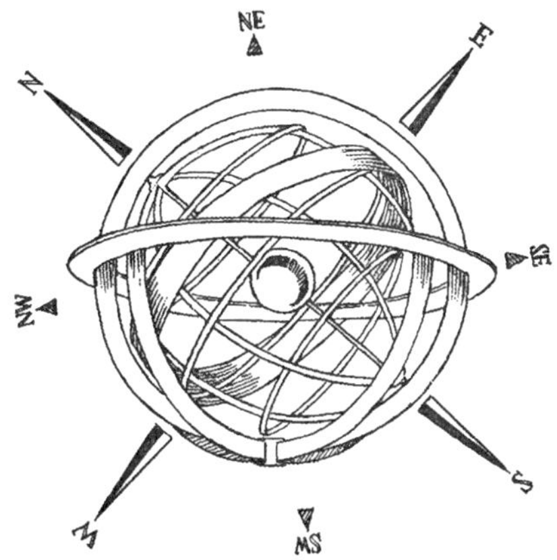

55

Mes filles. Mes filles *si* chéries. Si vous lisez ceci, alors Georg a accompli son devoir. Vous saurez que j'ai vraiment quitté ce monde et serez prêtes à connaître les circonstances de mon départ. Soyez assurées que je veille sur vous depuis l'au-delà, ce en quoi je crois de tout mon cœur, comme vous le savez.

Si Georg a suivi mes instructions, vous aurez chacune entrepris un sacré voyage récemment, découvrant votre passé et les raisons pour lesquelles je vous ai adoptées. J'imagine que certains éléments se sont révélés douloureux, mais j'espère que ce cheminement vous a aussi apporté son lot de joies. Je suppose que vous avez désormais lu mon journal et que tout blanc dans l'histoire de notre rencontre a été comblé. Vos familles biologiques m'étaient toutes très chères et je leur dois ce que je suis devenu.

Je souhaite être parfaitement honnête avec vous. Les pages qui suivent n'étaient pas prévues au départ. Comme j'espère réussir à l'expliquer, les événements que j'avais en tête ne se sont pas déroulés comme prévu. Loin de là.

Mon journal vous aura appris que toute mon existence a été assombrie par la vie d'un autre. Kreeg Eszu croit que moi, Atlas Tanit, ai tué sa mère et volé un diamant d'une valeur inestimable alors que nous mourions de faim en Sibérie dans les années vingt. Pour cette raison, comme vous le savez désormais, il m'a poursuivi ma vie entière.

À l'automne 2005, j'ai subi un léger infarctus, dont je ne vous ai pas informées pour ne pas trop vous inquiéter. Cependant, les médecins genevois ont réalisé des analyses et m'ont appris que mon cœur faiblissait et que, s'ils ne pouvaient l'affirmer avec certitude, il était peu probable que j'atteigne les quatre-vingt-dix ans. J'ai accepté cette nouvelle avec sérénité. J'ai vécu longtemps, très longtemps – plus longtemps que je n'aurais pu l'imaginer. Le plus grand privilège de ma vie a été de vous voir chacune devenir une femme remarquable, et je remercie mes étoiles porte-bonheur de m'avoir accordé tout ce temps sur Terre.

Néanmoins, la nouvelle de ma santé défaillante m'a poussé à agir sans attendre. Sans moi pour vous protéger, je craignais que Kreeg lui-même ou son fils Zed n'essaient de vous persécuter. Par conséquent, avec Georg et Ma, avec qui j'ai eu l'honneur de travailler une grande partie de ma vie, j'ai élaboré un scénario qui, je le croyais, empêcherait Kreeg et son fils de revenir vous menacer, à tout jamais.

Comme vous l'aurez compris, Kreeg Eszu cherche à se venger d'un acte que je n'ai évidemment pas commis. Néanmoins, j'ai pensé que si je permettais à Kreeg de prendre enfin la revanche qu'il attend depuis quatre-vingts ans, en m'offrant à lui, nous pourrions peut-être conclure un accord garantissant que Zed et lui vous laissent tranquilles. Au printemps 2007, j'ai contacté Eszu par le biais d'une lettre envoyée à Lightning Communications. Dans cette lettre, je lui exposais les regrets que je nourrissais pour tout ce qui s'était produit entre nous et lui indiquais que je souhaitais lui donner la possibilité de « réparer les torts ».

Je n'ai pas été surpris quand, moins de vingt-quatre heures plus tard, Georg a reçu un appel de la secrétaire de Kreeg. Un lieu a alors été fixé pour notre rencontre : une crique isolée au large de Délos, en mer Égée.

Afin de vous préserver de l'abominable vérité, sachant que de toute façon je me dirigeais droit vers la mort, j'ai demandé qu'on vous dise que j'avais succombé à une crise cardiaque fatale, que mon corps avait été placé dans un cercueil de plomb et emmené en mer à bord du *Titan* où des obsèques privées avaient eu lieu.

Sans l'ombre d'un doute, cette partie de mon plan était la plus difficile à exécuter. Je suis conscient de la douleur et de l'incompréhension que vous aura causées une telle annonce, et pour cela, et bien d'autres choses encore, je suis profondément, sincèrement désolé. Mais j'espère que vous comprenez que c'était la seule solution pour éviter que vous ne découvriez que j'avais été tué par Kreeg Eszu.

Le 19 juin, je pris les commandes du *Titan* au port de Nice, indiquant à Hans Gaia de venir le récupérer dans la crique de Délos quatre jours plus tard. Hans essaya de m'en dissuader, évoquant les dangers, mais aussi les lois qui m'interdisaient de piloter le yacht seul, mais je tins bon et, en tant que propriétaire, ordonnai à tout le personnel navigant de quitter mon navire.

En dépit des circonstances, ma croisière en direction de Délos fut une expérience agréable, remplie de souvenirs de notre vie ensemble. Je vous assure que je ne ressentais rien d'autre que de la sérénité au cours de ce qui, j'en étais certain, serait mon dernier voyage.

Le troisième jour de la traversée, je manœuvrai prudemment le *Titan* dans la baie convenue pour le rendez-vous et constatai que l'*Olympus* m'y attendait. Sur la proue se tenait une silhouette solitaire. Je tournai le yacht afin que les deux bateaux soient parallèles, jetai l'ancre et sortis sur le pont supérieur.

Face à moi se trouvait le visage qui hantait mes cauchemars depuis quatre-vingts ans. Le visage que j'avais vu le pire jour de ma vie en Sibérie, dans un café à Leipzig et devant la librairie Arthur-Morston. Pendant un moment, nous gardâmes le silence, nous dévisageant l'un l'autre.

— Bonjour, Kreeg.

— Bonjour, Atlas. Cela fait bien longtemps que j'attends de te revoir.

— Je sais. Puis-je monter à bord ?

Kreeg sourit et saisit une passerelle en métal sur le pont de son bateau. Il m'en passa une extrémité. J'y grimpai avec prudence et rampai du *Titan* à l'*Olympus.*

— Je vois que tu as un peu perdu de ton agilité, ricana Kreeg.

— Cela n'a jamais été un de mes points forts. Je me souviens que tu étais toujours plus rapide quand nous jouions au foot dans la neige.

— Inévitablement, gloussa-t-il. Tu passais trop de temps plongé dans tes livres.

— Peut-être. Puis-je demander si nous sommes seuls ?

— Oui.

Il attrapa lentement quelque chose derrière son dos. Je savais ce qui se préparait. Il exhiba un petit pistolet en métal et le pointa vers mon ventre.

— Reconnais-tu ceci, Atlas ?

Je secouai la tête et répondis calmement :

— J'ai peur que non.

— C'est un Korovin.

Je haussai les sourcils.

— Bien sûr. Le premier pistolet semi-automatique soviétique, si je ne m'abuse ? Tous les gardes en avaient quand nous étions petits. Les bolcheviques aussi.

— Je suis heureux de constater que ta mémoire est encore intacte.

Kreeg s'approcha de moi d'un pas lent, jusqu'à n'être plus qu'à quelques centimètres. Il pointa fermement le canon dans mon abdomen.

— J'ai conservé celui-ci. Je l'ai pris à un soldat mort. Au fil des années, je l'ai gardé dans l'espoir que nous soyons de nouveau réunis, toi et moi.

— Avant de me tuer, Kreeg, voudrais-tu connaître la vérité ?

— La vérité ? répéta-t-il avant d'éclater d'un rire profond, guttural. En voilà un mot intéressant. Ne t'inquiète pas, Atlas. Je n'ai pas attendu aussi longtemps pour te tuer à vue. Moi aussi j'ai des choses à te dire. À présent, tourne-toi. Les mains en l'air.

— Comme tu voudras.

Je suivis ses instructions et il pointa le pistolet dans mon dos.

— Marche jusqu'à l'arrière du pont. J'y ai installé une table et deux chaises pour que nous puissions tenir notre dernière conversation.

Nous parcourûmes lentement le pont de l'*Olympus*, jusqu'à la poupe du yacht. Une table en acajou trônait entre deux chaises de salon.

— Assieds-toi, m'ordonna-t-il.

Je tirai une chaise en arrière, lui aussi. Tenant toujours fermement le pistolet, il plaça la main sur la table entre nous, le canon orienté vers ma poitrine.

— Ton yacht est magnifique, observai-je.

— Pas aussi majestueux que le tien, cracha-t-il.

Nous nous fixâmes. Ses yeux étaient si pleins de rage. Je tentai de le calmer.

— Me voilà devant toi, sans défense, après t'avoir fui pendant toutes ces années. J'attends que tu prennes ce que tu as toujours cru être ta légitime revanche. Je ne te demande qu'une chose, Kreeg : qu'après ma mort, tu considères la querelle close. Que toi et ton fils laissiez mes filles en paix.

Kreeg m'adressa un autre sourire menaçant, révélant cette fois une série de dents blanchies.

— Pour moi, Atlas, elle est close depuis de nombreuses années.

— Ah oui ?

Eszu haussa les épaules.

— Tu crois que je n'aurais pas pu me pointer à ta porte à n'importe quel moment au cours des quarante dernières années ? Atlantis. Un palais personnel au nom pompeux caractéristique.

— Tu sais où je me trouve depuis tout ce temps ?

— Bien sûr que oui. Depuis les années soixante-dix.

— Alors pourquoi n'es-tu pas venu ?

Kreeg sourit de nouveau jusqu'aux oreilles.

— Chaque chose en son temps.

— Est-ce parce que tu te servais de ton fils pour tourmenter mes filles ?

— Il ne fait aucun doute que tes filles ont pour lui… un certain charme. (Kreeg arma le pistolet.) Bon, que souhaitais-tu me dire avant de mourir ?

Je secouai la tête.

— Je commence à me demander quel en serait l'intérêt. Je t'ai révélé la vérité il y a plus de quatre-vingts ans, alors que nous nous tenions près du corps de ta mère. (La mâchoire de Kreeg se tendit et il plissa les yeux.) Nous étions frères, Kreeg. Tu ne m'as pas cru alors. Pourquoi me croirais-tu aujourd'hui ?

— Qu'y a-t-il à *croire*, Atlas ? Je n'oublierai jamais cette vision de toi, debout à côté d'elle, sa précieuse icône à la main. Une icône couverte de son sang. Tu l'as utilisée pour la frapper à mort. La bourse en cuir contenant le diamant, autour de ton cou, confirmait tes motivations.

Je frissonnai en me remémorant la scène.

— Je t'ai raconté ce qui s'était passé. Comme tu le sais pertinemment, ta mère couchait avec un haut gradé de l'Armée rouge pour mettre de la nourriture sur notre table. (Kreeg grimaça.) Je ne savais même pas qu'elle avait un diamant. Elle m'avait juste confié qu'elle possédait quelque chose de grande valeur qu'elle avait supplié l'officier de vendre pour elle, afin que nous puissions nous nourrir, Kreeg. Te souviens-tu à quel point nous étions affamés ? À quel point nous avions froid ?

— ÇA SUFFIT ! hurla Kreeg en frappant sur la table de son poing libre.

— Je te demande juste d'écouter. Cette nuit-là, j'ai essayé de te prouver que ta mère avait pris conscience de son erreur et m'avait demandé d'emporter un « objet de valeur » à son cousin à Tobolsk pour le mettre en sécurité, afin que les bolcheviques ne le trouvent pas s'ils venaient fouiller la maison. J'avais une lettre, de la main de ta mère. Elle l'avait écrite à l'attention de son cousin. Mais quand tu as découvert la scène, tu ne l'as même pas lue.

— C'était inutile, grogna-t-il.

— Au lieu de cela, tu l'as chiffonnée et fourrée dans ma bouche…

— Tu MENTAIS pour sauver ta misérable peau. Tu *savais* pour le diamant ! Ne me dis pas le contraire ! Tu le voulais pour toi. Alors tu as attendu qu'elle soit en position de faiblesse pour…

Sa voix se mit à trembler et ses yeux s'emplirent de larmes. Je repris avec calme et résolution :

— J'ignorais tout du diamant jusqu'à cette nuit-là, tandis que je m'enfuyais de la maison alors que tu essayais de me tuer. Mais cela n'a plus d'importance. Tu n'accepteras jamais mon récit. Je t'en prie, je t'en supplie, venge-toi comme tu en as toujours rêvé.

Il se mit à respirer bruyamment. Sans me quitter du regard, il sortit une gélule de sa poche. Il l'avala sans eau et grimaça.

— Je suis certain que tu as eu vent du diagnostic des médecins. On en a parlé dans les journaux.

— Oui. J'ai été navré de l'apprendre. Le cancer est la plus cruelle des maladies.

Il haussa les épaules.

— Le cancer n'est rien face à ce que tu m'as pris ce jour-là.

Je soupirai.

— Je ne t'ai rien pris, je te le jure. Mais si tu veux dire par là qu'il est bien cruel de ne jamais connaître l'amour d'une mère, alors tu as raison.

Il ricana.

— Excellente remarque, Atlas. Tu ne t'es pas contenté de tuer *ma* mère. Tu as tué la tienne des années plus tôt !

Ses mots m'infligèrent une douleur viscérale.

— Je sais. J'y ai souvent pensé, regrettant que l'univers ne m'ait pas choisi moi à sa place, le jour de ma naissance.

Il s'appuya contre le dossier de sa chaise, visiblement heureux de me voir souffrir.

— Paradoxalement, tu ne serais pas en vie si ma mère n'avait pas été là. C'est elle qui t'a fait naître.

— Je sais. Elle me l'a raconté bien souvent, et j'espère avoir réussi à la remercier en me comportant comme un enfant dévoué, en particulier après le départ de mon père.

Kreeg soutint mon regard.

— Cette lettre dont tu parles. Celle de ma mère. C'est bien dommage que tu ne l'aies plus.

— Si, je l'ai toujours.

— Quoi ?

— Je l'ai conservée précieusement. Souhaiterais-tu la lire ? (Il hocha la tête.) Puis-je mettre la main dans ma poche ?

— Lentement.

Je récupérai doucement la missive et la posai sur la table.

— La voilà. En mauvais état et couverte de traces de dents qui datent de cette terrible journée.

Il fixa l'enveloppe.

— Elle est adressée à Gustav Melin.

— Oui. Le cousin de ta mère.

— Ouvre-la, Atlas. Si tu crois que je vais lâcher ce pistolet, tu te mets le doigt dans l'œil.

— Comme tu voudras.

Je saisis l'enveloppe et en sortis délicatement la vieille feuille de papier, avant de la glisser sous le nez de Kreeg. Il observa le contenu.

Cher Gustav,

J'espère que vous allez bien, Alyona et toi. Je regrette de ne pas avoir pris de nouvelles aussi souvent que je l'aurais souhaité. La vie est difficile depuis la mort de Cronus.

Comme tu le sais, l'Armée rouge suit nos moindres faits et gestes. Pour cette raison, j'aimerais te demander une faveur.

Si tu lis ceci, cela signifie que le jeune Atlas est arrivé jusqu'à toi. C'est un messager de confiance qui porte sur lui un paquet d'une valeur inestimable. Gustav, tu es le seul parent qu'il me reste. Je dois te demander de garder ce paquet en lieu sûr, jusqu'à ce que les tensions s'apaisent, quand, je l'espère, nous ne serons plus épiés. Je te demande de ne pas déballer le paquet mais, si tu le fais, je sais que tu seras tenté de vendre l'objet pour toi. S'il te plaît, Gustav, malgré la tentation, n'oublie pas que j'ai deux garçons affamés à ma charge. Lorsque j'en aurai la possibilité, je vendrai l'objet et te récompenserai d'une belle commission.

Si je te demande cela aujourd'hui, c'est que j'ai commis une erreur. J'ai informé un soldat bolchevique de son existence, et je crains qu'il vienne s'en emparer.
Je te prie de bien vouloir confirmer à Atlas que tu acceptes de garder le paquet, après quoi il te le remettra.
Merci, Gustav. Je suis persuadée de pouvoir compter sur ta loyauté.
Affectueusement,
Rhea Eszu

— Reconnais-tu l'écriture de ta mère ?

— Oui. Je ne doute pas qu'elle ait écrit cette lettre. Mais cela ne t'absout en aucune façon. Cela ne change rien.

— J'espère que cela te permet de comprendre les événements de cette journée. Ce matin-là, ta mère m'a remis la lettre, puis une bourse en cuir qu'elle a attachée autour de mon cou. Je te jure que j'en ignorais le contenu.

— Balivernes ! Pourquoi ma mère t'aurait-elle confié une tâche aussi importante ? Comme tu l'as admis toi-même, j'étais plus fort. Et j'étais la chair de sa chair.

— Voilà précisément la raison pour laquelle elle m'a choisi, moi. C'était un trajet de plus de trente kilomètres par un froid glacial. Il n'était même pas certain que je survive à l'expédition. Elle te protégeait.

— Une excuse qui t'arrange bien.

— C'est la stricte vérité. Comme tu dois t'en souvenir, tu n'étais de toute façon pas à la maison ces jours-là, puisque tu suivais des cours dans le village voisin. Une possibilité qui n'avait été offerte qu'à l'un d'entre nous. Si cela ne te prouve pas que ta mère n'avait que ton intérêt en tête, je ne sais pas ce qu'il te faut.

Il souleva son pistolet de quelques centimètres.

— Continue.

Je déglutis avec difficulté.

— Je me rappelle avoir ouvert la porte pour partir. Le vent soufflait si fort qu'il a failli me repousser à l'intérieur. Mais j'ai lutté et refermé la porte derrière moi. J'ai parcouru une centaine de mètres avant de les apercevoir.

— Qui ?

— Les soldats. Les bolcheviques. Ils étaient cinq. Je savais que leur présence était synonyme d'ennuis. J'avais peur… alors je me suis précipité vers l'abri à charbon et m'y suis caché. Alors qu'ils s'approchaient de la maison, j'ai reconnu le chef de file, l'homme qui couchait avec ta mère. Ils ont tambouriné à la porte, mais ta mère n'a pas ouvert. Alors ils ont dégainé leur pistolet, ont tiré sur la poignée et sont entrés de force. Je l'ai entendue hurler… (Je dus m'arrêter un instant pour me ressaisir, encore hanté par ce bruit dans mon esprit.) Puis ils ont retourné la maison. Ils ont fracassé les vases, les lampes, éventré les lits… tu te souviens des dégâts.

— Oui, répondit Kreeg après un silence.

— Ils ont fouillé longtemps. Mais ils ne pouvaient pas trouver ce qu'ils cherchaient, puisque je l'avais autour du cou. N'obtenant pas ce qui leur avait été promis, les hommes se sont énervés contre leur meneur, le traitant de menteur, le maudissant de les avoir amenés là. Ce qui a poussé celui-ci à s'en prendre à ta mère. Elle a clamé son innocence, mais il ne l'a pas écoutée. Je l'ai entendue l'implorer… Elle disait qu'elle avait un fils, qu'il ferait de lui un orphelin…, racontai-je, les larmes aux yeux. Il y a eu une série de coups et les cris de ta mère se sont faits de plus en plus faibles, jusqu'à ce que le silence s'installe. Puis les hommes sont simplement partis, retournant dans la neige d'où ils étaient venus. Au bout d'un moment, j'ai osé sortir de l'abri à charbon. J'avais si peur… Je suis entré et j'ai vu ce qu'ils avaient fait. Ils avaient détruit notre maison. J'ai appelé ta mère, mais je ne m'attendais pas à recevoir de réponse. Je l'ai trouvée à côté de l'icône que le tsarévitch avait offerte à ton père en remerciement de ses loyaux services. C'était l'arme que les hommes avaient utilisée, sans doute comme un dernier message de haine envers le tsar et toutes les personnes qui lui étaient associées.

Kreeg pianotait sur la table.

— Tu l'avais dans ta main quand je suis entré dans la pièce.

— Oui. Je l'avais prise pour l'éloigner d'elle. C'est tout, je te le jure sur la vie de mes filles.

Kreeg osa détacher son regard de moi pour le plonger dans la mer.

— Je savais que quelque chose n'allait pas quand je me suis approché de la maison, parce que la porte était ouverte. Je suis entré sans un bruit, ignorant qui je découvrirais. Mais il n'y avait que toi. (Il se retourna pour croiser mon regard.) Te rappelles-tu ce que tu m'as dit ?

Je déglutis avec peine.

— Je suis désolé, murmurai-je.

— Je ne pensais pas que tu étais désolé pour ce que tu avais fait. Je pensais que tu étais désolé d'avoir été surpris.

— Tu t'es jeté sur moi, Kreeg, sans me laisser le temps de t'expliquer. Je me souviens encore de la force avec laquelle tu m'as arraché l'icône ensanglantée des mains. Tu étais si puissant.

— Mais tu as lutté pour la récupérer...

— Et tu m'as plaqué à terre.

Kreeg se lécha les lèvres en se remémorant la scène.

— Pendant la bagarre, ta chemise s'est déchirée. C'est là que j'ai vu la bourse en cuir. Je l'avais repérée à maintes reprises autour du cou de ma mère. J'ai alors compris ce que tu avais fait. Voleur. Assassin.

— La différence entre nous, Kreeg, c'est que tu savais pertinemment ce que contenait la bourse. Moi non.

— C'est ce que tu prétends. Oui, j'étais au courant pour le diamant. Moi aussi, je l'avais entendue en parler, en termes bien plus explicites. C'était ma voie de sortie. Mon ticket vers le salut. Et tu me l'as pris. Tu m'as tout pris, souffla-t-il en secouant lentement la tête.

— Je suis parvenu à extraire la lettre de ma poche pour l'agiter sous ton nez, et tu as essayé de m'étouffer avec.

— Ça a failli marcher.

— Oui. Si je n'avais pas réussi à attraper l'icône...

— Et à m'attaquer avec.

— À me *défendre* avec... Je serais mort.

— Nous y remédierons bientôt, Atlas.

— Nous connaissons tous deux la suite. Pendant que tu étais sonné, je me suis enfui dans la neige. J'étais déjà habillé pour un long voyage. J'étais loin de me douter de la durée dudit voyage…

— Lorsque j'ai repris mes esprits, je t'ai suivi à la porte.

— Et les mots que tu as criés alors n'ont cessé de me hanter depuis.

— Je te retrouverai, Atlas Tanit, où que tu te caches. Et je te tuerai, répéta Kreeg.

Je hochai la tête.

— J'ai couru aussi longtemps que j'en avais la force, afin de mettre autant de distance que possible entre toi et moi. J'ai fini par m'effondrer dans une grange abandonnée.

Les souvenirs étaient si précis dans ma mémoire. C'était comme revivre chacun de ces instants douloureux.

— J'étais terrorisé, Kreeg. J'étais seul au monde. Alors j'ai décidé d'essayer de retrouver mon père.

Kreeg se caressa le menton.

— C'est ce que j'imaginais. Je pensais que l'hiver sibérien aurait peut-être raison de toi… mais tu as survécu. Je n'ai jamais eu l'occasion de te demander comment.

Il me regarda d'un air interrogateur.

— Je l'ignore. Mon voyage à travers la Russie a duré dix-huit mois. Je savais que la Suisse se situait directement à l'ouest de Tobolsk, alors c'est par là je suis parti.

— Comment savais-tu dans quelle direction tu allais ?

Je désignai le ciel.

— Grâce aux étoiles. Mon père passait des heures à me parler des Sept Sœurs. C'est ainsi que je me suis repéré.

Kreeg ricana.

— Je veux bien le croire, mais comment as-tu fait pour ne pas succomber au froid et à la faim ?

Je fermai les yeux.

— Je suis convaincu que les étoiles m'ont protégé. Lorsque j'étais au plus mal, je suis toujours tombé sur une cabane déserte ou sur un inconnu bienveillant qui me prenait en pitié. Toutefois, j'ai honte d'avouer que j'ai été obligé de faire certaines choses dont personne ne serait fier.

— Tu as volé ?

— J'ai volé. J'ai menti. J'ai manipulé des gens. Mais j'ai survécu.

Kreeg m'examina minutieusement.

— Personne ne croirait qu'un enfant de huit ans peut survivre dix-huit mois dans la nature russe.

Je fus un peu trop prompt à lever les mains pour exprimer mon incrédulité, et Kreeg resserra sa prise sur le pistolet.

— J'ai expérimenté certaines choses dans ma vie qui m'ont confirmé que la vie dépassait le domaine physique. Je ne peux pas expliquer comment, mais j'ai survécu. (Il souffla, insatisfait de ma réponse.) Finalement, j'ai même dépassé la Suisse. Je me suis retrouvé dans un jardin près de Paris, sous un buisson où je me suis effondré pour de bon.

Mon ennemi restait englué dans son propre récit, malgré la vérité qui venait de lui être révélée.

— Tu essayais donc de retrouver ton père pour lui donner le diamant. Il était au courant de son existence et t'avait demandé de le voler ! Vous aviez comploté tous les deux.

Je rejetai son affirmation.

— Je ne t'en veux pas, Kreeg, mais tu portes des œillères. Je te jure sur la vie de mes filles que j'ignorais tout du diamant. Je ne savais même pas qu'il s'agissait d'un diamant jusqu'à ce que je sois dans cette grange et que je regarde à l'intérieur de la bourse en cuir. Et même alors, je croyais que c'était de l'onyx ou une sorte de pierre semi-précieuse, car ta mère l'avait recouvert de cirage noir et verni de colle, celle qu'elle utilisait pour ses sculptures en os. Ce n'est que lorsqu'il a laissé des marques sur mes doigts que j'ai pris un chiffon pour le nettoyer et que j'ai découvert ce qui se cachait dessous. Tiens.

Je déboutonnai lentement le haut de ma chemise et retirai la bourse en cuir usée que je portais autour du cou.

— Qu'est-ce que c'est ?

— À ton avis ? Je regrette que tu ne m'aies pas donné la possibilité de te le rendre il y a quatre-vingts ans, mais tu voulais d'abord me tuer et, à l'époque, je n'avais pas envie de mourir. Ni les autres fois où tu m'as traqué et où je me suis de nouveau sauvé. À Leipzig, lorsque tu as mis le feu à l'immeuble où je logeais, ou à la librairie de Londres… Je l'ai tout de même conservé toutes ces années. J'espérais que, le moment venu, je pourrais te le rendre en échange de ma vie et de la sécurité de mes filles.

Il saisit la bourse et tenta de défaire le cordon d'une main, ce qui se révéla impossible.

— Inutile de garder ce pistolet pointé sur moi, Kreeg. J'ai quatre-vingt-neuf ans. Même si je le souhaitais, je ne pourrais pas m'échapper. N'oublie pas que je suis ici de mon plein gré.

Il réfléchit et, après quelques instants, posa lentement l'arme sur la table. Puis il ouvrit la bourse et en sortit délicatement le diamant. Il le scruta, puis se mit à frotter le cirage sur son pantalon. Enfin, il leva le diamant qui étincela de magnificence sous le soleil méditerranéen. Kreeg semblait véritablement perplexe.

— Pourquoi ne pas l'avoir vendu ?

— Il ne m'appartenait pas.

— Donc tu reconnais l'avoir volé !

— Non. Je reconnais qu'en raison de circonstances indépendantes de ma volonté, il s'est retrouvé en ma possession.

Kreeg garda un moment le silence et, pour la première fois, je vis le doute s'immiscer dans ses yeux.

— Tu as gardé le diamant, soit. Mais tu ne pourras jamais me rendre ma mère.

— Non, mon frère. Mais si ce n'était pas pour le diamant, dis-moi s'il te plaît pourquoi j'aurais souhaité sa mort ? Elle était tout ce que nous avions. Crois-moi quand je te dis que je l'aimais.

Kreeg faisait rouler le diamant dans sa paume.

— Tu aimais surtout l'idée d'avoir quelque chose à te mettre sous la dent.

Je laissai tomber ma tête entre mes mains.

— Comment prouver l'amour que l'on ressent pour quelqu'un ? Il est ancré dans l'âme et se fonde sur la confiance. Si tu me faisais confiance, comme je le croyais alors, tu saurais que je n'aurais jamais pu lui faire de mal.

— De belles paroles, Atlas. Tu as toujours été doué pour ça. En tout cas, le diamant est sublime.

— Un diamant sublime que je t'ai… à présent… rendu.

Je fermai les yeux. L'air marin, frais et salé, m'emplit les poumons et je sentis la chaleur du soleil sur mon visage. Sans le vouloir, j'étirai mes bras au-dessus de ma tête et une paix merveilleuse m'envahit.

— Kreeg… je ne porte plus le poids du monde sur les épaules. Je te suis reconnaissant de m'avoir donné la possibilité de te raconter ce qui s'est réellement passé, que tu me croies ou non. Désormais, je suis libre… Prends le pistolet, mon frère. Je me suis rendu et je suis heureux de mourir.

Eszu hésita.

— Y a-t-il quelque chose que tu souhaiterais me demander auparavant ?

Je réfléchis quelques instants.

— Il se trouve que oui. Tu sembles persuadé que j'étais au courant de l'existence du diamant. Tu as dit que tu croyais que mon père m'en avait parlé. Kreeg, ce n'était pas le cas. Alors, s'il te plaît, dis-moi ce qui te faisait penser cela.

Eszu hocha la tête.

— Comme tu voudras, Atlas. Tu m'as raconté ton histoire. À mon tour de te raconter la mienne. Commençons par ta naissance.

56

Tioumen, Sibérie, 1918

Le règne du tsar Nicolas II avait été caractérisé par un mécontentement croissant au sein de son peuple, qu'il n'avait réussi ni à calmer ni à étouffer. La colère avait été causée en grande partie par la répartition des terres dans le pays au profit de l'aristocratie.

La majorité des Russes, profondément religieux, assistaient tous les dimanches à la messe où il était prêché que Nicolas était devenu tsar par la volonté de Dieu. Cependant, tandis que la famine s'installait, les congrégations se demandèrent peu à peu pourquoi leur dirigeant divin exigeait tant de terres et de pouvoir pour exercer ses fonctions, quand leurs familles mouraient de faim. Aussi le mouvement social-révolutionnaire commença-t-il à prendre de l'ampleur. Il culmina en février 1917 quand, à l'issue de nombreuses journées de protestation et de violents affrontements, le tsar n'eut d'autre choix que de renoncer à sa couronne. Il passa le pouvoir à son frère, le grand-duc Michel Alexandrovitch. Mais celui-ci avait senti dans quelle direction soufflait le vent et refusa de monter sur le trône, déclarant qu'il ne le ferait que s'il obtenait un mandat démocratiquement.

Par conséquent, un gouvernement provisoire fut formé, sous la houlette d'Alexandre Kerenski. La solution initiale au problème de la monarchie, désormais inutile, semblait être l'exil. Après février, les opportunités d'asile paraissaient assez prometteuses. Toutefois, après des mois de débat, France et Royaume-Uni retirèrent leurs offres de résidence car la femme du tsar, Alexandra, était considérée comme une partisane de l'Allemagne.

La question de l'avenir de la famille restait donc ouverte mais, sous Kerenski, les Romanov n'étaient pas en danger. Après la révolution, les membres de la famille royale furent escortés jusqu'à la résidence du gouverneur à Tobolsk où ils purent vivre confortablement, grâce à une subvention importante du gouvernement. En outre, plusieurs membres de la Cour avaient eux aussi eu la permission de les accompagner. Le tsar et la tsarine avaient ainsi choisi leurs compagnons les plus fidèles.

Quelques mois plus tard, la révolution d'Octobre éclata. Le peuple était mécontent de la poursuite de l'engagement russe dans la Première Guerre mondiale et de la main de fer avec laquelle gouvernait Kerenski. L'Armée rouge bolchevique renversa le gouvernement provisoire et s'empara du pouvoir, plaçant Vladimir Lénine à la tête du nouveau régime.

Soudain, les perspectives de la famille royale russe s'assombrirent. Les bolcheviques débattaient de son sort avec virulence : certains prônaient l'extradition, d'autres souhaitaient que la famille soit emprisonnée à vie, mais beaucoup désiraient son exécution pure et simple, afin d'éliminer ce qu'ils considéraient comme un cancer empêchant la véritable égalité entre les Russes.

Après la prise du pouvoir par Lénine, toute sortie des Romanov de la résidence du gouverneur était contrôlée et minutée. La famille n'avait même plus le droit de se rendre à la messe le dimanche. Inutile de préciser que la subvention que lui avait accordée le gouvernement Kerenski fut supprimée, et des « produits de luxe » tels que le beurre et le café disparurent du jour au lendemain de leur table.

Les dirigeants du parti convinrent finalement que le mieux était d'organiser un simulacre de procès à Moscou pour Nicolas II, afin que les bolcheviques puissent démontrer leur pouvoir. Mais pour cela, ils avaient besoin du tsar vivant.

Ce qui n'était pas garanti. Au sein des rangs inférieurs, le mécontentement au sujet du destin du tsar enflait et, en mars 1918, des factions rivales des bolcheviques descendirent sur Tobolsk. Craignant pour la sécurité de la famille royale, le gouvernement nomma un commissaire spécial pour l'emmener à Iekaterinbourg, une ville à plus de cinq cents kilomètres de là.

Le commissaire Vasily Yakovlev et ses hommes entamèrent ce dangereux voyage au beau milieu de la nuit. Nicolas, Alexandra et leur fille aînée, Olga, furent tirés du lit à deux heures du matin, tout comme plusieurs membres de la Cour. Ils durent traverser des rivières à gué, changer régulièrement de voiture et échappèrent à plusieurs tentatives d'assassinat. Après deux cent cinquante kilomètres d'un trajet périlleux, ils atteignirent la ville de Tioumen, où Yakovlev réquisitionna un train pour les conduire plus vite à Iekaterinbourg.

— Montez, aboya-t-il.

— Très bien, répondit Nicolas en prenant Olga par la main.

Alexandra les suivit. Lapetus Tanit, astrologue personnel du tsar et professeur du tsarévitch et de ses sœurs, plaça son bras autour de sa femme, Clymene, elle-même dame d'honneur de la tsarine. Clymene était enceinte et Lapetus avait passé le trajet à se préoccuper de son confort, car son terme était proche. Cependant, ils n'avaient d'autre choix que d'obéir aux ordres de Yakovlev. S'ils étaient restés à Tobolsk, la Garde rouge se serait occupée d'eux.

Clymene voulut suivre Alexandra, mais grimaça au bout d'un seul pas. Lapetus lui saisit le bras.

— Est-ce que ça va, ma chérie ?

— Oui, souffla-t-elle. Il est très actif aujourd'hui.

— Halte ! cria Yakovlev alors que le couple s'approchait du train. La famille uniquement.

— Que voulez-vous que nous fassions ? s'enquit Lapetus.

— Montez dans cette voiture, répondit le commissaire en désignant un wagon de train à part, dépourvu de locomotive.

— Sa Majesté est-elle au courant ?

Yakovlev se mit à rire.

— Peu importe. Allez, montez, ordonna-t-il en levant son pistolet.

— Est-ce nécessaire de pointer une arme sur une femme enceinte ? demanda Lapetus d'un ton ferme.

— Absolument, car, comme vous, elle sert aveuglément un horrible autocrate.

Lapetus sentit une main sur son épaule.

— Viens, mon ami. Allons-y.

Cronus Eszu était un comte prussien et un membre fidèle de la Cour depuis l'ascension du père de Nicolas. Il enseignait la culture étrangère et les langues aux enfants du tsar. Comme Lapetus était chargé de la musique et des humanités, leurs leçons se recoupaient souvent et, au fil des années, les deux professeurs avaient noué une solide amitié. Cronus était marié à Rhea, elle aussi dame d'honneur d'Alexandra et, ensemble, ils avaient un fils de quatre ans, Kreeg.

Beaucoup supposaient que le tsar Nicolas II n'appréciait pas autant Cronus que son père, mais qu'il avait décidé de le garder après la révolution en raison de son jeune fils, à qui il souhaitait éviter la mort.

— Tu as raison, Cronus, répondit Lapetus. Avons-nous le choix, de toute façon ?

Il aida sa femme à monter dans la voiture avoisinante qui était obscure et humide. Lapetus prit Kreeg des bras de Cronus et le hissa à l'intérieur.

— Voilà, mon bonhomme. Juste ciel, on gèle ici.

— Oui. Bizarrement, c'est pire à l'intérieur qu'à l'extérieur, gémit Clymene.

En tout, sept membres de l'entourage royal reçurent l'ordre de monter dans la voiture, notamment la couturière d'Alexandra et deux autres dames d'honneur. Une fois que tout le monde fut entré, un garde claqua la porte. Dehors, Yakovlev cria :

— C'est parti !

La locomotive siffla et de la vapeur commença à s'élever dans le ciel. Les Tanit et les Eszu regardèrent tous par la fenêtre de leur voiture tandis que les grandes roues se mettaient en mouvement, emmenant les Romanov loin de Tioumen.

— Croyez-vous vraiment qu'ils se dirigent vers Iekaterinbourg ? interrogea Rhea.

— Qui sait, ma chérie, répondit Cronus. J'ai l'impression que personne n'arrive à se mettre d'accord sur leur sort.

— Les reverrons-nous, Lapetus ? demanda Clymene, la larme à l'œil.

— Je crains que non, ma chérie, murmura-t-il en prenant la main de sa femme.

— Ces pauvres enfants innocents, cela me dépasse.

Soudain, la voiture s'ébranla et ils chutèrent violemment sur le sol.

— Que se passe-t-il ? s'alarma Rhea.

— Ils nous déplacent ! s'écria Cronus.

Après quelques minutes inconfortables, la voiture s'immobilisa et un soldat ouvrit brusquement la porte.

— Vous allez rester ici, annonça-t-il.

— Serait-il possible d'avoir quelque chose à manger pour ma femme ? demanda Lapetus. Ou de quoi la réchauffer ? Comme vous le voyez, elle est enceinte. Vous n'approuvez peut-être pas nos liens avec le tsar, mais vous ne pouvez pas en vouloir à un enfant à naître.

Le soldat leva les yeux au ciel, mais revint un peu plus tard avec des couvertures en laine rêche et quelques morceaux de pain. Lapetus le remercia sincèrement.

Au bout de plusieurs heures, en l'absence d'instructions de la part des bolcheviques, les prisonniers décidèrent de dormir un peu. Ils étaient tous exténués après leur long et éprouvant voyage. Les amis se blottirent dans un coin de la voiture, les uns contre les autres, afin de partager le peu de chaleur corporelle dont ils disposaient. Bientôt, les Eszu se mirent à ronfler.

— Lapetus ? chuchota Clymene. Tu dors ?

— Bien sûr que non, chérie. Est-ce que ça va ?

Il lui prit la main.

— Oui. Mais j'ai quelque chose à te dire. Crois-tu qu'ils dorment ?

Lapetus tendit le cou pour observer Cronus et Rhea dont la poitrine continuait de s'élever et de s'abaisser, lentement. Pour en avoir le cœur net, il siffla légèrement, ne suscitant aucune réaction.

— Oui, tu peux parler librement.

— D'accord. La veille de notre départ de Tobolsk, la tsarine m'a confié une mission, que je crains désormais de ne pas pouvoir accomplir.

— Je t'écoute.

Clymene prit une profonde inspiration.

— Elle savait que Yakovlev allait nous emmener cette nuit-là. Je lui ai demandé si elle souhaitait emporter quelque chose qui lui rappellerait son passé et sa juste place de souveraine. Elle s'est dirigée vers sa commode et a sorti un écrin d'un tiroir. Elle l'a ouvert et… (Clymene fut interrompue par un grognement de Cronus dont les ronflements reprirent ensuite de plus belle.) Elle m'a montré le plus gros diamant que j'aie jamais vu. Elle m'a dit qu'il était dans la famille depuis des générations et qu'il s'agissait de son joyau préféré. Elle m'a expliqué qu'elle ne pouvait pas le transporter elle-même, car il tomberait très probablement dans les mains des bolcheviques. Alors…

— … elle te l'a remis, compléta Lapetus.

— Oui.

— Où est-il à présent ?

— Soigneusement camouflé dans la doublure de ma jupe.

Lapetus soupira.

— Je ne peux que prier pour que tu aies l'occasion de le lui rendre.

— Personne ne doit le savoir.

— Je comprends, ma chérie. Et personne ne le saura, lui assura-t-il en pressant sa main dans la sienne.

L'épuisement finit par avoir raison des Tanit et ils s'assoupirent. À son réveil, Clymene ressentit une vive douleur dans le ventre, comme si quelqu'un avait pénétré dans ses entrailles et les déchiquetait. Elle hurla. Lapetus se redressa aussitôt.

— Ma chérie ! Que t'arrive-t-il ?

— C'est le bébé, gémit-elle.

Il posa doucement la main sur son ventre.

— Est-ce que tout va bien ?

— Je ne sais pas. J'ai si mal…

Une autre vague de douleur lui déchira l'abdomen et elle cria de nouveau.

— Que se passe-t-il ? demanda Cronus, réveillé en sursaut.

— Le bébé, indiqua Lapetus. Ma chérie, je crois que le bébé va arriver.

— Mais il est censé naître dans un mois ! s'exclama Clymene, paniquée.

— J'ai l'impression que tu perds les eaux. Cronus, peux-tu apporter une lampe à pétrole ?

— Tout de suite. Il y en a une près de la porte.

Tous les voyageurs étaient à présent réveillés et s'étaient redressés. Clymene poussa un nouveau hurlement.

— Ça va aller, ma chérie. Je suis là, tenta de la réconforter Lapetus.

Cronus revint avec la lampe et, après avoir fouillé dans ses poches à la recherche d'une allumette, la tendit à Lapetus. Celui-ci repoussa ses couvertures, puis se tourna vers celles de Clymene. Il s'aperçut avec horreur que le liquide n'était pas incolore, mais rouge. Clymene remarqua le choc sur le visage de son mari.

— Qu'est-ce qui ne va pas ?

— Rien, ma chérie, rien.

— Rhea ! tonna Cronus.

Sa femme se débarrassa de ses couvertures et s'approcha de Clymene. Lapetus lui montra le sang et elle hocha la tête.

— Vera, Galina ! cria-t-elle à l'intention des deux autres dames d'honneur. On a besoin de vous.

Les deux femmes accoururent.

— Maman ? s'éleva une petite voix aiguë. Qu'est-ce qui se passe ?

— Ne t'inquiète pas, Kreeg, le rassura Cronus en le soulevant dans ses bras. Viens avec moi, nous allons jouer aux cartes.

— Mais j'ai sommeil.

— Je sais. Mais ça va te réveiller.

— Lapetus, rassemble autant de couvertures que possible. Nous allons en avoir besoin pour le sang. Vera, j'ai également besoin d'eau.

— Mais nous avons à peine de quoi boire…

— Enfin, Vera, tu ne vois donc pas où nous sommes ? s'agaça Rhea. Trouve un moyen de faire fondre de la neige.

Vera sortit du wagon en courant. Rhea passa la main sous la jupe de Clymene, guettant un signe de vie du bébé. Ce qu'elle tâta l'alarma.

— Clymene, ça va aller. Ton bébé arrive, mais il est à l'envers. Il sortira par les pieds. (Elle inspira profondément.) Cela ne va pas être facile, mais nous sommes tous là pour t'aider.

— C'est pour ça qu'il y a autant de sang ? s'enquit Galina avec inquiétude.

Rhea hocha la tête.

— Les pieds l'ont déchirée à l'intérieur.

Lapetus revint avec un tas de couvertures.

— Que puis-je faire ? demanda-t-il.

Rhea tourna la tête afin que lui seul puisse entendre sa réponse.

— Tiens-lui la main. Caresse-lui les cheveux. Prie.

Lapetus acquiesça et s'installa près de sa femme. Le travail fut long et douloureux. À de nombreuses reprises, Rhea crut que Clymene allait perdre connaissance, ce qui les aurait sans doute condamnés, le bébé et elle. Cependant, contre toute attente, chaque fois qu'elle semblait près d'abandonner, la jeune mère trouvait un nouvel élan de vie en elle.

— Très bien, Clymene. Encore une poussée et ton bébé sera là. Mais tu dois pousser de toutes tes forces.

Clymene hocha la tête au cœur de sa souffrance. Rhea se tourna vers Lapetus.

— Quand la tête apparaîtra, le cordon sera autour du cou. Au moment où je sors l'enfant, dépêche-toi de le lui enlever. Compris ? (Lapetus s'efforça d'acquiescer.) Alors le moment est venu. Allons-y, Clymene. Prête ?

— Oui, parvint-elle à souffler.

— Trois, deux, un, pousse !

Les hurlements de Clymene percèrent jusqu'à l'âme de son mari. Soudain, le bébé fut propulsé hors du ventre de sa mère, mais manipulé avec adresse par Rhea. Lapetus ne bougea pas, en état de choc.

— Lapetus ! cria Rhea. Maintenant !

Sans plus hésiter, il saisit le cordon fibreux qui était emmêlé autour du cou de son enfant.

— Inutile d'être délicat. Contente-toi de le retirer, vite !

Allant à l'encontre de son instinct, Lapetus libéra le bébé avec force.

— Pourquoi... est-ce qu'il ne... pleure pas ? balbutia Clymene.

Lapetus et Rhea fixaient le corps minuscule qui n'avait pas encore pris sa première inspiration.

— Mon Dieu... S'il vous plaît... pas ça, murmura Lapetus.

Rhea saisit le bébé par les pieds, comme s'il s'agissait d'un veau, et lui donna une tape vigoureuse sur les fesses. Soudain, alors que l'aube se levait sur Tioumen, les cris du nouveau-né retentirent autour du wagon. Rhea tendit le bébé à sa mère.

— Et voilà. Félicitations, Clymene. Tu as été extraordinaire.

Clymene regarda son bébé, son mari à côté d'elle.

— Bonjour, petit garçon.

— Je suis si fier de toi, lui dit Lapetus, ému aux larmes.

Sa femme lui sourit, comme le jour où leurs regards s'étaient croisés pour la première fois dans la salle de bal du palais Alexandre.

— Toi aussi, tu t'es bien débrouillé. Je n'y serais pas arrivée sans toi.

— Tu as créé un petit être si parfait, Clymene.

— *Nous* l'avons créé.

— Non. Il est parfait parce qu'il vient de toi.

Cronus approcha, Kreeg dans les bras.

— Félicitations, mes amis. Plus on est de fous, plus on rit dans ce wagon. Et bonne nouvelle, Lapetus... (Il désigna un placard.) Nos compatriotes se sont révélés à la hauteur. Il y a une bouteille de vodka planquée là-dedans. Je vais nous en chercher un verre pour arroser l'arrivée du bébé !

— Hors de question, Cronus ! Apporte-la-moi immédiatement. Il faut stériliser les plaies de Clymene. C'est exactement ce dont nous avons besoin, affirma Rhea.

Cronus éclata de rire.

— Bon, Lapetus, ça valait le coup d'essayer !

Tandis que le soleil de Sibérie s'élevait dans le ciel, un profond silence s'installa dans la voiture. À l'exception des jeunes parents, tous s'étaient assoupis après ces cinq heures éprouvantes, et le bébé tétait paisiblement.

— Il est sage comme une image, murmura Lapetus.

— Il est affamé, dit Clymene en souriant tendrement.

— Je sais que nous ne nous étions pas permis de discuter d'un prénom, par crainte du sort qui nous attendait. Mais maintenant qu'il est là, comment allons-nous l'appeler ?

— N'as-tu pas promis à ta mère que tu donnerais son prénom à son premier petit-enfant ? gloussa Clymene.

— En effet. Mais je ne trouve pas que notre fils ait une tête à s'appeler Agatha.

— Augustus ?

— Un peu pompeux, tu ne trouves pas ? Augustus Tanit. Je ne suis pas convaincu.

Il tendit le cou en réfléchissant à des prénoms potentiels.

— Cela dit, ce serait bien que ça commence par un « A ». Alexis ? Alexandre, en l'honneur du tsar ?

— Souhaites-tu le condamner à mort ? répondit Lapetus en fixant sa femme.

Elle secoua la tête.

— Je plaisantais évidemment.

Soudain, elle fit la grimace.

— Qu'est-ce qui ne va pas ?

— J'ai si mal…

Clymene porta la main à la source de sa douleur. Lorsqu'elle la ressortit de sous sa jupe, elle était couverte de sang.

Le visage de Lapetus se décomposa.

— Tu saignes encore…

Clymene déglutit avec difficulté.

— Oui.

— Que dois-je faire, ma chérie ?

Elle plongea son regard dans celui de son mari et lui posa tendrement la main sur la joue.

— Je t'aime, Lapetus. De tout mon cœur. C'est la seule véritable certitude de toute ma vie.

— Moi aussi je t'aime, Clymene.

— À présent, je suis si fatiguée. Si… fatiguée.

Elle ferma les yeux et son mari se mit à lui caresser les cheveux.

— Repose-toi maintenant, ma chérie. Tu es en sécurité, notre bébé est en sécurité et nous sommes ensemble.

Peu après, mère, père et enfant sombrèrent dans un profond sommeil. Ils se réveillèrent au son de hurlements.

— Debout !

Tous trois clignèrent des yeux dans la lumière vive qui s'engouffrait par la porte ouverte et se concentrèrent sur le garde bolchevique qui balançait son fusil devant eux. Les occupants de la voiture furent prompts à obéir, à l'exception de Clymene, pâle comme la mort.

— Ma chérie ? s'enquit Lapetus.

Elle cligna lentement des yeux.

— J'ai dit debout, ordre de la Garde rouge !

Le nouveau-né se mit à pleurer.

— Je vous en prie, ma femme est souffrante. Elle a accouché cette nuit. Si vous avez un minimum de compassion, vous irez chercher un médecin, implora Lapetus.

Le garde s'approcha lentement de lui.

— De la compassion ? Où était la compassion du tsar quand son peuple mourait de faim dans les champs ? siffla-t-il. Elle doit se LEVER.

— Ça va aller, souffla Clymene. Tiens, Lapetus, prends le bébé.

Son mari s'exécuta et Rhea Eszu se précipita pour l'aider à se lever.

— J'ai ici une liste de noms, aboya le garde. Les personnes suivantes vont m'accompagner : Vera Orlova. Galina Nikolaeva. Clymene Tanit.

— Que leur voulez-vous ? interrogea Cronus. Les dames d'honneur vont-elles retrouver la tsarine ?

— On peut dire ça comme ça, oui, répondit le garde avec un sourire cynique.

Vera et Galina s'accrochèrent l'une à l'autre et se mirent à sangloter. Lapetus sentit l'adrénaline lui parcourir les veines.

— Monsieur, comme je l'ai dit, ma femme vient d'accoucher. Le bébé a besoin de sa mère.

Le garde regarda Clymene et hocha la tête.

— L'enfant peut venir aussi.

— Non ! cria Clymene. Non !

Lapetus tomba à genoux.

— Je vous en prie, permettez-lui de rester ici. Quel mal pouvons-nous faire dans ce wagon ? Je vous en supplie. Ne séparez pas notre famille.

— Votre Nicolas chéri se moquait bien des familles, et moi aussi. Elle va venir.

— Prenez-moi à sa place.

Le garde éclata d'un rire gras.

— Je ne crois pas, non. Les hommes seraient très contrariés.

Les muscles de Lapetus se contractèrent.

— S'il vous plaît. Elle est très mal en point.

— Vous voyez ce visage ? demanda calmement le garde à Lapetus. Prenez le temps de bien regarder ce visage. C'est le visage d'un homme qui n'en a rien à faire. (Il s'approcha de la porte.) Le choix est simple. Ou vous venez sur-le-champ ou on vous descend.

Lapetus se releva et serra Clymene dans ses bras. Des flots de larmes jaillirent de ses yeux.

— Clymene…

— Ça va aller, Lapetus, murmura-t-elle. Ça va aller.

— Ce n'est pas possible, sanglota-t-il. Nous sommes arrivés si loin, ma chérie. Si loin…

Il l'étreignit encore plus fort.

— Nous savons tous les deux que je n'en ai plus pour longtemps de toute façon. Je n'arrive pas à arrêter l'hémorragie.

— Si nous parvenons à faire venir un médecin…

— Il y a plus de chances que notre fils se lève et fasse ses premiers pas aujourd'hui. Pour ces gens, nous sommes l'incarnation de tout ce qu'ils détestent. (Rassemblant autant de force que possible, elle saisit le visage de son mari et l'embrassa.) Je dois y aller maintenant, Lapetus. Sois courageux. Pour notre enfant.

— Compte sur moi.

— Protège-le.

— Toujours. Je t'aime, Clymene.

— Moi aussi, je t'aime, Lapetus. Maintenant, mon petit. (Elle se tourna vers son bébé.) Nous ne nous sommes connus qu'un court moment. J'en suis navrée, pour nous deux. Ta maman t'aime plus que tout au monde. (Une larme coula de son œil sur la joue de son fils.) Je n'ai le temps que pour une leçon. Sois gentil, mon petit. C'est le secret du bonheur.

Elle lui déposa un tendre baiser sur la tête. Puis elle inspira profondément et se dirigea vers la porte en chancelant. Elle et les deux autres femmes furent conduites à marche forcée vers une voiture à cheval et poussées à l'intérieur. Lapetus suivit la scène des yeux, son fils dans les bras et le visage inondé de larmes. Le cocher fouetta l'étalon et la calèche s'éloigna, emmenant Clymene et ses compagnes vers l'inconnu.

Lapetus se pencha sur l'enfant qui vagissait doucement dans ses bras.

— Je suis désolé, mon fils. Tellement désolé.

Alors, pour la première fois, le bébé ouvrit les yeux, révélant deux billes d'un brun profond.

— Tu portes le poids du monde sur tes épaules, mon garçon. Je t'appellerai Atlas.

57

Les jours passaient et les Eszu faisaient tout leur possible pour réconforter Lapetus qui, éperdu de douleur, était tombé dans une spirale de désespoir.

— Comment vais-je nourrir Atlas ? Mon Dieu, je ne peux pas le perdre, lui aussi.

— Hier, j'ai vu des chèvres avec des petits, déclara Rhea. À deux ou trois kilomètres d'ici. Cronus peut en ramener une. Son lait sera suffisant.

— Où sont-ils tous partis, Papa ? demanda Kreeg.

— Faire une petite promenade, c'est tout. Comme celle que je m'apprête à faire, pour devenir ami avec une chèvre.

Lapetus saisit son ami par le bras.

— Cronus, c'est dangereux. Je ne sais pas où sont partis les gardes, mais s'ils t'aperçoivent…

— Alors ils m'apercevront, répondit Cronus avec douceur. Mais ton enfant a besoin de se nourrir, Lapetus. Comme nous tous. Nous ne savons absolument pas combien de temps nous allons rester ici. Il faut bien agir.

— Laisse-moi au moins t'accompagner.

— Comme tu t'apprêtais toi-même à le dire, s'ils m'aperçoivent, il est probable qu'ils m'abattent sur-le-champ. Le jeune Atlas ne mérite pas de perdre ses deux parents dans la même journée. (Il posa une main rassurante sur l'épaule de Lapetus.) Tout ira bien. Bon, aide-moi à déchirer une couverture. J'aurai besoin d'une laisse.

Fidèle à sa parole, Cronus revint deux heures plus tard, non seulement avec une chèvre, mais aussi un gros bouc et des chevreaux.

— Visiblement, la famille ne souhaitait pas être séparée, plaisanta-t-il.

Rhea entreprit de traire la chèvre et montra à Lapetus comment nourrir Atlas en trempant son doigt dans le lait avant de le placer dans la bouche de son fils, qui le suçota goulûment.

À la fin de la journée, la pauvre chèvre n'avait plus une goutte de lait, et les cinq occupants du wagon avaient l'estomac plus rempli que depuis des jours.

Alors que le soleil commençait à décliner, ils entendirent un bruit de sabots au loin.

— Ils reviennent, s'inquiéta Rhea, serrant Kreeg contre elle.

Le trot se rapprocha de plus en plus et, sans surprise, la porte de la voiture s'ouvrit violemment, révélant un soldat qu'ils n'avaient pas encore vu.

— Vous êtes libres de partir, décréta-t-il.

Il y eut un silence stupéfait.

— Pardon ? demanda Cronus.

— Vous ne nous intéressez pas. Vous pouvez partir.

Cronus semblait perplexe.

— Puis-je savoir ce qui a changé ?

Le garde soupira.

— L'Armée blanche envoie des renforts dans cette région pour nous affronter. Vous êtes le cadet de nos soucis.

— Où nous suggérez-vous d'aller ? s'enquit Rhea. Vous avez pris nos papiers.

Le garde haussa les épaules.

— C'est votre problème, pas le mien.

Il tourna les talons, prêt à repartir.

— Un instant, lança Lapetus. Les trains vont-ils reprendre sur cette ligne de chemin de fer ? La gare fonctionnera-t-elle ?

— Le Transsibérien a été réquisitionné par l'Armée blanche. Comment pensez-vous qu'elle envoie des renforts ? Les soldats voyagent à l'heure où je vous parle.

— Je vous en prie, dites-moi où est ma femme, implora Lapetus.

Le garde le regarda un moment, mais ne dit mot. Puis il fit volte-face et disparut.

— Je n'arrive pas à le croire, chuchota Cronus. Eux-mêmes ne semblent même plus savoir qui est aux commandes.

— Qu'allons-nous faire maintenant ? demanda Rhea.

— Je ne suis pas sûr que nous ayons tellement le choix, répondit Cronus. Sans papiers officiels, nous allons nous attirer des ennuis. L'Armée blanche nous prendra pour des Rouges et *vice versa.*

— Je pense qu'ils souhaitent que nous restions ici, raisonna Lapetus. Ils savent pertinemment que nous ne pouvons aller nulle part.

— Je crains que tu n'aies raison, Lapetus, convint Cronus. Heureusement que nous avons les chèvres. Et… la vodka, dit-il en allant la sortir du placard.

Le mois suivant fut rude, mais une routine s'installa. Rhea trayait la chèvre le matin et Cronus partait chasser. Ses excursions étaient rarement couronnées de succès mais, quand l'un de ses pièges prenait un lapin ou, malheureusement, un rongeur, les occupants de la voiture dévoraient la viande. Lapetus était même parvenu à siphonner de l'essence dans une automobile abandonnée, aussi purent-ils allumer du feu.

Au bout de quatre semaines, un garde rouge frappa à la porte et tendit des documents à Cronus.

— De quoi s'agit-il ?

— De papiers.

Stupéfait, Cronus se mit à feuilleter ce qui lui avait été présenté.

— Il n'y en a qu'une série ici. J'imagine qu'il nous en faudrait cinq ?

— C'est un seul ensemble de documents, autorisant la libre circulation de cinq individus. Vous devez voyager ensemble.

Le garde repartit aussi vite qu'il était arrivé.

Ce soir-là, ils discutèrent de la suite des événements.

— C'est un acte délibéré, avança Lapetus. Ils veulent que nous restions groupés afin qu'il soit plus facile de nous repérer.

Cronus hocha la tête.

— Où pouvons-nous aller ?

Lapetus soupira.

— À Tobolsk. C'est la ville la plus proche.

— Et une fois là-bas, que deviendrons-nous ? Cela peut paraître étrange, mais au moins ici, nous avons un abri et pouvons trouver de la nourriture, affirma Rhea.

— Nous aurons davantage d'opportunités à Tobolsk. Nous y aurons tous la possibilité de gagner de l'argent. Pour ce qui est du logement, nous devrons nous contenter de ce que nous trouverons.

Comme c'était à prévoir, le voyage jusqu'à Tobolsk fut des plus éprouvants. Les quatre amis s'enveloppèrent de plusieurs couvertures et Lapetus avait confectionné une écharpe pour Atlas, qu'il portait à l'avant, sous son manteau de fourrure. Cronus menait également la chèvre, qui était traite plusieurs fois par jour pour nourrir le bébé. Quant au bouc et aux chevreaux, ils avaient malheureusement été sacrifiés pour sustenter les autres au cours du voyage.

Au bout d'une horrible semaine à marcher dans la neige, les voyageurs épuisés arrivèrent aux abords de la ville, au coucher du soleil.

— Cherchez les maisons qui ne sont pas éclairées, conseilla Lapetus.

Après des heures d'exploration, ils découvrirent un petit bâtiment inoccupé. Les fenêtres étaient cassées, les murs s'écroulaient et la porte avait été enfoncée. Mais cela conviendrait.

Au cours des semaines qui suivirent, les hommes l'améliorèrent peu à peu, barricadant les fenêtres et réparant la porte. Puis ils se penchèrent sur la question financière. Après plus d'une heure de dispute entre Cronus et Lapetus pour décider de qui il fallait approcher en ville, Rhea suggéra une alternative :

— Vous savez que je suis douée pour la sculpture sur os. Nous pourrions essayer de vendre mon travail au marché. Même si je doute qu'il sera facile de mettre la main sur des défenses de morse.

— En effet, reconnut Lapetus. Peux-tu travailler à partir de fémurs de porte-musc ? Les bois en fourmillent.

— Les chiens viverrins sont nombreux aussi. Leurs crânes seraient-ils assez grands ?

Rhea hocha la tête, et le trio réfléchit un moment à ce qui leur était arrivé pour passer de la salle du trône du palais Alexandre à la récupération d'os pour survivre.

Cronus et Lapetus se mirent donc en quête d'animaux à partir desquels Rhea pourrait travailler, ce qui avait aussi pour avantage de fournir de la nourriture au foyer. Une fois qu'une collection d'objets fut constituée, ils se rendirent au marché du week-end de Tobolsk pour vendre les marchandises. Lors d'un de ces week-ends, un violoniste jouait au milieu de la place. Lapetus l'observa pendant plus d'une heure, nostalgique de son ancienne existence. Le musicien était talentueux, mais son placement laissait à désirer. Poussé par un élan d'audace, Lapetus s'approcha de lui.

— Excusez-moi, monsieur, l'aborda-t-il. Vous êtes très doué, mais si vous corrigiez l'angle de votre coude, vous auriez bien plus de facilité à atteindre les notes difficiles. Vous permettez ?

Le violoniste laissa Lapetus ajuster la position de son bras, avant de reprendre.

— Ça alors, c'est vraiment mieux. Merci.

— Avec plaisir, répondit Lapetus en lui souriant, avant de regagner son stand.

— Donnez-vous des leçons ? s'enquit le musicien. Je n'ai pas l'arrogance de penser que je ne peux pas m'améliorer.

— J'ose dire que vous le pourriez. J'étais professeur autrefois, mais ne le suis plus, soupira Lapetus.

Le violoniste haussa les épaules.

— C'est bien dommage. J'aurais volontiers pris des cours avec vous. Je ne pourrais pas beaucoup vous payer, mais vous pourriez prendre le tiers de ce que je gagne les jours de marché.

Lapetus sourit plus largement qu'il ne l'avait fait depuis de nombreux mois.

Quelques semaines plus tard, la rumeur du talent de Lapetus s'était propagée à travers Tobolsk. Il commença alors à donner des leçons de musique à quiconque avait les moyens de le payer. Ainsi, ensemble, les amis parvinrent à survivre durant cinq années.

Pendant cette période, les Tanit et les Eszu firent de leur mieux pour se fondre discrètement dans la société. Ils ne savaient pas bien qui gouvernait le pays et continuaient donc de vivre dans la crainte. À bien des reprises, ils discutèrent de moyens pour fuir la Russie, pour regagner leurs terres d'origine : la Suisse pour les Tanit et la Prusse pour les Eszu. Cependant, la moindre stratégie évoquée se révélait trop dangereuse, surtout avec deux jeunes garçons.

Le petit Atlas grandissait et son père passait de nombreuses heures au cœur des longs hivers glaciaux à lui apprendre à jouer du violon sur un instrument usé que lui avait offert un client. Atlas démontrait un talent exceptionnel et Lapetus s'émouvait souvent en l'écoutant jouer.

— Ma parole, Rhea, s'exclama-t-il à la fin d'une leçon. De toute ma carrière de professeur, je n'ai jamais connu un enfant aussi doué. Il pourrait devenir virtuose ! Clymene serait si fière de lui.

Rhea renifla.

— Il ferait mieux d'apprendre à chasser avec Cronus et Kreeg. *Ça*, ça nous serait utile à tous.

Lapetus tâcha de ne pas prendre la remarque de Rhea trop à cœur.

— Tu sais, je serais heureux de donner des leçons à Kreeg. Après tout, Atlas reçoit des cours de langues de la part de Cronus. Peut-être devons-nous simplement trouver l'instrument qui lui correspondra…

Rhea leva les yeux au ciel. En effet, malgré tous les efforts de Lapetus, Kreeg manifestait peu d'intérêt pour la musique, ni pour l'apprentissage d'une langue étrangère avec son père. Lapetus trouvait cela triste. Il voyait bien l'étincelle dans les yeux de Cronus quand celui-ci enseignait à Atlas les bases du français, de l'anglais et de l'allemand. Il s'agissait d'un doux rappel de leur existence passée. Au lieu de cela, la seule activité père-fils qui semblait plaire à Kreeg était, comme l'avait mentionné Rhea, la chasse.

Dès qu'il fut en mesure de formuler des phrases, Atlas commença à s'enquérir de sa mère. C'était un moment que Lapetus redoutait, mais auquel il s'était bien préparé. Il prit son fils dans ses bras et l'emmena dehors pour contempler le ciel nocturne scintillant.

— Elle est parmi les étoiles, Atlas.

— Pourquoi ?

— Parce que c'est là que vont les gens quand ils quittent leur corps. Ils deviennent… de la poussière d'étoile.

Son fils fixa la vaste voûte céleste, les yeux écarquillés d'émerveillement.

— Est-ce que je peux voir Maman ?

— Peut-être, si tu regardes bien. Je pense que tu peux la voir parmi les Sept Sœurs des Pléiades.

— Sept Sœurs ?

— Oui. Vois-tu ces étoiles là-bas, un peu plus brillantes que les autres ? (Atlas acquiesça et son père sourit.) Je vais te raconter leur histoire…

À partir de ce moment-là, Atlas Tanit avait été captivé par la voûte céleste. Son père épuisa sa connaissance des mythes et légendes grecs que beaucoup croyaient à l'origine de sa formation, avant d'expliquer l'astronomie derrière ces merveilles étincelantes.

— Tant qu'on regarde les étoiles, on ne peut jamais se perdre, Atlas.

— C'est vrai ?

— Oui. L'étoile Polaire se déplace en un petit cercle autour du pôle. Comme elle apparaît immobile dans le ciel nocturne, tu seras toujours en mesure de te repérer.

Il lui montra les cartes et les schémas qu'il avait achetés à prix cassé auprès de ses amis du marché. La fascination d'Atlas pour le globe à un si jeune âge était tout à fait remarquable.

Lapetus aimait son fils plus que la vie elle-même et consacrait tout son temps libre à nourrir les passions du jeune garçon.

Il eut encore plus de temps pour le faire en 1922, quand la grande famine ravagea le pays. Les marchés étaient alors déserts et, soudain, plus personne n'avait d'argent pour des sculptures d'os ou des leçons de musique. La situation devint de plus en plus difficile pour les deux familles. Cronus notamment avait commencé à décliner, se privant souvent de nourriture pour que les autres aient davantage à manger. Kreeg était désormais le seul responsable de la pose des pièges.

Lapetus Tanit pensait parfois au diamant que son épouse avait caché dans la doublure de sa jupe. La vie aurait pu être si différente si le joyau était resté en leur possession… L'unique possibilité d'échapper à l'horreur russe était partie avec sa femme et se trouvait à présent très certainement entre les mains des bolcheviques…

À l'hiver 1923, la situation était désespérée. Atlas avait désormais cinq ans, Kreeg neuf, et tous deux mangeaient de plus en plus.

— Cela ne peut plus durer, Lapetus. Nous allons mourir ici, déclara Cronus à son ami en s'effondrant dans un fauteuil.

— Je ne le permettrai pas, Cronus. Nous avons parcouru trop de chemin pour nous résigner.

— Il nous faut une solution pour les garçons. Nous serons bientôt tous trop faibles pour les nourrir. Il nous faut agir maintenant.

— Que suggères-tu ?

— Tu m'as parlé de ta famille aisée.

— C'est vrai, mes parents ont de l'argent. Mais ils habitent en Suisse. Je leur ai écrit plusieurs fois pour leur dire que je suis en vie et qu'ils ont un petit-fils, mais je ne sais pas si mes lettres sont arrivées à destination.

Cronus hocha la tête, avant de fixer son ami, l'air grave.

— Lapetus… je crois qu'il faut que tu partes.

— Pour aller où ?

— En Suisse. Chercher de l'aide. Je ne vois pas d'autre moyen d'assurer notre survie à tous.

Cette déclaration prit Lapetus au dépourvu.

— Mon ami, il n'y a rien que je ne ferais pas pour accroître nos chances de nous en sortir. Mais une telle expédition serait suicidaire !

Cronus porta une main frêle à son front.

— Je reconnais que la probabilité de réussite est… limitée. Mais ce qui est certain, c'est que nous périrons tous si nous restons les bras croisés. Ton fils, Kreeg, Rhea… Nous devons faire tout ce qui est en notre pouvoir pour les sauver.

Lapetus fixait le feu qui brûlait dans l'âtre.

— Bien sûr.

— J'aimerais pouvoir t'accompagner. Mais je ne crois pas en avoir la force.

— Non, convint Lapetus. Je suis le seul en mesure de tenter le voyage. Je t'en prie, prenez soin d'Atlas. C'est un enfant très particulier, implora-t-il, les larmes aux yeux.

Cronus se leva avec peine pour enlacer son vieil ami.

— Nous nous occuperons bien de lui, ne t'en fais pas. Tu dois croire que tu le reverras.

Le lendemain matin, à l'aube, Lapetus réveilla son fils et lui expliqua qu'il partait.

— Pourquoi, Papa ? interrogea Atlas, apeuré.

— Mon fils… Je crains que le moment ne soit venu pour moi de partir. Je n'ai plus le choix. Notre situation n'est pas tenable. Je dois essayer de trouver de l'aide.

Atlas sentit son cœur se serrer et il fut pris d'une grande angoisse.

— S'il te plaît, Papa. Tu ne peux pas t'en aller. Qu'allons-nous devenir sans toi ?

— Tu es fort, mon fils. Peut-être pas physiquement, mais mentalement. C'est ce qui te protégera en mon absence.

Atlas se jeta dans les bras de son père, sentant pour la dernière fois leur chaleur et leur réconfort.

— Quand reviendras-tu ? réussit à demander le petit garçon, au milieu de sanglots de plus en plus incontrôlables.

— Je ne sais pas. Dans plusieurs mois.

— Nous n'allons pas survivre sans toi.

— C'est là que tu te trompes. Si je ne pars pas, il n'y aura d'avenir possible pour aucun d'entre nous. Je promets sur la vie de ta mère chérie que je reviendrai te chercher… Prie pour moi, attends-moi.

Le petit garçon hocha docilement la tête.

— N'oublie pas les mots de Lao Tseu. « Si tu ne changes pas de direction, tu pourrais bien aboutir là où tu te diriges. »

— Reviens, s'il te plaît, murmura Atlas.

— Mon fils *si* chéri, je t'ai appris à te repérer avec les étoiles. Si un jour tu dois me trouver, laisse-toi guider par les Sept Sœurs des Pléiades. Maia, Alcyone, Astérope, Célaéno, Taygète et Électra te protégeront. Et bien entendu Mérope, dont l'étoile est spéciale puisqu'on ne la voit pas toujours. Quand tu la verras, tu sauras que tu es sur le bon chemin.

58

Tobolsk, 1926

Kreeg déplaça son cavalier en F3. Il sourit de toutes ses dents.

— Échec et mat.

— Quoi ? s'exclama Atlas, décontenancé. Comment as-tu réussi un coup pareil ?

— Ça s'appelle une défense hippopotame. Ça permet de gagner en six coups, répondit-il en haussant les épaules. Désolé.

— Peux-tu m'apprendre à le faire ? supplia Atlas.

— Pourquoi te révélerais-je tous mes secrets ? ricana Kreeg. Quel est l'intérêt de jouer contre toi si je ne peux pas remporter la partie ?

— Allez, Kreeg ! Je veux savoir !

— Je vais y penser… Peut-être si tu coupes mon bois.

Atlas leva les yeux au ciel.

— D'accord.

— Les garçons, appela Rhea en titubant dans le salon. Maxim arrivera dans une demi-heure. Rangez le jeu d'échecs. Vous savez qu'il a horreur du désordre.

Kreeg lança un regard contrarié à sa mère.

— Est-il obligé de venir aujourd'hui ? Il vient tout le temps, maintenant, se plaignit-il.

— Oui, si tu veux avoir quelque chose dans ton assiette, marmonna-t-elle.

— Qu'est-ce que tu dis ? demanda Kreeg.

— Rien. Oui, il faut que Maxim vienne. Peut-être pourriez-vous vous éclipser tous les deux. Cela fait un moment que tu n'as pas rendu visite à ton père, Kreeg. Vas-y.

L'aîné des garçons baissa la tête.

— Mais ça me rend triste.

— Atlas te remontera le moral. Il est très doué pour ça, pas vrai ? dit-elle en s'approchant pour ébouriffer le petit garçon. Prends ton violon par exemple, Atlas.

Elle but alors une grande gorgée de la bouteille de vodka presque vide qu'elle tenait à la main. Cronus Eszu était mort environ quatre mois après le départ de Lapetus Tanit pour la Suisse. Faible et souffrant de malnutrition, il s'était simplement effondré dans la neige alors qu'il relevait ses pièges. C'est Atlas qui l'avait découvert. Il n'oublierait jamais le hurlement qu'avait poussé Kreeg quand il était revenu en courant pour chercher de l'aide.

Quant à Lapetus, ils n'avaient pas eu de nouvelles. Il manquait terriblement à Atlas. Même s'ils évoquaient toujours son retour, ils savaient tous au fond d'eux quel destin l'avait frappé.

Peu après la mort de Cronus, la situation s'était améliorée, quand Rhea avait pris un amant bolchevique du nom de Maxim, qui fournissait de la nourriture à mettre sur la table - aussi maigre fût-elle - et l'essentiel pour Rhea, la vodka dont elle dépendait désormais pour ne pas se laisser dépérir.

Kreeg et Atlas enfilèrent gants, couvre-chef, écharpe et bottes fourrées et gravirent la colline où ils avaient enterré le père de Kreeg.

Atlas savait combien son frère trouvait ces expéditions difficiles et tenta de le distraire en faisant la conversation.

— À ton avis, qu'est-ce que tu feras quand tu seras grand ?

Kreeg renifla.

— Le métier n'a pas d'importance, tant que je gagne beaucoup, beaucoup d'argent. Je veux une grande maison où il fasse bien chaud, avec des placards qui débordent de victuailles.

— Voilà qui serait agréable. Moi, j'aimerais être le capitaine d'un bateau. Je pourrais nous emmener partout dans le monde.

— Je croyais que tu voulais être musicien ?

— Oui ! Je pourrais peut-être combiner les deux !

L'enthousiasme d'Atlas fit rire Kreeg, pour la plus grande joie du plus jeune.

— Pourquoi pas ? On raconte qu'au moment du naufrage du *Titanic*, le quatuor à cordes continuait de jouer. Alors, quand ton bateau coulera, tu pourras jouer un morceau aux passagers.

— Mon bateau ne coulera jamais, affirma Atlas avec fierté.

— C'est ce qu'on disait à propos du *Titanic*...

— D'accord, mais je serai bien plus prudent que le capitaine Smith.

Les garçons finirent par atteindre la tombe de Cronus, que Kreeg avait marquée à l'aide d'un gros morceau de bois. Ils restèrent un moment debout en silence, Kreeg piétinant, mal à l'aise.

— Je ne sais jamais quoi dire, admit-il.

— Est-ce qu'il te manque ?

— Évidemment.

— Alors dis-lui simplement ça, répondit doucement Atlas.

Kreeg toussota.

— Tu me manques, Papa. (Il se tourna vers son ami.) Tu sais, je t'ai entendu parler à ton père devant la maison. Parfois, j'ai l'impression que tu discutes avec lui.

— C'est ce que je ressens.

— Tu as de la chance. Bon, rentrons.

Il commença à redescendre la colline. Atlas se précipita pour le rattraper.

— Je croyais que tu haïssais Maxim ?

— Oui, mais je préfère être à la maison qu'ici.

— Tu sais que ta mère ne l'aime pas, hein ? Elle le fait uniquement pour la nourriture.

Kreeg haussa les épaules.

— J'aimerais bien que la nourriture soit meilleure alors.

Il sourit, et tous deux repartirent. Quand ils arrivèrent chez eux, Maxim avait plaqué Rhea contre le mur et l'embrassait sauvagement.

— Les garçons, je croyais vous avoir dit de sortir, fit Rhea en lissant sa jupe.

— On habite ici, grogna Kreeg. Tu ne peux pas nous forcer à partir.

— Viens-tu de manquer de respect à ta mère ? demanda Maxim en se tournant vers Kreeg.

— Jamais je ne manquerais de respect à ma mère. Je n'aime pas ses fréquentations, c'est tout.

— Kreeg…, implora Rhea.

Maxim traversa la cuisine d'un pas lent, jusqu'à se retrouver nez à nez avec lui.

— Et pourquoi donc, petit ?

— Parce que ce sont comme des phacochères autour d'un point d'eau.

Après un silence tendu, Maxim rejeta la tête en arrière et éclata de rire.

— Je suis un phacochère ? Tu as entendu, Rhea ? Ton fils me traite de porc !

Alors, rapide comme l'éclair, Maxim gifla Kreeg avec une telle violence qu'il tomba à la renverse.

— Kreeg ! cria Rhea.

— Rhea, les enfants doivent apprendre la politesse à l'égard de leurs aînés. (Il fit volte-face pour la regarder.) N'est-ce pas ?

— Oui, Maxim, dit-elle en baissant les yeux. Kreeg, prends exemple sur Atlas. Maintenant, les garçons, allez vous coucher.

Atlas s'élança vers Kreeg et l'aida à se relever. Son ami pleurait à chaudes larmes, ce qui était rarissime. Ce n'était que la deuxième fois qu'Atlas le voyait dans cet état, la première ayant été le jour de la mort de son père. Les garçons détalèrent dans leur chambre, qui n'était autre qu'un débarras aménagé. Maxim leur avait procuré un vieux matelas double qu'ils partageaient. Kreeg s'y laissa tomber et continua à pleurer en silence.

Atlas s'assit à l'autre extrémité du matelas et lui saisit les genoux.

— Est-ce que ça va ? C'était très rude.

— Ça va, répondit-il.

— Tu as été si courageux. D'ailleurs, je crois que je n'ai jamais vu personne faire preuve d'un tel courage.

Kreeg roula vers lui.

— C'est vrai ?

— Oui ! Tu as traité Maxim de phacochère ! s'exclama Atlas en souriant jusqu'aux oreilles.

Kreeg s'essuya le nez sur sa manche.

— T'as vu ?

— C'était incroyable !

Kreeg haussa les épaules.

— C'était rien.

— Je crois que ton Papa serait très fier de toi.

Kreeg baissa les yeux et garda un moment le silence.

— Peut-être que demain je t'apprendrai la défense hippopotame.

— Ce serait génial !

— D'accord. Bon, je suis fatigué. Essayons de dormir.

Les garçons attrapèrent leurs couvertures au pied du matelas et posèrent la tête sur leur oreiller.

Lorsque Kreeg se réveilla, il avait la bouche sèche et la langue douloureuse. Il avait terriblement soif. Il s'étira et décida d'aller prendre la carafe dans la cuisine de fortune. Leur chambre minuscule était plongée dans l'obscurité totale, mais il se guida à l'aide d'une lueur sous la porte. Il se leva et enjamba doucement Atlas, prenant soin de ne pas le réveiller. Au moment où il s'apprêtait à tourner la poignée, il entendit la voix étouffée de sa mère. Il fronça les sourcils. Hors de question qu'il risque une autre altercation avec Maxim. Au lieu de cela, il colla l'oreille contre le bois et écouta.

— Alors, veux-tu bien le faire pour moi, Maxim ?

Kreeg n'avait jamais entendu sa mère bredouiller de cette façon. De toute évidence, elle était complètement ivre.

— Je n'ai pas tout compris. Tu veux que je vende quelque chose ?

Maxim aussi parlait d'une voix étrange. Ils n'avaient pas dû lésiner sur la vodka depuis que les garçons étaient allés se coucher.

— Un diamant des Romanov. Plus gros que tous ceux que j'aie jamais vus !

— Bah. Vends-le toi-même.

— Tu sais bien que c'est impossible. Si j'essaie de le vendre à Tobolsk, cela m'associera aux Blancs. On comprendra mon lien avec les Romanov. Mais si tu le vends, toi, en tant que Rouge, on croira juste que… tu l'as volé.

— Dis-moi, Rhea, comment t'es-tu retrouvée en possession d'un diamant des Romanov ?

— J'ai saisi une occasion qui s'offrait à moi.

— Mais encore ?

— Lorsque le tsar et la tsarine ont été emmenés, les gardes ont laissé certains d'entre nous pourrir dans une voiture de train, notamment une femme enceinte jusqu'aux yeux. Une nuit, le travail a commencé et j'ai aidé à faire naître l'enfant : Atlas.

Maxim sembla roter.

— Continue.

— Alors qu'elle accouchait, j'ai senti une bosse dure dans la doublure de sa jupe. Je l'ai attrapée, j'ai vu ce que c'était, et je l'ai glissé dans ma poche.

— Tu l'as volé ?

Rhea soupira.

— Oui.

— N'avais-tu pas peur des répercussions ?

— Je vis en Russie. Tout me fait craindre des répercussions. J'ai simplement fait ce que je pensais devoir faire pour survivre. En plus, la mère avait une vilaine hémorragie. Elle allait mourir.

— Qu'est-il arrivé au père du garçon ?

— Je te l'ai déjà raconté, il nous a quittés pour aller chercher de l'aide. Il avait de la famille en Suisse.

— C'était idiot de sa part. Il était impossible qu'il survive plus de trois jours dans ces conditions.

— J'ai songé à rendre le diamant à Lapetus. Mais je me suis dit que si Clymene en avait parlé à son mari, il devait penser qu'elle l'avait emporté avec elle lorsqu'on l'avait emmenée de force le lendemain de l'accouchement.

— Si tu le lui avais rendu, il aurait su que tu l'avais volé.

— Exactement.

— Alors, où est-il ?

— C'est un secret que je ne te confierai que lorsque tu accepteras de le vendre pour moi. Bien sûr, je te donnerai une belle commission. Plus tous les… suppléments que tu voudras.

— Montre-le-moi.

— Maxim, je ne peux pas…

— Dis-moi où il est.

— Tu ne me crois pas ?

— J'aimerais juste le voir.

— Il n'est pas ici.

— Ah non ?

— Non. Je l'ai rangé ailleurs par précaution.

— Quel dommage. J'aurais bien aimé l'observer. Enfin bon. Il est tard. Il faut que j'y aille.

Kreeg l'entendit se lever.

— Maxim… cela reste entre nous, d'accord ? Tu ne parleras à personne du diamant ?

— Bien sûr que non. À bientôt.

Après quelques bruits de pas, Kreeg entendit la porte de la maison claquer. Renonçant à son verre d'eau, il se recoucha, le cœur battant. Ce qu'il venait d'apprendre changeait tout : une échappatoire à cette vie était possible, si sa mère avait dit la vérité. Il fixa le visage du garçon endormi qu'il considérait comme son petit frère. Maintenant que ses yeux s'étaient habitués à l'obscurité, il voyait sa poitrine s'élever et s'abaisser paisiblement.

Malgré les pensées qui se bousculaient dans son esprit comme des rats déchaînés, il était certain d'une chose : Atlas ne devait en aucun cas découvrir ce qu'avait fait Rhea.

59

*À bord de l'*Olympus, *juin 2007*

Quand Kreeg eut terminé son récit, nous gardâmes le silence, les yeux tournés vers la mer Égée qui léchait doucement le bâbord de l'*Olympus.*

— Mon père m'a toujours dit que ma mère était morte en me mettant au monde, finis-je par observer avec émotion.

— Il t'a menti, confirma Kreeg.

— Pour me protéger. Te souviens-tu du moment où les bolcheviques l'ont emmenée ? (Kreeg opina du chef.) Avait-elle peur ?

Il hésita.

— N'aurais-tu pas eu peur à sa place ?

— Si, murmurai-je.

Il y eut un autre long silence et je posai les yeux sur l'énorme joyau posé sur la table.

— Toutes ces années, j'avais le diamant, croyant qu'il était à Rhea. Mais… il appartenait à ma mère.

— Il *appartenait* à la tsarine.

— Qui avait choisi de le remettre à ma mère. Mais ensuite la tienne l'a subtilisé.

— Avant que tu ne le lui reprennes de force, répondit-il sèchement.

— Tu continues de penser que mon père savait que Rhea avait pris le diamant à ma mère et m'avait donné pour mission de le récupérer ?

— Oui.

— S'il avait su que Rhea l'avait pris dans la jupe de ma mère pendant son accouchement, il l'aurait forcément récupéré bien avant, non ?

Kreeg fronça les sourcils et secoua la tête.

— Tu joues sur la sémantique… c'était il y a si longtemps. Après avoir entendu ma mère parler du diamant cette nuit-là, je lui ai demandé de m'en dire davantage en m'assurant que tu n'étais pas dans les parages. Elle m'a confié qu'elle le conservait pour notre avenir, pour le jour où nous quitterions la Russie. Elle ne pouvait pas le vendre à Tobolsk. Je…

Au cours de son récit, à plusieurs reprises, une expression d'incertitude s'était dessinée sur son visage.

— Kreeg, j'ai une demande à te soumettre, dis-je avec gentillesse. Veux-tu bien m'accorder un dernier dîner, peut-être à bord du *Titan* ? Nous pourrons partager un repas, comme autrefois. Je n'ai pas de cuisinier, puisque je suis venu seul, mais il y a le caviar dont nous rêvions tous les deux au réfrigérateur, ainsi qu'une bouteille de la meilleure vodka qui soit dans le garde-manger.

Eszu réfléchit à ma proposition.

— Pourquoi pas ? Comme tu le dis, nous avons grandi comme des frères et cassions la croûte ensemble tous les soirs – quand croûte il y avait ! fit-il en riant d'un air sombre. Tu pourras me raconter ta vie et ce qui t'a amené à aller chercher tes filles aux quatre coins du monde… comme si tu collectionnais des timbres.

Ses mots glissèrent sur moi sans me blesser.

— Puis-je me lever ? Et te conduire à bord du *Titan* ?

Il hocha la tête. Je me dirigeai donc lentement vers la passerelle qu'il avait placée entre les deux énormes yachts. Je traversai à quatre pattes, puis descendis sur le pont du *Titan*. Kreeg, cependant, hésitait, ne sachant que faire du pistolet.

— Passe-le-moi, suggérai-je.

— Je ne suis pas fou !

— Comme tu voudras. Mais si tu ne me le passes pas, laisse-le sur l'*Olympus*. Je te jure que je ne suis pas une menace pour toi. Je ne l'ai jamais été.

Kreeg me dévisagea, avant de placer délicatement l'arme dans sa poche arrière. Puis il grimpa sur la passerelle, avec une difficulté évidente. Alors qu'il rampait au-dessus de l'espace entre les deux bateaux, ses mains se mirent à trembler, peut-être à cause de la pression qu'il exerçait sur elles. Cela eut pour effet de faire chanceler la passerelle et il perdit l'équilibre. Par réflexe, il tendit la main, mais se rendit compte qu'il n'avait rien à quoi s'accrocher. Rapide comme l'éclair, je la lui attrapai et l'attirai vers le *Titan*.

— Est-ce que ça va ? demandai-je en l'aidant à descendre sur le pont.

— Très bien, répliqua-t-il en dégageant sa main à la hâte et en se redressant. C'est un beau bateau que tu as là. La décoration est peut-être un peu… désuète à mon goût, mais cela te correspond parfaitement.

Je fourrai les mains dans mes poches et haussai les épaules avec nonchalance.

— J'ai essayé de mêler passé et présent.

— C'est exactement ce que je voulais dire.

Je poussai un petit rire.

— Viens, suis-moi.

Je conduisis Kreeg à la table du pont principal, vers la poupe du *Titan*.

— Assieds-toi, je t'en prie. Je vais monter de quoi nous sustenter.

Je me rendis dans la cuisine et, sur un plateau, préparai un assortiment de caviar, de saumon fumé, de fromage et de charcuterie, ainsi qu'une bouteille de Russo-Baltique que j'avais gardée pour une occasion spéciale. Lorsque je regagnai la table, le pistolet trônait de nouveau devant Kreeg.

— Je vois que tu as développé des goûts de luxe, lança-t-il avec malice.

— Dit l'homme dont nous venons de quitter le yacht d'une valeur de plusieurs millions d'euros.

Kreeg nous servit à tous les deux un shot de vodka.

— *Vashee zda-ró-vye*, lança-t-il en levant son verre.

— *Vashee zda-ró-vye*, répondis-je.

Il ne bougea pas, me regardant vider mon verre avant de tremper les lèvres dans le sien.

— Kreeg, si j'envisageais de t'empoisonner, je peux t'assurer que je choisirais plutôt une vodka bon marché.

Cette remarque le fit glousser.

— Un homme comme je les aime.

Ensemble, nous savourâmes le caviar et commençâmes peu à peu à vider la bouteille de Russo-Baltique.

— Au fait, Atlas, tu disais que certains événements de ta vie t'avaient fait remettre en question la simplicité de la réalité qui nous entoure. S'il te plaît, dis-moi ce que tu entends par là.

J'avalai ma bouchée et m'essuyai la bouche avec l'une des serviettes blanches en lin du *Titan*.

— Au cours de mes voyages à travers le monde, tandis que je m'enfuyais pour t'échapper, je me suis retrouvé à Grenade, en Espagne. À l'époque, j'étais un homme brisé – sur le point d'abandonner. Là, sur cette grande place devant la cathédrale, j'ai fait la connaissance d'Angelina, une jeune gitane, qui a examiné les lignes de ma main pour me prédire l'avenir. Elle était… stupéfiante. Elle m'a dit des choses qu'il était impossible qu'elle sache. Elle était au courant pour toi et savait que tu me pourchassais sans relâche dans le monde entier. Puis elle m'a annoncé que je serais un jour le père de sept filles… et que l'une d'elles attendait déjà que je la trouve. Je… (Ma voix se brisa.) Mais assez parlé de cela.

Kreeg nous servit à tous les deux un autre shot, que nous avalâmes d'une traite.

— As-tu fini par retrouver ton père ?

Je secouai la tête.

— Non… Bien que je l'aie cherché de nombreuses années durant. On m'a finalement informé qu'il avait péri lors de son voyage, quand il nous avait quittés. Il était arrivé jusqu'en Géorgie. En revanche, j'ai eu des nouvelles de ma grand-mère en Suisse. À sa mort, elle m'a laissé tout ce qu'elle avait, notamment le terrain au bord du lac Léman où j'ai fait construire Atlantis. À partir de là, j'ai amassé ma fortune. Tout ce que je touchais semblait se transformer en or, et pourtant cela ne valait rien à mes yeux, expliquai-je en souriant tristement.

Kreeg termina de tartiner un blini de fromage frais, puis posa délicatement son couteau sur la table.

— Et j'ai dû te regarder faire.

Je changeai de position sur ma chaise.

— Enfin bon. Parle-moi de ta femme.

Kreeg hésita.

— Tu veux dire Ira ?

— Qui d'autre ?

— Nous nous sommes connus peu après l'enterrement de son mari. Elle avait du chagrin. J'ai été là pour elle. Il n'y a pas grand-chose à dire de plus.

Il recouvrit le blini de saumon fumé et le fourra dans sa bouche.

— Tu l'as épousée pour son argent ?

Kreeg avala et secoua la tête.

— Non. Je l'aimais.

— Alors je suis profondément désolé. Tu as enduré la pire des souffrances imaginables.

Il se servit un autre shot de vodka.

— Peut-être. Mais la perte de ma mère m'a endurci et protégé de la plupart des épreuves de la vie. Je suppose que je devrais t'en remercier. Mais bon, je m'égare. Dis-moi comment tu as trouvé tes filles.

Au cours des deux heures qui suivirent, je racontai à Kreeg tout ce qui avait mené à leur adoption, de mon sauvetage par Bel sous la haie des Landowski, jusqu'à la carte de visite que Cecily Huntley-Morgan avait conservée en guise de porte-bonheur.

— Bien que tu m'aies pourchassé toute la première partie de ma vie, je me rends compte aujourd'hui que te fuir d'un endroit à l'autre m'a apporté le plus beau des cadeaux : mes filles. Et je t'en remercie.

Je levai mon verre et portai un toast à Kreeg, mais il ne m'imita pas. Pour une raison que j'ignorais, le récit de l'adoption de mes filles semblait l'avoir perturbé. Si je ne le connaissais pas aussi bien, j'aurais dit que mon ancien frère était... bouleversé.

— Je n'ai qu'un regret, poursuivis-je.

— Lequel ? s'enquit-il d'une petite voix.

— Je n'ai jamais trouvé ma septième fille chérie. La chair de ma chair... Je ne sais pas, soupirai-je avec mélancolie. Peut-être Angelina s'est-elle trompée, peut-être n'est-elle jamais venue au monde. (Kreeg garda le silence, se resservant lentement de vodka en me dévisageant.) J'ai rencontré mon Ella adorée à Paris, quand nous n'étions encore que des enfants. Tu te rappelles peut-être l'avoir vue une fois, quand nous prenions un verre avec des amis dans un café de Leipzig. Tu es entré et j'ai su que tu m'avais reconnu. J'ai dit à Ella que nous devions partir sur-le-champ mais, comme tu le sais, nous avons attendu, et tu as mis le feu à mon logement. J'ai dû sauter par la fenêtre pour ne pas mourir. Je me suis cassé le bras et n'ai jamais pu reprendre le violoncelle, que j'aimais tant.

— Excuse-moi. Tu étais si talentueux, archet à la main. Mais peu importe, tu as quand même réussi à t'échapper.

Enhardi par la vodka, je parlais désormais sans retenue.

— Bien sûr, je savais que ton père était prussien, mais le choc que j'ai ressenti en te voyant dans l'uniforme des SS... mon ami d'enfance, mon frère... un nazi !

— La faim et la pauvreté alimentées par l'amertume, voilà qui peut détruire le cœur d'un homme, Atlas.

Je le fixai.

— Ça n'a pas détruit le mien.

Kreeg croisa les bras.

— Ella était très belle.

— Au moins un point sur lequel nous sommes d'accord, observai-je en buvant ma vodka à petites gorgées. Comment es-tu sorti d'Allemagne après la guerre ?

— J'ai vu ce qui se préparait en 1943 et me suis enfui dans le seul endroit que les mains puissantes de Hitler ne pouvaient atteindre : Londres. Je me suis fait passer pour un émigré russe – mon enfance à la Cour m'avait fourni la couverture parfaite. Par hasard, j'ai fait la connaissance d'une princesse blanche qui avait fui la Russie en 1917 et vivait depuis à Londres. Elle était riche et âgée et je flattais son ego. Je me suis installé dans son appartement, qui empestait à cause de tous ses chats qu'elle traitait comme des enfants. Très vite, elle m'a attiré dans son lit. Je m'échappais dans les bars de Soho dès que possible, et c'est là que je me suis retrouvé à discuter avec cet affreux Teddy. Tu imagines ma surprise lorsque le nom « Tanit » a surgi.

— Et nos chemins se sont croisés à nouveau.

— Je n'oublierai jamais la peur dans tes yeux quand tu m'as vu de l'autre côté de la rue. (Kreeg m'adressa le plus mielleux des sourires.) Tu ne peux pas savoir le plaisir que ça m'a procuré.

— Après ton apparition à la librairie, nous avons décidé de quitter l'Europe, peut-être pour toujours, et de prendre un nouveau départ à l'autre bout du monde, de disparaître dans l'immensité de l'Australie avec tous les autres immigrés. Nous voulions retrouver la paix. Nous en avions besoin.

Kreeg grogna et prit un nouveau shot de vodka.

— *Toi*, tu avais besoin de paix, alors que tu m'en avais privé ?

Je poursuivis :

— Nous avions réservé notre traversée et devions nous retrouver à bord du bateau à vapeur. Mais… Ella n'est jamais arrivée. Le temps que je fouille le navire et que je sois forcé de constater qu'elle n'était pas là, nous avions levé l'ancre. (Mon corps se vida soudain de toute énergie.) Ce voyage pour l'Australie a été la période la plus noire de ma vie. Ma désolation était infinie, sans comparaison avec celle que j'avais ressentie lors de mon interminable trajet entre la Sibérie et la France, et pourtant tu imagines combien j'avais souffert alors. J'avais… perdu tout espoir. (Kreeg ne disait rien, mais il me regardait avec de plus en plus d'intensité.) Pourtant, on m'a de nouveau sauvé la vie, une jeune orpheline, cette fois. Elle m'a rappelé que la bonté humaine existait. Sans la bienveillance de parfaits inconnus, nous ne serions pas là aujourd'hui, à déguster notre dernier repas ensemble.

— J'ai perdu la foi en la nature humaine il y a bien longtemps…

— Alors que la mienne a été *restaurée* par des êtres humains… mais nous avons toujours été différents.

Kreeg reposa violemment son verre de vodka sur la table.

— Oh que oui ! *Toi*, le fils parfait, doux et gentil. Moi - la chair de la chair de ma mère - le trublion. Le jeune homme colérique. Il était évident depuis le début qu'elle t'aimait plus que moi, toi, le petit garçon calme et intelligent… Elle te chouchoutait, te donnait le meilleur de ce qu'elle trouvait à manger… Te faisait même davantage confiance qu'à son *propre fils* pour apporter le diamant à Gustav !

J'étais véritablement choqué par l'interprétation que Kreeg faisait du passé.

— Ta perception de la réalité est déformée. Ce que tu dis est tout simplement faux. Je t'ai déjà expliqué que Rhea m'avait choisi comme messager pour éviter de te mettre en danger. Pour l'amour du ciel, c'est toi qu'elle envoyait en cours !

— Pour pouvoir passer plus de temps avec toi !

Kreeg saisit la bouteille de Russo-Baltique et but cinq énormes gorgées. Pour la première fois, je décelais la rancœur qui remontait à notre enfance.

— Nous étions différents, Kreeg, c'est tout. Aucun n'était meilleur que l'autre.

— Je te détestais pour ta confiance infaillible en la bonté de l'humanité. À l'époque… comme aujourd'hui.

Je secouai la tête.

— C'est la seule chose que tu n'as jamais pu me prendre. Ça, et mon Ella chérie. J'admets que je t'aurais tué si jamais tu avais essayé de lui faire du mal.

Kreeg marmonna quelque chose dans son verre de vodka.

— Qu'est-ce que tu as dit ?

Il me regarda, les yeux brillants de méchanceté. Il était clairement saoul.

— J'ai dit que je l'avais prise, elle aussi.

— Quoi ?

Kreeg prit un moment pour rassembler ses pensées. Lorsqu'il reprit la parole, sa voix était plus grave, bougonne :

— Je te l'ai prise, Atlas.

Mon cœur s'était accéléré et je luttais pour garder mon calme.

— Dis-moi ce que tu entends par là. Tout de suite.

— Si elle ne t'a pas rejoint sur le bateau pour l'Australie, c'est parce que je l'ai enlevée.

Je voulais parler, mais aucun son ne sortait de ma bouche.

— Je t'ai suivi de la librairie jusqu'au port, continua Kreeg. Tu n'aurais pas dû la laisser seule, Atlas. Cela a été ton erreur.

Je m'étreignis la poitrine, craignant que mon cœur ne lâche.

— Tu… tu… tu mens.

Kreeg leva son index, comme s'il se remémorait quelque chose.

— Veux-tu voir une photo de nous à notre mariage ? Je suis sûr d'en avoir une quelque part…

— Par pitié, non. Je vous en supplie, mon Dieu, non…

Il fourra la main dans sa poche et sortit de son portefeuille une vieille photo en noir et blanc. On y distinguait un jeune Kreeg, l'air sérieux, et… sans l'ombre d'un doute, le visage que je n'avais pas vu depuis soixante ans. Incrédule, je constatai avec désespoir qu'elle portait une robe de mariée. Je crus défaillir.

— Comment est-ce possible ? Mon Ella savait ce que tu étais, ce que tu m'avais fait… Elle n'aurait jamais accepté de t'épouser. Je…

Kreeg se pencha vers moi et me glissa à l'oreille :

— Je lui ai simplement expliqué que si elle refusait de venir avec moi, je monterais à bord du navire et t'abattrais d'une balle bien placée. Tu vois, j'étais parfaitement au courant de vos projets de départ…

60

Port de Tilbury, Essex, Angleterre, 1949

La nuit avait été longue pour Kreeg Eszu. Après avoir suivi la voiture de Rupert Forbes depuis Londres, il avait subrepticement observé Atlas Tanit et sa jolie petite amie poser leurs bagages au Voyager, puis aller faire des emplettes en ville. Il les avait regardés s'asseoir sur le quai et avait vu Atlas dessiner la fille, clairement fou amoureux d'elle. Ensuite, le couple avait regagné l'hôtel et Kreeg s'était positionné sur un banc près de la mer, à pas plus de cent cinquante mètres de l'entrée du Voyager.

Il était resté là toute la nuit.

Il était évident que le couple comptait partir pour l'Australie à bord du RMS *Orient* quelques heures plus tard. Ces longues heures avaient donné à Eszu le temps de réfléchir aux différentes options qui s'offraient à lui. À vrai dire, il ne s'attendait pas à retrouver Tanit aussi facilement. Pour commencer, il n'avait pas pris la peine d'utiliser un pseudonyme. Quelle négligence de sa part.

En vérité, Kreeg n'avait pas recherché activement son ennemi, préférant consacrer son temps à courtiser la princesse blanche et à se fondre dans sa nouvelle ville. Mais le destin était intervenu – comme toujours, semblait-il, quand il s'agissait d'Atlas – et leurs routes s'étaient croisées plus tôt que prévu.

Pendant tant d'années, Kreeg avait rêvé de voir la lumière s'éteindre dans les yeux d'Atlas et d'y apercevoir, à la place, le reflet de son propre visage. Toutefois, pendant la guerre, il avait vu tant de gens mourir… Les hommes avaient péri les uns après les autres devant lui, tombant comme des dominos. Parfois, il avait ressenti de la jalousie : eux, au moins, étaient libérés de la dévastation qui les entourait.

Aussi avait-il décidé que, pour Atlas, la mort ne suffisait pas. Non, pour Tanit, la punition devait être de *vivre*. Il désirait désormais ardemment que son frère connaisse la désolation qu'il avait subie quand il lui avait arraché sa mère chérie. La douleur avait été… *était*… insoutenable. Et il voulait qu'Atlas la ressente à son tour.

Il espérait seulement avoir l'occasion de prendre sa revanche avant que Tanit et sa petite amie n'embarquent… Sans quoi il serait obligé de monter lui aussi à bord du RMS *Orient* pour les suivre en Australie. Il frémit à cette idée.

Le port de Tilbury commença à s'animer vers neuf heures et Kreeg quitta alors le banc, acheta un journal et se plaça à l'angle d'une rue parallèle à celle de l'hôtel. Il songea à la façon dont les événements pourraient se dérouler et son cœur s'accéléra. Il tenta de se calmer. Tout ce dont il avait besoin, c'était d'un moment où ils seraient séparés. Oui… il ne lui fallait rien de plus. À neuf heures vingt-cinq, il repéra la haute silhouette musclée d'Atlas quittant l'hôtel avec sa valise. La femme blonde n'était pas avec lui : parfait. Tanit gravit la passerelle et embarqua.

Cinq minutes plus tard, la femme blonde émergea munie d'une valise et d'un petit sac en papier bleu. C'était le moment ou jamais. Il avança vers elle d'un pas rapide. Dissimulé derrière le journal, il sortit son pistolet Korovin de la poche de son pardessus. L'arme bien en main, il décala le journal plié pour la dissimuler à la perfection. Il s'approcha de plus en plus, jusqu'à ce que la jeune femme soit à portée de main.

Il avait eu toute la nuit pour réfléchir et mit son plan à exécution avec précision. Il saisit la femme par l'épaule et plaqua le canon du pistolet dans le creux de son dos. Elle sursauta.

— Si tu cries, je te descends, lui chuchota-t-il à l'oreille. (Elle hocha la tête.) Laisse-toi guider.

Il la força à se retourner vers lui et plongea son regard dans ses yeux bleus terrifiés, avant de lancer bien fort :

— Salut, ma chérie ! Toi ici ? Ça alors !

Puis il l'étreignit, pointant le pistolet contre sa poitrine.

— Par pitié, ne fais pas ça, implora-t-elle d'une petite voix.

— Trop tard, murmura-t-il en lui tenant fermement le bras. Tu vas venir avec moi.

— Où ça, Kreeg ?

— Je t'expliquerai plus tard.

— Et si je hurle là, maintenant ? Nous sommes au milieu de la foule.

— Voilà qui serait peu judicieux. Avant que tu aies fini de te lamenter, j'aurai gravi cette passerelle et tiré une balle dans la tête d'Atlas. Sans parler de celle qui sera incrustée dans ta colonne vertébrale.

— Et si je refuse tout bonnement de t'accompagner ?

— Même chose, je monterai à bord du navire et l'abattrai aussitôt.

— Où que tu envisages de m'emmener, il te retrouvera. Je le sais.

— Il peut toujours essayer. Allez, viens, ma chère.

— Attends. Laisse-moi lui écrire un mot.

Kreeg ricana.

— Un mot ? Pour lui expliquer ce qui t'est arrivé ? T'a-t-il dit que j'étais idiot ? Remarque, ça ne m'étonnerait pas de lui.

— Non. Tu veux le faire souffrir, n'est-ce pas ? C'est pour cela que tu veux m'empêcher d'embarquer.

Kreeg haussa un sourcil.

— Je vois que madame est perspicace.

— Qu'est-ce qui pourrait le faire souffrir davantage que de savoir que j'ai choisi de le quitter ? Je vais lui écrire un billet d'adieu. Alors, au moins, je pourrai tourner la page… et l'agonie de mon fiancé sera doublée. Tu peux considérer cela comme une dernière volonté.

— Tu crois que je vais te tuer ?

— Tu as un pistolet dans mon dos.

Il gloussa avec cynisme.

— Écris ta fichue lettre.

Ella se pencha pour ouvrir son sac et sortit une feuille de papier qu'elle avait prise à l'hôtel, ainsi qu'un stylo. Il la regarda noter chaque mot par-dessus son épaule.

— Voilà. Est-ce que cela te convient ?

Il lut le billet.

> Kangourous et koalas ne sont peut-être pas faits pour moi.
> Respire maintenant que tu n'as plus à me protéger
> Et va vivre ta vie, comme je dois vivre la mienne.
> Ella xx
> (Garde-moi dans ton cœur, comme je te garderai dans le mien.)

Il hocha la tête.

— Très bien, à présent laisse-moi trouver quelqu'un pour le lui remettre.

— Quoi ? Non. Viens. Nous partons immédiatement. C'était une idée stupide, de toute façon.

Il resserra son emprise sur son bras pour l'emmener.

— Aïe !

Ella laissa tomber le sac en papier bleu contenant la robe en satin, mais pas avant d'avoir réussi à y glisser son billet. Alors qu'Eszu l'arrachait à la foule, elle leva les yeux vers le bateau. Là-haut, elle aperçut pour la dernière fois l'homme qu'elle aimait, qui scrutait le port avec angoisse.

— Au revoir, mon amour, murmura-t-elle. Retrouve-moi.

Kreeg l'emmena à plusieurs rues de là et la fit monter de force dans une Rolls Royce noire.

— Tu vas t'asseoir à l'avant avec moi. (Ella suivit ses instructions et, dès qu'elle eut refermé la portière, il retira le journal qui couvrait son pistolet.) Si tu tentes de t'échapper, je tire.

Ella respirait fortement, mais résolument.

— Puis-je savoir où nous allons ?

Kreeg ricana. Il alluma le moteur et commença à conduire, le pistolet sur les genoux.

— Serais-tu étonnée d'apprendre que je n'ai pas planifié la suite des événements ?

— Oui. Il n'a pas fait ce que tu crois, Kreeg. C'est un homme bon. Le meilleur de tous.

Il lui lança un regard.

— Oh, alors comme ça, il t'a parlé de moi et de la raison pour laquelle je le pourchasse ?

— Évidemment. Nous nous connaissons depuis notre enfance.

— C'est vrai ? Alors, toi aussi, tu sais combien c'était un petit garçon fourbe et arrogant.

Ella réfléchit un instant.

— Tu sais qu'il a toujours le diamant. Il souhaite te le rendre. Si tu arrêtes la voiture, tu peux le récupérer maintenant.

Kreeg parut surpris.

— Le diamant est encore en sa possession ?

— Je le jure sur ma vie.

Il hésita un moment, avant de serrer le volant encore plus fort.

— Le fait qu'il ne l'ait pas vendu ne l'exonère en rien du meurtre qu'il a commis.

— Il n'a pas tué ta mère, Kreeg, c'étaient les soldats bolcheviques…

— Silence ! Je vois qu'il a corrompu ton cerveau avec ses mensonges. Atlas Tanit n'est pas plus innocent que tu n'es moche.

— Que vas-tu faire de moi ?

Kreeg ne répondit pas.

— Si tu as l'intention de me tuer, je te demande que ce soit rapide.

Eszu secoua la tête.

— J'ai vu assez de gens mourir comme ça. Pourquoi tuer quelqu'un si ce n'est pas nécessaire ?

— Alors quelle est ton intention ?

— Tu as dit tout à l'heure que mon objectif était de faire souffrir Atlas autant que possible.

— Oui ?

— Je ne vais pas te tuer. Je vais te garder.

61

À bord du Titan, *juin 2007*

Je n'ai pas honte d'avouer que je pleurais à chaudes larmes.

— Kreeg, tu as accompli la mission que tu t'étais fixée dans ta vie. Tu m'as tout pris.

— Je sais, répondit-il avec froideur.

— Ne voyait-elle pas qu'en partant avec toi, elle me tuait de toute façon ?

— Peut-être que si. Mais c'était son choix. Je lui ai juré que, si elle m'épousait, je cesserais de te poursuivre. Comme tu le sais, j'ai tenu parole.

— Mais pas ton fils ! crachai-je. Il traque mes filles comme du gibier… (Une abominable pensée s'insinua dans mon esprit.) Mon Dieu ! Ne me dis pas que ton fils a un lien de parenté avec Ella ?

— Non. Zed est le fils d'Ira.

J'avais le tournis.

— Le billet d'Ella… Je le garde toujours sur moi.

Les mains tremblantes, je sortis le morceau de papier de ma poche. Il sembla surpris.

— Quoi ? Comment l'as-tu récupéré ? Comme je te l'ai dit, elle l'a laissé tomber sur le quai.

— J'ai reconnu le sac bleu. Un jeune garçon l'a envoyé sur le bateau au moment où celui-ci partait.

Kreeg m'arracha le mot des mains pour l'examiner, plissant les yeux pour réussir à lire dans la lumière faiblissante du jour. Au bout de quelques secondes, ses lèvres minces se courbèrent en un sourire.

— Je crois que je t'ai surestimé toutes ces années, Atlas. Ce billet est un message. « Kangourous, Respire, Et, Ella, Garde... » Si tu prends la première lettre de chaque mot, tu obtiens...

Mon estomac se retourna.

— Kreeg. (Il hocha la tête.) Mais cela signifie que... Elle avait envoyé une lettre à Horst et Astrid, est-ce que ça aussi c'était un message codé ? Mon Dieu, qu'est-ce que j'ai raté d'autre au fil des ans... (Je serrai les poings et me frappai les cuisses.) Je t'en supplie, dis-moi ce qui lui est arrivé.

Kreeg s'appuya contre le dossier de sa chaise.

— Elle est morte, trois ans environ après notre mariage.

Une profonde douleur me déchira les entrailles.

— Comment ? m'écriai-je. Raconte-moi tout. Il faut que je sache.

Il fit la grimace.

— Elle n'a plus jamais été la même après... la naissance. Elle s'est affaiblie. Finalement, c'est la grippe qui l'a emportée. Le médecin disait que les malades doivent avoir la *volonté* de guérir. Ce n'était pas son cas.

— La naissance ? Donc vous avez bien eu un enfant ensemble ? Oh non, quel cauchemar.

Je me pris la tête entre les mains.

Kreeg demeura parfaitement immobile.

— Non. Nous n'avons pas eu d'enfant ensemble.

Je relevai la tête.

— Quoi ? Alors... ça veut dire que...

— Oui. Peu après que j'ai emmené Ella, elle a découvert qu'elle attendait ton bébé. Ta gitane avait raison.

J'étais pendu aux lèvres de Kreeg.

— Qu'est-il arrivé à notre bébé ?

— Ella croyait que l'enfant était mort pendant la naissance. C'était une sale affaire – elle a été opérée à l'hôpital et était inconsciente. Pendant ce temps-là, j'ai élaboré un plan. Comme tu l'imagines, je n'avais aucune envie de me retrouver avec ton petit bâtard sur les bras.

— As-tu assassiné mon enfant ? De tes propres mains ? Mon Dieu, mon DIEU ! Quel genre d'animal es-tu ?

— Je t'en prie, Atlas. Je ne suis pas totalement dépourvu de compassion. Même moi, je ne tuerais pas un enfant de sang-froid. J'ai laissé le bébé devant la porte d'un prêtre. Je l'ai remise entre les mains de ton Dieu adoré.

— « Remise » ? C'était donc une fille ?

— Oui.

— La sœur disparue. Ma Mérope chérie…

— J'ai vu une façon de te narguer aussi. J'ai placé la bague que tu avais offerte à Ella dans le couffin avec l'enfant, espérant qu'un jour tu croiserais son chemin… et que tu prendrais conscience de ce que tu avais perdu.

— L'étoile aux sept branches ?

— Celle-là même.

Aussi rapidement que possible, je saisis le pistolet et me levai. Je le pointai vers sa tête. Je n'ai pas honte de dire que ma fureur ne connaissait alors plus de limites.

— Dis-moi où était la maison du prêtre ou je jure de t'abattre sur-le-champ.

Kreeg leva les mains en l'air. Il semblait soudain terrifié, conscient de son erreur.

— Je ne me rappelle pas… je… (J'armai le pistolet, prêt à tirer.) En Irlande, bafouilla-t-il. Dans l'ouest de Cork. C'est là que j'ai emmené Ella quand nous avons quitté le port de Tilbury.

— Pourquoi en Irlande ? Pourquoi l'avoir emmenée là-bas ? DIS-MOI !

— Je voulais un endroit isolé et reculé. Un endroit où tu n'aurais jamais pensé venir fouiner… Quoi de mieux que les confins de l'Europe ? Dans les années cinquante, on ne pouvait faire plus rural que l'ouest de Cork, Atlas. Nous n'avions même pas l'électricité. C'était parfait.

— Parfait..., murmurai-je en serrant l'arme dans ma main.

— J'ai acheté une maison délabrée au milieu de nulle part, avec de l'argent que j'avais dérobé à la princesse blanche.

— Où était la maison ?

— Près de la petite ville de Clonakilty.

— Son nom ?

— Argideen House.

— Tu m'as tout pris... TOUT !

Kreeg se leva d'un bond, se retrouvant nez à nez avec moi.

— Tu as tué ma mère !

— Tu sais au fond de toi que ce n'est pas vrai. Tu t'es servi de sa mort comme prétexte, parce que tu me haïssais depuis toujours. Tu croyais que j'avais volé l'attention qui aurait dû te revenir.

Ses yeux rougirent.

— Tout le monde t'aimait. Toi, l'enfant parfait.

— Moi, je t'aimais *toi*, mon frère. Je t'admirais, je te protégeais quand tu t'attirais des ennuis, je te couvrais...

C'était au tour de Kreeg de sangloter.

— Atlas le héros ! Atlas le fort ! Atlas le brave ! Et Atlas le bon...

Je secouai la tête de lassitude.

— Non. Tu as détruit l'Atlas que j'étais autrefois. Tu m'as laissé porter le poids du monde sur mes épaules. Tu m'as puni pour tout ce que je suis. N'es-tu pas satisfait ?

Kreeg avait commencé à trembler.

— Je ne le serai jamais tant que nous respirerons le même air. C'est toi qui as le pistolet maintenant. Tue-moi et finissons-en ! Je vois à présent que tu as toutes les raisons de le faire. Je suppose que même *toi*, tu ne peux pas pardonner ce que je t'ai avoué aujourd'hui ?

Je considérai les options qui s'offraient à moi.

— J'ai du mal. Oui. Je l'admets.

— Alors FAIS-LE ! Sois humain pour une fois ! Punis ceux qui ont péché contre toi, qui ont cherché à te détruire… appuie sur la gâchette !

Je tins le pistolet contre la tête de Kreeg pendant un moment, avant que ma main ne se mette à trembler et que je ne le laisse retomber sur la table.

— Non. Jamais.

— Quoi ? Je ne comprends pas…

— Tu ne me feras pas changer. Je ne suis pas comme toi. (Je me pris la tête entre les mains quelques secondes et respirai plusieurs fois profondément.) C'est fini, Kreeg.

— Fini ?

— Oui. Je… je te pardonne. À présent, je vais me coucher. Je suis un vieil homme et je suis très, très fatigué.

— Qu'est-ce que tu fabriques ? rugit Eszu.

Je me contentai de tourner les talons et de me diriger lentement vers le salon.

— Reviens, Atlas ! Cela va se terminer ce soir, dans un sens ou dans l'autre !

— C'est *déjà* terminé, Kreeg. C'est fini. Tout est fini.

Je descendis l'escalier et m'effondrai sur mon lit.

62

Je fus réveillé par les vifs rayons du soleil qui se levait dans le ciel grec. Roulant sur le côté, je m'aperçus que je m'étais endormi tout habillé, quelque chose qui ne m'était pas arrivé depuis que j'étais petit garçon. Je me redressai avec précaution, sentant une pression familière dans ma poitrine. Je m'en voulais de m'être reposé sachant qu'à Atlantis, à l'heure qu'il était, l'exécution de mon plan battait son plein. Marina devait être en train de téléphoner aux filles pour leur annoncer que j'étais mort d'une crise cardiaque.

Kreeg était censé m'avoir ôté la vie.

Mais j'étais toujours là. Bel et bien là. Il me fallait contacter Georg au plus vite. Je me levai à la hâte, sortis de ma cabine et gravis les marches de l'escalier principal. Je sortis sur le pont, mais ne vis aucun signe de mon adversaire.

— Kreeg ? Kreeg ?

Je me dirigeai vers la proue et, ce faisant, admirai le magnifique soleil qui s'élevait à l'horizon. Je finis par atteindre la passerelle qui reliait le *Titan* à l'*Olympus.* Content qu'il ne soit plus sur mon bateau, je marchai à quatre pattes pour rejoindre le sien, malgré la douleur croissante dans ma poitrine.

— Kreeg ? C'est Atlas. Tu es là ?

Il n'y avait aucun signe de lui. Je descendis dans le ventre du yacht tout en continuant de l'appeler. J'inspectai cabines, bureaux, quartiers du personnel et cambuse : personne. Enfin, je grimpai au poste du capitaine. Alors que je balayais la salle des yeux, quelque chose attira mon regard. Au sommet du tableau de bord trônait une bourse en cuir bien familière. Je m'en approchai. À côté de la bourse se trouvait une enveloppe blanche, adressée à *Atlas.*

Je défis le cordon de la bourse. À ma grande surprise, le diamant était encore à l'intérieur. Avec appréhension, j'ouvris l'enveloppe qui contenait une carte de visite de Kreeg.

TU AS GAGNÉ, ATLAS. JE SUIS PARTI, LIVRÉ À L'OCÉAN. C'EST ENFIN TERMINÉ.

Je plaçai lentement la carte dans ma poche de poitrine et attachai le diamant autour de mon cou. Je venais de fouiller l'*Olympus* et savais donc que Kreeg n'y était pas. *Livré à l'océan...* S'était-il jeté par-dessus bord ? Je me rendis sur la passerelle supérieure et regardai la mer. Mais je ne vis personne, ni rien qui sorte de l'ordinaire. Était-ce un subterfuge ?

J'avais le sentiment que non.

Kreeg avait laissé le diamant. S'il était parti, il l'aurait sûrement emporté.

— Adieu, Kreeg. J'espère que tu trouveras la paix, malgré tout, murmurai-je.

Que faire à présent ? Bien sûr, il était de mon devoir de prévenir les garde-côtes helléniques. Cependant, je ne pouvais pas risquer qu'ils me découvrent sur l'*Olympus* avec un pistolet quelque part à bord. Alors que la panique montait en moi, je réfléchis à un compromis. Retournant vers le tableau de bord, j'actionnai la radio sur la fréquence adéquate.

— Garde-côtes, ici le yacht *Olympus.* Notre position est la suivante : latitude de 37,4° nord et longitude de 25,3° est. Nous craignons d'avoir un homme à la mer. À vous.

Il y eut un bref silence avant que la réponse ne se fasse entendre.

— Yacht *Olympus*, message reçu, veuillez confirmer l'emplacement : Délos ?

— Je confirme.

— Voyez-vous l'homme à la mer ?

— Négatif. Le yacht compte un passager en moins.

— Entendu, *Olympus*. L'assistance arrive, vrombit la voix.

Je replaçai la radio sur son support et regagnai le *Titan* aussi vite que possible, emportant la passerelle avec moi. Je ne pouvais pas risquer que les autorités sachent qu'un autre bateau avait été présent. Une fois sur mon navire, je me précipitai vers la proue et levai l'ancre. L'effort physique était intense et j'avais de fortes douleurs à la poitrine. Néanmoins, je m'efforçai de me dépêcher et de rejoindre la timonerie du *Titan*, où j'allumai les moteurs et enclenchai la manœuvre pour repartir en mer. Contre toute attente, j'entendis une sirène à tribord. Je mis les accélérateurs à l'arrêt et me précipitai vers le hublot. Avec horreur, j'aperçus un petit catamaran, bondé de jeunes gens, qui s'efforçait de s'écarter pour me laisser passer. J'agitai une main pour m'excuser, mais je ne pouvais pas me permettre de perdre de temps. Je réenclenchai les moteurs du *Titan*. Le catamaran s'éloigna en vitesse, maudissant probablement le yacht infernal.

Alors que le *Titan* se dirigeait vers le large, je me demandais où l'emmener à présent. Il me fallait trouver un endroit tranquille pour l'amarrer, le temps que j'élabore une nouvelle stratégie. Malheureusement, un énorme yacht de plusieurs millions d'euros n'est pas l'idéal pour se cacher. Alors que j'étais plongé dans mes réflexions, la radio grésilla.

— J'appelle le *Titan*. Le *Titan*, est-ce que vous me recevez ?

Mon sang se glaça dans mes veines. Comment les garde-côtes avaient-ils su que mon navire était dans les environs ? Je me demandais si je ne ferais pas mieux d'éteindre les moteurs et de sauter par-dessus bord à l'instar de Kreeg.

— J'appelle le *Titan*. Ici le *Neptune*. Répondez, s'il vous plaît.

— *Neptune*…, murmurai-je pour moi-même. Qui êtes-vous ?

Je sortis mes jumelles et balayai les alentours des yeux. Ne voyant rien, je quittai brièvement la timonerie pour observer à la poupe. Et là, en effet, j'aperçus un point blanc derrière moi. Levant mes jumelles, j'identifiai un petit Sunseeker, qui semblait se diriger vers moi à toute vitesse.

Regagnant la timonerie, j'accélérai au maximum, sachant que le bateau qui me suivait ne ferait pas le poids face à la puissance du Benetti. Mais qui était-ce ?

— Je répète, le *Titan*, répondez. Le *Neptune* a un précieux chargement à bord !

— Un précieux chargement ? me demandai-je.

— Pour être plus précis, crépita la radio, nous avons votre fille, Ally, à bord. Elle se demande si cela vous dirait de vous arrêter pour prendre un thé ?

Je faillis tomber à la renverse. Ally ? Que diable faisait-elle là ? Non, non, non, non... Tout ce que je m'étais donné tant de mal à planifier craquait au niveau des coutures.

— Allez, mon vieux, plus vite, murmurai-je pour encourager le *Titan*.

La radio grésilla de nouveau.

— Pa ? C'est Ally ! On te voit ! Un rendez-vous en mer Égée, ça te dirait ?

La voix d'Ally eut l'effet aussi bien d'un remontant que d'un poison. L'entendre me procura un grand réconfort, mais je ressentis une vive douleur à l'idée de ne pas pouvoir lui répondre.

Ma poche vibra et j'en sortis mon téléphone portable. L'écran afficha un numéro inconnu. Sachant que, selon toute vraisemblance, il s'agissait d'Ally qui m'appelait à bord du *Neptune*, je l'ignorai. Comme par hasard, quelques secondes plus tard, le téléphone sonna de nouveau, m'indiquant que j'avais un message vocal. Je l'écoutai aussitôt et entendis de nouveau la voix de ma fille.

« Salut, Pa ! C'est Ally. Écoute, tu ne vas pas en croire tes oreilles, mais je suis juste derrière toi ! Je suis avec... un ami, et je me demandais si ça te dirait de t'arrêter. Nous pourrions peut-être déjeuner ensemble ? Dis-moi. Je t'embrasse fort. »

— Mon Ally chérie...

Je rangeai mon portable, les larmes aux yeux. En vérité, je ne désirais rien davantage que d'arrêter le *Titan*, de serrer ma fille dans mes bras et de tout lui raconter. Mais je savais à quel point ce serait imprudent. Je m'attendais à mourir et à ce que Kreeg vive… Le contraire s'était produit. Or, pour leur sécurité, mes filles *devaient* croire que j'avais péri. Si jamais Zed avait vent de ma présence à bord de l'*Olympus*… Je frissonnai en pensant aux conséquences potentielles pour mes filles.

Ayant navigué à la vitesse maximale pendant près d'une heure, j'avais bien semé le Sunseeker d'Ally. Je ralentis l'allure du Benetti, ressortis mon téléphone de ma poche et appelai l'homme en qui j'avais toute confiance. À qui j'avais *toujours* pu faire confiance : Georg Hoffman.

— Atlas ? répondit-il, stupéfait. Vous êtes vivant ?

— Oui, Georg. Et comme tu le sais, c'est très embêtant.

— Et Kreeg ?

— Il est décédé. Nous devons passer au plan B. Immédiatement.

— Entendu, Atlas.

* * *

Mes filles. C'est là que se termine véritablement mon histoire. Avec l'aide de Georg, de Ma, de Claudia, de Hans Gaia et de nombreux autres membres de mon « équipe », le *Titan* a été rapatrié à Nice. Vous avez été informées de ma crise cardiaque, de mes obsèques privées, et vous avez chacune reçu votre lettre ainsi que vos coordonnées gravées sur la sphère armillaire.

Je ne doute pas qu'une question vous brûle les lèvres : « Mais où t'es-tu caché, Pa ? »

Je suis retourné sur l'île de Délos pour vivre mes derniers jours en paix, entouré de la beauté de la côte grecque. Avec l'aide de Georg, j'ai acheté une petite maison blanchie à la chaux avec des vues imprenables sur la mer, et j'ai attendu mon heure. Sachez que mes derniers jours ont été égayés des heureux souvenirs de notre vie ensemble dans le cadre magique d'Atlantis.

À présent, vous savez tout.

L'histoire d'Atlas.

L'histoire de Pa Salt.

Votre histoire à vous.

Le plus grand cadeau de mon temps supplémentaire sur cette Terre a été de recevoir les appels de Georg me racontant en détail votre parcours, au fur et à mesure que vous découvriez chacune votre famille biologique. Sachez que je ne saurais être plus fier de vous. Bien que mon sang ne coule dans les veines d'aucune d'entre vous, je suis immensément ému de constater que vous avez hérité de ma passion pour les voyages, de mon esprit d'aventure et, surtout, de mon amour profond pour l'humanité, de ma foi en sa bonté intrinsèque. Je suis mortifié d'avoir dû vous tromper. À présent que vous connaissez les circonstances, j'espère que vous pourrez me pardonner.

Par-dessus tout, j'espère que Georg a réussi à trouver votre sœur disparue. Je sais qu'il a œuvré sans relâche pour la localiser une fois que je lui ai fourni le nom d'Argideen House et un dessin de la bague que j'avais offerte à sa mère.

Toutefois, j'ai le sentiment qu'il va avoir besoin de votre aide. Lorsque vous la trouverez, mes filles, soyez gentilles avec elle. Dites-lui combien je l'aime. Combien je désirais la trouver. Que je n'ai jamais abandonné. Dites-lui combien je suis fier d'être son père, comme je le suis d'être le vôtre.

Je n'ai plus rien à dire qui n'ait déjà été dit. Mais sachez que vous avez toutes donné un sens à ma vie. J'ai beau avoir subi les souffrances, les tragédies, vous m'avez chacune donné plus d'espoir et de bonheur que vous ne pourriez l'imaginer. S'il y a une chose que vous devez retenir de mon histoire, c'est qu'il vous faut suivre le conseil que je vous ai maintes fois dispensé :

Profitez du moment présent !

Vivez pleinement chaque instant !

Savourez chaque seconde de votre vie – même les jours les plus difficiles.

Tendrement,

Votre Pa (Salt)

À bord du *Titan*

Juin 2008

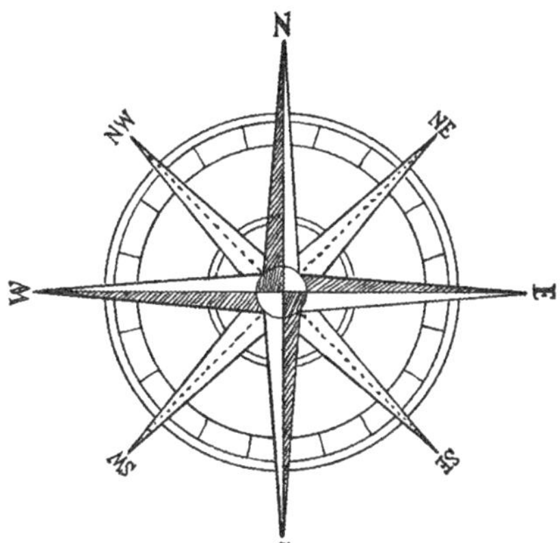

63

Star reposa la dernière page et leva les yeux vers la table. Ses sœurs pleuraient à chaudes larmes et pouvaient compter sur le réconfort de leurs partenaires. Elle-même sentait la main de Mouse dans son dos.

— Je… ne sais pas quoi dire, bredouilla Ally.

— Quel connard, souffla Électra. Il lui a pris Ella. Alors que Pa n'avait rien fait.

— Merry… est-ce que ça va ? s'enquit Miles, l'air inquiet.

Elle déglutit avec peine.

— Je crois… (Sa voix se brisa et elle laissa échapper un sanglot.) Oh, mon Dieu, excusez-moi.

Elle agita une main devant son visage et Mary-Kate se leva pour la serrer dans ses bras.

— Je suis tellement désolée, Merry. C'était horrible d'entendre ce qui a été infligé à ta mère, déclara doucement Tiggy.

— Et pauvre Pa. Apprendre tout ça à la fin de sa vie…, énonça Maia avec effroi.

— Cela me paraît inconcevable, ajouta Ally en reniflant. Je n'arrive pas à croire que j'aie été si près de lui. Si seulement le bateau de Theo avait été un peu plus rapide…

— Il nous protégeait, jusqu'à la fin, observa Star. Il souhaitait sacrifier sa vie pour garantir notre sécurité. Cela lui ressemble tellement.

— Comprenez-vous pourquoi il devait « faire le mort » ? demanda Georg. Il était terrifié à l'idée de ce que Zed aurait pu vous faire s'il avait appris sa présence au moment de la mort de Kreeg.

Toutes hochèrent la tête.

— Quand est-il mort, Georg ? Pour de vrai ? interrogea Électra.

— Oui, combien de temps a-t-il passé à Délos avant de... partir ? renifla CeCe.

Georg hésita.

— Je l'ai vu pour la dernière fois trois jours plus tard. Je l'ai aidé à acheter la propriété. Comme vous le savez peut-être, l'île est très petite mais occupe une place importante dans la mythologie grecque. Il y a très peu de maisons. Nous avons offert au propriétaire le quadruple de la valeur, et ses chèvres et lui sont partis presque aussitôt.

— Cela ne répond pas à ma question, Georg. Quand Pa est-il mort ? insista Électra.

L'avocat secoua la tête et lança un regard suppliant à Ally. Celle-ci se tourna alors vers Ma, qui se leva. Elle prit une profonde inspiration.

— Mes petites filles. Le moment est venu de faire preuve de courage. Votre père n'est pas encore parti.

Le silence s'abattit sur le pont.

Tiggy ouvrit de grands yeux.

— Je le savais...

— Non... c'est impossible... tu es en train de nous dire que Pa Salt est vivant ? En ce moment ? s'écria Électra.

— Oui, confirma Ma.

Le vent marin souffla sur la table.

— Tu nous as caché ça..., souffla Star. Comment as-tu pu être aussi cruelle ?

— Chérie, je...

— Est-il toujours à Délos ? demanda Maia.

— Oui, répondit Georg. Mais il est très faible.

— Les appels..., murmura CeCe. C'est à lui que vous parlez au téléphone ?

— Pas exactement. Claudia est à ses côtés depuis quelques semaines. C'est pour cela qu'elle a quitté Atlantis. Elle me donne régulièrement des nouvelles de votre père. Son état se dégrade rapidement.

— Oh, mon Dieu ! lança CeCe.

— Je comprends mieux maintenant..., énonça Star.

— Personne n'aurait pu prévoir qu'il survivrait aussi longtemps, les filles. Nous pensions qu'il ne passerait que quelques semaines à Délos. Mais il a défié toutes les prévisions des médecins.

— Sacré Pa, bredouilla Ally.

— Il refuse toute intervention médicale, poursuivit Georg. Il ne souhaite ni médicament ni examen. Il n'a même pas de perfusion.

— Comment fait-il pour être encore en vie ? s'étonna Électra.

Georg regarda Ma, qui sourit à Merry.

— Je crois... non, je *sais* que l'idée de retrouver votre sœur disparue l'a gardé sur cette Terre.

Tiggy hocha la tête, comprenant ce phénomène.

— Le pouvoir des croyances.

Star regarda Ally.

— Depuis combien de temps es-tu au courant ?

— Depuis cet après-midi. J'ai insisté auprès de Georg pour qu'il le dise à tout le monde et qu'il nous remette les dernières pages de Pa, qu'il était censé garder jusqu'à sa mort réelle.

Georg buvait un verre d'eau et ses mains tremblaient.

— Croyez-moi, je souhaitais sincèrement vous révéler la vérité. Mais vous savez ce que votre père a fait pour moi. J'ai juré de lui rester loyal jusqu'à mon dernier souffle.

— Il y a une différence entre loyauté et cruauté, Georg, protesta CeCe.

L'avocat hocha la tête.

— Au fond de moi, je savais que je devais vous dire la vérité, admit-il en versant des larmes. Et combien il serait heureux de toutes vous voir avant la fin.

Personne ne savait quoi dire.

— Pourquoi est-ce qu'on n'avance pas, bon sang ? finit par s'énerver Électra. S'il est mourant, on n'a pas de temps à perdre. Allez chercher Hans. Hors de question que j'attende demain matin si nous avons une chance de le revoir. Est-ce que tout le monde est d'accord ?

— Oui. Absolument, fit Maia en se levant. Deux choix s'offrent à nous à présent. Soit nous laissons libre cours à notre colère et à notre rancœur, le choix de la facilité, soit nous acceptons tout ce qui s'est produit. Nous privilégions l'amour et la bienveillance, malgré tous les torts que nous considérons avoir subis. Bon, que choisirait Pa ?

Elle tendit la main à Tiggy, qui la saisit. Puis Tiggy tendit la main à Ally, jusqu'à ce que les sept sœurs soient unies.

— Georg, lança Ally. Vous avez entendu Électra. Allez chercher Hans. Nous partons voir Pa. Maintenant.

Georg s'éloigna à la hâte.

Tout le monde autour de la table était sous le choc. Les partenaires, en particulier, étaient sans voix. Rien qu'ils ne puissent dire ne parviendrait à apaiser le typhon émotionnel qui frappait les sœurs de plein fouet. Finalement, ce fut Ally qui reprit la parole :

— Est-ce que l'une de vous se rappelle que j'ai eu l'impression d'entendre Pa au téléphone quand j'ai répondu à un appel dans son bureau ? Eh bien, peut-être n'était-ce pas une impression.

Cela raviva un souvenir dans la mémoire d'Électra.

— Ma ? Quand j'ai croisé Christian à Paris, était-il en mission pour Pa ?

— Oui, chérie. Il était à la recherche de Manon Landowski, la petite-fille de Paul.

— Pourquoi ?

— Il souhaitait simplement remercier la famille qui l'avait sauvé au début de sa vie une dernière fois avant sa mort. Afin que les générations suivantes n'oublient pas cet acte de gentillesse.

— Est-ce que Christian l'a trouvée ?

— Oui ! Elle est chanteuse et compositrice. Christian lui a remis la lettre de Pa et elle lui a raconté que son père, Marcel, parlait souvent avec affection du « garçon silencieux ».

— Avec affection ! s'exclama Maia. Ça alors. Qui l'eût cru ?

Le grondement des moteurs du *Titan* s'éleva et Georg réapparut.

— Hans estime que nous atteindrons Délos à l'aube. Je vais appeler Claudia pour la prévenir de notre arrivée. Les filles… faisons-nous ce qu'il convient ?

L'homme qui, pour les sœurs, avait incarné l'assurance même toute l'année écoulée semblait à présent profondément bouleversé.

— Absolument, affirma Star.

— Pouvons-nous lui parler au téléphone, tout de suite ? Juste au cas où quelque chose se produirait ? demanda Ally.

Georg secoua tristement la tête.

— Il aurait beaucoup de mal à parler au téléphone. Il est à bout de forces. D'ailleurs, pour préserver son cœur, je pense qu'il est préférable que Claudia ne l'informe pas de notre arrivée imminente.

— Mon Dieu. Et s'il ne tenait pas jusqu'à demain ? s'inquiéta Star.

— Il tiendra, Star. Il tiendra, promit Tiggy.

64

Le *Titan* s'approchait de Délos, baignée par la lueur de l'aube. L'île rocheuse minuscule était parsemée de touffes d'herbe verte et jaune qui s'élevaient vers le sommet. Avec les colonnes grecques qui ornaient le paysage, cela créait une merveilleuse atmosphère antique.

Il était inenvisageable d'amener le *Titan* jusqu'au port miniature, alors Hans Gaia jeta l'ancre aussi près que possible et organisa une navette pour emmener les sœurs sur la rive. Tandis qu'Ally naviguait sur le petit bateau – qui transportait aussi Georg et Ma – vers la jetée, une silhouette familière apparut. Une par une, Claudia aida les filles à descendre et les étreignit. Elle réserva sa plus longue étreinte à son frère. La cuisinière d'ordinaire si réservée s'effondra dans ses bras.

— Les filles, sanglota-t-elle, votre père est un ange gardien.

— Conduis-nous à lui, Claudia, déclara Maia.

Claudia les emmena le long d'un chemin de terre jusqu'au pied d'une grande colline verdoyante, où le sentier devenait si étroit que les sœurs durent progresser à la file indienne. À l'approche de la cime, elles aperçurent une maison blanche et isolée. Le spectacle était aussi magnifique que Pa l'avait décrit, offrant des vues panoramiques de l'île mythique et de la mer qui l'entourait.

— Comment va-t-il, Claudia ? interrogea Ally.

— Même lui n'est pas invincible. La semaine dernière, il a eu une nouvelle crise cardiaque. Pensant que c'était son dernier jour, je lui ai dit que vous aviez enfin trouvé Merry et que vous veniez déposer une couronne de fleurs pour lui rendre hommage. Cela lui a permis de tenir. Il a refusé de se rendre sa vie durant… Mais maintenant… (Claudia se tourna vers Merry et lui prit la main.) Ma chérie, peut-être vaut-il mieux que tu laisses les filles le préparer avant d'entrer à ton tour. Il est si faible.

Merry acquiesça.

— Ma, veux-tu bien aller le voir en premier pour lui dire que nous sommes toutes là ? demanda Maia.

— Quelque chose me dit qu'il est déjà au courant, murmura Tiggy.

— Bien sûr, ma chérie, répondit Ma en souriant tristement.

Claudia conduisit Marina à l'intérieur de la maison fraîche et ombragée, jusqu'à une chambre au fond.

— Tu es prête ?

Ma acquiesça et ouvrit la porte.

Allongé sur un lit double au coin de la pièce, Atlas somnolait, le haut du corps soutenu par une demi-douzaine d'oreillers blancs. Quand Marina approcha, il ouvrit lentement les yeux et se tourna pour la regarder. Il avait la peau grise et les yeux enfoncés. Mais ses iris bruns brillaient du même éclat qu'elle leur avait toujours connu.

— Bonjour, mon cher Atlas, dit-elle d'une voix douce en prenant sa main frêle. C'est moi, Marina.

Il sourit.

— Bonjour, Ma.

Elle l'enveloppa délicatement de ses bras, un peu perturbée de constater combien il avait maigri. Puis elle déplaça une chaise en bois et s'assit à son chevet.

— Marina… je… je suis tellement désolé. Tellement désolé. Pour toi, chuchota-t-il.

— Chut, Atlas chéri. Il n'y a aucune raison de l'être.

— Les filles… est-ce que ça va ?

— Elles sont merveilleuses.

La nouvelle le rasséréna.

— Savent-elles que je suis encore en vie ?

— Oui. Elles sont dehors. Elles attendent pour te voir.

Les épaules d'Atlas semblèrent s'affaisser.

— Les filles sont ici ? Pour moi ?

— Oui. Elles sont *toutes* là.

— Tu veux dire… (Marina hocha la tête.) Elle… (La voix d'Atlas se brisa.) Elle est ici ? Ma première fille ?

— Oui.

Il essaya de se ressaisir, luttant clairement pour respirer.

— Savent-elles que je vais bientôt mourir ?

— Ne dis pas de bêtises. Comme si tu pouvais faire quelque chose d'aussi banal que de mourir !

— Ma, dit-il en lui pressant la main. Ne t'en fais pas. Sont-elles au courant ?

Marina retenait ses larmes. Atlas protégeait ses filles jusqu'au bout.

— Oui. Elles souhaitent te dire au revoir. Tout comme moi, mon si cher ami. Que d'ennuis tu as subis.

Elle lui caressa tendrement la tête.

— Des ennuis, Marina ? (Il parvint à secouer la tête.) Non. Rien que la vie et l'humanité – avec leurs bons et leurs mauvais côtés – pendant quatre-vingt-dix ans.

— Avant de faire entrer les filles, je souhaite te remercier de m'avoir fait confiance pour les élever. De m'avoir embauchée alors que je n'avais aucune qualification en la matière…

— Ma chère Marina, répondit-il en souriant. À voir la façon dont tu t'occupais de ces enfants à Paris, je savais combien d'amour tu avais à donner.

— J'ai fait des choses terribles aussi… des choses dont j'ai tellement honte.

Il lui tapota la main.

— Comme je l'ai dit et répété aux filles, il ne faut jamais juger autrui sur ses *actes*, mais sur sa *personne*. Bon, est-ce que Georg est là ? (Ma acquiesça et Atlas soupira.) Te demandes-tu parfois pourquoi il ne t'a jamais déclaré sa flamme alors que, depuis toutes ces années, ses sentiments pour toi crèvent les yeux ?

Ma émit un petit rire.

— Je mentirais si je répondais par la négative. Mais il y a beaucoup de choses qu'il ignore à mon sujet. Je m'inquiète qu'il puisse… avoir honte de moi.

—Je te conjure de lui parler. Lui et toi devez tourner la page du passé. S'il te plaît, Marina, la vie est si courte… promets-moi que tu essaieras.

Il regarda sa vieille amie d'un air implorant.

—Je te le promets. (Marina prit quelques instants pour se calmer.) À présent, as-tu assez d'énergie pour voir tes filles ?

Un sourire réapparut sur ses lèvres.

— Dans le cas contraire, je la trouverai. Est-ce que ça va aller pour elles ?

— Oh oui. Nous avons élevé des femmes fortes. (Marina se releva et prit de nouveau la main d'Atlas pour y poser un baiser.) Je vais leur dire d'entrer.

Atlas se radossa à ses oreillers et convoqua les dernières forces qu'il possédait. Il ferma les yeux et fit monter une prière au ciel.

— Merci de me les avoir envoyées.

La porte de sa chambre se rouvrit et les larmes coulèrent le long de ses joues tandis qu'il saluait ses six filles l'une après l'autre. Il les prit chacune dans ses bras et leur posa un léger baiser sur le haut de la tête, comme lorsqu'elles étaient petites. Tout le monde pleurait, mais il s'agissait de larmes de joie. Même si les événements avaient tenté de séparer les membres de la famille, l'univers les avait réunis une dernière fois.

Les sœurs s'installèrent autour du lit de leur Pa, qui rayonnait de bonheur d'être entouré des personnes qu'il aimait le plus au monde.

— Mes filles, si courageuses, si brillantes, si belles. Tout ce que j'ai fait, c'était pour vous protéger.

— Oui, Pa, nous le savons, le rassura Star.

— Nous sommes juste… si heureuses de te revoir, dit Ally en pleurant.

Atlas leva les yeux vers le plafond.

— C'est une longue histoire. Je ne pensais pas survivre… (Il se tourna de nouveau vers les sœurs.) Mais j'ai tout écrit et l'ai remis à Georg. Vous connaîtrez la vérité.

— Nous savons déjà tout, Pa, déclara doucement Électra. Georg nous a donné les pages avant notre arrivée ici.

— Ah bon ? s'étonna-t-il. Rappelez-moi de le mettre à la porte. (Des éclats de rire fusèrent au milieu des larmes des filles.) D'ailleurs, où est-il ?

— Dehors, répondit CeCe. Tu veux que j'aille le chercher ?

Atlas sourit.

— Merci, CeCe.

Maia se pencha vers son père.

— Pa, à travers ta « mort », chacune d'entre nous a grandi et a trouvé sa voie. Nous sommes toutes adultes à présent – celles que tu souhaitais nous voir devenir.

Il hocha légèrement la tête.

— Je suis si fier de vous. Georg m'a raconté que vous aviez toutes trouvé votre famille biologique.

— Oui, répondit Maia avec tendresse. Mais surtout, nous avons toutes trouvé notre avenir. Et notre bonheur.

— Alors c'est le plus beau cadeau que je pouvais vous offrir.

— Pa, juste une question, avança Ally. Au cours de l'année écoulée, nous avons toutes eu l'impression à un moment donné de t'entendre ou de te voir.

— Ou même de sentir ton odeur, murmura Électra.

— Es-tu revenu à Atlantis ? s'enquit Ally.

— Où étais-tu à Bergen ? ajouta Star. J'ai cru te voir au concert d'Ally.

Leur père sourit.

— Malheureusement non. Mais cela ne veut pas dire que je ne suivais pas vos progrès. On pourrait dire que je vous accompagnais par l'esprit, comme je le ferai toujours… Il vous suffira de regarder les Sept Sœurs des Pléiades et je serai là, moi aussi. Atlas, votre père, veillant sur vous toutes.

— Pour nous, tu seras toujours *Pa Salt*, sanglota Tiggy.

Il sourit de toutes ses dents.

— Bien sûr. Est-ce que je sens toujours la mer, petite Maia ?

Les filles rirent à nouveau. Il était si fort pour elles.

On frappa de petits coups à la porte et Georg Hoffman entra dans la pièce.

— Bonjour, Atlas.

— Re-bonjour, Georg. C'est gentil d'être venu me dire au revoir pour la troisième fois, dit-il avec un clin d'œil. Excusez-moi, les filles, voulez-vous bien faire un peu de place ?

Maia et Ally se décalèrent pour permettre à Georg d'accéder au lit. Il prit la main d'Atlas, mais celui-ci l'attira pour l'étreindre. Les sœurs regardèrent leur père chuchoter quelque chose à l'oreille de l'avocat, qui hocha la tête avec ferveur avant de se redresser.

— Merci, mon ami, de me les avoir toutes amenées. C'est le plus merveilleux des cadeaux.

— À propos de cadeaux, Bear est arrivé, Ally, annonça Georg.

— Pa… voudrais-tu faire la connaissance de ton petit-fils ?

— Ton fils, Ally ? Il est à Délos ?

— Oui. Hans vient de le débarquer du *Titan*.

Atlas avait les yeux brillants.

— S'il te plaît, va me le chercher…

Ally disparut momentanément et revint avec son fils dans les bras.

— Pa, je te présente Bear. Bear, voici ton grand-père.

— Bonjour, mon chéri. Puis-je le prendre ? (Ally hésita un instant.) S'il te plaît, je n'ai jamais fait tomber aucune d'entre vous. Je n'ai pas l'intention de commencer maintenant ! (Ally sourit et plaça son bébé dans les bras de son père.) Bear… quel nom adorable. Mon Dieu, Ally. (Il leva les yeux vers elle.) Il te ressemble tellement.

Les jeunes femmes regardèrent leur père faire des risettes au bébé qui semblait insuffler à Atlas un regain d'énergie, comme si le vieil homme tirait de la force de cette jeune vie – et de l'avenir – qu'il cajolait. Revigoré, il fut en mesure de questionner ses filles au sujet de leurs partenaires dont Georg lui avait parlé et d'écouter de leur bouche le destin des familles qu'il connaissait depuis si longtemps.

Lorsqu'elle jugea que le moment était venu, Maia regarda chacune de ses sœurs. Toutes sentaient qu'il était temps.

— Pa, se lança-t-elle. Il y a quelqu'un d'autre qui veut te voir. Elle attend à la porte.

La respiration d'Atlas s'accéléra. Tiggy lui prit la main.

— N'aie pas peur, Pa. C'est ta récompense de l'univers.

Les filles se levèrent l'une après l'autre, et il leur envoya à chacune un baiser tandis qu'elles quittaient la chambre.

Puis, très lentement, la porte s'ouvrit à nouveau et Merry entra.

— Bonjour, Pa, dit-elle avec un sourire.

Elle s'avança vers lui et, doucement, lui posa un baiser sur le front. Atlas avait les yeux écarquillés.

— Ella…

Merry secoua la tête.

— Je crains que non. Mary est le prénom que m'a donné ma famille en Irlande. Mais tout le monde m'appelait « Merry », parce que j'avais toujours le sourire. Tes filles disent que tu m'aurais appelée « Mérope » si tu m'avais retrouvée plus tôt.

— Mérope… Merry. (Atlas était enchanté de cette coïncidence et fixait sa fille avec émerveillement.) Est-ce possible que ce soit vraiment toi ?

— Oui, c'est bien moi, la chair de ta chair.

Atlas était trop ému pour parler, son visage ruisselait de larmes. Il tendit la main et Merry la saisit pour la serrer dans la sienne. Bientôt, elle aussi se mit à pleurer. Tous deux restèrent un moment assis en silence, père et fille, réunis pour la première fois.

— Tu ressembles à ta mère, parvint-il à articuler. Merry, elle était si belle. Tu vois ? C'est elle.

Il indiqua le dessin au fusain qui était à présent accroché près de son lit.

— Georg m'en a montré une copie. Les filles disent que la ressemblance les a instantanément frappées. (Elle fit un geste de la tête en direction du dessin.) Tout le monde se demandait où était passé l'original.

— J'ai demandé à Claudia de me l'apporter ici. C'est tout ce qui me restait d'elle, je… (Atlas fixait sa fille, étranglé par l'émotion.) Maintenant que tu es là, une partie d'elle est avec moi. C'est un miracle. Pardonne-moi, ma chérie, de ne pas avoir pu être là pour te protéger. Je t'ai cherchée pendant des années, dans le monde entier. Je n'ai jamais pensé que tu pourrais être en Irlande, je…

Merry voyait qu'il était de plus en plus bouleversé.

— Chut, tout va bien, Pa. Tout va bien maintenant. Parle-moi d'elle. Parle-moi de ma mère.

Un grand sourire se dessina sur les lèvres d'Atlas.

— J'en serais honoré.

La main de Merry dans la sienne, Atlas lui raconta tout ce qu'il put. Sa fille aînée regarda la flamme danser dans ses yeux tandis qu'il se remémorait l'amour de sa vie et tout ce qu'Ella avait été pour lui. Il finit par se fatiguer et elle le vit s'assoupir. Il lui tenait toujours la main mais, lentement, ses doigts commencèrent à se desserrer, et Merry sentit que son père s'apprêtait à partir. Elle se leva et alla vite regrouper les autres filles pour lui dire au revoir.

Chacune à leur tour, elles embrassèrent leur père et s'assirent autour de son lit, se soutenant les unes les autres en pleurant.

Enfin, alors que le soleil s'élevait dans le ciel de Délos, la lumière vint éclairer le visage d'Atlas. Il ouvrit les yeux et adressa à l'assemblée un sourire chaleureux qui rayonnait de tendresse.

— Je la vois. Elle m'attend. Ella m'attend…

Alors, arrivé au bout de sa vie à la beauté, à la douleur et à la bienveillance incommensurables, Atlas Tanit ferma les yeux pour la dernière fois.

Épilogue

Atlantis, un an plus tard

Même si elles étaient un peu serrées, les sept sœurs parvinrent à toutes monter dans le petit bateau qu'utilisait Christian pour faire la navette entre Atlantis et Genève.

— Ça va aller avec les commandes, Ally ? lui demanda-t-il.

— Oui, merci, répondit-elle en se plaçant au gouvernail.

— Ça y est, Ma, nous sommes prêtes, déclara Maia.

Elle pivota le haut du corps pour être face à la jetée et tendit les deux mains. Ma lui passa l'urne en cuivre délicatement travaillée qui contenait les cendres d'Atlas. Puis elle recula et Georg la prit amoureusement par les épaules.

— Vous êtes sûrs que vous ne voulez pas nous accompagner tous les deux ? Christian ne mettrait pas longtemps à sortir un deuxième bateau, proposa Électra.

— C'est gentil, ma chérie, mais non. Il est juste que ce soit vous sept qui l'emmeniez vers son ultime demeure, répondit Ma.

— Nous allons tous vous attendre ici, ajouta Georg.

Ally adressa un signe de tête à Christian qui détacha la corde de la jetée. Elle actionna le bateau et se dirigea lentement vers le centre du lac. C'était une magnifique journée de juin et les doux rayons du soleil scintillaient sur l'eau transparente. Veillant à choisir un emplacement à l'abri des regards, Ally éteignit le moteur, et les sœurs savourèrent la sérénité délicieuse qu'offraient le lac et les montagnes.

Curieusement, elles ne ressentaient aucune tristesse. Au lieu de cela, elles étaient heureuses de pouvoir enfin faire leurs adieux à leur père, des adieux qui leur avaient été précédemment refusés. Le bateau flotta en silence sur l'eau pendant un moment.

— Ally, est-ce que tu veux bien… ? finit par demander Maia.

Sa sœur hocha la tête et sortit de sous un banc l'étui contenant sa flûte. Elle porta l'instrument à ses lèvres et se mit à jouer. Le morceau qu'elles avaient choisi était « Jupiter », tiré des *Planètes* de Gustav Holst – l'un des préférés de Pa.

Ally joua avec élégance, comme à son habitude, et les notes dérivèrent du milieu du lac jusqu'à Atlantis. Chacune des sœurs ferma les yeux et parla en privé à leur père. Elles le remercièrent de leur avoir épargné une vie de misère et de les avoir enveloppées de son amour inconditionnel.

— Merci, Ally, dit Star quand sa sœur eut terminé.

— Bon, allons-y, déclara Maia en ouvrant l'urne avec précaution. (Elle prit une poignée de cendres et les répandit doucement sur le lac.) Au revoir, Pa, dit-elle avec un courage stoïque.

L'urne passa d'une sœur à l'autre. Certaines parlèrent longtemps, d'autres pas du tout. Enfin, l'urne arriva entre les mains de Merry.

Elle sourit et prit une profonde inspiration.

— Pa, bien que je t'aie à peine connu, je suis très fière d'être ta fille.

Elle lâcha la dernière poignée de cendres dans l'eau.

Après quelques instants, Ally ralluma le moteur et ramena ses sœurs sur la terre ferme. Sur la pelouse au-delà de la jetée, une véritable foule de parents et d'amis était réunie pour célébrer l'existence extraordinaire d'Atlas Tanit. Après avoir accroché la corde, Christian tendit la main à Maia, qui descendit du bateau. Valentina se précipita vers elle pour la serrer dans ses bras. Floriano arriva à son tour, portant tendrement Bel, leur fille de trois mois, qui gazouilla quand il la posa dans les bras de sa mère.

— Salut, mon poussin, lui souffla-t-elle en souriant. Viens, écartons-nous pour ne pas bloquer le passage.

Les sœurs retrouvèrent chacune les bras accueillants de leurs proches rassemblés. C'était une journée faste où les familles se rencontraient. Les quatre coins du monde étaient représentés à Atlantis.

— Viens là, Al, dit Jack en prenant sa compagne dans ses bras.

Après le décès d'Atlas, Jack avait été un véritable roc pour Ally. De toute sa vie, elle n'avait jamais été aussi chouchoutée. Lorsque tout le monde s'était remis de ses émotions après cette journée à Délos et qu'ils s'étaient retrouvés à Atlantis, Merry avait pris l'initiative de porter un toast au couple :

— Pendant que nous avons un verre de champagne dans la main, j'aimerais féliciter chaleureusement Jack et Ally ! Vous avez, euh, *émergé* ces derniers jours, et c'est... merveilleux de vous voir si heureux.

— Pour Ally et Jack, hip hip hip ! s'était exclamée Mary-Kate, ce à quoi les sœurs avaient répondu avec enthousiasme, face à une Ally rouge écrevisse.

Jack l'embrassa tendrement.

— Nous t'avons entendue jouer d'ici. C'était magnifique.

— Tu peux difficilement dire le contraire, répondit Ally en riant.

— Il dit la vérité. Tu as remarquablement bien joué. C'était parfait à la note près, déclara Thom, le jumeau d'Ally, qui attendait pour l'étreindre.

— Et ton frère est sérieux, confirma Felix, qui buvait un jus d'orange et non du Veuve Clicquot. Thom ne manque jamais de me dire quand je rate une note, ajouta-t-il en gloussant. Bravo. Ton Pa Salt a de quoi être fier.

— Merci, Felix.

— Maman ! cria Bear, qui se précipitait vers Ally en s'agrippant à Ma d'une main et à Georg de l'autre.

— Tu es trop rapide pour ta grand-maman, chéri ! s'écria-t-elle.

— Et pour ton grand-papa aussi, me semble-t-il, dit Ally en souriant à Georg. Salut, Bear.

Elle souleva son fils dans ses bras.

— Il essaie de courir aussi vite que son nouveau copain Rory, s'amusa Jack. Ce garçon est une vraie tornade !

— Veux-tu une coupe de champagne ? demanda Thom.

Elle hésita et lança un regard à Jack.

— Je crois que je vais plutôt suivre l'exemple de Felix et prendre du jus d'orange.

— Je t'apporte ça tout de suite, lança Thom en repartant vers la maison.

Un peu plus haut sur la pelouse, Orlando Forbes s'extasiait devant la remarquable structure d'Atlantis.

— C'est de toute beauté ! De toute beauté ! Et tu dis avoir découvert que cela ne date que des années soixante ? Je n'arrive tout simplement pas à le croire, Miss Star. J'ai l'œil pour ce genre de choses et aurais parié que cette demeure avait été construite au XVIIIe siècle. (Il posa ses mains sur ses hanches.) C'est un chef-d'œuvre architectural.

— Il serait très heureux de savoir que tu approuves, Orlando, répondit Star. Évidemment, il n'aurait jamais réussi tout cela sans tes grands-parents.

— Ce bon vieux Grand-papa Rupert, hein ? répondit Orlando.

— De toute évidence, le courage et les bonnes manières coulent dans le sang des Forbes, lança Mouse d'un air malicieux.

— Oui. Quel dommage que cela ait sauté votre génération, répliqua Star en gloussant.

— Ah ! tes paroles me déchirent les entrailles, Miss Star ! s'écria Orlando en portant une main à sa poitrine.

— Tu sais, si tu te tiens bien, je pourrais même te donner la permission de consulter les bibliothèques de Pa.

— Comment oses-tu insinuer qu'il m'arrive de mal me tenir ?

Mouse but son champagne à grandes gorgées.

— Aucune insinuation n'est nécessaire quand il s'agit de toi, mon cher frère.

Star aperçut sa toute nouvelle sœur par-dessus son épaule.

— J'ai un doute tout à coup, Orlando. As-tu fait la connaissance de Merry comme il se doit ?

Merry se retourna en entendant son nom.

— Ai-je les oreilles qui sifflent ? lança-t-elle en les rejoignant. Ça alors, qui vois-je ! Le vicomte en personne ! Comment se porte le journalisme vins et spiritueux ces temps-ci ?

Orlando sembla littéralement rétrécir de plusieurs centimètres.

— Ah, Merry, je vous présente mes plus plates excuses pour mon petit stratagème. Cependant, vous conviendrez que mes intentions étaient les meilleures du monde…

Il s'inclina et tendit la main à Merry, qu'elle serra. Mary-Kate s'approcha.

— Oh, mon Dieu, c'est vous Orlando ? Celui qui prétendait être vicomte ? Vous êtes une légende dans notre famille !

— Ah vraiment ? répondit Orlando en bombant le torse de fierté.

— Ouais ! Cette anecdote nous fait toujours autant rire. Si jamais quelqu'un raconte des bobards, on dit qu'il ou elle « fait son Orlando » !

Mouse éclata de rire en voyant son frère se dégonfler comme un ballon.

— Pardonnez-moi de vous interrompre, intervint Georg. Je viens de penser que j'ai besoin de votre signature sur quelques documents pour l'héritage. Voulez-vous bien venir avec moi quelques instants ?

— Je vous suis, Georg !

Merry agita la main en direction du groupe et pénétra dans la maison.

— Je suis si heureux que vous puissiez enfin faire votre tour du monde.

Elle rit aux éclats.

— Et moi donc ! Même si on est loin de l'itinéraire initialement prévu. Je suis rentrée de Grenade pas plus tard qu'hier !

— C'est ce que j'ai cru comprendre. Je dois dire que je trouve cela merveilleux que vous ayez décidé de visiter tous les endroits qui ont compté pour votre père tout au long de sa vie.

Merry acquiesça.

— J'avais envie de voir tous ces lieux de mes propres yeux. Son histoire est le récit le plus stupéfiant que j'aie jamais lu.

— Et avez-vous réussi à tout voir ?

— Oh oui, répondit-elle avec fierté. J'ai vu la gare de chemin de fer à Tioumen, l'atelier de Landowski, le port de Bergen, Coober Pedy... la liste est longue. Je me sens désormais si proche de lui.

Georg lui posa une main dans le dos.

— Je suis certain qu'il est avec vous. Au fait... j'ai appris par Ally et Jack que M. Peter vous avait accompagnée pour certaines des destinations en Europe ?

— Vous allez me faire rougir, Georg.

— Pardonnez-moi. Mais je suis heureux de l'entendre, répondit-il en toute sincérité.

— Tout comme je le suis pour Marina et vous !

Un sourire se dessina sur le visage de l'avocat.

— Cela fait plus de trente ans que nous nous aimons. Tout ce temps, j'ai observé sa grâce, sa beauté, sa patience... mais je n'ai jamais eu le courage de me déclarer. Et il se trouve qu'elle non plus...

Georg conduisit Merry dans le bureau d'Atlas. Elle n'y était entrée qu'une fois et avait alors frissonné en ressentant la présence de son père. Même si les rangées d'ordinateurs et d'écrans vidéo étaient impressionnantes, ses yeux s'étaient posés sur les trésors personnels placés au hasard sur les étagères derrière le bureau. Elle avait souri en repérant plusieurs grenouilles porte-bonheur de Grieg, un vieux violon usé et un gros morceau d'opale, encore encastré dans la roche.

Georg présenta un document à Merry.

— Si vous voulez bien signer aux endroits que j'ai indiqués, cela vous permettra d'intégrer officiellement le fonds fiduciaire d'Atlas, comme il le souhaitait.

— C'est très gentil de la part des filles de l'autoriser. Je ne me suis jamais attendue à ce que…

— Comme vous le savez, la coupa Georg, toutes les six ont *insisté* pour que vous soyez traitée comme une égale. (Elle opina du chef et retira le capuchon du stylo.) Au fait, devez-vous vraiment nous quitter dès ce soir ? Vous allez nous manquer à tous.

Elle soupira.

— Je n'ai pas le choix, malheureusement. Je suis la seule à partir cela dit, MK va rester avec Jack et Ally. J'ai promis d'aller voir Ambrose à Dublin. (Merry sembla soudain démoralisée.) Sa santé se détériore à grande vitesse. Il a tant fait pour moi au fil des années, je me dois d'être là pour lui à présent.

Georg hocha la tête avec compassion.

— Je sais que tout le monde comprendra.

— En outre…

Merry termina de signer et alla s'asseoir dans le grand fauteuil en cuir d'Atlas près de la fenêtre.

— Oui ?

— Peut-être vous rappelez-vous que, dans son journal, mon père mentionne le frère d'Ella… Mon oncle. Il écrit qu'il a été adopté bébé et emmené quelque part en Europe.

— Je m'en souviens, en effet, répondit Georg en s'appuyant contre le bureau.

— J'ai essayé de me renseigner sur ce qui lui était arrivé. En investiguant un peu à droite à gauche.

Un sourire se dessina sur les lèvres de Georg.

— Avez-vous découvert quelque chose ?

Merry haussa les épaules.

— J'ai deux ou trois éléments. Au départ, j'ai commencé à mener l'enquête avec Ambrose, juste pour le distraire. Mais à présent je souhaite à tout prix savoir ce qu'il est devenu. C'est peu probable, bien sûr, mais… Il est possible qu'il soit encore en vie, conclut-elle les yeux brillants.

Georg acquiesça.

— Je vois que le fruit ne tombe jamais loin de l'arbre. Cela va sans dire, mais si un jour vous souhaitez faire appel à mes services, ce sera pour moi un honneur de vous aider. (Il regarda les convives par la fenêtre.) J'ai également cru comprendre qu'Orlando Forbes était assez doué pour ce genre de choses.

— Ah oui ? demanda Merry en riant.

Georg acquiesça. Leur conversation fut interrompue par les voix de CeCe et de Chrissie, qui passaient devant la porte ouverte du bureau.

— Hé, je veux connaître tous les passages secrets ! s'exclama Chrissie.

— En fait, on est en train de les refermer, répondit CeCe. Il est temps de prendre un nouveau départ. (Elle aperçut Georg et Merry.) Hé, vous deux, est-ce que vous auriez vu mon grand-père Francis par hasard ?

— Il est sur la terrasse, CeCe, répondit Georg.

— Super, merci !

Les deux jeunes femmes poursuivirent leur chemin jusqu'à la cuisine et franchirent l'immense porte-fenêtre qui menait à la terrasse. Elles repérèrent Francis Abraham assis près de la vieille table de jardin en bronze et écartèrent deux chaises.

— Ah, les filles ! s'écria-t-il. Je commençais à me demander où vous étiez passées. Je voulais te remercier une nouvelle fois de m'avoir invité, CeCe. C'est un honneur de voir où tu as grandi et de célébrer la vie de ton père.

— Merci d'avoir fait le déplacement ! Je suis si heureuse que tu sois venu.

Elle prit tendrement la main de son grand-père dans la sienne.

— J'adorerais peindre le lac. Crois-tu que ce serait possible ?

— Bien sûr ! J'ai des toiles et des palettes là-haut. J'irai te chercher ça tout à l'heure.

À l'autre bout de la table, Zara, la fille de Charlie, ne tarissait pas d'éloges au sujet d'Atlantis.

— Est-ce qu'on pourrait pas s'installer ici ? C'est *ouf* !

Elle s'assit et Charlie et Tiggy l'imitèrent.

— Oh, je ne sais pas si ça te plairait tant que ça, répondit Tiggy. Chaque fois que tu voudrais aller à une soirée, tu devrais prendre le bateau.

Zara éclata de rire.

— Pas de problème, dans ce cas, on organiserait les fêtes ici !

— Je ne suis pas certain que cette pauvre Claudia s'en sortirait si elle devait t'aider pour une de tes fameuses fêtes, lança Charlie en ébouriffant les cheveux de sa fille.

— Arrête ça tout de suite, Papa.

— Oui, arrête ça, Charlie, ajouta Tiggy en levant la main pour décoiffer vigoureusement ses cheveux auburn et ondulés.

— D'accord, d'accord. (Une pensée lui traversa l'esprit.) Les filles, voulez-vous bien m'excuser une dizaine de minutes ? J'ai promis à Ally de discuter un moment avec elle. Est-ce que tu te rappelles où j'ai mis mon gros sac, Tigs ?

— Je crois qu'il est à la cuisine.

— Formidable. À tout à l'heure !

Charlie se leva et disparut à l'intérieur. Perplexe, Zara regarda Tiggy qui lui sourit en haussant les épaules.

Ailleurs, à la demande de Stella Jackson, Électra faisait visiter à sa grand-mère l'un des jardins clos de Pa. Miles les accompagnait et écoutait attentivement.

— Je me souviens de lui parlant de ses fleurs lorsque nous avons dîné ensemble, se remémora Stella. Il en était si fier. Maintenant je comprends pourquoi !

— Il avait tellement de talents, déclara Électra.

— C'est certain. Tous ces gens, rassemblés par un seul homme, commenta Stella en souriant. C'est un sacré hommage.

— Vous avez bien raison, convint Électra. Même si c'est fou de penser que la plupart des invités aujourd'hui ne l'ont jamais rencontré ! Vous êtes en minorité, Grand-maman.

Stella posa une main sur son cœur.

— C'est pour moi un grand honneur. Il était si chaleureux et irradiait la… bienveillance. C'est difficile à expliquer.

— Mais je sais exactement ce que vous voulez dire.

— À ton avis, que va devenir cet endroit ? s'enquit Miles en faisant un geste en direction de la maison.

— Atlantis ? Nous allons garder la propriété. Pour toujours. Chaque fois que la vie est trop intense ou difficile, nous aurons toujours un refuge où nous ressourcer.

— Je suis certaine que cela ferait très plaisir à ton père, déclara Stella en souriant.

Toujours pragmatique, Miles poursuivit avec ses interrogations.

— Et Ma, Claudia et Christian ? Que va-t-il leur arriver après aujourd'hui ?

— Ally et Maia ont discuté avec eux. Tous veulent rester. Atlantis est autant leur maison que la nôtre. En plus, maintenant que Ma et Georg sont un… couple, ou du moins c'est tout comme, je ne m'inquiète plus qu'elle se sente seule en notre absence.

* * *

À l'intérieur de la maison, Georg et Merry entendirent des coups à la porte du bureau.

— Entrez ! lança l'avocat.

Maia passa la tête.

— Désolée, je ne vous dérange pas ?

— Pas du tout, ma puce, dit Merry.

— Je me demandais juste si je pouvais emprunter Georg une minute ?

— Évidemment ! J'ai justement bien envie d'aller prendre une deuxième coupe de champagne. Nous reprendrons nos échanges plus tard, Georg. (Elle traversa la pièce et embrassa Maia sur la joue.) À tout à l'heure.

— Merci, Merry, répondit Maia en refermant doucement la porte derrière elle. Elle lissa sa robe.

— Alors, y a-t-il du nouveau ?

Georg acquiesça.

— Je comptais vous en parler. Peut-être plus tard, sachant qu'aujourd'hui est déjà une journée riche en émotions…

— Ne vous en faites pas, Georg. Quelles sont les nouvelles ?

— J'ai reçu une réponse des parents. Je suis heureux de vous dire que c'est ce que vous espériez. Ils ont révélé à leur fils – votre fils – qu'ils l'avaient adopté.

Maia sentit son cœur s'emballer.

— D'accord.

— Toutefois, ils m'ont dit qu'ils souhaitaient que ce soit lui qui décide s'il veut récupérer vos coordonnées quand il aura dix-huit ans, ou plus tard. Il n'a pas encore manifesté de curiosité au sujet de sa mère biologique et, à raison, ils ne souhaitent pas le perturber.

— Cela me semble en effet préférable.

Georg posa une main sur l'épaule de Maia, comme pour la réconforter.

— Vous êtes aussi prudente et avisée qu'il l'était. Il serait immensément fier.

— Je l'espère, Georg, répondit Maia, émue aux larmes. J'ai décidé de lui écrire une lettre pour ses dix-huit ans et de lui proposer de lui parler de son passé s'il le souhaite. Tout comme Pa l'a fait pour nous toutes.

— Et soyez assurée que, le moment venu, je serai votre fidèle messager.

— Merci, Georg, dit-elle en l'étreignant.

Deux étages plus haut, dans la chambre d'enfant d'Ally, le docteur Charlie Kinnaird regardait le petit appareil qu'il avait apporté de l'hôpital, à la demande de la jeune femme.

— Ça y est, confirma-t-il.

Jack était assis avec Ally sur le lit, sa main dans la sienne.

— Alors ? Quel est le verdict, doc ?

Charlie sourit.

— Donnez-moi quelques instants pour en être certain.

Ally posa la tête sut l'épaule de Jack.

— Comment va le cerf blanc, Charlie ?

— Nous le voyons rarement, mais quand il daigne se montrer… c'est toujours époustouflant. Notre régisseur, Cal, voulait lui mettre une puce pour pouvoir le pister, mais… j'ai eu peur que cela détruise la magie de ses apparitions. Et comment se portent les vignes, Jack ?

— Les vendanges ont été bonnes cette année. Nous allons repartir le mois prochain pour examiner les nouveaux bourgeons.

Charlie sourit. Le médecin reconnaissait la nervosité dans les yeux du couple. Il l'avait vue bien souvent chez des patients.

— Une vie partagée entre Norvège et Nouvelle-Zélande… Comme je vous envie !

— Disons que nous devons remercier MK. Elle supervise tout à merveille pendant l'hiver, expliqua Ally.

Elle regardait Charlie, n'en pouvant plus d'attendre. Il emporta l'appareil près de la fenêtre pour confirmer le résultat à la lumière.

— Bon, c'est officiel. Félicitations, les amis.

Jack et Ally éclatèrent de rire et s'étreignirent avec force.

— Oh, merci, Charlie ! Merci !

Ally se leva pour aller l'embrasser.

— Inutile de me remercier ! Voilà une merveilleuse nouvelle. En bas, tout le monde va être absolument enchanté.

— Je l'espère. Je me demande si…

La phrase d'Ally fut interrompue par le bruit d'un hors-bord approchant sur le lac. Charlie se retourna pour regarder par la fenêtre.

— Il semblerait que nous ayons de la visite.

Étonnée, Ally regarda le petit bateau s'approcher de plus en plus de la jetée. Jack les rejoignit près de la fenêtre. Sur la pelouse en contrebas, tout le monde se rassemblait pour accueillir cet arrivant mystérieux. Alors que l'embarcation se mettait à quai, Ally reconnut le conducteur.

— Oh non…, murmura-t-elle.

Dehors, Tiggy fixait la jetée.

— Ce n'est pas possible…

— Désolée, Tiggy, soupira Électra en arrivant à ses côtés. Je crois bien que si.

Vêtu d'un élégant costume gris, lunettes Aviator sur le nez et cheveux noirs gominés en arrière, Zed Eszu attacha son bateau et se dirigea lentement vers la maison.

— Mince alors, fit Miles en se précipitant aussitôt vers Eszu.

Mouse et Floriano ne tardèrent pas à le rejoindre.

— Hors de question que vous fassiez un pas de plus, lança l'aîné des frères Forbes.

— Qui vous a permis d'entrer ? C'est une propriété privée ! s'écria Marina depuis la terrasse.

— Quel accueil chaleureux ! répondit Zed avec un sourire obséquieux. Je passais juste voir mes sœurs préférées et saluer la mémoire de leur père. J'ai vu sur le réseau social d'un ami commun que vous dispersiez ses cendres aujourd'hui.

Maia traversa courageusement la foule pour se retrouver nez à nez avec Eszu. Lorsqu'elle ouvrit la bouche, il n'y avait pas une once de peur dans sa voix :

— Tu peux repartir, Zed. Il n'y a rien pour toi ici. Tu es venu nous intimider, mais cela ne fonctionnera plus.

— Vous intimider ? Moi ? Comment un ancien petit ami pourrait-il faire une chose pareille, ma douce ? (Floriano serra les poings.) Je voulais juste m'assurer que vous alliez bien, toutes autant que vous êtes, après un moment si… traumatisant.

— On s'attendait à ce que tu viennes nous embêter, siffla Électra. Mais bizarrement, on n'entend plus parler de toi depuis l'échec de ton projet Atlas. La dernière fois que j'ai lu ton nom dans le journal, c'était dans un article annonçant le redressement judiciaire de Lightning Communications.

Zed se hérissa.

— Il est vrai que réinventer les infrastructures Internet mondiales pendant la crise financière n'a pas été une promenade de santé. D'autant que nous étions financés par… Berners.

— Qui a fait faillite, lui rappela Star avec délectation.

— Oui. De toute évidence, je ne possède pas le sens des affaires de mon père.

— Nous n'avons plus peur de toi, déclara Tiggy en prenant la main de Maia.

— Ah non ? répliqua Zed en la fixant intensément.

— Non. Tu n'as aucun pouvoir sur nous, Zed, ajouta Maia. À présent, déguerpis et ne remets plus jamais les pieds à Atlantis.

— Comme tu voudras, ma chère.

Zed tourna les talons, puis fit volte-face avant de lancer :

— Oh, puis-je partager avec vous une information que vous n'avez pas pu lire dans les journaux ? Vous voyez, j'ai eu de la chance à la mort de mon partenaire en affaires, David Rutter.

Maia secoua la tête.

— De la chance malgré un décès ?

— Tout à fait. Je ne voudrais pas que vous vous inquiétiez pour mon avenir, alors je vous rassure : je ne risque pas de me retrouver à la rue.

CeCe fronça les sourcils.

— David Rutter… ce nom me dit *vraiment* quelque chose.

Zed ricana.

— Peut-être parce que tu vis sur cette Terre. Tout le monde a entendu parler de lui. David était le P-DG de Berners.

— Oh, mon Dieu, c'est vrai…, murmura CeCe. Il est mort ?

— Oui. Il a fait un AVC qui lui a été fatal il n'y a pas si longtemps. C'était extrêmement étrange, sachant qu'il était en parfaite santé. Il avait un coach sportif, un nutritionniste, et puis un jour… paf. Envolé.

— Comme l'empire Eszu, observa Ally qui les avait rejoints.

— Je ne dirais pas ça, ma chère. Car ce bon vieux David m'a légué un petit quelque chose dans son testament.

Zed fourra la main dans sa poche. Bizarrement, CeCe savait déjà ce qu'il s'apprêtait à en sortir.

Zed leur montra alors la plus grosse perle que les sœurs aient jamais vue. Rose pâle, elle scintillait au soleil.

— Savez-vous combien vaut cette petite merveille ? interrogea-t-il.

CeCe déglutit avec peine.

— Bien plus d'un million d'euros, répondit-elle en luttant pour ne pas montrer sa stupéfaction.

— Peut-être n'es-tu pas aussi bête que je le pensais, CeCe ! Tu as tout à fait raison. Car il ne s'agit pas de n'importe quelle perle. C'est la célèbre *Perle Rose.* (En entendant son nom, certaines sœurs échangèrent des regards.) Elle avait été égarée en Australie pendant longtemps, mais l'équipe de David l'a retrouvée. Et il me l'a léguée à sa mort ! Vous vous rendez compte ? Moi qui ai toujours cru que ce vieux connard me détestait. Il accusait mon projet Atlas d'avoir précipité la faillite de la banque...

— Ouah. Ça, c'est un ami qui te veut du bien, marmonna CeCe.

— En effet ! Ainsi, loin de me retrouver sur la paille, je resterai millionnaire. (Il contempla la perle amoureusement.) Je vais me refaire, je vous l'assure. Le projet Atlas ira de l'avant. En l'honneur de mon père.

— Il est temps pour toi d'y aller, Zed, annonça Maia.

Il prit un air triste.

— Je n'ai même pas le droit de rester pour une petite coupe de champagne, Maia ? Comme au bon vieux temps ? glissa-t-il avec un clin d'œil.

En une seconde, le poing de Floriano avait percuté le visage de Zed, produisant un bruit sourd satisfaisant qui sembla résonner tout autour du lac.

— Tu l'as entendue. Du balai ! cria-t-il.

Zed chancela en arrière, tenant son nez ensanglanté.

— Je te ferai un procès pour blessures graves !

— En qualité d'avocat, je te rappelle que tu as pénétré illégalement dans une propriété privée et que tu as refusé d'en partir, ce qui signifie que mon ami ici présent a seulement fait preuve de légitime défense. Maintenant, fous le camp, gronda Miles.

Furieux, Zed traversa le gazon et regagna son bateau. Il fit vrombir le moteur et disparut.

— Est-ce que tout le monde va bien ? s'enquit Ally. Maia ?

— Parfaitement, répondit-elle en toute sincérité, avant de s'élancer vers Floriano. Mon héros !

— J'ai l'impression que mon poing va exploser, avoua-t-il avec un petit rire. C'est la première fois de ma vie que je frappe quelqu'un.

— Floriano, merci d'avoir fait ce dont nous rêvions toutes depuis des années, dit Électra. Je n'en reviens pas qu'il soit venu.

— La perle..., bafouilla CeCe. Il a la perle...

Tiggy posa une main dans le dos de sa sœur.

— Est-ce que ça va, Cee ?

— Elle est maudite, Tigs. Il y a des rumeurs… certaines d'entre vous s'en souviennent peut-être…

— Oh, mon Dieu ! s'exclama Star. La perle maudite dont tu nous as parlé ? La perle australienne ? C'était celle-là ?

— Oui. Je n'arrive pas à y croire…

— S'il se refait, comme il dit… Quoi qu'il nous jette à la figure… nous nous occuperons de lui. Pas vrai ? lança Maia.

— Si, confirma Ally. Nous lui réglerons son sort.

— Pas d'inquiétude, on ne le verra plus…, murmura CeCe.

Tiggy regarda le lac.

— Non, Cee. Tu as raison.

— Écoutez, intervint Ally. Puisque nous sommes tous ensemble… que diriez-vous d'une bonne nouvelle ?

Elle tendit la main à Jack qui la saisit.

— Tu ferais peut-être bien de t'asseoir, Maman, glissa malicieusement Jack à Merry.

Ally reprit la parole face à l'assemblée pendue à ses lèvres :

— Jack et moi avons parlé à Charlie tout à l'heure, et il nous a confirmé que j'attendais un autre bébé.

Une cacophonie de cris et d'applaudissements s'éleva dans l'air et tout le monde alla embrasser le couple, Merry la première.

— Félicitations, félicitations, félicitations ! Oh, mon Dieu. Je vais être grand-mère, dit-elle les larmes aux yeux. Si seulement ton père avait été là, Jack, il aurait été si heureux pour toi. (Elle plongea son regard dans celui d'Ally.) Le nôtre aussi.

— Oh, mon Dieu, chérie ! s'écria Ma. Vous savez ce que cela signifie, n'est-ce pas ?

Ally acquiesça.

— La lignée biologique de Pa et d'Ella continue, déclara Maia tout sourire. Quelle heureuse nouvelle en ce jour particulier.

— Je vais aller ouvrir d'autres bouteilles de champagne ! se réjouit Claudia. Même si Ally n'y aura pas droit…, ajouta-t-elle en souriant avant de se précipiter à l'intérieur.

— C'est merveilleux. Merveilleux ! s'exclama Georg. Et je crois que le moment ne pourrait être mieux choisi pour régler une dernière affaire… Pourrais-je emmener les sept sœurs quelques instants ?

Elles se regardèrent les unes les autres et partirent à la suite de Georg, qui s'était déjà éloigné sur la pelouse. Le groupe traversa la maison pour atteindre la rangée d'ifs impeccablement taillés qui signalait l'entrée du jardin secret de Pa. Ils furent accueillis par le doux parfum de lavande qui émanait des plates-bandes bien entretenues. Les sœurs se remémorèrent leur enfance. Leur regard était attiré par une série de marches qui menaient à une anse de galets où elles avaient nagé dans l'eau fraîche et transparente du lac.

Le jardin était particulièrement éblouissant ce jour-là. Il donnait directement sur le lac, avec une vue spectaculaire sur le soleil qui commençait à décliner entre les montagnes. Pas étonnant que cela ait été l'endroit préféré de Pa.

— Deux ans plus tard, nous revoilà ici, commença Georg.

La sphère armillaire brillait devant eux. Les bandes minces et finement ouvragées se chevauchaient et protégeaient la petite boule dorée au centre de la structure – qui était, en fait, un globe terrestre, transpercé par une flèche. L'avocat se dirigea vers la sculpture d'un pas lent, mais déterminé.

— Il y a une dernière chose que je dois vous montrer. Votre père m'avait donné des instructions précises quant à la conception de la sphère.

Il passa la main entre les bandes et la posa sur le globe doré central. Il se mit à le tourner fermement. Éberluées, les filles regardèrent le globe se desserrer. Georg continua de tourner, jusqu'à ce que la partie supérieure lui reste dans la main.

Là, à l'intérieur de la sphère, se trouvait un énorme diamant qui reflétait les rayons du soleil tout autour du jardin. Les filles gardaient le silence. Chacune savait ce qu'elles avaient devant les yeux.

— Ouah…, finit par souffler Maia.

— C'est incroyable ! s'extasia Ally.

— Comme vous le savez, reprit Georg, votre père a transporté ce diamant partout avec lui pendant des années. Même lorsqu'il était affamé. Il aurait pu le vendre, mais il ne l'a jamais fait.

— Nous nous demandions toutes où il avait bien pu passer, dit Tiggy en riant. Pour ma part, je pensais qu'après la confrontation de Pa avec Kreeg, il gisait au fond de la mer Égée.

— Moi aussi, concéda Star.

— Alors qu'il était ici tout ce temps…, murmura Merry.

— Exactement. Lorsque je suis allé voir Atlas lors de ce qui s'est révélé être l'avant-dernière fois, il me l'a remis et m'a demandé de le placer à l'intérieur de la sphère armillaire. Il m'a dit de vous le donner lorsque je considérerais que le moment était venu. C'est ce que je ressens aujourd'hui.

— Un dernier coup d'éclat…, commenta Maia.

— Qu'allons-nous en faire ? interrogea Ally.

Georg songea quelques instants.

— Votre père vous a laissé la liberté d'en décider. Il avait confiance en votre intégrité.

— Combien est-ce qu'il vaut ? demanda CeCe.

— Le diamant perdu de la dernière tsarine de Russie ? dit-il en riant. Je ne suis pas un spécialiste, mais une fois authentifié – ce qu'il sera sans l'ombre d'un doute –, je dirais au moins dix millions d'euros.

— Nous pourrions changer des vies avec cet argent…, observa Maia.

Ally regarda sa sœur.

— De nombreuses vies, convint-elle.

— C'est peut-être idiot, débuta Star, mais quand nous étions petites, CeCe et moi discutions souvent de notre envie de créer une association caritative. Tu te rappelles, Cee ?

CeCe sourit de toutes ses dents.

— Tu veux dire, l'Association des Sept Sœurs ?

— Exactement ! confirma Star en riant. Nous… nous voulions essayer d'aider tous les orphelins à trouver une famille aussi parfaite que la nôtre, peu importe l'endroit du monde où ils se trouvaient.

Les filles réfléchirent à cette idée en silence, déjà convaincues que c'était *exactement* ce qu'elles souhaitaient faire.

— L'Association des Sept Sœurs. Je trouve cela très beau, déclara Maia. Venez.

Elle prit la main d'Ally, qui prit celle de Star, qui prit celle de CeCe et ainsi de suite jusqu'à ce que les sœurs encerclent la sphère. Sans bruit, Georg s'éclipsa du jardin.

Elles restèrent un moment autour de la sphère armillaire, sereines en compagnie les unes des autres. Très lentement, le cercle se mit à bouger, jusqu'à tournoyer, et les rires emplirent le jardin.

* * *

Merry saisit la main que lui tendait Christian et monta sur le bateau.

— À bientôt ! cria-t-elle tandis qu'ils s'écartaient de la jetée.

Les membres de sa nouvelle famille s'étaient rassemblés pour lui dire au revoir, et elle agita la main avec enthousiasme, avant de leur envoyer un baiser à chacun. Alors que Christian l'emmenait sur le lac et tournait au coin de la péninsule pour se diriger vers le port de Genève, les sœurs de Merry, et Atlantis, commencèrent à disparaître.

Elle s'accorda un moment de détente sur la banquette en cuir du hors-bord, fermant les yeux et goûtant à la chaleur du vent sur sa peau. Lorsqu'elle les rouvrit, son regard se posa sur un affleurement rocheux. Elle aperçut alors distinctement la silhouette d'un homme grand, vêtu d'une chemise blanche, qui lui faisait des signes de la main. Sans réfléchir, elle agita la main en retour et lui sourit. Alors qu'elle continuait de le regarder, elle prit conscience qu'elle connaissait ce visage.

Une belle femme aux cheveux blonds apparut alors près de lui et lui prit la main.

— Maman…, murmura Merry, abasourdie. Christian ! hurla-t-elle. Christian ! Arrêtez le bateau ! Arrêtez !

Sans hésiter, Christian éteignit le moteur.

— Est-ce que tout va bien, Merry ?

— S'il vous plaît, allons là-bas…

Merry pointa en direction du couple qui continuait de lui faire des signes de la main. Christian s'exécuta et ils se dirigèrent lentement vers les rochers.

— Je t'aime tant ! cria l'homme.

— Moi aussi, murmura Merry.

Christian manœuvra le bateau au plus près de l'affleurement. Merry fixa ses parents aussi longtemps que possible mais, peu à peu, l'image se dissipa.

Et elle sut qu'ils étaient partis.

Remerciements

À la mort de Lucinda, nous avons aussitôt été confrontés à la pression des lecteurs qui souhaitaient connaître le sort du huitième tome promis. Maman m'avait demandé de terminer la saga, mais rien ne garantissait que ce serait une solution acceptable pour ses éditeurs, aussi bien ici qu'à l'étranger.

Heureusement, lors de ma première réunion avec Jeremy Trevathan et Lucy Hale de Pan Macmillan, ils m'ont assuré qu'ils avaient confiance en ce projet et le reste du monde a suivi. Je suis particulièrement reconnaissant à la brillante Lucy, qui m'a énormément soutenu tout au long du processus. D'ailleurs, toute l'équipe de Macmillan a été phénoménale. Je remercie particulièrement Jayne Osborne, Samantha Fletcher, Lorraine Green et Becky Lloyd.

Aux éditeurs de Lucinda à travers le monde… que puis-je dire ? Maman s'était liée d'amitié avec vous tous, ce qui est assez unique, et je sais qu'elle voudrait vous exprimer sa reconnaissance pour votre formidable contribution aux *Sept Sœurs*. Beaucoup d'entre vous avez commencé ce projet avec elle il y a une décennie, et *Atlas* représente la fin d'un voyage commun tout à fait remarquable. Merci à tous ceux qui ont envoyé des messages d'encouragement pendant le processus de rédaction, en particulier Claudia Negele, Grusche Juncker, Fernando Mercadante et Sander Knol. Merci aussi à Knut Gørvell, qui avait ouvertement admis qu'il avait des doutes à mon sujet, mais qui a été le plus enthousiaste de tous après avoir lu le manuscrit ! Je souhaite également rendre hommage aux traducteurs brillants qui ont travaillé avec assiduité sur la saga des *Sept Sœurs* au fil des années. Leur rôle est souvent sous-évalué, mais Lucinda et moi reconnaissons toujours leur importance.

Je savais que j'avais besoin d'une excellente relectrice, et Susan Opie a été parfaite. J'ai découvert que la vie d'un romancier peut être solitaire, en particulier dans ma situation, et les idées, les réflexions et les corrections de Susan se sont révélées inestimables. Je n'y serais pas arrivé sans toi !

L'univers des *Sept Sœurs* est loin de prendre fin avec *Atlas*, il est au contraire en constante expansion. L'année écoulée s'est révélée très instructive du côté audiovisuel, et je souhaite remercier Sean Gascoine, Benjamina Mirnik-Voges, Faye Ward et Caroline Harvey pour leur patience et leur expertise.

Merci à Jacquelyn Heslop, Nathan Moore, Charles Deane, Matthew Stallworthy, James Gamblin, Ellie Brennan, David Dunning, Cathal et Mags Dineen, Kerrie Scot, Kirsty Kennedy, Tory Hardy, Anna Evans, Martyn Weston et Richard Staples qui, tous à leur façon, m'ont soutenu toute cette année.

Juin 2021 – juin 2022 a été une année effroyable au cours de laquelle ma famille a été frappée par deux autres décès inattendus. Ma grand-mère (la mère de Maman) Janet Edmonds nous a quittés en janvier 2022. Granny était gentille et pétillante et nous a tant fait rire pendant toutes ces années. Puis, en mai 2022, nous avons perdu ma demi-sœur Olivia. En plus d'être une sœur merveilleuse, Olivia avait été l'assistante personnelle de Maman et la chargée d'édition de Lucinda Riley Ltd. pendant de nombreuses années. Elle était la première interlocutrice des lecteurs et avait un excellent contact avec eux. Elle gérait aussi le bureau avec une aisance et une efficacité remarquables. Je ne peux pas ne pas mentionner son immense contribution à tout le travail en coulisses, notamment dans le cas de ce roman. Merci, Livi.

Je remercie tout particulièrement mon beau-père Stephen, qui exerce en qualité d'agent et s'occupe d'aspects de l'entreprise que je serais incapable de gérer. Il a pris en charge l'essentiel des questions pratiques dans des circonstances extrêmement difficiles, et je ne sais pas ce que je ferais sans lui. Je remercie également Jess Kearton, qui s'est très rapidement glissée dans son rôle polyvalent au sein de Lucinda Riley Ltd. et qui est d'une fiabilité à toute épreuve.

Je suis infiniment reconnaissant envers Lily, ma compagne, qui a été un pilier stoïque au cours des dix-huit derniers mois (désolé que tu aies dû endurer mes défaillances artistiques pendant cinq ans). Merci à ma petite Tiggy d'avoir convaincu cette amatrice de chiens que les chats aussi pouvaient être affectueux. Enfin, merci à mon frère et à mes sœurs – à Isabella pour son excellent travail de recherche en amont, à Leonora pour son immense enthousiasme autour de ce livre, et à Kit de me faire rire comme personne d'autre. Maman serait si fière de vous.

Il faut que les derniers mots soient de Lucinda Riley. J'espère qu'elle ne m'en voudra pas de les avoir extraits des remerciements des divers tomes des *Sept Sœurs* :

Enfin, merci à VOUS, lectrices et lecteurs, dont l'affection et le soutien, tandis que je voyage aux quatre coins du monde et écoute vos histoires, m'inspirent et me donnent des leçons d'humilité. Écrire une saga en sept tomes semblait une idée tellement folle en 2012 – je n'aurais jamais cru que mes sœurs toucheraient tant de personnes à travers le monde. Vous leur avez fait une place dans votre cœur, vous avez ri, aimé et pleuré avec elles, tout comme moi quand j'écris leurs histoires.

Si j'ai appris une chose cette année, c'est que nous n'avons véritablement que l'instant présent. Si vous le pouvez, essayez de le savourer, quelles que soient les circonstances dans lesquelles vous vous trouvez, et ne perdez jamais espoir – c'est la flamme fondamentale qui nous maintient en vie.